Randy Singer

Die Präsidentin

Randy Singer

DIE PRÄSIDENTIN

Thriller

Aus dem amerikanischen Englisch
von Dr. Friedemann Lux

SCM
Hänssler

SCM

Stiftung Christliche Medien

SCM Hänssler ist ein Imprint der SCM Verlagsgruppe, die zur Stiftung Christliche Medien gehört, einer gemeinnützigen Stiftung, die sich für die Förderung und Verbreitung christlicher Bücher, Zeitschriften, Filme und Musik einsetzt.

MIX
Papier aus verantwortungsvollen Quellen
FSC® C014496
FSC www.fsc.org

SCM Hänssler in der SCM Verlagsgruppe GmbH
Max-Eyth-Straße 41 · 71088 Holzgerlingen
Internet: www.scm-haenssler.de · E-Mail: info@scm-haenssler.de

Originally published in the U.S.A. under the title: Rule of Law, by Randy Singer

Übersetzung: Dr. Friedemann Lux
Umschlaggestaltung: Oliver Berlin, www.oliverberlin.biz
Titelbild: Bilder: Adobe Stock
Satz: Satz & Medien Wieser, Aachen
Druck und Bindung: GGP Media GmbH, Pößneck
Gedruckt in Deutschland
ISBN 978-3-7751-5977-7
Bestell-Nr. 395.977

Dieses Buch ist fünf Männern und ihren Familien gewidmet:

US-Armee-Veteran John Hamen, der nach einem mutigen Fluchtversuch von Huthi-Rebellen gefangen genommen und hingerichtet wurde. Er kämpfte bis zum Schluss.

Mark McAlister, der als Bauunternehmer für die UNO sechs Monate als Gefangener in der Gewalt der Huthis verbrachte und sich weigerte, seinem christlichen Glauben abzusagen.

SEAL-Kämpfer Jeremy Wise, ein Mitglied meiner Gemeinde. Jeremy gab sein Leben im Dienst für sein Land in *Camp Chapman*, einer CIA-Basis in Afghanistan. Er hatte sein *Medizinstudium* abgebrochen, um SEAL zu werden.

Dane Paresi, der als Green Beret 27 Jahre in der Armee diente, wo er sich den *Bronze Star* und andere Medaillen verdiente. Wie Jeremy starb er als Held in *Camp Chapman*.

Ryan Owens vom SEAL-Team 6, ein weiterer Kämpfer, der den Tod nicht scheute. Im Jemen opferte er sein Leben für seine Freunde.

Die Geschichte unserer Freiheit wird von Männern wie diesen geschrieben.

Vorwort

Ich schrieb dieses Buch im Jahre 2016, um diverse schwierige Fragen anzusprechen, die sich am Horizont abzeichneten. Steht der US-Präsident in der Außenpolitik über dem Gesetz? Darf die CIA Schattenkriege mit Drohnen und Spezialeinheiten in Ländern führen, denen die USA nicht den Krieg erklärt haben? Und was ist, wenn das Leben eines Angehörigen der Streitkräfte um politischer Vorteile willen geopfert wird?

Um nicht in die politische Polarisierung hineingezogen zu werden, die unser Land erfasst hat, schuf ich eine Präsidentin, ein Kabinett und einen Obersten Gerichtshof, die aus Personen bestehen, die wenig Ähnlichkeit mit den aktuellen Amtsinhabern haben. Dieses Buch soll ja letztlich ein Roman sein, obwohl es bisweilen schwer ist, den Unterhaltungswert der realen Welt zu toppen. Um die Geschichte trotzdem an die Realität anzubinden, basieren alle historischen Angaben - politische, militärische und juristische - auf tatsächlichen Ereignissen.

Die meisten meiner Geschichten sind vom wirklichen Leben inspiriert. Ich lasse einen Teil dieses Romans im Jemen spielen, weil ich als Rechtsanwalt Antiterror-Klagen erhoben habe für Klienten, die von den Huthis entführt und gefoltert worden waren. Ich habe ein SEAL-Team in den Mittelpunkt gestellt, weil ich in Virginia Beach wohne, dem Heimatstandort mehrerer dieser Teams, und die allergrößte Hochachtung vor diesen Elitekämpfern habe. Einige von ihnen sind meine Freunde - und als Pastor betreue ich sie in meiner Gemeinde. Ich habe miterlebt, wie die Leben vielversprechender Menschen viel zu früh im Tod endeten und die Hinterbliebenen sich nicht unterkriegen ließen. Ich hoffe, dass dieses Buch einen Eindruck von diesem Heldenmut vermittelt.

Als ich diese Geschichte schrieb, ahnte ich nicht, dass ihr Hintergrund so bald Realität werden würde. Im Januar 2017 führte ein SEAL-Einsatz im Jemen zu tragischen Verlusten an Menschenleben. Es gab Berichte, dass der Einsatz möglicherweise verraten wurde.

Obwohl dieses Buch ein Roman ist, sind die Themen und Probleme in ihm real. Wir sind es unseren Brüdern und Schwestern im Militär schuldig, gründlich über diese Themen nachzudenken.

Hauptpersonen

Die Hamilton-Regierung
Amanda Hamilton - US-Präsidentin
Leroy Frazier - US-Vizepräsident
Philip Kilpatrick - Stabschef des Weißen Hauses
John Marcano - Direktor der CIA
Seth Wachsmann - US-Justizminister
Roman Simpson - US-Verteidigungsminister

Rechtsanwälte und Richter
Paige Chambers
Wyatt Jackson
Wellington Farnsworth
Kyle Gates - Anwalt für John Marcano
Dylan Pierce - Anwalt für Philip Kilpatrick
Landon Reed - Anwalt für Paige Chambers
Thea Solberg - Amtsrichterin, mit dem Fall *Anderson* betraut
Mitchell Taylor - US Attorney für den *Eastern District of Virginia*

Militärangehörige und ihre Verwandten
Patrick Quillen - Marine-SEAL
Bill Harris - Patricks Großvater
Troy *Beef* Anderson - Marine-SEAL
Kristen Anderson - Troys Ehefrau
Justin und Caleb Anderson - Söhne von Troy und Kristen
Brandon Lawrence - Drohnenpilot

Admiral Paul Towers – befehlshabender Offizier des Joint Special Operations Command
Commander Daniel Reese – Admiral Towers' Stabschef

Oberster Gerichtshof der USA
Cyrus Leonard – Oberster Bundesrichter
Augusta Augustini – liberal
Kathryn Byrd – konservativ
Barton, *der Bart,* Cooper – konservativ
Taj Deegan – Wechselwähler
William Martin Jacobs III. – liberal
Reginald Murphy – liberal
David Sikes – konservativ
Evangelina Torres – liberal
Patricia Ross-Braxton – im Ruhestand

Andere
Abdullah Fahd bin Abdulaziz – Mitglied der saudischen Königsfamilie
Mokhtar al-Bakri, alias Pinocchio – jemenitischer CIA-Informant
Yazeed Abdul Hamid – iranischer Geistlicher
Cameron Holloman – Journalist der *Washington Post*
Gazala Holloman – Frau von Cameron
Harry Coburn – Reporter der *New York Times*
Saleet Zafar – jemenitischer Geistlicher

Kapitel 1

Sana'a, Jemen

Sie stürzten wie Geier aus der C-17-Transportmaschine, vage Silhouetten vor dem Viertelmond im pechschwarzen Himmel. Unsichtbare, stumme Raubvögel. Arme und Beine ausgebreitet, die ersten paar Sekunden im freien Fall. Der Wind blies mit 190 Stundenkilometern an ihren Körpern vorbei, durch die mit jedem Pulsschlag das Adrenalin pumpte.

Die zwanzig Männer waren 9500 Meter über der Erde aus dem Frachtraum in die kalte Luft über dem Jemen hinausgestiegen. 21 Sekunden später, bei 8200 Metern, ließen sie ihre Fallschirme aufschnappen, schauten auf ihre Navigationsgeräte, korrigierten ihren Kurs. Fast zwanzig Minuten würden sie durch die dünne, beißende Luft schweben, bevor sie wenige Hundert Meter von ihrem ersten Checkpoint auf einer öden Hochfläche knapp fünf Kilometer von Sana'a entfernt landeten.

Die Männer gehörten zu einer Kampfgruppe der Spezialeinheiten, zur Crème de la crème, dem Besten, was Amerika zu bieten hatte. Unter ihnen waren ein Farmer aus New York, ein Schwimmer aus Kalifornien, ein Jäger aus Texas und ein Lacrosse-Spieler aus Connecticut. Ihr ganzes Erwachsenenleben hatten sie für einen Augenblick wie diesen trainiert; für einen Einsatz, den die Präsidentin persönlich befohlen hatte und den die hohen Tiere in Washington in Echtzeit verfolgen würden. Die Präsidentin selbst würde im mahagonigetäfelten Situation Room im Weißen Haus das Video von der Kamera des Teamleiters mitverfolgen und jedes gesprochene Wort auf der Funkfrequenz mithören, die der Teamleiter und das Hauptquartier benutzten.

Diese Männer gehörten zu dem berühmten SEAL-Team 6 - einer Marine-Spezialgruppe, die offiziell Naval Special Warfare Development Group, kurz DEVGRU, genannt wurde. Dieses Team war aus Männern der geheimnisvollen Black Squadron* zusammengesetzt und würde in dieser Nacht Geschichte schreiben. Es ging zwar nicht um bin Laden, aber anders als andere Geheimoperationen würde diese Aufsehen erregen. Falls alles nach Plan lief, würde später die ganze Welt ausgewählte Auszüge der Videodokumentation zu sehen bekommen. Sie würde die tödliche Präzision dieses Teams bestaunen. Sie würde sehen, wie wichtig es den USA war, ihre Gefangenen in anderen Ländern zu befreien. Dies war eine klare Botschaft und sie lautete: Mit Amerika kann man nicht spielen.

Der Einsatz lief unter dem Codenamen *Operation Exodus*, den Patrick Quillen und seine Männer eigentlich nicht mochten. Sie wollten das Ding ursprünglich *Alcatraz* nennen, nach dem berühmten ehemaligen Gefängnis in der Bucht von San Francisco. Denn schließlich handelte es sich ja um eine spektakuläre Gefangenenbefreiung. Aber dann hatte die Präsidentin sich eingeschaltet, gefolgt von den Öffentlichkeitsexperten, und man wählte einen vornehmeren Namen. Die beiden Zivilisten, die das SEAL-Team befreien sollten, waren von den Huthi-Rebellen vor kein offizielles Gericht gestellt worden. Die Rebellen beherrschten den Jemen und sie hatten angekündigt, die Gefangenen am Ostersonntag zu erhängen, ganz gleich, was die USA und Saudi-Arabien dazu sagten. Die Präsidentin hatte nun dieses Team in den Jemen geschickt, um die beiden Gefangenen herauszuholen. *Operation Exodus* war geboren.

Der erste Gefangene war ein amerikanischer Journalist namens Cameron Holloman, ein etwas extravaganter Reporter für die *Washington Post*, einer jener smarten Knaben, die sich in Kriegsgebiete begeben und davon träumen, für ihre Arbeit den Pulitzer-Preis zu bekommen. Holloman war nach Saudi-Arabien geflogen und hatte heimlich die Grenze in den Jemen passiert, um aus erster Hand über das Los der Menschen zu berichten, die zwischen dem Hammer der Luftangriffe der Saudis und

* Diese Spezialeinheit der US-amerikanischen Armee umfasst Scharfschützen und Experten für das Erkunden, Ausspähen und Überwachen feindlicher Gebiete. Sie operiert oft außerhalb offizieller Kriegszonen.

dem Amboss der Gegenangriffe der Huthis festsaßen. Nach nicht einmal zwei Wochen im Jemen war er als angeblicher amerikanischer Spion verhaftet worden. Jetzt wartete er auf seine Hinrichtung.

Im selben Gefängnis wie Holloman - zwei Zellen entfernt - saß Abdullah Fahd bin Abdulaziz, ein Mitglied der saudischen Königsfamilie, ein rebellischer Neffe, der im Rahmen einer eigenmächtigen diplomatischen Mission in den Jemen gereist war. Auch er war verhaftet und der Spionage bezichtigt worden. Auch er sollte am Ostersonntag hängen. Die Saudis wollten ihn unter allen Umständen freibekommen und das Unternehmen wäre ein Fehlschlag, wenn er starb oder im Gefängnis blieb.

Die diplomatischen Kanäle zu den vom Iran unterstützten Huthis waren seit Langem mausetot. Die für die Mission benötigten Informationen kamen von einem jemenitischen Informanten, den die CIA *Pinocchio* getauft hatte, weil er sich als zuverlässig erwiesen hatte. Er hatte eine komplette Beschreibung des Gefängnisses geliefert, bis hin zu den Nummern der Zellen der beiden Gefangenen. Die Außenanlagen und die täglichen Routinen der Wärter hatte man per Drohnen und Satellit ermittelt.

Während er durch seine Sauerstoffmaske atmete, das Navigationsgerät bediente und zeitgleich durch die Luft nach unten glitt, dachte Patrick Quillen an die nächsten Stunden seines Lebens. In dieser Nacht befehligte er 16 SEALs sowie zwei Combat-Control*-Spezialisten der Air Force und mehrere PJs - Fallschirmspringer, die als die besten Sanitäter des amerikanischen Militärs galten. Wenn alles nach Plan lief, hätte man genügend Feuerkraft, um die nichtsahnenden Huthi-Wärter zu überwältigen und die Gefangenen aus dem Zentralgefängnis von Sana'a herauszuholen.

Als vor einigen Jahren noch eine vom UN-Sicherheitsrat sanktionierte Militärallianz den Jemen kontrollierte, hatten al-Qaida-Kämpfer mit einer Autobombe die Mauern eben dieses Gefängnisses durchbrochen und 19 ihrer Leute befreit. Was al-Qaida konnte, konnten amerikanische Spezialeinheiten ja wohl erst recht. Ein nächtlicher Überraschungsangriff auf ein befestigtes Gefängnis in feindlichem Territorium - ein Spaziergang.

---

* Spezialeinheit der amerikanischen Armee mit der Aufgabe, bei militärischen Einsätzen den Luft-Boden-Kontakt zu halten.

Ein paar Hundert Meter über dem Boden löste Patrick den Rucksack zwischen seinen Beinen und ließ ihn an seinem Seil herunterhängen, damit er bei der Landung nicht im Weg war. Sekunden später breitete er seinen Fallschirm aus und kam rennend auf dem Boden auf. Er entledigte sich mit einigen eingeübten Griffen seiner Kälteschutzkleidung und der Sauerstoffmaske und hakte den Fallschirm aus. Wie seine Kameraden sprach er kein Wort. Die Gegenstände, die sie nicht mitnehmen konnten, vergruben die Männer rasch im Sand.

Als alle Männer da waren, aktivierte Patrick sein Mikrofon und informierte seinen befehlshabenden Offizier, dass sie ihren ersten Checkpoint erreicht hatten. »Verstanden!«, bestätigte sein Chef.

Los ging's. Die Männer waren bereit, Patrick sah es in ihren Augen. Dies waren *seine* Jungs, jeder Einzelne, und sie konnten auf ihn zählen. Der Start von *Operation Exodus* hatte gut geklappt. Aber - das wusste Patrick - das war erst der Anfang.

Kapitel 2

Das Terrain war steinig und trocken. Es bestand aus vom Wind gewellten Sand, schütterem Wüstengras und spitzen Felsen. Der Wind war bissig, die Höhenluft dünn. Eine Eidechse huschte vorbei. Die Szenerie erinnerte Patrick an einige Trainingseinsätze, die er in New Mexico absolviert hatte – eine Mischung aus Bergen, Wüste und verfallenen Hütten.

Das Gefängnis lag an einer unbefestigten Straße am Rande der Stadt. Wie eine Festung trotzte es den umliegenden Slums und felsigen Hügeln. Fast eine ganze Vorbereitungswoche hatte Patrick über sich ergehen lassen, mit dreidimensionalen Computersimulationen des Gebäudes zu üben. Die massiven Außenmauern des Gefängniskomplexes waren um die zehn Meter hoch und von Stacheldraht gekrönt. Ein riesiges, nach oben bogenförmiges Stahltor diente als Haupteingang. Die Mauern maßen auf jeder Seite mindestens 400 Meter und waren durch mehrere Rundtürme unterbrochen – wie bei einer Burg aus dem Mittelalter. Die Türme hatten auf jeder Etage schmale Schießscharten und ganz oben den Beobachtungsstand für die Wächter.

Doch das war nur die erste Verteidigungslinie. Innerhalb der Mauern lag ein Labyrinth von Betongebäuden, das von einem Maschendrahtzaun umgeben war. In der Mitte thronte ein offener Scharfschützenturm über der ganzen Einrichtung – mit Scheinwerfern und Sirenen. Hier hausten über tausend Gefangene, in Einheiten zu 40 bis 50 Männer. Je Einheit gab es nur zwei Wärter. Die Huthi-Wärter waren zum größten Teil schlecht ausgebildete Grünschnäbel, viele noch im Teenageralter. Sie waren mit alten AK-47-Kalaschnikows bewaffnet. Nachtsichtbrillen und Raketenwerfer – Fehlanzeige. Möglich, dass sie ein paar Handgranaten hatten. Die meisten hatten keinerlei Kampferfahrung.

Patrick und seine Männer erreichten den Rand des Gefängnisses auf die Minute pünktlich, die Scharfschützen gingen in Position. Zwei Felsformationen boten gute Deckung und gleichzeitig gute Sicht auf die Wachtürme. Ein dritter Scharfschütze kletterte die Feuerleiter zu dem Flachdach eines leer stehenden Mietshauses hoch. Ein vierter stieg auf das Dach eines Lagergebäudes und kauerte sich hinter einem Schornstein auf dem Flachdach.

Die übrigen Teammitglieder bezogen ebenfalls ihre Positionen – in vier Teams, wobei jedes Team eine Seite des Gefängniskomplexes abdeckte. Trotz der kühlen Luft spürte Patrick den Schweiß in seinem Nacken und den keuchenden Atem des Mannes hinter ihm. Sie hielten an, schauten sich sichernd um, dann sprinteten sie geduckt von einem Felsen zum nächsten. Sie liefen durch enge Gassen zwischen dicht an dicht stehenden Lehmziegelhäusern, dann über eine Straße. Hinter einigen Gebäuden bezogen sie ihre Positionen, keine hundert Meter von der äußeren Gefängnismauer entfernt.

Die Scharfschützen und Teamleiter nahmen über den SEAL-Funkkanal Verbindung miteinander auf, Patrick konnte ihre Absprachen über seinen rechten Ohrstöpsel mitverfolgen: »Sind am Checkpoint Neptun.«

»Verstanden, Checkpoint Neptun.«

»Tex hier. Checkpoint Neptun.«

»Verstanden.«

Und so weiter, einer nach dem anderen. Die Nachtluft war beißend, Patricks Atem kurz. Er sprach ruhig, aber sein Herz raste. In einigen Augenblicken würden sie die Hölle loslassen und in weniger als dreißig Minuten wäre alles vorbei. Er drehte sich zu dem Mann hinter ihm um, seinem besten Freund bei den SEALs und dem unbestrittenen Fitness-Champion des Teams – Troy Anderson, den seine Kameraden *Beef* nannten. Beef war stämmiger als Patrick und einige Zentimeter kleiner, mit breiten Schultern und quadratischem Gesicht. Sein Körperfett lag bei lächerlichen 5 Prozent. Beef war der Clown des Teams, aber er war auch äußerst ehrgeizig – und jetzt war er in seinem Element. Patrick schaute ihn an und nickte. Es war Zeit.

Er sprach leise in sein Mikrofon. »Räumt die Türme.«

Sekunden später meldeten die Scharfschützen ihre Treffer. Sie hatten den Wächtern auf den Türmen Codenamen gegeben, frei nach amerikanischen Patrioten.

»Jefferson down.«

»Madison down.«

»John Adams down.«

»Franklin.«

»Thomas Paine.«

Patrick wurde nervös. Fünf tot. Aber hatten die Informanten nicht von *sechs* Wächtern gesprochen? Jetzt fluchte einer der Schützen und von einem der Türme kam ein Antwortschuss. Ein kurzer Blitz riss durch die Nacht. Jetzt, leiser, wieder der SEAL-Schütze.

Eine Sekunde später die Meldung: »Down. John Hancock.«

Patrick hob die Faust an seinen Helm und bedeutete Beef, in Aktion zu treten. »Sprengstoff«, befahl er in sein Mikrofon.

Wie die *Mauerbrecher* in den anderen Teams hatte Beef die Aufgabe, zu der Mauer zu rennen und an ihrer Basis sein Sprengstoffpaket zu deponieren. Vier koordinierte Explosionen würden Löcher in die Außenmauer sprengen, durch die die Angreifer aus allen Richtungen gleichzeitig auf das Gefängnisgelände stürmen könnten. Sie würden durch den Maschendrahtzaun brechen, die Gefängnistüren aufsprengen und drinnen das Chaos ausbrechen lassen - Handgranaten, Blendgranaten, Schüsse auf die Wärter, aus allen Richtungen. In wenigen Minuten wollten sie wieder draußen sein.

Doch bevor Beef die Straße überquert hatte, zerriss schrilles Sirenengeheul die trockene Nachtluft, die Kegel der Suchscheinwerfer schwenkten in Richtung des Teams. Ein Kugelhagel schlug auf dem Boden ein, während Beef rasch zurück hinter die Ziegelgebäude sprintete.

»Danke für die Deckung, Q«, keuchte er, während er sich zwischen Patrick und die anderen duckte. »Nächstes Mal sag mir gleich, wenn du abbrechen willst.«

Patrick hielt seinen Kopf gesenkt, aber er sah die Mündungsfeuer der Kalaschnikows in den Schießscharten der Türme. Die Informationen stimmten nicht. Sechs Leute sollte es auf den Türmen geben, aber es schienen Dutzende zu sein, die jetzt wie wild auf die SEALs schossen, die versucht hatten, den Sprengstoff an der Mauer anzubringen.

Jetzt meldeten sich die anderen Teams. Sie standen ebenfalls unter Feuer. Man fluchte ausgiebig.

»Heftige Gegenwehr.« Mit ruhiger Stimme machte Patrick der Einsatzzentrale seine Meldung. »Ersuchen Abbruch der *Operation* und Beginn *Schleuder*.«

Eine kurze Pause im Kopfhörer, wie ein enttäuschtes Zögern. Die Order *Schleuder* bezog sich auf den Kampf Davids gegen Goliath. Patricks Anweisungen waren klar: So wenig Blutvergießen wie möglich. Erledigt die Wachturmschützen, durchbrecht die Mauer, holt die Leute aus den Zellen und geht wieder. Politisch war eine gezielte Operation einem Rundumschlag vorzuziehen. Der Befehl *Operation* war besser als *Schleuder*. Aber nicht, wenn es bedeutete, dass SEALs starben.

»In Ordnung.«

Patrick schaute auf seine Armbanduhr. Die Drohnen würden mindestens zwei Minuten brauchen. Zwei *lange* Minuten in diesem Kugelhagel. Patrick hob eine halbe Sekunde seinen Kopf und schoss auf die Türme.

Jetzt würde gleich ein heilloses Durcheinander ausbrechen ...

Kapitel 3

Najran, Saudi-Arabien

Der Raum sah wie ein Kontrollzentrum der NASA aus. Dutzende Drohnenpiloten saßen in Reihen vor hochauflösenden Bildschirmen, die Augen fest auf sie geheftet. Vorne im Raum war ein großer *IMAX*-Bildschirm, der die von verschiedenen Drohnen gelieferten Bilder zusammenführte - Drohnen, die knapp 4600 Meter über der Aktion am Zentralgefängnis von Sana'a flogen. Ein CIA-Agent tigerte nervös hinter den Piloten mit ihren Joysticks hin und her.

Der 21 Jahre alte Brandon Lawrence war einer der besten Piloten im Raum. Der schlaksige, blasse junge Mann war schon immer ein Computerfreak gewesen. Nach der Highschool hatte er ein Jahr damit verbracht, sich in seinen Lieblings-Videospiele zu perfektionieren, dann war er zur Air Force gegangen. Nach der Grundausbildung hatte man ihn dazu auserkoren, die *MQ-9* zu fliegen, die modernste Drohne, eine Weiterentwicklung der *Predator**. Brandon stand unter dem Kommando der CIA und arbeitete in Ländern außerhalb deklarierter Kriegsgebiete. In den letzten zwei Jahren hatte er Tausende von Einsatzstunden und über dreißig Kampfeinsätze absolviert. Er war die Ruhe selbst am Computer, klinisch präzise bei der Zerstörung der Ziele und nonchalant danach. Er ließ es sich nie anmerken, wie ihn die Einsätze aufwühlten.

---

* Drohne der US-Luftwaffe, die nicht nur zur Luftraumaufklärung gebraucht wird, sondern durch die eingebaute Luft-Boden-Rakete auch die Möglichkeit bietet, direkt ins Kampfgeschehen einzugreifen.

Die Licht- und Radarsensoren seiner Drohne waren bei Tageslicht so empfindlich, dass er aus über 4000 Metern Höhe Gegenstände erfassen konnte, die nur eine Handbreit lang waren. Er sah, was für eine Waffe ein feindlicher Soldat trug, wenn nicht sogar, welche Zigarettenmarke er rauchte. Mit der neuesten Gesichtserkennungs-Software und den 1,8-Gigapixel-Kameras seiner Drohne konnte er selbst auf belebten Innenstadtstraßen gegnerische Kämpfer identifizieren. Nachts und mit Infrarottechnologie waren die Bilder, die man vom Boden bekam, verschwommener – ein Mix aus grünen Farbtönen und unscharfen Umrissen.

Brandons Job war es, den Wachturm in der Mitte des Gefängniskomplexes außer Gefecht zu setzen, samt dem halben Dutzend Männern, die sonst das Feuer auf die SEALs eröffnen würden, sobald diese die Mauer durchgebrochen hatten. Er musste präzise treffen. Einige Meter daneben und er würde einen Teil des Gefängnisses zerstören und Dutzende Insassen töten.

Brandon zoomte sich an den Turm heran, dann drückte er einen Knopf, der ein Gitter mit exakten Koordinaten auf den Bildschirm holte – Abstand, Richtung, Flugbereich. Der CIA-Mann stellte sich hinter Brandon und brummte zustimmend. Brandon erfasste das Ziel. Der *IMAX*-Monitor blendete eine Maske ein, die den voraussichtlichen Wirkungsradius der *Hellfire*-Rakete zeigte. Brandon und die anderen Piloten bestätigten, dass sie bereit waren.

»Feuer!«

Auf dem großen Bildschirm vorne im Kommandozentrum waren die Explosionen fast gleichzeitig – zehn Blitze, stumm und unwirklich vor dem gespenstischen Grün des Infrarot-Videos. Die sechs Türme in der massiven äußeren Mauer des Komplexes bekamen alle Volltreffer ab; die Raketen äscherten die Wächter ein, zerstörten die Türme und rissen gähnende Löcher in die Mauer. Weitere Treffer schalteten Stromleitungen und Generatoren aus; das Gefängnis lag abrupt im Dunkeln und die Sirenen verstummten. Brandons Rakete hinterließ da, wo der Zentralwachturm gewesen war, einen rauchenden Krater mit den verbrannten Leichen von sechs Huthi-Kämpfern.

»Gute Arbeit«, lobte der Mann hinter Brandon.

»Danke, Sir.« Brandon starrte auf den Bildschirm vor ihm; die Hand, die auf dem Joystick lag, zitterte fast unmerklich. Hier saß er – sicher wie in Abrahams Schoß - und richtete nichtsahnende Fremde hin. Es war ihm schmerzlich bewusst, dass dies hier kein Videospiel war, und er schämte sich ein bisschen, dass er andere Menschen tötete, ohne selbst in Gefahr zu sein. Er war zur Air Force gegangen, weil er seinem Land dienen wollte. Es schien die perfekte Lösung zu sein, die ideale Kombination zwischen Vaterlandsliebe und Technologiebegeisterung.

Aber dass es *so* sein würde, hätte er nie gedacht. Er arbeitete für die CIA, saß an einem Computerterminal in Saudi-Arabien und gerade hatte er sechs Soldaten im Jemen getötet, Hunderte Meilen entfernt. Er war Richter, Jury und Henker in einer Person. Nun sah er auf dem Bildschirm zu, wie die echten Soldaten den Komplex stürmten. Die Wunder moderner Kriegsführung machten es möglich.

Kapitel 4

Sana'a, Jemen

Patrick Quillen spürte die Druckwellen der Explosionen. Er wartete auf das Entwarnungssignal, dann winkte er seine Männer nach vorne. Tief geduckt rannten sie über die Straße und um die rauchenden Schutthaufen herum, die die Rakete aus der Mauer gerissen hatte. Er schulterte sein *Heckler-&-Koch*-Maschinengewehr und musterte den Gefängnishof, während seine Männer ausschwärmten, um etwaige Verteidiger niederzukämpfen.

Der Hof sah mehr wie ein Flüchtlingslager aus als wie ein Hochsicherheitsknast. An Wäscheleinen hingen staubige Kleidungsstücke und zwischen den Leinen und dem Maschendrahtzaun waren Teppiche gespannt, die wohl Schatten spenden sollten. Keine Bäume, nur der nackte Boden und an einem Ende ein Stück Zementboden und ein Basketballkorb. Basketball - hier?

Patrick und seine Männer durchquerten den Hof, ohne auf Widerstand zu stoßen. Die Huthis schienen sich in das Innere des Komplexes zurückgezogen zu haben. Die vier Teams sammelten sich, eine Handvoll Männer blieb zur Sicherheit an strategischen Punkten im Hof positioniert. Ein *Mauerbrecher* brachte eine kleine Sprengladung am Zaun an. Die Explosion riss ein Loch in ihn und die Männer schoben sich hindurch. Sie teilten sich in zwei Sechserteams auf, Patricks Team blieb am Eingang des Hauptgebäudes.

Das dicke Stahltor vor ihnen erforderte eine größere Sprengladung. Beef kniete sich hin, legte den Klebestreifen an der gut fünf Zentimeter dicken Minibombe frei und klebte diese ans Tor. Er schaute prüfend um sich, die anderen Männer traten zurück.

»Ladung angebracht, Südeingang Gebäude 1«, meldete Beef.

Er trat ebenfalls zurück und betätigte den Zünder. Die Explosion riss das Tor auf. Ein Kamerad warf eine Blendgranate hindurch. Patrick ging als Erster hinein. Nur schnell weg vom Eingang! Er schwenkte sein Gewehr in einem Bogen durch die Luft.

Da! Auf einer Art Steg standen zwei Wärter, die gerade versuchten, ihr Gleichgewicht wiederzuerlangen. Sie schossen aufs Geratewohl. Einen Sekundenbruchteil später hatten Patrick und ein anderer aus dem Team sie mit mehreren Schüssen erwischt. Der eine flog zurück gegen die Wand, der andere sackte über dem Geländer zusammen, hing einen Augenblick dort und plumpste dann hörbar auf den Boden unter dem Steg.

Die SEALs verteilten sich im Raum. Er schien eine Art Büro zu sein, das der Abfertigung der Insassen diente.

»Eingangsraum sicher«, sagte Patrick.

Der zweite Teamleiter antwortete: »Alpha Zwei drinnen.«

Der Plan sah vor, dass die beiden Teams sich in dem Zellenblock im zweiten Stock wiedertrafen, wo die zu befreienden Häftlinge waren. Aber zuerst mussten sie die Treppe hoch und im zweiten Stock eine zweite Stahltür durchbrechen.

Patrick trat zu der Tür, die ins Treppenhaus führte. Er blieb stehen und hielt inne.

Er hatte gelernt, auf seine Instinkte zu hören. Die nicht erwarteten zusätzlichen Wächter in den Türmen hatten seinem Team den Überraschungseffekt genommen. Patrick war sicher, dass die Huthis jetzt am oberen Ende der Metalltreppe warteten.

Sein Funkgerät meldete sich. Der andere Teamleiter war außer Atem. »Alpha Zwei im Treppenhaus unter Beschuss. Adler down.«

Patrick hörte, wie Beef hinter ihm fluchte.

»Bringt ihn hierher!« Patrick zeigte auf den Wärter, der von dem Steg auf den Boden gefallen war.

Zwei seiner Männer packten den Mann unter den Armen und schleiften ihn zur Treppenhaustür. »Werft ihn rein, wenn ich die Tür aufgetreten hab«, fuhr Patrick fort. »Geht in Deckung und dann los!«

Die Männer nickten. Patrick trat die Tür auf und sie warfen den toten Wärter hindurch. Eine Gewehrsalve, aber keine Granaten. Zwei der SEALs schlüpften ins Treppenhaus und erwiderten das Feuer der Wärter oben. Zwei weitere SEALs folgten rasch.

Die Huthis zogen sich zurück und Patrick und seine Männer rannten die Treppe hoch, die Läufe ihrer Waffen auf die Türen im ersten und zweiten Stock gerichtet.

Zwei Männer blieben unten, um die Eingänge zu sichern. Die übrigen vier erreichten den Treppenabsatz vor der Tür zum zweiten Stock. Beef brachte wieder eine Sprengladung an, die Männer zogen sich einen halben Treppenlauf zurück. Die Tür flog auf und Patrick warf die nächste Blendgranate hinein. Die anderen folgten ihm durch die Tür.

Sofort Schüsse. »*Allahu Akhbar*!«

Patrick ließ sich auf den Boden fallen. Die Kugeln pfiffen über seinen Kopf. Es war stockdunkel und er wusste, dass die Huthis keine Nachtsichtbrillen hatten. Sie waren am anderen Ende des Zellenblocks und zogen sich zurück, während sie wild in Richtung der Tür schossen. Die Gefangenen kauerten an den Wänden ihrer Zellen und schrien auf Arabisch. Patrick und seine Männer duckten sich und erwiderten das Feuer. Wenige Sekunden, dann lagen die Wärter mit dem Gesicht nach unten in ihrem eigenen Blut.

Patrick und Beef hasteten an das andere Ende des Blocks, stießen mit ihren Gewehrläufen in die Wärter, um sicherzugehen, dass sie tot waren. Dann traten sie die Kalaschnikows von ihren Leichen weg. Die Insassen in den Zellen waren starr vor Schreck; die meisten saßen zusammengekauert so weit von der Tür entfernt wie möglich. Ein paar traten vorsichtig zu den Zellentüren, streckten die Hände durch das Gitter und riefen den SEALs irgendetwas zu.

Das Team ging zügig die Zellen entlang. Es war keine zwanzig Meter mehr von der Zelle entfernt, in der Holloman und Abdulaziz saßen, als die Hiobsbotschaften begannen.

»Sieben Hotspots nähern sich dem Ziel«, kam es aus Patricks Kopfhörer. »Transportfahrzeuge. Alpha Eins und Zwei, verstanden?«

»Verstanden«, sagte Patrick.

»Verstanden!«, schrie der Leiter des Teams Zwei. Er klang atemlos, man hörte Gewehrfeuer. Patrick und seine Männer würden im nördlichen Treppenhaus aushelfen müssen, sobald sie die Gefangenen hatten.

Keiner wusste, wie viele Huthi-Kämpfer in den Militärfahrzeugen waren, die unterwegs zu dem Gefängnis waren. Was, wenn sie Granatwerfer dabeihatten? Würden die Hubschrauber, die zur Evakuierung der Gefangenen und der SEALs vorgesehen waren, dann überhaupt landen können? Wie kam es, dass die Rebellen so schnell Verstärkung herbeigeschafft hatten?

Mehr Funksprüche.

»Alpha Zwei weiter unter Beschuss. Heftiger Widerstand.«

»Neptun Eins unter Beschuss«, meldete einer der Scharfschützen.

»Neptun Drei unter Beschuss.«

Zwei Scharfschützen unter Beschuss, das zweite Befreiungsteam im Treppenhaus festgenagelt, mehr Wärter als erwartet in den Türmen, Huthi-Verstärkung unterwegs. Die Wärter hatten Patrick und seine Männer tief in das Gefängnis hineingezogen. Das Ganze war eine Falle!

Ein paar Sekunden später, als Patrick und Beef die Zelle erreichten, in der Holloman sein sollte, wurden Patricks schlimmsten Befürchtungen wahr.

»Alpha Eins an Falke«, sagte Patrick. *Falke* war der Codename für Admiral Paul Towers, den befehlshabenden Offizier des Joint Special Operations Command*. Towers war der Mann, der letztlich für den Einsatz verantwortlich war. Er stand in direktem Kontakt zur CIA und zur Präsidentin. Patrick verehrte diesen Mann - genau wie alle SEAL-Teamleiter.

»Falke hier.«

»Das hier müssen Sie sehen«, sagte Patrick.

Er schaltete das Licht auf seinem Helm an, und die Zelle, wo Holloman hätte sein sollen, wurde hell. Patricks Kamera funkte das Bild ins Hauptquartier. Da war es, in der einen Ecke der Zelle. Eine lebensgroße Pappfigur, die eine lächelnde Präsidentin Amanda Hamilton zeigte.

---

* Kommandoeinrichtung der US-Armee, die Spezialeinheiten einheitlich führt, koordiniert, ausbildet, versorgt und ausrüstet.

Kapitel 5

Zwei Monate zuvor – Chesapeake, Virginia

Paige Chambers hörte, wie die Tür zu den Toiletten aufging, aber es war zu spät. Sie stand über der Schüssel in ihrer Kabine gebeugt, die Tür zum Glück verschlossen, und erbrach sich in hohem Bogen. Sie würde halt warten müssen, bis die andere wieder weg war. Sie hatte gelesen, dass es dem großen römischen Redner Cicero ähnlich ergangen war. Sie hasste es, dass sie kurz vor einer wichtigen Verhandlung immer so nervös wurde. Dass sie sich selbst so unter Druck setzte, dass ihr buchstäblich schlecht wurde.

Das bist nicht du. Du schaffst das!

Sie schob mit der einen Hand ihr Haar aus ihrem Gesicht, während sie sich mit der anderen den Mund mit einem Stück Toilettenpapier sauber wischte. Dann betätigte sie die Spülung und mit dem Rest ihres Frühstücks verschwand auch ein Teil ihrer aufgewühlten Nerven kreisend im Abfluss.

Sie wartete, bis die andere Toilettenbenutzerin ihre Hände gewaschen hatte und gegangen war, dann nahm sie ihre Jacke vom Haken an der Innenseite der Kabinentür und trat nach draußen. Sie schaute prüfend in den Spiegel, zog ihr Nadelstreifenkostüm zurecht, dessen Rock knapp über den Knien endete, und beugte sich zum Wasserhahn, um einen Schluck zu trinken. Einen Augenblick blieb sie so stehen. In ihrem Kopf spielte sie die Last-Minute-Motivationsschallplatte ab. Sie sah gut aus, obwohl sie ihre grünen Augen nicht perfekt fand. Ihr schulterlanges schwarzes Haar trug sie heute offen, anstatt es zu einem unordentlichen

Knoten zu flechten oder durch ein Stirnband zu bändigen, wie sie das meistens tat. An Make-up hatte sie nur eine dünne Grundierung aufgetragen, dazu etwas Lipgloss, Lidschatten und Wimperntusche - nichts Besonderes. Sie wollte als die Expertin auftreten, die von den anderen ernst genommen wurde.

Paige hatte vor vier Jahren ihr Studium der Rechtswissenschaft beendet und mittlerweile bereits fast fünfzig Mal ein Plädoyer vor dem Berufungsgericht von Virginia gehalten. Sie war die drittbeste Absolventin in ihrem Jahrgang an der Uni gewesen. Jetzt arbeitete sie für den Generalstaatsanwalt des Staates Virginia. Sie konnte das, es gab niemand Besseren.

Sie nickte ihrem Spiegelbild kurz zu, griff nach ihrer Aktentasche, straffte die Schultern und verließ die Toilette. Sie schaute sich rasch um, ob sie auch bestimmt niemand sah, dann nahm sie Kurs auf den Gerichtssaal.

Die üblichen Leute waren bereits da. Man sah mehrere Anwälte wie Paige, die Berufungsspezialisten waren. Das Gericht bestand jeweils aus drei Richtern. Diese hatten zu entscheiden, ob das Erstgericht die Gesetze korrekt angewandt hatte. Die meisten der Verurteilten wurden nicht durch Berufungsspezialisten wie Paige vertreten, sondern durch Pflichtverteidiger, die für vom Gericht festgelegte Honorare arbeiteten und sich selten ein Bein ausrissen. Paige hatte bisher nur drei Fälle verloren und jedes Mal hatte sie es kommen gesehen.

Ganz hinten saß ein Reporter der *Tidewater Times*. Paige wusste, dass er wegen ihres Falles gekommen war: *Markell vs. Staat Virginia*. Es war der bisher kitzligste Fall ihrer kurzen Karriere.

Austin Markell war der 28-jährige verwöhnte Sohn eines schwerreichen Immobilienhändlers in Portsmouth, Virginia. Er war wegen der Vergewaltigung einer 19-jährigen Studentin der *Old Dominion University* vor Gericht gekommen und verurteilt worden. Die Studentin war noch am gleichen Abend zur Polizei gegangen, der DNA-Befund war eindeutig. Die junge Frau, Grace Hernandez, hatte blaue Flecken an beiden Armen und am Hals, angeblich, weil Markell sie mit seinem Arm gewaltsam nach unten gedrückt hatte. Markell selbst gab an, dass der Sex heftig, aber freiwillig gewesen sei. Nach knapp einer Stunde befand die Jury ihn für schuldig.

Einige Wochen nach dem Urteil kam ein pikantes Gerücht auf. Es stand im Zusammenhang mit einer Verhandlung in einer Scheidungsangelegenheit mit einem der stellvertretenden Generalstaatsanwälte der Regierung. Offenbar hatte Markells Verteidigerin, ein junger Superstar namens Lori Benton, eine Sexaffäre mit einem Anwalt der Staatsanwaltschaft gehabt. Daraufhin hatte Markell ihr prompt den Laufpass gegeben und mit dem 65-jährigen Wyatt Jackson weitergemacht, der die Regierung hasste und aus jedem Fall den Dritten Weltkrieg machte.

Jackson plädierte auf Unwirksamkeit der Verteidigung, da Benton Markell nicht über ihre Affäre infomiert hatte. Benton - so Jackson - hatte nicht ihr Bestes gegeben. Sie hatte zum Beispiel nicht nach der sexuellen Vergangenheit des Opfers gefragt. Sie hatte keine Leumundszeugen beigezogen, die Markell hätten helfen können. Jackson brachte sogar eine eidesstattliche Erklärung von Markell bei, dass dieser niemals Ms Benton engagiert hätte, wenn er von ihrer Beziehung zum Anwalt der Staatsanwaltschaft gewusst hätte.

Paige schob sich ein Pfefferminzbonbon in den Mund, legte ihren Wintermantel über das Geländer hinter ihrem Anwaltstisch und ließ sich neben der kampfbereiten Generalstaatsanwältin für die Stadt Portsmouth nieder. Die Stadt war tief nach Rassen gespalten und Destiny Brown hatte den Zuschlag gegenüber ihren beiden weißen Mitbewerbern erhalten. Als erste Amtshandlung hatte sie die Hälfte der Mitarbeiter in ihrem Büro gefeuert; die anderen verließen sie in Scharen. Auch der an der Sexaffäre beteilige Anwalt hatte gehen müssen. Verteidiger wie Wyatt Jackson versuchten nun, sich dieses Chaos zunutze zu machen.

Austin Markell war bereits im Gefängnis und würde heute nicht vor Gericht erscheinen, aber Jackson war es gelungen, eine ganze Reihe im Gerichtssaal mit Markells Verwandten und Freunden zu füllen. Bevor die Sitzung begann, ging er zu Paige, um ihr die Hand zu schütteln. Der 65-Jährige war einen Kopf größer als Paige. Sie drückte seine Hand fest, wohl wissend, dass die ihre kalt und klamm war.

»Nervös?«, fragte Jackson.

»Eigentlich nicht«, erwiderte Paige. Ihre Worte überzeugten sie selbst nicht.

Jackson war spindeldürr und hatte ein scharf geschnittenes Gesicht. Seine beeindruckende weiße Mähne schob er gern hinter seine Ohren.

Er hatte sich einen imposanten Schnurrbart wachsen lassen, über seinen stahlblauen Augen hingen buschige graue Brauen. Sein Lächeln war halb süffisant, halb belustigt. »Ich wär auch nervös, wenn ich Ihre Seite vertreten müsste«, sagte er.

»Viel Glück«, versetzte Paige. »Sie werden's brauchen.«

Jacksons Grinsen wurde noch breiter. »Ah, der Schwung der Jugend.« Er nickte zu Destiny Brown hin, die demonstrativ nicht aufgestanden war und so tat, als sei er Luft.« »Nett, Sie wiederzusehen, Ms Brown.«

»Sparen Sie sich's«, entgegnete Destiny.

Wyatt schüttelte den Kopf. »Wusste nicht, dass Sie mit dem falschen Fuß aufgestanden sind. Aber gut, Sie haben ja gerade ein wenig Personalmangel.«

Er drehte sich um und ging zurück zu seiner Seite des Saales. Paige setzte sich wieder. Destiny murmelte, bevor sie sich bremsen konnte: »Was für ein arrogantes Arschloch!« Laut genug, dass die, die hinter ihnen saßen, es mitbekamen.

Paige wusste, dass Jackson nicht zu unterschätzen war. Knapp auf der hiesigen Seite der Grenze zwischen Virginia und West Virginia geboren, verband er den Charme eines Südstaaten-Gentlemans mit der Dickfelligkeit eines Bergsteigers. Man sagte, dass er in einem Wohnwagen hauste, aber auch, dass er mehr Geld auf seinem Schweizer Konto hatte als die meisten *Silicon-Valley*-Manager. Er war die Art Rechtsanwalt, den jeder so lange hasste, bis er ihn brauchte. Und dann engagierte er ihn.

Kapitel 6

Wyatt Jackson stand wie eine Eins vor den drei Richtern, die über den Berufungsantrag zu entscheiden hatten. Er zeigte wenig Respekt; manchmal unterbrach er sie sogar in ihrem Frageschwall. Paige bewunderte seine zähe Art, aber sie hatte den Eindruck, dass er die Richter verärgerte. Dennoch half es ihrem Nervenkostüm nicht, dass der Vertreter der Gegenseite sich so kämpferisch gab.

Jacksons Hauptgegner war Richterin Anna Colson, die wahrscheinlich die entscheidende Stimme in dem Richtergremium hatte. Sie schien das Plädoyer auf Unwirksamkeit der Verteidigung nicht zu akzeptieren.

»Ich verstehe, dass da diese Beziehung war«, sagte sie und linste über den Rand ihrer Drahtbrille. Richterin Colson hatte ein rundliches Gesicht und schütter werdendes graues Haar. »Aber ich verstehe nicht, was das mit Ms Bentons Behandlung des Falles zu tun gehabt haben soll. Was hätte sie denn Ihrer Meinung nach anders machen sollen?«

»Alles«, sagte Wyatt fest. »Sie hat keine Leumundszeugen beigezogen. Sie hat kein Kreuzverhör des Opfers über dessen sexuelle Vorgeschichte vorgenommen.«

Colson ließ sich nicht beeindrucken. »Haben Sie schon mal etwas von dem Gesetz zum Schutz von Vergewaltigungsopfern gehört?«

»Doch wenn die Anklageseite von sich aus die sexuelle Vorgeschichte des Opfers zur Sprache bringt, gilt dies nicht«, schoss Wyatt zurück.

»Ich habe mir das gesamte Protokoll angesehen und kann nicht erkennen, dass das hier passiert ist«, erwiderte Colson.

»Band 1, Seite 372«, sagte Wyatt Jackson, ohne seine Notizen zu konsultieren. »Als Ms Hernandez gefragt wurde, ob der Sex freiwillig gewesen sei, antwortete sie – ich zitiere –: ›So einen Sex würde ich nie freiwillig mitmachen.‹ Zitat Ende. Das ist eine klare Aussage über ihre sexuelle Vorgeschichte, bei der die Verteidigung sofort hätte einhaken sollen.«

»Soll das ein Witz sein?«, sagte Colson. »Wenn ich die Erstrichterin gewesen wäre, hätte mir das nicht genügt, um jemanden wie Ihnen zu gestatten, ein Vergewaltigungsopfer einem Kreuzverhör bezüglich seiner sexuellen Vergangenheit zu unterziehen.«

»Ein guter Verteidiger hätte es wenigstens versuchen sollen, Euer Ehren. Dieser Fall ist noch schlimmer als der Fall *Thornburg* – und bei dem bekam der Angeklagte einen neuen Prozess.«

Colson lehnte sich auf ihrem Stuhl zurück, die Arme skeptisch gekreuzt. Paige war überrascht, dass Wyatt den Fall *Thornburg* zur Sprache brachte. Es handelte sich um das Urteil eines Erstgerichts in Richmond, das für das Berufungsgericht keinerlei bindende Wirkung hatte. Im Fall *Thornburg* hatte ein Verteidiger, der mit einer Anwältin in der Staatsanwaltschaft verheiratet war, seinen Klienten nicht nur nicht darüber informiert, sondern auch den einzigen Zeugen nicht beigezogen. Während des Plädoyers der Anklage war er glatt eingeschlafen. Kein Wunder, dass der Richter damals das Verfahren neu aufgerollt hatte.

Paige war bei ihren Recherchen auf Dutzende ähnlicher Fälle gestoßen, aber keinen beim Berufungsgericht Virginia oder beim Obersten Gerichtshof von Virginia, den einzigen beiden Gerichten, deren Entscheidungen für diese drei Richter hier bindend waren. Paige fand, dass es ein Fehler war, dass Wyatt *Thornburg* überhaupt erwähnte.

Sie sah, dass das rote Licht am Rednerpult aufleuchtete; das Signal, dass Wyatts 25 Minuten zu Ende waren. Aus Respekt vor dem Gericht machte Paige dann immer Schluss und sagte nur noch einen Satz. Doch Wyatt machte sich noch größer und fuhr fort, ohne die Richter um Erlaubnis zu fragen.

»In Shakespeares Drama *Wie es euch gefällt* sagt eine der Personen: ›Die Liebe hat dich zu einer zahmen Schlange gemacht.‹ In diesem Fall war Ms Benton die lahme Schlange. Sie biss nicht zu, als sie die Gelegenheit dazu hatte. Deshalb hat mein Klient ein erneutes Verfahren verdient, mit einem Verteidiger, der zubeißt.«

»Wir danken Ihnen«, sagte Richterin Colson knapp.

Kapitel 7

Paige stellte sich ans Rednerpult. Noch bevor das erste Wort aus ihrem staubtrockenen Mund kam, befand sie sich in der Defensive.

»Finden Sie nicht, dass die Verteidigung diese Beziehung dem Klienten wenigstens hätte mitteilen sollen?« Die Frage kam von Richter Rahul Patel, einem ehemaligen Pflichtverteidiger. Paige wusste: Er wäre unter den drei Richtern die härteste Nuss.

»Nach den ethischen Regeln: Ja. Aber ich glaube trotzdem nicht, dass das Mr Markell ein Recht auf ein erneutes Verfahren gibt.«

»Warum haben Sie keine eidesstattliche Erklärung des Anwalts, der die Affäre hatte, vorgelegt, in der er verneint, je mit der Verteidigerin über den Fall gesprochen zu haben?« Richter Patel beugte sich auf der Richterbank nach vorne. »Das wäre doch ein naheliegender Weg gewesen, Ihr Argument zu stützen, oder?«

Paige hatte gewusst, dass diese Frage kommen würde und dass sie darauf keine gute Antwort hatte. »Er hat sich geweigert, mit uns zu reden.«

Mehrere Augenbrauen auf der Richterbank gingen nach oben. »Tatsächlich?«

»Ja, tatsächlich«, lag es Paige auf der Zunge. Ihr Frust war dabei, stärker zu werden als ihre Nervosität. »Aber das ist nicht so wichtig. Mr Markell hatte eine gute Verteidigung. Es gibt nichts, was seine Verteidigerin anders hätte machen können oder sollen.«

In den nächsten Minuten hatte Paige festen Boden unter den Füßen. »Es war klug von Ms Benton, keine Leumundszeugen beizuziehen. Der

Angeklagte hatte ein langes Sündenregister verwerflicher Handlungen, das die Anklage hätte nutzen können, falls Ms Benton durch das Beiziehen von Leumundszeugen die Tür dazu geöffnet hätte. Und was die sexuelle Vorgeschichte des Opfers betrifft, so bringt Ms Hernandez' Aussage, dass sie einen Sex, der ihr blaue Flecken an den Armen und am Hals einbrachte, niemals freiwillig mitgemacht hätte, kaum ihre sexuelle Vorgeschichte ins Spiel. Würde dieses Gericht das anders sehen, könnte jedes Mal, wenn ein Vergewaltigungsopfer blaue Flecken hat und verneint, dass der Geschlechtsverkehr freiwillig war, die Verteidigung die gesamte sexuelle Vorgeschichte des Opfers vor Gericht zerren. Das kann ja wohl kaum dem Gesetz entsprechen.«

Paige merkte, wie sie ruhiger wurde. So war das jedes Mal. Erst die Nerven, Ängste, ein holpriger Start. Aber dann machte sich ihre geradezu manische Vorbereitung bezahlt und ihr Adrenalin steigerte ihre Konzentration und nicht ihre Angst.

Richter Patel befragte Paige über den Fall *Thornburg*. Stand dieser Fall nicht für den Vorschlag, dass jedes Mal, in denen ein Verteidiger eine Intimbeziehung mit jemandem in der Staatsanwaltschaft hatte, die er nicht offenlegte, mindestens eine Beweisaufnahme erfolgen musste, um zu sehen, ob der Beklagte ein Recht auf einen erneuten Prozess hatte?

»*Thornburg* ist falsch entschieden worden«, sagte Paige selbstbewusst. »Wenn dieses Gericht der Argumentation in *Thornburg* folgt, wird es eine Riesen-Pandorabüchse öffnen.«

Richterin Colson beugte sich vor. »Das müssen Sie genauer erläutern.«

Kichern. Paige spürte, wie es ihr unangenehm den Rücken hinunterlief. Sie kam sich vor, als hätte jemand im Saal einen Witz gemacht, den sie als Einzige nicht begriff.

Sie holte Luft. »Bei *Thornburg* wurde zu Unrecht behauptet, dass jegliche nicht offengelegte Beziehung zwischen einem Verteidiger und jemandem aus der Staatsanwaltschaft ausreicht, um dem Beklagten das Recht einzuräumen, seinen Fall hinsichtlich eines erneuten Prozesses prüfen zu lassen. Was, wenn der Staatsanwalt und die Verteidigerin drei Monate vorher ein Date gehabt hatten? Oder wenn sie gemeinsam studiert hätten? Was, wenn sie in dieselbe Kirche gingen? Oder zusammen Tennis spielten? Oder ...«

Richterin Colson unterbrach sie. »Aber darum geht es hier doch gar nicht. Es gibt keinen Zweifel, dass die Verteidigerin und jemand aus der Staatsanwaltschaft seit geraumer Zeit eine Affäre hatten.«

»Das sehe ich auch so, Euer Ehren. Aber ich finde, dass der Hauptverteidiger eine Benachteiligung seines Klienten nachweisen müsste, bevor dieser ein Recht auf eine erneute Verhandlung hätte.«

»Aber wie soll er wissen, ob sein Klient benachteiligt wurde, wenn es keine Verhandlung gibt, in der er Ms Benton, die Verteidigerin, unter Eid befragen kann?«

Paige fühlte sich in die Ecke gedrängt. »Wir müssen uns hier den gesamten Vorgang ansehen. In einem Fall wie diesem gibt es keinen Zweifel, dass der Beklagte gut vertreten wurde.«

»Aber woher wollen wir wissen, dass Mr Markells Anwältin sich nicht mit ihrem Liebhaber über den Fall unterhalten hat?«

»Es gibt keinerlei Indizien, dass sie es getan hat.«

»Aber es *gibt* Hinweise darauf, dass sie ihrem Klienten nichts von dieser Affäre erzählt hat. Warum hat sie ihn nicht einfach von der Beziehung unterrichtet?«

Das rote Licht leuchtete auf. »Ich sehe, meine Zeit ist um«, sagte Paige. »Darf ich die Frage noch beantworten?«

»Da wollen wir doch sehr drum bitten«, witzelte Richter Patel.

»Ich finde, es gehört nicht zu den Aufgaben von Gerichten, Hauptverteidiger im Nachhinein zu kritisieren wegen angeblicher Motive des früheren Anwalts. Was, wenn Mr Jackson dort hinten andere Klienten hat, die mehr bezahlen als Mr Markell – obwohl es wahrscheinlich keine gibt? Sollte das dem Beklagten erlauben, Mr Jacksons Einsatz hier zu hinterfragen und zu behaupten, dass er sich nicht genug angestrengt hat? Sicher nicht. Wir sollten uns die Protokolle anschauen und das Verhalten des Verteidigers während des Prozesses. Ms Benton hat dabei einen guten Job geleistet. Daher sollte das Urteil aufrechterhalten werden.«

★ ★ ★

Einige Minuten später erfuhr Paige, was der Grund des Kicherns in dem Gerichtssaal gewesen war. Während seines Gegenplädoyers stürzte Wyatt Jackson sich genüsslich auf ihren Fehler.

»Man sollte die Meinung Eurer Ehren im Fall *Thornburg* nicht so schnell beiseiteschieben«, sagte er, an Richterin Colson gewandt.

Paige fühlte, wie sie rot wurde. Sie überlegte hektisch. Sie hatte die Akte intensiv studiert und sie hätte bestimmt Colsons Namen erkannt, wenn diese bei *Thornburg* die Richterin gewesen wäre. Doch dann wurde ihr plötzlich ganz anders zumute. War da nicht eine Scheidung gewesen, bevor Colson zur Richterin beim Berufungsgericht ernannt wurde? Natürlich! Beim Lesen der *Thornburg*-Akte hatte Paige nicht an Richterin Colsons Namen in ihrer früheren Ehe gedacht. Sie hatte ja noch nicht einmal geahnt, dass sie an diesem Morgen eine der drei Richter sein würde. Jetzt begriff sie plötzlich, warum die Richter es so mit *Thornburg* gehabt hatten.

Der Rest von Wyatt Jacksons Plädoyer rauschte an Paige vorbei. Sie musste die ganze Zeit daran denken, wie wegwerfend sie die *Thornburg*-Entscheidung behandelt hatte. Sie wäre anders vorgegangen, hätte sie gewusst, dass Colson damals die Richterin gewesen war. Sie hätte sich weniger kritisch geäußert und nur die nackten Fakten genannt.

»Und so ersuchen wir dieses Gericht, wenigstens das Erstgericht anzuweisen, eine Beweisaufnahme vorzunehmen, um festzustellen, ob der Beklagte das Recht auf ein erneutes Verfahren hat«, schloss Jackson. Das rote Licht leuchtete. Diesmal dankte er den Richtern und setzte sich.

Als die Richter die Richterbank verlassen hatten, schüttelte Destiny Brown Paige die Hand und sagte ihr, dass sie ihren Job gut gemacht habe. Doch sie wussten beide, dass das eine Lüge war. Wyatt Jackson kam dazu und sagte Paige, dass sie es nicht einfach gehabt habe. Sie schüttelte seine Hand und gratulierte ihm. Dabei widerstand sie dem Drang, ihn zu fragen, wie er überhaupt noch in den Spiegel schauen konnte. Sie packte ihre Siebensachen und schnappte sich ihren Mantel, wild entschlossen, auf dem Weg nach draußen niemanden anzusehen.

Doch das erwies sich als unmöglich. Erst kam der Reporter von der *Tidewater Times* zu ihr, aber sie konnte ihn mit einem raschen »Kein Kommentar« abfertigen.

Und dann, als sie über die Schulter des Reporters schaute, sah sie *ihn* – den letzten Menschen, den sie an diesem Tag ihrer Demütigung sehen wollte. Er stand in der hintersten Reihe, in einem überweiten grauen Kapuzenpullover, die Hände in den Taschen. Er musste bei der gesamten Verhandlung dabei gewesen sein. Er war ein absoluter Fremdkörper hier, jemand, der in eine ganz andere Schublade von Paiges säuberlich geordnetem Leben gehörte.

Als sie zu ihm kam, trat ein breites Lächeln auf sein Gesicht.

»Was machst *du* denn hier?«, fragte sie.

Patrick Quillen zuckte die Achseln. »Mir die besten Anwälte raussuchen, falls ich je ein Knöllchen kriege.«

Sie wusste nicht, ob sie lachen oder weinen sollte. Sie kämpfte bereits mit Frustrationstränen, aber jetzt stieg ein ganz neuer Schwall an Gefühlen in ihr hoch.

Kapitel 8

Sie hatten sich über ein Online-Dating-Portal kennengelernt. Ihr erstes Rendezvous beschrieb Paige später gegenüber einer Freundin als »halb peinlich, halb faszinierend«. Patrick war für Paiges Geschmack ein wenig zu sehr von der alten Schule. Er wirkte, als sei er einem alten Western entsprungen, in dem die Männer den Frauen noch die Türen aufhielten und sie allgemein beschützten. Er schien ein etwas simples Weltbild zu haben, dessen Motor die ungebremste Begeisterung für Gott und sein Vaterland war – ein scharfer Gegensatz zu Paiges zynischen Freunden aus der Juristenszene.

Das Faszinierendste an ihm war aber sein Lächeln. Er hatte tief liegende Augen, das Kinn und die Wangenknochen eines männlichen Models und kurzes schwarzes Haar. Selbst wenn sie nicht sein Profil gelesen hätte, hätte Paige auf Anhieb gewusst, dass er Soldat war. Aber wenn er sie so anlächelte, dann war er ganz Hollywood.

Das Zweite, das sie auf Anhieb an ihm mochte, war, dass Patrick – anders als die übrigen Männer, die sie über diesen Dating-Service kennengelernt hatte – sich keine besondere Mühe gab, Eindruck zu schinden. Es schien ihm wichtiger, mehr über Paige zu erfahren, als von sich selbst zu erzählen. Erst bei ihrem dritten Rendezvous erfuhr sie, dass er ein SEAL war.

»Warum hast du mir das nicht schon früher gesagt?«, fragte sie.

Er zuckte die Achseln. »So ticken wir halt.«

Am gleichen Abend erzählte Patrick ihr auch von seinen Eltern, die beide bei einem Autounfall ums Leben gekommen waren, als er gerade einmal drei Jahre alt war. Er war bei seinen Großeltern aufgewachsen, die Milchbauern im Norden des Bundesstaates New York waren. Seine Großmutter war drei Monate vor Beginn seiner SEAL-Grundausbildung an Krebs gestorben.

»Sie war der tapferste Mensch, den ich je kannte«, sagte Patrick. »Es waren Höllenstrapazen mit Chemo, Haarausfall und Co, aber kein einziges Mal hat sie gejammert oder ist wütend auf Gott geworden. Wenn jemand sie fragte, wie es ihr ging, antwortete sie immer, dass sie von Gott gesegnet sei.«

»Das klingt ja unglaublich«, sagte Paige. »Schade, dass ich sie nicht kennenlernen konnte.«

»Ja, das ist echt schade«, antwortete Patrick.

Sie kannten sich jetzt seit über einem Monat - lange genug, dass Paige ihren Online-Dating-Account geschlossen hatte und echte Gefühle für Patrick empfand. Aber noch nicht lange genug, dass er sie in einem solchen Moment der Schwäche erleben sollte.

Sie fuhren im Aufzug ins Erdgeschoss hinunter. Er sagte ihr, wie sehr ihn ihr Plädoyer beeindruckt hatte.

»Danke, aber können wir über was anderes reden?«

Er fragte, ob er sie zum Mittagessen einladen könne. Sie lehnte höflich ab. Sie hatte zu viel am Hals, es warteten bereits die nächsten Fälle. In Wirklichkeit aber wollte sie allein mit sich und ihrem Frust sein.

Doch Patrick war hartnäckig, und der Zauber seines Lächelns setzte sich durch. Sie einigten sich auf einen Kompromiss. Er würde ihr am Hotdog-Stand vor dem Gerichtsgebäude einen Hotdog spendieren. Den könnte sie dann mit ins Büro nehmen und dort ihre Wunden lecken.

Er hielt ihre Aktentasche, während sie ihren Mantel anzog, und half ihr mit einem der Ärmel. »Danke«, sagte sie. Patrick hielt ihr die Tür auf und sie traten hinaus in den Januarwind. Es war ein heller Tag mit einigen dünnen Wolken und einer kräftigen Brise, die einem glatt durch die Kleider schnitt. Der arme Kerl, der den Hotdog-Stand betrieb, trug eine Daunenjacke und darunter ein Sweatshirt mit Kapuze. Patrick kaufte drei Hotdogs, dazu zwei Tüten Pommes und zwei Getränke. Er tat Senf auf seinen Hotdog.

»Willst du noch einen Keks?«, fragte er sie.

»Nein, danke.«

Sie gingen Seite an Seite zum Parkplatz. »Für 'ne Rechtsanwältin kostest du nicht viel an Restaurantspesen«, sagte Patrick.

»Woher wusstest du, dass heute diese Verhandlung war?«

»Du hattest vor ein paar Tagen davon gesprochen. Klang interessant. Wollte dich mal live in Aktion erleben.«

Paige musste unwillkürlich lächeln. Der Mann da neben ihr war ein Marine-SEAL. Unter *Aktion* verstand er bestimmt etwas anderes als ihre Anwaltskollegen.

»Nicht mein bester Tag heute«, sagte Paige.

»Also, ich fand dich super.«

Entweder wollte er ihr schmeicheln oder er hatte nichts mitbekommen. »Na ja«, sagte sie, »wenn man mal davon absieht, dass ich nicht wusste, dass Colson die Richterin war, die die Entscheidung zu dem Fall *Thornburg* verfasst hatte, wegen der sie mich gelöchert haben.«

»Also, ich finde, du hast dich gut geschlagen«, erwiderte Patrick. »Du hattest doch auf alles eine Antwort. Undenkbar, dass die diesen Fall noch mal neu aufrollen.«

Das war mit das, was sie an Patrick anzog. Wie sie war auch er ein Kämpfer für das Gute. Es war letztlich ganz simpel: Es gab die Guten und es gab die Bösen. Und Paige und Patrick setzten sich in ihren Jobs beide für das Gute ein – jeder auf seine Weise. Ihnen beiden ging es dabei nicht um Geld oder Ruhm. Es wäre undenkbar, dass sie einen Serienmörder verteidigte oder dass er für den IS kämpfte.

Es war schön, ihn an ihrer Seite zu haben. Sie fühlte sich schon ein bisschen besser. Lunch zusammen mit Patrick war definitiv besser, als alleine vor sich hinzubrüten.

»Vielleicht können wir die Hotdogs in deinem Auto essen«, schlug Paige vor. »Dann kannst du mir genauer erklären, wie toll ich war, und mich ein bisschen aufbauen.«

»Machen wir doch glatt.«

★ ★ ★

Es dauerte noch drei weitere Wochen und acht Treffen, bevor Patrick Paige das erste Mal küsste. Aber nach zwei Filmen, drei Dinnerverabredungen, einem Strandspaziergang und zwei 10-Kilometer-Läufen war es so weit. Er machte es am gleichen Abend, an dem er ihr eröffnete, dass er in gut einem Monat einen Einsatz hätte. »Im Wesentlichen 'ne Mittelmeerkreuzfahrt. Nicht weiter gefährlich.«

Es geschah, als er Paige nach ihrem neunten Date nach Hause brachte. Er kam mit ihr an die Tür zu der Tür ihrer Eigentumswohnung. Schon länger umarmten sie sich am Ende jedes Dates, aber Patrick hatte noch nie versucht, sie zu küssen. Andere von dem Dating-Portal hatten bereits beim allerersten Rendezvous wesentlich mehr versucht, vor allem, wenn sie ein paar Drinks intus hatten.

An diesem Abend also umarmte er sie wieder, aber dann trat er nicht zurück wie sonst, sondern schob behutsam eine Locke ihres Haares hinter ihr Ohr und ließ seinen Finger sanft über ihre Wange gleiten. Sie fixierte sein Gesicht, ihr Atem stockte.

Als er sich zu ihr hinunterbeugte, um sie zu küssen, schloss Paige erwartungsvoll die Augen. Dann nach erfolgreichem Abschluss seines kleinen romantischen Einsatzes strahlte er sie an, und Paige sah es wieder, sein unwiderstehliche Lächeln.

»Na, war das okay?«, fragte er.

Sie konnte kaum atmen. Um sie drehte sich noch alles. »Das war auch Zeit«, sagte sie. Dann beugte sie sich nach vorne und erwiderte seinen Kuss.

Als er gegangen war, trat sie in ihre Wohnung, schloss die Tür und lehnte sich dagegen. Sie merkte, wie ihre Knie weich wurden und sie langsam zu Boden rutschte.

Reiß dich zusammen, das ist doch nur so ein Gefühl, dachte sie. Aber es war ein Gefühl und ein Abend, die sie beide für den Rest ihres Lebens nicht mehr vergessen würde.

Kapitel 9

Die richterliche Entscheidung zum Fall *Markell vs. Virginia* wurde am Dienstag, dem 13. März, bekannt gegeben und war genauso, wie Paige befürchtet hatte. Alle drei Richter fanden, dass Lori Benton sich in einem Interessenkonflikt befunden hatte, über den sie ihren Klienten hätte informieren müssen. Die Richter verwarfen die von Paige vertretene Deutung, dass es sich um ein harmloses Versehen handelte. »Angesichts der unbedingten Vordringlichkeit des Rechtes eines Beklagten auf kompetente, unvoreingenommene juristische Beratung im Sinne des Sechsten Artikels der amerikanischen Verfassung und angesichts der mangelhaften Handhabung dieses Falls durch die Verteidigung sind wir der Meinung, dass der Schuldspruch fehlerhaft ist und der Beklagte ein Recht auf ein neues Verfahren hat.«

Paige grübelte eine Stunde über die Entscheidung nach, dann rief sie Generalstaatsanwältin Destiny Brown an. »Sie haben getan, was Sie konnten«, sagte Destiny; aber es klang nicht überzeugend. »Doch es wird kein zweites Verfahren geben. Das Opfer ist nicht bereit, noch einmal so etwas über sich ergehen zu lassen, vor allem nicht mit Wyatt Jackson als Anwalt der Verteidigung.«

Der Anruf und vor allem die Entscheidung riefen bei Paige ein Gefühl der Übelkeit hervor. Das Büro der Staatsanwaltschaft war in Richmond, zwei Stunden von ihrem Wohnort entfernt. Daher erlaubte man ihr, von zu Hause aus zu arbeiten. Normalerweise mochte Paige diese Lösung. Sie konnte sich leger anziehen, mitten am Tag joggen gehen und war frei von allen Büroklüngeleien. Aber an einem Tag wie diesem hätte sie gern ein paar Kollegen um sich gehabt. Stattdessen saß sie mit ihrem Frust allein zu Hause.

Am Abend hatte sie eine Verabredung mit Patrick - Dinner im Haus eines seiner Kumpels. Patrick redete oft über Beef Anderson und dessen Familie - und heute also würde er Paige zu ihnen mitnehmen. Normalerweise wäre Paige Feuer und Flamme gewesen, aber nach der Lektüre der Gerichtsentscheidung fiel es ihr schwer, mit einem fröhlichen Lächeln auf dem Gesicht zu Beef, seiner Frau Kristen und den beiden kleinen Jungen mitzukommen. Aber andererseits waren es nur noch wenige Tage bis zu Patricks Einsatz. Wenn sie heute nicht mitging, würde sie sich später eventuell Vorwürfe machen.

Am Nachmittag schickte sie Patrick eine SMS, dass sie sich nicht gut fühle.

Er antwortete sofort. »Sollen wir einfach chillen und das Dinner sausen lassen?«

Sie starrte lange auf die SMS. Ein Abend alleine mit Patrick - der Gedanke war verführerisch. Aber sie wusste: Es bedeutete ihm viel, dass sie seine Freunde kennenlernte. Sie hatte gehört, dass die SEALs wie Pech und Schwefel zusammenhielten. Also textete sie zurück: »Nein, ich komme mit.«

★ ★ ★

Am Abend um halb acht war Paige froh, dass sie mitgekommen war. Die Andersons wohnten, von Nachbarn umgeben, in irgendeiner Sackgasse in Virginia Beach. Ihre beiden Jungen, der vier Jahre alte Justin und der ein Jahr jüngere Caleb, hatten das kleine Haus komplett in Beschlag genommen. Überall sah man Spielzeug, Schuhe und Plastikgewehre. Die Wände und Regale waren voll mit Bildern. Einen großen Schäferhund namens Tiny hatten die Andersons auch. Er war entgegen seinem Namen gar nicht winzig und leckte an allem und jedem.

»Das ist der Grund, warum Patrick dich mitgebracht hat«, erklärte Kristen Anderson Paige. »Er will sehen, ob Tiny dich mag.«

Paige mochte Kristen vom ersten Augenblick an. Sie war etwas kleiner und hausbackener, als Paige erwartet hatte. Die gängige Vorstellung war, dass die Ehefrauen von SEALs alle bildhübsch und athletisch waren.

Kristen entsprach diesem Klischee nicht. Sie war schlicht, unkompliziert und bodenständig und hieß Paige herzlich willkommen. Sie trug ein tailliertes T-Shirt und trotz des kühlen Wetters Bermudashorts und Sandalen. Sie konnte nicht kochen, was Paige gefiel. Beef und Patrick verbrachten die ersten zwanzig Minuten am Grill.

»Auf wie vielen Einsätzen war dein Mann schon?«, fragte Paige, während sie zusammen mit Kristen an der Küchentheke stand und einen Salat richtete.

»Ich schätze, so zehn bis fünfzehn«, antwortete Kristen. Sie warf Tiny, der brav an ihrer Seite saß, eine Gurkenscheibe zu. »Einige waren nur kurz.«

»Und was ist das Schwierigste bei so was?«

»Der dritte Tag, wenn er wieder da ist. Die ersten beiden Tage und Nächte sind wahnsinnig gut.« Kristen lächelte versonnen. »Aber dann fängt Troy an, den Tagesablauf, der sich eingespielt hatte, während er weg war, durcheinanderzubringen. Er will wieder der Boss sein, als wenn nichts geschehen wäre, und ich denke unwillkürlich: ›Also, ohne dich ging es eigentlich ganz gut.‹ Dazu kommt noch, dass er die ersten paar Tage den Jungen alles durchgehen lässt. Tja, und am dritten Tag müssen wir uns halt neu zusammenraufen. Wenn das geschafft ist, läuft's wieder.«

Ein paar Sekunden später musste Kristen einen Streit zwischen den Jungen schlichten und Paige machte alleine beim Salat weiter. Sie versuchte, sich in Kristens Rolle hineinzuversetzen. War es möglich, mit einem SEAL verheiratet zu sein und trotzdem ein normales Familien- und Berufsleben zu haben? Die herzliche, so erfrischend normale Atmosphäre in diesem Haus, bis hin zu den zwei kleinen Jungen, die um Paiges Aufmerksamkeit wetteiferten, sie hatte etwas Gesundes, Tröstliches.

Man setzte sich zum Abendessen. Die Jungen stellten pausenlos Fragen. Justins Haarschopf war blond und zerzaust, als ob Kristen ihn geschnitten hatte, während der Junge die ganze Zeit zappelte. Er hatte große, blaue Augen und ein halb charmantes, halb spitzbübisches Lächeln. Sein kleiner Bruder Caleb war fast genauso groß, aber rundlicher. Er war auch sensibler als Justin, sah seiner Mutter ähnlicher und hatte bis zum Beginn des Abendessens Paige schon dreimal umarmt.

Ein Großteil der Unterhaltung drehte sich um Beefs Abenteuer, die Kristen so umschrieb, dass kleine Ohren nicht auf falsche Gedanken kamen. Es waren etliche Wirtshausschlägereien dabei sowie einige Streiche, die aus dem Ruder gelaufen waren. Patrick grinste verlegen, als Kristen ein paar von seinen eigenen Faxen zum Besten gab.

Doch der eigentliche Spaß kam erst nach dem Essen. Er kam auf das Bitten und Betteln des vierjährigen Justin, obwohl Patrick und Beef zuerst höflich ablehnten. Doch Justin ließ nicht locker. »Bitte, Papa! Bitte, Onkel Q!«

Als der kleine Caleb einfiel, wusste Paige, dass die Jungen gewonnen hatten. Die Männer wären bald wieder im Einsatz und sie spürte, dass sie es nicht übers Herz brachten, jetzt Nein zu sagen.

»Sorry«, sagte Beef, und Paige wusste: Jetzt kam etwas ganz Besonderes!

Kirsten schüttelte den Kopf. »Miss Paige wird uns gleich alle für verrückt erklären.« Die beiden Jungen sausten bereits in den Flur.

Beef folgte ihnen. Patrick lehnte sich an die Küchentheke, die Arme überkreuzt, ein Grinsen auf seinem Gesicht.

»Wo sind die hin?«, fragte Paige.

»Das wirst du gleich sehen.«

Während die Jungen sich fertig machten, ging Patrick ins Wohnzimmer und fing an, die Möbel an die Wand zu rücken. Auch der Couchtisch wurde verschoben. Es vergingen ein paar Minuten, dann dröhnte Beefs Tiefbass den Flur entlang, der zu den Schlafzimmern in dem eingeschossigen Haus führte: »Und jetzt kommt, mit grazilen 84 Kilo ...«

Kristen verschluckte sich fast an dem Wasser, das sie gerade trank. »Das sind mindestens fünfzehn mehr!«, rief sie.

»... ein Atomphysiker aus Transsylvania in Pennsylvania: der unglaubliche Hulk!«

Und Beef Anderson stolzierte ins Wohnzimmer und ließ seine Muskeln spielen. Seine Kleidung bestand aus einem Paar enger grüner Jogginghosen, die an den Knien abgeschnitten waren. Auf seiner Brust prangte ein riesiges Tattoo, das den US-Adler mit ausgebreiteten Schwingen zeigte. Sein Gesicht war grün bemalt. Was für ein Anblick!

»Buuuh!«, rief Kristen. »Raus mit dem Kerl!«

Beef posierte unbeirrt weiter. Er war es gewöhnt, den Schurken zu machen. »Und hier ist mein Kompagnon von einer Milchviehfarm im Norden des Staates New York!« Er machte eine ausholende Geste zu Patrick hin. »Der amerikanische Infanterist, lieb und rund und knuddelig, auch bekannt unter dem Namen Patrick Quillen, das große Q!«

Patrick schaute kurz zu Paige hin, die Augen vielsagend rollend. Dann trat er in die Mitte des Zimmers und begann, herumzuhüpfen, seine Glieder schüttelnd wie ein echter Ringer. Möglicherweise war er etwas verlegen, aber Paige merkte, dass er seinen Auftritt genoss.

»Und jetzt, mit einem Lebendgewicht von 20 Kilo, Captain America!«

Justin Anderson kam durch den Flur gerannt, komplett mit Captain America-Outfit; es fehlte nur der Schild. Er zeigte auf seinen Vater und fing an, martialisch zu schimpfen. Er rief zu seinem Bruder zurück: »Mach schon, Caleb!«

Ein paar Sekunden verstrichen, dann kam ein pummeliger kleiner Spider-Man durch den Flur gerannt; die Maske hing schief zur Seite. Und los ging der Kampf! Patrick und Beef ließen sich auf die Knie fallen und rollten mit den Jungen über den Teppich, während Kristen und Paige die grinsenden Zuschauer machten. Die Jungen sprangen voller Vergnügen von den Armlehnen des Sofas auf die Rücken der großen Männer, während diese die Jungen im Kreis wirbelten, bis diesen schwindlig wurde. Dann legten sie sich auf sie. Tiny stürzte sich bellend in das Getümmel. Man raufte, man lachte, man kitzelte einander. Einmal bekam Caleb einen Tritt ins Gesicht ab und rannte heulend zu Kristen. Die heilte den Verletzten mit dem Wundermittel »Kuss von Mama« und schickte ihn zurück an die Front.

Hin und her wogte der Kampf. Nach einer spektakulären Viertelstunde war es den Jungen gelungen, die beiden SEALs zu besiegen und Beef erklärte das Ende der Veranstaltung.

Dieser Abend berührte Paige in einer Art, die sie selbst kaum beschreiben konnte. Sie hatte mit ihrem eigenen Vater gehadert, seit er die Familie sitzen gelassen hatte, während sie noch zur Schule ging. Und sie war immer etwas eifersüchtig auf ihre Freunde gewesen, die ihren Vater um Rat fragen konnten. Hier erlebte sie nun, wie Beef für seine Söhne nicht nur ein Vater war, sondern auch ein Freund. War es möglich, dass sie eines Tages über ihre Vergangenheit hinauswachsen und so etwas Ähnliches in ihrer eigenen Familie erleben konnte? Vor allem mit jemandem wie Patrick, der nicht die Fliege machte, sobald es schwierig wurde.

Kapitel 10

Zwei Tage später, am Abend vor seinem Abflug, führte Patrick Paige zum Dinner aus. Sie gingen in ein gemütliches Restaurant namens *Catch 31* direkt an der Uferpromenade. Es war das erste Mal, dass Paige Patrick in einem schickem Hemd sah, dazu trug er einen eleganten Pullover und seine normalen Jeans. Er hatte eigentlich draußen sitzen wollen, an den Tischen mit den Feuerschalen, aber der Nieselregen und der steife Märzwind zwangen die beiden, Plan B zu folgen und sich reinzusetzen.

Sie fanden einen schönen Tisch und Paige beschloss, den Abend einfach zu genießen, ohne an Patricks Einsatz zu denken und wann sie ihn wiedersehen würde. Als das Hauptgericht kam, unterhielten sie sich über die Familie Anderson und Patrick fragte Paige, ob sie sich vorstellen könne, selbst Mutter zu sein. Er nahm einen Bissen von seinem Steak und wartete auf ihre Antwort.

»Sicher«, sagte sie. »Irgendwann schon. Aber im Augenblick denke ich mehr an meinen Beruf.« Sie drehte den Spieß um und fragte: »Hast du schon mal an Kinder gedacht?« Sie nahm einen Schluck von ihrem Wein.

»Na, klar«, sagte Patrick. »Ich hätte am liebsten 'ne ganze Basketball-Mannschaft. Das wären also fünf.«

Paige verschluckte sich fast an ihrem Wein. »Dann bin ich die Falsche.«

Patrick zuckte die Achseln. »Hab halt gedacht, ich stapele erst mal hoch. Verhandeln können wir immer noch.«

Paige hätte ihn jetzt gerne gefragt: »Geht das gerade nicht ein bisschen zu schnell?« Sie hatten bisher noch nicht einmal übers Heiraten gesprochen und jetzt sprachen sie über die Anzahl der Kinder?

»Lass uns einen Schritt nach dem anderen tun«, schlug sie vor.

»Ist ja bloß ein Szenario«, grinste Patrick. »Zur Not könnte ich als Trainer auch selbst mitspielen, dann brauchen wir nur noch vier.«

Es sollte nicht das letzte Mal an diesem Abend sein, dass das Gespräch persönlich wurde. Patrick verstand es, in ruhigem Ton tiefschürfende Fragen zu stellen, während seine dunklen Augen Paige empathisch musterten. Paige staunte darüber, wie selbstverständlich sie das zuließ. Sie sprach darüber, wie ihr Vater die Familie verlassen hatte und wie ihre Mutter, sobald Paige mit der Highschool fertig war, abrupt nach Nashville gezogen war, um dort einen Pastor zu heiraten. »In dem Jahr hab ich aufgehört, zur Kirche zu gehen.«

Zwei feste Freunde hatte es im College gegeben, einen weiteren während des Jurastudiums, der Paige kurz vor seinem Examen einen Heiratsantrag gemacht hatte und dann nach New York City gezogen war. Sechs Monate später zog er mit einer Kollegin zusammen und die Hochzeit mit Paige war abgeblasen.

»Er hat es mir am Telefon gesagt«, berichtete Paige. Aber sie wusste: Es war besser so gewesen, denn inzwischen hatte der Kerl schon die Dritte. »Ich hab mich wohl öfter im Stich gelassen gefühlt im Leben«, fügte sie hinzu.

»Du bist halt keine gute Männerkennerin«, sagte Patrick.

»Das kannst du laut sagen.«

Patrick nahm ihre Hand. »*Mir* kannst du vertrauen, Paige. Ich bin nicht perfekt – das hast du wahrscheinlich schon gemerkt –, aber ich würde dir niemals wehtun.«

Paige beugte sich etwas näher zu ihm. »Das weiß ich doch.«

★ ★ ★

Einige Stunden später fuhr Patrick auf den Parkplatz von Paiges Eigentumswohnung. Eines ihrer Rituale war, dass Patrick aus seinem Auto sprang und um den Wagen herumrannte, um die Beifahrertür zu öffnen. Aber Paige wartete nie auf ihn. Nach einer Zehntelsekunde Zögern, kurz bevor er die Motorhaube umrundet hatte, öffnete sie die Tür selbst.

Doch heute Abend blieben beide sitzen.

»Möchtest du eben reinkommen?«, fragte Paige.

Er sah sie an. »Besser nicht. Ich trau mir selbst nicht.«

Er beugte sich über die Mittelkonsole zu ihr und legte seinen Arm um ihre Schulter. Sie rutschte näher an ihn heran. Sie erinnerte sich, wie verlegen sie sich bei ihrem ersten Date gefühlt hatte.

»Kann ich dich was fragen?«, sagte Patrick.

»Gerne.«

Er zögerte einen Augenblick, als lege er sich die Worte noch einmal zurecht, damit sie auch richtig rauskamen. »Was würdest du davon halten, dass wir heiraten?«

WAS sagte Patrick da? Die Frage verwirrte Paige. War das ein Heiratsantrag? War das eine Frage der Kategorie: »Ich nehm dich auf den Abschlussball mit, wenn du Ja sagst«? Nach nur drei Monaten?

»Ich ... weiß nicht so recht«, stotterte sie. Ihre Überraschung war deutlich hörbar. »Das geht alles so schnell.«

Verlegenes Schweigen, während ihre Gedanken Achterbahn fuhren. Heiraten?

Dann sagte Patrick: »In meiner Welt treffen wir rasche Entscheidungen und trauen unseren Instinkten. Und außerdem hab ich über die Sache gebetet. Seit unserem ersten Kuss weiß ich, dass wir die Richtigen füreinander sind – das heißt, eigentlich schon seit unserem ersten Treffen.«

Paige wusste nicht, was sie sagen sollte. Sie beugte sich über die Mittelkonsole zu ihm und legte ihren Kopf an seine Schulter. In ihrer Welt ließ sie sich von logischen Überlegungen leiten, nicht von Instinkten und schon gar nicht von Gefühlen.

»Ich ... weiß einfach nicht recht.« Sie schaute durch die Windschutzscheibe nach vorne. »Der Gedanke gefällt mir, aber ich möchte gerne ganz sicher sein, dass das das Richtige ist und nicht bloß etwas, was wir machen, weil du jetzt weg sein wirst und wir vorher noch was festklopfen wollen.«

»Denk einfach drüber nach«, sagte Patrick. »Du musst nicht heute Abend antworten. Damit hatte ich ehrlich gesagt auch nicht gerechnet.« Er zögerte. »Also gut, eigentlich wollte ich dir vorhin draußen auf der Restaurantterrasse meinen Antrag machen, gleich nach dem Dinner. Aber dann kam dieses blöde Wetter ... und dann unser Gespräch über diesen Typ, der dich nach dem Studium sitzen gelassen hat.«

Seine Stimme klang eine Spur enttäuscht. Es versetzte Paige einen Stich. Ihm wehzutun war nun wirklich das Letzte, was sie wollte.

Er fuhr fort: »Ich schätze, ich wollte dir, bevor es morgen losgeht, einfach sagen, dass ich bereit bin, den Rest meines Lebens an deiner Seite zu verbringen.«

Paige sah ihn an, eine Handbreit entfernt von ihm. »Ich liebe dich«, sagte sie. Dann gab sie ihm einen langen Kuss und merkte, wie dieser Kuss ein Band zwischen ihnen knüpfte, das sie noch nie zuvor gespürt hatte. Als er dieses Mal ausstieg und um die Motorhaube herumging, um ihr die Beifahrertür zu öffnen, ließ sie ihn.

»Siehst du, es hat auch gar nicht wehgetan«, kommentierte Patrick. Er begleitete sie zur Haustür. Sie bot ihm erneut an, mit hineinzukommen, aber er verneinte erneut. Diesmal spürte sie eine kleine Distanz zwischen ihnen – oder bildete sie sich das bloß ein?

Er beugte sich zu ihr hinunter, sie stellte sich auf die Zehenspitzen und sie küssten sich. Dann verabschiedeten sie sich und er wischte ihr die Tränen ab und wartete, während sie in ihre Wohnung ging.

Paige sah durch den Türspion zu, wie Patrick sich umdrehte und zurück zum Auto ging. Sie machte sich fürs Bett fertig. Ihr Kopf schwirrte noch. Sollte sie, konnte sie? Und als sie endlich den Charakter dieses Mannes genügend hin- und hergewendet, geprüft hatte und jedes Stückchen Information, das sie über ihn besaß und jedes Rendezvous, das sie gehabt hatten, vor allem aber die letzten Minuten dieses Abends noch einmal Revue passieren ließ, tippte sie eine SMS: »Gilt das Angebot noch? Dann ja, gerne.«

Aber sie wollte nicht, dass das eine bloße emotionale Reaktion auf die Enttäuschung in ihm war, die sie vorhin gespürt hatte. Oder der Wunsch, Nägel mit Köpfen zu machen vor einer Trennung von mehreren Monaten. Das hier, es war zu wichtig, und sie hatte sich schon öfter die Finger verbrannt. Die Beziehung mit dem anderen Studenten hatte sich auch richtig angefühlt. Sie war sicher gewesen, dass sie füreinander geschaffen waren. Sie kroch ins Bett, legte das Handy neben sich und starrte die SMS lange an.

Tat sie das Richtige? Waren ihre Gefühle echt und von Dauer oder hatten sie ihren Ursprung darin, dass sie ihn drei Monate nicht sehen würde? Und wenn sie echt waren, konnten sie dann nicht die drei Monate abwarten und dann dort weitermachen, wo sie aufgehört hatten? Hatte sie Bedenken, weil er ein SEAL war und sie ihr Leben nicht als Ehefrau eines Mannes verbringen wollte, der alle sechs Monate in den nächsten Einsatz musste? Konnte sie mit dem Gedanken leben, dass irgendwann mitten in der Nacht womöglich jemand an ihre Tür klopfte, um ihr mitzuteilen, dass ihr Mann tot war? Aber dann musste sie an Troy und Kristen denken und wie gut es bei ihnen funktionierte.

Diese und noch hundert andere Fragen quälten sie, als sie auf ihrem Rücken lag und die Zimmerdecke anstarrte und versuchte, sich die nächsten drei Monate ohne Patrick vorzustellen. Es war fast zwei Uhr morgens, als sie endlich einnickte. Nach wenigen Minuten war sie wieder wach. Sie stellte den Wecker ihres Handys und legte es auf den Nachttisch. Die SMS schickte sie nicht ab. Sie traute ihren Gefühlen nicht, sie war zu durcheinander.

Noch ein paar Minuten sprangen ihre Gedanken hin und her in dem Niemandsland zwischen Wachen und Schlafen, ein wirres Kaleidoskop aus schlechten Gerichtsentscheidungen, kichernden kleinen Jungen und den ernsten Augen eines Mannes, den sie - da war sie sich sicher - liebte. Endlich, etwa eine halbe Stunde später, rollte sie sich auf die rechte Seite, schüttelte ihr Kopfkissen auf und sank in einen unruhigen, aber willkommenen Schlaf.

Kapitel 11

Die nächsten zehn Tage tauschten Paige und Patrick SMS und E-Mails aus. Skypen ging leider nicht; laut Patrick war dergleichen an dem Stützpunkt, an dem er stationiert war, nicht erlaubt.

All dies war neu für Paige und definitiv nicht dasselbe, wie Patrick persönlich gegenüberzusitzen. Seine Nachrichten kamen schubweise und zu den verrücktesten Zeiten, da er sich in verschiedenen Zeitzonen aufhielt. Es war nichts Ungewöhnliches, dass ein ganzer Tag verging, bevor er die nächste E-Mail oder SMS von ihr beantworten konnte.

Allzu viele Sorgen um seine Sicherheit machte Paige sich nicht, was zum Großteil an Kristen Anderson lag. Sie und Paige trafen sich zweimal auf einen Kaffee und es war deutlich, dass Kristen nicht glaubte, dass die Männer in Gefahr waren. Paige liebte ihre gelassene Art und auch, wie sie über Patrick redete.

»Ich kenne Q schon lange, Paige. Er hat noch nie jemand zu uns mitgebracht. Wenn einer aus seinem Team eine Frau mitbringt, die er als seine Freundin vorstellt, dann bedeutet das was.« Kristen nahm den nächsten Schluck Kaffee. »Diese Männer leben auf der Überholspur, auch die guten wie Patrick. Wenn die eine Beziehung anfangen, fackeln die nicht lange. Ich hab doch gesehen, wie er dich angeschaut hat.«

Paige hörte zu. Dass Patrick ihr so gut wie einen Heiratsantrag gemacht hatte, behielt sie für sich. Sie fragte sich manchmal, ob er im Auto einen Verlobungsring dabeigehabt hatte. Egal, sie hatte beschlossen, es zu wagen. Einen Mann wie Patrick Quillen würde sie vielleicht kein zweites Mal kennenlernen. Seine bloße Nähe tat ihr gut und sie konnte schon gar nicht mehr zählen, wie oft am Tag sie auf ihrem Computer sein Bild öffnete und an die Stunden dachte, die sie mit ihm verbracht hatte.

Hin und wieder telefonierten sie, aber die Gespräche waren etwas abgehackt aufgrund der langen Entfernung, die zu einer gewissen Zeitverzögerung bei den Antworten führte. Auch schien Patrick manchmal nicht ganz bei der Sache zu sein; manchmal brach er das Gespräch ab und versprach Paige, dass das nächste länger würde. Das verunsicherte Paige, aber auch hier konnte Kristen sie beruhigen: Troy war ganz genauso. »Wenn die Jungs im Einsatz sind, drehen sich ihre Gedanken nur um ihren Auftrag. Das gehört dazu.«

Paige war von Natur aus eher zurückhaltend, vor allem wenn es darum ging, einem anderen Menschen ihre tiefsten Gefühlen anzuvertrauen. Aber wenn sie sich zu etwas entschlossen hatte, konnte nichts sie bremsen. Nach zehn Tagen schickte sie Patrick Care-Pakete und zählte die Tage bis zu seiner Rückkehr, so wie die übrigen Ehefrauen und Freundinnen der SEALs auch. Die nächsten drei Monate würden langsamer dahinkriechen als eine Schnecke, aber wenn Patrick im Sommer wieder da war, würden sie die verlorene Zeit aufholen. Sie würde ihn am Flughafen erwarten, wenn er zurückkam, und sie würden dort weitermachen, wo sie aufgehört hatten. Sie würde ihm von der SMS erzählen, die sie am Vorabend seines Einsatzes getippt hatte, und diesmal gäbe es kein Zögern mehr.

★ ★ ★

Washington, D. C.

Philip Kilpatrick, der Stabschef des Weißen Hauses, war 54 Jahre alt und hatte vierzehn politische Kampagnen mitgemacht. Er hatte schon vieles gesehen, ja, das meiste davon hatte er sogar selbst inszeniert. Seine schwarz umrandete Brille saß auf einer kurzen, gedrungenen Boxernase. Zum Beginn der achten Kampagne war seine Glatze komplett gewesen, was seine Ohren, die wahrscheinlich zu einem größeren Schädel gehörten, noch mehr hervortreten ließ. Seinen grauen Bart hielt er so kurz, dass es immer aussah, als ob er noch ganz frisch war. Er hatte sich daran gewöhnt, der cleverste Mann im Zimmer zu sein, selbst bei einem Raum wie dem holzgetäfelten Situation Room im Weißen Haus, der eine solch legendäre Geschichte hatte, und auch wenn dort die Top-Berater des US-Präsidenten versammelt waren. Kilpatrick wusste, wie viele Stimmen zu wenig die Präsidentin im zweiten Stimmbezirk von Warren County in Iowa bekommen hatte und mit wie vielen Stimmen sie ganz unerwartet in Beaver County in Pennsylvania gewonnen hatte. Mit der Folge, dass der Gouverneur von Pennsylvania inzwischen der US-Innenminister war, während der Gouverneur von Iowa immer noch auf dem Jahrmarkt von Dubuque ein paar Hände schütteln durfte.

Es war 7 Uhr abends am Palmsonntag und Kilpatrick schaute aufmerksam zu, wie Präsidentin Amanda Hamilton mit ihrer üblichen Effizienz und Bestimmtheit eine Sitzung des Sicherheitsrates leitete. Hamilton war eine jung aussehende 46-Jährige, eine Art weibliche Version von J. F. Kennedy minus dessen Affären - ein Image, das Kilpatrick mit großer Sorgfalt aufgebaut hatte. Sie war fast 1,78 Meter groß und muskulös. Als ehemaliges Mitglied im Frauen-Sportteam der Universität Harvard war sie wild entschlossen, ihre Gesundheit nicht vom härtesten Job der Welt ruinieren zu lassen. Doch ihre ersten fünfzehn Monate im Oval Office hatten sie bereits vier Jahre älter gemacht, mit Krähenfüßen in den Winkeln ihrer durchdringenden dunklen Augen und zwei kleinen Vertiefungen an ihrer Stirn, die größer wurden, wenn sie diese runzelte.

Auf ihrem Weg zum Präsidentensessel hatte Amanda das Büro der Staatsanwaltschaft von Manhattan passiert, wo sie Wall-Street-Manager strafrechtlich verfolgte, und danach das des Generalstaatsanwalts von New York und später das des Justizministers der USA. Sie war eine geborene Strafverfolgerin, aber das Land hatte sie nicht geholt, um Menschen vor Gericht zu bringen, sondern um es zu regieren.

Und was das Regieren anging, war der Spruch der Jury noch offen. Unter ihrer Verwaltung hatte sie zu schnell zu viele Baustellen an der Heimatfront begonnen, einschließlich einer Reform bezüglich der Gefängnisstrafen für nicht gewalttätige Straftäter. Die Republikaner, die die Mehrheit im Repräsentantenhaus hatten, hatten daraufhin verbissen Widerstand geleistet. Auf der internationalen Bühne drehte der Iran den USA munter eine Nase nach der anderen und nutzte die Schwächen des nuklearen Deals aus, den Amandas Gegner im Wahlkampf das schlimmste Abkommen in der Geschichte des Planeten genannt hatten. Einmal hatte sie Kilpatrick gesagt, dass sie anfing, zu glauben, dass ihre Gegner recht hatten.

Die meisten Mitglieder ihres Beraterstabs einschließlich Kilpatrick waren mindestens zehn Jahre älter als sie und noch dabei, sich daran zu gewöhnen, Anweisungen von einer Frau entgegenzunehmen. Der 65-jährige Roman Simpson, Hamiltons Verteidigungsminister, war ein aus den Schrecken der Kriege herausgemeißelter Granitblock von einem Mann und er bemühte sich kaum, seine Verachtung für die mangelhafte außenpolitische Erfahrung der Präsidentin zu verbergen. Kilpatrick hatte ihr davon abgeraten, Simpson in ihr Kabinett aufzunehmen, doch der Mann genoss den Respekt der hohen Tiere im Pentagon und Präsidentin Hamilton hatte eine Schwäche für die Methode von Abraham Lincoln, die Schlüsselpositionen im Kabinett unter einem »Team der Rivalen« aufzuteilen. Simpson hatte buschige schwarze Augenbrauen, Hängebacken, die den Kampf gegen die Schwerkraft schon lange verloren hatten, und eine humorlose Art. Die Präsidentin und Kilpatrick hatten bereits beschlossen, dass es keine zweite Amtsperiode für ihn geben würde.

Simpson gegenüber saß sein Hauptwidersacher im Sicherheitsrat, CIA-Direktor John Marcano. Marcano hatte sein ganzes Berufsleben in der CIA verbracht. Er war ein Analyst, der kein einziges Mal sein Leben riskiert hatte. Er war emotionslos und unerschütterlich. Sein Haar war grau und dünn, seine Haut rötlich und fleckig. Seine hohe Stirn thronte über dünnen Augenbrauen und einer langen Hakennase. Simpson nannte ihn »den Chefbuchhalter« und fand es grausam, dass dieser Bleistiftzähler so viele militärische Mittel zur Verfügung hatte, darunter eine Armee von Drohnen in Ländern wie dem Jemen, in denen die USA offiziell gar keinen Krieg führten.

Direktor Marcano berichtete der Runde gerade über seine neuesten Informationen aus dem Jemen. Er sprach mit einer Selbstsicherheit, wie sie nur jemand hat, der sämtliche Berichte seiner Agenten und seiner Analysten persönlich gelesen hat. Er bestätigte Gerüchte, nach denen die Huthis vorhätten, sowohl Cameron Holloman als auch Abdullah Fahd bin Abdulaziz in einer Woche hinzurichten – und zwar am Ostersonntag als symbolische politische und religiöse Botschaft an den Rest der Welt. Der Mann, der die Informationen über das Gefängnis lieferte – sein Spitzname lautete *Pinocchio* –, hatte noch nie falsch gelegen. Drohnen- und

Satellitenaufnahmen zeigten eine Verschärfung der Sicherheitsmaßnahmen im Zentralgefängnis von Sana'a im Laufe der vergangenen Woche. Mehrere abgefangene Internet- und Telefonkommunikationen hatten die Angaben von *Pinocchio* bestätigt.

»Für wie verlässlich halten Sie diese Informationen?«, fragte die Präsidentin.

»95 Prozent.«

»Und wie ist es mit den Verhandlungen?«

»Laufen nicht gut«, erwiderte Marcano. »Die Huthis sind überzeugt, dass Holloman ein Spion ist. Ursprünglich glaubten sie, dass er einen Artikel schreiben wollte, der sich kritisch über unseren Drohneneinsatz im Jemen äußerte. Viele zivile Opfer und so weiter. Sie arrangierten sogar ein Treffen mit mehreren Huthi-Führern, darunter einem, der angeblich bei einem Drohnenangriff seine Familie verloren hatte. Acht Tage später zerstörte eine unserer Drohnen den Komplex, in dem das Treffen stattfand, und tötete die besagten Huthis und ihre Familien.«

»Hat Holloman tatsächlich für uns gearbeitet?«, fragte Vizepräsident Leroy Frazier. Frazier war Hamiltons Überraschungs-Coup bei der Wahl des Vizepräsidenten gewesen. Gut aussehend, voller Energie und noch nicht ganz vierzig war der afroamerikanische Senator aus Florida der mit Abstand beste Redner im Raum. Sein Vater war ein berühmter Prediger im afrikanischen Zweig der bischöflichen Methodistenkirche gewesen. Der junge Leroy hatte sein Redetalent geerbt.

»Natürlich nicht«, antwortete Marcano rasch.

Und wenn doch, dachte Kilpatrick, würde Marcano das niemals sagen.

Kilpatrick wusste nur zu gut, dass Marcano niemandem traute, der nicht zur CIA gehörte. Die Präsidentin mochte es wie Lincoln gemacht und einen Haufen Rivalen an einen Tisch gesetzt haben. Trotzdem würde ihnen niemand nachsagen, dass sie ein Team waren.

Die Runde diskutierte das Thema eine halbe Stunde lang, bis die Präsidentin zu dem einzig möglichen Fazit kam: »Lassen Sie uns weiter auf allen diplomatischen Kanälen arbeiten«, sagte sie. »Halten Sie mich über etwaige neue Entwicklungen auf dem Laufenden. Wenn Holloman bis Freitag nicht frei ist, schicken wir ein Befreiungsteam hin. In drei Tagen möchte ich eine detaillierte Einsatzbesprechung halten.«

Die Präsidentin erhob sich zum Zeichen, dass die Konferenz zu Ende war. Die anderen taten es ihr gleich. Während sie ihre Unterlagen verstauten, schaute Kilpatrick kurz zu Marcano hin, der fast unmerklich nickte. Die Verhandlungen würden scheitern. Es war Zeit, die SEALs in den Jemen zu schicken.

Kapitel 12

Rub' Al-Khali, Saudi-Arabien

Am Mittwoch, als sie auf einem US-Stützpunkt in Saudi-Arabien in Grenznähe zum Jemen warteten, waren sich Patrick und sein Team noch nicht sicher, ob ihr Einsatz stattfinden würde. Es waren keine 48 Stunden mehr bis zum Start und es gab Gerüchte, dass das Außenministerium immer noch versuchte, zu einer diplomatischen Lösung zu kommen. Am vergangenen Sonntag hatte die Präsidentin eine gezielte Befreiung am frühen Freitagmorgen genehmigt, aber Patrick und seine Männer hatten schon öfter kurz vor einem wichtigen Einsatz gestanden, nur um zu erleben, wie er in der letzten Minute abgeblasen wurde. Patrick begann zu glauben, dass es diesmal womöglich genauso laufen würde.

Heute war eine Video-Konferenz angesagt, an der Admiral Towers, der befehlshabende Offizier des Joint Special Operations Command, und die Präsidentin persönlich teilnehmen würden. Patrick war noch nie bei einer Präsidentenmission dabei gewesen und hatte in der Nacht vor der Konferenz nicht schlafen können. Admiral Towers, ein hochangesehener ehemaliger SEAL, kannte die Mission in- und auswendig. Er hatte Patrick angewiesen, sich kurz und präzise zu fassen. Je weniger Details er nannte, umso weniger Fragen würde es geben - und umso geringer wäre das Risiko, dass die Präsidentin kalte Füße bekam.

Wie seine Teamkameraden verbrachte Patrick den Großteil des Tages damit, seine Ausrüstung zu packen und wieder umzupacken. Es gab zehn Taschen in seiner *Crye*-Wüstenkampfuniform und jede hatte ihre spezielle Funktion. Er schrieb von Hand eine Liste in sein Taschentagebuch und ging sie Punkt für Punkt durch: seine Kamera, das feststehende Messer, Aderpresse und Gummihandschuhe; Videokamera sowie Infrarotlichter aus Plastik, die nur mittels Nachtsichtbrille sichtbar waren und in Räumen aktiviert würden, die die SEALs gesichert hatten.

Er prüfte den Rest seiner Ausrüstung: die Schutzkleidung, die Nachtsichtbrille, sein Gewehr, der Laser, der Helm. Er blätterte sein laminiertes Einsatzhandbuch durch, das die Grundrisse und den Plan des Gefängnisses sowie Fotos von Holloman und Abdulaziz enthielt. Ganz zum Schluss ließ er seine Finger über das kleine Foto von Paige gleiten, das er in den hinteren Umschlag geklebt hatte. Er war bereit, absolut bereit. Die nächsten 36 Stunden, während derer er auf das Startsignal wartete, sie wurden zu den längsten und quälendsten Stunden seines jungen Lebens.

Es war 21 Uhr im Jemen, als die Video-Konferenz stattfand, und 14 Uhr in Washington, D. C. Patrick und seine Männer saßen in einem Zelt vor einer sicheren Video-Schaltung mit zwei großen Bildschirmen, einer auf jeder Seite. Exakt um 21 Uhr erschienen die Gesichter von Admiral Towers und Präsidentin Hamilton auf den beiden Monitoren. Sie waren jeweils flankiert von ihren Stabschefs. Ebenfalls im Raum in Washington war Vizepräsident Frazier. Patrick wusste nicht, ob noch weitere hohe Tiere dabei waren, die nicht von der Kamera erfasst wurden.

Die Präsidentin dankte den Soldaten, dass sie sich die Zeit für die Besprechung genommen hatten, gerade so, als hätten sie eine Wahl gehabt. Die ganze Sache machte einen unwirklichen Eindruck. Admiral Towers war in Kampfuniform, sein Gesicht dünn und kantig, die grauen Augen unerbittlich. Patrick hatte die Präsidentin schon tausendmal im Fernsehen gesehen. Er hatte gegen sie gestimmt und vor seinen Kameraden gegen sie gestänkert, aber jetzt sah er sie vor sich, als Oberbefehlshaberin. Sie schaute angespannt in die Kamera und wartete darauf, dass Patrick ihr den Einsatz beschrieb.

Admiral Towers stellte Patrick vor und bat ihn, zu beginnen.

In den vergangenen drei Tagen war Patrick die Mission x-mal mit Towers' Stabschef durchgegangen, bis er sie fast wörtlich auswendig kannte. Weil es um das Militär ging, hatte er etliche PowerPoint-Folien eingebaut, aber die Aufgabe lautete, die ganze Sache in nicht mehr als fünf Minuten zu beschreiben. Er merkte, wie seine Stimme rau wurde, als er den Fallschirmabsprung aus großer Höhe beschrieb, die verschiedenen Checkpoints, die Pläne für das Eindringen in den Gefängniskomplex und die Befreiung der Gefangenen sowie die Notfallpläne, falls die Aktion nicht gut lief. Als er halb durch war, war er ruhiger geworden, seine Worte klangen nun fest und zuversichtlich. Nach vier Minuten war er fertig und fragte die Präsidentin, ob sie noch Fragen hatte.

Das hatte sie. »Für wen haben Sie bei der letzten Wahl gestimmt?«

Patrick blieb fast das Herz stehen. Auf jede Frage war er vorbereitet gewesen – bis auf diese.

»Ich habe für Ihren Gegner gestimmt«, sagte er. »Aber da wusste ich noch nicht, dass Sie eine Mission autorisieren würden, die Huthis kräftig in den Arsch zu treten.«

Er sah die Spur eines Grinsens auf Towers' Gesicht und wusste, dass er ein Lob für die Antwort kriegen würde.

Hamilton lächelte breit. »Das hatte ich fast gedacht. Vielleicht wählen Sie mich ja das nächste Mal.«

»Alles ist möglich«, erwiderte Patrick, dem nichts Besseres einfiel.

Hamilton fixierte die Kamera und das Lächeln war wieder weg. »Eigentlich habe ich keine Fragen. Ich habe nicht um diese Konferenz gebeten, damit ich Ihre Taktiken vorhersagen kann. Ich bitte Sie nicht um Hilfe bei der Abfassung meiner Rede zur Lage der Nation, und Sie brauchen nicht meine guten Ratschläge, wie man Gefangene am besten befreit.«

Der Satz änderte sofort die Atmosphäre des Gespräches. Die Präsidentin hatte schlagartig ein Stück Hochachtung bei Patrick gewonnen. Er hatte schon gehört, dass sie eine gewisse Aura hatte, dass der, der sie eine Zeit lang erlebt hatte, bereit war, ihr zu vertrauen und zu folgen. Sie strahlte eine gewisse Würde aus, das spürte er deutlich.

»Ich habe Sie alle gebeten, mich zu informieren, weil dies eine der schwierigsten Entscheidungen ist, die ich als Ihre Oberbefehlshaberin zu treffen habe. Ich weiß nicht, wie die anderen Präsidenten so etwas gemacht haben. Jeder hat da ja seinen eigenen Stil. Aber wenn ich aufrechte Männer bitte, ihr Leben einzusetzen, möchte ich ihnen in die Augen sehen und ihnen sagen, wie dankbar ich für ihren Dienst bin. Ich möchte, dass Sie wissen, dass unser Land hinter Ihnen steht. Ich möchte, dass Sie wissen, dass wir für Sie beten. Ich weiß, dass Sie Familien haben und dass viele von Ihnen Väter sind und die meisten Ehemänner. Für mich sind Sie nicht bloße Figuren auf dem Schachbrett der Welt. Bei Ihrer Mission geht es um so zentrale Prinzipien wie Freiheit, Rechtsstaatlichkeit und Respekt vor amerikanischen Bürgern. Für weniger würde ich Ihr Leben nicht riskieren.«

Sie hielt einen Augenblick inne, als ginge ihr das emotional sehr nahe. Würden ihr etwa die Tränen kommen? Patrick und seine Kameraden witzelten gerne über diese Einsätze oder taten, als seien sie nicht so wichtig. Sie sagten sich: »Das ist halt unser Job, dafür werden wir bezahlt. Nichts Besonderes.« Aber in Augenblicken wie diesen spürten sie, dass es sogar etwas sehr Besonderes war.

Die Präsidentin fuhr fort: »Ich werde jede Minute dieser Mission vom Situation Room im Weißen Haus aus mitverfolgen. Während die Menschen in Amerika durch ihren Alltag gehen, wird Ihr Team dem Rest der Welt demonstrieren, warum Amerika nach wie vor das Land der Tapferen ist.«

Sie lehnte sich etwas zurück und Patrick verspürte den Wunsch, zu salutieren. Aber er kannte sich mit dem Protokoll nicht aus. Am besten wartete er wohl, bis die Präsidentin sich erhob. Sie tat es und er salutierte forsch. Er spürte, wie seine Männer hinter ihm das Gleiche taten.

Die Präsidentin salutierte zurück. »Gott segne Sie«, sagte sie und die Monitore wurden schwarz.

Einige Sekunden sprach niemand ein Wort; der Ernst des Augenblicks hatte sie noch fest im Griff. Wie üblich war es Beef Anderson, der die ehrfürchtige Stille brach. Er schlug Patrick auf den Rücken. »Du alter Schleimer! Das nächste Mal stimm ich für dich, Herr General!«

Die anderen Männer fielen ein und stichelten mit. Patrick juckte es nicht. Der Einsatz war beschlossen! Und gerade hatte ein Milchbauernsohn aus einer Kleinstadt im Bundesstaat New York mit der Präsidentin der Vereinigten Staaten von Amerika gesprochen.

Kapitel 13

Washington, D.C.

Am Gründonnerstag begann Philip Kilpatrick seinen Tag wie immer mit einem Treffen mit Präsidentin Hamilton im Oval Office um 6:30 Uhr. Kilpatrick war zwei, drei Fingerbreit kleiner als die Präsidentin und hatte 8 Kilo Übergewicht, von denen mehr als die Hälfte aus dem ersten Jahr von Hamiltons Präsidentschaft stammten.

Er erinnerte sich noch an den allerersten Tag, an dem Hamilton im Amt war und an dem sie sich ebenfalls in diesem Zimmer getroffen hatten, das so geschichtsträchtig war und nach dem Luxus von frisch poliertem Holz und schamponierten Teppichen roch. Er hatte zugeschaut, wie Amanda Hamiltons Hand über die Platte des Präsidentenschreibtischs glitt, der aus dem Holz der britischen Fregatte *HMS Resolute* stammte und ein Geschenk von Königin Victoria aus dem Jahre 1880 war. Zu beiden Seiten des Kamins thronten die Büsten von Abraham Lincoln und Martin Luther King Jr., darüber in der Mitte das Porträt von George Washington. Kilpatrick war an das Bücherregal getreten und hatte das Programm des Marsches auf Washington vom 28. August 1963 hervorgezogen, dem Tag, an dem Martin Luther King Jr. seine berühmte Rede *I Have a Dream* hielt.

Kilpatrick hatte damals das gleiche Gefühl gehabt, Geschichte zu schreiben und Teil der Geschichte zu sein, wie Amanda das offenbar hatte. Doch diese Tage schienen mittlerweile weit in der Vergangenheit zu liegen, eine ferne Erinnerung aus einer Zeit, in der das Regieren noch voller Chancen und Möglichkeiten gewesen war. Das erste Jahr von Hamiltons Regierung hatte sie beide demütiger gemacht. Ihre innenpolitischen Pläne waren durch die Republikaner im Repräsentantenhaus weitgehend vereitelt worden. An der internationalen Front ging der Vormarsch des IS weiter, und der Iran wurde verdächtigt, den ausgehandelten Nuklear-Deal hemmungslos zu verletzen. Die Zwischenwahlen waren noch sieben Monate entfernt, aber die Beliebtheit der Präsidentin war aktuell unter die 50-Prozent-Marke gerutscht. Laut der Geschichte schaffte ein amerikanischer Präsident typischerweise das meiste in den ersten 18 Monaten seiner Amtszeit. Das war bei ihnen nicht so.

Die Kaffeetassen in der Hand, nahmen Kilpatrick und seine Chefin ihre Plätze vor dem Kamin ein. Sie studierten den Ausdruck des Dienstplans der Präsidentin für diesen Tag. Wie konnten sie ihn so abändern, dass Amanda am Abend den Einsatz im Jemen mitverfolgen konnte? Sie würden mehrere taktisch anspruchsvolle Gespräche mit Senatoren über die Ernennung neuer Richter aufschieben müssen. Einen rein zeremoniellen Termin an einer Grundschule in der Stadt konnte der Vizepräsident übernehmen. Das gäbe der Präsidentin die Zeit, sich mit den Parteiführern der Demokraten zu treffen, die sie eigentlich zum Dinner geladen hatte. Und so ging es weiter mit dem Termin-Jonglieren, bis die am meisten beschäftigte Frau der Welt am Abend ihren Terminkalender frei hatte – von 18 Uhr, wenn die SEALs mit ihren Fallschirmen aus dem Flugzeug springen würden, bis zum Ende der Mission, wann immer das wäre.

Als sie fertig waren, reichte Kilpatrick der Präsidentin die Texte dreier Reden. »Sie sind alle kurz und bündig.«

»Gut«, antwortete sie, während sie sie durchblätterte.

»Die oberste ist für den Fall der erfolgreichen Befreiung von Holloman und Abdulaziz, ohne Tote auf Seiten der Amerikaner. Die zweite ist für eine erfolgreiche Befreiung mit amerikanischen Opfern.«

Hamilton überflog die beiden Reden, während Kilpatrick redete, und legte sie beiseite. Sie waren beide nicht länger als fünf Minuten und beschränkten sich auf die nackten Fakten. Der Redenschreiber der Präsidentin wusste gut, dass im Falle einer erfolgreich verlaufenen Mission Lobeshymnen überflüssig waren. Die konnten und würden andere singen.

»Die dritte Rede ist unser Desaster-Szenario. Wenn Amerikaner getötet oder gefangen genommen werden – und falls Holloman und/oder Abdulaziz weiter im Gefängnis bleiben. Wie von Ihnen verlangt, erwähnt diese Rede die Rolle des Irans als Unterstützer der Huthis – und lobt den Heldenmut unserer Soldaten. Am Ende folgt schließlich ein Aufruf zu einer härteren Gangart gegenüber dem Iran.« Kilpatrick hielt inne und gab der Präsidentin etwas Zeit, um auch diese Rede zu überfliegen.

Das vertraute Stirnrunzeln sagte ihm alles. Sie schaute wieder auf ihren Terminplan. »Wir müssen noch eine Stunde freischaufeln. Ich muss das hier noch mal durchgehen.«

Kilpatrick rieb sich seinen grauen Stoppelbart, nahm seine Brille ab und schaute erneut auf den Plan. Was für politische Verwicklungen würde es mit sich bringen, wenn er noch einen zusätzlichen Termin strich oder kürzte? Gut, ein Meisterstück war die Rede nicht, aber nach einer fehlgeschlagenen Mission würde sich niemand groß um die Formulierungen scheren. Das Wichtigste war, dass Amanda sich als Frau erwies, die zu Recht Präsidentin war. Das bedeutete den Aufruf zu Stärke und echten Taten. Dafür war diese Rede perfekt.

»Was gefällt Ihnen nicht an dem Text?«, fragte Kilpatrick. »Vielleicht kann ich heute Morgen selbst noch nachbessern, und Sie schauen sich's dann nach dem Mittag durch.«

Amanda reichte ihrem Stabschef die beiden ersten Reden zurück, aber behielt die dritte. »Ich brauche eine Stunde«, sagte sie in einem Ton, der keinen Widerspruch zuließ. »Wir müssen das hier auf die Reihe kriegen.«

★ ★ ★

Das Prozedere war immer dasselbe, wenn er John Marcano, den CIA-Direktor, besuchte. Kilpatrick begab sich zur CIA-Zentrale, passierte die Metalldetektoren und wurde von den Scannern der Wächter abgetastet. Jenseits des Security-Bereichs wartete ein Bediensteter der CIA, der an Kilpatricks Seite blieb, bis sie sich umdrehten und zurück nach draußen gingen, wo bereits eine Limousine wartete. Jedes Mal wurde Kilpatrick an eine andere Stelle in der Hauptstadt gefahren. Dort hieß man ihn aussteigen und zeigte ihm eine Parkbank, auf der Marcano saß und wartete. Ob es stürmte oder schneite oder eine Gluthitze war, immer trafen sie sich draußen, an einem von Marcano ausgewählten Punkt.

Heute trug der Direktor einen dunklen Anzug und Regenmantel, neben ihm lag sein Schirm. Der Himmel war dunkel und regenschwer, der Gehweg nass von den letzten Schauern. Kilpatrick hatte seinen eigenen Regenschirm mitgebracht; Marcano mochte seinen mit niemand teilen.

Kilpatrick setzte sich mit etwas Abstand zu Marcano auf die Bank und schlug die Beine übereinander. Nach der üblichen steifen Begrüßung kam Marcano zur Sache.

Das Gespräch dauerte geschlagene zehn Minuten. Wie immer vermied Marcano es, Kilpatrick anzusehen. Er hielt seine Stimme leise und gleichmäßig. Kilpatrick hatte den Verdacht, dass das Gespräch heimlich auf Video aufgenommen wurde und dass Marcano dieses Video später anschauen würde, um Kilpatricks Mienenspiel zu studieren. Manchmal hielt Marcano die Hand vor seinen Mund oder rieb sich übers Gesicht, damit auch bestimmt kein Lippenleser seine Worte entziffern konnte. Der Mann war ein fortgeschrittener Fall von Verfolgungswahn und einer der wenigen Leute, die Kilpatrick nervös machten.

Als das Treffen zu Ende war, standen die beiden auf und gingen zum Straßenrand, wo bereits die nächste schwarze Limousine vorfuhr. Der Direktor schüttelte Kilpatricks Hand und sagte: »Bis heute Abend dann.« Danach stieg er in den Wagen.

Kilpatrick beschloss, kein Taxi zu nehmen, sondern die sieben Blocks zurück zum Weißen Haus zu laufen. Es hatte angefangen zu nieseln und er hatte tausend Sachen, die er tun musste, aber die konnten jetzt warten. Er brauchte Zeit zum Nachdenken und der Spaziergang würde seinen Kopf vielleicht klarer machen. Er passierte andere Fußgänger auf den belebten Bürgersteigen der Hauptstadt – Touristen und Regierungsbeamte, Studenten und Geschäftsleute. Einen Augenblick lang beneidete er sie alle. Die normalen Sorgen eines normalen Lebens. *Was hat der Chef über mein Projekt gedacht? Wie schaufele ich Zeit zum Studieren frei? In was für ein Museum gehen wir heute?* Er sehnte sich nach dem Tag, an dem er endlich im Ruhestand wäre, in der Zeitung von den Missgeschicken der anderen las und seine größte Sorge die Frage war, in welches Restaurant er zum Dinner gehen würde. Doch während er so dachte, wusste er gleichzeitig, dass er nie in den Ruhestand gehen würde.

Das hier war das, was er hasste und genauso auch brauchte. Das Gewicht der ganzen Welt auf seinen Schultern. Selbst seine Familie hatte er dafür geopfert.

Er erlebte eine Seite der Welt, die den meisten Menschen verborgen war. Er hatte Macht, er konnte Dinge bewegen. Es gab die Politiker und die hohen Tiere, die Leute im Rampenlicht. Aber sie kamen und gingen wieder. Neben ihnen gab es die Strategen hinter den Kulissen, die Marionettenspieler und Strippenzieher. John Marcano war einer von ihnen und auf seine stille, paranoide Weise einer der besten. Aber ein anderer war Kilpatrick und er würde es nicht zulassen, dass der papierne CIA-Direktor ihn ausstach. Er beschleunigte seinen Schritt und sein Kopf wurde klarer. Sie alle hatten ihre Geheimnisse, ihre Leichen im Keller. Man kam nicht nach ganz oben, wenn man immer auf Nummer sicher ging. Alles, was er jetzt tun konnte, war, den richtigen Kurs zu halten. Amanda Hamilton zählte auf ihn und er würde die Präsidentin der Vereinigten Staaten nicht enttäuschen.

★ ★ ★

Virginia Beach, Virginia

Paige Chambers hatte Patrick Quillen zwei SMS und eine E-Mail geschickt, seit sie das letzte Mal von ihm gehört hatte. In seiner SMS war Patrick optimistisch und witzig gewesen und hatte geschrieben, wie dankbar er für seinen vom Steuerzahler finanzierten Urlaubstrip war. Er fuhr fort, dass er sie die nächsten Tage möglicherweise nicht würde kontaktieren können, und bat sie, für ihn zu beten. Das war alles.

Sie rief Kristen an, die sie etwas beruhigen konnte. Es war nichts Ungewöhnliches, dass die Jungs ein paar Tage nicht antworteten. Das gehörte zum Drill dazu.

»An Ostern ruft er dich bestimmt an«, beruhigte Kristen sie. »Es ist sein Lieblingstag im Jahr.«

Paige absolvierte ihr Jogging, ging unter die Dusche und fing an, das Abendessen zu richten. Seit Patrick abgeflogen war, schaute sie sich wieder die Fernsehnachrichten an. Vor anderthalb Jahren hatte sie für Amanda Hamilton gestimmt. Denn eine ehemalige Staatsanwältin hätte bestimmt den Nerv und das Know-how, um in Washington die Wende zu schaffen. Aber dann kam die erste Enttäuschung, als eine der ersten innenpolitischen Initiativen der Präsidentin darin bestand, die bundesstaatlichen Richtlinien zur Bestrafung von Erst- und Wiederholungstätern im Drogenbereich aufzuweichen. Dazu kamen nach Paiges Meinung mehrere außenpolitische Fehlleistungen, sodass sie schließlich beschlossen hatte, sich keine Nachrichten mehr zuzumuten. Doch jetzt hatte Patricks Einsatz ihr Interesse an dem, was in der großen weiten Welt vorging, neu entfacht.

Die Lage im Nahen Osten war so angespannt wie selten zuvor, als die Karwoche ihrem Ende zuging. Man hörte von IS-Angriffen auf Christen und von Kämpfen in der West Bank. Aber das war, soweit Paige wusste, nichts Besonderes. Sie beendete ihr Abendessen und ging an ihren Schreibtisch, um noch einige Stunden an einer Revisionsbegründung zu schreiben, die sie am nächsten Tag abliefern musste.

Kapitel 14

Philip Kilpatrick war schon bei Dutzenden Terminen im Situation Room dabei gewesen, aber die Spannung an diesem Abend war irgendwie anders. Die Präsidentin kam kurz vor sechs Uhr herein, in Jeans und Pullover, ihr Haar nach hinten gekämmt, die Ärmel hochgerollt. Die anderen erhoben sich, als sie hereinkam, doch sie bedeutete ihnen mit einer raschen Handbewegung, sich wieder zu setzen.

Amanda Hamilton war stolz auf ihren legeren Sitzungsstil und die jüngeren Mitglieder des Nationalen Sicherheitsrats nutzten dies voll aus. Vizepräsident Frazier war in Kakihosen erschienen, das Hemd trug er darüber. Der Außenminister, ein 42-jähriger Senkrechtstarter, der sich durch eine Botschafterkarriere hochgearbeitet hatte, trug ein Polohemd. Aber die älteren Männer wie etwa Direktor Marcano trugen alle Krawatten oder Hemden mit offenem Kragen und Sakko. Roman Simpson, der massige Verteidigungsminister, war in voller Uniform erschienen, an deren Jacke seine diversen Orden prangten.

Kilpatrick trug ein weißes Hemd mit roter Krawatte und eine graue Hose. Im weiteren Verlauf des Abends würde es eine Rede der Präsidentin geben, in welcher Form auch immer. Als Stabschef des Weißen Hauses würde Kilpatrick sich anschließend mit um die Presse kümmern und hätte vorher keine Zeit, sich umzuziehen.

Die ersten neunzig Minuten war die Präsidentin ständig beschäftigt. Sie verbrachte einige Zeit in einem Nebenzimmer mit dem Bearbeiten ihrer Rede. Sie pendelte hin und her zwischen diesem Zimmer und dem großen Saal, während die SEALs landeten, ihre nicht benötigte Ausrüstung vergruben und sich zu dem Gefängnis begaben. Erst als die Scharfschützen ihre Positionen bezogen, setzte sie sich endgültig, den Oberkörper nach vorne gebeugt, den Blick unverwandt auf das Geschehen gerichtet. Der große Digitalbildschirm an der Wand gegenüber der Präsidentin war in vier separate Bereiche aufgeteilt. Der erste zeigte Admiral Paul Towers im Kommandozentrum in Saudi-Arabien. Der zweite zeigte ein Satellitenbild des Gefängniskomplexes, der dritte eine am Tag aufgenommene Luftaufnahme des Gefängnisses und seiner Umgebung; blinkende Punkte auf diesem dritten Bildschirm zeigten an, wie die SEALS sich über das Terrain bewegten. Der vierte Bildschirm zeigte die Perspektive auf dem Boden, aufgenommen von den Kameras in den Helmen der verschiedenen Teamleiter.

Kilpatrick und die anderen hatten eine ähnliche Auswahl von Feeds auf ihren Laptops, zwischen denen sie jederzeit wechseln konnten, darunter auch solche, die an der Wand nicht gezeigt wurden. Der Ton aus den Mikrofonen wurde über Lautsprecher übertragen. Kilpatrick sah auf dem dritten Bildschirm, wie die Scharfschützen das Gefängnis in einer Entfernung von etwa hundert Metern umringten. Er wartete auf ihr Feuer und hörte die Meldungen über die getroffenen Wächter in den Türmen. Mit angehaltenem Atem registrierte er, dass der letzte Schütze sein Ziel verfehlt hatte und von einem der Türme das Feuer erwidert wurde. Doch dann traf auch dieser Schütze.

»Alle sechs Türme sind sicher«, kam die Stimme von Admiral Towers auf dem ersten Bildschirm. »Jetzt sind die *Mauerbrecher* dran.«

Alle Augen im Situation Room hefteten sich auf den vierten Bildschirm, als klar wurde, dass der Einsatz nicht nach Plan ablaufen würde. Sie sahen, wie auf dem Boden das Chaos ausbrach, die *Mauerbrecher* zu der äußeren Gefängnismauer rannten und dann zurück in Deckung sprangen. Sie hörten, wie Patrick Quillen um die Erlaubnis zur *Operation Schleuder* ersuchte. Sie registrierten die kurze Pause, bevor Towers seine Genehmigung gab und dann so in die Kamera schaute, dass seine Augen sich förmlich in die Männer und Frauen im Situation Room bohrten.

»Ich habe soeben Drohnenangriffe autorisiert«, sagte er. »Das wird die Mission verkomplizieren, aber wir haben für diesen Fall vorgesorgt.«

»Wie lange dauert es, bis die Drohnen kommen?«, fragte die Präsidentin.

»Zwei Minuten.«

»Also, gut«, erwiderte die Präsidentin, obwohl niemand den Eindruck hatte, dass Towers um ihre Erlaubnis ersucht hatte.

Diese Mission war rein technisch eine CIA-Operation und an diesem Abend war Towers CIA-Direktor John Marcano unterstellt. Amerika befand sich nicht im Krieg mit dem Jemen, sodass es keine Truppen entsenden konnte, ohne internationales Recht sowie seine eigene Verfassung zu verletzen. Aber es konnte *zivile* CIA-Agenten entsenden, selbst wenn sie bestens ausgebildete Spezialeinheiten waren, die nur für diesen Abend abgeordnet waren. Es war die gleiche Logik und dieselbe Methode, die Präsident Obama benutzt hatte, als er die SEALs nach Pakistan schickte, um Osama bin Laden zu töten.

Aber mit seinem Ego und seiner militärischen Erfahrung war es eigentlich Towers, der das Sagen hatte. Marcano war nur zur Dekoration da.

Nach exakt zwei Minuten zeigten – wie von Towers angekündigt – die Video-Feeds fast gleichzeitig sechs Explosionen in den Wachtürmen. Einen kurzen Augenblick lang war Kilpatrick stolz darauf, was Amerika alles konnte. Doch dieses Gefühl ging bald wieder vorbei. Das Geschehen entwickelte sich so rasch, dass es schwer war, mitzukommen. Zwei der vier Bildschirme an der vorderen Wand wechselten abrupt zu den unscharfen Infrarotbildern von den Helmen der Teamleiter, Kilpatricks Augen schossen zwischen ihnen hin und her. Dann kamen die Meldungen an Towers, die dieser kurz kommentierte: »Alpha Eins ist in den Komplex eingedrungen und hat den Haupteingang gesichert. Alpha Zwei sichert gerade die Treppen. Beide Teams sind unter Feuer.«

Kilpatrick sah einzelne Szenen des chaotischen Feuergefechts. Er sah, wie der tote Huthi-Wärter ins Treppenhaus geworfen wurde, sah den Kugelhagel und wie die SEALs das Treppenhaus stürmten. Über das Mikrofon des Kommandozentrums kam das Geräusch von Schüssen und Explosionen. Im Hintergrund hörte man ein grausiges *Allahu Akhbar*. Die Stimmen der Leiter der beiden Teams klangen atemlos; einer der Männer von Alpha Zwei war im Treppenhaus niedergeschossen worden. Der normalerweise gelassene General Simpson hatte die Lippen zusammengekniffen und schüttelte langsam den Kopf. Towers war zu sehr mit seinen Männern beschäftigt, um die Lage für die im Situation Room versammelten Personen zu kommentieren. Kilpatrick sah verstohlen zur Präsidentin hin; sie hatte die Hand vor den Mund gelegt.

Ein Fotograf hatte sich in der entgegengesetzten Ecke des Situation Room aufstellen dürfen, um den historischen Augenblick festzuhalten; die Präsidentin wies ihn an, die Kamera zur Seite zu legen. Dies war kein Presse-Fototermin mehr, dies war ein Kampf auf Leben und Tod, der jederzeit scheitern konnte. Ein Gefühl der Hilflosigkeit machte sich in dem Raum breit und legte sich auf die nach vorne gebeugten Schultern und angestrengten Gesichter der mächtigsten Personen auf dem Planeten, die aktuell nichts tun konnten, als stumm zuzuschauen.

Es kamen Meldungen der Scharfschützen, dass sie alle unter Feuer waren. Dann, ein paar Minuten später, die Stimme von Patrick Quillen, wie er die Einsatzzentrale anrief: »Alpha Eins an Falke.«

»Falke hier.«

»Das hier müssen Sie sehen.«

Zuerst zeigte der Feed von Quillens Kamera die Zelle in den Grüntönen einer Nachtsichtkamera. Dann schaltete er das Licht an seinem Helm ein, die Szene wurde hell.

Sie erstarrten auf ihren Stühlen. Die lebensgroße Pappfigur der Präsidentin füllte den Bildschirm. Mehrere im Situation Room keuchten auf. Der Vizepräsident unterdrückte einen Fluch, General Simpson richtete sich noch höher auf und wies Towers an, die Männer rauszuholen. Die Huthis hatten offenbar gewusst, dass sie kommen würden. Dann erinnerte Simpson sich daran, dass dies hier nicht *seine* Mission war, und schaute zu CIA-Direktor John Marcano hinüber.

»Ich stimme General Simpson zu«, sagte Marcano zur Präsidentin, sein Gesicht ausdruckslos. »Wir haben keine andere Wahl.«

»Okay«, sagte die Präsidentin. »Mission abbrechen.«

»Die Vögel sind schon unterwegs«, sagte Towers. »Ich schicke die QRF.«

Simpson drehte sich zu den Übrigen im Situation Room: »Die Helikopter sind unterwegs. Wir hatten sie sowieso für die Evakuierung vorgesehen. Sie sind etwa sieben Minuten entfernt. Die QRF ist unsere schnelle Eingreiftruppe, quasi unsere Reserve. Sie besteht aus 60 SEALs und Delta-Force*-Mitgliedern.«

»Könnten wir die Männer auch ohne die QRF da rausholen?«, fragte

---

* Spezialeinheit beim amerikanischen Militär mit dem Schwerpunkt auf Terrorismusbekämpfung und Geiselbefreiung.

die Präsidentin, ihre Stimme ruhig, aber gebieterisch. Sie richtete die Frage an Simpson, aber die Antwort kam von Admiral Towers auf dem Bildschirm. »Wir wollen nichts unnötig riskieren«, sagte er.

In Kilpatricks Ohren klang es ein Stück abschätzig. Er sah, wie die Präsidentin ungeduldig wurde. »Wie hoch ist das Risiko, dass die *Black Hawks* durch Boden-Luft-Raketen abgeschossen werden?«, fragte sie.

»Wir glauben nicht, dass sie in dem Gefängnis diese Möglichkeiten haben«, sagte Towers. Der Mann strahlte Zuversicht aus, aber seine Glaubwürdigkeit war angeknackst. Während er sprach, brach der Einsatz zusammen, die Spannung im Raum stieg.

Kilpatrick wusste, dass die Präsidentin als Staatsanwältin mit etlichen hartgesottenen FBI-Agenten und Polizisten zu tun gehabt hatte. Er hatte es nie erlebt, dass sie einfach nachgab.

»Ich hoffe, Sie haben recht«, sagte die Präsidentin. »Wir haben genug Überraschungen für einen Abend erlebt.«

★ ★ ★

Virginia Beach, Virginia

Kristen Anderson versuchte, ihren Jungen klarzumachen, dass es Zeit war, ins Bett zu gehen. Sie kamen mit den üblichen Ausreden: »Nur noch eine Geschichte! Können wir Papa anrufen? Ich bin nicht müde. Darf Tiny heute bei mir schlafen?« So war das immer in den ersten beiden Wochen, wenn Troy unterwegs war. Wenn er zu Hause war, war er derjenige, der die Jungen ins Bett brachte. Es war das Mindeste, das er tun konnte, nachdem Kristen sie den ganzen Tag um sich gehabt hatte. Wenn er auf einem Einsatz war, war es nicht leicht für die beiden Kleinen, sich umzustellen.

Aber Kirsten ließ sich nicht verrückt machen. Morgen war morgen, heute Abend war heute Abend. Nach einer Viertelstunde hin und her steckte sie die beiden ins Bett und sprach ein Gebet für ihren Papa. Dann strich sie, bevor sie selbst zu Bett ging, den nächsten Tag auf dem Kalender am Kühlschrank durch.

★ ★ ★

Paige Chambers fuhr ihren Computer für den Abend herunter und schaltete den Fernseher ein. Es war erst acht Uhr, aber sie war schon müde. Sie fühlte sich heute nicht wie 29, sondern wie 60. Als sie studierte, war sie um 2 Uhr morgens ins Bett gegangen. Jetzt musste sie zufrieden sein, wenn sie bis 11 Uhr wach blieb. Sie rollte sich auf dem Sofa zusammen und zog die Decke über ihre Beine.

Sie zappte achtlos von einem Sender zum nächsten. Ihre Gedanken wanderten zu Patrick. Sollte sie ihm noch eine E-Mail schicken, bevor sie zu Bett ging? Aber sie wollte sich nicht wie eine Stalkerin verhalten. Wenn sie richtig gezählt hatte, hatte sie inzwischen drei nicht beantwortete SMS und zwei unbeantwortete E-Mails. Sie lächelte schläfrig. Sie würde ihm sagen, was sie davon hielt, dass er sie solange hatte warten lassen, wenn er sich endlich wieder meldete.

Kapitel 15

Sana'a, Jemen

Die Meldungen folgten so schnell aufeinander, dass Patrick Mühe hatte, alles aufzunehmen. Die Scharfschützen wurden von allen Seiten angegriffen. Das zweite Angriffsteam, Alpha Zwei, steckte in dem einen Treppenhaus fest und war unter heftigem Beschuss. Frische Huthi-Kämpfer waren in Transportfahrzeugen und Lastwagen unterwegs zum Gefängnis. Aber auch weitere amerikanische Drohnen mit *Hellfire*-Raketen waren unterwegs. Was das Innere des Gefängnisses betraf, wusste Patrick nicht, wie viele Huthis sich hier noch versteckt hielten, um die Falle vollends zuschnappen zu lassen.

Patrick steckte zusammen mit drei seiner Kameraden in dem Zellenblock im zweiten Stock; zwei weitere sicherten das Treppenhaus am anderen Ende des Ganges. Sie wurden gerade beschossen. Patrick wusste: Er und seine Männer mussten sich den Weg zurück nach draußen freikämpfen. Die Black Hawks waren unterwegs; in ein paar Minuten wären sie da. Die QRF würde länger brauchen, aber wenn es ihm gelang, seine Männer zurück in den Gefängnishof zu bringen, gab es eine Chance, hier rauszukommen.

Er beschloss, nicht zum Treppenhaus zurückzugehen, über das sie gekommen waren. Die Huthis gingen sicher davon aus, dass sie wieder dieses Treppenhaus benutzen würden, da es immer noch teilweise gesichert war. Er bedeutete zweien seiner Männer, sich dem nächstgelegenen Treppenhaus zu nähern, am westlichen Ende des Gebäudes. Sie würden sich den Weg nach unten freischießen und danach zurück zum Nordende des Gebäudes laufen und dann nach draußen.

Er wies die beiden Männer per Handzeichen an, zum Eingang des Treppenhauses zu gehen, während er und Beef ihnen Deckung gaben, ihre Helmvisiere auf die beiden sich kreuzenden Gänge gerichtet, die zu der Treppe führten. Sobald dieses Treppenhaus gesichert war, würde er die Männer am anderen Ende des Ganges per Funk anweisen, sich zurückzuziehen und zu ihnen zu kommen. Er schaute über seine Schulter zu, wie der eine der Männer die Tür auftrat. Aber die Huthis waren clever gewesen. Das Öffnen der Tür löste einen Sprengsatz aus. Die Explosion ließ eine Welle aus Hitze, Licht und Splittern durch den Gang schießen, sodass Patrick zu Boden fiel und Beef das Gleichgewicht verlor. Patrick spürte einen durchdringenden Schmerz in seiner linken Schulter und ein brennendes Gefühl dort, wo die Splitter der Bombe seine rechte Wange aufgerissen hatten. Ihm war klar, dass seine beiden Kumpel an der Treppenhaustür nicht mehr lebten.

»Zwei Adler down, Treppe West«, keuchte er in sein Mikrofon, während er sich wieder hochrappelte. »Bist du okay?«, fragte er Beef.

Beef hielt den Lauf seines Gewehrs auf das gähnende Loch gerichtet, wo einst die Treppenhaustür gewesen war. Sicher würde es hier gleich vor Huthis wimmeln. Aber bis jetzt ließ sich keiner blicken.

»Das sollen sie uns büßen!«, sagte er.

Die Hiobsbotschaften kamen Schlag auf Schlag, sodass Patrick nicht mehr nachkam. Alpha Zwei verlor einen Mann nach dem anderen. Einer der Männer, die Patrick in dem ersten Treppenhaus zurückgelassen hatte, war tödlich getroffen worden. Patrick und Beef beschlossen, zu dem noch lebenden Kameraden zu gehen und dann zusammen das Gebäude so zu verlassen, wie sie hineingekommen waren.

Sie liefen rasch zu dem östlichen Treppenhaus, wo ihr Kamerad knapp hinter dem offenen Rahmen der Tür stand, die sie auf dem Weg nach oben aus ihren Angeln gesprengt hatten. Er trat kurz nach vorne, schoss die nächste Salve auf die Huthis ab und trat wieder zurück.

»Sie sind oben und unten«, sagte er atemlos, als Patrick und Beef bei ihm eintrafen. Der linke Ärmel seines Hemds war blutgetränkt.

»Beef, wirf 'ne Granate auf die da unten. Ich geh raus und geb euch Deckung gegen die oben. Ihr beiden nehmt die Treppe und schießt euren

Weg frei.« Es war kein großartiger Plan, aber was blieb ihnen anderes übrig?

Ohne Zögern warf Beef eine Handgranate die Treppe hinunter. Die Explosion erschütterte das ganze Treppenhaus und die drei SEALs traten auf den Treppenabsatz des zweiten Stocks. Patrick nahm die Huthis eine Treppe höher ins Visier und feuerte mehrere Schüsse ab. Sie erwiderten das Feuer heftig, ein wahrer Kugelregen hagelte auf die durchbrochenen Metallstufen. Patrick erledigte einen nach dem anderen die Verteidiger. Er konnte sie dank seiner Nachtsichtbrille sehen, sie ihn aber nicht.

Doch dann kam von dem Treppenabsatz über ihm plötzlich ein grelles Licht - irgendein batteriebetriebener Scheinwerfer, der die Treppe für einen Sekundenbruchteil beleuchtete, bevor Patrick ihn zerschoss. Für einen kurzen Moment konnten die Huthis oben und unten die drei SEALs sehen und richtig zielen.

Die Welt wurde langsamer, der Film näherte sich seinem Ende. Patrick schoss eine letzte Salve ab, dann spürte er den reißenden Schmerz rechts an seinem Hals, wo die Schutzkleidung aufhörte. Er stolperte eine Stufe nach unten, das Gewehr fiel ihm aus der Hand. Er stützte sich mit der linken Hand ab. Dann sackte er zusammen. Durch das Rauschen des Blutes in seinen Ohren kamen die triumphierenden Schreie der Huthi-Kämpfer, die die Metalltreppe hinunterhasteten, um Patrick und seine ebenfalls getroffenen Kameraden hinzurichten.

Die Bilder verschwammen, aber das letzte war, wie sein bester Freund ein paar Stufen tiefer da lag: Mund offen, Waffe noch in der Hand. Irgendwie gelang es Patrick, sich eine Stufe weiter hinunterzuziehen, bis sein Körper über dem seines Freundes lag. Seine Hand griff nach der Granate in seinem eigenen Gürtel. Mit den Zähnen zog er die Sicherung heraus und - kurz bevor alles schwarz wurde - schob er die Granate zwischen sich und Troy.

Sein letzter Gedanke galt dem winzigen Sieg, den er gerade allem zum Trotz errang. Ihre Körper würden nicht geschändet werden, ihre Waffen und Informationen nicht in Feindeshände fallen. Er hatte als Krieger gelebt; jetzt würde er wie einer sterben.

Kapitel 16

Washington, D. C.

Wie die anderen in dem Situation Room hatte Philip Kilpatrick seinen Computer auf das eingestellt, was er nun euphemistisch den *Todesbildschirm* nannte. Es war eine Luftansicht, die den Gefängniskomplex in Echtzeit zeigte, dazu eingeblendete Zahlen, die nicht nur zeigten, wo sich jedes Mitglied des Befreiungsteams gerade befand, sondern auch, wie schnell es atmete und wie schnell sein Herz schlug. Jeder SEAL trug um seine Brust geschnallt einen kleinen Kasten, der wichtige Körperdaten per Satellit übertrug. Philip hatte es faszinierend gefunden, zu vergleichen, welche der Männer in den verschiedenen Stadien ihres Einsatzes am ruhigsten blieben. Doch jetzt schauten er und die anderen mit wachsendem Entsetzen zu, wie bei einem Leuchtpunkt auf dem Bildschirm nach dem anderen die Zahlenwerte auf null rutschten.

In wenigen Minuten hatte der Funkverkehr sich komplett verändert. Erst ruhige Meldungen über Angriffe auf den Feind, dann zunehmend dringende Bitten um Verstärkung und dann nichts mehr von den Männern am Boden. Die Mitglieder des Nationalen Sicherheitsrats waren ebenfalls stumm geworden. Schweigend schauten und hörten sie zu, wie Admiral Towers die Regie übernahm und zusätzliche Drohnen für Angriffe auf die Fahrzeuge mit neuen Huthi-Kämpfern anforderte, die Black-Hawk-Hubschrauber auf ihren Einsatz vorbereitete und mit der QRF sprach.

Die Infrarotbilder auf dem großen Bildschirm zeigten, dass der Gefängnishof voll von Huthi-Kämpfern war. Niemand wusste, wie viele sich in dem Gebäude befanden. Angesichts der schätzungsweise 1500 Insassen in den Zellen mussten die Drohnen-Angriffe sehr präzise sein.

Die Black Hawks kamen unter Feuer durch Boden-Luft-Raketen, deshalb ließ Towers sie abdrehen. Die Männer auf dem Boden waren mittlerweile alle tot. Es machte keinen Sinn, die Evakuierungsvögel landen zu lassen, solange die QRF nicht da war, die das Gefängnis lange genug sicherte, sodass man die Leichen herausholen konnte.

»Wartet, bis die QRF da ist«, sagte Towers. Kilpatrick sah den Zorn in seinem Gesicht. Noch ein paar Minuten, dann würde eine zweite Einsatztruppe das Gefängnis erreichen. Eliteteams würden sich in den Gefängnishof abseilen und nach einem heftigen Feuergefecht die Leichen ihrer toten Kameraden bergen. Kilpatrick hatte keinen Zweifel, dass Towers dabei so viele Huthi-Rebellen wie möglich erledigen lassen würde.

Die zweite Drohnenwelle kam. Sie zerstörte Transportfahrzeuge und pulverisierte Huthi-Wächter, die durch den Hof rannten. Doch als der Rauch sich gelegt hatte, sah man Dutzende weitere auf die Dächer der umgebenden Häuser rennen oder sich innerhalb der Mauern des Gefängnisses in Sicherheit bringen. Hunderte feindliche Soldaten waren da und mit jeder Minute kamen mehr dazu.

»Einsatz an Ausweichkoordinaten«, befahl Towers dem Kommandanten des QRF-Teams.

Die Präsidentin sah General Simpson fragend an. »Was heißt das?«

Simpsons Gesicht war aschfahl. Seine Stimme war leise und rau, ohne den üblichen forschen Ton. »Die Männer der QRF werden sich an verschiedenen Punkten etwa eine Meile von dem Gefängnis entfernt abseilen. Auf diese Weise können sie den Schulterraketen ausweichen, über die die Huthis in dem Gefängniskomplex verfügen.«

»Wie hoch ist die Wahrscheinlichkeit, dass sie auf dem Weg zum Komplex auf Widerstand stoßen?« Der Ton der Präsidentin war eisig.

»Ziemlich hoch. Aber sie dürften es schaffen, ihn niederzukämpfen und den Gefängnishof zu sichern. Danach können die Evakuierungs-Helikopter landen.«

Eine aufgebrachte Präsidentin funkelte CIA-Direktor Marcano an. Technisch war es seine Mission, seine mangelhaften Informationen hatten bereits zwanzig Männer das Leben gekostet. »Ich dachte, es gäbe keine Schulterraketen«, sagte sie.

Marcanos fleckige Gesichtshaut wurde rot, seine Augen schmaler. Er war so einen schroffen Ton nicht gewöhnt, noch nicht einmal von der Präsidentin. Aber er war klug genug, seine eigene Stimme ruhig zu halten. »Unsere Informanten vor Ort haben versagt«, gab er zu. »Wir hatten sie nach bestem Wissen und Gewissen geprüft.«

Es war ein schwaches Eingeständnis, aber im Augenblick gab es Wichtigeres. Kilpatrick wusste, dass die Präsidentin die Frage, wer an was schuld war, später angehen würde. Im Augenblick studierte sie den Bildschirm vor sich. »Admiral Towers, können Sie bestätigen, dass es keine Überlebenden des ursprünglichen Einsatzteams gibt?«

»Das ist korrekt, Frau Präsidentin.«

»Dann wollen wir jetzt also sechzig weitere Leben riskieren, nur um die Leichen herauszuholen?«

Towers' Blick war argwöhnisch. »In der gesamten Geschichte unserer Special Forces haben wir noch nie ein Teammitglied in Feindesland zurückgelassen«, sagte er. Jeder Muskel in seinem Gesicht war angespannt. »Und wir werden dies auch jetzt nicht tun.«

»Ich habe eine gezielte Befreiung autorisiert.« Die Präsidentin schaute Towers auf dem Bildschirm an, dann Marcano im Situation Room. »Ich habe keine Invasion des Militärs genehmigt - und ich habe auch keine Befugnis, das zu tun.«

Towers wartete Marcanos Antwort nicht ab. »Die Ereignisse sind eskaliert. Wie lassen unsere Jungs nicht zurück.«

»Diese Entscheidung treffen nicht Sie«, schoss die Präsidentin zurück, »sondern ich.«

Einen Augenblick sagte niemand etwas. Im Kommandofunknetz kam die nächste Meldung, als die Black-Hawk-Piloten den Kurs änderten. »Fünf Minuten bis Einsatz«, sagte einer von ihnen.

Auf dem Bildschirm sprach Towers, die Präsidentin fixierend, in sein Mikrofon. »Verstanden.«

Die Präsidentin schob ihren Stuhl zurück und stand auf. Sie drehte sich von Towers zu Marcano hin. »Befehlen Sie den Abbruch!«

»Mit allem Respekt«, fing Towers an, »wir bergen nicht nur die Leichen. Ihre Ausrüstung enthält Geheimtechnologien und ...«

Simpson unterbrach ihn. »Paul, das weiß die Präsidentin.«

»Und ob ich das weiß«, sagte Amanda Hamilton, Empörung in der

Stimme. »Und ich werde den Kopf dafür hinhalten. Aber wenn wir weitere sechzig Männer verlieren, weil wir nicht den Mut haben, es zuzugeben, wenn wir verloren haben, werden sie dafür auch mein Blut haben wollen.«

»Zwei Minuten bis zum Einsatz«, verkündete die Stimme eines Piloten.

»Es wird keinen Einsatz geben«, sagte die Präsidentin zu Admiral Towers. »Brechen Sie ab!«

»Tun Sie, was sie sagt!«, meldete sich Marcano. »Jetzt, sofort.«

Towers wandte sich an Simpson. »General?«

»Das ist nicht meine Mission. Sie haben Ihre Order.«

Towers machte eine winzige, aber vielsagende Pause. »Kommandozentrum an Hawk Eins, Zwei, Drei und Vier«, sagte er. »Einsatz abbrechen. Zurück zur Basis.«

Eine Sekunde schockierte Stille im Funknetz, während die Piloten den Befehl verdauten, dann sagte der Erste: »Verstanden.« Die übrigen folgten.

Towers nahm seinen Kopfhörer ab und lehnte sich auf den Ellbogen nach vorne, sein Gesicht überlebensgroß auf dem Bildschirm am Ende des Situation Room. »Mit allem Respekt, Frau Präsidentin, ich glaube, Sie machen einen großen Fehler.«

»Im Gegenteil, Admiral Towers. Ich versuche, *Ihren* Fehler auszubügeln.«

Kapitel 17

Virginia Beach, Virginia

Der Anruf kam um 21:05 Uhr. Als Paige Kristens Stimme hörte, merkte sie gleich, dass etwas nicht stimmte. Kristens Worte kamen rasch und abgehackt und sie schluchzte.

»Ich ... ich hab gerade ein Gespräch mit dem Militärkaplan gehabt ...« Einen Augenblick konnte sie nicht weitersprechen.

Paiges Herz krampfte sich zusammen, ihre Knie wurden weich. Beef war etwas passiert!

»Ich wollte, dass du das weißt.« Kristens Atem war flach und klang verkrampft. »Aber dass ausgerechnet ich dir das sagen muss ... Das Team von Troy und Patrick hatte heute Abend einen Einsatz ...«

Patrick! Paiges Hand ging Halt suchend zur Seite. Jetzt musste sie stark sein.

»Sie sind alle ... sie sind alle tot, Paige.« Kristen holte heftig Luft. »Zwanzig Mann. Alle. Es ... es ist so furchtbar.«

Die Worte fuhren wie Messerstiche in Paige hinein. WAS sagte Kristen da? Tot? Sie waren alle tot? Patrick hatte doch gesagt, dass das ein Routineeinsatz war. Sie sank auf einen Stuhl, ihre Welt lag abrupt in Scherben. Sie wusste nicht, was sie sagen sollte.

»Ein paar von Troys Freunden und die Verwandten von den anderen Männern kommen gleich zu mir«, fuhr Kristen fort. Sie schien sich wieder etwas gefangen zu haben. »Wir möchten, dass du auch kommst, Paige. Du solltest jetzt nicht allein sein.«

Paige versuchte, sich zu fassen, den Gefühlssturm in ihrem Inneren auf Abstand zu halten. Der Schock begann sie zu betäuben. »Was ist passiert?«, fragte sie, ihre Stimme dünn und brüchig.

»Genau weiß ich das auch noch nicht. Der Kaplan wusste es auch nicht. Ich weiß nur ... ich weiß nur, dass sie nicht zurückkommen werden.«

Etwas an dem Ton, in dem Kristen das sagte, ihre raue, resignierte Stimme, wischte auch den letzten ungläubigen Zweifel, den Paige gehabt hatte, beiseite. Sie stöhnte auf, ein Zentnergewicht schien sich auf ihre Brust zu legen: Reue, Einsamkeit, Trauer und noch einmal Trauer. Sie musste um jeden Atemzug kämpfen.

»Es tut mir so leid«, sagte Kristen. »Ich kann's immer noch nicht glauben.« Es gelang ihr, noch ein paar Worte des Trostes, Bedauerns und Unglaubens zu murmeln. Sie fragte Paige, ob jemand sie mit dem Auto abholen solle, aber Paige meinte, dass dies nicht nötig sei.

»Du kommst doch, nicht wahr?«, fragte Kristen.

»Ja«, sagte Paige, obwohl sie sich am liebsten alleine in eine Ecke verkrochen hätte.

Sie legte auf und die Trauer fing an, ihr das Herz aus der Brust zu reißen. Sie überlegte, ob sie ihre Mutter anrufen sollte, doch sie hatte ein so distanziertes Verhältnis zu ihr, dass sie ihr noch gar nichts von Patrick erzählt hatte. Ihre Freunde kannten Patrick und mochten ihn. Aber sie hatte ihnen nie viel gesagt und sie würden sie nicht trösten können. Also rollte sie sich auf dem Sofa zusammen, packte ein Kissen, ließ ihren Tränen freien Lauf und schluchzte.

Der einzige Mensch, der sie hätte trösten können, war nicht mehr da. Es war so, wie Kristen gerade gesagt hatte: Er würde nicht zurückkommen.

Kapitel 18

Als Paige eine Dreiviertelstunde später am Haus der Andersons ankam, waren die Einfahrt, die Sackgasse und die Straße, die zu der Sackgasse führte, vollgeparkt. Paige hatte mit einer Handvoll Verwandter und Freunde gerechnet, aber – wie es hier aussah – war halb Virginia Beach bei den Andersons. Am liebsten hätte sie gleich wieder umgedreht und wäre zurück zu ihrer Wohnung gefahren. Aber sie zwang sich, zu parken und an den übrigen Autos vorbei zur Haustür der Andersons zu gehen.

Sie wurde von einem Mann eingelassen, den sie nicht kannte und der sich kurz vorstellte. Das Haus war voll von jungen Frauen mit ihren Kindern sowie Männern, die auch SEALs sein mussten. Paige staunte, wie jung die Frauen aussahen. Sie waren alle mehr oder weniger in Kristens Alter – Ende zwanzig, Anfang dreißig, definitiv zu jung, um Witwen zu sein. Sie wusste nicht, ob alle Frauen von Patricks Teamkameraden hier waren oder ob es in diesem Augenblick ähnliche Versammlungen auch in anderen Häusern in Virginia Beach gab.

Sie ging zu Kristen und die beiden umarmten sich lange. Obwohl sie nicht sprachen, war es das erste Mal, dass Paige so etwas wie Trost verspürte. An Kristens Schulter ließ sie den Tränen freien Lauf und weinte leise; sie spürte das Schluchzen, das durch Kristens Körper ging.

»Troy war Q's bester Freund«, flüsterte Kristen. »Die beiden waren bereit, füreinander in den Tod zu gehen.«

Sie lösten sich aus der Umarmung und versuchten, ihre Tränen abzuwischen. Kristen stellte Paige den anderen als »Patricks Freundin« vor, und Paige erfuhr, dass die Witwen von noch zwei anderen Männern, die gerade beim Einsatz gefallen waren, da waren. Die meisten der Männer hielten sich in der Küche auf und tranken, während die Frauen im Wohnzimmer waren. In der Luft hing eine schwere Mischung aus wortloser Trauer, Entschlossenheit und dem wackeren Versuch, Haltung zu bewahren. Diese Leute hier, es waren SEALs und die Verwandten von SEALs. Von ihnen wurde erwartet, dass sie selbst im Angesicht des Todes stark blieben.

Die Männer erzählten sich Geschichten über die gefallenen Kameraden, über ihre Einsätze und Streiche; sie waren schon jetzt dabei, zu Legenden zu werden. Mehrere der SEALs spielten mit den Kindern, vor allem den Jungen. Sie waren bemüht, sie abzulenken und beschäftigt zu halten. Die Frauen versicherten Kristen und den anderen Witwen, dass sie nicht alleine seien, dass die Teammitglieder für Kristens Söhne da sein würden und dass sie sich, wenn sie Hilfe in Haus und Garten benötigte, nur zu melden brauchten.

Paige hörte schweigend zu, während sie an einer Cola nippte. So eine Gemeinschaft hatte sie noch nie erlebt - so herzlich, so offen, zusammengeschmiedet von dem gemeinsamen Einsatz in Kampf und Gefahr. Es war etwas, das mehr war als bloße Loyalität: Hier waren die Lebensfäden verschiedener Menschen zu einem Wandteppich zusammengewoben, der dicker war als jede Blutsverwandtschaft.

Aber Paige kam sich bei alledem wie eine Zuschauerin vor. Alle waren so freundlich zu ihr, jeder hatte eine Geschichte über Patrick bereit, aber sie wusste instinktiv, dass sie eigentlich nicht dazugehörte. Sie war eine bloße Freundin von Patrick gewesen - keine Verlobte, geschweige denn eine Ehefrau. Ohne dass jemand etwas sagte oder die leiseste Andeutung machte, schienen alle davon auszugehen, dass für sie das Leben schon weitergehen und sie einen anderen Mann finden würde. Aber die drei Witwen im Haus, sie würden für immer zu dieser Gemeinschaft gehören - zur Gemeinschaft der *Gold-Star*-Familien, also der Angehörigen von US-Soldaten, die im Ausland gefallen waren.

Um 23 Uhr verstummten die Gespräche abrupt, als Präsidentin Hamilton im Fernsehen ihre Rede begann. Die Männer hatten sich an die Wände und Türrahmen gelehnt, ein Bier in der Hand. Das Wohnzimmer war zum Bersten voll. Mehrere der Mütter gingen mit den Kindern in die Zimmer weiter hinten im Haus. Paige setzte sich neben Kristen auf den Fußboden.

Das Gesicht der Präsidentin war ernst, sie kam ohne Umschweife zur Sache. Sie saß hinter ihrem Schreibtisch im Oval Office, flankiert von der amerikanischen Flagge und der Präsidentenflagge. Sie erklärte der Nation, dass ihr Herz schwer sei von der Nachricht, die sie mitzuteilen habe. Sie erklärte, dass der amerikanische Journalist Cameron Holloman und ein Mitglied der saudischen Königsfamilie im Jemen zu Unrecht der Spionage angeklagt worden waren. Huthi-Rebellen hatten sie verhaftet und zum Tode verurteilt – ohne jegliches Gerichtsverfahren.

»Dies war«, so die Präsidentin, »eine vorsätzliche und eklatante Verletzung des internationalen Rechts und ein direkter Angriff auf die amerikanische und saudische Souveränität.« Sie fuhr fort zu berichten, dass diplomatische Bemühungen nichts gebracht hatten, sodass sie als letztes Mittel die Befreiung der Gefangenen durch ein Team der Spezialeinheiten autorisiert hatte. Sie schaute nun fest in die Kamera, ohne eine Miene zu verziehen. »Leider war die Mission nicht erfolgreich. Der Widerstand war überaus heftig. Obwohl unsere tapferen Männer mit dem Mut und dem Können der besten Streitkräfte in der Welt kämpften, erlagen sie schließlich einem Gegner, der mindestens zehnmal so viele Kämpfer zählte wie sie. Wir haben in dem Konflikt zwanzig unserer tapfersten Krieger verloren – Männer, die ihr Land liebten und an unsere Freiheitsmission glaubten. Man schätzt, dass unter den Huthi-Rebellen über 150 in den Feuergefechten getötet wurden.«

Die Präsidentin unterbrach sich; sie schien darum zu kämpfen, die Fassung zu bewahren. Ihre Unterlippe zitterte eine Spur, bevor sie fortfuhr. Niemand im Wohnzimmer der Andersons machte eine Bewegung. Die einzigen Geräusche im Haus kamen von den Kindern in den anderen Zimmern.

»Unsere Gedanken und Gebete sind bei den Familien der tapferen Männer, die ihr Leben gegeben haben, um das Leben anderer zu retten. Ich übernehme die volle Verantwortung für diese Aktion. Die Entscheidung, dieses Team zu entsenden, um das Leben eines amerikanischen Mitbürgers zu schützen, war meine – allein meine. Heute Abend fordere ich, dass die Huthis die geplanten Hinrichtungen absagen und sowohl Cameron Holloman als auch Abdullah Fahd bin Abdulaziz in ihre Heimatländer zurückkehren lassen. Ich fordere die Huthis weiter auf, die sterblichen Überreste unserer Soldaten herauszugeben, damit wir angemessen um sie trauern und die Familien einen würdigen Schlusspunkt setzen können.«

»Spar dir's!«, sagte einer der SEALs. »Wir hätten sie gleich rausholen sollen!«

Paige schaute zu, wie der Mann mit seinem Bier zurück in die Küche ging, gefolgt von einigen Freunden. Er murmelte Flüche gegen die Präsidentin. Es hatte Gerüchte gegeben, dass die Präsidentin eine größere Gruppe von SEALs und Delta-Force-Männern, die die Leichen hatten herausholen und die verbliebenen Rebellen erledigen sollen, gestoppt hatte. Keiner im Haus der Andersons hatte einen Hehl daraus gemacht, was er von der Oberbefehlshaberin hielt.

Man konnte die Spannung förmlich spüren, als die Präsidentin fortfuhr. Sie sagte, dass Amerika trauern, aber auch Gerechtigkeit und Genugtuung fordern würde. »Wir können jetzt nicht zurückweichen! Unsere Gefallenen verlangen mehr von uns. Dank Gottes Gnade hat Amerika keinen Geist der Furcht. Wir haben einen Geist der Gerechtigkeit, der Freiheit und der Entschlossenheit. Wir werden weder rasten noch ruhen, bis nicht der Gerechtigkeit Genüge getan ist.«

Paige spürte die Ablehnung im Raum, aber sie konnte der Präsidentin nicht böse sein. Sie hatte soeben die volle Verantwortung übernommen und sich dann auf Werte berufen, die mit denen von Paige übereinstimmten. Gut, sie war älter und politisch liberaler als Paige, aber wie Paige hatte sie ihre Karriere im Rechtswesen und der Gesetzesvollstreckung begonnen. Sie kannte sich aus mit dem, was Opfer durchmachten, und in der Durchsetzung von Gerechtigkeit. Paige vertraute ihr. Zur rechten Zeit und auf die richtige Art würde sie die Huthis für das, was sie getan hatten, bezahlen lassen.

Die Präsidentin beendete ihre Rede, und eine betretene Stille legte sich über den Raum. Dann kam das Gespräch nach und nach wieder in Gang. Man spekulierte darüber, ob die Huthis die angekündigten Hinrichtungen wirklich vornehmen würden und wenn ja, wie die amerikanische Reaktion ausfiele. Die Männer waren logischerweise dafür, dass die Reaktion schnell, nachdrücklich und von den Spezialeinheiten getragen sein müsste.

Keine halbe Stunde später hatte Paige den Eindruck, dass es Zeit war, zu gehen. Sie umarmte die Anderson-Jungen und dachte dabei schweren

Herzens daran, dass diese nie mehr mit ihrem Papa Ringkämpfe machen könnten. Sie suchte nach Worten, um den Gefühlen, die in ihr hochstiegen, Ausdruck zu geben, aber fand keine.

Schließlich dankte sie Kristen einfach für die Einladung.

»Patrick hat dich geliebt«, erwiderte Kristen. »Damit gehörst du zur Familie.«

Kapitel 19

Am nächsten Morgen blieb Paige lange im Bett liegen, die Augen offen. Die Trauer und die Einsamkeit hielten sie auf der Matratze fest. Trotz einer Schlaftablette war ihr Schlaf unruhig gewesen. Als sie mit verknotetem Magen aufwachte, schlug die Trauer wieder über ihr zusammen, kaum dass sie die Augen geöffnet hatte. Er war nicht mehr da und er würde nie zurückkommen.

Patrick hatte keinen Hehl aus seinem christlichen Glauben gemacht und Paige versuchte, sich einzureden, dass er jetzt an einem besseren Ort sei. Als sie sich bei einem ihrer letzten Treffen Sorgen um seine Sicherheit während des Einsatzes gemacht hatte, hatte er gesagt: »Ob du es glaubst oder nicht, Gott herrscht auch über den Nahen Osten. Er wird es nicht zulassen, dass mir etwas geschieht, bevor meine Zeit gekommen ist. Und wenn ich sterbe ...« Dann hatte er die Achseln gezuckt, als ob auch das okay sei.

»Sag nicht so was!«, hatte Paige erwidert.

»Paulus hat Christus sein Leben und das Sterben einen Gewinn genannt. Ich wollte einfach sagen, dass ich das genauso sehe.«

»Könnten wir bitte über was anderes reden?«

Im Anschluss hatte Patrick sich darauf verlegt, Paige zu versichern, dass ihm schon nichts passieren würde; er würde lediglich eine Mittelmehrkreuzfahrt auf Kosten des Steuerzahlers machen.

Die Tränen rollten ihr das Gesicht hinunter, nässten ihr Haar und ihr Kopfkissen. Es gab so viel, was ihr leidtat. Der letzte Abend mit ihm – warum hatte sie das Thema einer Heirat abgewürgt? Warum hatte sie nicht einfach Ja gesagt? Sie hatte ihm wehgetan, auch wenn er versucht hatte, sich nichts anmerken zu lassen.

Noch ein einziger Tag – was hätte sie nicht gegeben für noch einen einzigen Tag mit ihm!

Schließlich zwang sie sich, aufzustehen, und machte sich einen Kaffee. Sie fühlte sich unendlich träge und lustlos. Ihr Körper fühlte sich durch die Trauer an wie Blei und ihre Brust tat buchstäblich weh von dem vielen Schluchzen am Abend. Sie konnte es immer noch nicht glauben, was da passiert war und – wenn sie ehrlich war – war ihr egal, ob ihr eigenes Leben weiterging oder nicht. Sie versuchte, zu beten, aber was sollte das denn bringen? Sie hatte Gott gebeten, Patrick zu bewahren, aber stattdessen war er gestorben. Der Gott, dem sie als Kind ihr Leben gegeben hatte – der Gott, der als Mensch über die Erde gegangen war, die Lahmen geheilt hatte und von den Toten auferstanden war –, er war so unendlich weit weg. Aber dieser seidene, halb ausgefranste Faden des Glaubens war das Einzige, was ihr ein Stückchen Hoffnung gab – die Hoffnung, dass sie Patrick eines Tages wiedersehen würde.

Sie überprüfte ihr Handy nach neuen Nachrichten und entdeckte eine SMS von Kristen: »Bist du schon auf? Lass den Fernseher aus! Sie zeigen die Leichen. Die von Troy und Q wurden von Bomben zerfetzt.«

Doch wie der Rest Amerikas konnte Paige nicht wegsehen. Sie setzte sich im Schlafanzug aufs Sofa und schaltete den Nachrichtensender CNN ein. Die Moderatoren sprachen über die gescheiterte Mission und interviewten einen Kongressabgeordneten der Republikaner, der die Präsidentin für das Fiasko verantwortlich machte. Dann kamen die unscharfen Bilder der Leichen von sechzehn SEALs, die in dem ausgebombten Hof des Zentralgefängnisses Sana'a hingen. Die Huthis hatten den Männern die Helme und die Nachtsichtbrillen abgenommen und sie in voller Uniform aufgehängt, um ihre Leichen in der Wüstensonne verrotten zu lassen.

Paige drehte es fast den Magen um, obwohl der Sender die Leichen aus einiger Entfernung zeigte, sodass die Zuschauer die Gesichter der Männer nicht sahen.

»Die Präsidentin hat eine angemessene Reaktion versprochen«, sagte der Kongressabgeordnete. »Aber sie hat ihre Chance verpasst. Sie hat eine zweite Eingreiftruppe, die die Leichen unserer Soldaten herausholen sollte, zurückgepfiffen. Wer so etwas tut, taugt nicht für den Job des Oberbefehlshabers.«

★ ★ ★

Washington, D. C.

Philip Kilpatrick war ein Adrenalin-Junkie, der im Chaos aufblühte, doch selbst er hatte so etwas noch nie erlebt. Am Tag nach dem gescheiterten Kommandounternehmen war das Weiße Haus ein Bienenkorb. Wie die Präsidentin hatte auch Kilpatrick nur wenige Stunden geschlafen. Die Einzelheiten des Fiaskos sickerten bereits durch, obwohl die Presse noch keinen Wind von der Pappfigur der Präsidentin bekommen hatte, die die Huthis in der Zelle aufgestellt hatten, um Amerika zu verhöhnen.

Das Weiße Haus hatte Stellungnahmen veröffentlicht und den Sprecher der Präsidentin zu den Medien geschickt. Es war ein Hinhaltemanöver, während die Präsidentin die Telefondrähte zu den Alliierten der USA glühen ließ und hochrangige Treffen im Situation Room abhielt. Die Regierung hatte einen Plan, aber zuerst müsste sie diesen Tag hinter sich bringen.

Die Kritiker der Präsidentin bemängelten sowohl ihre Entscheidung, das Spezialteam in den Jemen zu schicken, als auch ihre Entscheidung, die Schnelle Eingreiftruppe zu stoppen. Doch in die Kritik mischten sich auch Aufrufe an das Land, jetzt zusammenzustehen. Solange die Leichen der SEALs in einem Gefängnishof im Jemen hingen, war die amerikanische Öffentlichkeit nicht bereit, zur politischen Tagesordnung überzugehen.

Um 16 Uhr trafen die Präsidentin und Kilpatrick im Oval Office ein, in dem zwei Gäste sie erwarteten. Admiral Paul Towers und sein junger, schneidiger Stabschef Daniel Reese waren gerade aus Saudi-Arabien eingetroffen. Sie standen beide auf und salutierten stramm. Die Präsidentin erwiderte den Gruß und die vier ließen sich vor dem Kamin nieder. Towers sah fix und fertig aus. Er hatte dunkle Ringe unter den Augen, sein Gesicht war von einer Müdigkeit gezeichnet, die bis in die Knochen zu gehen schien. Kilpatrick fand es ironisch, dass der legendäre und eiserne Towers, der fast ohne Schlaf auskam, noch erschöpfter aussah als die Präsidentin.

»Ich denke, Sie wissen, warum ich dieses Treffen einberufen habe«, begann Präsidentin Hamilton. Ihre Beine hatte sie übereinandergeschlagen, ihre Arme lagen auf den Lehnen ihres Sessels, ihre Stimme war ruhig und bestimmt. »Nach reiflichem Überlegen habe ich General Simpson und Direktor Marcano angewiesen, Ihnen für den heutigen Abend das Kommando zu entziehen. Ihr Verhalten gestern Abend grenzte an Befehlsverweigerung.«

»Ich habe Ihre Anweisungen ausgeführt, Frau Präsidentin«, sagte Towers.

»Aber nicht ohne sie erst infrage zu stellen. Und nicht ohne mir klarzumachen, dass Sie kein Vertrauen mehr in meine Führung hatten.«

»Die Anweisungen waren ein Fehler«, schnappte Towers. »Die Leichen müssten jetzt hier in Amerika sein. Stattdessen werden sie von unseren Feinden geschändet.«

Kilpatrick sah den Stahl in den Augen der Präsidentin. Er wusste, dass sie eine Entschuldigung erwartete, aber Towers war kampflustig wie eh und je.

Die Präsidentin fuhr fort: »Ich habe gehört, dass Sie - nachdem ich Sie zu diesem Treffen hier beordert hatte - vor einigen Ihrer Offiziere Dampf darüber abließen, was ich mit dieser Order machen könne. Ist das richtig?«

»Das dürfte richtig sein, Frau Präsidentin, jawohl.«

»Möchten Sie mir das erklären?«

»Ich glaube, das erklärt sich von selbst.«

Der Mann würde es ihnen nicht leicht machen. Kilpatrick beobachtete diesen ungewöhnlichen Schlagabtausch und musste unwillkürlich daran denken, dass die Stärke des Landes an Männern wie Towers hing - Männern, die nicht nachgaben, für die das Wort *Kompromiss* nicht existierte. Aber er wusste auch, dass die Präsidentin eine solche Einstellung nicht dulden würde.

Sie schwieg einen Augenblick, ein Duell der Blicke zwischen der Präsidentin und einem ihrer Top-Militärs. Dann sagte sie: »Ich möchte Sie um Ihren Rücktritt bitten, Admiral Towers. Sie sind ein Revolverheld und

Revolverhelden sind nicht gut für den Einsatz unserer Spezialeinheiten. Ich glaube, dass Ihre Arroganz zumindest zum Teil der Grund für das Fiasko gestern Abend war.«

Towers wollte protestieren, doch die Präsidendin schnitt ihm das Wort ab: »Lassen Sie mich ausreden! Sie hätten von vorneherein eine viel größere Streitmacht einsetzen sollen. Das Allermindeste wäre gewesen, sofort die QRF anzufordern, als klar war, dass es mehr Männer auf den Türmen gab, als wir gedacht hatten. Sie halten Ihre Männer für unbesiegbar, Admiral. Das ist uns gestern teuer zu stehen gekommen.«

»Erlauben Sie mir ein offenes Wort?«, sagte Towers.

»Sie haben bisher noch nie meine Erlaubnis gebraucht, aber bitte sehr.«

»Die Einsatzplanung war angemessen«, schnappte Towers. »Es waren die Informationen, die *äußerst* mangelhaft waren. Sie sollten dieses Gespräch mit Direktor Marcano führen, nicht mit mir. Er ist an dem Tod dieser Männer schuld. Seine Behörde sollten Sie zur Verantwortung ziehen. Meine Männer haben ehrenvoll gekämpft und die Mission mit großer Integrität durchgeführt.«

Towers' von der Wüstensonne zerfurchtes Gesicht war nun feuerrot geworden. Kilpatrick war klar, dass mit dem Mann nicht zu reden war. Die gleichen Eigenschaften, die ihn zu solch einem selbstsicheren Befehlshaber machten, würden ihn jetzt den Kragen kosten.

Die Präsidentin schien das Gleiche zu spüren, denn als sie antwortete, war ihre Stimme leiser und versöhnlicher: »Paul, ich möchte Ihnen eine ehrenvolle Lösung anbieten. Ihr Dienst ist außerordentlich gewesen. Aber ich kann Sie nicht im Amt belassen, wenn Sie dieses Büro schlechtmachen und öffentlich Kritik an mir als Ihrer Oberbefehlshaberin üben. Ich bitte Sie, Ihren Rücktritt von Ihrem jetzigen Posten einzureichen. Ich werde dafür sorgen, dass Sie anschließend eine Ihren Leistungen entsprechende neue Position bekommen. Wenn Sie nicht zurücktreten, werde ich keine andere Wahl haben, als General Simpson um Ihre Entlassung zu ersuchen und Ihnen einen Schreibtischjob zu geben.«

Towers erhob sich und Reese schnellte ebenfalls hoch. Der Admiral stand kerzengerade da und schaute über den Kopf der Präsidentin hinweg, als er antwortete: »Ich werde nicht zurücktreten, Frau Präsidentin. Das kann ich meinen Männern nicht antun.«

Die Präsidentin stand ebenfalls auf und seufzte. »Also, gut. Sie werden von General Simpson hören.«

Towers und Reese salutierten, warteten auf die Erwiderung des Saluts, drehten sich auf dem Absatz um und verließen den Raum.

Kapitel 20

Virginia Beach, Virginia

Den ganzen Freitag versuchte Paige, ihre Gefühle unter Kontrolle zu bekommen. Sie rief ihre Mutter an, aber das Gespräch war schwierig und gekünstelt. Die beiden Frauen hatten sich im Laufe der Jahre entfremdet, ein toter fester Freund konnte daran nichts ändern.

Ihre Freundinnen brachten ihr etwas zu essen und zu trinken und saßen mit ihr in der abgedunkelten Wohnung. Paige hatte die Jalousien heruntergezogen und die Deckenleuchten gelöscht; nur ein paar Lampen warfen ihre Schatten über das Wohnzimmer. Es war ein trüber Tag, aber Paige war nicht bereit, einen der wenigen Sonnenstrahlen durch ihre Fenster zu lassen. Sie wollte am liebsten ganz allein sein. Am Spätnachmittag fand sie endlich den Mut, ihren Gästen dies zu sagen, natürlich eingepackt in höfliche Entschuldigungen. Als sie dann weg waren und die Wohnung still wurde, bereute sie sofort, dass sie sie weggeschickt hatte.

Sie heulte, las zum x-ten Mal die alten SMS von Patrick, heulte wieder, versuchte zu beten, was ihr mehr Fragen als Trost mit sich brachte, und setzte sich schließlich vor den Fernseher und zappte durch die Nachrichtensender. Am laufenden Band kamen Wiederholungen von dem gestrigen Fiasko. Würde die Präsidentin erneut vor die Nation treten und sich über den Scherbenhaufen äußern, den sie da im Nahen Osten hinterlassen hatte? Es gab unbestätigte Gerüchte, dass sie den befehlshabenden Offizier des Joint Special Operations Command, einen ehemaligen SEAL namens Paul Towers, der kein Blatt vor den Mund nahm, entlassen hatte.

Die Sender zeigten alte Aufzeichnungen über den General, einen dünnen, resolut aussehenden Mann, der in Kaki-Uniform zwischen seinen Soldaten umherspazierte. Offensichtlich schob man ihm die Schuld für das Fiasko in die Schuhe.

Einige der Reporter fanden das nicht fair. John Marcano, der Stubenhocker-Chef der CIA, hatte in den Medien nicht viele Freunde. Aus wohlunterrichteten Kreisen war zu hören, dass auch er auf dem Schleudersitz saß. Denn mangelhafte CIA-Informationen hatten zwanzig gute Männer das Leben gekostet.

An Paige rauschte das alles vorbei. Es machte ihre Wut und Frustration nur noch schlimmer. Die Präsidentin und ihr Kabinett waren bereits dabei, einen Schuldigen zu suchen, aber das machte Patrick nicht wieder lebendig. Es war fast Mitternacht, als die sensationelle Nachricht als eingeblendeter Text unten über den Bildschirm rollte. Spezialeinheiten der USA hatten in einem erneuten nächtlichen Einsatz die Leichen der SEALs erfolgreich geborgen. Diesmal hatte man eine massive Streitmacht eingesetzt. Die Amerikaner hatten keine Toten und Verwundeten zu beklagen, während über 200 Huthi-Rebellen mit Sicherheit tot waren. Um 9 Uhr am Ostermorgen würde die Präsidentin eine Pressekonferenz abhalten.

★ ★ ★

Washington, D. C.

Philip Kilpatrick stand seitlich des Podiums, die Arme zufrieden gekreuzt, und verfolgte den Gang der Pressekonferenz. Dies war Amanda Hamilton, wie sie leibte und lebte. Sie bestätigte die Berichte vom Freitagabend. Man hatte die Leichen der SEALs geborgen. Der Einsatz hatte mit Luftangriffen begonnen. Danach waren über 120 SEALs und Delta-Force-Kämpfer an verschiedenen Positionen rund um das Zentralgefängnis von Sana'a abgesetzt worden. Unterstützt durch gezielte Drohnenangriffe, waren die amerikanischen Soldaten in den Gefängnishof eingedrungen und hatten die Leichen ihrer gefallenen Kameraden geborgen.

Hamilton stand hoch aufgerichtet da, das Kinn nach vorne gestreckt, ihre Augen blitzten. Viele Strafverteidiger hatten sich mit dieser Frau angelegt und es später bitter bereut. Und jetzt warnte die Präsidentin – als Repräsentantin von einem der größten Länder der Welt – die Huthi-Rebellen davor, sich ebenfalls mit ihr anzulegen.

»Die Vereinigten Staaten sind eine friedliebende Nation«, erklärte sie brüsk, »aber wenn einer unserer Bürger verhaftet und ohne Verfahren verurteilt wird, handeln wir. Wenn die Leichen unserer Soldaten geschändet werden, handeln wir. Wenn unsere Verbündeten bedroht werden, handeln wir.« Sie hielt inne, die Lippen gespitzt. Es war ein großer Auftritt und die Presse war ganz Auge und Ohr. »Es ist kein Geheimnis, dass das Huthi-Regime im Jemen massiv von Teheran unterstützt wird. Ich möchte sowohl die Führung der Huthis als auch die Führung des Iran warnen: Sollte Cameron Holloman nicht unverletzt freigelassen werden, werden wir seine Hinrichtung als kriegerischen Akt durch eine feindliche Nation betrachten.«

Sie ergriff die Seiten des Rednerpults und ließ ihren Blick durch den Raum schweifen. Dies war Amanda Hamilton, wie sie leibte und lebte. Kilpatrick spürte, wie sie mehr und mehr in Fahrt kam.

»Im Jemen werden wir unsere Hilfe für die legitime, von Saudi-Arabien unterstützte Koalitionsregierung ausbauen, einschließlich verstärkter Luftangriffe gegen die Huthis. Und was den Iran angeht, werden wir diesen feindseligen Akt als Verletzung des von der Obama-Regierung ausgehandelten Vertrags betrachten. Ich werde daher persönlich darauf drängen, dass unsere Verbündeten zusammen mit uns die Sanktionen gegen diesen Schurkenstaat erneuern.«

Murmeln und rasche Notizen unter den Reportern. Sie rutschten auf ihren Stühlen nach vorne, begierig darauf, Fragen zu stellen.

Die Präsidentin schaute nach unten, ihre Stimme wurde leiser. »Für den nächsten Freitag planen wir einen Gedenkgottesdienst auf dem Nationalfriedhof Arlington für die im Jemen gefallenen Angehörigen unserer Streitkräfte. Ich möchte Sie bitten, sich am heutigen Tag, an dem so viele Amerikaner die Verheißung des ewigen Lebens feiern, einen Augenblick Zeit zu nehmen, um in Ihren Gebeten an die Familien unserer gefallenen Helden zu denken.«

Die Rede war zu Ende. Kaum, dass die Präsidentin Luft holen konnte, prasselten Fragen auf sie ein. Sie beantwortete sie souverän. Sie bestätigte, dass Admiral Towers vor dem Angriff vom Freitagabend von seiner

Funktion als befehlshabender Offizier entbunden worden war. Sie verweigerte Einzelheiten über die Gründe für das Scheitern der ersten Mission und sagte nur: »Dafür wird nach einer eingehenden Untersuchung der richtige Zeitpunkt sein.« Sie schürte das Feuer der Empörung über den Iran weiter, der nicht nur die Huthis unterstützte, sondern auch die Hisbollah, die Hamas und den Islamischen Dschihad*.

Philip Kilpatrick konnte sich nur mit Mühe ein Lächeln verkneifen. Es war eine ernste Angelegenheit und die Verluste an Menschenleben waren ihm nicht egal. Doch tief drinnen war das, was er am meisten liebte, die Politik. Und während er dort stand und dieses erstaunliche Spektakel miterlebte, erkannte er, dass dies hier einer der Gründe dafür war. Ruhm und Beliebtheit waren unbeständig und vorübergehend. Diese totale Wende der Dinge, die er jetzt mit seinen eigenen Augen sah, nein, die er mit seinen eigenen Händen inszeniert hatte, sie kam so plötzlich, dass einem schwindlig werden konnte.

Falls die Huthis ihre Drohungen wahrmachten, hätte Präsidentin Hamilton bald das nötige politische Kapital, um die Sanktionen gegen den Iran zu erneuern, das Land zu isolieren und der weiteren Entwicklung von Atomwaffen im Iran einen Riegel vorzuschieben. Damit würde sie die Bande zu Saudi-Arabien und anderen gemäßigten islamischen Ländern stärken. Ja, wenn sich alles so entwickelte, wie Kilpatrick es sich vorstellte, könnte Präsidentin Amanda Hamilton das erreichen, was seit Jimmy Carter jeder amerikanische Präsident vergeblich versucht hatte: Sie könnte Friedensgespräche zwischen den muslimischen Verbündeten Amerikas und dem Staat Israel vermitteln. Durch all das könnte sie die gemäßigten Muslime vereinigen und die radikalen Netzwerke, die den Dschihad wollten, entscheidend schwächen.

Die Pressekonferenz endete um 10:05 Uhr. Die Huthis warteten zwei Stunden mit ihrer Antwort, bis es kurz vor Sonnenuntergang in Sana'a war. Ihr Video verbreitete sich wie ein Lauffeuer durch das Internet. Cameron Holloman und Abdullah Fahd bin Abdulaziz wurden durch

* Islamische Terrororganisation mit Sitz in Damaskus. Vollständige Bezeichnung: »Bewegung des islamischen Dschihad in Palästina«. Andere islamistische Terrororganistionen haben ähnliche Namen, in westlichen Medien ist zumeist diese gemeint.

Erhängen hingerichtet. Die Zuschauer begannen zu johlen und zu skandieren. Sie skandierten auf Arabisch, aber in den USA kam die Übersetzung der Worte in Blockbuchstaben: »Tötet Amerika! Tötet Saudi-Arabien!«

Kapitel 21

Virginia Beach, Virginia

Einige Tage lang hatte Paige Angst, sie könne keine Karten für den Gedenkgottesdienst bekommen. Die Familien der gefallenen Soldaten bekamen je zwanzig VIP-Tickets. Insgesamt rechnete man mit mehreren Tausend Besuchern. Paige und ihre Freunde hatten vor, bereits um 5 Uhr morgens da zu sein, um noch Plätze zu bekommen. Kristen Anderson hatte zwar versucht, von ihrem eigenen Kartenkontingent eine Karte für Paige abzuzwacken, aber traute sich letztlich nicht, jemandem aus der großen Troy'schen Sippe dafür abzusagen.

Ihre Sorge stellte sich als unbegründet heraus, als Paige am Dienstagmorgen einen unerwarteten Anruf auf ihrem Handy erhielt. Die Nummer mit der Vorwahl 607 sagte ihr nichts, also ließ sie sie auf den Anrufbeantworter gehen. Als sie diesen später abhörte, hörte sie die raue, zögerliche Stimme eines älteren Mannes, der sich als Bill Harris, Patricks Großvater, vorstellte und Paige bat, ihn zurückzurufen. Das tat sie auf der Stelle.

»Hallo.«

»Mr Harris, hier Paige Chambers. Mein herzliches Beileid.«

Paige zögerte. Sie wusste nicht recht, wie sie fortfahren sollte. Doch die Stimme am anderen Ende der Leitung klang überraschend aufgeräumt. »Danke, Paige. Und danke für Ihren Rückruf. Sie haben Patrick ja so viel bedeutet.«

Paige hatte nicht gewusst, dass Patrick mit seinem Großvater über sie gesprochen hatte. »Sie haben einen tollen Enkel«, sagte sie. Sie spürte, wie sie einen Kloß im Hals bekam. »Sie können echt auf ihn stolz sein.«

»Patrick hat viel über Sie gesprochen. Sie wissen ja wahrscheinlich, dass er nicht mehr sehr viele Verwandte hatte. Die Leute in Washington haben mir zwanzig Karten für den Gedenkgottesdienst geschickt und ich habe gedacht, vielleicht können Sie eine davon brauchen, damit wir uns mal sehen.«

Zum ersten Mal seit Patricks Tod spürte Paige etwas anderes als bodenlose Trauer. Einen Augenblick lang war sie sprachlos.

Bill Harris fuhr fort: »Wenn Sie natürlich schon eine Karte haben oder bei jemand anderem sitzen möchten, kann ich das gut verstehen.« Seine Stimme war warm. »Aber ganz gleich, ich würde Sie gern mal kennenlernen. Für Patrick sind Sie ...« Er unterbrach sich. »Für Patrick waren Sie die Frau seines Lebens.«

»Ich gehe gerne mit Ihnen zusammen in den Gottesdienst«, sagte Paige. »Sehr gerne sogar.«

Ein paar Minuten lang legten sie die Details fest. Aber bevor er auflegte, hatte Mr Harris noch eine Überraschung parat. »Vor dem Gottesdienst, um 9 Uhr morgens, wird die Präsidentin im Weißen Haus die Familien der Gefallenen empfangen. Wenn Ihr Terminkalender nicht zu voll ist, könnten Sie gern auch dort mit dabei sein.«

Paige musste unwillkürlich lächeln. *Wenn mein Terminkalender nicht zu voll ist!* »Ich glaube, ich könnte das unterbringen«, sagte sie.

Mr Harris lachte. »Genau das hab ich denen auch gesagt. Hab gesagt, ich wollte sowieso der Präsidentin ein paar Tipps geben, da käme mir die Einladung gerade zupass.«

»Haben Sie das wirklich gesagt?« Paige wusste nicht recht, was sie von diesem Mann halten sollte.

»Ja, sicher. Aber der Beamte, mit dem ich sprach, hatte keinen Sinn für Humor. Er sagte, da würde die Präsidentin sich sicher freuen.«

Als sie wieder auflegte, konnte Paige den Freitagvormittag kaum noch erwarten. Mit Patricks Großvater würde es wenigstens nicht langweilig werden.

★ ★ ★

Washington, D. C.

Als ob es wusste, dass die ganze Welt auf es herabschaute, zeigte Washington, D. C. sich am Freitag nach Ostern von seiner besten Seite. Die Kirschbäume waren noch nicht ganz weiß, doch der Rest der Stadt leuchtete. Ein frischer Frühlingswind trieb weiße Wolken über den Himmel. Schon früh am Morgen näherte sich das Thermometer den 18 Grad. Der Rasen in der *National Mall,* dem lang gezogenen Park, an dessen Ostende das Kapitol liegt, war sattgrün und frisch gemäht. Selbst die Denkmäler schienen im Sonnenlicht zu tanzen, zur Erinnerung daran, dass dies ein Land war, das für die Ewigkeit gebaut war.

Paige traf sich mit Bill Harris zum Frühstück im Hyatt Hotel. Sie fand ihn faszinierend. Er kannte jede Menge Geschichten über Patricks Kindheit und Paige konnte nicht genug davon kriegen. Er bestand darauf, dass sie ihn Bill nannte. »Lassen Sie das mit dem ›Mr Harris‹.« Sein Gesicht war vom Wetter gegerbt und gebräunt, sein graues Haar schütter, aber für einen Mann in den Siebzigern schien er bemerkenswert fit. In seinem Gesicht konnte Paige Patricks Augen erkennen, auch sein breites Lächeln und sein festes Kinn. Bill trug eine Zweistärkenbrille mit großen Gläsern, die fünfzehn Jahre alt sein musste, und sein Anzug war ausgebeult und die Krawatte altmodisch breit, aber sein Aussehen schien ihn nicht groß zu bekümmern. Er war dünn, mit langen Armen und schwielig-knochigen Händen, deren Äderchen wie blaue Spinnennetze aussahen.

Er fragte Paige, ob sie etwas dagegen hätte, dass er ein Tischgebet sprach. Das hatte sie natürlich nicht, und er betete kurz, wobei er Gott auch darum bat, Paige inneren Frieden zu geben und den Mut, das Leben zu leben, das Patrick für sie gewollt hätte. Als er fertig war, waren Paiges Augen nass.

Sie nahmen ein Taxi zum Weißen Haus. Auf der Fahrt freundete Bill sich mit dem Fahrer an, einem Mann mit starkem indischem Akzent, den Paige nur mit Mühe verstand. Es schien, dass Bill einmal mit seiner Kirchengemeinde in Indien gewesen war, und die beiden Männer unterhielten sich ausgiebig über die Heimat des Fahrers. Beim Aussteigen klopfte Bill ihm fest auf die Schulter und gab ihm ein fürstliches Trinkgeld. Danach standen er und Paige einen Moment auf dem Gehweg und schauten zu dem Weißen Haus hin, jeder in seinen eigenen Gedanken versunken. »Fühlt sich an wie dieser alte Spielfilm *Mr Smith geht nach Washington*«, sagte Bill schließlich.

Sie nahmen Kurs auf den VIP-Eingang, wo ein Mitarbeiter sie empfing, der sie zum Sicherheits-Check führte. Im Anschluss führte man sie endlich in einen großen Warteraum im Westflügel des Hauses, in dem auch die übrigen Familien warteten.

Die nächste Stunde unterhielten Paige und Bill sich leise mit den Verwandten der anderen Gefallenen, während sie darauf warteten, dass sie an die Reihe kamen. Sie waren schließlich die Letzten, die zur Präsidentin vorgelassen wurden. Sie waren die beiden einzigen Vertreter von Patricks Familie.

Die Präsidentin empfing sie im Oval Office. Paige wusste immer noch nicht, ob sie wachte oder träumte. Die Präsidentin schüttelte ihr fest die Hand; ihre eigene Hand - das wusste Paige - war kalt und klamm.

Ein Mitarbeiter stellte sie der Präsidentin vor. »Dies ist der Großvater von Patrick Quillen, der ihn aufgezogen hat«, sagte er. »Und dies ist seine Freundin.«

»Bitte setzen Sie sich doch«, bot die Präsidentin an. Sie sah größer und älter aus als im Fernsehen. Paige kam sich wie auf einer Bühne vor; überall waren Kameras, die jede Bewegung aufzeichneten.

»Patrick war ein tapferer Mann«, sagte die Präsidentin. »Er und die anderen in seinem Team gehörten zu den besten Männern in unserem Militär. Ich möchte, dass Sie wissen, wie nahe mir ihr Tod geht.«

Bill dankte der Präsidentin und sagte ihr, dass er jeden Tag für sie bete. Er fuhr fort, dass Paige eine Staatsanwältin sei, so wie früher auch die Präsidentin - und nach allem, was Patrick erzählt hatte, eine verdammt gute. Paige spürte, wie sie rot wurde, aber das Interesse der Präsidentin schien echt zu sein. Sie stellte Paige einige Fragen über ihre Arbeit und erzählte ein paar Geschichten aus ihrer eigenen Zeit als Staatsanwältin. Mr Harris sagte sie, dass sein Enkel offenbar einen guten Geschmack gehabt hatte, was Frauen betraf.

»Nennen Sie mich doch Bill«, erwiderte Patricks Großvater, als sei er mit allen großen Staatsoberhäuptern der Welt per Du. »Und ich gebe Ihnen zu hundert Prozent recht.«

Bevor sie wieder gingen, wurden ein paar Fotos gemacht, obwohl Bill die Veröffentlichungserlaubnis für diese Bilder bewusst nicht unterschrieben hatte. Er hatte es so begründet, dass er nicht wolle, dass der Tod seines Enkels politisch ausgeschlachtet wurde; die Beamten, die für die Formulare zuständig waren, hatten nicht gewusst, was sie darauf erwidern sollten.

Aber jetzt stand er nichtsdestotrotz an der einen Seite der Präsidentin, während Paige an der anderen stand, und lächelte in die Kamera. Als die Fotografen fertig waren, sagte die Präsidentin: »Danke für das Opfer, das Ihre Familie gebracht hat. Und danke, Bill, dass Sie heute bei der Gedenkfeier mitmachen.«

»Es ist mir eine Ehre«, sagte Bill. Man schüttelte sich die Hände und ein anderer Mitarbeiter eskortierte Paige und Bill aus dem Oval Office.

Paige wartete, bis sie auf dem Weg nach draußen waren, bevor sie ihre Frage stellte. »Was meinte die Präsidentin damit, dass Sie bei der Gedenkfeier mitmachen?«

»Sie haben mich gefragt, ob ich das Abschlussgebet übernehme«, sagte Bill. »Ich glaub, mein Pastor hat irgendjemanden angeschrieben und das vorgeschlagen. Wenn Sie mich fragen, haben die wahrscheinlich einfach Probleme gehabt, in dieser Stadt jemand zu finden, der beten kann.«

Paige schaute verstohlen zu ihm hin und sah, wie er grinste. Es war dasselbe Grinsen, das sie oft auf dem Gesicht seines Enkels gesehen hatte.

»Ich frag mich, wie viel wir Steuerzahler blechen müssen, um dieses Haus zu heizen«, sinnierte Bill.

Kapitel 22

Arlington House ist ein Herrenhaus im klassizistischen Stil. Es ist der frühere Wohnsitz des amerikanischen Südstaatengenerals Robert E. Lee und thront über dem Nationalfriedhof Arlington und seinem Meer weißer Grabsteine. Vor dem Haus steht das elliptische, ganz aus weißem Marmor erbaute Memorial Amphitheater, dessen Marmorbänke 4 000 Menschen Platz bieten; weitere tausend können stehen. Um das Amphitheater herum zieht sich eine riesige Kolonnade mit Inschriften über 44 wichtige Schlachten aus der Geschichte der USA, vom Unabhängigkeitskrieg bis zum Spanisch-Amerikanischen Krieg. Die riesige Bühne, die im Schatten von *Arlington House* liegt, wird von einer reich verzierten Marmorkuppel überwölbt. Über der Bühne ist ein Zitat aus der Gettysburg-Rede von Abraham Lincoln zu lesen: »Wir erklären hiermit feierlich, dass diese Toten nicht umsonst gestorben sein sollen.«*

Die Bühne war für die Rede der Präsidentin an die trauernde Nation hergerichtet worden, auch wenn die sieben Tage seit dem gescheiterten Kommandounternehmen einige der Tränen bereits in zusammengebissene Zähne des Trotzes und der Rache verwandelt hatten. Die Huthi-Rebellen standen jetzt unter unablässigem Bombardement der Luftstreitkräfte der USA und Saudi-Arabiens und das Team der Präsidentin war dabei, Druck auf die Verbündeten auszuüben, die Sanktionen gegen den Iran wieder aufzunehmen.

---

* Auszug aus der Gettysburg-Rede von Abraham Lincoln, im Original: »We here highly resolve that these dead shall not have died in vain.«

Vorne auf der Bühne waren die mit Flaggen bedeckten Särge der zwanzig im Jemen gefallenen Amerikaner aufgereiht und hinter dem Rednerpult hingen drei weitere riesige amerikanische Flaggen. Neben Paige saßen eine Reihe von Leuten, die ihr unbekannt waren – Freunde der Familie Quillen aus Delhi im Staate New York. Bill Harris saß auf einem der paar Dutzend Stühle auf dem Podium.

Die Szene ließ einen Kloß in Paiges Hals wachsen, einen Knoten aus Gefühlen, der nicht leicht zu entwirren war. Da war die erstickende Traurigkeit, die die Endgültigkeit dieser Zeremonie hier schuf, das resignierte Wissen, dass sie Patrick in diesem Leben nie wiedersehen würde. Aber da war auch ein Gefühl des Stolzes auf das, wofür Patrick gestanden hatte; auf den Mut, den er bewiesen hatte. Dies war das patriotische Amerika, wie es leibte und lebte. Patrick und seine Freunde waren gestorben, weil sie Gefangene befreien wollten. Waren sie nicht deswegen SEALs geworden?

Die Rede der Präsidentin war des Anlasses würdig. Sie fand genau den richtigen Ton. Seit dem Treffen mit ihr an diesem Morgen verspürte Paige eine gewisse Verbundenheit mit ihr. Den Großteil der Rede konnte sie ihre Tränen zurückhalten – bis auf die Stelle, als die Präsidentin auf den Charakter jedes der Gefallenen einging.

»Patrick Quillen wuchs im Haus seines Großvaters auf, der im Koreakrieg ebenfalls unserem Land gedient hatte. Mr William Harris, der nachher das Schlussgebet sprechen wird, zeigte Patrick, dass es keine größere Ehre gibt, als unserem Land zu dienen, und sein Enkel tat sich als einer der Besten der Besten hervor. Patrick war ein Mann großer Integrität mit einen enormen Glauben. Seine Vorgesetzten haben mir berichtet, dass er auf dem Schlachtfeld stets eine kleine Bibel dabeihatte, auf deren innerer Umschlagseite er die Philosophie seines Lebens geschrieben hatte – ein Zitat eines Missionars namens William Borden, eines jungen Mannes, der Amerika und den Reichtum seines Vaters, der eine große Firma hatte, verließ, um auf dem Missionsfeld zu dienen. Er starb mit nur 25 Jahren. Als man seiner Mutter seine Bibel überreichte, sah sie, dass er auf die innere Umschlagseite geschrieben hatte: ›Kein Zurück, keine Halbheiten, kein Bedauern.‹ Dieselben Worte hatte Patrick in seine Bibel geschrieben und er lebte sie genauso aus, wie sein Vorbild es getan hatte.«

Schon ging die Präsidentin zum nächsten Mann weiter, aber Paige dachte weiter über das nach, was die Präsidentin gerade über Patrick gesagt hatte. Sie wischte sich die Augen und schnupfte ein paar Tränen zurück. Auch die Verwandten der anderen SEALs waren tief bewegt von den Worten der Präsidentin über ihre Lieben, darunter auch über die Worte zu Beef Anderson, den Amanda Hamilton den besten Spaßvogel in der Einheit nannte, einen »fröhlichen Kämpfer«, einen liebevollen Vater und Ehemann. Paige schaute verstohlen zu Kristen hin, die etwa fünfzehn Plätze entfernt saß und die Hände ihrer kleinen Jungen umklammert hielt. Ihre Unterlippe zitterte und die Tränen strömten über ihr Gesicht, aber sie hielt es hoch erhoben.

Als die Rede der Präsidentin vorbei war, trat Bill Harris bedächtig an das Rednerpult, zog den Text seines Gebets aus der Anzugjacke und bat die Versammlung, die Köpfe zu neigen. Dann dankte er Gott für sein Land. Er betete für die Präsidentin und die Regierung. Er dankte Gott für das Vorrecht, Patrick aufziehen zu dürfen. Einen Augenblick lang zitterte seine Stimme, sodass Paige sich fragte, ob er das Gebet zu Ende bringen könne, doch dann räusperte er sich und bat Gott, seinem Land zu helfen, seine Macht für Gerechtigkeit und nicht für Rache einzusetzen, damit sein Volk nicht Böses mit Bösem vergalt, sondern das Böse mit Gutem überwand. Er schloss mit dem Satz: »Und ohne jegliche Verachtung für die anderen heute hier versammelten Religionen, einschließlich des Islam, erbitte ich all diese Dinge im Namen Jesu. Amen.« Man hörte ein paar leise Amen aus der Menge, als Bill wieder zu seinem Platz ging.

Das Gepränge und die Symbolik des Restes der Zeremonie wollten Paige schier zerreißen. Die riesige Trauergemeinde erhob sich und schaute in ehrfürchtigem Schweigen zu, wie die zwanzig Särge jeder auf einen Wagen geladen wurden, der von sechs prächtigen Schimmeln gezogen wurde. Die Trauerprozession formierte sich. Ein einzelner Soldat ging voran, nach ihm kamen die Verwandten jedes der Gefallenen. Paige ging neben Patricks Großvater hinter Patricks Sarg her. Sie gingen fast eine Meile die Allee entlang, an Tausenden stummen Zuschauern vorbei. Es war ein nationales Respekt-Spektakel, das Paige – vielleicht zum ersten Mal in ihrem Leben – demonstrierte, wie wichtig solche Ereignisse für ihr Land waren. Die Zuschauer kamen aus jeder Rasse, Altersgruppe und sozialen Klasse. Sie standen alle still da, auf manchen Gesichtern sah man Tränen. Man sah Angehörige des Militärs - Männer und Frauen -, die stumm salutierten, während ihre Uniformen in der Sonne leuchteten. Man sah Kinder auf den Schultern ihrer Väter, Männer, die ihren Hut an ihr Herz hielten, dazu ältere Männer und Frauen, die wahrscheinlich früher beim Militär gewesen waren und ebenfalls salutierten, als Paige an ihnen vorbeiging. Sie fühlte sich gleichzeitig geehrt und unwürdig.

Sie erreichten die Parade der zwanzig offenen Gräber und die Särge wurden behutsam abgeladen. Vor jedem Grab standen ein paar Stühle und Paige setzte sich neben Bill in die erste Reihe vor Patricks Grab. Alles geschah mit militärischer Präzision. Die Begräbniszeremonie begann mit einem Formationsflug mehrerer Militärmaschinen. Vor jedem Sarg stand ein Militärkaplan, der ein kurzes Gebet sprach. Aus der Ferne kamen Kanonensalutschüsse. Dann rief jemand laut: »Präsentiert das Gewehr!«, und an jedem Grab schossen mehrere Soldaten mit eingeübten Gesten wie ein Mann einen Salut, der über den ganzen Friedhof echote. Dann kam ein Horn-Solo. Die schlichte Melodie weckte so tiefe Gefühle in Paige, wie sie es nicht für möglich gehalten hatte.

Danach hoben an jedem der Gräber zwei Soldaten die Flagge von dem Sarg und begannen die Zusammenfaltzeremonie, jede Bewegung im Gleichtakt an allen zwanzig Gräbern, bis alle Flaggen exakt gleichzeitig zu sauberen, kompakten Dreiecken gefaltet waren. Die beiden Soldaten vor Patricks Grab reichten die Flagge einem Hauptmann und salutierten stramm. Der Hauptmann drehte sich um, kniete sich vor Bill Harris hin und reichte ihm die Flagge, während er erklärte, wie sehr das Land ihm und Patrick für ihr Opfer zu Dank verpflichtet sei. Bill dankte dem Mann, sein Gesicht unbewegt, aber Paige spürte, wie ihr die Tränen hinter der Sonnenbrille hervorrannen. Aber egal, was machte es?

Als Nächstes sprach der Militärkaplan einige Worte des Trostes und anschließend das Schlussgebet. Dann traten die Freunde nach vorne, einer nach dem anderen, um eine Rose auf den Sarg zu legen. Paige schaute zu, wie Patricks Großvater an den Sarg trat, seine rechte Hand darauflegte und seinen Kopf zum Gebet neigte. Es war womöglich der traurigste Anblick ihres Lebens. Dieser Mann hatte bereits seine Tochter und seinen Schwiegersohn durch einen Autounfall verloren. Seine Frau war an Krebs gestorben. Und jetzt war sein Enkel, der Stolz seines Lebens, erloschen, bevor dieser seinen 30. Geburtstag erreicht hatte.

Paige spürte ein überwältigendes Mitgefühl mit diesem Mann, den sie in so kurzer Zeit lieb gewonnen hatte. Sie erhob sich, trat neben ihn und legte vorsichtig eine Hand auf seine Schulter. Er sah sie an und richtete sich auf, ein alter Mann, der all seine Kräfte zusammennahm, um wieder ein Grab zu verlassen.

»Er gehört jetzt der Nation«, sagte Bill Harris. »Gott hat ihn mir für eine Zeit lang gegeben, aber jetzt gehört er der Nation.«

Dann drückte er Paiges Schulter und ging weg von dem leeren Sarg.

Kapitel 23

Die Nacht verbrachte Paige im *Hilton Garden Inn* in Alexandria, Virginia. Für das Frühstück hatte sie sich mit Bill Harris verabredet, danach wollte sie zurück nach Virginia Beach fahren und versuchen, wieder so etwas wie ein normales Leben zu führen.

Der Morgen kam. Paige wachte auf, machte das Licht an, kniff die Augen zusammen gegen die plötzliche Helligkeit und nahm Kurs auf das Bad. Und da sah sie ihn - den braunen Briefumschlag, den irgendjemand unter ihre Tür hindurchgeschoben hatte. Er war dicker als die Hotelrechnung, die danebenlag, und Paiges Name war mit Schreibmaschine darauf geschrieben.

Sie hob den Umschlag auf, öffnete ihn und holte den Inhalt heraus, ein Blatt nach dem anderen. Sie runzelte die Stirn und musterte die Dokumente. Dann ging sie zu dem Schreibtisch, schob ihre Sachen zur Seite und breitete die Blätter aus. Sie zog die Vorhänge zurück, und das Morgenlicht flutete ins Zimmer. Sie ging wieder zum Tisch, schob eine Haarsträhne aus ihrem Gesicht und setzte sich in ihrem dünnen Baumwollpyjama hin, um sich den Inhalt des Umschlags genauer anzusehen.

Es gab kein Begleitschreiben als Erklärung, auch nichts, was auf den Absender hingewiesen hätte. Dafür gab es ein grobkörniges Foto, das eine schlecht erleuchtete Gefängniszelle zeigte, in der eine lebensgroße Pappfigur von Präsidentin Amanda Hamilton stand. Auf den unteren Rand des Bildes hatte jemand ein Stück Papier geklebt, auf dem stand: *Zentralgefängnis Sana'a, 30. März.*

Der mysteriöse Absender des Briefes hatte ferner drei Schriftstücke mit einer Büroklammer zusammengeheftet. So wie es aussah, waren es drei separate Entwürfe für eine Rede der Präsidentin. Der erste meldete den erfolgreichen Abschluss eines Kommandounternehmens zur Befreiung von Cameron Holloman und Abdullah Fahd bin Abdulaziz. Im zweiten hieß es, dass die beiden Gefangenen befreit worden waren, aber dass die US-Sondereinheiten dabei Verluste erlitten hatten; die Präsidentin sprach den Verwandten der Gefallenen ihr Beileid aus. Die Rede war offensichtlich vor dem Einsatz verfasst worden, denn es gab Platzhalter für Namen und Anzahl der getöteten Soldaten. Der dritte Entwurf war mit handgeschriebenen Änderungen versehen und informierte die amerikanische Öffentlichkeit, dass *Operation Exodus* gescheitert war. Paige erkannte die Formulierungen wieder; es waren dieselben, die die Präsidentin in ihrer Ansprache benutzt hatte, die sie selbst in Kristens Haus erlebt hatte. Offenbar war das hier eine Kopie der Rede mit den handschriftlichen Korrekturen der Präsidentin.

Paige fuhr ihren Computer hoch und suchte ein Video der Rede. Sie schaute es sich kurz an und verglich die Worte der Präsidentin mit denen, die sie schriftlich vor sich hatte. Doch, der Text vor ihr war so ziemlich die endgültige Version. Gut – aber was sollte das Ganze?

Die übrigen Dokumente aus dem Umschlag waren fotokopierte Artikel über die Nahostpolitik der Präsidentin, darunter ein interessanter Beitrag aus der Zeitschrift *Foreign Affairs* über das »katastrophale« Abkommen mit dem Iran, das Präsidentin Hamilton von ihrem Vorgänger geerbt hatte. Der Schreiber brachte die gleichen Argumente gegen den Iran-Deal, die Paige während der Präsidentenwahl vor anderthalb Jahren gehört hatte. Die Inspektoren hatten sich 24 Stunden vor ihren Besuchen in den Urananreicherungsanlagen des Irans anzumelden. Die einzige für Vertragsverletzungen durch den Iran vorgesehene Bestrafung war die Wiederaufnahme der internationalen Sanktionen – und selbst die bedurfte der Zustimmung durch den Sicherheitsrat der UNO. Den USA und dem Iran war es verwehrt, einseitige alternative Sanktionen einzuführen, was bedeutete, dass die USA den Klotz der UNO am Bein hatten. Aus den Nachrichten wusste Paige, dass Präsidentin Hamilton diesen Passus des Iran-Deals ab sofort ignorierte, da der Iran mit seiner Finanzierung der Huthi-Rebellen und seiner Weigerung, den USA zu helfen, Holloman durch Verhandlungen freizubekommen, nicht nach Treu und Glauben gehandelt hatte.

Doch der Artikel diskutierte auch einige Aspekte des Iran-Deals, von denen Paige noch nie gehört oder die sie vielmehr nie verstanden hatte. Der Deal band den USA nicht nur bezüglich weiterer Sanktionen die Hände, sondern verpflichtete sie auch dazu, dem Iran bei der Entwicklung von »Energie, Finanzen, Technologie und Handel« Hilfe zu leisten. Der Autor nannte das Abkommen historisch. Denn es war ein Wendepunkt in der amerikanischen Nahostpolitik, weg von der Unterstützung Israels und der sunnitischen arabischen Staaten wie Saudi-Arabien, hin zu einer Linie, die auch einen langjährigen Feind wie den Iran unterstützte. Mit diesem Deal verpflichteten die USA sich mehr oder weniger, dem Iran zu helfen, eine militärische Regionalmacht und wirtschaftliche Supermacht zu werden.

Vor ihrer Beziehung zu Patrick hatte Paige sich nie groß für die US-Nahostpolitik interessiert. Sie blickte da einfach nicht durch und verwechselte dauernd Sunniten und Schiiten. Alles, was sie wusste, war, dass die USA Israel zur Seite stehen und ihre Truppenstärke in den muslimischen Ländern reduzieren mussten. Selbst als Patrick dann in seinen Einsatz musste und Paige anfing, sich über die religiöse Gewalt in den Nahostländern kundig zu machen, blieb ihr noch vieles schleierhaft.

Schleierhaft war ihr auch, warum sich jemand die Zeit genommen hatte, diese Artikel zu kopieren und ihr unter der Tür durchzuschieben. Woher wusste der Unbekannte überhaupt, dass sie gerade in diesem Hotelzimmer war?

Die Antworten wären vermutlich in dem letzten Gegenstand zu finden, den sie aus dem braunen Umschlag herausgenommen hatte. Es war ein nicht beschrifteter USB-Stick. Paige schob ihre Bedenken beiseite und den Stick in ihren Computer. Es waren nur zwei Dateien auf dem Stick. Die erste war eine PDF-Datei, die Paige zu Patricks Tod kondolierte und dann behauptete, dass es gewisse beunruhigende Fakten gab, die sie und Bill Harris wissen müssten. Ein ähnlicher Umschlag – so hieß es weiter – war Bill Harris in seinem Hotelzimmer zugegangen. Der Verfasser oder die Verfasserin nannte seinen Namen nicht, bat aber um ein Treffen im *Falls Church Marriott Hotel,* und zwar um 15 Uhr an diesem Nachmittag in der Suite Nr. 301.

Patrick und sein Team waren gute Männer, die es verdient haben, dass die Wahrheit ans Licht kommt. Es tut mir leid, wenn das, was ich Ihnen sagen muss, Ihre Trauer noch verschlimmert. Aber an Ihrer Stelle würde ich die Wahrheit wissen wollen. Bitte sprechen Sie mit niemandem außer Mr Harris über diese Information. Sollten Sie beschließen, nicht ins *Marriott* zu kommen, werde ich das verstehen und Sie nicht mehr kontaktieren.

Das Video auf diesem USB-Stick zeigt ein Treffen zwischen Philip Kilpatrick, dem Stabschef der Präsidentin, und John Marcano, dem Direktor der CIA. Dieses Treffen fand keine 24 Stunden vor der Entsendung des SEAL-Teams nach Sana'a statt. Wenn Sie heute Nachmittag ins *Marriott* kommen, werde ich ihnen erklären, warum dieses Treffen so wichtig ist.

Paige öffnete das Video. Sie sah, wie die beiden Männer, jeder mit einem aufgespannten Regenschirm in der Hand, auf einer Parkbank saßen und sich unterhielten. Der eine hielt die meiste Zeit eine Hand vor seinen Mund. Es gab keinen Ton, sodass Paige keine Möglichkeit hatte, etwas von dem, was die Männer sagten, zu verstehen. Als das Gespräch vorbei war, erhoben sich beide und gingen zu einer schwarzen Limousine am Straßenrand. Sie schüttelten sich die Hand und der eine stieg in das Auto. Der andere schaute zu, wie die Limousine fortfuhr, drehte sich dann um und ging in entgegengesetzter Richtung davon.

Paige war sofort klar, dass sie am Nachmittag ins Marriott musste. Sollte sie die Polizei einschalten? Aber sie wollte den Unbekannten nicht verschrecken. Paige war keine Anhängerin von Verschwörungstheorien, aber als sie im Internet suchte, konnte sie das Bild mit der Pappfigur der Präsidentin nirgends finden. Da hatte also jemand Zugang zu Insider-Informationen.

Was meinte der Unbekannte? Offensichtlich, dass der Einsatz im Jemen nicht dem Ziel gedient hatte, das man ihr und dem Rest der Amerikaner glaubhaft gemacht hatte. Paige musste an das gestrige Treffen mit der Präsidentin denken. Sie hatte instinktives Vertrauen zu dieser Frau gefasst, die auch eine Kämpferin für die Wahrheit war und sich durch die staatsanwaltschaftliche Hierarchie nach oben gearbeitet hatte. Aber was konnte sie anderes machen, als am Nachmittag ins Marriott zu gehen? Wenn sie nicht hinging, würde sie den Rest ihres Lebens darüber nachgrübeln, was für eine Geschichte das hier war. Sie holte ein Bild von Patrick auf den Bildschirm ihres Laptops. Selbst wenn es keinen anderen Grund gegeben hätte, hinzugehen, ihm war sie es schuldig, der Sache nachzugehen.

Kapitel 24

Als Bill Harris zum Frühstück herunterkam, trug er Jeans, Arbeitsschuhe und ein kurzärmeliges Oberhemd. Sein graues Haar hatte er zurückgekämmt und er roch nach altmodischem Eau de Cologne. In seinen Eigenheiten und manchen seiner Redensarten erkannte Paige ein Stück von Patrick in ihm wieder. Die bloße Nähe dieses Mannes half ihr, sich Patrick näher zu fühlen.

Sie fuhren am Nachmittag gemeinsam in einem Uber-Taxi zum *Falls Church Marriott Hotel.* Es war das erste Mal, dass Bill mit Uber fuhr, und er nahm vorne neben dem Fahrer Platz, den er mit Fragen löcherte. Als sie *Falls Church* erreichten, hatte Bill den Uber-Fahrer umfassend über Patrick und den Gedenkgottesdienst am Vortag aufgeklärt. Der Fahrer sagte ihm, dass die Fahrt auf Kosten des Hauses gehe.

Das Hotel war ein elegantes Gebäude, das entfernte Ähnlichkeit mit dem Weißen Haus hatte. In der Mitte der kreisrunden Auffahrt prangte ein großer Springbrunnen, die Hecken sahen aus wie mit dem Lineal geschnitten und das Portal im Südstaaten-Stil war mit ovalen weißen Säulen verziert. Der Absender des mysteriösen Briefes schien gern erster Klasse unterwegs zu sein.

Paige und Bill marschierten durch die Glasdrehtür, nickten den Hotelpagen zu und gingen stracks zum Aufzug. In Bills Umschlag war der Zimmerschlüssel gewesen. Paige konnte es kaum erwarten, die Person zu treffen, die ihnen diese Informationen gegeben hatte.

Sie betraten die Suite 301, schalteten das Licht ein und sahen, dass sie als Erste gekommen waren. Bill schaute sich sorgfältig um und warf sogar einen Blick ins Bad, ganz wie ein Detektiv. Im Zimmer stand ein Konferenztisch und auf dem Konferenztisch lag neben einem Computer ein Zettel. Den Instruktionen auf dem Zettel folgend, schalteten sie den Computer ein und gaben das Passwort ein. Ein Videobildschirm wie beim Skypen erschien. In den Instruktionen stand, dass exakt um 15 Uhr ein Video-Anruf beginnen würde.

Sie zogen zwei Stühle an die eine Seite des Tisches, setzten sich nebeneinander, schauten auf ihre Armbanduhren und warteten.

»Wahrscheinlich ist dieses Zimmer verwanzt«, sagte Bill leise, während er prüfend zur Decke hochschaute, wohl auf der Suche nach Kameras.

»Wahrscheinlich«, erwiderte Paige.

Ein paar Minuten später, kurz vor 15 Uhr, hörten sie, wie draußen jemand einen Schlüssel in die Tür steckte. Sie sprangen beide auf und drehten sich herum. Paige merkte, wie ihr Mund aufklappte, als Wyatt Jackson in den Raum trat, gefolgt von Kristen Anderson.

Wyatt Jackson?

»Paige!«, rief Kristen überrascht aus. »Was machst du denn hier?«

»Das weiß ich noch nicht genau«, erwiderte Paige. »Wahrscheinlich dasselbe wie du.« Die beiden Frauen umarmten sich, Wyatt und Bill schüttelten sich die Hand.

»Dies ist Mr Jackson«, sagte Kristen. »Er hat Troy in ein paar ...« Sie zögerte einen Augenblick, als wollte sie keine Details über Troys frühere Probleme preisgeben. »... juristischen Dingen vertreten.«

»Wir kennen uns schon.« Paiges Stimme war eisig. Sie schüttelte Wyatts Hand, aber eigentlich hätte sie ihm gerne das arrogante Grinsen aus dem Gesicht geschlagen. Es war derselbe hochfahrende Blick wie an jenem Tag im Berufungsgericht von Virginia, als Wyatt wusste, dass er den nächsten Vergewaltiger mit einer Formalie freipauken würde. Paige nahm sich vor, Kristen vor dem Kerl zu warnen.

»Hast du auch so einen Umschlag gekriegt?«, fragte Kristen.

Die vier tauschten sich kurz aus. Kristen hatte dieselben Informationen erhalten und daraufhin Wyatt eingeschaltet, da er früher für Troy tätig gewesen war. Wyatt, den Kristens Angaben neugierig gemacht hatten, hatte beschlossen, bei dem Termin mit dem Unbekannten dabei zu sein.

Paige fragte sich, ob vielleicht auch Verwandte der anderen SEALs solche Umschläge bekommen hatten und gleich zu ihnen stoßen würden, aber als es 15 Uhr war, waren sie die Einzigen in dem Raum. Sie setzten sich alle an den Konferenztisch und – als der Anruf kam – klickte Paige auf das »Abnehmen«-Symbol. Auf dem Bildschirm erschien vor einem weißen Hintergrund eine schwarze Silhouette. Sie sah wie ein Mann mit Hut und Sonnenbrille aus. Die Stimme klang verzerrt und künstlich.

»Danke, dass Sie gekommen sind«, sagte er. »Sorry für diese ganze Geheimnistuerei. Ich weiß, meine Stimme klingt wie Darth Vader aus *Krieg der Sterne*.«

Eine Sekunde sagte niemand etwas. Denn wie spricht man eine Silhouette an?

Dann sagte Bill: »Das ist schon okay. Wenn das, was Sie uns zu sagen haben, vernünftig ist, müssen wir nicht unbedingt wissen, wer Sie sind.«

Als Juristin sah Paige das völlig anders, aber dies war nicht der Augenblick für altkluge Diskussionen.

»Wer ist der ältere Herr neben Mrs Anderson?«, fragte der Mann auf dem Bildschirm.

»Wyatt Jackson«, erwiderte Wyatt. »Ich vertrete die Familie Anderson.«

»Willkommen, Mr Jackson.«

Wyatt erhob sich und stellte sich hinter die anderen. Paige wusste nicht, ob die Kamera in dem Laptop ihn so noch miterfasste.

»Ich weiß, dass Sie nicht zum Plaudern hierhergekommen sind«, fuhr der Mann auf dem Bildschirm fort. »Kommen wir also zur Sache! Aber als Erstes sollen Sie wissen, wie leid mir Ihr Trauerfall tut.«

Kristen und Bill dankten ihm und der Unbekannte begann einen gestelzten Monolog. Er entschuldigte sich für seine Anonymität und erklärte, dass er möglicherweise Geheiminformationen preisgeben müsse, die ihn seinen Job kosten konnten, wenn seine Identität bekannt würde. Er berichtete weiter, dass er sie ganz bewusst ausgesucht hatte. Kristen, Bill und Paige waren die Einzigen, die solche braunen Umschläge erhalten hatten.

Er nannte sich *Der Patriot* und sagte, dass er Angst habe, dass die Präsidentin und Ihr Kabinett die Amerikaner irreführten. Er hoffe, dass er falsch läge, und er wolle nicht die Trauer der betroffenen Familien noch größer machen. Aber er habe sein Leben dem Dienst an Amerika gewidmet und könne jetzt nicht einfach untätig danebenstehen, wenn

US-Spezialeinheiten in einen Einsatz geschickt wurden, von dem die Regierung von vornherein gewusst habe, dass er scheitern würde.

Paige spürte ein wachsendes Unbehagen in ihrer Magengrube. Die verfremdete Stimme des *Patrioten* schuf eine unheimliche Atmosphäre. Konnte man dieser Silhouette auf einem Computerbildschirm trauen? Sie lugte verstohlen zu Kristen hin, deren zur Seite gelegter Kopf Skepsis signalisierte. Bill hatte einen Notizblock des Hotels und einen Kugelschreiber an sich genommen und war dabei, sich Notizen zu machen. Wyatt Jackson tigerte hinter ihnen hin und her, was Paiges Nervosität nur noch steigerte. Sie mochte es nicht, einen Mann wie ihn im Rücken zu haben.

»Ich möchte eines klarstellen«, fuhr der *Patriot* fort. »Ich weiß nicht sicher, ob die Präsidentin wusste, dass der Einsatz zum Scheitern verurteilt war. Aber der schlimmstmögliche Fall ist, dass sie mit voller Absicht die SEALs in den Tod schickte, damit sie dem Land ihre neue Nahostpolitik verkaufen konnte. Höchstwahrscheinlich wusste sie aber zumindest, dass der Einsatz sehr riskant sein würde, und gab trotzdem grünes Licht für ihn.«

»Was für Beweise haben Sie?«, fragte Wyatt abrupt.

»Natürlich komme ich auch dazu«, erwiderte der *Patriot* ruhig. Die nächsten zehn Minuten trug er seine Argumente vor.

Kapitel 25

Er begann mit einer Darstellung des Materials, das er bereits geliefert hatte, angefangen mit dem Video von Philip Kilpatrick und John Marcano. Der CIA-Direktor hatte, so der *Patriot*, die wichtigste Lektion der Washingtoner Politik gut gelernt: Sichere dich ab. Wie andere in der CIA hatte er sie in der harten Schule des Lebens gelernt. Als während der Obama-Regierung die als *Waterboarding* bekannt gewordene CIA-Foltermethode des simulierten Ertrinkens zum Thema von Anhörungen und Untersuchungen im Kongress wurde, hatte das Weiße Haus den Dingen ihren Lauf gelassen, obwohl das damalige Justizministerium unter George W. Bush genau diese Verhörmethode autorisiert hatte. Wenn man im Militär eine gesetzliche Anweisung befolgte, war man auf der sicheren Seite. Doch der CIA war eine zivile Behörde, die es schon mehr als einmal erlebt hatte, dass ihr Vorgehen vom Justizministerium des einen Präsidenten gerechtfertigt wurde, nur um unter dem nächsten Präsidenten infrage gestellt zu werden. Und so hatte John Marcano eine wertvolle Lektion gelernt.

»Sie werden bemerkt haben«, fuhr der *Patriot* fort, »dass Direktor Marcano in dem Video andauernd die Hand über seine Lippen hält, während Philip Kilpatrick das nicht tut.«

»Und was bedeutet das?«, fragte Paige.

»Dass Marcano sich schützt. Ich persönlich schätze, dass er das gesamte Gespräch mit einem versteckten Audio-Rekorder aufgenommen hat. Aber selbst wenn nicht - anhand dieses Videos kann ein guter Lippenleser exakt ermitteln, was Philip Kilpatrick sagt.«

»Und das wäre?«, fragte Wyatt Jackson.

Der *Patriot* nickte, so, als hätten seine Gäste endlich die richtige Frage gestellt. »Kilpatrick fragt, ob die Informationsquelle noch sicher sei. Er bittet Marcano, eine Prozentzahl zu nennen, für wie vertrauenswürdig er die Quelle hält. Er fragt ihn weiter, ob er unabhängige, erhärtende Beweise hat. Vergessen wir nicht: Dies war rund zwölf Stunden vor Beginn des Einsatzes.«

Der *Patriot* machte eine Pause, damit sie diese Information eine Sekunde lang verdauen konnten. Paige begriff sofort, um was es ging. Marcano hatte dafür gesorgt, dass er mit einem Video nachweisen konnte, dass der Stabschef der Präsidentin darüber informiert worden war, dass der Einsatz schieflaufen könnte. Doch diese Information hatte er in den Besprechungen auf Kabinettsebene nicht weitergegeben. Sonst wäre dieses Parkbankgespräch nicht nötig gewesen.

Der *Patriot* fuhr fort: »Ich habe Quellen, die wissen, was später am selben Tag im Situation Room ablief. Marcano sagte dort, dass er dem Informanten zu 95 Prozent vertraue. Er äußerte keine Bedenken. Ich kann Ihnen auch sagen, dass der Präsidentin an jenem Tag, vor Beginn des Einsatzes, drei Reden ausgehändigt wurden. Ich habe sie mit in Ihre Umschläge getan. Änderungen nahm sie nur an dem Text vor, der für den Fall des völligen Scheiterns der Mission vorgesehen war.«

Der *Patriot* ging zu einem Vortrag über die Nahostpolitik über. Er erklärte, dass die Vertragsverletzungen des Irans die Präsidentin zunehmend irritiert hatten und dass sie nach einem Anlass suchte, andere Saiten gegenüber Präsident Rouhani aufzuziehen. »Denken Sie mal nach! Erst will Hamilton gegenüber dem Iran Härte zeigen. Dann kommt dieses Kommandounternehmen, das scheitert – nur Stunden, nachdem der Direktor der CIA den Stabschef des Weißen Hauses informiert hat, dass die Geheiminformationen wahrscheinlich nicht ganz koscher sind. Nach der Mission hält die Präsidentin eine Rede – die einzige, die sie nachbearbeitet hat –, in der sie zu neuen Sanktionen gegen den Iran aufruft. Ist das alles nur zufällig? Vielleicht, aber ich glaube nicht daran. Zumindest macht man sich so seine Gedanken.«

Der *Patriot* machte eine Pause, dann fragte er: »Wissen Sie, für wen Patrick und Troy arbeiteten, als sie die *Operation Exodus* durchführten?«

Niemand antwortete. Paige kam die Frage überflüssig vor, aber sie wollte nicht dumm dastehen.

»Das SEAL-Team 6«, sagte Bill Harris schließlich. »Die US-Marine.«

»Nicht in jener Nacht«, antwortete der *Patriot*. »Unser Land ist nicht autorisiert, Krieg im Jemen zu führen. Das direkt nach den Terrorangriffen vom 11. September 2001 erlassene Gesetz über die Autorisierung des Einsatzes militärischer Gewalt gegen Terroristen erlaubt uns lediglich klassische militärische Aktivitäten in erklärten Kriegsgebieten oder weltweit gegen al-Qaida und ihre Ableger. Der Jemen und die Huthi-Rebellen fallen nicht darunter. Um US-Spezialeinheiten in den Jemen schicken zu können, musste man diese der CIA unterstellen, nach Titel 50 des Bundesrechts der Vereinigten Staaten. Damit handelte es sich um eine Geheimoperation und nicht um einen Militäreinsatz. Man nennt das *Spionagewäsche*. So haben sie es auch beim Angriff auf bin Laden in Pakistan gemacht.«

Die Schattenfigur auf dem Bildschirm beugte sich nach vorne und senkte ihre Stimme zu einem metallischen Flüstern. »Das ist einer der Gründe, warum die Präsidentin nicht weitere sechzig Mann reinschicken wollte, um die Leichen zu bergen, solange sie nicht die Unterstützung des amerikanischen Volkes hatte. Sie konnte es sich nicht leisten, das wie einen kriegerischen Akt aussehen zu lassen.«

Paige schwirrte der Kopf. Dieser *Patriot* schien genau zu wissen, was er sagte, aber was konnte *sie* denn machen? Und war das überhaupt wichtig? Patrick war tot und würde nicht zurückkommen.

»Und jetzt möchte ich Ihnen noch etwas zeigen«, sagte der *Patriot*.

Er verschwand und auf dem Bildschirm erschienen mehrere Männer in Kampfanzügen, die in den Trümmern eines zerstörten Gebäudes standen. Der Älteste, der schlank war und einen konzentrierten Eindruck machte, kniete über einem Lamm, um ihm die Kehle aufzuschneiden.

»Dies ist ein Offizier der US-Streitkräfte, der in einem Haus im Jemen ein Lamm opfert«, sagte der *Patriot*. »Wissen Sie, wer dieser Offizier ist?«

Die Silhouette des *Patrioten* kam zurück auf den Bildschirm. »Dies ist Admiral Paul Towers, der frühere befehlshabende Offizier der Joint Special Operations Forces. Er opfert dieses Lamm zur Abbitte an eine Familie, deren Lieben durch einen versehentlichen Drohnenangriff der CIA getötet wurden. Ein Exemplar dieses Bildes finden Sie in der obersten Schreibtischschublade in diesem Raum.«

Paige war schockiert. Ein hochrangiger amerikanischer Offizier, der ein islamisches Ritual vollzog, um Abbitte für eine Kriegshandlung zu leisten? Was, wenn das an die Öffentlichkeit kam?

Zu ihrer Überraschung schien sich Wyatt Jacksons Erstaunen in Grenzen zu halten. »Warum ist das so wichtig?«, fragte er, Skepsis in der Stimme.

»Es zeigt die Verbindung zwischen der CIA, die die Drohneneinsätze unter sich hat, und den Spezialeinheiten im Jemen«, sagte der *Patriot*. »Es zeigt, dass unsere Spezialeinheiten schon lange vor der Mission am Osterwochenende im Jemen im Einsatz waren.«

»Und was erwarten Sie jetzt von uns?«, fragte Bill Harris. »Ich habe geglaubt, dass mein Enkel beim Militär in guten Händen war. Ich hätte das lieber weiter geglaubt.«

»Der Grund, warum ich Sie drei ausgewählt habe, ist, dass ich weiß, dass Sie integere, ehrenhafte Leute sind, denen die Öffentlichkeit glauben wird. Alles, was ich möchte, ist, dass Sie über die Fakten, die ich Ihnen geliefert habe, nachdenken und sie, falls Ihnen das richtig erscheint, Ihren Kongressabgeordneten oder Senatoren vorlegen. Bitten Sie sie, eine Untersuchung zu veranlassen und der Sache auf den Grund zu gehen. Ich selbst kann das nicht machen, aber auf die Stimmen von *Gold-Star*-Bürgern, deren Verwandte im Ausland gefallen sind, wird Amerika hören. Und wenn ich an Ihrer Stelle wäre, würde ich die Wahrheit wissen wollen.«

»Ich habe eine Menge Prozesse geführt«, sagte Wyatt, die Arme über der Brust gekreuzt. »Und meistens hängt alles von der Glaubwürdigkeit der Zeugen ab. Ich werde Kristen nicht empfehlen, hier irgendwelche Schritte zu unternehmen, solange wir Sie nicht persönlich treffen und Ihre Motive und Ihren Zugang zu Informationen abwägen können.«

»Das ist mir nicht möglich«, sagte der *Patriot*. »Ich wollte, es wäre anders. Ich habe Ihnen alles gegeben, was ich habe. Und jetzt gehen Sie vielleicht etwas auf Abstand von dem Computer, weil er sich gleich selbst zerstören wird.«

Überrascht rutschten Paige und die anderen mit ihren Stühlen ein Stück von dem Tisch weg.

»War nur ein Witz«, sagte der *Patriot.* »Es ist nur so: Wenn Sie mit dem Computer zur Polizei gehen möchten, tun Sie das. Es wird nichts Brauchbares mehr darauf sein. Alles, was ich möchte, ist, dass jemand, auf den die Leute hören, diese Sache untersucht.«

Der Bildschirm wurde schwarz. Die vier Personen in dem Raum starrten ihn noch lange schweigend an.

Kapitel 26

Cool. So beschrieben die Leute Dylan Pierce. Cool, brillant, mit allen Wassern gewaschen. Philip Kilpatrick fügte gerne noch etwas hinzu: teuer. Mit seinen 45 Jahren war Pierce einer der Top-Prozessanwälte in der größten Anwaltskanzlei des Landes. Sein Stundensatz betrug 1 500 Dollar. Einmal sagte er Kilpatrick, dass er vorhabe, den Satz auf 2 000 Dollar zu erhöhen – »500 für jede meiner Ex-Frauen und 500 für mich zum Leben.«

Pierce war all das, was Kilpatrick nicht war. Er hatte volles, pechschwarzes Haar, das Aussehen eines Filmstars und einen akademischen Top-Lebenslauf. Studium in Harvard, Jura-Studium in Yale. Er war Referendar am Obersten Gerichtshof und hatte jetzt ein Eckbüro in Washington, D. C. Dazu hatte er ein fotografisches Gedächtnis. Schon fünfmal hatte er vor dem Obersten Gerichtshof plädiert, ohne ein einziges Blatt Notizen mit ans Rednerpult zu nehmen. Er hatte nur einmal verloren und fand nach wie vor, dass die Richter daran schuld waren.

Er kam in einem eng anliegenden *Brooks-Brothers*-Anzug in den Westflügel des Kapitols und machte es sich an dem polierten Konferenztisch im Roosevelt Room bequem. Einer der Saaldiener brachte ihm ungefragt eine Flasche Wasser. Pierce und Kilpatrick frotzelten ein paar Minuten miteinander, bevor Vizepräsident Frazier, CIA-Direktor Marcano und Justizminister Seth Wachsmann zu ihnen stießen.

In jeder anderen Regierung wäre dies die Show des Justizministers gewesen. Aber Seth Wachsmann mochte diese Konferenzen nicht und hatte das meiste an Pierce delegiert. Seth war introvertiert, melancholisch und detailbesessen. Sein Großvater war ein Holocaust-Überlebender gewesen und dieses Erbe hatte fast jeden Aspekt von Seths Weltbild geprägt. Er war 61 Jahre alt, mit einer hohen Stirn, die in eine Stirnglatze überging, einer übergroßen Nase und einem kurz geschorenen grauen Bart.

Seth hatte sich mit dem ganzen Konzept einer Abschussliste nie anfreunden können. In den ersten Monaten der Regierung hatte er angestrengt versucht, die Kriterien schärfer zu fassen. Amanda Hamilton hatte von der Obama-Regierung eine Tausende Namen zählende Liste zu tötender Personen geerbt sowie nur recht vage Kriterien zur Entscheidung, wen man noch auf diese Liste aufnehmen könnte. Besondere Bauchschmerzen machten Seth die sogenannten *Profil-Angriffe*, die nur aufgrund des geheimdienstlichen Profils der Ziele erfolgten. Ähnlich wie die Polizei Drogendealer-Häuser anhand des Besucherverkehrs in ihnen identifizieren konnte, konnte die CIA feststellen, ob die Bewohner eines Gebäudes Terroristen halfen. Das geschah dadurch, dass über Luftaufnahmen typische Verhaltensweisen ermittelt und Handy-Signale abgehörte wurden. Hinzu kamen weitere unspezifische Quellen. Aufgrund solcher Profile konnten Drohnenangriffe genehmigt werden, selbst dann, wenn man nicht wusste, wer die Bewohner dieser Häuser wirklich waren. Bei diesen Angriffen kamen meist nicht nur etwaige Komplizen von Terroristen ums Leben, sondern auch alle anderen Bewohner.

Seth hatte argumentiert, dass die neue Regierung wieder zu der Regelung zurückkehren solle, nach der Drohnenangriffe nur gegen bekannte Terroristenführer erlaubt seien. Er hatte die Präsidentin schließlich überzeugen können, dabei aber einiges an seinem politischen Einfluss eingebüßt.

An diesem Punkt hatte die Führungsspitze Dylan Pierce ins Boot geholt, der ein 90-seitiges Dokument zusammengestellt hatte – das sogenannte *Authorisierungsmemo* –, das die Fortsetzung des Drohneneinsatzes unter amerikanischem wie internationalem Recht rechtfertigte. Er war jetzt immer bei diesen Konferenzen zugegen – als Gegengewicht zu Wachsmann –, sodass der eine Jurist die Tötungen ohne vorherigen Prozess rechtfertigte, während der andere als Gewissen des Landes fungierte und dafür sorgte, dass die Sache nicht zu sehr außer Kontrolle geriet.

Die Präsidentin kam als Letzte. Sie schüttelte rasch allen die Hand und setzte sich an den Kopf des Tisches. Pierce und Wachsmann setzten sich einander gegenüber; Philip Kilpatrick wartete darauf, dass die Show begann. Heute ging es darum, ob sie einen muslimischen Geistlichen aus dem Iran namens Yazeed Abdul Hamid auf die Abschussliste setzen sollten. Nach Quellen, die John Marcano »äußerst zuverlässig« nannte, sollte Abdul Hamid in einer Moschee in Aden eine Predigt halten. Der Mann war selten im Jemen und die CIA hatte nun die einmalige Möglichkeit, ihn mittels Drohnen oder vom Joint Special Operations Command ausgeliehenen Spezialeinheiten zu liquidieren. Die Aktion konnte in der Nacht durchgeführt werden, und zwar so, dass es wie eine Bombe auf der Straße oder ein Angriff durch Koalitionstruppen aus dem Nordjemen aussah. Alles, was die CIA brauchte, war grünes Licht.

Das Problem war, dass es nicht möglich war, Abdul Hamid in irgendeinem operativen Sinne mit al-Qaida oder dem IS in Verbindung zu bringen. Zwar hatten seine Hasspredigten viele Selbstmordattentäter und Terroristen inspiriert – aber reichte das?

Dylan Pierce hatte bereits jedem der Anwesenden ein ausführliches Memo zukommen lassen, das argumentierte, dass Abdul Hamid die geltenden Kriterien erfülle. Er ging die wichtigsten Punkte noch einmal durch, anhand der unter der Obama-Regierung eingeführten Faktoren. Eine offizielle Festnahme Abdul Hamids war weder machbar noch politisch klug. Die Operation zu seiner Liquidierung würde auf eine Art durchgeführt werden, die mit den einschlägigen Kriegsrechtgrundsätzen vereinbar war. Und Hamid bedeutete ein akutes Angriffsrisiko gegen die Vereinigten Staaten. Dieser letzte Punkt – das wusste Kilpatrick – stand auf wackligen Füßen.

»Wir haben Anwar al-Awlaki im Jemen mit einer Drohne getötet, weil er Terroristen motiviert und angeworben hatte«, sagte Pierce, »und er war ein US-Bürger. Ist ein Mann wie Abdul Hamid, der Tausende Terroristen motiviert, weniger gefährlich als ein Soldat, der eine einzige Bombe zündet? Wir wissen, dass er sich nahezu unmittelbar vor drei Terrorattacken mit IS-Führern traf. Dass er Geistlicher ist, schützt ihn nicht vor der Liste; sonst würde bin Laden noch leben.«

»Sie können Hamid nicht mit bin Laden vergleichen«, wandte Seth Wachsmann ein. »Bin Laden plante die Angriffe, warb Kämpfer an und leitete eine Terrororganisation. Er war der Leiter einer Terrorgruppe und nebenbei Geistlicher. Hamid dagegen ist ein Imam, dessen Predigten uns nicht gefallen. Aber jedes Mal, wenn eine Drohne jemand wie Hamid ausschaltet, wird sein Platz von zehntausend anderen gefüllt. Das Ganze grenzt schon fast daran, dass wir jemanden nur deshalb ermorden, weil er offen seine Meinung gesagt hat.«

Sofort kam Protest von mehreren der anderen. Was hatte die Anstachelung zu Terrorakten mit Redefreiheit zu tun? Und Abdul Hamid hielt ja nicht nur Hasspredigten, kurz vor Terroranschlägen traf er sich mit Terroristenführern. Was brauchte es weitere Beweise?

Die Diskussion wurde heftiger. Philip Kilpatrick beobachtete das Gesicht der Präsidentin. Dies war genau das, was Hamilton wollte – die besten Gedanken intelligenter Leute, die die Gelegenheit hatten, ihre Meinung zu sagen. Und als ehemalige Staatsanwältin war sie genau die Richtige, um die Sache auf den Punkt zu bringen.

Aber sie hatte auch ihre Termine und es war Kilpatricks Job, dafür zu sorgen, dass sie sie einhielt. »Frau Präsidentin«, unterbrach er, »die Senatoren warten seit zehn Minuten.«

Die Präsidentin runzelte die Stirn. Sie hatte eigentlich keine Lust, jetzt aufzuhören. »Es ist echt schwierig«, sagte sie. »Jedes Mal, wenn ich Nein sagen will, denke ich an die Unschuldigen, die sterben werden, weil ein Mann wie Abdul Hamid Terroristen rekrutiert und anfeuert. Aber wenn ich Ja sagen will, muss ich an die Prinzipien unserer Nation denken. Anwar al-Awlaki war ein amerikanischer Bürger, der im Jemen getötet wurde. Aber er war von einem jemenitischen Gericht in Abwesenheit als Mitglied von al-Qaida verurteilt worden. Ein jemenitischer Richter ordnete an, ihn tot oder lebendig gefangen zu nehmen. Diese Art juristische Basis haben wir bei Hamid nicht.«

Sie musterte die Männer an dem Tisch. Sie wusste, dass Dylan Pierce und John Marcano am meisten enttäuscht wären. »Sie wissen ja«, fuhr sie fort, »dass wir in strittigen Fällen eher vorsichtig sind.«

»Verstehe vollkommen«, sagte Direktor Marcano rasch. »Aber es spricht doch wohl nichts dagegen, dass wir unsere Informationen der Koalitionsarmee im Jemen zugänglich machen?«

Er musterte das Gesicht der Präsidentin, während diese nachdachte. Vielleicht konnten sie das, was sie nicht direkt tun wollten, indirekt bewerkstelligen.

»Es sind unsere Verbündeten«, sagte die Präsidentin schließlich. »Behandeln wir sie als solche!«

★ ★ ★

Später am selben Tag war das nächste Treffen zwischen Philip Kilpatrick und John Marcano, auf einer Parkbank mit Aussicht auf den Fluss Potomac. Es war ein lauer Frühlingstag, aber Marcano war nicht gesprächig. Das Treffen dauerte ganze fünfzehn Minuten. Keine 48 Stunden danach hielt auf der anderen Seite des Planeten Yazeed Abdul Hamid in einer Moschee in Aden eine fulminante Predigt, in der er die schiitischen Muslime zum Dschihad gegen die USA, Saudi-Arabien und Israel aufrief. Die Predigt wurde sofort ins Internet gestellt und ging durch die ganze arabische Welt. Der hochgewachsene Imam gab eine imposante Figur ab mit seinem langen schwarzen Bart und den glühenden Augen. Er sprach mit einer solchen Überzeugung und Wortgewalt, dass es seine Anhänger hypnotisierte.

Am gleichen Abend geriet Hamids kleine Karawane auf einer der holprigen Straßen in den Bergen nahe der jemenitischen Küste in einen Hinterhalt. Achtzig Soldaten schossen die gesamte Reisegesellschaft nieder. Einer der Männer, der nur verletzt worden war und sich totgestellt hatte, überlebte und beschrieb später die Angreifer – Männer mit Kalaschnikows, die Gesichter schwarz vermummt. Sie trugen die typische Kleidung der Koalitionsstreitkräfte: Kakihosen, breite Gürtel, Fliegerjacken.

Was der Überlebende in der Dunkelheit nicht wahrgenommen hatte, waren die Füße der Angreifer. Ansonsten hätte er gesehen, dass fast jeder von ihnen niedrige schwarze Soldatenstiefel der Marke *Salomon* trug.

Kapitel 27

Nach dem Gespräch mit dem *Patrioten* beschlossen Paige Chambers und Bill Harris, sich ein paar Tage Zeit zu nehmen, um zu recherchieren. Sollte sich zeigen, dass die Informationen des *Patrioten* stimmten, würden sie wieder nach Washington reisen und den Kongressabgeordneten Mason kontaktieren, aus dem zweiten Wahlbezirk von Virginia. Paige erklärte sich auch zu einem Treffen mit Wyatt Jackson bereit, obwohl ihr das Bauchschmerzen bereitete.

Einige Tage nach ihrer Rückkehr nach Virginia Beach besuchte Paige Kristen und ihre Jungen. Es war traurig, den Kleinen zuzusehen, wie sie ohne ihren Vater spielten. Kristen machte einen nervösen Eindruck und verfrachtete die Kinder schließlich zurück in ihr Zimmer, damit sie sich alleine mit Paige unterhalten konnte. Sie sprachen über die Trauerfeier und beiden kamen die Tränen. Kristen erzählte ein paar neue Geschichten über Patricks und Troys Abenteuer. Sie sagte, dass Troy es ohne Patrick nicht durch die Grundausbildung geschafft hätte.

Es dauerte nicht lange und das Gespräch wandte sich dem *Patrioten* zu. Kristen wusste nicht, was sie darüber denken sollte. Paige eröffnete ihr ihre Bedenken gegen Wyatt Jackson. Sie erzählte von dem Vergewaltigungsfall und davon, wie wenig sie Jacksons Stil schätzte. Sie versuchte, sachlich zu klingen, aber sie merkte, dass es ihr nicht gelang, ihre Abneigung zu verbergen.

»Ich verstehe, was du meinst.« Kristen nestelte an ihrer Kaffeetasse. »Aber Troy hat große Stücke auf Wyatt gehalten; der Mann hat ihn dreimal rausgepaukt. Kann gut sein, dass du doppelt so gut bist wie er, aber ich hab halt meine Erfahrungen mit ihm und ich fühl mich einfach besser, wenn er mit im Boot ist.«

Paige fragte sich, ob sie darauf bestehen sollte, Wyatt Jackson nicht zu nehmen. Seit Patricks Tod hatte sie fast täglich mit Kristen gesprochen. Die Freundschaft zu ihr bedeutete ihr viel. Sollte sie sie wegen Jackson aufs Spiel setzen?

»Denk halt mal drüber nach«, sagte sie. »Von mir aus geht beides. Ich wollte halt, dass du meine Bedenken kennst.«

Kristen schien zufrieden und ließ das Thema fallen, außerdem kam gerade Caleb herbeigerannt und berichtete heulend: »Justin hat mich gehauen!«

Neben ihm stand schwanzwedelnd der Hund, als wolle er für die Wahrheit der Geschichte bürgen. Kristen nahm den Kleinen tröstend in den Arm und rief dann Justin herbei. In dem folgenden Kreuzverhör plädierte Justin auf totale Unschuld. Das Ganze sei ein Unfall gewesen, außerdem habe Caleb ihn zuerst gehauen. Als der Friede einigermaßen wiederhergestellt und die beiden Frauen wieder allein waren, füllten Kristens Augen sich mit Tränen. »Ich frage Gott die ganze Zeit, warum die beiden jetzt ohne Vater aufwachsen müssen ...«

★ ★ ★

Der *KOA*-Campingplatz am *General Booth Boulevard* in Virginia Beach war eine andere Welt als der Nationalfriedhof Arlington in Washington, D. C., und niemand, der die drei Rechtsanwälte sah, die sich vor dem Wohnmobil versammelt hatten, hätte sie mit der großen Trauerfeier vor zwei Tagen in Verbindung gebracht. Wyatt Jackson hatte sein Haus in einem illustren Golfplatzviertel verkauft, einen Teil des Geldes in einem Steuerparadies untergebracht und sich mit dem Rest ein äußerst luxuriöses Wohnmobil geleistet. Er ging damit auf Reisen, wenn er auswärts Verhandlungstermine hatte, den Rest des Jahres wohnte er auf dem *KOA*-Platz. Er hatte Paige vorgeschlagen, heute Abend ihn und seinen Kompagnon in seinem *Büro* zu besuchen, und sie hatte halb widerwillig zugesagt.

Es war ein kühler Aprilabend, als Paige Wyatts *Kompagnon* kennenlernte – einen etwas rundlichen jungen Anwalt namens Wellington

Farnsworth. Er sah aus wie ein 19-Jähriger: blasse, weiche Haut, hellblondes Haar und ein rundes Gesicht, das wie das eines bartlosen Konfirmandenjünglings aussah. Er trug einen Kapuzenpulli, als die drei sich jeder einen Stuhl vor das kleine Feuer zogen, das Wyatt angezündet hatte.

Paige wusste, dass Wellington, so jungenhaft er auch aussah, nicht zu unterschätzen war. Mit 21 Jahren hatte er als Bester seines Jahrgangs sein Examen an der *Southeastern Law School* abgeschlossen. Er machte die Recherchen für Wyatt Jackson, bereitete Zeugenvernehmungen vor und stellte die Informationen für die Fälle zusammen. Mit anderen Worten: Er machte alle Fleiß- und Routinearbeiten.

Zu den dreien gesellte sich Wyatts Hund, ein gemütlicher Golden Retriever, den Wyatt treffend *Clients* getauft hatte.

»Clients?«, fragte Paige.

»Ja«, sagte Wellington. »Mein Handy ist die Firmennummer. Wenn jemand anruft und sagt, er muss dringend Mr Jackson sprechen, sag ich immer, dass er gerade bei *Clients* ist.«

»Und mein Wohnmobil heißt *Court*«, ergänzte Wyatt.

Ein Hund, der auf den Namen »Klienten« hört, und ein Wohnmobil mit dem Namen »Gericht«. Was für ein Verein, dachte Paige unwillkürlich.

Wie Paige hatten auch Wellington und Wyatt sich über das, was der *Patriot* ihnen gesagt hatte, kundig gemacht. Wyatt war überzeugt, dass seine Angaben echt waren. Er zündete sich eine Zigarre an, während sie redeten, und begann zu rauchen.

»Was macht Sie da so sicher?«, fragte Paige. Es war halb acht Uhr abends und die Sonne war gerade hinter einer Baumreihe verschwunden.

»Na, wir wissen jetzt, dass die SEALs tatsächlich für die CIA tätig waren«, sagte Wyatt stolz. Er nahm einen Schluck Bier und lehnte sich in einer Wolke aus Zigarrenqualm auf seinem Gartenstuhl zurück, den Blick auf das Feuer geheftet. »Hab Wellington ein Sterbegeld für Troy beantragen lassen, das nur CIA-Mitglieder bekommen, und siehe da, Troy hat Anspruch darauf.«

Paige nahm sich vor, Wellington später danach zu fragen. Sie hätte selbst auf die Idee kommen sollen.

Sie räusperte sich. »Und ich habe mich über die Nahostpolitik der Präsidentin kundig gemacht. Was ich da gefunden hab, deckt sich mit dem, was der *Patriot* gesagt hat.«

»Darüber hat Wellington ein kurzes Memo geschrieben«, sagte Wyatt. »Na ja, was heißt *kurz*? An die fünfzig Seiten sind's geworden. Wellington, warum schickst du Paige nicht einfach 'ne Kopie?«

Wellington tippte etwas in seinen Computer, den er auf dem Schoß hatte. Er saß unter den Scheinwerfern des Wohnmobils, um die Tastatur besser zu sehen. »Erledigt«, sagte er.

Fast eine Stunde unterhielten sie sich über die beste Strategie. Wyatt war mittlerweile bei seinem dritten Bier angekommen. Paige erklärte, dass sie und Bill Harris bereit wären, den Kongressabgeordneten Mason einzuschalten, und dass sie nichts dagegen hätte, wenn Kristen und Wyatt sich dem anschlössen.

»Und Sie natürlich auch, Wellington«, fügte sie rasch hinzu, als sie merkte, dass sie ihn vergessen hatte.

Wyatt zuckte die Achseln. »Ich möchte eigentlich gleich Klage erheben.«

Paige kicherte höflich, aber der Mann schien keinen Spaß zu machen. Wellington, über seinen Laptop gebeugt, tippte wie wild.

Wyatt fuhr fort: »Wellington meint ja, dass wir keine großen Erfolgschancen haben.« Der Anwalt drückte den Zigarrenstumpen aus und warf ihn in das Feuer. »Sagt, die Präsidentin hat absolute Immunität, und Soldaten, die im Einsatz waren, können nicht gegen Regierungsbeamte klagen. Nennt sich *Feres*-Doktrin* oder so. Er kann hundert Gründe dafür nennen, warum ein Prozess nichts bringen wird.«

Prozess? Daran hatte Paige noch überhaupt nicht gedacht. Wozu ein Prozess?

»Das klingt nicht so, als ob ein Prozess aussichtsreich wäre«, sagte sie.

»Ich hab Wellington angewiesen, nach Ausnahmen zu suchen. Ich werde diese Sache nicht einem Kongressausschuss übergeben, über den

---

* Laut der Feres-Doktrin haftet die Regierung nicht für Verletzungen, die Angehörigen der Armee innerhalb ihrer Rolle als Armeemitglieder zugefügt werden. Die Doktrin erhielt ihren Namen durch den Fall Feres vs. Vereinigte Staaten in 1950.

wir keine Kontrolle haben. Wenn ich Klage erhebe, habe ich selbst die Kontrolle über die Ermittlungen.«

»Nicht, wenn es einen erfolgreichen Antrag auf Abweisung der Klage gibt«, sagte Paige. »Dann sieht die Familie Anderson alt aus.«

»Sie müssen sich der Klage ja nicht anschließen. Ist wahrscheinlich sogar besser, wenn Sie's nicht machen.«

»Keine Angst, wir schließen uns nicht an«, sagte Paige.

Was Jackson da vorhatte, war genau das, wovor sie Angst hatte. Dem Mann ging es nur um die Publicity. Er wollte diese Tragödie benutzen, um sich einen Namen zu machen und seine fünfzehn Minuten Berühmtheit zu bekommen. Paige konnte es ihm nicht ausreden. Obwohl Wellington ihr zaghaft beistand, trafen alle ihre Argumente auf taube Ohren.

Wyatt trank sein Bier leer und warf die Dose in Richtung des nächsten Mülleimers, den er weit verfehlte. »Möchten Sie bestimmt nicht auch eins?«, fragte er Paige.

Die schüttelte nur den Kopf. Die Masche funktionierte bei ihr nicht.

»Manchmal muss man halt den Kampf beginnen, um rauszufinden, wie man ihn gewinnen kann«, fuhr Wyatt fort.

»Wie meinen Sie das jetzt?«

Wyatt hatte seine Hände in den Taschen seiner Windjacke vergraben. Mit seinem einen Fuß streichelte er Clients' Bauch.

»Ich weigere mich, zu einem Abgeordneten zu gehen, damit die das endlos in einem Ausschuss wiederkäuen. Ich werde diese Idioten auf ein paar Millionen verklagen. Dann müssen sie uns zur Kenntnis nehmen. Wir geben denen eins auf die Nase und sehen, was dann passiert. Wie gesagt: Manchmal erkennt man die richtige Strategie zum Gewinnen erst, wenn der Kampf läuft. Und das hier, es könnte ein verdammt guter Kampf werden.«

Was für ein Unsinn, schoss Paige durch den Kopf und sagte das Wyatt. Sie dankte ihm und Wellington, dass sie sich Zeit für sie genommen hatten, und fuhr nach Hause.

★ ★ ★

Unterwegs rief sie Kristen an und berichtete ihr von dem Gespräch.

»Ich weiß, dass er Klage erheben will«, sagte Kristen. »Ich hab noch nicht entschieden, ob ich ihn lasse.«

»Die Klage hat keine Chance. Sie wird abgewiesen werden«, sagte Paige, »und Wyatt wird sanktioniert werden.«

»Das ist mir alles nicht so wichtig. Ich will vor allem nicht, dass die ganze SEAL-Gemeinschaft sich gegen mich wendet.«

Daran hatte Paige noch gar nicht gedacht. »Du brauchst diese Menschen«, sagte sie. »Sie sind dein Rettungsanker – und sie werden das immer noch sein, wenn Wyatt Jackson längst den nächsten Fall beackert.«

»Das weiß ich doch. Aber manchmal möchte ich es irgendjemand so richtig geben.«

Kapitel 28

Am Freitag fuhr Bill Harris mit dem Auto nach Virginia Beach. Dort wollten er und Paige sich mit dem Kongressabgeordneten Mason treffen, der gerade in dem Bezirk weilte. Paige hatte Kristen eingeladen, mitzukommen, doch die hatte sich entschuldigt.

Das Treffen war auf 9 Uhr am Samstagmorgen angesetzt. Paige staunte über die Schlichtheit des Ladenlokals, das der Abgeordnete als Bezirksbüro gemietet hatte. Mason war ein gemäßigter Republikaner, der seit fast dreißig Jahren im Kongress saß. Er kannte das System in- und auswendig, er war freundlich und besonnen und hatte den Ruf, sich für seine Wähler einzusetzen.

Als sie ihm gegenüberstand, staunte Paige, wie müde und mitgenommen er aussah. Sie hatte ihn bisher nur im Fernsehen und in Wahlbroschüren gesehen. Im wirklichen Leben sah er viel älter aus. Sein Haar war dünn und dunkel und offenbar schlecht gefärbt, die Augen waren rot und die Wangen wirkten, als habe er eine Gänsehaut. Es war ein Gesicht, das zu sagen schien: »Wir Republikaner haben's gerade nicht leicht in Washington.«

Er sprach Paige und Bill sein Beileid aus und bot ihnen einen Kaffee an. Zwei Mitarbeiter saßen neben ihnen am Tisch und arbeiteten, während Mason sich höflich darüber ausließ, wie bewegend die Feier auf dem Nationalfriedhof gewesen sei und wie viel das Opfer, das Patrick gebracht hatte, für die Nation bedeute.

Bill Harris schien ehrlich dankbar für die Worte zu sein. »Danke, Herr Abgeordneter«, sagte er. »Was Sie da sagen, bedeutet mir sehr viel.«

Paige hingegen konnte es nicht erwarten, zur Sache zu kommen. »Herr Abgeordneter, wäre es okay, wenn Mr Harris und ich uns unter sechs Augen mit Ihnen unterhalten?« Sie sah kurz zu den Mitarbeitern hin, die jetzt aussahen, als habe man sie beim Geldfälschen erwischt. Sie wollte sie nicht in Verlegenheit bringen, aber war es richtig, wenn sie alles mitbekamen?

»Sicher«, erwiderte Mason. »Aber ich kann Ihnen versichern, dass meine Leute strikte Vertraulichkeit wahren würden.«

Als die Angestellten in ein Nebenzimmer gegangen waren, zog Paige die Mappe mit den Dokumenten des *Patrioten* sowie den Ergebnissen ihrer eigenen Recherchen hervor und fing an, Mason zu erklären, worum es ging. Sie zeigte ihm das Foto der Pappfigur der Präsidentin in der Zelle des Gefängnisses Sana'a und die Entwürfe der Rede der Präsidentin. Sie erklärte ihm, wie ihres Erachtens die gescheiterte Mission der Nahostpolitik der Präsidentin zugutegekommen war. Sie schob ihm den USB-Stick mit dem Video des Treffens zwischen Philip Kilpatrick und John Marcano zu. Sie erklärte, dass die SEALs in der Einsatznacht der CIA unterstanden hatten und wie die Präsidentin die Schnelle Eingreiftruppe zurückgepfiffen hatte. Das Einzige, was sie Mason nicht zeigte, war das Bild, wie Admiral Towers das Schaf opferte.

Der Abgeordnete hörte aufmerksam zu, machte sich reichlich Notizen und stellte höflich Fragen zum besseren Verständnis. Als Paige fertig war, studierte er die Dokumente, die sie ihm vorgelegt hatte, und sah sich das Video an. Es wurde beklemmend still in dem Raum.

Als Mason alles durchgesehen hatte, fragte er: »Wo haben Sie diese ganzen Sachen her?«

»Das kann ich Ihnen leider nicht genauer sagen«, antwortete Paige. »Eine Insider-Quelle. Sie machte einen glaubwürdigen Eindruck.«

»Es gibt hier einiger Dinge, die merkwürdig sind.« Masons Stimme war vorsichtig, er wog jedes Wort ab. »Aber es wäre trotzdem eine recht kühne Behauptung, zu sagen, dass die Präsidentin einen Einsatz autorisierte in dem vollen Wissen, dass er scheitern würde. Oder auch nur, dass sie wichtige Informationen nicht an die Leiter des Einsatzes weitergab. Ich meine, dieses Parkbankgespräch – vielleicht haben der Stabschef der Präsidentin und der Direktor der CIA nur darüber konferiert, wie sie die Informationen der CIA am besten an die Präsidentin weiterleiten. Oder vielleicht hatte die Präsidentin auch noch ein paar Fragen und hat ihren Stabschef losgeschickt, um die Antworten einzuholen. Wer weiß?«

Paige zuckte resigniert die Achseln. Ihre Insider-Informationen schienen Mason nicht vom Hocker zu reißen. Der schien ihre Gedanken zu lesen, denn er änderte seinen Ton abrupt von Vorsicht zu Entschlossenheit: »Aber ich kann Ihnen eines versichern. Ich werde der Sache nachgehen. Wenn hier wirklich etwas faul sein sollte, werde ich dafür sorgen, dass es ans Licht kommt. Wenn ich abends ins Bett gehe und wenn ich morgens aufwache, muss ich an die Männer und Frauen denken, die diesem Land dienen, und an Familien wie die Ihre, die einen Lieben verloren haben. Diese Informationen hier« – der Abgeordnete klopfte kurz auf die Dokumente, die vor ihm auf dem Tisch lagen – »werden meine erste Priorität sein.«

»Ich mag den Mann«, kommentierte Bill Harris, als sie wieder draußen waren. »Ich glaub, der wird der Sache auf den Grund gehen.«

Paige sah das anders, aber das sagte sie nicht laut.

★ ★ ★

»Den Präsidenten der Vereinigten Staaten kann man nicht verklagen.« Das war der Rat, den Wyatt Jackson von Wellington Farnsworth erhielt, als dieser mit seinen Recherchen fertig war. »Solange ein Präsident im Amt ist, genießt er absolute Immunität gegen Klagen dieser Art.«

Aber das war noch nicht alles. Angehörige der Streitkräfte konnten in Sachen, die mit dem militärischen Dienst zu tun hatten, nicht gegen Regierungsbeamte klagen, da sonst Zivilgerichte sich in militärische Angelegenheiten und die militärische Disziplin einmischen würden. Wellington schrieb ein Memo, das all die schlechten Nachrichten auf ganze acht Seiten komprimierte – für jemand wie ihn nicht viel mehr als eine Twitter-Nachricht. Ein Teil des Memos behandelte den Prozess *Vereinigte Staaten vs. Stanley* vor dem Obersten Gerichtshof im Jahre 1987 – in Wyatt Jacksons Augen eines der lächerlichsten Urteile, das er je gelesen hatte.

Im *Stanley*-Prozess hatten mehrere amerikanische Soldaten gegen die Armee geklagt, weil diese sie im Rahmen eines Experiments zur chemischen Kriegsführung als Versuchskaninchen benutzt und ihnen ohne ihr Wissen LSD verabreicht hatte. Der Oberste Gerichtshof hatte die Klage mehrheitlich abgelehnt; Soldaten konnten nicht gegen den Staat prozessieren, weil solche Prozesse »die spezifische Disziplinstruktur des Militärs« untergraben konnten. Die unterlegenen Richter, die dies anders sahen, hatten das Votum der Mehrheit kritisiert. Ihrer Meinung nach hatte die Regierung »Tausende ihrer Bürger wie Versuchstiere behandelt, indem sie ihnen ohne ihre Einwilligung diese gefährliche Droge verabreichte.«

Der Fall *Stanley* bereitete Wyatt weiter keine Bauchschmerzen. Der Oberste Gerichtshof hatte sich seit 1987 in vielem geändert. Wenn Wyatt es erreichte, dass sein Fall geprüft wurde, würde es ihm sehr wahrscheinlich gelingen, eine Ausnahme zu erwirken für Fälle, in denen Soldaten aus rein politischen Gründen in einen Einsatz geschickt wurden, der von vornherein zum Scheitern verurteilt war. Und selbst wenn es ihm nicht gelang, würde er sich auf jeden Fall einen Namen machen, weil er es versucht hatte.

Doch Wellingtons Memo ging noch weiter. Das *Staatsgeheimnis*-Privileg verhinderte jeden Prozess, der zur Enthüllung vertraulicher Informationen führen konnte, die für die Sicherheit, genauer gesagt die Verteidigung des Landes wesentlich waren. Darunter fiel automatisch alles, was mit dem CIA zu tun hatte. Ach ja, und bis jetzt hatte man außerdem noch nicht genügend Informationen, um Klage zu erheben. Alles, was es gab, waren einige interessante Einzelfakten sowie die Spekulationen einer anonymen Quelle.

Auf dem Auszieh-Sofa in seinem Wohnmobil sitzend und an einer nicht angezündeten Zigarre kauend, ging Wyatt das Memo aufmerksam durch. Er holte die von Wellington zitierten Fälle aus seinem Archiv und las jeden von ihnen durch. Er öffnete ein Bier und tigerte in winzigen Kreisen hin und her durch das Wohnmobil, während er im Geist das Szenario durchging. Er ging mit Clients nach draußen und ließ ihn hinter einem alten Tennisball herjagen, während er rauchte. Dann nahm er sein Handy und rief seinen jungen Kompagnon an.

»Ich möchte, dass du eine Klage im Namen der Hinterbliebenen von Troy Anderson gegen Philip Kilpatrick und diesen CIA-Typ, Marcano, einreichst. Behandle die Präsidentin als nicht namentlich genannten Mitverschwörer.«

Wellington fing an, Gründe herunterzurasseln, warum eine solche Klage keine Chance hätte. Aber Wyatt war wild entschlossen: »Ich möchte, dass du aufgrund glaubwürdiger Informationen behauptest, dass die Präsidentin im Voraus wusste, dass die Mission scheitern würde, sie aber dennoch autorisierte, damit sie anschließend dem Iran den *Schwarzen Peter* zuschieben konnte. Lege diese Redeentwürfe als Beweisstücke bei, dazu ein Foto von Marcano und Kilpatrick bei ihrem Gespräch. Erwähne die Sache mit der Nichtautorisierung des Einsatzes der Schnellen Eingreiftruppe durch die Präsidentin und etwaige sonstige Dinge, die sie schlecht aussehen lassen. Ich will die Klage am Montagnachmittag einreichen. Ach ja, und Montagabend brauche ich dich als Hundesitter für Clients. Wenn alles nach Plan geht, werde ich dann in New York City sein.«

Kapitel 29

Wellington Farnsworth leistete Übermenschliches an diesem Wochenende. Fast die ganze Nacht zum Montag blieb er auf, um die Klageerhebung fertigzustellen. Wyatt beschloss, dem jungen Mann eine Gehaltserhöhung zu gönnen. Die Klageschrift war 102 Seiten lang und forderte Schadenersatz in Höhe von 30 Millionen Dollar. Wyatt hatte noch mehr gewollt, aber da machte Kristen nicht mit. Die Klage enthielt jede Menge Spekulationen und Absätze, die mit der magischen Formulierung »aufgrund glaubwürdiger Informationen« begannen, die andeutete, dass der Kläger zwar nicht zu hundert Prozent wusste, ob die Informationen wahr waren, aber dass er sie behaupten musste, um den Prozess durchzuführen. Wyatt brachte die umfangreiche Schrift persönlich in das Gebäude des Bundesgerichts im Zentrum von Norfolk. Er wusste: Da die Klageschrift die Präsidentin eines strafwürdigen Vergehens bezichtigte und sich auf das größte Desaster der US-Spezialeinheiten in der neueren Geschichte bezog, wäre das Interesse der Medien immens. Er hatte die Lokalpresse bereits von der Klageerhebung unterrichtet und sich auf einige erklärende Worte auf der Freitreppe vor dem Gerichtsgebäude vorbereitet. Da er kein richtiges Büro hatte, musste er halt improvisieren.

Er trug seinen besten grauen Nadelstreifenanzug, formvollendet mit roter Krawatte. Er hatte etliche Extra-Exemplare der Klageschrift in seine Aktentasche gestopft, sodass er sie an Reporter verteilen konnte. Und er erhob die Klage am frühen Nachmittag, damit die Reporter genügend Zeit hätten, ihre Story noch für die Abendausgabe fertigzubekommen.

Als er das Gericht wieder verließ, erwarteten ihn eine Unmenge an Mikrofonen und mindestens ein Dutzend Reporter. Er begann seine Rede mit Kristen und Troy Anderson und den tapferen Männern von SEAL-Team 6. Er erläuterte, es täte ihm aufrichtig weh, diesen Prozess anzustrengen, aber aus verlässlichen Quellen habe er beunruhigende Informationen bekommen, dass in dem Einsatz des SEAL-Teams schon vor seinem Beginn der Wurm drin gewesen sei. Ja schlimmer noch: Er habe aus glaubwürdigen Quellen erfahren, dass der Stabschef der Präsidentin das gewusst und der Präsidentin mitgeteilt habe. Die Familie von Troy Anderson verdiene Antworten auf ihre Fragen, und er – Wyatt Jackson – würde dafür sorgen, dass sie sie bekam.

Einige Minuten lang beantwortete er Fragen, aber die Bonbons wollte er sich für die landesweiten Nachrichten aufsparen. Er hatte der Klageschrift ein Foto des Gesprächs zwischen Marcano und Kilpatrick beigefügt, aber das Video noch zurückgehalten. Er wusste, dass genau in diesen Minuten Wellington die großen Nachrichtensender in New York anrief. Sein junger Kompagnon versprach ihnen, ihnen elektronische Kopien der Klageschrift zugehen zu lassen sowie – falls sie am nächsten Morgen Wyatt Jackson interviewten – das Video von dem Parkbank-Gespräch. Sie könnten ihre eigenen Experten einsetzen, um die Lippen von Philip Kilpatrick zu lesen.

Der Plan funktionierte perfekt: Am nächsten Morgen war Wyatt Jackson in den Frühstückssendungen aller großen Nachrichtensender zu sehen. Noch am Vorabend hatte die Nachricht sich wie ein Lauffeuer verbreitet und die juristischen Experten mutmaßten bereits, dass die Klage schon bald abgewiesen werden würde. Aber als die Moderatoren der Morgensendungen Wyatt mit dieser Prognose konfrontierten, hatte er eine Überraschung für sie parat. Laut Wyatt war dies kein Fall für die *Feres*-Doktrin, da zum Zeitpunkt des Einsatzes das SEAL-Team gar nicht für die US-Marine gearbeitet hatte, sondern für die CIA. Sie waren nicht als Soldaten im Jemen gewesen, sondern als Zivilisten.

Dann fingen die Sender an, das Video zu zeigen, und im Nu standen nicht mehr die Chancen der Klage im Mittelpunkt des öffentlichen Interesses, sondern jeder hatte eine andere Meinung darüber, was Philip Kilpatrick gesagt oder nicht gesagt hatte – und warum der Schlingel Marcano seinen Mund mit der Hand bedeckt hatte. Alsbald stürzten sich die Journalisten auf das Weiße Haus und verlangten einen Kommentar.

Als Wyatt Jackson am frühen Abend im Flugzeug zurück nach Norfolk saß, hatte er ein süffisantes Lächeln auf seinem Gesicht. Er war 65 Jahre alt. So einen Fall würde er wohl nie mehr erleben. Vielleicht würde er ihn nicht gewinnen, aber er würde es versuchen und einen Riesenspaß dabei haben.

★ ★ ★

Philip Kilpatrick erfuhr von der Klage, als er in der Präsidentenmaschine saß. Er druckte zwei Exemplare der gesamten Klageschrift aus und setzte sich in 9 000 Meter Höhe mit der Präsidentin zusammen, um sie durchzugehen. Die Klageschrift bestand zum Großteil aus Spekulationen und Absätzen, die mit »aufgrund glaubwürdiger Informationen« begannen. Kilpatrick war juristisch einigermaßen bewandert und die Präsidentin hatte ihr Maß an Prozessen erlebt, aber keinem von ihnen sagte der Name Wyatt Jackson etwas. Das Ganze roch nach einem Winkeladvokaten, der von dem schnellen Dollar träumte.

»Was wissen wir über diesen Anwalt?«, fragte die Präsidentin. Sie vermied es, den Namen zu nennen. So viel Respekt verdiente der Mann noch nicht.

»Im Wesentlichen ein Solo-Player. Strafverteidiger in Virginia Beach, unorthodoxer Prozessanwalt, der zu allem fähig ist.«

»Klingt gefährlich«, sagte Amanda. Kilpatrick wusste, was sie meinte. Die großen Kanzleien in Washington, D. C. waren berechenbar; Leute wie Wyatt Jackson konnten sich als das juristische Äquivalent eines Selbstmordattentäters herausstellen.

»Glauben Sie, dass womöglich eine dieser konservativen Lobbygruppen dahintersteckt?«

»Keine Ahnung. Aber ich werde mich kundig machen.«

Die Präsidentin legte ihr Exemplar der Klageschrift seufzend auf den Tisch vor ihr. Dann nahm sie ihre Lesebrille ab und legte auch diese beiseite. In der Öffentlichkeit trug sie diese Brille nie, sondern Kontaktlinsen, damit die Amerikaner nicht vergaßen, dass sie der jüngste Präsident seit John F. Kennedy war.

Kilpatrick sah die Müdigkeit in ihren Augen. Dies war der erste Tag einer viertägigen Reise – erst nach Europa, dann in den Nahen Osten. Es galt, Verbündete zu überzeugen und übergroße Egos zu tätscheln. Es mussten Versprechen gegeben werden und Erklärungen für nicht gehaltene Versprechen abgeliefert werden. Die Präsidentin hasste solche Reisen.

»Darum müssen Sie sich kümmern, Philip«, sagte sie. »Wir beide können nicht darüber reden. Wenn es wirklich zum Prozess kommt, was höchst unwahrscheinlich wäre, können die uns über alle unsere Gespräche befragen. Das Anwaltsgeheimnis gilt bei uns ja nicht.«

»Ich schaff das schon«, versicherte Philip ihr.

Die Präsidentin schaute kurz aus dem Fenster, dann atmete sie tief aus. Diese Klage gehörte nicht zum Drehbuch. »Glauben Sie, diese Geschichte hat eine Chance?«

»Ich werde Dylan Pierce anrufen. Er wird einen Antrag auf Klageabweisung stellen. Eine Verhandlung und das Ding ist erledigt. Sie haben Ihre Immunität – und zur Not haben wir immer noch die *Feres*-Doktrin. Außerdem werden wir uns auf die nationale Sicherheit berufen und erklären, dass diese Dinge die Gerichte nichts angehen.«

»Das weiß ich alles. Aber diese Sache muss bald erledigt sein. Wir können nicht zwei Monate auf einen Richterspruch warten. Das Timing könnte nicht schlechter sein.«

Das ganze Gespräch hatte diesen vertrauten Klang: »Kümmern Sie sich darum, Philip. Tun Sie das Unmögliche! Machen Sie, dass das weggeht.«

»Wir müssen ein eindeutiges Dementi herausgeben«, erklärte Philip. »Wir werden es sorgfältig formulieren, damit es nicht so aussieht, als ob wir auf die SEAL-Witwe schießen, die die Klage erhoben hat. Wir stellen klar, wie sehr Sie das Militär schätzen und dass Sie nie im Leben Männer in einen Einsatz schicken würden, von dem Sie wissen, dass sie nicht mehr lebendig nach Hause kommen werden. Sie müssen sich auf einschlägige Fragen bei der Pressekonferenz morgen Abend in London vorbereiten.«

»Ich weiß«, sagte die Präsidentin. Sie klang jetzt entschlossener. Ihr Job war halt nicht einfach. »Ich habe gehört, der Mann hinterlässt eine Ehefrau und zwei kleine Jungen. Stimmt das?«

»Ja. Es war die Familie Anderson.«

»Ja, ich erinnere mich an sie.« Amanda schaut zum Fenster hinaus, ihre Stimme klang plötzlich wehmütig. »Zwei liebe kleine Jungen.«

»Wir kümmern uns drum«, sagte Philip.

Die Präsidentin drehte sich zurück zu ihm. »Manchmal hasse ich diesen Job.«

★ ★ ★

Wenn Philip Kilpatrick eines konnte, dann war es, sich über den Gegner kundig machen. Sein Team konnte so gut Dreck ausgraben wie kein anderes. Nachdem er Dylan Pierce angerufen und die teuerste Anwaltskanzlei in Washington engagiert hatte, rief er dieses Gegnererkundungs-Team an, dem er zwei Aufgaben gab – und zwar, sich kundig zu machen über Wyatt Jackson und Troy Anderson.

Philip recherchierte anschließend selbst mal im Internet schon zu Jackson. Der Kerl wäre ein gefundenes Fressen für seine Jungs. Bis zur Landung des Präsidenten-Jets hätte sein Team genügend Dreck beisammen, um den Mann gleich zweimal zu beerdigen. Ein geschiedener Strafverteidiger mit einer schillernden Karriere, der ethisch gerne bis an die Grenzen ging. Militärisch ausgedrückt ein Terrain, das von Zielen nur so wimmelte.

Kapitel 30

Zwei Tage nachdem er die Klage eingereicht hatte, rollte Wyatt Jackson sich in seinem Wohnmobil aus dem Bett, fütterte Clients und machte sich einen Kaffee. Er wollte gerade seinen Computer hochfahren und die Schlagzeilen des Tages lesen, als Clients an der Tür zu kratzen begann. Wyatt schlüpfte in seine Windjacke und öffnete die Tür, um den Hund hinauszulassen. Der zögerte, als er den Sprühregen bemerkte, und befand, dass er doch nicht nötig nach draußen musste.

»Los«, sagte Wyatt. Er gab dem Hund einen kleinen Schubs mit dem Fuß und Clients stakste auf das nasse Gras. Was war das neben der Treppe vor der Tür des Wohnmobils? Eine Zeitung in einem Plastikbeutel. Wyatt hob sie auf. Er hatte das Blatt nicht abonniert – wozu auch, wenn es Online-Nachrichten gab? Und welcher Zeitungsausträger ging auf Campingplätze?

Er zog die Zeitung aus der Hülle und las den Zettel, der an die Titelseite angeheftet war. Dort stand in großer Computerschrift:

Bisher haben Sie in der Kreisliga gespielt.
Willkommen in der Champions League.
Der Patriot

Nachdem Clients sein Geschäft erledigt hatte, ging Wyatt mit ihm zurück in den Wagen. Die Zeitung war die Morgenausgabe des *Washington Herald* und Wyatt fragte sich unwillkürlich, wie der *Patriot* es geschafft hatte, sie so früh zu dem Campingplatz zu bringen. Vor ein, zwei Stunden musste er buchstäblich vor Wyatts Tür gewesen sein; er wusste anscheinend genau, wo Wyatt wohnte.

Der Artikel über Wyatt begann auf Seite 3, wo das Blatt nationale politische Nachrichten unterbrachte, die es nicht auf die Titelseite geschafft hatten. Die Überschrift lautete: »SEAL-Anwalt unter Klienten hoch umstritten«. Es war ein klassischer Rufmord, der Wyatt innerlich kochen ließ. Jeder Rechtsanwalt, der seit fast vierzig Jahren tätig war, hatte ein paar Leichen im Keller. Aber dieser Reporter hatte jeden Knochen ausgegraben, den es zu finden gab. Nun sah es so aus, als ob Wyatt der größte Scharlatan der Nation sei.

Gut, etwa ein Dutzend seiner Klienten hatten ihm in der Berufungsverhandlung vorgeworfen, sie schlecht vertreten zu haben. Es war eine Bilanz, auf die Wyatt eigentlich stolz war. Wenn Straftäter verurteilt wurden, behauptete ihr Berufungsanwalt fast immer, der Prozessanwalt habe seinen Job schlecht gemacht. Aber Wyatt hatte immer so gekämpft, dass ihm das nur wenige Male in seiner Karriere passiert war.

Der Reporter hatte ehemalige Klienten befragt, die im Gefängnis saßen und angaben, dass Wyatt nicht die richtigen Zeugen befragt oder die richtigen Argumente vorgebracht hatte; einmal sei er sogar während einer Verhandlung eingeschlafen. Wyatt erinnerte sich gut an den Fall – ein Wirtschaftskrimineller mit vielen Vernehmungen von Wirtschaftsprüfern. Wyatt hatte während seines kurzen Nickerchens rein gar nichts verpasst, aber der Berufungsanwalt stellte es natürlich so dar, als habe er mindestens zwanzig Jahre lang geschlafen. Der Artikel brachte ein Zitat des Klienten, nach welchem Wyatt so tief eingeschlafen war, dass er während der Zeugenaussage eines Experten »wie eine Wackelpuppe dasaß.«

Mehrere andere Klienten sagten, Wyatt sei am Vorabend des Prozesses von seinem Mandat abgesprungen. Er habe ihnen zugesagt, ihren gesamten Fall für ein Pauschalhonorar durchzuziehen, aber dann auf einmal mehr Geld gewollt. Als sie nicht zahlen wollten, habe er das Mandat niedergelegt und sie hätten auf dem Trockenen gesessen.

Wie die besten Rufmordgeschichten hatte auch diese ihr Körnchen Wahrheit. Wyatt hatte tatsächlich einige Klienten kurz vor der Gerichtsverhandlung sitzen gelassen, aber das lag daran, dass man ein Stundenhonorar vereinbart hatte und die Vorschusszahlungen aufgebraucht waren. Die Mandanten konnten kein zusätzliches Geld auftreiben und Wyatt war nicht bereit gewesen, mehrere Wochen seines Lebens für ein Dankeschön zu arbeiten. Jedenfalls nicht für schuldige Klienten; für zu Unrecht Beklagte, die kein Geld mehr hatten, hatte er es doch ein- oder zweimal gemacht.

Am Ende des Artikels zitierte der Reporter auch Klienten, die mit Wyatt zufrieden gewesen waren, sowie ein oder zwei Anwälte, die berichteten, was für ein schrulliger alter Kämpfer er im Gerichtssaal sein konnte. Der Reporter hatte angeblich versucht, Wyatt über Telefon und E-Mail zu kontaktieren, aber keine Reaktion bekommen.

Das Ganze war ein einziger Schlag in den Magen und es gab keine Möglichkeit für Wyatt zurückzuschlagen. Er konnte keinen Prozess wegen übler Nachrede gegen den *Herald* anstrengen, denn erstens war er ja von sich aus ins Rampenlicht getreten und zweitens war rein formal alles, was in dem Artikel stand, wahr. Das Einzige, was er mit dieser Attacke machen konnte, war sie als Futter für seinen Hass auf die Leute zu nutzen, die ohne Zweifel hinter ihr standen – Philip Kilpatrick und John Marcano. Er zündete sich eine Zigarre an und ging den Artikel ein zweites Mal durch; die bösartigsten Sätze strich er an. Dann ging er online und las erste Kommentare zu dem Artikel. Die Leute beschimpften ihn und »alle diese elenden Rechtsverdreher« logischerweise heftig. Etwa eine halbe Stunde lang hatte dieser Rufmordartikel ihn aus dem Geleise geworfen, aber bald war der alte Wyatt wieder zurück und sann auf Rache.

Das Problem war, dass seine Klage auf schwachen Füßen stand. Er hatte sie vor allem eingereicht, um das, was der *Patriot* da behauptete, in die Öffentlichkeit zu tragen. Scheinbar gefiel dem *Patrioten* diese Strategie nicht. Aber in den fast vierzig Jahren als Prozessanwalt hatte Wyatt gelernt, dass die Gegenseite dann am härtesten zurückschoss, wenn man wirklich auf einer heißen Spur war. Und der Autor dieses Artikels hatte viel recherchieren müssen.

»Da haben wir wohl echt einen Nerv getroffen«, sagte er zu Clients.

Kapitel 31

Am Donnerstag machte Paige früher als sonst Feierabend, damit sie Justin Anderson bei einem Fußballspiel zuschauen und sich mit Kristen unterhalten konnte. Die beiden Frauen ließen sich auf Liegestühlen am Rand des Spielfelds nieder, wo die übrigen Zuschauer sie nicht hören konnten. Der dreijährige Caleb rannte neben dem Fußballplatz herum und spielte mit anderen Kindern; die beiden Frauen unterhielten sich und feuerten hin und wieder Justin an, wenn er gerade am Ball war.

Wie bei allen Fußballspielen in dieser Altersgruppe bildeten die Kinder einen wirren Klumpen um den Ball, aus welchem dieser sich nur hin und wieder löste, um in Richtung auf eines der Tore zu rollen. Justin, der planmäßiger spielte als die anderen, schoss in der ersten Halbzeit ein Tor, nicht ohne dabei drei andere Jungen umzurennen.

»Das hat er von seinem Vater«, erklärte Kristen. »Und die letzten zwei Wochen ist er um einiges aggressiver als früher.«

Es war eine gute Gelegenheit für Kristen, ihr Herz zu erleichtern über die Mühen des Lebens ohne Troy. »Ich hatte immer gedacht, ich werde mit allem fertig. Ehefrau eines Marinesoldaten und so weiter. Aber, Paige ...« Kristen beendete den Satz nicht.

Sie schwieg kurz, dann fuhr sie fort, dass es am schlimmsten sei, wenn die Jungen im Bett waren und sie allein im Wohnzimmer saß. Dann müsse sie immer daran denken, wie es mit Troy gewesen sei und dass sie so einen Mann kein zweites Mal finden würde. Immer wieder frage sie sich dann, was wohl die Zukunft brächte.

»Ich weiß, was du meinst«, sagte Paige. »So einen wie Patrick hatte ich noch nie kennengelernt.«

Es war dieser tiefe Austausch, den beide Frauen brauchten. Paige war bewusst in keine Therapie gegangen, weil sie den Gedanken, dass jemand anderes in ihrem Leben und ihren Gefühlen herumstocherte, nicht ertragen konnte. Dazu kam noch die Angst, dass ein Therapeut all ihre anderen Probleme, die sie beharrlich in den Keller ihres Bewusstseins verbannt hatte, ans Licht holen würde. Aber hier draußen, mit dem Geschrei der spielenden Kinder und den Anfeuerungsrufen der Eltern in den Ohren, konnte sie in Ruhe über ihren Schmerz sprechen.

Obwohl sie erst wenige Monate mit Patrick zusammen gewesen war, hatte er ein Riesenloch in ihrem Leben gefüllt. Allein schon, dass da jemand war, der sich dafür interessierte, was sie im Alltag machte; jemand, dem sie vertrauen konnte, hatte ihr ein Gefühl der Geborgenheit und des Gebrauchtwerdens gegeben, wie sie es schon lange nicht mehr erlebt hatte.

Seit dem Tag, an dem ihre Mutter nach Nashville gezogen war, schien sie keinen solchen Menschen mehr gehabt zu haben. Selbst bei ihrem Verlobten hatte sie ständig das Gefühl gehabt, sich beweisen zu müssen, ihm zeigen zu müssen, dass sie in Sachen Intelligenz und Lebenstüchtigkeit mit ihm mithalten konnte. Es war ihr oft so vorgekommen, als ob sie ein Power-Paar im Trainingscamp waren. Nie konnte sie in seiner Gegenwart zur Ruhe und zu sich selbst kommen; das war nur mit Patrick möglich gewesen.

Kristen wartete, bis die zweite Halbzeit fast vorbei war, bevor sie das Thema anschnitt, das sie offenbar die ganze Zeit schon beschäftigte. »Hast du diesen Zeitungsartikel über Wyatt Jackson gelesen?«, fragte sie.

»Ja«, sagte Paige, aber sie ergänzte rasch: »aber er ist ein guter Anwalt.« Sie mochte den Mann zwar nach wie vor nicht, aber Kristen hatte ihn engagiert und es brachte nichts, wenn sie ihn jetzt schlechtmachte.

»Oh, das weiß ich«, erwiderte Kristen. »Ich hab ja erlebt, wie er Troy vertreten hat.«

Es kam wieder Bewegung aufs Spielfeld, als ein Junge aus Justins Mannschaft eine einmalige Torchance hatte. Doch der Ball flog weit daneben. Die Eltern stöhnten enttäuscht auf.

»Ich hab gestern mit ihm gesprochen«, fuhr Kristen fort, dann rief sie – zum Spielfeld hin: »Los, Justin!« Dann, ganz die Multitaskerin: »Er rief mich an und meinte, dass wir ein Problem haben. Ein Reporter des *Wa-*

shington Herald hat ihn kontaktiert, um ihn wegen Troys Prozessen auszuhorchen. Wyatt glaubt, die wollen eine Story darüber bringen.«

Innerhalb weniger Minuten hatte Kristen Paige erklärt, um was es ging. Paige spürte nichtsdestotrotz, dass Kristen denkbar unwohl dabei war. Sie vermied es, Paige anzuschauen, und hielt stattdessen den Blick auf das Spielfeld geheftet. Mit leiser Stimme berichtete sie, dass Troy vor einigen Jahren in einer Bar in eine Auseinandersetzung verwickelt gewesen war. Eine Frau hatte ihn beschuldigt, sie begrapscht zu haben. Troy hatte erklärte, dass das erstunken und erlogen sei. In Wirklichkeit hatte einer seiner Kumpel die Freundin von jemand anderem angemacht, worauf es zu einem handfesten Streit gekommen war. Die Frau hatte Troy schlicht mit seinem Kumpel verwechselt.

Vor Gericht hätte Troys Aussage gegen die der Frau gestanden. Aber Troy konnte nicht aussagen, ohne seinen Kumpel zu belasten, also hatte Wyatt Jackson einen Deal ausgehandelt. Troy erklärte sich eines einfachen tätlichen Angriffs für schuldig und der Richter verkündete ein aufgeschobenes Urteil auf Bewährung. Die Sache wurde schließlich fallen gelassen, nachdem Troy sich sechs Monate lang nichts hatte zuschulden kommen lassen. Dank dieses Deals konnten Troy und sein Kumpel beide bei den SEALs bleiben.

Auf dem Spielfeld dribbelte Justin gerade den Ball in der Mitte nach vorne, schob sich an einem der Gegner vorbei und nahm Kurs auf das Tor. Kristen schien es nicht zu bemerken.

»Und jetzt also dieser Artikel über Wyatt Jackson – und bald wird einer über Troy folgen.« Kristen schluckte heftig. »Es ist alles so ... Ich weiß nicht. So war Troy doch gar nicht.«

Tor!!! Justin hatte es wieder geschafft. Sein zweites Tor des Tages. Paige sprang hoch. Kristen tat es ihr gerade noch rechtzeitig gleich, sodass Justin zu seiner Mutter hinschauen und ihre Begeisterung mit einem Lächeln quittieren konnte.

Als sie sich wieder gesetzt hatten, stellte Kristen die Frage, die sie wohl das ganze Spiel lang schon umgetrieben hatte: »Wärst du bereit, als Zweitanwalt in meinen Fall einzutreten? Ich weiß, dass ich dir vertrauen kann, und bei einigen dieser Anschuldigungen wäre es besser, eine Frau mit im Team zu haben. Wyatt hab ich schon gefragt. Er hat gesagt, er würde deine Hilfe begrüßen.«

Die Frage kam völlig überraschend für Paige. Es gab tausend Gründe, sie mit Nein zu beantworten. Die Klage stand auf wackligem juristischem Boden und Wyatt hatte sie gegen Paiges Rat eingereicht. Mit Wyatt Jackson zusammenarbeiten – schier unmöglich. Außerdem hatte Paige noch ihre Stelle in der Staatsanwaltschaft von Virginia. Sie konnte nicht einfach nebenbei einen Prozess gegen die Mannschaft der Präsidentin führen.

»Wenn du nicht kannst, ist das auch okay«, sagte Kristen, um das Schweigen zu überbrücken. »Ich dachte halt, ich frag dich einfach.«

»Ich würde dir so gerne helfen«, sagte Paige, bemüht, Kristens Gefühle nicht zu verletzen. »Aber ich bin keine Privatanwältin. Ich kann nicht gleichzeitig für den Staat und für Privatklienten arbeiten.«

»Das versteh ich. Ich hatte auch nicht damit gerechnet, dass du kannst. Ich dachte halt ... fragen kann man immer.«

★ ★ ★

In der Nacht fand Paige wenig Schlaf. War sie eine Egoistin, dass sie Kristen abgewiesen hatte? Aber es wäre doch verrückt, einen gut bezahlten Job aufzugeben, um in einen Prozess einzusteigen, der wahrscheinlich in zwei Monaten eingestellt würde. Sie glaubte an die Sache, um die es ging, aber sie glaubte nicht, dass das Gesetz auf ihrer Seite war. Und mit jemandem wie Wyatt Jackson zusammenarbeiten? Igitt!

Doch dann musste sie an die Freundschaft zwischen Troy und Patrick denken. Die beiden waren immer füreinander dagewesen. Sie hatten aufeinander zählen können, ja, sie waren bereit gewesen, ihr Leben füreinander zu geben. War es da wirklich zu viel verlangt, ihre Arbeitsstelle vorübergehend aufzugeben, um einer Frau zu helfen, die dabei war, im Eiltempo ihre beste Freundin zu werden?

Eine ganze Woche lang kämpfte sie mit sich selbst. Als tatsächlich ein Zeitungsartikel kam, der Troys frühere Konflikte mit dem Gesetz breittrat und die Frau zitierte, die er angeblich belästigt hatte, und den Richter attackierte, der das Verfahren eingestellt hatte, wusste Paige, dass sie etwas tun musste. Also rief sie Wyatt Jackson an, der sie gerne in sein Team aufnahm. Sie wusste, dass sie für ihn ein zweiter Wellington war – ein nützlicher Arbeitssklave –, aber wenigstens war sie jetzt dabei. Sie rief Bill Harris an, der ihr berichtete, dass er exakt an diesem Morgen für sie gebetet hatte, weil Gott sie ihm aufs Herz gelegt hatte. Jetzt wisse er, warum. Das Gespräch ließ Paige frösteln. Dann rief sie Kristen an, die vor Dankbarkeit fast zu weinen begann.

Zum Schluss schickte sie eine E-Mail an ihren Chef. Sie bat um eine Beurlaubung, damit sie bei der anwaltlichen Betreuung von Kristen Anderson in ihrem Prozess gegen den Direktor des CIA und den Stabschef der Präsidentin assistieren konnte. Ihr Chef reagierte verständnisvoll, aber das Büro hatte seine Regeln und seine Hände waren gebunden. Sie konnte kündigen und er war gerne bereit, alles in seiner Macht Stehende zu tun, um dafür zu sorgen, dass sie nach Abschluss des Falles *Anderson* ihren Job wiederbekam. Aber er konnte sie nicht beurlauben; das war in der Generalstaatsanwaltschaft nicht möglich. Paige dankte ihm und erklärte, dass sie dann keine andere Möglichkeit sah, als zu kündigen. Sie müsse das hier einfach tun. Ihr Chef sagte, dass er sie verstehe, und sie einigten sich auf die Übergangsmodalitäten.

Paige hatte erwartet, dass sie an dem Abend nach der Regelung ihres Abgangs Erleichterung, ja vielleicht sogar Begeisterung verspüren würde. Sicher würde sie nun zum ersten Mal seit Wochen wieder gut schlafen. Eine der schwierigsten Entscheidungen ihres Lebens lag hinter ihr und sie hatte sich für den richtigen Weg entschieden.

Aber die Erleichterung kam nicht, der Schlaf auch nicht. Sie lag wach, starrte zur Decke und ihre Gedanken kreisten. Fragen, Fragen und kaum Antworten. Die Zukunft hatte noch nie so ungewiss ausgesehen.

Patrick, in was hast du mich da reingeritten?, fragte sie sich bang.

Kapitel 32

Als Paige am nächsten Morgen aufwachte, fühlte sie sich sehr einsam. Zum ersten Mal in ihrem Leben war sie arbeitslos. Aber Selbstmitleid galt nicht. Sie hatte ihre Entscheidung getroffen und es gab kein Zurück. Stattdessen organisierte sie ihr Leben für die nächsten paar Wochen neu. Sie würde jeden Morgen nach dem Aufstehen erst einmal joggen. Wenn sie zurückkam, würde sie sich den Rest des Morgens nach einer neuen Arbeitsstelle umsehen oder die Gründung einer eigenen Firma vorbereiten. Nachmittags würde sie Recherchen für Kristens Prozess machen und sich in die geopolitische Situation im Nahen Osten einlesen. An Patrick zu denken, würde sie sich erst am Abend erlauben.

So war jedenfalls ihr Plan. Aber tausend Dinge erinnerten sie an Patrick: Ihr Bildschirmschoner, Bilder in ihrem Arbeitszimmer, alte SMS. Und er war natürlich unlösbar mit dem Fall verbunden, den sie jetzt mitbetreute. Sein Geist war allgegenwärtig. Immer wieder war die Erinnerung an ihn plötzlich da und drückte ihr das Herz zusammen, sodass sie anschließend innerlich völlig fix und fertig war.

Sie begann die Woche mit der Aktualisierung ihres Lebenslaufes, den sie an diverse alte Studienfreunde schickte, die einen Job im privaten Firmensektor gefunden hatten. Am dritten Tag ihrer Arbeitslosigkeit begann sie, mehr Zeit in die mögliche Gründung einer eigenen Firma zu stecken. Briefkopf, Haftpflichtversicherung für Freiberufler, Gründung einer GmbH, Registrierung beim Gericht - die Liste war endlos. Und wie um alles in der Welt sollte sie an Kunden kommen?

Aber diese Lösung schien immer noch die beste zu sein. Wenn Kristens Prozess frühzeitig eingestellt wurde, würde Paige bei der Staatsanwaltschaft auf der Matte stehen und um ihren alten Job bitten. Wenn sie ihn bekam, könnte sie ihre junge Firma gleich wieder aufgeben. Aber wenn sie stattdessen eine neue Anstellung angenommen hatte, wäre es nicht fair gegenüber ihrem Arbeitgeber, ein paar Monate später schon wieder zu kündigen. Am Freitag hatte sie den Gesellschaftsvertrag für ihre Firma aufgesetzt und die Visitenkarten bestellt. *Paige Chambers – Mitglied der Geschäftsführung* klang eigentlich nicht schlecht.

★ ★ ★

Am Mittwoch, dem 9. Mai, genehmigte sich das Mitglied der Geschäftsführung der *Chambers Law Firm* eine Pause und traf sich in Patricks alter Wohnung mit Bill Harris. Sie hatten vor, die Wohnung auszuräumen und Patricks Sachen in einen Anhänger zu laden, den Bill mit seinem Auto mitnehmen würde. Die ganze Woche schon hatte Paige Angst vor diesem Tag gehabt.

Es war das erste Mal seit Patricks Abflug in seinen Einsatz, dass Paige in seiner Wohnung war. Sie roch staubig und Paige holte tief Luft. Einen Augenblick lang war sie wie gelähmt von den Gefühlen, die sie übermannten. Da stand das Sofa, wo sie neben ihm gesessen hatte, sein Arm um ihre Schultern. Dort stand der Tisch, an dem sie nicht durchgegarte Steaks gegessen und diskutiert hatten, mit welcher Soße sie am besten schmeckten. Und in dem Ruhesessel da hinten hatte sie gelegen und er hatte ihr den Rücken massiert, bis sie einschlief.

Sie betrachtete einen Augenblick die Parade an Bildern über dem Regal im Wohnzimmer. Patrick und seine SEAL-Kumpel, Patricks Großeltern in glücklicheren Zeiten und auch ein Bild von ihr. Sie erinnerte sich, dass dieses noch nicht dagewesen war, als sie dieses Zimmer zum letzten Mal betreten hatte.

Bill Harris' Stimme holte sie abrupt zurück in die Gegenwart: »Ja, seine Wohnung war immer aufgeräumt.« Er schaltete das Deckenlicht an und schaute sich einige Minuten um. »Nicht so viel Zeug, wie ich gedacht hatte.«

Den Großteil des Tages zog Paige sich in ihre eigene Welt zurück und sprach nur wenig, während sie gemeinsam Patricks Kleider, Küchenutensilien, Sportausrüstung und persönliche Gegenstände packten. Sie musste auch nicht viel sagen mit Bill an ihrer Seite, der zu jedem Gegenstand, den Patrick hinterlassen hatte, eine Geschichte zu erzählen wusste.

Die Wohnung selbst war nichts Besonderes. Patrick hatte nie Sinn für die edleren Dinge im Leben gehabt. Paige hatte ihn manchmal sogar deswegen aufgezogen. Eines der Kissen auf dem verschlissenen Ledersofa hatte er mit Klebeband repariert. Den Küchentisch hatte er auf einem Garagenflohmarkt erstanden. Der Fernseher und die X-Box waren die einzigen Gegenstände im Wohnzimmer, für die er echt Geld ausgegeben hatte. Aber für Bill Harris war dies der Palast König Salomos. Er verstaute alles sorgfältig in Kisten, die Paige mit akkuraten Blockbuchstaben beschriftete.

Es war fast Mittag, als Bill Harris anfing, den Nachttisch auszuräumen. Ganz hinten in einer der Schubladen lag ein kleines Kästchen; Paige tat so, als sehe sie nicht, wie Bill es herauszog und öffnete. Sie verpackte stattdessen weiter Kleider aus der Kommode, die noch nach Patrick rochen, in Kisten. Doch mit einem Auge schaute sie zu, wie Patricks Großvater einen Augenblick innehielt, seine Brille abnahm und sich verstohlen über die Augen wischte. Dann setzte er die Brille wieder auf, schloss das Kästchen und richtete sich auf.

Er trat zu Paige und reichte ihr das Kästchen. »Ich glaube, das hier ist für Sie.«

Paige nahm es vorsichtig entgegen. Sie ahnte, was darin war. Sie öffnete das Kästchen mit größter Behutsamkeit, als sei es ein heiliger Gegenstand. Drinnen lag ein schlichter Goldring mit einem rund geschliffenen Diamanten in einer vierzackigen Fassung. Traditionell, elegant und das Schönste, was Paige je gesehen hatte. Aber sie durfte den Ring nicht behalten, es wäre nicht recht gewesen.

Ihre Stimme war brüchig, als sie sagte: »An dem Abend, bevor er ging, hat er mich gefragt, ob ich ihn heiraten wolle, und ich hab ihm gesagt, dass ich noch Zeit brauche.«

»Ich weiß.« Bills Augen lagen auf dem Ring. »Er hat mich deswegen angerufen.«

»Angerufen?«

»Ja. Er war wütend auf sich selbst. Hatte den Eindruck, dass er zu forsch gewesen sei. Ich hab ihm erzählt, dass seine Großmutter erst beim dritten Mal Ja sagte. Gute Frauen sind es wert, dass man ein bisschen wartet.«

Paige lächelte matt. »Beim dritten Mal erst?«

»Die Frau war ein bisschen von der sturen Sorte.«

Paige befingerte den Ring. »Und was hat Patrick geantwortet?«

»Er meinte, er würde es schon beim zweiten Mal schaffen.«

»Da hat er recht gehabt«, sagte Paige. »Aber ich kann diesen Ring nicht behalten.«

Sie wollte ihn Bill zurückgeben, doch der nahm ihn nicht an. »Erstens passt er mir nicht«, sagte er. »Und zweitens gehört er Ihnen. Patrick hat ihn für Sie gekauft.«

Paige schloss das Kästchen und umarmte Bill kurz. »Ich vermisse ihn ja so.«

»Das weiß ich doch. Und dieser Ring ist eine schöne Erinnerung an ihn.«

Paige legte den Ring in einen großen Karton, der ihren Namen trug und in dem schon einige von Patricks T-Shirts, seine Baseballmütze von der *Auburn University* sowie ein paar Dutzend Fotos lagen, um die sie Patricks Großvater gebeten hatte

Sie packten weiter. Nach ein paar Minuten brach Paige die Stille. »Ich hätte Ja sagen sollen.«

Bill unterbrach sein Packen und sah sie an. »Er wusste, dass es nur eine Frage der Zeit war. Er hätte bestimmt nicht gewollt, dass Sie sich jetzt Vorwürfe machen.«

Der alte Mann hatte recht, aber das änderte nichts an Paiges Gefühlen. Der letzte Abend zusammen mit Patrick, sie würde ihn für immer bereuen.

Dreißig Minuten später tauchten vier Männer des SEAL-Teams 2 auf. Zwei von ihnen hatten zusammen mit Patrick die Grundausbildung absolviert. Sie hatten erfahren, dass Paige und Bill Harris heute Patricks Wohnung ausräumten. Im Nu hatten sie alles fertig gepackt und im Anhänger verstaut.

Die ganze Atmosphäre änderte sich durch die Ankunft der Männer. Paige spürte, wie ihr leichter ums Herz wurde. Es war offensichtlich, dass die vier unbewusst wetteiferten, wie viele Kisten jeder auf einmal tragen konnte oder wie leicht die verschiedenen Möbel waren. Als einer der Männer das eine Ende des Sofas packte, bestand Paige darauf, das andere zu packen. Sie wollte sich von niemandem helfen lassen und sie ernannten sie lachend ehrenhalber zur SEAL-Kämpferin.

Auch die Geschichten, die sie nun zu hören bekam, waren jetzt anders. Bill hatte kein Ende gefunden mit dem Soldaten und Sportler Patrick. Seine SEAL-Kumpel hatten es mehr mit seinen Streichen und Missetaten – lauter harmlose, gutmütige Sachen, aber Patrick war offenbar immer für einen Spaß zu haben gewesen.

Als die letzte Kiste verstaut war, stellten die Männer und Paige sich an die Küchentheke und tranken ein paar Energy Drinks leer, die jemand mitgebracht hatte. Einer der SEALs sagte: »Wir schätzen alle sehr, was Sie da für Kristen tun. In unserem Team weiß jeder, dass das nicht einfach ist für euch. Wir stellen uns alle die gleichen Fragen wie ihr.«

Die anderen murmelten zustimmend. Wenn sie irgendetwas benötige, sagten sie Paige, brauche sie sich bloß zu melden.

»Egal, was es ist«, sagte einer der Männer. »Anruf genügt.«

★ ★ ★

Als sie abends wieder zu Hause war, fühlte Paige sich so gut wie schon lange nicht mehr. Sie war weiter arbeitslos und allein, aber heute schien sie irgendwie ein Teil der SEAL-Community geworden zu sein. Wenn sie irgendetwas benötige, brauche sie sich nur zu melden, hatten die Männer gesagt. Paige zweifelte keine Sekunde lang, dass sie das wörtlich meinten. Das war das Besondere an diesen Männern. Sie waren grobe Klötze, die voll von sich eingenommen waren. Sie platzten vor Testosteron, und ihr Ego war so groß wie Texas. Aber sie waren füreinander da – und das war etwas, das Paige in ihrem Leben schmerzlich vermisst hatte.

Sie stellte die Kiste mit Patricks Sachen neben ihr Bett. Sie holte das Kästchen mit dem Ring hervor und stellte es auf ihren Nachttisch. Bevor sie ins Bett kroch, zog sie eines von Patricks T-Shirts an. Sie war innerlich tief erschöpft, aber in dieser Nacht schlief sie besser als die ganzen Wochen davor – bis der Anruf kam.

Kapitel 33

Der Anruf riss Paige aus dem Tiefschlaf, ihr Gehirn war noch voller Spinnweben. Sie schaute kurz auf die Uhr, als sie abnahm: 2:16 Uhr. Ihr Magen wollte sich verkrampfen. Ein Anruf um diese Zeit bedeutete selten etwas Gutes.

»Hallo«, sagte sie, ihre Stimme rau.

»Hier der *Patriot*«, kam die metallische Stimme vom anderen Ende der Leitung. »Sind Sie wach?«

»Jetzt schon.«

»Warum hat Jackson diese Klage eingereicht?«

»Das weiß ich nicht. Er hat mich nicht gefragt.«

»Sorgen Sie dafür, dass er sie zurückzieht. Der Richter wird sie abweisen und damit wäre die Sache erledigt. Die Untersuchung im Kongress wird blockiert werden, mit der Begründung, dass das Gericht bereits gesprochen hat.«

Paige wusste nicht, was sie sagen sollte. Der *Patriot* klang frustriert. Sie versuchte immer noch, sich zu sortieren. Sollte sie ihm sagen, dass sie sich bereit erklärt hatte, als Zweitanwältin in den Prozess einzusteigen?

»Ich werde nicht in der Lage sein, Wyatt Jackson von irgendetwas zu überzeugen«, protestierte sie.

»Sie müssen es versuchen.«

Paige setzte sich auf, ihr Kopf wurde allmählich klarer. »Gut, ich werde tun, was ich kann.«

»Und noch etwas«, sagte der *Patriot*. »Sie sollten wissen, dass ein muslimischer Geistlicher namens Yazeed Abdul Hamid im Jemen von unseren

Sondereinsatzkräften getötet wurde. Die Koalitionsarmee hat sich zu der Aktion bekannt, aber es waren definitiv unsere Jungs.«

Paige suchte hektisch nach Papier und Bleistift. »Können Sie den Namen buchstabieren?«

Der *Patriot* tat es.

»Und was bedeutet das alles?«, fragte Paige.

»Der Getötete war nichts weiter als ein muslimischer Imam, der in einem Land, mit dem wir uns nicht im Krieg befinden, eine Hasspredigt hielt. Das Ganze war eine illegale Hinrichtung.«

Paige verstand immer noch Bahnhof, aber wie sollte sie durchblicken, wenn sie mitten in der Nacht aus dem Schlaf gerissen wurde?

»Informieren Sie den Kongressabgeordneten Mason!«, fuhr der *Patriot* fort.

»Aber wie kann ich das beweisen?«, fragte Paige.

»Bringen Sie ihn dazu, dass er eine Untersuchung veranlasst. Er soll dafür sorgen, dass der Kommandant der Joint Special Operation Forces in nicht öffentlicher Sitzung unter Eid vernommen wird. Aber vor allem müssen Sie Jackson dazu kriegen, dass er die Klage fallen lässt.«

»Ich werde es versuchen. Das hab ich ja schon gesagt.«

Schweigen in der Leitung. War das gerade nur ein Albtraum gewesen? Warum rief der *Patriot* Wyatt nicht direkt an? Warum war es so wichtig, die Klage zurückzuziehen? Und was hatte dieser Imam mit der ganzen Sache zu tun?

Paige stand auf und recherchierte den Namen des Imams im Internet, aber erfuhr nicht mehr als das, was der *Patriot* ihr schon gesagt hatte. Abdul Hamid, so hieß es, war vor gut zwei Wochen von jemenitischen Koalitionstruppen getötet worden. Paige machte sich ein paar Notizen, dann legte sie sich wieder hin. Ihre letzten Gedanken, bevor sie einschlief, kreisten um amerikanische Spezialeinheiten, die einen unbewaffneten Imam töteten, der auf dem Heimweg von seiner letzten Predigt war.

Kapitel 34

Nach einer aufreibenden einwöchigen Reise nach Europa, Saudi-Arabien und Israel sowie einer weiteren Woche Kräftemessen mit Kongressabgeordneten wachte Präsidentin Amanda Hamilton an einem regnerischen Freitagmorgen auf, nur um von der nächsten Krise zu erfahren. Nach einer zweitägigen Sintflut war der *Susquehanna River* in Nordost-Pennsylvania so über die Ufer getreten wie seit hundert Jahren nicht mehr. Über vierzig Menschen waren ertrunken, fast hunderttausend mussten evakuiert werden. Bei Scranton hatte der Fluss einen Pegel von über 14 Metern erreicht, 1,50 Meter mehr als bei dem Hochwasser, das 1972 auf den Hurrikan Agnes gefolgt war.

Andere Präsidenten hätten den Notstand ausgerufen, finanzielle Unterstützung zugesagt und dann eine Rundreise mit Amtsträgern vor Ort gemacht, um die Schäden zu inspizieren. Doch Amanda Hamilton und ihr Team machten sich lieber selbst die Hände schmutzig. Einen Tag nachdem das Wasser zurückzugehen begann, war sie in Scranton vor Ort. An einem Katastrophenhilfestützpunkt des Roten Kreuzes gab sie Mahlzeiten an obdachlos gewordene Bürger aus. Über zwei Stunden bedienten Amanda und ihr Ehemann Jason, der Professor an der Universität Yale war, die Schlange der Wartenden, füllten Teller und sprachen mit den Flutopfern.

Am Nachmittag zog Amanda Wattstiefel an und half den Aufräummannschaften bei der Arbeit. Sie befreite mit ihnen Häuser, die überflutet gewesen waren, von Ästen und anderen Überresten der Flut. Jeder konnte sehen, dass Amanda Hamilton jung, gesund und volksnah war. Am

Ende des Tages war sie von einer Schlammkruste bedeckt und sah so glücklich aus wie schon lange nicht mehr.

Am Abend besuchte sie ein Übernachtungslager in einer Turnhalle. Ein paar Kids hatten spontan ein Basketballspiel begonnen und schon bald machten die Präsidentin und ihr Mann mit. Die Leibwächter der Präsidentin schauten nervös zu, wie diese bewies, dass sie noch für ein Basketball-Match gut war. Das Ende vom Lied war ein blaues Auge für die Präsidentin, als ein allzu spitzer Ellbogen ihr linkes Auge rammte, gefolgt von wortreichen Entschuldigungen des jungen Mannes, dem die Sache natürlich megapeinlich war. Nachdem die Sanitäter sie inspiziert hatten, bestand die Präsidentin darauf, weiterzuspielen, und Kilpatrick schätzte, dass allein diese Entscheidung ihre Beliebtheitswerte um ein halbes Dutzend Punkte steigen lassen würde. Mit etwas Glück könnten sie diesen Prozess bald zu den Akten legen, eine echte Koalition von Verbündeten im Nahen Osten aufbauen und die Huthis und den Iran entscheidend schwächen.

Aber die Presse hatte ihre eigenen Vorstellungen. Am folgenden Morgen prangte Amandas geschwollenes Gesicht auf der Titelseite des *Washington Herald*. Die Journalisten mussten Überstunden gemacht haben, um die Überschrift zu finden: »Eine blaue Woche für die Präsidentin.«

★ ★ ★

Während die Präsidentin in Scranton ihr blaues Auge bekam, traf sich Paige Chambers mit Wyatt und Wellington in dem Wohnmobil namens *Court*. Clients rieb so lange seinen Kopf an Paiges Bein, bis sie ihn am Kinn kraulte. Darauf legte er sich ein paar Minuten hin, um alsbald erneut Aufmerksamkeit zu verlangen. So hatte sich Paige ihren späteren Job im Studium ganz sicher nicht vorgestellt. Sie berichtete Wyatt von ihrem Telefongespräch mit dem *Patrioten*, doch Wyatt wollte nichts davon hören, die Klage zurückzuziehen. Er war überzeugt: Wenn sie die Sache den politischen Dilettanten in Washington, D. C. überließen, würde garantiert nichts geschehen. Er wusste nicht, was er von der Information über Yazeed Abdul Hamid halten sollte, und tat das, was er im Zweifelsfall immer machte: Er bat Wellington, zu recherchieren.

»Würde mich nicht überraschen, wenn die CIA ein paar SEALs abgeordnet hätte, um den Typ auszuschalten«, sagte Wyatt. »Dieser Schattenkrieg ist total außer Kontrolle geraten.«

Sie diskutierten eine Weile ausgiebig hin und her, dann holte Wyatt eine dicke Zigarre aus der Schachtel und begann, ihr Ende zu kauen. Paige warf ihm einen Blick zu; es war bereits eng genug im Wohnmobil, ohne dass noch jemand rauchte.

»Keine Sorge«, sagte Wellington. »Drinnen zündet er sie nie an.«

Sie analysierten die mageren Fakten, die sie zusammengetragen hatten. Den Großteil des Redens besorgte Wyatt. Paige machte hin und wieder eine Bemerkung, aber Wellington blieb auffällig still.

»Was ist Ihre Theorie?«, fragte Wyatt schließlich seinen jungen Kompagnon. Er spuckte einen Teil von der Zigarrenhülle in einen Aschenbecher.

Wellingtons Antwort kam leise und zögernd, als wolle er niemand den Spaß verderben. »Ich hab eine Menge darüber nachgedacht«, begann er, »und immer wieder stelle ich mir dieselbe Frage: Was, wenn Cameron Holloman tatsächlich ein CIA-Agent war, wie von den Huthis behauptet?«

Er schaute von Wyatt zu Paige, wartete, bis die Worte richtig bei ihnen angekommen waren. »Was, wenn er seine journalistischen Referenzen als Tarnung benutzte und nur so tat, als sympathisiere er mit den Huthis? Auf diese Weise konnte er einige ihrer Top-Leute interviewen, sodass die Drohnenpiloten genau wussten, welche Häuser sie treffen mussten.«

Er fuhr fort: »Vielleicht wollten die Präsidentin und Marcano, dass niemand anderes im Kabinett im Bilde war, und deswegen ließ sie ihren Stabschef alleine mit Marcano konferieren, wie sie am besten vorgingen. Vielleicht hatte die CIA gewisse Befürchtungen, dass die Mission der SEALs gefährdet war, was erklären würde, warum die Präsidentin so eifrig an der Rede arbeitete, die sie halten würde, sollten die SEALs scheitern. Aber vielleicht fand sie unterm Strich, dass sie die SEALs doch da reinschicken musste, weil nicht nur die SEALs ihre Männer nicht zurücklassen, wenn ein Einsatz gescheitert ist, sondern auch die CIA so etwas nicht tut.«

Paige dachte nach. Die Theorie strotzte zwar nur so von Spekulationen, aber dumm klang sie nicht. Es war die Art Wahrheit, die quasi direkt vor der Nase lag, aber die man trotzdem nicht erkannte. Und die Theorie würde eine Menge Dinge erklären.

»Vergiss es!«, wehrte Wyatt ab. »Haben Sie schon mal einen Artikel von Holloman gelesen?«

»Über hundert«, sagte Wellington.

»Dann wissen Sie, dass er ein liberaler Spinner ist. Der und ein CIA-Agent? Niemals!«

»Wussten Sie, dass die CIA im Nahen Osten Fake-News-Organisationen aufgebaut hat – zu Propagandazwecke?«, fragte Wellington. »Sie haben auch Millionen Dollar an Nachrichtensender im Nahen Osten gezahlt, damit sie hin und wieder ein paar positive Sachen über Amerika bringen. Die CIA investiert auf lange Sicht. Ich trau es denen zu, dass sie jemand wie Holloman ein oder zwei Jahre lang Artikel schreiben lassen, die sich kritisch über die USA und Saudi-Arabien äußern, um einen Fuß in die Tür zu kriegen.«

»War er verheiratet?«, fragte Wyatt.

»Ja. Seine Frau ist eine Muslima, die aus dem Libanon in die Vereinigten Staaten eingewandert ist.«

Wyatt kaute weiter an seiner Zigarre und dachte nach. Plötzlich stand er auf und begann, im Wohnmobil hin und her zu streifen.

»Das macht er immer, wenn er nachdenkt«, flüsterte Wellington Paige zu.

Wyatt sagte: »Ich finde, wir sollten die Dame mal besuchen. Sie wird wissen, ob er ein Spion war.«

Wellington, der Paige gegenüber am Tisch saß, schüttelte leicht den Kopf, als wolle er Paige signalisieren, dass Ehepartner selten wussten, ob ihre andere Hälfte für die CIA arbeitete. Laut sagte er nichts.

»Gut«, sagte Wyatt. »Damit haben wir einen Plan. Darauf muss ich eine rauchen.«

Er trat nach draußen und zündete die Zigarre an. Einige Minuten später kam er schon wieder zurück, die brennende Zigarre noch im Mund.

»Wo arbeiten Sie jetzt?«, fragte er Paige.

»Ich bin dabei, meine eigene Firma zu gründen.«

»Das ist keine gute Idee. Es ist nicht leicht, in dieser Gegend Kunden zu kriegen, vor allem solche, die zahlen. Und zweitens haben Sie noch nie in einer Privatfirma gearbeitet. Die Lernkurve wird ziemlich steil sein. Sie sollten bei mir einsteigen.«

»Danke, aber ich bin ziemlich gut.«

»Wellington, wie viel verdienen Sie?«

»Äh ... um die 60 Riesen.«

»Das ist mein Angebot, Paige. Ich zahle Ihnen 60 000, sorge für Ihre Berufshaftpflicht- und Krankenversicherung und Sie können nächste Woche Montag anfangen.«

»Also, wie gesagt, ich baue lieber meine eigene Firma auf.«

»Also gut, plus 5 000 Dollar Antrittsgeld. Und ich bringe Ihnen bei, wie man ein richtiger Prozessanwalt wird.«

»Was verstehen Sie nicht an dem Wort *Nein*?«

»Das Wort *Nein* gibt es für mich nicht«, sagte Wyatt. Er grinste, die Zigarre immer noch zwischen den Zähnen. »Und genau deshalb werden wir dieses Ding gewinnen.«

Kapitel 35

Am nächsten Montag wachte Paige früh auf, machte sich einen Kaffee und stellte ihre Liste zusammen. Heute war der offizielle Start der *Chambers Law Firm*. Sie hatte bereits das Briefpapier bestellt, sich ein flottes Logo ausgesucht und eine Website zusammengestellt, die allen Bemühungen, Paiges begrenzte Erfahrung aufzuplustern, zum Trotz immer noch peinlich nichtssagend aussah. Heute musste sie ein Anderkonto* und ein Betriebskonto eröffnen, die Buchhaltungssoftware einrichten und die Website freischalten, dann wäre sie ihre eigene Firmenchefin.

Sie war ein klein wenig stolz auf sich. So machte man das in Amerika. Gut, sie hatte erst einen einzigen Kunden und über das Honorar hatten sie noch gar nicht gesprochen, aber irgendwo musste sie ja anfangen. Große Träume, hohe Risiken und die Freiheit, sein eigener Chef zu sein. Sie konnte es immer noch nicht glauben, was sie da machte.

Als sie den Kaffee ausgetrunken hatte, schlüpfte sie in ihre Sportkleidung und ging für ihr Morgenjogging nach draußen. Der Boden war noch nass von den Gewittern der Nacht und die Luft war kühl. Die ersten 800 Meter bibberte sie etwas, doch etwa gute 2 Kilometer von ihrem Haus entfernt, als die Uferstegpromenade in Sicht kam, wurde ihr endlich wärmer. Sie bog nach rechts ab, wo sie eine steife Brise vor der Nase hatte. Die Meeresluft befreite ihren Kopf von allen Sorgen, Ängsten und Nöten. Sie nickte den Spaziergängern und anderen Joggern zu, denen sie begegnete, und schielte zu den Surfern in ihren nass glänzenden

* Eine spezielle Form eines Treuhandkontos. Sie dient Notaren und Anwälten, um etwa Hausverkäufe sicher abzuwickeln.

Anzügen hin. Sie passierte Hotels, Restaurants und Eigentumswohnungsblocks zu ihrer Rechten. In wenigen Monaten würde die Uferpromenade vor Menschen wimmeln, aber heute gab es nur Paige und die anderen Einheimischen. Ihre private Strandpromenade, fast in ihrem Hinterhof.

Es war eine gute Joggingrunde, eine der ersten in den letzten dreißig Tagen. Die emotionale Achterbahn und die schlaflosen Nächte nach Patricks Tod hatten sie so erschöpft, dass sie den nötigen Ausgleichssport hatte sein lassen – was ihre Kräfte noch weiter schrumpfen ließ. Aber an diesem Morgen legte sie die letzten 800 Meter praktisch im Sprint zurück. Als sie den Parkplatz vor ihrer Eigentumswohnung erreichte, beugte sie sich nach vorne, die Hände auf den Knien, und sog tief die Luft ein. Sie ging eine Runde um den Parkplatz herum, um zu verschnaufen.

Zurück in ihrer Wohnung, noch ganz verschwitzt von dem Rennen, schaute Paige auf ihr Handy. Zwei Anrufe in Abwesenheit von Kristen, dazu eine SMS mit der Bitte, zurückzurufen. Das konnte nichts Gutes bedeuten. Paige spürte, wie der innere Druck schlagartig zurückkam.

Sie rief Kristen an. Die fragte: »Hast du schon die Nachrichten gesehen?«

»Nein, ich war draußen joggen.«

»Könntest du rüberkommen?« Kristens Stimme klang brüchig, als habe sie geweint.

»Klar doch.«

»Diese Frau, die behauptet hat, Troy habe sie begrapscht, kommt heute ganz groß in den Nachrichten, und ...« Kristen verstummte.

Paige wartete. Sie wusste nicht recht, was sie sagen sollte.

»Ich ... ich kann bald nicht mehr.«

»Ich bin gleich da, muss mich nur eben umziehen.«

Paige trocknete sich mit einem Handtuch den Schweiß ab und zog eine Jeans und ein T-Shirt über. Ihr Haar band sie zu einem Pferdeschwanz zusammen. Das Make-up musste heute warten, ihre Freundin brauchte Hilfe.

Bevor sie zur Tür hinausging, schaltete sie kurz einen der großen Nachrichtensender ein. Der Moderator der Morgensendung interviewte gerade eine Frau namens Jordan Johnson, deren Spitzname JJ zu sein schien. Sie sah aus, als sei sie einer Make-up-Show entsprungen – knallrot geschminkte Lippen, jede Menge Lidschatten, durchgestyltes braunes Haar. Ihr Kleid endete keusch und züchtig gleich über den Knien, dafür waren die Absätze bestimmt acht Zentimeter hoch. An ihrer Halskette hing ein Kreuz, ihre Hände waren im Schoß gefaltet. Sie gab an, dass Troy Anderson sie in einer Bar sexuell belästigt hätte. Richtig begrapscht hätte er sie und Dinge gesagt, die man nicht öffentlich wiedergeben könne. Sie habe ihn mehrere Male aufgefordert, sie in Ruhe zu lassen, aber er habe weitergemacht. Sie redete, als ob sie jeden Augenblick einen Nervenzusammenbruch bekommen könnte, und Paige fragte sich, wie oft sie diese Geschichte an diesem Morgen schon in anderen Nachrichtenshows von sich gegeben hatte, in genau dem richtigen Ton, einer perfekten Mischung aus Schmerz und Wut.

Die Frau zögerte und der Moderator bat sie leise, fortzufahren.

»Schließlich kamen ein paar der anderen Männer in der Bar dazu und sagten ihm, er sollte mich in Ruhe lassen. Worauf dieser SEAL-Mann ihnen den Teufel an den Hals wünschte und anfing, sich gegen mich zu pressen. Und dann ging die Schlägerei los.«

Der Moderator räusperte sich. »Warum gehen Sie ausgerechnet jetzt mit Ihrer Geschichte an die Öffentlichkeit? Es wird Stimmen geben, die behaupten, dass dies nur ein Schachzug der politischen Anhänger der Präsidentin ist, um den Ruf eines Mannes, der für sein Land starb, in den Dreck zu ziehen.«

JJ sah beleidigt aus. Dann drehte sie sich der Kamera zu, wie eine erfahrene Schauspielerin, und sagte: »Niemand hat mich aufgefordert, an die Öffentlichkeit zu gehen. Aber ich glaube, dass unsere Präsidentin eine gute Frau ist. Und ich weiß, dass der Anwalt, der diese Klage gegen den Stabschef der Präsidentin eingereicht hat, derselbe Anwalt ist, der damals Troy Anderson verteidigte und tat, was er konnte, um meinen guten Ruf zu beschmutzen, bloß weil ich die Wahrheit gesagt hatte. Bevor unser ganzes Land über Präsidentin Hamilton zu Gericht sitzt, sollten die Leute wissen, was für ein Mann es ist, der diese Anschuldigungen erhebt.«

Paige hatte genug gehört. Sie schickte eine SMS an Kristen, dass sie gleich da wäre. Was hatte Wyatt Jackson da noch gesagt? Sie mussten wirklich einen Nerv getroffen haben. Denn das Team der Präsidentin zog alle Register, um sie zum Schweigen zu bringen.

Kapitel 36

In der Straße vor Kristens Haus und in der Auffahrt hatte sich bereits ein halbes Dutzend Reporter eingerichtet. Paige parkte direkt vor einem Übertragungswagen. Um zur Haustür zu gelangen, musste sie an mehreren Kameramännern vorbei. Sie würde schrecklich aussehen im Fernsehen. Die Reporter, die sie offenbar erkannten, begannen prompt, sie mit Fragen zu überhäufen. Paige, den Blick stur nach vorne gerichtet, würdigte sie noch nicht einmal eines »Kein Kommentar«. Sie hoffte, dass sie ihren stummen Marsch zur Haustür nicht im Fernsehen bringen würden.

Die Haustür war verschlossen. Paige drückte die Klingel. Kristen öffnete die Tür einen Spalt, lugte nach draußen und ließ Paige ein. Die beiden umarmten sich. Kristens Augen sahen geschwollen aus, unter ihnen waren dunkle Ringe.

»Wann gehen die wieder?«, fragte Kristen.

»Keine Ahnung.«

Die Jungen kamen herbeigerannt und Paige nahm sie kurz in die Arme. Der Fernseher lief nicht.

»Ich kann's nicht glauben, was die da über Troy sagt«, sagte Kristen. »Das ist doch alles erlogen. Der Staatsanwalt hätte nie und nimmer einem aufgeschobenen Urteil auf Bewährung zugestimmt, wenn er der Frau auch nur eine Minute lang geglaubt hätte.«

»Ich weiß«, sagte Paige. Sie zogen sich an den Küchentisch zurück, außer Hörweite der Jungen, und unterhielten sich, während Kristen ihre neuen SMS durchging; die Telefonanrufe ignorierte sie. Sie beschlossen schließlich, eine schriftliche Stellungnahme zu formulieren, die alle Behauptungen zurückwies. Paige fing gerade an zu schreiben, als Wyatt Kristens Handynummer anrief.

Kristen begann zu nicken und mit den Tränen zu kämpfen. Sie sagte, dass sie Wyatt verstehe. Dann fragte sie ihn, ob sie den Lautsprecher einschalten könne, damit Paige, die bei ihr war, mithören könne.

»Sind die Reporter draußen?«, fragte Wyatt. Seine Stimme war kratzig, er musste wohl einen Kater haben.

»Die Lokalsender halt«, sagte Paige.

»Gut. Das ist die perfekte Gelegenheit, ihnen zu sagen, wie *wir* die Geschichte sehen«, sagte Wyatt.

Paige merkte, wie sie sich verspannte. Sie wusste, was jetzt käme: Wie üblich würde Wyatt eine schlimme Situation noch schlimmer machen.

»Wir haben diese Frau in der Hand«, fuhr er fort. »Zwei Freunde von Troy waren bereit, auszusagen, dass sie die beiden in jener Nacht angebaggert hat. Sie ist zweimal geschieden. Und: Sie hat auch ein paar Marine-Jungs in einer Bar bei Little Creek verklagt. Auch diese Klage wurde abgewiesen. Ihre Facebook-Seite hat sie gesäubert, aber in meinen Akten hab ich die ursprüngliche Version, die wir der Presse zur Verfügung stellen können. Ich kann das ganze Zeug gleich an Kristen mailen, dann könnt ihr draußen vor ihrer Haustür direkt 'ne Pressekonferenz abhalten. Geht nach draußen und sagt den Reportern, dass ihr in einer Stunde oder so eine Stellungnahme abgeben werdet, damit sie nicht wieder wegfahren.«

Kristen schaute Paige an. Die schüttelte den Kopf, dann beugte sie sich über das Telefon und sagte: »Ich finde das keine gute Idee. Wenn wir diese Frau angreifen, gießen wir nur Benzin ins Feuer. Und ich kenne den Fall nicht gut genug, um Aussagen zu machen, die ich dann womöglich nicht belegen kann.«

»Ich geb euch alles, was ihr braucht«, antwortete Wyatt. »Wir müssen das JETZT an die Öffentlichkeit bringen. Wenn wir das nicht tun, wendet die Presse sich anderen Themen zu und es ist zu spät.«

»Genau das meine ich ja. Lassen wir die Presse sich ein anderes Opfer suchen! Die Leute werden diese Frau als eine Verrückte sehen, die einem gefallenen Kriegshelden ans Leder will.«

Aber Wyatt ließ nicht locker. »Kristen, verstehst du, was ich sage?«, fragte er, Paige ignorierend. »Sie versuchen, die Karte dieser Frau auszuspielen. Sie wollen mich als Frauenhasser darstellen, der den ersten weiblichen Präsidenten der USA stürzen will. Troy hat was Besseres verdient.«

Paige merkte, dass die Worte Kristen nachdenklich machten. Dieses Ekel Wyatt Jackson. Natürlich wollte Kristen am liebsten zurückschlagen. Wer hätte das an ihrer Stelle nicht gewollt? Aber Paige war erst seit zwei Wochen Freiberuflerin und sie würde keine Rufmordkampagnen gegen Frauen beginnen, die sich als Opfer sexueller Belästigungen darstellten. Noch nicht einmal Frauen wie JJ, obwohl Paige versucht war, hier eine Ausnahme zu machen. »Ich hab da ein ganz schlechtes Gefühl, Wyatt«, sagte sie. »Wenn wir das machen, spielen wir denen nur in die Hände.«

»Ich frage gerade Kristen«, sagte Wyatt. »Ich will wissen, was *sie* davon hält.«

Kristen starrte das Telefon an, dann sagte sie: »Ich ... weiß nicht. Ich meine, es klingt eigentlich richtig, aber wenn Paige Bedenken hat, sollten wir es vielleicht lieber sein lassen.«

Paige spürte ein Gefühl der Übelkeit in sich aufkommen. Sie war hierhergekommen, um Kristen zu trösten. Jetzt stand sie als die Böse da, die ihrer Freundin nicht helfen wollte. Aber das war doch der Grund, warum die Leute Rechtsanwälte brauchten. Die Klienten selbst ließen sich zu sehr von ihren Gefühlen mitreißen, um gute, objektive Entscheidungen zu treffen.

»Vielleicht können wir einfach eine Erklärung abgeben oder so was«, sagte Kristen. »Ich meine, irgendwas sollten wir schon tun.«

»Wir *müssen* hier reagieren«, sagte Wyatt. Paige hörte die Ungeduld in seiner Stimme. »Paige, wenn *Sie* nicht bereit sind, etwas zu sagen, dann mache ich's. Hatte halt gedacht, wenn so etwas von einer Frau käme, wäre das besser.«

»Es ist nicht so, dass ich nicht bereit bin«, sagte Paige. »Ich halte das einfach nur für keine gute Idee.«

»Da können wir uns jetzt den ganzen Tag drüber unterhalten, aber wir müssen etwas tun! Kristen, ist es okay, wenn ich an die Öffentlichkeit gehe und Troy verteidige?«

Kristen schaute zu Paige hin. Die zuckte die Achseln. Sie hatte genug gesagt, vielleicht sogar zu viel.

Kristen sagte: »Machen Sie das, Mr Jackson. Tun Sie, was Sie für nötig halten!«

Als das Telefongespräch beendet war, versuchte Paige, die Sache mit Kristen durchzusprechen. Kristen sagte mehrere Male, dass sie Paige nicht böse sei und sie vollkommen verstehe, aber sie machte einen enttäuschten Eindruck, als ob Wyatts Anruf ihr den Kampfgeist weggenommen hätte.

Paige überlegte es sich schließlich anders. Sie würde doch etwas sagen. Sie versuchte, Wyatt anzurufen, aber der nahm nicht ab. Darauf formulierten sie und Kristen ein paar Sätze, die gut klangen, und Paige lernte sie auswendig. Um 11:30 Uhr umarmte Paige Kristen kurz und ging dann nach draußen auf die Eingangsveranda.

Es waren nur noch drei Kamerateams da. Paige sagte, dass sie eine kurze Erklärung abgeben wolle, und die Reporter kamen zu ihr. Paige schluckte heftig und versuchte, so selbstbewusst auszusehen wie möglich.

»Wie Sie wissen, macht gerade eine Dame namens Jordan Johnson von sich reden, die Troy Anderson beschuldigt, sie vor einigen Jahren in einer Bar sexuell belästigt zu haben. Diese Behauptungen sind komplett aus der Luft gegriffen, weswegen damals der Staatsanwalt das Verfahren eingestellt hat. Mr Wyatt Jackson, der Troys Anwalt war, hatte mehrere Augenzeugen beigezogen. Die Staatsanwaltschaft konnte unter ihnen niemanden finden, der Ms Johnsons Darstellung der Ereignisse bestätigt hätte.«

Die Reporter begannen, sich Notizen zu machen. Paige leckte sich über die Lippen und fuhr fort: »Troy Anderson ist ein mehrfach dekorierter Kriegsheld, der sein Leben für die Verteidigung unseres Landes gab. Er starb, damit Menschen wie Ms Johnson Redefreiheit haben, auch wenn sie sie dazu missbrauchen, den guten Ruf ihrer Mitmenschen zu beflecken. Ich bin stolz darauf, Mr Andersons Familie zu vertreten, und möchte die Mitarbeiter der Presse ersuchen, ihre Privatsphäre zu respektieren, gerade in dieser Situation, in der sie versucht, den Alltag ohne Ehemann und Vater zu meistern.«

Als sie fertig war, stellten zwei Reporter Fragen. Paige verweigerte höflich die Antwort und wiederholte ihre Bitte, die Familie Anderson in Ruhe zu lassen. Sie ging zurück ins Haus und atmete tief aus.

»Danke«, sagte Kristen. »Das war perfekt.«

* * *

Keiner der Nachrichtensender brachte Paiges Stellungnahme für die Familie Anderson. Das war auch nicht nötig, denn es gab eine viel deftigere Erklärung durch Wyatt Jackson auf der Freitreppe vor dem Bundesgericht, kurz nachdem er dort »ein wichtiges juristisches Dokument« abgeliefert hatte.

»Dies ist nicht das erste Mal, dass diese Frau Gerüchte über angebliche sexuelle Belästigungen verbreitet«, erklärte er nonchalant, »und es wird auch nicht das letzte Mal gewesen sein. Ich sage nicht, dass das politische Team der Präsidentin sie dazu angestiftet hat, aber das Timing ist schon arg verdächtig. Das Einzige, was ich an diesem Fall bedaure, ist, dass wir ihn damals nicht vor Gericht durchgezogen haben. Ich hatte jede Menge Zeugen, Ms Johnson keinen einzigen. Wir hätten diesen Prozess gewonnen, doch selbst dann hätten die Anschuldigungen Troys Karriere als SEAL beschädigt – und er wollte doch so gerne seinem Land dienen.«

Wyatt Jackson schüttelte seinen Kopf, als könne er nicht begreifen, wie tief die Menschen in diesen schlimmen Zeiten sinken konnten.

»Was für Beweise haben Sie, dass die Anhänger der Präsidentin Ms Johnson zu dieser Sache angestiftet haben?«, fragte ein Reporter. »Sie hat doch behauptet, dass sie aus freien Stücken an die Öffentlichkeit gegangen ist.«

Wyatt lächelte, als sei dies die dümmste Frage, die er je gehört hatte. »Lassen Sie mich nur dieses sagen. Manchmal sehen Sie ein kleines Tier, das durch Ihren dunklen Keller rennt. Sie wissen nicht genau, was es ist, aber Sie haben so einen buschigen kleinen Schwanz gesehen. Dann war es sehr wahrscheinlich ein Eichhörnchen. Aber manchmal sehen Sie ein fieses kleines Tier, das durch Ihren Keller rennt und das einen Schwanz hat, der lang und eklig aussieht. Sie brauchen keine DNA-Analyse, um zu wissen, dass das Viech eine Ratte ist. Längst widerlegte Anschuldigungen gegen einen Mann aufzuwärmen, der vor einem Monat sein Leben für sein Land gegeben hat – das ist eklig! Wenn das nicht eine Ratte ist, dann heiße ich Oskar.«

Kapitel 37

Am Dienstagmorgen beantragten die Rechtsanwälte von Philip Kilpatrick und John Marcano die Abweisung der Klage wegen widerrechtlicher Tötung mit einem langen Gutachten, welches darlegte, dass die Klage nicht berechtigt sei. Beide forderten Sanktionen gegen Wyatt Jackson und Paige Chambers wegen Einreichung dieser unseriösen Klage. Paige erfuhr von den Anträgen per E-Mail, durch das elektronische Archiv des Gerichts. Sie saß an ihrem Küchentisch, ging die Dokumente durch und wurde mit jeder Minute pessimistischer. Wie erwartet, stützten die Beklagten sich in erheblichem Maße auf die *Feres*-Doktrin sowie die Ablehnung der Klage der Militärangehörigen, die als LSD-Versuchskaninchen hatten dienen müssen, durch den Obersten Gerichtshof. Die Anwälte der Verteidigung verwarfen die Vorstellung, dass der Fall *Anderson* anders lag, nur weil Troy Anderson für den CIA tätig gewesen war:

> Ob Mr Anderson, ein langjähriges Mitglied von SEAL-Team 6, formal von der CIA zu diesem Einsatz abgeordnet war, ist ohne Belang. Sein Teamleiter war Patrick Quillen, ebenfalls ein Marine-SEAL. Mr Quillen unterstand dem Kommandanten des SEAL-Teams 6, der seinerseits dem befehlshabenden Offizier des Joint Special Operations Command unterstand. Alle diese Männer waren Angehörige des Militärs. Darüber hinaus ist – wie vom Obersten Gerichtshof im Fall *Stanley* festgestellt – die Frage nicht, ob der Kläger formal für das Militär arbeitet, sondern ob der Fall »mit dem militärischen Dienst verbunden« ist.

Die Gutachten behaupteten auch, dass der Fall Staatsgeheimnisse gefährdete, obwohl sie diesen Punkt herunterspielten. Sie waren gut geschrieben, von Anwälten zwei der größten Kanzleien im Lande, und zeigten Paige, wie hoch der Berg war, der da vor ihnen lag. Zum ersten Mal dachte sie auch darüber nach, was dieser Prozess sie persönlich kosten konnte. Wenn ein Bundesrichter Amok lief und Sanktionen anordnete, konnten sie und Wyatt zu Geldstrafen von Zehntausenden Dollar verurteilt werden. Es war üblich, dass Rechtsanwälte forderten, dass die Sanktionen auch die Honorare abdeckten, die sie für ihre Gutachten in Rechnung gestellt hatten. Allein diese beiden Gutachten würden bei den Honorarsätzen der Kanzleien gut und gerne je 20 000 Dollar kosten. Woher so viel Geld nehmen und nicht stehlen?

Nachdem sie genügend gegrübelt hatte, rief sie Wellington an. Der fragte sie, ob sie sich heute irgendwann treffen könnten, um ihre Antwort zu formulieren. Er teilte Paige auch mit, dass das Gericht eine erste Verhandlung auf Freitag, den 25. Mai, angesetzt hatte, den Tag vor dem *Memorial-Day*-Wochenende, an dem man der im Krieg Gefallenen gedachte.

»Was denkt Wyatt über diese Gutachten?«, fragte Paige.

»Er hält sie beide für völligen Blödsinn«, erwiderte Wellington. »Für ihn läuft das genauso ab wie erwartet. Er hatte vorhergesagt, dass die Anwälte der Verteidigung das mit den Staatsgeheimnissen nicht forcieren würden, weil das so aussehen würde, als ob sie sich hinter dem Fünften Zusatzartikel* zur US-Verfassung versteckten, und es zudem die Präsidentin in ein schlechtes Licht gestellt hätte. Und siehe da, er hat recht gehabt; sie haben auf die Sache mit der nationalen Sicherheit nur ein paar Seiten verwandt.«

»Hat Wyatt je den Eindruck gehabt, dass er einen Fall verlieren würde?«, fragte Paige.

Wellington dachte eine ganze Weile nach, dann antwortete er: »Nicht seit ich für ihn arbeite.«

---

* Der Fünfte Zusatzartikel der US-Verfassung stellt verschiedene Rechte eines Angeklagten sicher, unter anderem das Recht, nicht gegen sich selbst aussagen zu müssen.

★ ★ ★

Najran, Saudi-Arabien

Brandon Lawrence konnte nicht mehr in den Badezimmerspiegel schauen, wenn er nicht etwas sagte. In den vergangenen sechs Monaten hatten zwei seiner *Hellfire*-Raketen Häuser eingeäschert, in denen sich – wie die CIA später erfuhr – nur Zivilisten aufgehalten hatte. Eine hatte unter anderem eine 23-jährige schwangere Mutter getötet, eine andere drei Kinder unter zehn Jahren. *Kollateralschaden* nannte man so etwas. Für Brandon war es ein Versagen der CIA, die ihren Job nicht gemacht hatte. Die CIA-Leute waren so damit beschäftigt, Menschen mit Drohnen zu töten, dass sie nicht mehr wussten, wo die Anführer des Feindes sich gerade aufhielten.

Als Brandon in die US Air Force eingetreten war, war ihm das als der perfekte Job erschienen. Er hatte zwar nie gelernt, ein richtiges Flugzeug zu fliegen, aber dafür war er einer der besten Drohnenpiloten weit und breit geworden. Jetzt machte sie sich bezahlt – seine Erfahrung mit Computerspielen. Er war geduldig und hatte nichts dagegen, stundenlang zu beobachten, wie die Drohnen über den Jemen flogen und nach Indizien für die Aktivitäten der Führer der Huthi-Rebellen suchten.

Aber er war nicht in die Air Force eingetreten, um für die CIA zu arbeiten. Die Sache hatte unter Präsident Obama begonnen und unter Präsidentin Hamilton Fahrt aufgenommen. Inzwischen unterstanden die meisten Drohneneinsätze zur Sammlung von Informationen und zur Vernichtung von feindlichen Befehlshabern CIA-Agenten. Brandon hatte die Erfahrung gemacht, dass diese Agenten anspruchsvoll, hochmütig und geheimnistuerisch waren. Sie behandelten ihn wie einen dummen Jungen, dem man keine sensiblen Informationen anvertrauen konnte.

All das war schlimm genug, aber was ihn schließlich dazu brachte, etwas zu tun, war das Doppelspiel der CIA. Keine 24 Stunden nachdem die SEALs in Sana'a gefallen waren, waren zwei CIA-Agenten mit einer Anweisung an Brandon herangetreten. Etwa drei Wochen vor der SEAL-Mission hatte ein anderer Drohnenpilot einen erfolgreichen Einsatz gegen mehrere Huthi-Kommandanten durchgeführt, die sich am Stadtrand von Aden versteckt hatten. Brandon und zwei weitere Piloten hatten das

Haus zwei Tage lang beobachtet, um die Identität der Huthis zu verifizieren. Die Agenten erklärten, dass es zu einer Untersuchung dieses Einsatzes kommen könne. Aus Gründen der nationalen Sicherheit sollte Brandon jedem, der ihn fragte, sagen, dass sie das Haus fast einen Monat lang beobachtet hatten. Das Ganze sei etwas kompliziert, aber wenn man nicht so vorging, würde das mehrere CIA-Quellen im Jemen gefährden. Die Anweisung kam vom Direktor der CIA persönlich, der direkt mit der Präsidentin gesprochen hatte.

Brandon hatte Ja gesagt. Es war nicht sein Job, Fragen zu stellen. Es hatte bis jetzt keine Untersuchung gegeben, aber die Anweisung bereitete Brandon immer mehr Bauchschmerzen. Er hatte mit den anderen Piloten, die an der zweitägigen Überwachung beteiligt gewesen waren, gesprochen, und sie hatten bestätigt, dass sie dieselbe Anweisung bekommen hatten.

»Das ist nichts Besonderes«, sagte einer von ihnen. »So läuft das in der CIA. Die erste Priorität ist immer, keine Agenten zu gefährden.«

Brandon wusste nicht, wie das alles zusammenhing, aber er fühlte sich verunsichert. Wenn es doch noch zu einer Untersuchung käme, müsste er womöglich quasi als Amtsperson Auskünfte geben. Wer würde solch eine Untersuchung leiten? Und was würde geschehen, wenn er, Brandon, log?

Je mehr er darüber nachdachte, umso größer wurden seine Bedenken. Sein Alkoholkonsum, der schon immer ein Problem gewesen war, stieg. Er konnte nicht mehr schlafen. Er ging zum Arzt, der ihm ein Antidepressivum verschrieb.

Als er von der Klage gegen den CIA-Direktor erfuhr, schöpfte er Hoffnung. Was, wenn er die Klageanwälte anonym anrief und ihnen einen Tipp gab? Dann würden – wenn er je wegen einer Vertuschungsaffäre Probleme bekam – diese Anwälte bestätigen, dass er die Machenschaften der CIA aufgedeckt hatte. Es war nicht perfekt, aber in dieser Situation erschien es als das einzig Richtige. Es war eines, zu einer Tötungsmaschinerie zu gehören, der nur zu oft Zivilisten zum Opfer fielen – dergleichen war vielleicht unvermeidlich. Aber es war etwas anderes, Behörden und Richter anzulügen. Er hatte im Geschichtsunterricht gut genug aufgepasst, um zu wissen, dass das Vertuschen meist schlimmer war als das Vergehen selbst.

Die Telefonnummern der Anwälte standen in der Klageschrift. An einem seiner freien Tage erstand er in der Stadt Najran ein Wegwerf-Handy, das man nach Aufbrauchen der fest eingebauten Karte entsorgte. Während er durch die Straßen schlenderte, rief er die Nummer von Wyatt Jackson an. Doch Pech gehabt, der Mann nahm nicht ab und der Anrufbeantworter war voll. Bevor er es sich anders überlegte, wählte er die Nummer von Paige Chambers.

★ ★ ★

Virginia Beach, Virginia

Sie war groggy – der nächste Anruf mitten in der Nacht. Auf dem Display stand: *Unbekannter Anrufer.*

»Hallo.«

»Spreche ich mit Paige Chambers, der Anwältin, die Kristen Anderson vertritt?«

»Ja. Und wer sind Sie?«

»Das kann ich nicht sagen. Aber Sie müssen etwas wissen, das für Ihren Prozess hilfreich sein könnte.«

Der Mann klang jung und verängstigt. Er war definitiv Amerikaner, aber den Akzent konnte Paige nicht einordnen.

»Ich höre.«

»Die CIA weist ihre Drohnenpiloten an, falsche Angaben dazu zu machen, wie lange diese ihre Ziele tatsächlich beobachtet haben«, sagte der Mann. »Das Ganze ist eine Riesenschweinerei. Zivilisten sterben und die CIA verschleiert und vertuscht es.«

»Woher wissen Sie das?«

»Das kann ich nicht sagen.«

»Sind Sie von der CIA?«

»Das kann ich nicht sagen.«

»Ich brauche genauere Informationen. Ich kann dem Gericht nicht einfach sagen, dass ein Unbekannter mich in der Nacht angerufen hat.«

Schweigen.

Der Anrufer schien nachzudenken. Es dauerte, dann sagte er schließlich und seine Stimme zitterte dabei: »Es gab einen Drohnenangriff am

11. März, bei dem drei Huthi-Führer getötet wurden. Das ist der Angriff, um den es geht.«

Paige war jetzt hellwach. Sie musste diesen Mann am Telefon halten!

»Warum erzählen Sie mir das?«

»Weil die CIA lügen wird, um es zu vertuschen.«

»Um was zu vertuschen?«

»Das ist alles, was ich ...« Die Stimme brach ab.

»Wie kann ich Sie kontaktieren?«, fragte Paige.

»Ich rufe wieder an, sobald ich mehr Informationen habe.«

»Warten Sie! Ich muss ...«

Der Mann legte auf. Durch Paiges Kopf rasten die Fragen. Sie ging an ihren Computer und suchte im Internet nach Informationen über den Drohnenangriff, den der Anrufer erwähnt hatte. Sie fand mehrere Artikel über einen angeblichen Bombenangriff am 11. März, der angeblich auf das Konto der jemenitischen Koalitionsstreitkräfte ging. Wahrscheinlich war es ein Drohnengriff gewesen, vielleicht der, von dem der Anrufer gesprochen hatte. Irgendwie passte er in das Gesamtbild. Schließlich hatte auch der *Patriot* gesagt, dass die Liquidierung von Yazeed Abdul Hamid, die ebenfalls laut offiziellen Quellen auf das Konto der jemenitischen Koalitionsregierung ging, in Wirklichkeit das Werk amerikanischer Spezialeinheiten war.

Der Drohnenangriff war zwei Wochen vor der Verhaftung von Cameron Holloman erfolgt. Vielleicht hatte Wellington Farnsworth doch recht; vielleicht hatte Holloman tatsächlich für den CIA gearbeitet. Vielleicht hatte er die Informationen besorgt, die zur Liquidierung dieser Huthi-Oberen führten. Was bedeuten würde, dass die Huthis Holloman zu Recht als Spion verhaftet hatten. Und es würde auch erklären, warum die CIA bei den Angaben über die Dauer der Überwachung bestimmter Ziele log. Man wollte nicht, dass eine Verbindung zu Holloman hergestellt wurde.

Den Rest der Nacht verbrachte Paige damit, weiter nach Informationen zu suchen. Aber als die ersten Sonnenstrahlen in ihre Wohnung drangen, hatte sie immer noch mehr Fragen als Antworten. War dieser Anruf am Ende vom *Patrioten* gekommen, nur ohne die Verfremdung der Stimme? Oder war es nur ein armer Irrer gewesen, der etwas gegen die CIA hatte?

Sie kam sich vor, als ob sie in einem Spiel, in dem es um alles ging, im Dunkeln umhertappte, während alle anderen Spieler Nachtsichtbrillen trugen.

Kapitel 38

In den zehn Tagen vor dem Gerichtstermin stellten Paige und Wellington eine ganze Sammlung von Präzedenzfällen zusammen, damit Wyatt sie studieren konnte. Paige fand, dass es gut wäre, wenn sie das Plädoyer einübten, wie man es in den Übungsdebatten im Jurastudium gemacht hatte. Doch für dergleichen schien Wyatt nichts übrigzuhaben.

»Liest er die Fälle überhaupt durch?«, fragte sie Wellington.

»Bis jetzt wahrscheinlich noch nicht. Aber keine Bange, bis zum Morgen des 25. wird er sie alle intus haben.«

Der Start von Paiges Firma verlief nicht gerade explosiv. Sie hatte ihren Namen auf die gerichtliche Kanzleiliste setzen können und in der zweiten Woche der Selbstständigkeit exakt einen Kunden gewonnen, der Berufung gegen seine fünfte Verurteilung wegen Alkohol am Steuer einlegen wollte, bei der er zehn Jahre bekommen hatte. Paige sollte ein Schlupfloch für ihn finden. Für ihre Mühen würde sie 500 Dollar bekommen. Mehrere Freunde hatten Paige mit der Aufsetzung ihres Testamentes betraut. Ein anderer hatte Paige für einen medizinischen Kunstfehlerprozess engagieren wollen, aber Paige hatte keinen Schimmer, wie sie das Ding angehen sollte. All dies gab ihr jede Menge Zeit, sich auf ihren einen großen Fall zu konzentrieren: *Die Familie von Troy Anderson vs. Philip Kilpatrick und John Marcano.*

Drei Tage vor dem Gerichtstermin verbrachte Paige den Morgen in Kristens Haus. Sie warteten auf einen wichtigen Besucher vom Joint Special Operations Command. Er hieß Daniel Reese und war der Stabschef von Admiral Towers, dem früheren Kommandanten des JSOC. Reese war selbst ein ehemaliger Marine-SEAL und zur Zeit der Grundausbildung von Patrick und Troy einer der Ausbildungsoffiziere gewesen. Kristen wusste nicht, warum er kam, nahm aber an, dass es etwas Gutes sein musste. »Für was Schlimmes schicken sie nie die hohen Tiere.«

Paige kam eine Viertelstunde eher an, weil sie gehört hatte, dass diese Marine-Leute immer pünktlich waren. Sie spielte etwas mit den Jungen und beantwortete Kristens Fragen über den Prozess. Kristen war nervös vor diesem Treffen mit Daniel Reese, den Troy und Patrick zutiefst bewundert hatten.

Commander Daniel Reese kam auf die Minute pünktlich. Er war in Paradeuniform und das Erste, was Paige auffiel, war, wie jung er aussah. Er war hochgewachsen und stattlich, mit vielen bunten Bändern auf der Brust. Er umarmte Kristen höflich, sagte ihr, wie schön es sei, sie zu besuchen, und schüttelte Paige fest die Hand. Kristen stellte ihm Paige als Patricks Freundin vor. Reese kondolierte den beiden Frauen. Als er die Jungen sah, die ein paar Schritte hinter Kristen standen, ging er zu ihnen und kniete sich vor ihnen auf den Boden. Die beiden Kleinen erstarrten vor Ehrfurcht.

»Dies ist Commander Reese, ein guter Freund von Papa«, erklärte Kristen.

Reese nickte. »Euer Papa war ein toller Mann.« Er schaute von einem Jungen zum anderen. »Einer der tapfersten Männer, die ich je gekannt habe. Ich bin sehr froh, dass er mein Freund war.«

Kristen wies die Jungen an: »Bedankt euch bei Commander Reese und dann geht zurück in euer Zimmer. Ich muss mich ein paar Minuten mit ihm unterhalten.«

Die Jungen sagten Danke und Caleb betastete schüchtern die Messingknöpfe und Orden an Reeses Brust. Tiny wollte nicht zurückstehen und auch er bekam ein paar Streicheleinheiten von Reese, während derer der Hund über sein Gesicht leckte. Der Mann hatte kaum mehr als zwei Worte zu ihr gesagt, aber Paige fühlte sich bereits wohl in seiner Nähe.

Sie setzten sich an den Esstisch und Reese kam zur Sache. »Da Troy und die anderen zur Zeit ihres Todes sowohl für das Joint Special Operations Command als auch die CIA tätig waren, haben wir bei der Pensionsbehörde einen Antrag auf ein zusätzliches Sterbegeld gestellt, wie es typischerweise CIA-Familien gezahlt wird. Anfang dieser Woche haben wir erfahren, dass dem Antrag stattgegeben wurde, und ich möchte das Geld persönlich überreichen.«

Er schob Kristen einen Umschlag zu. »Kristen, ich weiß, dass Geld niemals ein Ersatz für Troy sein kann oder auch nur ein Trost, aber ich wollte einfach zum Ausdruck bringen, wie sehr wir diese Männer vermissen und was für ein Held Ihr Mann war.«

Kristen fuhr sich mit dem Handrücken über ein Auge und blinzelte die Tränen zurück. »Ohne Sie hätte er es nie geschafft bei den SEALs«, sagte sie.

»Das ist nicht wahr. Troy hätte niemals aufgegeben, egal bei welchem Ausbilder. Ich glaube, er hat sein ganzes Leben lang nie aufgegeben.«

»Danke«, sagte Kristen. Sie nahm den Umschlag in die Hand. »Ehrlich gesagt, mir ist nicht ganz wohl dabei, wenn ich dieses Geld annehme. Es fühlt sich ein bisschen wie eine Abfindung für Troys Tod an.«

Commander Reese versicherte Kristen, dass dem nicht so sei. Es handele sich um ein kleines Zeichen der Anerkennung und Dankbarkeit durch die Nation. Dann teilte er Paige mit, dass Patricks Großvater ein ähnliches Sterbegeld erhalten würde. Paige antwortete, dass niemand dieses Geld mehr verdiene. Im Rahmen von Wellingtons Recherchen zur Vorbereitung des Prozesses hatte sie gewusst, dass dieses Geld wahrscheinlich käme, aber es war nett, dass Reese es persönlich überreichte.

Reese fuhr fort: »Ich schätze es sehr, was Sie da für Kristen in diesem Prozess tun. Sie haben einen exzellenten Ruf als Anwältin und ich weiß: Wenn Q Sie als seine Freundin wählte, müssen Sie zu dem obersten Prozent der Frauen in der Welt gehören. Q war als der wählerischste Mann im ganzen SEAL-Team bekannt.«

Paige errötete etwas. Woher wusste Commander Reese, dass sie zu Kristens Anwaltsteam gehörte? »Äh ... danke.«

»Ich habe das hundert Prozent als Kompliment gemeint. Q war einer der Allerbesten.«

Nachdem sie sich ein paar Minuten unterhalten hatten, fragte Kristen Reese, ob sie ihm etwas zu trinken anbieten könne. Zu Paiges Überraschung nahm er das Angebot an. Die drei nippten an ihrem Eistee, während sie sich weiter unterhielten. Das Gespräch wandte sich dem Jurastudium zu.

»Eigentlich wollte ich auch Jura studieren«, sagte Reese. »Aber für die richtig guten Unis war ich nicht gut genug und es zeigte sich, dass man, um ein SEAL zu werden, nur so störrisch wie ein Esel zu sein brauchte. So bin ich in den Spezialeinheiten gelandet und jetzt bin ich Stabschef von Admiral Towers, dem früheren befehlshabenden Offizier der JSOC, der zurzeit im Pentagon Bleistifte zählen darf.«

Paige hatte von der Degradierung von Admiral Towers gehört. Unter den einfachen Soldaten hatte das seinen Heldenstatus nur noch erhöht.

»Ihr Chef ist ein guter Mann«, sagte Kristen. »Jede SEAL-Familie, die ich kenne, findet, dass er schlecht behandelt wurde.«

Als sie ihren Eistee fertig getrunken hatten, dankte Reese Kristen nochmals. Dann fragte er: »Kann ich Ihnen etwas sagen, das unter uns bleiben sollte?«

»Ja, sicher«, erwiderte Kristen.

»Ich hoffe, dass das Gericht Ihre Klage nicht abweist. Es gibt bei uns viele, die gerne wissen würden, was wirklich passiert ist in jener Nacht. Wenn ich Ihnen mit irgendetwas helfen kann, das nicht gerade Staatsgeheimnisse betrifft, geben Sie mir bitte Bescheid.«

Sie tauschten ihre Telefonnummern aus und Kristen sagte Reese noch einmal, wie dankbar sie für alles sei, was er für Troy getan hatte.

»Sie haben beide mein allergrößtes Beileid«, sagte Resse. Bevor er ging, ging er noch einmal in das Zimmer der Jungen, um auch ihnen Auf Wiedersehen zu sagen.

★ ★ ★

Washington, D. C.

Dieses Mal gab es keine Parkbank; Marcano hatte auf ein privates Besprechungszimmer im Westflügel des Weißen Hauses bestanden. Für Kilpatrick bedeutete dies, dass der CIA-Direktor diesmal das Gespräch nicht heimlich aufnehmen würde, sondern sichergehen wollte, dass er alles, was er gleich sagte, jederzeit dementieren könne. Sie hatten bereits ein gegenseitiges Verteidigungsabkommen geschlossen, was bedeutete, dass ihre Gespräche geheim bleiben konnten, selbst wenn es zum Prozess kam.

Kilpatrick begann mit einer Neuigkeit: »Die Präsidentin hat sich bei der Verteidigung von der Linie *Staatsgeheimnisse* verabschiedet«, sagte er. »Aber nur, wenn Ihr Anwalt den Kopf hinhält. Sie möchte, dass Sie bei der Verhandlung am Freitag eine schriftliche eidesstattliche Erklärung einbringen. Sie möchte, dass Pierce nur mit der *Feres*-Doktrin argumentiert. Ihr Mann kann dann mit diesem Thema kommen.«

»Sehr mutig von ihr.« Marcano verzog keine Miene. »Ich werde bis zu Ihrem letzten Blutstropfen kämpfen.«

»Sie muss sich in zweieinhalb Jahren zur Wiederwahl stellen. Und Sie sollten hoffen und beten, dass sie gewinnt, damit die Öffentlichkeit vier weitere Jahre hat, um diese Scheiße zu vergessen. Sie brauchen keine Wählerstimmen, John, aber die Präsidentin braucht sie. Sie kann es sich nicht leisten, sich hinter Staatsgeheimnissen zu verstecken.«

»Okay«, sagte Marcano. »Aber wenn es uns gelingt, die Klage abzuweisen, bräuchte ich Ihre Hilfe, um ein paar Probleme zu klären.«

»Ich mag keine Probleme. Um was geht es?«

»Saleet Zafar muss auf die Liste.«

Kilpatrick wusste, was Marcano meinte: die Abschussliste der Präsidentin. Und es wäre eine harte Nuss, denn die Präsidentin mochte es gar nicht, muslimische Geistliche auf die Liste zu setzen, wenn sie nicht gerade mit den Operationen des IS zu tun hatten.

»Ich werde sehen, was ich machen kann.«

Kapitel 39

Virginia Beach, Virginia

Diesmal kam der Anruf am späten Vormittag. Paige erkannte die metallische Stimme sofort wieder. *Der Patriot.*

»Sind Sie vorbereitet auf die Verhandlung morgen?«, fragte er.

»Ja. Wir haben Wyatt Jackson zwei Wochen lang präpariert.«

»Die werden versuchen, Sie platt zu walzen«, sagte die Stimme. »Sorgen Sie dafür, dass Sie auf die *Staatsgeheimnis*-Doktrin vorbereitet sind. Deswegen wollte ich eigentlich nicht, dass Jackson die Klage einreicht. Am *Staatsgeheimnis*-Privileg werden Sie fast mit Sicherheit scheitern.«

Paige war diese Spielchen herzlich überdrüssig. Morgen würde die wichtigste Gerichtsverhandlung ihres Lebens stattfinden, sie brauchte mehr als Weltuntergangsvorhersagen. »Wer sind Sie eigentlich? Warum sollten wir Ihnen vertrauen?«

»Hab ich schon einmal falsch gelegen?«

Bevor Paige antworten konnte, hatte er aufgelegt. Sie rief sofort Wellington an und berichtete ihm von dem Anruf. Wellington fand, dass sie unbedingt Wyatt informieren sollten, und so war Paige bald das zweite Mal dabei, ihr Gespräch mit dem *Patrioten* zu beschreiben. Im Geiste sah sie Wyatt vor sich, wie er, die nächste Zigarre kauend, hin und her durch sein Wohnmobil tigerte.

»Also, hab ich das richtig verstanden?«, sagte er. »Wir kriegen einen anonymen Anruf von jemand, der vielleicht, vielleicht aber auch nicht, Insiderinformationen über die juristische Strategie der Verteidigung besitzt, und jetzt sollen wir alles fallen lassen und uns auf einen Aspekt konzentrieren, dem diese Verteidigung gerade mal zwei Seiten gewidmet hat?«

»Wir müssen nichts fallen lassen«, sagte Paige. »Ich will nur sichergehen, dass Sie die Präzedenzfälle zum *Staatsgeheimnis*-Privileg, die wir Ihnen geschickt haben, gelesen haben und auf das Thema vorbereitet sind.«

»Ich bin die letzten drei Tage in anderen Sachen im Gericht gewesen, und die *Feres*-Doktrin hat mich voll beschäftigt gehalten. Warum bereiten Sie sich nicht auf das *Staatsgeheimnis*-Privileg vor?

Wyatt sagte dies, als bestelle er eine Tasse Kaffee, aber Paige klopfte sofort das Herz bis zum Hals. »Ich?«

»Na ja, entweder Sie oder Wellington, und nichts für ungut, Wellington, aber da ist die Antwort klar.«

»Ich weiß nicht«, sagte Paige. »Die Verhandlung ist morgen.«

»Richtig. Sie haben fast 24 Stunden. Wir werden einen Star aus Ihnen machen.«

Paige hatte Lust, zu sagen: »Ich will aber kein Star sein.« Sie hasste es, wie Wyatt ihr da in letzter Minute diese Sache auf den Tisch knallte. Aber andererseits: Sie war eine Prozessanwältin, dafür hatte sie studiert. Und außerdem würde es nichts bringen, sich mit Wyatt zu streiten. Der war glatt imstande, morgen dem Richter zu sagen, dass die Kollegin Paige sich über das *Staatsgeheimnis*-Privileg auslassen würde, selbst wenn sie sich heute geweigert hatte.

»Wellington, können Sie rüberkommen und mir helfen?«, fragte Paige.

»Mache ich doch glatt.«

»Ich glaube immer noch nicht, dass die mit dem Argument kommen werden«, sagte Wyatt. »Die Präsidentin macht keine gute Figur, wenn sie sich unter solchen Umständen hinter dem Staatsgeheimnis versteckt. Aber wenn sie es doch bringen, können Sie sich der Sache annehmen und ich mache die *Feres*-Doktrin und die Widerlegung.«

»Und Sie sind ganz sicher, dass Sie nicht die Zeit haben, diese Fälle durchzugehen?«, fragte Paige.

»Absolut sicher.«

★ ★ ★

Die nächsten sechzehn Stunden verbrachte Paige in einem Zustand milder Panik, der irgendwann in totale Erschöpfung überging. Die erste halbe Stunde nachdem Wellington angekommen war, verbrachte sie damit, ihrer Wut auf Wyatt Jackson Luft zu machen. »Warum hat er sich diese Fälle nicht angesehen?« – »Was bringt es, wenn wir das alles für ihn recherchieren und er liest es gar nicht?« – »Der steht vor der größten Verhandlung seiner Karriere und hat sich nicht vorbereitet!«

Wellington versuchte, sie zu beruhigen. Er erklärte, dass dies Wyatts etwas unorthodoxe Art war, junge Partner einzuarbeiten. »Er weiß, dass Sie sich, wenn er Ihnen etwas einen Monat vor der Verhandlung auf den Schreibtisch legt, halb tot arbeiten würden. Und er geht davon aus, dass Sie mit diesen Präzedenzfällen bereits vertraut sind.«

Paige schüttelte den Kopf. »Es soll Leute geben, die nicht aus der Hüfte schießen, sondern sich lieber vorbereiten.«

»Er hat die gleiche Masche bei mir versucht, als ich in seine Firma eintrat«, sagte Wellington. Seine blassen Wangen wurden rot, als er ihr die Geschichte erzählte. »In der letzten Minute hat er mir was auf den Tisch geknallt, als eine Verhandlung anstand. Aber ich bin wie Sie – ich brauche viel Zeit zur Vorbereitung.«

»Und wie lief das dann?«

Wellington zögerte einen Augenblick, suchte nach den richtigen Worten. »Sagen wir mal so: Danach hat er gesagt, es ist besser, wenn ich das Schriftliche mache und er die mündlichen Plädoyers übernimmt.«

»Aber wenigstens hat bei Ihnen nicht die ganze Welt zugeschaut.«

Paige hatte die Präzedenzfälle bereits einmal durchgelesen. Jetzt, wo sie sie erneut durchging, merkte sie, wie wenige von ihnen ihre Argumentation stützten. So, wie es aussah, hatte jedes Mal, wenn die Exekutive behauptete, dass ein Fall Staatsgeheimnisse berührte, der Richter die Klage abgewiesen.

»Vielleicht hat Mr Jackson das Beste für sich reserviert und mir den Schrott gegeben«, meinte sie bitter.

Sicher würde Wellington ihr jetzt widersprechen und sagen, dass das *Staatsgeheimnis*-Privileg nicht zwangsläufig ein hoffnungsloser Fall war? Sie dachte: Komm, Wellington, lass dein juristisches Genie spielen ...

Aber stattdessen sagte er: »Das würde mich nicht überraschen.«

Um zwei Uhr morgens, als Wellington endlich wieder ging, hatte Paige das Gerüst für ihre Argumentation fertig. Es dauerte eine weitere Stunde, bis sie so weit zur Ruhe gekommen war, dass sie ans Schlafen denken konnte. Sie stellte ihren Wecker auf 6 Uhr. Neben dem Wecker – da, wo sie es hingelegt hatte – lag immer noch das Kästchen mit Patricks Verlobungsring. Sie musste an ihn denken und tat etwas, auf das er stolz gewesen wäre. Sie sprach ein Gebet, das von Herzen kam.

Das *Staatsgeheimnis*-Privileg war kompliziert und eines war absolut klar: Wenn sie morgen gewinnen wollten, brauchten sie ein kleines Wunder.

Kapitel 40

Am Freitagmorgen holte Paige Kristen ab und die beiden fuhren zusammen zum Gericht. Kristen war gesprächig und entspannt. Sie schien keinen Begriff davon zu haben, wie schwierig es sein würde, diesen Antrag durchzubekommen. Sie hatte vorgeschlagen, dass sie, Paige, Wyatt und Wellington sich *SEAL-Team 9* nennen sollten. Es gab ein SEAL-Team 8 und ein Team 10, aber aus irgendeinem Grunde hatte die Marine die 9 übersprungen. Es gab jede Menge Legenden über das fehlende SEAL-Team, also hatte Kristen jetzt beschlossen, dass sie ihre eigene Legende schaffen würden.

»ST-9, das sind wir.«

Paige lächelte nervös. So ähnlich wie sie jetzt musste Patrick sich gefühlt haben, wenn er mit Troy in einen Einsatz ging. Patricks Kumpel war immer für einen Witz gut, nahm das Leben so, wie es kam, und zerbrach sich nicht den Kopf über die Zukunft. Genau das tat Kristen gerade auch und es linderte Paiges Nervosität etwas.

Unterwegs rief Wellington an, um Paige zu informieren, dass sie als Richter Thea Solberg bekommen hatten, eine Immigrantin der ersten Generation aus Norwegen, die Professorin für Verfassungsrecht gewesen war, bevor Präsident Obama sie zur Richterin bestellte.

»Die war auf meiner Wunschliste ganz oben«, sagte Paige. »Aber zu viele Hoffnungen hab ich mir nicht gemacht, weil unsere Chancen, sie zu kriegen, gering waren.«

»Die Chancen standen eins zu drei«, sagte Wellington. »Aber die beiden anderen Richter haben wegen Befangenheit abgelehnt, weil sie Sanktionen gegen Wyatt verhängt hatten beziehungsweise er routinemäßig Befangenheitsanträge gegen sie gestellt hatte.«

»Na, wer hätte das gedacht?«, sagte Paige.

Die beiden Frauen kamen dreißig Minuten vor Beginn der Verhandlung am Gericht an und parkten in der Tiefgarage bei der *Norfolk Scope Arena*. Als sie um die Ecke in die *Granby Street* einbogen, an der das altmodische Gebäude des Bundesgerichtes lag, blieb Paige um ein Haar stehen. Die Straße war vollgestopft mit Übertragungswagen und Reportern jeder Couleur. Außerdem reichte die Schlange der Besucher, die Einlass begehrten, durch die Eingangstür bis auf die Eingangstreppe hinunter.

»Was anderes haben die heute wohl nicht zu tun«, kommentierte Kristen.

»Vielleicht sind sie wegen einem anderen Fall da«, meinte Paige.

Paige hatte schon ein großes Medieninteresse erwartet, aber kein so großes. Aber das hier war der Stoff, aus dem politische Krimis gemacht waren. Ein amtierender Präsident und mehrere Kabinettsmitglieder, die beschuldigt wurden, amerikanische Soldaten für politische Zwecke missbraucht zu haben. Zwanzig Soldaten der Spezialeinheiten niedergeschossen, ein hochrangiger Admiral plötzlich versetzt, Anschuldigungen, dass die CIA und der Stabschef der Präsidentin die Wahrheit vertuschten. Und im gleichen Jahr noch die Zwischenwahlen.

Aber es war nicht nur ein politisches Drama. In vielerlei Hinsicht standen bei dieser Klage auch die Kommandanten von SEAL-Team 6 sowie die Angehörigen der Gefallenen gegen eine Zivilregierung, die nicht immer das beste Verhältnis zu den Führern ihres Militärs gehabt hatte. Das hier war ein Hurrikan und Paige war dabei, in ihn hineingezogen zu werden.

Ohne langsamer zu werden, marschierten die beiden Frauen den Gehweg entlang zur Freitreppe vor dem Gerichtsgebäude. Einige der Kameramänner erkannten sie und wirbelten herum, um sie aufzunehmen. Reporter stürzten sich wie die Heuschrecken auf Paige und Kristen, schrien Fragen, hielten ihnen Mikrofone vor die Nase. Die beiden sagten kein Wort, sondern gingen stur weiter in der Hoffnung, dass das Medien-Meer sich vor ihnen teilen würde wie einst das Schilfmeer vor den Israeliten.

Es entstand Gedränge und Gerempel, als plötzlich aus der anderen Richtung eine Gruppe von Männern herbeikam. Die Menschenmasse vor Paige und Karen wurde unsanft auseinandergeschoben - von einer Reihe SEALs in Zivil. Paige erkannte die Männer wieder; sie hatte sie an jenem Abend in Kristens Haus getroffen. Sie bildeten ein schützendes Spalier um die beiden Frauen und brachten sie den Gehsteig entlang zu der wartenden Schlange vor der Sicherheitskontrolle. Sie hatten offenbar mit den Ordnern geredet, die Paige und Kristen an der Warteschlange vorbei direkt zu den Metalldetektoren gehen ließen. Die SEALs kamen gleich hinter ihnen. Sie dankten den Ordnern und bildeten wieder einen Schutzring um Paige und Kristen, als diese zum Lift gingen und dann weiter in den großen Gerichtssaal im zweiten Stock, wo Richterin Solberg heute den Vorsitz führte.

Paige dankte den Männern, die ihr verrieten, dass jede Menge weitere SEALs im Gerichtssaal saßen - »die ersten drei Reihen auf Ihrer Seite«. Sie hatten sich alle den Tag freigenommen, um ihre Solidarität zu bekunden.

»Wenn jemand unser Land angreifen will, wäre jetzt die Gelegenheit«, witzelte einer der Männer.

★ ★ ★

Die Anwälte der Verteidigung waren bereits da, als Paige den Saal betrat, genauso Wellington. Aber wo war Wyatt?

»Der kommt meistens kurz bevor der Richter sich setzt«, flüsterte Wellington ihr zu.

»Na, prima.«

Paige durchquerte den Mittelgang, um den gegnerischen Anwälten die Hand zu schütteln. Der erste stellte sich als Dylan Pierce vor, der Anwalt von Philip Kilpatrick. Paige hatte sich über den Mann erkundigt und wusste, dass man ihm nicht über den Weg trauen konnte. Er sah wie ein Hollywood-Anwalt aus - glattes, dunkles Haar, attraktives Gesicht, Maßanzug. Er hatte eine Spur von einem Stoppelbart, der ihm bei den Interviews nach der Verhandlung das nötige flotte Flair geben würde. Der andere Anwalt, Kyle Gates, war fast einen Kopf kleiner. Er hatte breite Schultern, ein kantiges Gesicht, tief liegende Augen und eine deutliche Narbe über der linken Augenbraue. Er hatte den Haarschnitt eines Soldaten und Paige wusste aus ihren Recherchen, dass er ein Green Beret* gewesen war, bevor er Jura studierte und schließlich einer der besten Prozessanwälte in einer der größten Kanzleien in Washington, D. C. wurde. Er war 40 Jahre alt.

Er schüttelte Paige die Hand und überreichte ihr eine eidesstattliche Erklärung. »Dies ist von meinem Klienten, Direktor Marcano«, sagte er. »Zur Stützung unserer Verteidigung mittels des *Staatsgeheimnis*-Privilegs.«

»Kommt das nicht ein bisschen spät?«, fragte Paige.

»Wir haben die Verteidigung in unserer Schrift vor einigen Wochen erhoben. Dies ist nur eine unterstützende Erklärung. Ich habe ebenfalls eine versiegelte, der Geheimhaltung unterliegende Erklärung abgegeben, die die Grundlage für unsere Verteidigung genauer erläutert.«

Paige musste an den Anruf des *Patrioten* denken. Kein Zweifel: Der Mann hatte Insider-Kenntnisse.

Sie sah, dass weder Kilpatrick noch Marcano erschienen waren. »Haben Ihre Klienten vor, der Verhandlung beizuwohnen?«, fragte sie.

»Sie sind gerade ziemlich beschäftigt«, antwortete Pierce.

Wie Wellington prophezeit hatte, kam Wyatt Jackson erst um 9:28 Uhr in den Gerichtssaal geschlendert. Er schüttelte den Anwälten der Verteidigung die Hand und nahm neben Paige Platz.

Die schob ihm die eidesstattliche Erklärung zu. »Haben Sie das hier gesehen?«, fragte sie.

Wyatt überflog das Dokument. »Wann haben die das eingereicht?«

»Heute Morgen.«

Er runzelte die Stirn. »Meistens bin lieber ich derjenige, der die Überraschungen bringt.«

Er stellte seine Aktentasche hinter sich ab und zog einen Notizblock mit ein paar handgeschriebenen Aufzeichnungen hervor. Paige hatte zwei große schwarze Kladden vor sich liegen, die voller Falldarstellungen und Analysen waren. Sie hatte auch eine Gliederung ihrer *Staats-*

---

* Dienstälteste und vielfältigste Spezialeinheit der US-Armee. Ihr offizieller Name ist United States Army Special Forces, der inoffizielle Name stammt von dem in früheren Zeiten von der Einheit getragenen grünen Barett.

geheimnis-Argumentation getippt. Die Anwälte der Verteidigung hatten auf ihren Tischen eine ganze Mauer aus Kladden und Akten. Und ihr Kollege, Wyatt Jackson, hatte einen Notizblock und sonst nichts.

Wyatt beugte sich zu Paige hin. »Glauben Sie, dass die Zeit noch für die Toilette reicht?«, fragte er.

»Nein«, sagte Paige, obwohl auch ihr Magen rumorte.

Wyatt schaute kurz auf seine Uhr. »Ja, wahrscheinlich haben Sie recht.«

Kapitel 41

Richterin Solberg war mit 62 Jahren auf ihren Posten berufen worden und ging zügig auf die obligatorische Pensionierung mit 70 zu. Sie war klein und man raunte sich zu, dass sie immer auf einem Kissen saß, um über die Richterbank hinwegblicken zu können. Außerdem war sie schrullig und voller Power. Ihr schlanker, knochiger Körper war von einer norwegisch hellen Haut bedeckt, ihr dünnes Haar von glattem, blondem Haar eingerahmt. Sie trug eine Zweistärkenbrille vor ihren hellblauen Augen - Augen, die ein Loch in aufmüpfige Rechtsanwälte bohren konnten. Es hieß, dass sie ihren Laden voll im Griff hatte.

Das Gesetz war ihre große Liebe. Sie hatte fast dreißig Jahre lang Verfassungsrecht am *William & Mary College* in Virginia gelehrt, bevor sie Richterin am Bundesgericht wurde. Ihre Spezialität waren Artikel über obskure Aspekte der US-Verfassung, über die berühmtere Professoren an Universitäten wie Harvard und Yale hinweggingen. Wenn man einen Experten zum Thema *Redefreiheit* brauchte, wandte man sich an eine der beiden berühmten Unis, aber wenn man sich über die Klausel in Artikel 6 der Verfassung kundig machen wollte, die religiöse Tests als Qualifikationsprüfung für die Bekleidung eines öffentlichen Amtes in den USA untersagte, war Professorin Solberg die richtige Adresse.

Ein paar Minuten bevor sie erschien, kam eine Bedienstete und legte ein dickes Bündel Papiere, aus dem gelbe Klebezettel hervorlugten, auf die Richterbank. Sie verschwand wieder nach hinten, um kurz darauf ein zweites Mal zu kommen, diesmal mit einer großen Tasse Kaffee, die sie neben die Papiere stellte. Als Nächstes verkündete der Gerichtsdiener, dass die Sitzung eröffnet sei, und alle erhoben sich.

Richterin Solberg kam raschen Schrittes durch die hintere Tür herein, bat die Anwesenden freundlich, Platz zu nehmen, und setzte sich auf ihren Stuhl hinter der Richterbank. Sie ließ ihren Blick durch den Gerichtssaal schweifen. »Heute scheinen wir volles Haus zu haben«, begann sie. »Hoffentlich verstößt das nicht gegen die Brandschutzbestimmungen. Wir haben ein paar Regeln, damit es gesittet zugeht, und Sie sollten wissen, dass ich es mit Regeln genau nehme. Wenn auf der Zuschauergalerie gesprochen wird, werde ich die Störer sofort von den Ordnern hinauskomplimentieren lassen. Ich dulde es nicht, wenn während der Verhandlung ein dauerndes Kommen und Gehen im Saal ist. Wenn Sie nach meinen Vorbemerkungen hierbleiben, gehe ich also davon aus, dass Sie die gesamte Sitzung dableiben. Für alle auf den Stehplätzen hinten an der Wand: Dies wird eine ziemlich lange Verhandlung werden. Wenn Sie müde werden, dürfen Sie sich gerne auf den Fußboden setzen.«

Sie schaute den Gerichtsdiener an und bat ihn, den Fall aufzurufen. Als er fertig war, erklärte sie, dass sie jetzt Stellungnahmen zu dem Klageabweisungsantrag der Verteidigung anhören würde. Sie sagte den Anwälten, dass sie jedes Wort von jedem Schriftsatz gelesen habe, sodass es nicht nötig sei, diese Argumente zu wiederholen, und bat die Anwälte der Verteidigung, zu beginnen.

Dylan Pierce sprach als Erster zum Thema der *Feres*-Doktrin. Seine Stimme klang wie die eines perfekten Moderators im Radio. Er sprach so selbstbewusst, als sei es nur eine Formsache, dass das Gericht ihm zustimmen würde. Er erläuterte, dass es zum absoluten Chaos führen würde, wenn Angehörige der Streitkräfte Klagen erheben könnten, die sich aus einem Kampfeinsatz ergaben. Das Resultat wären Offiziere, die im Einsatz zögerlich wären, weil sie Angst davor hätten, durch einen Prozess ruiniert zu werden. Gerichte würden beginnen, Entscheidungen des Militärs zu hinterfragen; Kläger würden andere Offiziere als Zeugen beiziehen und so einen Kommandanten gegen den anderen ausspielen. Um dergleichen zu vermeiden, hatte der Kongress Männern und Frauen wie den SEALs, die in der *Operation Exodus* so tapfer ihr Leben gegeben hatten, großzügige Militärpensionen und Sterbegelder gewährt. Und er führte aus, wie viel Geld die Familie Anderson bisher erhalten hatte – insgesamt über 300 000 Dollar.

Er wandte sich in großer Ausführlichkeit dem Präzedenzrecht zu, vor allem dem Fall *Stanley*, der ergeben hatte, dass ein Soldat keine Klage erheben könne, selbst dann nicht, wenn die Regierung ihm im Rahmen eines Experimentes heimlich LSD verabreicht hatte. Und schließlich führte er aus, dass nach der *Feres*-Doktrin die entscheidende Frage nicht die sei, ob der Angehörige der Streitkräfte zur Zeit seines Todes formell für das Militär gearbeitet habe und nicht für die CIA, sondern ob der Tod »mit dem Dienst verbunden« war. Troy Anderson habe zum SEAL-Team 6 gehört, er habe der Befehlshierarchie für das SEAL-Team 6 unterstanden und die einem Angehörigen der Streitkräfte zustehenden Leistungen erhalten. Sein tragischer Tod sei ohne jeden Zweifel mit seinem Dienst als Angehöriger der Streitkräfte verbunden, somit sei die Klage abzuweisen.

Paige fand, dass es ein Auftritt war, der Pierces exorbitanter Stundensätze würdig war. Richterin Solberg hörte aufmerksam zu und machte fleißig Notizen, während sie ihren Kaffee trank. Dann und wann verzog sich ihr Gesicht zu einem skeptischen Fragezeichen, aber im Allgemeinen schien sie von dem, was Pierce sagte, nicht überrascht zu sein.

Als Kyle Gates sich erhob, um über die *Staatsgeheimnis*-Doktrin zu sprechen, wurden Paiges Hände klamm und ihr Herz hämmerte in ihren Ohren. Sie konnte es immer noch nicht glauben, dass Wyatt ihr dieses Thema mit kaum einem Tag Vorbereitungszeit auf den Tisch gelegt hatte.

Im Vergleich zu Pierce klang Gates holprig und grell. Pierce hatte fast im Plauderton gesprochen; Gates dagegen hatte einen militärisch-eindringlichen Ton, sodass es fast klang, als belehre er das Gericht. Er erklärte, dass die geheimhaltungsbedürftige und die nicht geheimhaltungsbedürftige eidesstattliche Erklärung, die er dem Gericht unterbreitet hatte, detailliert darlegten, warum dieser Prozess zu einer der nationalen Sicherheit abträglichen Offenlegung von Staatsgeheimnissen führen würde. Die *Staatsgeheimnis*-Doktrin, so führte Gates aus, gehöre seit über zweihundert Jahren zur Rechtslehre des Landes. Sie ging auf den Hochverratsprozess gegen Vizepräsident Aaron Burr zurück. Oberster Richter John Marshall hatte Burr damals in Richmond freigesprochen. Während des Prozesses hatten Burrs Anwälte von Präsident Thomas Jefferson die Vorlage gewisser Dokumente verlangt, doch Jefferson hatte argumentiert, dass es sein Exekutivprivileg wäre, selbst zu entscheiden, welche Dokumente vorgelegt werden könnten und welche nicht, um Staatsgeheimnisse zu schützen.

»Und zweihundert Jahre später, bei dem Fall *El-Masri vs. Vereinigte Staaten*, wies das Bundesberufungsgericht für den Vierten Bezirk in derselben Stadt die Klage eines unschuldigen Mannes ab, den die CIA unter der Bush-Regierung zu Unrecht gefangen genommen, ihm angeblich die Augen verbunden und ihn unter Drogen gesetzt und gefoltert habe. In diesem Fall legte der Direktor der CIA zwei eidesstattliche Erklärungen vor, wie die, die ich vorgelegt habe, die erklärten, warum ein Prozess zur Offenlegung von Staatsgeheimnissen über die Verhörmethoden der CIA führen konnte. Dieser Fall wurde vom Gericht abgewiesen. Genauso sollte es bei diesem Fall sein.«

Gates setzte sich wieder und man spürte die erwartungsvolle Spannung im Gerichtssaal. Die Anwälte der Verteidigung hatten sich gut geschlagen, aber die Zuhörer waren nicht in Massen in den Saal gekommen, um zu hören, wie hochdotierte Anwälte aus Washington, D. C. Zitate aus früheren Prozessen brachten, die man hatte erwarten können. Nein, sie waren gekommen, um den streitbaren Wyatt Jackson zu hören. Die Spannung war mit Händen zu greifen, als der alte Kämpfer sich erhob, seine Jacke zuknöpfte und würdevoll an das Rednerpult trat.

»An den Fall Aaron Burr erinnere ich mich gut«, begann er. »Ich glaube, ich war damals ein junger Anwalt und Euer Ehren studierten wahrscheinlich noch.« Sie versuchte wahrscheinlich, es zu unterdrücken, aber Solbergs Lippen bogen sich zu der allerdezentesten Andeutung eines Lächelns. »Und wenn ich mich recht erinnere, entschied der Oberste Richter Marshall – möge er in Frieden ruhen –, dass die Vorlage von Dokumenten sehr wohl von dem Präsidenten verlangt werden könne – *trotz Jeffersons Proteste*. Marshall sagte wohl zu, eine gewisse Rücksicht auf Jeffersons Amt zu nehmen und ›ärgerliche und unnötige Vorlagen‹, wie er sie nannte, zu vermeiden, aber er hat sich nicht dem Präsidenten gebeugt und das Ansinnen nicht abgelehnt. Seine Entscheidung war bedeutend, stellte sie doch klar, dass der Präsident – wie jeder andere Bürger auch – unter und nicht über dem Gesetz steht. Und darum sind wir ja heute hier, Euer Ehren, um die Herrschaft des Rechtes zu bekräftigen. Und Sie sollten der Bitte meiner hochverehrten Gegner um ein Urteil des

Inhaltes, dass die Gerichte in auswärtigen Angelegenheiten keine Befugnis haben und wir halt darauf vertrauen sollten, dass die Exekutive es schon recht machen wird, nicht nachkommen.«

Wyatt richtete sich zu seiner vollen Größe auf, seine Hände packten die beiden Seiten des Podiums. Er hatte keinerlei Aufzeichnungen vor sich liegen. Paige war erstaunt gewesen, dass er über den Verratsprozess gegen Aaron Burr Bescheid wusste. Vielleicht brauchte sie sich doch keine Sorgen zu machen.

Wyatt fuhr fort: »Aber wir sind heute eben deswegen hier, weil man dieser Präsidentin *nicht* vertrauen kann! Wir sind hier, weil wir glauben, dass diese Präsidentin, in Zusammenarbeit mit dem Direktor der CIA und ihrem eigenen Stabschef, Troy Anderson in eine hochgefährliche Mission geschickt hat, *wissend*, dass er sie nicht überleben würde. Sie tat dies aus politischen Gründen und es ist eine Beleidigung sowohl für dieses Gericht als auch für jedes Mitglied unserer Streitkräfte, zu behaupten, dass es uns noch nicht einmal erlaubt ist, die Präsidentin oder ihre Komplizen darüber zu befragen. Dass man von uns *verlangt*, ihnen einfach so zu glauben, dass alles nach Recht und Gesetz zugegangen ist, nur weil es um außenpolitische Dinge geht. Das ist eine gute Argumentation für Diktatoren und Despoten, aber nicht für einen Rechtsstaat mit Gewaltenteilung und gegenseitiger Kontrolle, in dem sich die Präsidentin genauso wie jeder andere auch gegenüber dem Gesetz verantworten muss.«

Wyatt hielt inne und holte tief Luft. Paige spürte, dass die SEALs und ihre Verwandten, die direkt hinter ihr saßen und hofften, dass die Politiker zur Verantwortung gezogen würden, drauf und dran waren, aufzustehen und Beifall zu klatschen. Sie merkte, wie ihr Rücken ein klein wenig gerader wurde, weil sie zu Wyatts Team gehörte. Er hatte den Fehdehandschuh hingeworfen. Egal, wie es käme, in einem hatte er recht: Ob sie siegten oder verloren, sie würden es mit fliegenden Fahnen tun.

Kapitel 42

Wyatts Logik war einfach. Die USA befanden sich nicht im Krieg mit dem Jemen. »Außer natürlich, ich hätte in den letzten Monaten eine Kriegserklärung durch den Kongress verpasst.« Somit wäre es eine Verletzung der US-Verfassung sowie internationalen Rechts, wenn Mitglieder der US-Streitkräfte sich in einen Einsatz im Jemen begaben, es sei denn, sie gingen entsprechend dem Gesetz über die Autorisierung des Einsatzes militärischer Gewalt gegen Terroristen von 2001 gegen al-Qaida vor. Aber diese Mission richtete sich gegen die Huthi-Rebellen und deshalb hatten die Spezialeinheiten dem CIA unterstanden.

»Die CIA beschäftigt keine Angehörigen der Streitkräfte, sondern Zivilisten. Sie werden *Agenten* genannt, nicht *Soldaten*. Und die CIA kann ihre Agenten in der ganzen Welt einsetzen. Bei dieser Mission hat sie sich zwanzig Agenten mit militärischem Hintergrund ausgesucht, die für Spezialeinsätze ausgebildet waren, aber als sie jemenitischen Boden betraten, waren sie von der CIA eingesetzte Zivilisten. Dies war eine ausdrückliche Entscheidung der Präsidentin der USA und des Direktors der CIA. Es ist der Gipfel der Heuchelei, wenn sie der Öffentlichkeit sagen, dass es sich um CIA-Agenten gehandelt hat, aber vor diesem Gericht behaupten, es seien Militärangehörige gewesen.«

»Darf ich Sie kurz unterbrechen?«, fragte Richterin Solberg. Es war das erste Mal in der bereits eine Stunde dauernden Verhandlung, dass sie eine Frage stellte. »Woher wissen wir, dass diese Männer als Agenten für die CIA agierten?«

Wellington, der hinter dem Anwaltstisch saß, reichte Paige einen Zettel, auf dem stand: »CIA-Sterbegelder für Hinterbliebene.« Eine Szene schoss durch Paiges Kopf: Daniel Reese, wie er zu Kristen gekommen war, um persönlich die Nachricht zu überbringen, dass der Kongress ein CIA-Sterbegeld für Troy bewilligt hatte. Aha, Reese hatte nicht nur einer Witwe etwas Gutes tun wollen; er hatte ihr wichtige Fakten verraten, die – wie er sehr wohl wusste – in diesem Prozess verwendet werden konnten.

Paige versuchte, Wyatt den Zettel hinzuschieben, doch der tat, als merke er es nicht. »Wir werden es durch die Zeugenaussage von Direktor Marcano beweisen«, sagte er.

»Aber werden dadurch nicht Staatsgeheimnisse offengelegt?«, fragte Solberg.

»Es geht nicht einfach darum, ob Staatsgeheimnisse offengelegt werden«, erwiderte Wyatt. »Es geht darum, ob sie auf eine Art offengelegt werden, die die nationale Sicherheit beeinträchtigt. Die Welt weiß längst, dass die CIA Mitglieder von SEAL-Teams für Missionen in Ländern einsetzt, mit denen wir uns nicht im Krieg befinden. Dutzende Bücher sind allein über die bin-Laden-Mission geschrieben worden, wo das Gleiche geschah.«

»Fahren Sie fort«, sagte die Richterin.

Paige nahm den Zettel wieder an sich und legte ihn auf ihren Notizblock.

Wyatt beschloss sein Plädoyer, indem er sich zu den SEALs und ihren Verwandten in den ersten drei Reihen umdrehte und eine weit ausholende Geste machte. »Die *Feres*-Doktrin sagt diesen Menschen hier, dass die Türen des Gerichtes für sie verschlossen sind. Die *Feres*-Doktrin besagt, dass die Gleichheit vor dem Gesetz nicht gilt, wenn jemand sein Leben einsetzt, um unser Land zu beschützen.«

Er wandte sich zurück zu Richterin Solberg, seine Stimme leise und dramatisch. »Ich sage nicht, dass Euer Ehren diese Doktrin ignorieren sollte. Ich sage lediglich, dass sie nicht für CIA-Agenten gilt, weil diese Zivilisten sind. Troy Anderson starb als Zivilist, der unsere Rechte verteidigte. Der Zugang zum Gericht sollte seinen Angehörigen nicht verwehrt sein.«

Wyatt setzte sich wieder, knöpfte seine Jacke auf und beugte sich zu Paige hin. »Die Sache läuft gut; vermasseln Sie's nicht.«

»Danke.«

Paige erhob sich. Sie spürte, dass ihr Plädoyer vergleichsweise trocken sein würde. Die Reporter hatten bereits ihre Zitat-Bonbons. Wyatt war Wyatt gewesen, er hatte die Gefühle angesprochen. Aber Paige hatte ihre eigene Rolle. Wyatt hatte ein Feuerwerk abgebrannt; sie würde es mit Fakten untermauern.

»Wenn Sie mir erlauben, würde ich kurz ein paar Worte zur *Feres*-Doktrin sagen, bevor ich mich der *Staatsgeheimnis*-Doktrin zuwende.«

Solberg nickte und Paige glaubte, eine Spur Empathie bei der Richterin zu spüren.

»Vor ein paar Tagen stattete ein Vertreter des Joint Special Operations Command der Familie von Troy Anderson einen Besuch ab. Der Zweck des Besuches war die Überreichung eines Schecks über das den Familien von CIA-Agenten zustehende Sterbegeld. Meine Klientin war dankbar für diese Hilfe. Ich erwähne dies nur deswegen, weil unsere Regierung bewusst beschlossen hat, Mr Anderson und seine Kollegen in allen Angelegenheiten als Mitglieder des CIA zu behandeln - außer in der Argumentation bezüglich dieses Falles. Als Mr Pierce Ihnen vorhin die Gesamtsumme der von der Familie Anderson erhaltenen Pensionen und Sterbegelder nannte, hat er das CIA-Sterbegeld nicht erwähnt - natürlich, denn dieses Sterbegeld ist - selbst ohne die Aussage von Direktor Marcano - der eindeutige Beweis dafür, dass die Regierung Mr Andersons Tod als Tod eines Zivilisten im Dienste der CIA behandelt.«

Paige sah, wie Richterin Solberg sich Notizen machte. Dann ging sie zu dem Thema *Staatsgeheimnisse* über, wobei sie sich stark auf Präzedenzfälle stützte und das meiste vorlas. Sie griff auf zwei Fronten an. Erstens erklärte sie, dass die *Staatsgeheimnis*-Doktrin ein evidenzbasiertes Privileg war, das es nur selten erforderte, dass man eine Klagesache als Ganze abwies. Wenn Staatsgeheimnisse berührt seien, habe das Gericht von Fall zu Fall zu entscheiden, ob der Prozess fortgeführt werden könne, ohne dass sensible militärische Geheimnisse offengelegt würden, oder ob diese Geheimnisse für den Fall so zentral seien, dass jeder Versuch, das Verfahren fortzusetzen, ihre Offenlegung riskiere.

»Unsere Beweise sind nicht mit Staatsgeheimnissen verknüpft«, sagte Paige. »Wir sind bereit, eine Beweisführung zu erbringen, ohne sensible militärische Informationen offenzulegen.«

Paige fuhr fort, dass das Gericht darüber hinaus Möglichkeiten habe, zu prüfen, ob bei der Verhandlung über diesen Fall Staatsgeheimnisse eine kritische Rolle spielten. Es könne zum Beispiel Paige und Wyatt erlauben, die eidlichen Aussagen der Beklagten lediglich in Gegenwart der Richterin entgegenzunehmen, wobei das Protokoll geheimhaltungsbedürftig wäre. Außerdem könnten die Anwälte der Verteidigung gegen alles Einspruch erheben, was ein Staatsgeheimnis berühren könne. Kurz: Das Gericht solle sich vertieft mit der Materie befassen, statt die Klage kurzerhand abzuschmettern.

Doch zweitens sei dies so oder so kein Fall für die *Staatsgeheimnis*-Doktrin, weil diese Mission Schnee von gestern sei und im Prozess keine Geheimnisse zutage kommen könnten, die künftige Einsätze beträfen. Die bin-Laden-Mission, bei der ebenfalls SEAL-Teams der CIA unterstanden hatten, war von der Regierung Obama ausgiebig breitgetreten worden – oder sollte man besser sagen: breitgeprahlt worden?

»Sie haben der Öffentlichkeit ein Minutenprotokoll dessen, was sie im Situation Room wussten und warum sie es wussten, zur Verfügung gestellt, und niemand kam auf die Idee, zu behaupten, dass die Obama-Regierung Staatsgeheimnisse preisgab. Das ist alles, was wir wollen – Informationen darüber, wer was wann wusste. Informationen, wie sie jeder Untersuchungsausschuss im Kongress erhebt. Das Gericht kann die Namen der CIA-Agenten im Jemen schützen. Wir wollen lediglich wissen, ob die Präsidentin und diese beiden Beklagten vor Beginn der Aktion Informationen darüber besaßen, dass die Mission gefährdet war. Falls dies der Fall wäre, wäre dies kein Staatsgeheimnis, dessen Enthüllung die nationale Sicherheit gefährden würde, sondern ein Fall von Landesverrat.«

Da – sie hatte es gesagt. Paige hatte bis um 2 Uhr morgens mit sich gekämpft, ob sie es wagen und das Wort *Landesverrat* benutzen sollte. Eben, in der Hitze des Augenblicks, hatte sie beschlossen, dem Saal zu zeigen, dass Wyatt Jackson nicht der Einzige war, der etwas Zitierwürdiges bringen konnte.

Kapitel 43

Nach einer einstündigen Sitzungspause kehrte Richterin Solberg auf die Richterbank zurück. Sie hatte angekündigt, dass sie von der Richterbank aus ihre Entscheidung bekannt geben und nach ein paar Tagen eine ausführliche schriftliche Stellungnahme nachliefern würde. Paige hatte die Pause damit verbracht, Kristen auf das Schlimmste vorzubereiten. Sie erinnerte sie daran, dass sie, falls sie heute verlören, immer noch beim Bundesberufungsgericht und letztlich beim Obersten Gerichtshof Einspruch einlegen konnten.

Solberg studierte ihre handgeschriebenen Notizen, dann ließ sie ihren Blick durch den Gerichtssaal schweifen. »Dies ist ein wichtiger Fall, der wichtige verfassungsrechtliche Fragen aufwirft« begann sie. Sie rückte ihre Brille zurecht und schaute auf ihren Block.

»In der heutigen Verhandlung stehen die Rolle der Gerichte bei unserer Suche nach der Wahrheit und die Rolle der Exekutive bei der Aufgabe, unsere Nation zu beschützen, einander gegenüber. Wie der Anwalt der Klageseite gesagt hat, kann die Präsidentin nicht einfach sagen: ›Vertraut mir‹ und vom Gericht erwarten, dass es die Sache fallen lässt. Auf der anderen Seite muss dieses Gericht dafür Sorge tragen, dass es bei der Entscheidung über diesen Fall keine militärischen Geheimnisse offenlegt und so womöglich die nationale Sicherheit gefährdet wird. Ich beginne meine Analyse mit der Frage, ob die *Feres*-Doktrin es verhindert, dass dieser Prozess stattfindet. Wie der Anwalt der Verteidigung erklärte, ist die *Feres*-Doktrin ein absolut wichtiger Bestandteil unserer nationalen Sicherheit, weil sie verhindert, dass Gerichte auf dem Schlachtfeld getroffene militärische Entscheidungen hinterfragen, und unsere Soldaten auch in anderer Weise unterstützt. Und wie der Anwalt der Verteidigung ebenfalls bemerkt hat, lautet die entscheidende Frage, ob der Tod von Mr Anderson mit einem militärischen Einsatz verbunden war.«

Paige begann, sich hastig Notizen zu machen. Sie war so verspannt, dass sie kaum schreiben konnte. Sie wagte es nicht, hochzuschauen, als die Richterin fortfuhr: »Das Gericht ist der Überzeugung, dass angesichts der Sachlage in diesem speziellen Fall die *Feres*-Doktrin nicht anwendbar ist.«

Es entstand Geraune in den Zuhörerreihen hinter Paige. Jemand flüsterte laut: »Ja!« Zum ersten Mal, seit die Richterin begonnen hatte, ihre Entscheidung vorzutragen, schaute Paige hoch.

»Die Integrität der Gerichte erfordert, dass Prozessparteien in Gerichtsverfahren keine Behauptungen aufstellen dürfen, die Behauptungen, die sie anderswo aufstellen, widersprechen. Wäre der Einsatz des SEAL-Teams im Jemen ein Akt gewesen, der mit dem Krieg gegen die Huthi-Rebellen verbunden war, hätte dies eine Verletzung unserer nationalen Gesetze bedeutet. Die Präsidentin und der CIA-Direktor haben die SEALs stattdessen als CIA-Agenten eingesetzt – als zivile Agenten in einem Land, gegen das keine Kriegserklärung durch den Kongress vorliegt. Die Regierung kann nicht beides haben. Sie kann nicht sagen, dass der Einsatz rechtmäßig war, weil die SEALs als Zivilisten agierten, und dann vor dieses Gericht treten und behaupten, dass sie in Wirklichkeit für das Militär agierten. Ich lehne daher den Antrag auf Abweisung der Klage unter Berufung auf die *Feres*-Doktrin ab.«

Die Richterin blätterte um und Paige schielte kurz zu Dylan Pierce hin. Der hatte sich auf seinem Stuhl zurückgelehnt und schrieb nicht mehr mit. In dem Blick, mit dem er die Richterin betrachtete, lag kaum verhohlene Verachtung, als wolle er ihr sagen: »Warte, bis wir in die Berufung gehen ...«

Doch die Richterin schien dies nicht zu bemerken. Sie war bereits zu ihrem zweiten Punkt übergegangen, der größten juristischen Hürde für die Familie Anderson. »Aber es gibt hier noch ein zweites Thema.« Solbergs Stimme war ungezwungen, aber fest. Sie wusste, dass die Möglichkeit bestand, dass ihre Entscheidung von einem anderen Gericht aufgehoben würde, aber sie selbst war ohne jeden Zweifel von der Richtigkeit ihrer Entscheidung überzeugt.

»Das Gericht findet weiter, dass die Verteidigung zu Recht das Thema der Staatsgeheimnisse aufgeworfen hat.«

Paige kam sich wie auf einer Achterbahn vor. Das Herz wollte ihr in die Hose rutschen. In dem Punkt, wo *sie* plädiert hatte, hatten sie also verloren. Sie hatte das natürlich erwartet, aber trotzdem kam sie sich vor, als ob sie gerade eine Dampfwalze überfahren hätte.

»Ich habe sowohl die der Geheimhaltung unterliegende Erklärung von Direktor Marcano zur Kenntnis genommen als auch seine nicht der Geheimhaltung unterliegende Erklärung. Es besteht kein Zweifel, dass die Verhandlung dieses Falles Dinge berühren wird, die Staatsgeheimnischarakter haben.«

Solberg unterbrach sich, schaute die Rechtsanwälte an und fuhr fort: »Doch das bedeutet nicht das Ende des Prozesses. Die Frage ist, ob eine ordentliche Verhandlung des Falles möglich ist, ohne dass Staatsgeheimnisse berührt werden, oder ob die Staatsgeheimnisse so zentral für diesen Fall sind, dass ein Prozess die nationale Sicherheit bedrohen würde. Dieses Gericht ist nicht verpflichtet, Direktor Marcano hier aufs Wort zu glauben. In einem Fall, der die Integrität eben des Mannes infrage stellt, der die eidesstattliche Erklärung unterschrieben hat, ist es das Allermindeste, dass dieses Gericht nach einer Möglichkeit sucht, wie man den Prozess führen kann, ohne vertrauliche Informationen preiszugeben.«

Paiges Gefühlsachterbahn raste wieder bergauf. Was sagte die Richterin da gerade? Konnten sie den Prozess also doch führen?

»Es könnte zum Beispiel sein, dass die Klägerin die von ihr vorgebrachten Behauptungen beweisen kann, ohne auf irgendwelche Staatsgeheimnisse zu rekurrieren. Sie könnte über nicht zur Regierung gehörende Zeugen nachweisen, dass die Präsidentin, ihr Stabschef oder der CIA-Direktor wussten, dass diese Mission zum Scheitern verurteilt war. Vielleicht gibt es Dokumente, die keine Staatsgeheimnisse enthalten, aber die helfen, die Behauptung der Anklage zu beweisen. Und wie Ms Chambers vorgetragen hat, berichten wir in diesem Land routinemäßig über Einsätze dieser Art, ohne geheimhaltungsbedürftige Fakten offenzulegen. Niemand würde behaupten, dass Außenministerin Clinton die Sicherheit der Nation verletzte, als sie sich über die Diskussionen ausließ, die zum Einsatz gegen bin Laden führten und wie sie sich damals für die Mission aussprach, während andere dagegen waren. Reden wir hier nicht eigentlich über das Gleiche?«

Die Richterin blätterte erneut um. »Andererseits könnten die Beklagten recht haben mit ihrer Behauptung, dass sie das, was die Präsidentin wirklich wusste, nur darlegen können, indem sie Staatsgeheimnisse über CIA-Agenten offenlegen. Aber wie sollen wir das je wissen, wenn ich die Klage von vornherein abweise?«

Sie ließ die Frage einen Augenblick in der Luft hängen. Paige atmete tief aus. Aus dem Augenwinkel heraus sah sie, wie Dylan Pierce sich an seinem Tisch erhob, als wolle er um die Erlaubnis bitten, die Fragen, die die Richterin da stellte, zu beantworten.

»Setzen Sie sich, Mr Pierce. Ich werde Ihnen gleich Gelegenheit geben, zu antworten.«

Pierce setzte sich. Er sah nicht glücklich aus.

»Dieses Gericht hat die Pflicht, in seiner Suche nach der Wahrheit so weit wie irgend möglich zu gehen. Das Gericht gewährt der Klägerin daher ein begrenztes Recht, Erkundungen vorzunehmen und Zeugen unter Eid vernehmen zu lassen. Bei allen solchen Zeugen, die zurzeit Angestellte der Regierung sind oder es früher waren, werden diese Vernehmungen unter Ausschluss der Öffentlichkeit in meinem Gerichtssaal und unter meinem Vorsitz erfolgen. Die Anwälte der Verteidigung können gegen jede Frage Einspruch erheben, die ihrer Meinung nach Staatsgeheimnisse verletzt, und ich werde unverzüglich darüber entscheiden. Mr Jackson und Ms Chambers, lassen Sie mich Folgendes klarstellen: Wenn ich merke, dass die Aussagen voll von Staatsgeheimnissen sind, werde ich keine andere Wahl haben, als die Klage abzuweisen. Ist Ihnen dies klar?«

Wyatt erhob sich. »Wir haben dies verstanden, Euer Ehren.«

»Euer Ehren?« Dylan Pierce war wieder aufgestanden.

»Ja, Mr Pierce?«

»In dem Fall *El-Masri* stellte das Gericht fest, dass die Erlaubnis, einen Prozess zu führen, obwohl die Exekutive ein *Staatsgeheimnis*-Privileg geltend gemacht hatte, zur Aufdeckung eben dessen führen kann, was durch das Privileg geschützt werden soll. In Anbetracht dessen möchten wir Sie ersuchen, Ihre Entscheidung noch einmal zu überdenken oder mindestens zu verfügen, dass alle, die bei diesen nicht öffentlichen Vernehmungen anwesend sind, eine Sicherheitsüberprüfung der höchsten Stufe zu durchlaufen haben.«

Solberg überlegte einen Augenblick, dann sagte sie: »Ich werde meine Entscheidung nicht noch einmal überdenken. Aber ich halte es in der Tat für vernünftig, wenn alle, die bei diesen Vernehmungen anwesend sind – einschließlich der Anwälte der Kläger – berechtigt sind, Einblick in Geheiminformationen zu nehmen. Ich glaube nicht, dass die höchste Sicherheitsstufe notwendig ist, und werde die Regierung anweisen, etwaige Anträge auf Einsichtgenehmigung beschleunigt zu bearbeiten.«

»Einspruch«, sagte Wyatt. »Das Gericht hat bereits festgestellt, dass wir in diesen nicht öffentlichen Verhandlungen uns nicht mit Staatsgeheimnissen befassen werden, sodass ...«

Solberg hob die Hand. »Nein, nein, ich glaube, er hat recht, Mr Jackson. Zumindest die Anwälte der Klageseite und der Gerichtsstenograf sollten eine Geheimnisträgerfreigabe haben. Ich werde die Regierung anweisen, die entsprechenden Anträge für Sie alle beschleunigt bearbeiten zu lassen.«

Wyatt öffnete wieder seinen Mund, aber Solberg sagte, den Kopf zur Seite gelegt: »An Ihrer Stelle, Mr Jackson, wäre ich dankbar für die heutige Entscheidung. Ich bin so weit gegangen, wie ich kann.«

»Danke, Euer Ehren«, sagte Wyatt und setzte sich wieder.

Unter dem Tisch drückte Kristen Paiges Hand. SEAL-Team 9 war nach wie vor im Spiel.

★ ★ ★

Am Nachmittag flog Wyatt nonstop von Norfolk nach New York, wo er sich den großen Nachrichtensendern präsentierte. Er war bombastisch wie immer, frohlockte über die Entscheidung des Gerichts und versprach den Menschen in Amerika, dass er herausfinden würde, was in jener schrecklichen Nacht, in der die SEALs starben, wirklich passiert war.

Paige fuhr mit Kristen zu ihrem Haus und half, die Jungen ins Bett zu bringen. Danach machten sie es sich auf dem Sofa bequem und tranken ein Glas Wein. Sie tauschten sich über die großartigen Ereignisse des Tages aus und machten sich über Dylan Pierce, Kyle Gates und Wyatt

Jackson lustig. Sie dankten Gott für Daniel Reese und Paige nahm sich vor, ihn am Morgen anzurufen. Aber vor allen Dingen tranken sie auf die Jungs von SEAL-Team 6.

Kapitel 44

Diesmal kam der anonyme Anruf am helllichten Tag, kurz vor Mittag. Paige hatte die Stimme des *Patrioten* erwartet. Aber nein, es war die dünne, näselnde Stimme des nervösen jungen Mannes, der sie über den Drohnenangriff informiert hatte.

»Gratuliere zu Ihrem Sieg gestern.«

»Danke.«

Paige drückte die 4 auf ihrer Telefontastatur. Nach dem letzten Anruf hatte Wellington die Anrufaufzeichnungs-Funktion in ihrem Smartphone aktiviert. Jetzt brauchte sie diesen Mann nur noch reden zu lassen.

»Ich hatte gehofft, dass Sie gewinnen. Die Regierung verheimlicht eindeutig etwas.«

»Woher wissen Sie das?«

»Wie ich Ihnen letztes Mal schon sagte, ich bin angewiesen worden, bei bestimmten Sachen zu lügen.«

»Aber gegenüber mir sind Sie gerade ehrlich?«

»Natürlich. Ich habe keinen Grund, Sie anzulügen.«

Paige fand, dass er etwas defensiv klang. »Können Sie mir Ihren Namen nennen?«

»Nein.«

»Wie kann ich Sie kontaktieren?«

»Gar nicht. So funktioniert das nicht.«

»Das letzte Mal haben Sie gesagt, dass Sie und mehrere andere Drohnenpiloten die Anweisung bekamen, über einen Drohnenangriff, der am

11. März stattfand, falsche Aussagen zu machen. Ich bin der Sache nachgegangen, wie von Ihnen vorgeschlagen.«

Sie wartete auf seine Antwort. Beim letzten Gespräch hatte der Mann nicht gesagt, dass er ein Pilot war - nur, dass er und andere angewiesen worden waren, falsche Angaben über eine Drohnenüberwachung zu machen

»Was haben Sie rausgefunden?«, fragte er.

Paige lächelte unwillkürlich. Er war also ein Drohnenpilot. »Dass drei Huthi-Kommandanten getötet wurden. Und dass die jemenitische Koalitionsregierung sich dazu bekannte, aber dass in Wirklichkeit Sie oder einer der anderen Piloten die Rakete abfeuerte.«

»Es war nicht meine Mission.«

»Warum wollte die CIA, dass Sie über die Überwachung im Zusammenhang mit diesem Angriff falsche Angaben machten?«

Der Unbekannte zögerte. »Das ... weiß ich nicht. Das haben sie nicht gesagt.«

»Haben Sie Zivilisten getötet? Rufen Sie mich deswegen an? Sind zu viele Zivilisten gestorben?«

»Nein. Damit hat das nichts zu tun.«

»Mit was hat es dann zu tun? Und woher soll ich wissen, dass dies mit meinem Prozess zu tun hat?«

»Besorgen Sie sich das Überwachungsvideo! Das wird Ihnen zeigen, wie lange wir dieses Gebäude beobachtet haben.«

»Das kann ich nicht. Dieses Material ist geheim. Das müssen *Sie* mir schon sagen. Also: Inwiefern hat das mit unserem Fall zu tun?«

Der Mann zögerte, bevor er antwortete. »Ich ... Wenn ich es rausfinde, ruf ich Sie wieder an. Aber Sie dürfen niemand sagen, dass ich angerufen hab. Noch nicht mal Ihrer Klientin.«

»Das verstehe ich«, sagte Paige. Sie versuchte, ihre Stimme weiterhin beruhigend klingen zu lassen. Sie ging die Frageliste durch, die Wellington für sie zusammengestellt hatte, Punkt für Punkt.

»Wer hat Sie aufgefordert, zu lügen? Können Sie mir den Namen sagen?«

»Nein. Aber ich kann Ihnen sagen, dass das Gespräch am Tag nach dem Tod der SEALs stattfand.«

Paiges Herz wurde schneller. »Noch einmal: Sie sagen, dass das Gespräch, in welchem Sie zum Lügen aufgefordert wurden, einen Tag nach dem Tod der SEALs stattfand?«

»Ich kann jetzt nicht weiterreden. Ich rufe wieder an, sobald ich mehr Information hab.«

»Warten Sie ...« Aber es war zu spät; der Drohnenpilot hatte aufgelegt.

Paige wählte sofort Wellingtons Nummer. »Kommen Sie schnell rüber!«, wies sie ihn an. »Ich hab gerade den nächsten Anruf von unserem Freund bei der CIA gekriegt.«

★ ★ ★

Obwohl die Nummer nicht zu ermitteln war, war die Aufnahme deutlich genug, um jedes Wort und jede Veränderung des Tonfalls zu hören. Paige schaute Wellington zu, der über seinem Computer gebeugt saß, das Gesicht nur zwei Handbreit von dem Bildschirm. Er hatte eine Stimmen-Stressanalyse-Software installiert, die als eine Art einfacher Lügendetektor für Audio-Aufnahmen fungierte. Wellington schwor Stein und Bein, dass die Genauigkeit bei über 90 Prozent lag.

Er arbeitete vielleicht zehn Minuten, dann bat er Paige, zu ihm zu kommen. »Schauen Sie sich diese Kurve an.«

Während die Audio-Aufnahme auf Wellingtons Computer lief, beobachteten sie die Stresskurve der Stimme des Drohnenpiloten. Er war unglaublich nervös, mit entsprechend hohen Werten, aber für den Großteil des Gesprächs kam die Software zu dem Ergebnis, dass er die Wahrheit sagte. Nur bei zwei Fragen schnellte sie in den Lügenbereich. Das erste Mal war, als Paige ihn fragte, warum man ihn angewiesen hatte, falsche Angaben über die Überwachung zu machen.

»Das ... weiß ich nicht«, hatte der Pilot geantwortet. »Das haben sie nicht gesagt.«

Und gleich bei der nächsten Frage, obwohl der Pilot diesmal vor der Antwort nicht zögerte, registrierte das Programm wieder eine Lüge. »Haben Sie Zivilisten getötet? Rufen Sie mich deswegen an? Sind zu viele Zivilisten gestorben?«

»Nein. Damit hat das nichts zu tun.« Wieder ein steiler Zacken nach oben.

»Da hat er gelogen«, kommentierte Wellington nüchtern. »Aber Sie haben ihm mehrere Fragen auf einmal gestellt und es ist schwierig, zu sagen, welche er beantwortet hat.«

Sie hörten das Band fertig und Wellington tippte ein paar Anmerkungen, während er laut nachdachte: »Also, was wissen wir? Mehrere Drohnenpiloten, die Einsätze im Jemen fliegen, wurden angewiesen, falsche Angaben darüber zu machen, wie lange die CIA das Gebäude beobachtet hatte, das am 11. März bombardiert wurde. Unser Mann bekam diese Anweisung einen Tag nachdem die SEALs getötet wurden. Man sagte ihm auch, warum er lügen sollte, obwohl er uns das aus irgendeinem Grund nicht sagen wollte. Und wahrscheinlich hat er etliche Zivilisten getötet.«

Wellington und Paige starrten einen Augenblick auf die Notizen auf dem Bildschirm. Wellington fuhr fort: »Ich muss immer wieder an meine Theorie denken, dass Holloman ein CIA-Agent war. Kurz nach diesem Drohnenangriff vom 11. März wird er verhaftet. Die Huthis behaupten, dass er ein Spion ist. Vielleicht entdeckte er dieses Haus, während er im Land seine Interviews machte. Die CIA möchte, dass die Leute glauben, dass das Gebäude fast einen Monat lang beobachtet worden ist, also schon einige Zeit, bevor Holloman ins Land kam.«

»Das macht Sinn«, sagte Paige nachdenklich. »Aber es erklärt nicht, warum die Präsidentin das SEAL-Team 6 da reinschickte, obwohl sie wusste, dass das eine Falle war.«

»Vielleicht wusste sie nicht definitiv, dass es eine Falle war. Vielleicht hatte sie Angst, dass Holloman Staatsgeheimnisse verraten würde, und wollte einen CIA-Agenten retten.«

»Auf wessen Seite sind Sie?«

»Ich versuche nur, herauszufinden, was passiert ist«, protestierte Wellington.

Für Paige gab es nach wie vor zu viele Puzzleteile, die nicht passten. Wer war der *Patriot* und warum gab er ihnen Informationen weiter? Warum hatte Marcano die Sache nicht direkt mit der Präsidentin besprochen, statt sich auf einer Parkbank mit Philip Kilpatrick zu treffen? Warum hatte die Präsidentin nicht den Einsatz der QRF befohlen? Und warum hatte sie nur die Rede nachbearbeitet, die sie im Falle eines Fiaskos halten würde?

»Da fehlt uns noch was, Wellington«, sagte Paige. »Vielleicht sogar eine ganze Menge.«

★ ★ ★

Paiges Verunsicherung stieg noch, als sie am Samstag Daniel Reese anrief. Sie dankte ihm nochmals, dass er Kristen Anderson besucht und ihr persönlich das Sterbegeld der CIA überreicht hatte. »Wie Sie wahrscheinlich wissen, hat uns das bei unserem Gerichtstermin geholfen.«

»Jepp, Madam, davon habe ich gehört.«

Paige konnte sich nicht entscheiden, ob sie dieses *Jepp, Madam* hasste oder liebte. Aber was sollte es? »Sie haben gesagt, dass ich Sie anrufen kann, wenn ich Hilfe brauche. Hätten Sie eben einen Augenblick Zeit?«

»Im Augenblick bin ich gerade voll beschäftigt, Ms Chambers. Und angesichts der Tatsache, dass es jetzt wahrscheinlich doch zum Prozess kommt, wäre es vielleicht am besten, wenn wir doch nicht miteinander reden.«

Rumms! Das war eine Kehrtwende. Der Mann musste über irgendetwas verärgert sein. »Entschuldigung, mich beschäftigt halt etwas, was Sie bei Kristen sagten.«

»Ich schätze es, was Sie für Mrs Anderson tun«, erwiderte Reese steif. »Aber ich glaube wirklich, es ist besser, wenn wir keine Gespräche miteinander führen.«

Kapitel 45

Regierungsbezirk Al Jawf, Jemen

Er war erst 39 Jahre alt, aber die Berufung war auf ihn gefallen. Erst war Anwar al-Awlaki, jemenitischer und amerikanischer Bürger, im Jahre 2011 durch eine Drohne zum Märtyrer geworden. Zwei Wochen danach waren sein sechzehn Jahre alter Sohn und neun andere Verwandte in einem Straßencafé in Shabwah durch eine andere Drohne umgekommen. Laut Sprechern der USA hatte es sich um ein Versehen gehandelt; der Angriff hatte eigentlich einem Ägypter gegolten, der sich aber ganz woanders aufgehalten hatte.

Sieben Jahre später schlug der *Große Satan* erneut zu. Diesmal war das Opfer ein iranischer Imam namens Yazeed Abdul Hamid. Er starb, als über achtzig Soldaten seine Fahrzeugkolonne überfielen. Die jemenitische Koalitionsregierung hatte sich zu dem Überfall bekannt, aber jeder wusste, dass es amerikanische Spezialeinheiten gewesen waren.

Der *Große Satan* würde nie lernen, dass der Tod eines Märtyrers hundert neue Märtyrer hervorbrachte. Und so trug jetzt Saleet Zafar, ein Imam aus Saudi-Arabien, das Banner des Kampfes weiter, mit Predigten, die über das Internet Zehntausende zu großen Taten für Allah inspirierten.

Zafar schien mitnichten nicht der geborene Kämpfer zu sein. Er war ein introvertierter Intellektueller, der Bücher las und die Tagespolitik studierte. Als er zwölf Jahre alt war, hatte er bereits den gesamten Koran auswendig gelernt – alle 114 Suren und 6 236 Verse. 80 000 Worte. Was konnte es Wichtigeres geben als das Wort Allahs?

Er war ein hagerer Mann mit einem dichten schwarzen Bart und trug ständig das lange weiße Gewand eines Geistlichen. Seine kurzsichtigen Augen lagen hinter einer Drahtbrille mit dicken, runden Gläsern, aber wenn er predigte, brannten diese schwachen Augen mit dem Feuer der Herrlichkeit Allahs.

Er war ein Mann, der ständig auf der Flucht war. Eine Gastfamilie reichte ihn an die nächste weiter. Nie schlief er zweimal in demselben Bett. Oft sah er seine Familie eine ganze Woche lang nicht. Aber seine beiden Söhne, die zwölf und zehn Jahre alt waren, wären heute Abend mit dabei in der Moschee. Selbst Saleet hielt es nicht für möglich, dass Amerika eine mit unschuldigen Frauen und Kindern gefüllte Moschee angreifen würde.

Aber nach dem Moschee-Gottesdienst würde er seinen Jungen Lebwohl sagen. Er wollte nicht, dass sie unter demselben Dach schliefen wie er, wenn die *Hellfire*-Rakete kam. Manchmal übernachtete er bei IS-Kämpfern; sie hatten wenig Angst vor dem Tod. Er wusste, dass seine Predigten auf YouTube viele inspiriert hatten, in den Dschihad zu ziehen, aber er führte nur den Willen Allahs aus. Er hatte nicht um dieses Amt gebeten, aber wenn es Allahs Wille war, würde er es mit großem Eifer ausfüllen.

Er verfolgte die Ereignisse in Amerika sorgfältig. Gerade gingen die Ungläubigen vor Gericht einander an die Kehle, was völlig logisch war. Aber das Thema seiner Predigt heute Abend war etwas viel Wichtigeres – der bevorstehende Besuch des israelischen Premierministers in den USA. Zu den Plänen von Präsidentin Amanda Hamilton gehörte es, eine Machtachse zu schaffen, zu der die Amerikaner, die Israelis und die Saudis gehörten und die alle wahren Diener des Islams vernichten würde. Aber dies waren die letzten Tage der Welt – was konnte man da anderes erwarten?

Als er aufstand, um zu predigen, schauten seine beiden Söhne, die in der ersten Reihe saßen, voller Stolz zu. Hunderte Gläubige drängten sich in der Moschee; manche nahmen die Predigt mit ihrem Smartphone auf, um sie auf diverse Internetseiten zu stellen.

Saleet begann seine Predigt, indem er die Koranverse aus der 3. Sure über die in der Schlacht von Uhud Gefallenen rezitierte: »Und betrachte nicht diejenigen, die auf Allahs Weg gefallen sind, als tot. Nein! Sie leben bei ihrem Herrn, und sie werden dort versorgt. Sie freuen sich über das, was Allah ihnen von seiner Huld gab ...«

Saleet, der ohne Manuskript sprach, ließ sich über die großen Wohltaten aus, die Allah seinen Märtyrern gibt: die Vergebung der Sünden, die Errettung vor der Folter der Hölle, wo die Haut buchstäblich vom Körper weggebrannt wird; die Heirat mit schönen himmlischen Jungfrauen, eine Krone aus kostbaren Rubinen, das Recht, am Tag des Jüngsten Gerichts bei Allah für siebzig Verwandte Fürbitte zu tun, und nicht zuletzt der Eintritt in die höchsten Gärten des Himmels. Es war eine beeindruckende Liste und deswegen - so Saleet - war das Schlimmste nicht der Tod; das Schlimmste war es, ein Leben zu führen, das nicht hundert Prozent Allah geweiht war.

In der Mitte der Predigt machte er einen Schlenker von der Theologie zu den aktuellen Ereignissen, die die Pläne des *Großen Satans* enthüllten. Er verurteilte das Bündnis zwischen den USA und Israel, aber seine schärfsten Worte hatte er für die moderaten Ungläubigen in Saudi-Arabien reserviert, die dem *Großen Satan* bei seinen Plänen halfen.

Er beendete seine Predigt mit der Aufforderung, den Koran zu studieren: »Das Leben eines wahren Muslims fließt aus der Tinte unseres Korans und dem Blut unserer Märtyrer. Unsere Geschichte ist gefärbt von diesen beiden Strömen, der eine schwarz, der andere rot. Die Ungläubigen können den wahren Gläubigen nichts anhaben. Selbst in unserem Tod können sie lediglich garantieren, dass die große Güte Allahs ungehindert zu denen fließt, die wahrhaft glauben.«

Als Saleet fertig war, schaute er zu seinen Söhnen hinunter. Sie hatten jedes Wort aufgesogen, auch solche Dinge, die sie noch nicht verstehen konnten. Er wusste: In ihren Herzen waren sie bereit, für Allah zu sterben und - obwohl der Gedanke an diese Möglichkeit ihm wehtat - vertraute er doch den Worten des Korans mehr als seinen eigenen Gefühlen. Allah verlangte große Opfer. Wenn dies das Opfer war, das er von Saleet verlangte, würde er es willig bringen, selbst wenn sein Herz dabei zerbrechen würde.

* * *

Washington, D. C.

Najir Mohammed spürte: Dieses Video war Allahs Auftrag an ihn! Der 21-jährige Student der Georgetown University würde die Geschichte mit seinem eigenen roten Blut färben. Seit fast einem Jahr war er dabei, seine Aktion zu planen. Nun war der richtige Augenblick gekommen. In wenigen Tagen würden die Amerikaner ihren *Memorial Day* begehen und der Führer Israels wäre auf amerikanischem Boden. Das konnte kein Zufall sein. Er betete darum, dass Allah ihm eine Gelegenheit zum Handeln geben würde, und er betete um Mut, das zu tun, was er tun musste.

Kapitel 46

Virginia Beach, Virginia

Am frühen Morgen des *Memorial Day*, an dem Amerika seiner gefallenen Soldaten gedenkt, parkte Paige ihr Auto auf dem Schotterparkplatz über der *Broad Bay* am *First Landing State Park*. Die aufgehende Sonne ließ den Fluss in Aquarelloptik rot und orange schimmern. Der Pfad durch den Wald war vermutlich verlassen und noch dämmrig, aber Paige kannte ihre Route auswendig - jeden Baumstumpf, jede Furche, jede Biegung. Wenn sie fertig wäre, wäre die Sonne voll aufgegangen, und dieser Tag, der einer der härtesten seit Langem zu werden versprach, würde offiziell beginnen.

Der *First Landing State Park* war einer der verborgenen Juwelen von Virginia Beach. Groß und unberührt erstreckte das Gelände sich zwischen der direkt am Meer liegenden Atlantic Avenue und dem *Shore Drive* an der *Chesapeake*-Bucht. Der Pfad - der *Cape Henry Trail* - war breit und ziemlich eben. Er verlief durch Sumpfgelände und war auf beiden Seiten von Zypressen gesäumt, die an einem Morgen wie diesem, wo es bereits jetzt schwüle 25 Grad warm war, willkommenen Schatten boten.

Paige hatte sich eine Liste von Musikstücken zusammengestellt, die sie an Patrick erinnerten. Sie würde sie sich während ihres Joggings anhören, um ihre Gefühle herauszuspülen, damit sie ihr nicht mitten am Tag ihre Streiche spielten. Sie versteckte die Autoschlüssel auf dem linken vorderen Reifen und schob die Kopfhörerstöpsel in ihre Ohren. Sie machte ein paar Stretching-Übungen, allerdings zu hastig, um wirksam zu sein, und begann zu laufen. Die nächsten dreißig Minuten wäre sie auf dem Joggingpfad allein mit ihren Erinnerungen. In den Schweiß würden sich die Tränen der Erinnerung an das mischen, was hätte sein können und nicht geworden war.

Eine halbe Stunde später beendete eine emotional leere Paige ihre Runde. Sie nahm die Hörerstöpsel aus den Ohren und ging einige Minuten hin und her, um sich abzukühlen. Sie fühlte sich besser, seelisch gestärkt für den Tag, der vor ihr lag. Sie wischte sich mit dem T-Shirt über das Gesicht, nahm ihre Schlüssel und öffnete die Tür. Auf dem Fahrersitz lag ein großer brauner Briefumschlag. Sie schaute sich rasch auf dem Parkplatz um, aber dort standen nur wenige Fahrzeuge und niemand schaute in ihre Richtung. Sie nahm den Umschlag in die Hand. In der oberen linken Ecke, wo normalerweise der Absender stand, prangten zwei Worte: *Der Patriot.*

Im Umschlag waren einige Blätter und ein USB-Stick. Das erste Blatt war eine Kopie des Titelblatts eines Berichtes des Geheimdienstausschusses im Senat über die Inhaftierungs- und Verhörpraktiken des CIA unter der Bush-Regierung. Paige war bei ihren Recherchen auf den 6 000 Seiten starken Report gestoßen, der inzwischen zum Großteil für die Öffentlichkeit freigegeben war. Das zweite und dritte Blatt waren Auszüge aus dem Bericht. Paige überflog die Dokumente. Warum ließ der *Patriot* sie ihr zukommen? Aha – auf dem ersten Auszug, fast ganz unten, war eine Namensliste, auf der der aktuelle CIA-Direktor John Marcano erschien.

Das nächste Dokument war ein Auszug aus einer Rede, die Marcano bei seinem Dienstantritt als Direktor gehalten hatte. Er führte aus, warum die CIA so wichtig war. Er redete davon, dass jeder andere Gründe dafür habe, den undankbaren Job eines Geheimdienstbeamten zu tun. Für ihn sei dieser Grund ein guter Freund, der am 11. September 2001 in einem der *Twin Towers* gearbeitet hatte. Sehr wahrscheinlich hatte er zu denen gehört, die sich aus dem Gebäude in den Tod gestürzt hatten, um nicht bei lebendigem Leibe zu verbrennen. Sicher wisse man das natürlich nicht, hatte Marcano gesagt, aber er hatte sich das entsprechende Video hundertmal angesehen und er war so gut wie sicher, dass es die verschwommene Silhouette seines Freundes zeigte.

»Ich tue dies für Eric«, hatte er gesagt, »und für seine Familie.«

Paige hatte das dumpfe Gefühl, dass sie dieses Bild sehen würde, wenn sie den USB-Stick in ihren Computer stöpselte, das furchtbare Bild eines Mannes, der in seinen Tod stürzte.

Aber was hatte das mit ihrem Fall zu tun? Und noch beunruhigender: Wie war der *Patriot* in ihr Auto gekommen?

Die einzige Möglichkeit war, dass er ihr zum Park gefolgt war und gesehen hatte, wie sie die Schlüssel auf den Reifen legte. Mein Gott, er hatte sie beobachtet, als sie ganz allein auf dem Parkplatz gewesen war. An wie vielen anderen Tagen beschattete er sie schon? Wie oft schon war der Mann mehr oder weniger neben ihr gewesen, ohne dass sie wusste, wer er war? Und warum lüftete er nicht endlich seine Maske? Und warum half er ihnen auf einmal bei ihrem Prozess, anstatt darüber zu klagen, dass sie ihn begonnen hatten?

Zu keiner dieser Fragen gab es eine Antwort, aber Paige und Wellington hatten begonnen, ein systematisches Profil des *Patrioten* zu erstellen. Sie hatten angefangen, alles aufzuschreiben, was sie über ihn wussten, und hofften, auf diese Weise und über den Ausschluss all dessen, was nicht infrage kam, irgendwann seine Identität herauszufinden. Sie hatten bereits gewusst, dass er ein hochrangiger Beamter mit Insiderwissen über die Sitzungen des Nationalen Sicherheitsrats sein musste und dass er die Strategie der Anwälte der Verteidigung kannte. Gleichzeitig war er aber auch jemand, der sich völlig unbemerkt mindestens zweimal nach Virginia Beach begeben hatte. Er machte den Eindruck eines professionellen Geheimdienstlers, der wollte, dass die Präsidentin zur Rechenschaft gezogen wurde.

Paige beschloss, im Laufe des Tages Wellington und Wyatt anzurufen und sie von der neuesten Post des *Patrioten* zu unterrichten. Die Dokumente würden ihnen mindestens helfen, Marcano besser zu verstehen und sich besser auf seine eidliche Aussage vorzubereiten. Aber ansonsten warf dieser neue Umschlag mehr Fragen auf, als er beantwortete.

Kapitel 47

Washington, D. C.

Für Präsidentin Amanda Hamilton würde dieser *Memorial Day* nicht einfach werden. Zum ersten Mal seit der Zeremonie für die gefallenen SEALs wäre sie auf dem Nationalfriedhof Arlington. Es war üblich, dass der amtierende Präsident dort am *Memorial Day* zum Gedächtnis an die im Krieg gefallenen amerikanischen Soldaten sprach, und sie konnte diesen Termin nicht auslassen.

Aber die Optik, wie Philip Kilpatrick sich gerne ausdrückte, wäre furchtbar. Das Weiße Haus hatte die Angehörigen aller gefallenen SEALs eingeladen - auch Kristen Anderson -, aber alle hatten höflich abgesagt, ja schlimmer noch: Sie hatten beschlossen, stattdessen zu einer Gedenkveranstaltung an der Uferpromenade von Virginia Beach zu gehen, deren Organisatoren als Hauptredner ausgerechnet Admiral Paul Towers engagiert hatten, den ehemaligen JSOC-Kommandanten. Diesem Mann war alles zuzutrauen.

Die Nachrichtensender würden die Rede der Präsidentin mit der von Towers vergleichen und sie dann den lieben langen Tag mit Fragen über den anstehenden Prozess bombardieren. Es würde ein langer Tag werden, das wusste Amanda.

Aber wenn sie ihn erst einmal hinter sich gebracht hatte, sah der Rest der Woche besser aus. Der israelische Premierminister würde zwei Tage lang Gast in der Hauptstadt der Nation sein. Es war geplant, dass er in einer gemeinsamen Sitzung beider Häuser des Kongresses sprach und sich mit der Präsidentin traf. Die Symbolik dieser beiden Treffen würde den Amerikanern nicht verborgen bleiben. Das letzte Mal, als ein israelischer Premierminister die USA besucht hatte, war er nur auf Einladung der Republikaner ins Repräsentantenhaus gekommen und dem Präsidenten aus dem Weg gegangen.

Doch Amanda Hamiltons neue harte Linie gegenüber dem Iran hatte geholfen, die amerikanischen Beziehungen zu Israel zu neuen Höhen zu führen. In einigen Tagen würde sie erleben, wie ein zufriedener Verbündeter ihr in einer gemeinsamen Sitzung beider Häuser des Kongresses seinen Dank aussprach.

Aber erst musste sie den heutigen Tag überstehen. Ihre Rede war vorbereitet, ihre Worte sorgfältig gewählt. Jetzt brauchte sie etwas Zeit, um den Kopf freizubekommen und ihre Nervosität abzureagieren. Ihre Leibwächter mochten es überhaupt nicht, aber ungefähr einmal im Monat ging sie - so das Wetter es erlaubte - zum Potomac-Ruderklub, wischte den Staub von ihrem Rennruder-Einer und machte eine Rudertour. Vor und hinter ihr fuhren in respektvollem Abstand die Leibwächter in ihren kleinen Motorbooten und beobachteten mit Argusaugen die Ufer. Als Amanda noch frisch im Amt gewesen war, hatten sie versucht, ihr ihre Rudertouren auszureden, aber Amanda konnte stur sein. Das Wasser gab ihr etwas, das sie nicht recht beschreiben konnte - etwas, das nicht nur ihren Körper betraf, sondern fast schon etwas Spirituelles war. Das rasche Gleiten über den *Potomac River*, mit hämmerndem Herzen und brennenden Muskeln, es hatte etwas, das ihrem Denken Flügel und Richtung gab. Dort auf dem Wasser bekam sie Mut und einen neuen Blick auf die Dinge. Immer wenn sie danach zurück zu der Anlegestelle kam, war ihr Körper erschöpft und ihr Gehirn durchgepustet für alle Aufgaben, die vor ihr lagen.

Sie trug das Boot selbst zum Wasser und schlüpfte hinein. Die Sonne hatte die Morgenluft noch nicht erwärmt. Amanda begann langsam, streckte ihren Körper, erkundete die Strömung. Doch bald fühlte sie sich wie ein Schulkind in den Ferien und ruderte mit voller Kraft. Ihre Muskeln erinnerten sich an jedes Detail ihrer Bewegungen, die seit zwanzig Jahren ihr Rudern so geschmeidig und kraftvoll zugleich machten. Sie streckte ihre langen Arme aus, glitt mit dem Sitz nach vorne, tauchte die Ruder exakt im richtigen Winkel in das Wasser ein und ließ Rumpf und Beine samt dem Sitz zurückschnellen, bevor sie die Ruder waagerecht drehte und den Ablauf wiederholte. Ihr Tempo stieg auf vierzig Schläge pro Minute. Strecken, packen, gleiten, waagerecht und wieder von vorne, Schlag um Schlag. Das Boot schoss nach vorne, die Ruder schnitten ins Wasser, flogen zurück zum nächsten Eintauchen. Amandas Atem und ihr Herzschlag wurden schneller. Sie war eine Kämpferin und Kämpfer fuhren nicht zum Spaß ein bisschen Kahn. Schneller, schneller. Die Erschöpfung begann früher, als sie eigentlich sollte. »Komm«, befahl sie sich, »du bist 46 und nicht 60.«

Ihre Schultern begannen zuerst zu brennen, dann kamen die Oberschenkel und die Knie, bald fühlten ihre Arme sich wie Gummi an. Sie befahl ihrem Körper, sich aufrechter zu setzen.

★ ★ ★

Auf dem westlichen Flussufer, gut versteckt im Gestrüpp und außer Sichtweite des Helikopters am Himmel und der Agenten in den Booten, saß Najir Mohammed. Die Präsidentin war momentan außer Schussweite, aber sie ruderte in seine Richtung. Ein ganzes Jahr hatte er auf diesen Augenblick gewartet. Er atmete tief ein und aus, um seine Nerven zu beruhigen, während seine Augen durch das Visier lugten. Der Finger, der den Auslöser umklammerte, zitterte leicht. Er trug einen Sprengstoffgürtel, damit er, falls sie ihn nach der Tat verhaften wollten, so viele Ungläubige wie möglich mit in den Tod nehmen konnte. Heute war der *Memorial Day,* was also konnte heldenhafter sein, als an diesem Tag ein Märtyrer für die Sache des Propheten in einem heiligen Krieg zu werden?

»*Allahu Akbar*«, flüsterte er. »*Allahu Akbar.*«

Kapitel 48

Fast 25 Minuten hatte Amanda Hamilton gerudert. Auf dem Weg zurück zum Ruderklub wollte sie noch ein paar Sprints einlegen. Sie begann, das Boot langsam zu wenden. Sie atmete tief durch und gönnte ihren ermüdeten Muskeln eine Pause.

»Fit wie eh und je, Frau Präsidentin!«, rief einer der Leibwächter in dem Boot, das ihr folgte.

»Sie werden dafür bezahlt, dass Sie mich beschützen, Caleb!«, rief sie zurück. »Für höfliche Lügen gibt's keinen Extrabonus!«

Im Großen und Ganzen verstand sie sich bestens mit diesen Männern. Wie der Papst war sie gerne unter Menschen, was den Job für ihre Leibwächter nicht leicht machte. Aber sie war keine Diva – zumindest behaupteten das die Männer – und die meisten kannte sie mit ihren Vornamen.

Diese Rudertrips am frühen Morgen waren das, was sie am allerwenigsten mochten. Sie durften natürlich nicht im Terminkalender stehen und an beiden Ufern und in den Begleitbooten hielten Agenten Ausschau nach allem, was verdächtig aussah. Es brauchte viel Personal für diese Einsätze, sodass die Präsidentin nicht sehr oft rudern ging.

Aber gelegentlich bestand sie immer noch auf diesem einen Luxus, den sie sich gönnte. Clinton ging dreimal die Woche auf öffentlicher Straße joggen, mit etwa einem Dutzend Leibwächtern im Schlepptau. Auch Bush war ein Läufer und Obama spielte auf öffentlichen Golfplätzen. Hamilton hatte halt ihr Ruderboot.

* * *

Najir Mohammed betete, dass die Präsidentin ein bisschen näher kommen möge. Stattdessen begann sie zu wenden. Statt ihren kräftigen Rücken im Visier zu haben, hatte er jetzt ein Ziel vor sich, das er nur von der Seite sah und das sich bewegte. War sie womöglich schon zu weit weg?

Aber besser würde es nicht werden. Als sie das Wendemanöver beendet hatte und das hintere Begleitboot langsam durch die Schussbahn glitt, zog er das Fadenkreuz zu ihrer Herzgegend hin. Immer auf die Körpermitte zielen – selbst wenn er nicht akkurat traf, die Kugel würde immer noch ein Ziel finden. Und wenn Allah wollte, dass die Präsidentin starb, dann würde sie sterben. Aber was auch immer geschah, er würde heute als Märtyrer sterben. Es gab kein Zurück.

★ ★ ★

Die Präsidentin startete ihren Countdown-Timer und holte weit mit den Rudern aus. Die ersten Schläge würden kraftvoll und tief ins Wasser tauchen und das Boot höher heben. Danach wollte sie auf Tempo machen, mit Zwei-Minuten-Sprints, die ihre Muskeln brennen lassen würden.

Bei ihrem dritten Ruderschlag hörte sie, wie hinter ihr, ein paar Meter vom Heck das Bootes, etwas ins Wasser klatschte. Die Leibwächter mussten es auch bemerkt haben, denn sie drehten sich abrupt auf ihren Sitzen herum, die Waffen gezogen. Der nächste Ruderschlag und etwas traf laut knackend das Heck des Bootes. Das Geräusch ließ Amanda zusammenfahren. Die Kugel schnitt durch den Kunststoff des Bootsrumpfes.

»Da drüben!«, schrie jemand.

»Runter, Madam!«

Sie ließ die Ruder los und ließ sich seitlich aus dem Boot rollen. Das kalte Wasser wollte ihr zunächst den Atem nehmen. Sie tauchte. Verwirrung. *Halt die Luft an* ... Sie versuchte, tiefer zu tauchen. Denn wenn sie lange genug unter Wasser blieb, hätten die Leibwächter Zeit, zu reagieren. Jemand wollte sie umbringen! Wie viele waren es? Die Luft wurde knapp. Sie musste auftauchen, die Lage prüfen, den nächsten Schritt planen.

Als sie hochkam, sprang einer der Agenten neben ihr ins Wasser. Er packte ihren Arm. »Kopf runter!«

Die beiden Boote – eines auf jeder Seite – waren eine Schutzbarriere zwischen der Präsidentin und dem Flussufer. Die Leibwächter in einem der Boote packten sie, hievten sie ins Boot und drückten sie sofort auf den Boden.

»Sorry, Madam«, sagte einer von ihnen. »Es schießt jemand auf Sie.«

Der Bootsführer ließ den Motor aufheulen. Das Boot schoss herum und nahm Kurs zurück auf das Bootshaus. Amanda, die flach auf dem Bauch lag, hörte den Funkverkehr mit. Man forderte Verstärkung an, sperrte die Straßen, suchte die Ufer ab, funkte nach einem Hubschrauber.

Sie flüsterte ein Dankgebet. Sie wusste: Das war ihr letztes Morgenrudern auf dem Potomac gewesen. Diesen *Memorial Day* würde nie vergessen.

★ ★ ★

Virginia Beach, Virginia

Paige bereitete sich gerade auf die Gedenkveranstaltung in Virginia Beach vor, als die SMS von Kristen kam: »Hast du das mit der Präs. gehört?«

Sie schaltete sofort den Fernseher an. Die Moderatoren waren atemlos. Die Präsidentin hatte auf dem Potomac gerudert, als ein Attentäter mehrere Schüsse auf sie abgab. Der Mann war tot, nachdem ein Scharfschütze des Geheimdienstes ihn von einer nahe gelegenen Brücke aus erschossen hatte. Der verhinderte Präsidentenmörder hatte einen Sprengstoffgürtel getragen. Die Präsidentin war unverletzt.

Paige musste an den anstehenden Gedenkgottesdienst im *Neptune's Park* an der Uferpromenade denken. Es wurde immer verrückter in diesem Land. Die Verwandten der zwanzig gefallenen SEALs würden zu der Veranstaltung kommen – und der ehemalige JSOC-Kommandant würde sprechen. Sie hoffte, dass die Organisatoren die Sicherheit gewährleisten konnten.

Sie war ehrlich erleichtert, dass der Präsidentin nichts passiert war. Es waren Augenblicke wie dieser, die das Land zusammenschweißten. Trotz des Prozesses wollte Paige immer noch nicht glauben, dass die Präsidentin Patrick und seine Männer in den Jemen beordert hatte, wohlwissend, dass diese dort sterben würden. Sie erinnerte sich daran, wie tief die Freundlichkeit der Präsidentin sie bewegt hatte, als diese erst vor wenigen Monaten die Angehörigen der SEALs ins Weiße Haus eingeladen hatte, jede Familie. Auch ihre Rede auf dem Friedhof Arlington hatte Paige zu Tränen gerührt. Sie wollte und konnte es noch nicht glauben, dass das alles nur Show gewesen war.

Philip Kilpatrick und John Marcano waren eine andere Geschichte. Sie waren offensichtlich Lügner und gehörten zur Verantwortung gezogen. Aber die Präsidentin? Paige hatte ihre Differenzen mit ihr, aber sie dankte Gott, dass Amanda Hamilton noch lebte.

Kapitel 49

Das große Gesprächsthema in Virginia Beach vor Beginn der Gedenkstunde zum *Memorial Day* waren die Neuigkeiten aus Washington. Admiral Paul Towers und sein Stabschef Daniel Reese verbrachten vor der Veranstaltung eine halbe Stunde damit, im Ballsaal des Hilton-Hotels gleich neben dem *Neptune's Park* mit den Angehörigen der gefallenen SEALs zu sprechen. Daniel verhielt sich freundlich gegenüber Kristen und Paige. Es war fast so, als habe es das merkwürdige Telefonat vor zwei Tagen nie gegeben, aber er wirkte trotz allem steif und förmlich. Paige hatte den Eindruck, dass er sich in ihrer Nähe nicht wohlfühlte. Lag es daran, dass sie seinen Besuch im Hause Anderson bei ihrem Gerichtstermin erwähnt hatte?

Die Sicherheitsvorkehrungen waren wasserdicht. FBI und Polizei hatten alle Gästezimmer im Hilton-Hotel, die auf den Park hinausgingen, evakuieren lassen. Auf den Dächern der Nachbargebäude waren Scharfschützen in Stellung gegangen. Dutzende uniformierte Polizisten hatten sich unter die Menge gemischt und jeder, der in den Park wollte, musste durch eine der Eingangsschleusen, an denen er auf Waffen und Sprengstoff durchsucht wurde.

Der Park war voll, die Sonne heiß und Admiral Towers hielt eine bewegende Rede. Man hatte sich zugeraunt, dass er die Präsidentin frontal angreifen würde. Es hieß, er würde über den Heldenmut der gefallenen SEALs reden und darüber, dass man einen toten SEAL niemals in Feindeshand zurückließ. Man ging davon aus, dass er die Präsidentin auffordern würde, sich in dem *Anderson*-Prozess nicht länger hinter der

Staatsgeheimnis-Doktrin zu verstecken, sondern klipp und klar auszusagen, was sie gewusst und wann sie es gewusst hatte.

Doch nichts dergleichen geschah. Vielleicht war Towers zu sehr Soldat, um seinen Oberbefehlshaber zu kritisieren, vielleicht hatte er auch nach dem gescheiterten Anschlag auf die Präsidentin den Redetext verändert. Ganz gleich, woran es lag: Was er sagte, war ohne jede politischen Untertöne oder Bemerkungen über die Präsidentin.

Paige genoss es, wieder mit den Angehörigen der anderen SEALs zusammen zu sein. Erst zum Ende der Feierlichkeiten, als sie den Park wieder verlassen wollte und sie plötzlich Wyatt Jackson sah, verschlechterte sich ihre Stimmung.

»Es heißt, dass es ein Einzeltäter war«, raunte ihr Wyatt so leise zu, dass nur Paige es hören konnte. »Der nächste islamische Terrorist.«

»Ich weiß. Hab die Berichte gesehen.«

»Dumm für uns. In einem Tag wird die Präsidentin von Richard Nixon zu John F. Kennedy. Das nenn ich Glück!«

Paige verkniff es sich, auf diese Geschmacklosigkeit zu antworten. Sie hatte die Präsidentin bewundert, dass sie trotz des Mordanschlags ihre Rede in Arlington gehalten hatte. Aber was brachte es, auch nur zu versuchen, Wyatt Jackson von irgendetwas zu überzeugen?

»Wir reden später«, murmelte sie, während sie in die andere Richtung davonging. Der Tag war auch ohne Wyatt stressig genug gewesen.

★ ★ ★

Washington, D. C.

Um 9 Uhr an diesem Abend erhielt Philip Kilpatrick einen Anruf von der Präsidentin.

»Sie müssen mir einen Abend in den nächsten zwei Wochen freischaufeln«, wies Hamilton ihn an.

Kilpatrick seufzte leise. Er verbrachte sein halbes Leben damit, den Terminkalender der Präsidentin zu jonglieren, musste freie Viertelstunden für wichtigste Gespräche finden und die Kunst beherrschen, tausend wichtige Leute höflich abzuwimmeln. Es war einfacher, ein neues Gesetzespaket durch die Instanzen zu bringen, als einen ganzen Abend im Terminkalender der Präsidentin freizubekommen.

»Worum geht es?«, fragte er.

»Ich gebe eine Pizza-Party für unsere Leibwächter. Ich möchte die Ehefrauen und Kinder von allen mit einladen. Ich hätte sie nie in diese Lage bringen dürfen.«

»Das ist eine gute Idee. Ich werde sehen, was sich machen lässt«, versprach Kilpatrick. »Ach, und übrigens, Frau Präsidentin: Ich habe einen Ruder-Heimtrainer bestellt.«

Kapitel 50

Virginia Beach, Virginia

Am Dienstag nach dem *Memorial Day* stellten Philip Kilpatricks Anwälte einen Eilantrag auf vorläufige Aussetzung des Verfahrens. Falls der Antrag durchging, bedeutete dies, dass Paige und Wyatt keine Zeugenbefragungen durchführen konnten, bis das Bundesberufungsgericht für den vierten Bezirk über den Einspruch entschieden hatte. Dem Antrag lag eine lange Erläuterung bei, an der die Anwälte offenbar an dem ganzen verlängerten Wochenende gearbeitet hatten, und als Anlage zu der Erläuterung gab es eine eidesstattliche Erklärung von Daniel Reese.

In dieser Erklärung behauptete Reese, dass die SEALs zwar CIA-Sterbegelder erhalten hatten, dass sie aber dennoch im Rahmen ihres militärischen Dienstes direkt dem Joint Special Operations Command unterstanden hatten. Sie unterstanden auch dem Kriegsgericht und hatten während der Mission weiter ihr Gehalt von der US-Marine bezogen. Reese fügte hinzu, dass er bei einem Video-Anruf persönlich gehört hatte, wie Direktor Marcano der Präsidentin sagte, dass die CIA ihren Quellen zu 95 Prozent vertraute. Seines Wissens nach hatte man der Präsidentin zu keinem Zeitpunkt etwas anderes gesagt.

Für Paige warf diese Erklärung eine Menge Fragen auf. Wahrscheinlich hatte Reese sie nur deswegen unterschreiben müssen, weil Paige ihn in ihrem Plädoyer vor Richterin Solberg erwähnt hatte. Die Beklagten wollten offenbar klarstellen, dass Reese auf ihrer Seite war. Was ihren sachlichen Inhalt anging, ignorierte die eidesstattliche Erklärung die Möglichkeit, dass die Präsidentin in offiziellen Besprechungen etwas anderes gehört hatte als über inoffizielle Kanäle wie das Parkbanktreffen zwischen Marcano und Kilpatrick.

Ein paar Stunden nachdem sie Reeses Erklärung gelesen hatte, erhielt Paige einen Anruf von Wyatt Jackson.

»Wir sollten nicht nur Kilpatrick und Marcano, sondern gleich auch Daniel Reese unter Eid vernehmen«, schlug er vor.

Es war typisch Wyatt Jackson – möglichst sofort zurückschlagen ...

Er ärgerte sich auch über den Antrag auf Sicherheitsüberprüfung, den er gerade ausfüllte. »Am besten führen Sie diese Vernehmungen gleich selbst durch. Mich erklären die nie und nimmer für sicherheitsrisikofrei. Ich kümmer mich halt um die Sache mit dem Berufungsgericht des vierten Bezirks.«

»Wenn Sie die Sicherheitsüberprüfung schaffen, verlier ich mein Vertrauen in das System«, sagte Paige.

»Das ist genau das Problem«, schoss Wyatt zurück. »Sie glauben immer noch an das System.«

★ ★ ★

Washington, D. C.

Zwei Tage später fuhr Philip Kilpatrick in seinem Büro im Westflügel des Weißen Hauses seinen Computer hoch und öffnete ein Diagramm, das er andächtig studierte. Es trug die unauffällige Überschrift *Beliebtheit*. An diesem Tag trug Kilpatrick stolz einen neuen Pegelstand ein – das erste Mal in fast einem Jahr hatte die Zustimmungsquote der Präsidentin die 50-Prozent-Marke überschritten. Nun ja, es war die richtige Woche dafür gewesen.

Die Memorial-Day-Rede der Präsidentin, so kurz nach dem gescheiterten Anschlag auf ihr Leben, hatte voll eingeschlagen in einer Nation, die sich nach Helden sehnte. Die Ermittlungen hatten ergeben, dass Najir Mohammed die Präsidentin seit fast einem Jahr beobachtet hatte. Seine Ideen hatte er von dem IS und einem halben Dutzend radikaler muslimischer Geistlicher, deren Predigten er im Internet gehört hatte.

Dann der Besuch des israelischen Premierministers und seine warmen Worte über die neue harte Haltung der Präsidentin gegenüber dem

Iran. Dies hatte Amanda eine Aura des internationalen Respektes verliehen, die sie vorher nicht gehabt hatte. Sie hatte Probleme gehabt, den Verbündeten Amerikas die neuen Sanktionen gegen den Iran schmackhaft zu machen; aber was hatte der hohe Besucher aus Israel vor den beiden Häusern des Kongresses erklärt? Dass Führerschaft manchmal bedeute, dass man alleine etwas durchfechten müsse. Und wer wisse das besser als Israel? Der israelische Premierminister brachte seine Dankbarkeit zum Ausdruck, dass die Vereinigten Staaten nicht jenen Weichei-Staaten nachgegeben hatten. Es war eine mitreißende, von etlichen Ovationen unterbrochene Rede, die den Popularitätswert der Präsidentin deutlich hatte steigen lassen. Wenn es gelang, über den 50 Prozent zu bleiben, stünde es mit den Zwischenwahlen im November vielleicht doch nicht so schlecht.

Später an diesem Tag, nach der gemeinsamen Pressekonferenz der Präsidentin und des israelischen Premierministers und vor der Leibwächter-Pizza-Party am Abend, von der der ganze Westflügel sprach, schlüpfte Kilpatrick in ein Konferenzzimmer, um zusammen mit einem halben Dutzend Personen über das Schicksal von Saleet Zafar zu entscheiden, dem neuesten radikalen Imam, der ein Kandidat für die Abschussliste war. Zafar hatte jetzt die zusätzliche *Qualifikation*, einer der muslimischen Geistlichen zu sein, die Najir Mohammed zu seinem Attentat inspiriert hatten.

»Dies ist das neue Gesicht des IS«, erläuterte Dylan Pierce. »Religiöse Führer verbreiten ihren Hass im Internet und Einzelgänger führen Terrorakte in unserem Land durch. San Bernardino, Orlando, Fort Hood und jetzt ein Attentat auf die Präsidentin. Es geht ja nicht nur um Dschihad-Predigten. Wir haben zuverlässige Informationen, dass Zafar sich mit Führern der Huthi-Rebellen und des IS getroffen hat. Predigen ist eines, aber mit Terrorgruppen, die Amerikaner töten, zusammenzuarbeiten, das ist eine andere Geschichte.«

Seth Wachsmann schüttelte langsam seinen Kopf. Kilpatrick spürte, dass der schweigsame Justizminister mit dem kurz geschnittenen grauen Bart und der größer werdenden Glatze wusste, dass das Blatt dabei war, sich gegen ihn zu wenden. Aber er ließ sich nicht beirren, auch nicht von dem Besuch des israelischen Premierministers, ja noch nicht einmal von dem gescheiterten Attentat auf die Präsidentin. In gemessenem Ton gab der intellektuelle Wachsmann sein Plädoyer ab, als sei er ein Verteidiger, der versuchte, einem Klienten den elektrischen Stuhl zu ersparen. »Der Erste war Anwar al-Awlaki. Dann kam Yazeed Abdul Hamid. Und jetzt Saleet Zafar. Sehen Sie das nicht? Wenn einer stirbt, wird er gleich durch einen anderen ersetzt. Wir können einen Krieg gegen Terroristen nicht dadurch gewinnen, dass wir so werden wie sie.«

Wachsmann unterbrach sich und schaute um den Tisch herum in die Runde der Gesichter. »Dies darf nicht zu einem Religionskrieg werden«, fuhr er fort. »Ich verabscheue die Ideologie von Saleet Zafar. Dieser Mann wird erst ruhen, wenn er mein Volk vernichtet hat. Aber wenn Sie glauben, dass wir ihn dadurch zum Schweigen bringen, dass wir ihn töten, liegen Sie falsch. Wir werden ihm vielmehr ein Megafon geben. Najir Mohammed hörte sich nicht nur die Predigten von noch lebenden Imamen an, sondern auch die von solchen, die für ihre heilige Sache gestorben waren.«

Wachsmann sah Präsidentin Hamilton an, wohl wissend, dass sie die Einzige im Raum war, die wirklich zählte. »Frau Präsidentin, ich bin nie stolzer auf diese Regierung gewesen als gestern Abend, als der israelische Premierminister in der gemeinsamen Sitzung des Kongresses dafür dankte, wie wir für den Frieden und die Sicherheit Israels eingestanden sind. Und wir müssen dies weiter tun und gegen feindliche Soldaten und Terroristen kämpfen und radikale Regime wie den Iran isolieren. Aber wir zeigen als Nation keine Größe, wenn wir uns auf das Niveau von nächtlich durchgeführten Drohnenangriffen auf führende islamische Geistliche begeben, vor allem dann nicht, wenn wir keine echten Beweise dafür haben, dass dieser Mann in den Diensten einer Terrorgruppe steht. Ich möchte mit allem nötigen Respekt darauf dringen, dass wir unsere Ideale nicht einem bloßen Zweckdenken opfern.«

»Danke, Seth«, sagte die Präsidentin. »Ihre besonnene, von hohen Prinzipien getragene Analyse dieser Themen ist der Grund dafür, dass ich Sie für einen der besten Justizminister halte, die dieses Land je hatte.«

Philip Kilpatrick wusste genau, was auf dieses Dankeschön folgen würde. Seinem Gesichtsausdruck nach zu urteilen, wusste es auch Seth Wachsmann. Erst die gute, dann die schlechte Nachricht. Die Präsidentin würde gleich ihre Genehmigung geben, jemanden in die Abschussliste aufzunehmen, dessen Verbrechen im Wesentlichen darin bestand, dass er den Dschihad predigte. Es waren schon andere Imame auf der Liste gelandet, aber sie alle hatten nachweisliche Verbindungen zu den Operationen von Terrorgruppen gehabt, nicht nur zu ihrer Ideologie. Dies war ein Wendepunkt und alle, die hier am Tisch saßen, wussten es.

Die Präsidentin fuhr fort: »Ich versuche, mich nicht von der Tatsache beeinflussen zu lassen, dass Zafars Predigten auf dem Computer des Mannes gefunden wurden, der mich töten wollte.« Kilpatrick sah das Gewicht ihrer Entscheidung auf ihrem Gesicht. »Aber wir müssen uns den Fakten stellen. Zafar predigt einen fanatischen Islam und ruft seine Anhänger auf, Märtyrer zu werden. Wir wissen, dass er sich mit IS-Führern und Huthi-Rebellen zumindest getroffen hat. Und wir wissen auch, dass jetzt, in diesem Augenblick, irgendwo im Land wahrscheinlich jemand ist, der einer seiner Predigten lauscht und den nächsten Angriff auf amerikanischem Boden plant.«

Hamilton unterbrach sich und sah in die Ferne, als suche sie Rat bei einem der großen Staatsmänner, die vor ihr auf diesem Stuhl gesessen hatten. Dies war die Art moralischer Fragen, die über das Vermächtnis eines Präsidenten entschied.

»Die erste und höchste meiner Aufgaben ist es, das amerikanische Volk und unsere Art, zu leben, zu schützen. Seth, wir können entweder diese Leute den Krieg in unser Land tragen lassen oder wir tragen ihn zu ihnen. Dies ist eine neue Art Krieg – einen, den wir uns nicht ausgesucht haben, aber vor dem wir nicht weglaufen können. Und ich bin mir nicht sicher, ob es einen Sprecher für unsere Feinde gibt, der mehr Überzeugungskraft hat als Saleet Zafar. Wie können wir die Fußsoldaten töten, aber nicht das Haupt der Schlange abschlagen?«

Seth schaute nach unten und schüttelte sachte den Kopf.

Die Präsidentin wandte ihren Blick Direktor Marcano zu. »Sie haben meine Genehmigung für einen gezielten Angriff auf Saleet Zafar«, sagte sie leise. »Aber ich möchte nicht, dass seine Familie zum Kollateralschaden wird. Haben Sie mich verstanden?«

»Jawohl, Frau Präsidentin.«

Ein paar Minuten später war die Besprechung beendet. Philip Kilpatrick folgte der Präsidentin hinaus und schielte über seine Schulter zu dem CIA-Chef. Marcano sah ihnen hinterher, die Augen kalt und berechnend. Der Gedanke daran, was für eine Macht dieser Mann hatte, ließ

Kilpatrick frösteln. Und da war noch etwas anderes, was an ihm nagte, als er den Flur entlangging, immer einen Schritt hinter der Präsidentin der Vereinigten Staaten. Es waren drei Personen in dem Konferenzzimmer gewesen, die Dinge über Saleet Zafar wussten, die die anderen nicht wussten: er selbst, Direktor Marcano und die Frau, der er gerade folgte. Kilpatrick wusste nicht, in welchem Maße die Entscheidung der Präsidentin von der Rolle beeinflusst war, die Zafar nicht bei dem Anschlag auf sie, sondern bei den Ereignissen der letzten drei Monate gespielt hatte.

Er versuchte, innerlich auf den nächsten Termin umzuschalten, aber er wurde ihn nicht los, diesen Blick auf Marcanos Gesicht. Er musste an etwas denken, was Marcano ihm schon x-mal gesagt hatte und das nur zum Teil im Spaß: »Zwei Leute können immer ein Geheimnis für sich behalten - solange einer von ihnen tot ist.«

Kapitel 51

Virginia Beach, Virginia

Über dreißig Tage lang taten ganze Armeen von Anwälten der Beklagten Kilpatrick und Marcano ihr Bestes, um die vorgesehenen eidlichen Befragungen ihrer Klienten zu stoppen. Sie hatten bereits Richterin Solberg ersucht, ihre Entscheidung auszusetzen, damit sie noch vor den Vernehmungen Berufung beim Bundesberufungsgericht für den vierten Bezirk einlegen konnten. Solberg hatte dies verweigert. Jetzt hatten sie beim Bundesberufungsgericht selbst einen Eilantrag auf Aussetzung der Vernehmungen gestellt, bis das Berufungsgericht den Fall umfassend geprüft hatte.

Wellington und Paige reagierten auf jedes neue Schriftstück mit eigenen Darstellungen der Sachlage; ihr Argument war, dass man das Verfahren mit den von Richterin Solberg beschriebenen Einschränkungen seinen Gang nehmen lassen sollte. Jede neue Eingabe der Beklagten trug für jede der Kanzleien die Unterschrift von etwa einem halben Dutzend Anwälten. Aber unter den Eingaben für Kristen Anderson standen immer dieselben drei Anwaltsnamen und einer der drei – Wyatt Jackson – hatte kein Wort geschrieben. Als der Juli kam, waren Paige und Wellington übernervös vor Schlafmangel.

Der Stand der Dinge war, dass die erste Vernehmung unter Eid für Freitag, den 13. Juli, angesetzt war. Paige würde Direktor Marcano vernehmen. Wyatt hatte, wie erwartet, die Sicherheitsüberprüfung nicht bestanden und durfte noch nicht einmal das Gerichtsgebäude betreten, wenn Paige den CIA-Direktor befragte. Wyatt hatte große Lust, juristisch dagegen vorzugehen, aber als Paige die lange Liste von Verwarnungen gegen ihn wegen Missachtung des Gerichts und von Beschwerden wegen Verletzung der Berufsethik sah, redete sie ihm sein Vorhaben aus. Wozu einen Krieg anfangen, den sie nicht gewinnen konnten?

Zwei Tage vor der Vernehmung erklärte das Bundesberufungsgericht mit einem Bescheid von einigen Zeilen, dass es dem Eilantrag auf Aussetzung nicht stattgab. Das von Richterin Solberg vorgeschlagene Verfahren sei fair und trage der Wahrung von Staatsgeheimnissen angemessen Rechnung.

Gleich am nächsten Tag reichten die Beklagten einen 35 Seiten starken Antrag beim Obersten Gerichtshof der USA ein, mit der Bitte, das Ruhen des Verfahrens zu veranlassen, bis die Richter Zeit gehabt hätten, die Berufung anzuhören und über den weiteren Verlauf des Verfahrens zu entscheiden. Der Antrag behauptete, dass, würden die Vernehmungen nicht bis auf Weiteres ausgesetzt, Staatsgeheimnisse ans Licht kommen könnten - mit unabsehbaren Folgen.

Nach den Richtlinien des Obersten Gerichtshofes würde der Eilantrag zuerst dem einen Richter mit Zuständigkeit für den Bezirk Virginia vorgelegt werden - dem Obersten Richter Cyrus Leonard. Theoretisch konnte er alleine, ohne sich mit seinen Kollegen zu besprechen, ein Ruhen des Verfahrens anordnen, obwohl solch ein Vorgehen extrem selten war, vor allem während der sommerlichen Sitzungspause.

»Kann sein, dass er eine beschleunigte Überprüfung anordnet«, teilte Wellington Paige mit. »Aber in den 24 Stunden, bevor wir unsere Vernehmungen beginnen, wird er nichts tun.«

Er sagte es in einem selbstsicheren Ton, aber Paige hatte eine Frage. »Wie viele Prozesse haben Sie und Wyatt schon vor dem Obersten Gerichtshof geführt?«, fragte sie, obwohl sie die Antwort schon wusste.

»Das hier wäre unser erster.«

★ ★ ★

Der Anruf kam um 23:05 Uhr in der Nacht vor Marcanos Vernehmung. Paige hatte ihre Fragenliste fertiggestellt und war gerade zu Bett gegangen. Als sie die Stimme erkannte, startete sie sofort die Aufnahmesoftware, die Wellington auf ihrem Telefon installiert hatte.

»Daniel Reese zu vernehmen, ist keine gute Idee«, sagte der *Patriot*. Seine Stimme klang künstlich-metallisch wie immer.

»Warum?«

»Es gibt Dinge, die ich nicht am Telefon sagen kann. Wir müssen uns persönlich treffen.«

»Und wann können wir das machen?« Paiges Herz begann zu hämmern. Dies war das erste Mal, dass der Unbekannte von einem persönlichen Treffen sprach.

»Ich muss erst noch ein paar Dinge klären. Ich gebe Ihnen bald endgültig Bescheid.«

»Haben Sie noch weitere Informationen über Marcano?«, fragte Paige.

»Sie haben das Material bekommen, das ich Ihnen geschickt hatte?«

»Ja.«

»Dann haben Sie alles, was Sie brauchen.«

»Meinen Sie?«, fragte Paige.

»Ich melde mich wieder. Aber halten Sie Abstand von Reese.«

Wie immer legte der *Patriot* auf, ohne sich zu verabschieden. Aber diesmal hatte Paige das Gespräch aufgenommen.

Sie zog sich wieder an und rief Wellington an. »Ich komme gleich«, sagte er.

Als er kam, stellte er seinen Computer auf Paiges Küchentisch und speicherte das Gespräch auf seiner Festplatte. Eine ganze Stunde lang schaute Paige dabei zu, wie Wellington versuchte, die Software, die die Stimme des *Patrioten* verfremdete, zu überlisten. Inzwischen war es schon nach Mitternacht und der morgige Tag versprach, sehr lang zu werden.

»Ich geh ins Bett«, sagte sie Wellington. »Viel Glück.«

»Okay«, erwiderte er, ohne aufzusehen.

Als Paige am nächsten Morgen in die Küche kam, lag auf dem Tisch ein handgeschriebener Zettel: »Bis jetzt nichts. Mache weiter.«

Kapitel 52

Oberster Richter Leonard hatte sich nicht gemeldet. Also erschienen Paige und Wellington am Freitagmorgen in Solbergs Gerichtssaal, um die Vernehmung von CIA-Direktor John Marcano durchzuführen. Der große Saal, der im Mai gerammelt voll gewesen war, war jetzt fast leer. Dylan Pierce war natürlich da, dazu drei weitere Anwälte aus seiner großen Kanzlei; das machte vier Männer mit Anzug, Bügelfalte und Krawatte, alle an Top-Unis ausgebildet und bereit, sich wie die Geier auf jede Gelegenheit zu einem Gegenangriff zu stürzen.

Ihr Klient, Philip Kilpatrick, saß am Verteidigertisch. Er hatte sich auf seinem Stuhl zurückgelehnt und seine großen Ohren, die dunklen Brillengläser und der kurz geschnittene graue Bart ließen ihn harmloser aussehen, als er war. Aber Paige wusste, dass ihm nichts entging. Er würde sie und ihre Taktik genauestens beobachten, denn nach Marcano käme er an die Reihe.

Auch Marcanos Anwalt, Kyle Gates, war gekommen, aber anders als Pierce ohne ein Gefolge von Kollegen. Er begrüßte Paige mit einem aggressiven Händedruck und einem kräftigen »Guten Morgen«. Die Nackenmuskeln des ehemaligen Green Beret waren wie Drähte gespannt; er war kampfbereit.

Paige versuchte, ihre eigene Nervosität niederzukämpfen. Sie hatte ihre kurze Karriere mit Plädoyers vor dem Berufungsgericht verbracht, nicht mit Zeugenvernehmungen. Dies war einer der seltenen Augenblicke, in denen sie sich wünschte, Wyatt Jackson an ihrer Seite zu haben.

Richterin Solberg nahm mit der obligatorischen großen Tasse Kaffee auf der Richterbank Platz und eröffnete die Sitzung. Sie bat den Gerichtsstenografen, John Marcano zu vereidigen, der nach vorne kam, die Schultern dünn und rund unter seinem schwarzen Anzug. Er hob die rechte Hand und legte den Eid ab, dann setzte er sich auf die Zeugenbank. Seinen Vogelaugen, die unter seiner langen, gewölbten Stirn hervorlugten, entging keine von Paiges Bewegungen. Seine Haut war fleckig an diesem Vormittag, die Stirn zu permanenten Runzeln zerfurcht, das dünne graue Haar zurückgekämmt. Paige hatte sich die Videoaufzeichnungen mehrerer Zeugenaussagen Marcanos vor dem Kongress angeschaut und wusste, dass er mit seiner Arroganz und permanenten Abwehrhaltung ein unsympathischer Zeuge wäre.

»Zu Beginn möchte ich die Anwesenden daran erinnern, dass diese Sitzung strikt nicht öffentlich ist«, sagte Richterin Solberg. »Kein Teil des Protokolls darf an Personen weitergegeben werden, die nicht in der Schutzverfügung durch das Gericht aufgeführt sind.«

Paige wusste, dass dies ein verdeckter Hinweis auf Wyatt Jackson war, der nicht in der Schutzverfügung stand, weil er die Sicherheitsüberprüfung nicht geschafft hatte.

»Ms Chambers, beginnen Sie, bitte.«

Paige trat auf das große hölzerne Podest und begann mit ein paar allgemeinen Fragen. Dann kam sie zur Sache: »Haben Sie vor Beginn der Mission *Operation Exodus* am 30. März der Präsidentin oder ihrem Stabschef irgendwelche Informationen zukommen lassen, die andeuteten, dass die Mission gefährdet war oder Ihre Informationsquellen nicht zuverlässig waren?«

Kyle Gates schnellte hoch. »Einwand! Die Beantwortung dieser Frage würde es erfordern, dass Direktor Marcano Staatsgeheimnisse betreffend laufender CIA-Operationen im Jemen lüftet, was die nationale Sicherheit dieses Landes gefährden würde.«

»Ich will von ihm nichts über aktuelle CIA-Operationen im Jemen wissen«, schoss Paige zurück. Sie hatte diesen Einwand einkalkuliert. »Ich frage ihn, was er der Präsidentin über eine beendete Mission gesagt hat. Ich will auch nicht die Namen von Agenten wissen, sondern lediglich, was er der Präsidentin oder Mr Kilpatrick gesagt hat.«

»Das sind immer noch Staatsgeheimnisse«, beharrte Gates.

Die Sache entwickelte sich genauso, wie Paige und Wellington erwartet hatten, genauso wie von Wyatt geplant. Noch bevor Solberg reagieren konnte, kam Paige ihr zuvor. »Euer Ehren, ich ziehe diese Frage für jetzt zurück. Aber ich werde noch aufzeigen, dass es noch nie als Staatsgeheimnis gegolten hat, Informationen über abgeschlossene Operationen zur Verfügung zu stellen, wenn dies den politischen Zielen der Regierung dienlich war.«

Solberg bat sie, fortzufahren, und Paige begann mit der nächsten Phase ihres Plans.

»Sie waren schon während der Obama-Regierung in der CIA, nicht wahr?«

»Ja, natürlich.«

»Und Sie haben zu keinem Zeitpunkt die Veröffentlichung von Informationen über die Mission gegen Osama bin Laden abgelehnt?«

»Nein. Wir haben darauf geachtet, keine Staatsgeheimnisse preiszugeben.«

Es war die Antwort, auf die Paige hinauswollte.

Schön der Reihe nach führte sie Marcano durch die Reden von Präsident Obama über die Mission – Reden, die zahlreiche Details über die Beratungen und Taktiken offenlegten. »Glaubten Sie damals, dass der Präsident Staatsgeheimnisse verriet?«

»Es hat mich niemand gefragt.«

»Aber ich frage Sie jetzt.«

»Es wäre mir lieber gewesen, der Präsident hätte sich nicht über die Beratungen vor dem Unternehmen ausgelassen. Aber er achtete darauf, keine Staatsgeheimnisse preiszugeben.«

Als Nächstes ging Paige den detaillierten Bericht über das Unternehmen selber durch, der kurz danach im *New Yorker* unter dem Titel »Der Tod von bin Laden. Was in der Schicksalsnacht in Abbottabad geschah« erschienen war. Der Artikel enthielt autorisierte Interviews mit Ben Rhodes, dem stellvertretenden Berater für nationale Sicherheit, sowie mit Obamas Anti-Terror-Berater und dem Vorsitzenden der Vereinigten Stabschefs. Der Artikel enthüllte Einzelheiten über die Vorbereitung des Unternehmens, die Flugrouten der *Black-Hawk*-Helikopter, darüber, wie die SEALs in bin Ladens Anwesen eindrangen, wie sie von Zimmer zu Zimmer gingen, welche Waffen sie benutzten, wie sie geschützt wurden, wie bin Laden getötet wurde, wie die Kommunikation zwischen den SEALs und den hohen Tieren in Washington ablief – und schließlich über die Jagd nach Geheimdokumenten und die im Situation Room getroffenen Entscheidungen.

»Haben Sie oder sonst jemand damals Einspruch erhoben, weil Staatsgeheimnisse enthüllt wurden?«, fragte Paige.

»Das war nicht meine Rolle.«

Als Nächstes reichte Paige dem Zeugen ein Buch mit dem Titel *The Finish*.

Gates meldete sich. »Was hat das damit zu tun?«

»Das werde ich Ihnen gleich zeigen«, sagte Paige. Solberg ließ Gates' Einwand nicht gelten.

Das Buch erzählte die Geschichte des Unternehmens gegen bin Laden aus Obamas Perspektive. Paige hatte etliche Passagen angestrichen, die sie fast 45 Minuten lang Seite um Seite mit Marcano durchging, über diverse Aspekte von Obamas Entscheidungen in der Nacht der Mission, über das, was man ihm gesagt hatte, und über das, was im Situation Room geschah.

»Es heißt, dass Präsident Obama und der Befehlshaber des Joint Special Operations Command intensiv mit dem Autor dieses Buches zusammenarbeiteten - demselben Mann, der auch *Black Hawk Down* schrieb. Wissen Sie, ob das stimmt?«

Marcano sah sie höhnisch an. Die Flecken auf seiner Haut waren größer geworden, Lippen und Augen waren zusammengekniffen. »Keine Ahnung.«

»Wie sonst sollte der Autor seine Informationen über das, was Präsident Obama dachte und entschied, bekommen haben?«

»Wie gesagt - keine Ahnung.«

»Gibt dieses Buch Staatsgeheimnisse preis?«

»Wenn der Präsident gewisse Informationen enthüllen wollte, war das sein Privileg. Ich als Direktor der CIA habe dieses Privileg nicht.«

Paige ignorierte die Antwort und ging zur nächsten Frage über. Allmählich machte dieses Verhör ihr Spaß. »Wie ist es mit dem Film *Zero Dark Thirty*, der ebenfalls die Liquidierung von bin Laden behandelt? Die CIA hat ja mit den Produzenten dieses Films kooperiert, oder nicht?«

Paige wusste, dass Marcano dies nicht ableugnen konnte. CIA-Mitarbeiter hatten den Filmemachern einen noch nie dagewesenen Zugang zu Informationen gewährt, mit der Auflage, sie in dem Film gut wegkommen zu lassen. Diese Kooperation hatte zu zwei internen Untersuchungen geführt sowie einem kritischen, von der CIA selbst autorisierten Report.

»Einige CIA-Mitarbeiter haben mit den Filmemachern zusammengearbeitet, um die Genauigkeit der Informationen sicherzustellen«, gab Marcano widerwillig zu. »Wie Sie sicher wissen, hat die CIA später eine Orientierungshilfe herausgegeben, die diese Aktionen kritisch bewertete und ausführte, wie zukünftig mit solchen Situationen umzugehen sei.«

Die nächste halbe Stunde verbrachte Paige damit, Szenen aus dem Film zu zeigen und Marcano zu fragen, ob sie Staatsgeheimnisse preisgaben. Marcano verneinte dies.

Als sie das Pferd bin Laden totgeritten hatte, ging Paige zu dem Anschlag auf das US-Konsulat in Bengasi im September 2012 über. Sie befragte Marcano über Äußerungen der damaligen Außenministerin Clinton vor Kongress-Ausschüssen zur Untersuchung des Zwischenfalls. Sie ging mit ihm Clintons Buch *Hard Choices* und die darin enthüllten Informationen durch. Es gab detaillierte Aussagen darüber, was die Außenministerin wusste, wann sie es erfuhr und wer es ihr sagte. Auch diesmal verneinte Marcano, dass die Berichte Staatsgeheimnisse preisgaben.

Die Vernehmung dauerte bereits fast drei Stunden und jetzt fand Paige den Augenblick gekommen, zu der wichtigsten aller Fragen zurückzukehren: »Angesichts der Tatsache, dass bei anderen Missionen alle diese Informationen in nachträglichen Berichten, Büchern und Filmen offengelegt wurden, lassen Sie mich meine Eingangsfrage wiederholen: Haben Sie vor der *Operation Exodus* der Präsidentin oder Philip Kilpatrick eröffnet, dass die Mission gefährdet war beziehungsweise dass Sie das Vertrauen in Ihre Quellen verloren hatten?«

Wieder sprang Gates auf, um zu protestieren, aber diesmal war seine Stimme weniger scharf. Paige fixierte die Richterin und hielt die Luft an. Wie würde Solberg entscheiden?

Solberg studierte einen Augenblick ihre Aufzeichnungen, dann begann sie: »Die *Staatsgeheimnis*-Doktrin schützt typischerweise Geheiminformationen in Dokumenten sowie die Quellen solcher Informationen, wie zum Beispiel die Namen von CIA-Agenten.«

Sie schaute zu dem Gerichtsstenografen hin, der jedes ihrer Worte in seine Maschine tippte, und versuchte, ihre Worte sorgfältig zu wählen. »Doch die *Staatsgeheimnis*-Doktrin schützt nur solche Geheimnisse, die - würden sie offengelegt - unsere nationale Sicherheit gefährdeten. Und deshalb ist die Art Information, die wir in den letzten drei Stunden behandelt haben - wie die Nennung von Details über vergangene Missionen, die gelungen oder fehlgeschlagen sind -, sofern in diesen Informationen keine Namen von CIA-Agenten enthalten sind oder Angaben darüber, wie man an die Geheiminformation gekommen ist, keine Preisgabe von Staatsgeheimnissen. Wäre es anders, so wären, wie Ms Chambers aufgezeigt hat, jetzt etliche hochrangige ehemalige Beamte tief in der Bredouille. Doch dies ist nicht geschehen. Entsprechend fordere ich den Zeugen auf, die Frage zu beantworten, aber ohne dabei irgendwelche geheimen Details über Operationen der CIA offenzulegen.«

Paige schaute kurz zu Wellington hin, der praktisch grinste. Dies war die beste Entscheidung, die sie sich hatte vorstellen können.

»Ich erhebe entschieden Einspruch!« Kyle Gates' Stimme klang hart. »Sobald ein Staatsgeheimnis offengelegt ist, kriegt man es nicht mehr in die Flasche zurück. Ich stelle mit allem Respekt den Antrag, dass dieses Gericht die Befragung unterbricht und dem Bundesberufungsgericht für den vierten Bezirk Gelegenheit gibt, über diese Frage zu entscheiden.«

»Antrag abgelehnt«, sagte Richterin Solberg. Zum ersten Mal während der Verhandlung klang ihre Stimme eine Spur scharf. Sie drehte sich zu dem Zeugen hin. »Bitte beantworten Sie die Frage.«

Marcano lehnte sich auf seinem Stuhl zurück, während er weiter Paige fixierte. »Ich habe der Präsidentin oder ihrem Stabschef nicht gesagt, dass die Mission gefährdet war oder dass unsere Informationen nicht zuverlässig waren.«

»Sind Sie da sicher?«, fragte Paige.

»Absolut.«

Paige trat zu ihrem Tisch und nahm die eidesstattliche Erklärung von Daniel Reese in die Hand. »Ihre Anwälte haben eine Erklärung eingereicht, nach der der Präsidentin eine Woche vor der Mission gesagt wurde, dass Sie zu 95 Prozent sicher waren, dass Ihre Informationen stimmten. Hat sich an dieser Einschätzung je etwas geändert?«

»Die Zahl hat sich nicht geändert«, sagte Marcano.

»Haben Sie es für eine Verletzung von Staatsgeheimnissen gehalten, als Ihr Anwalt diese eidesstattliche Erklärung dem Bundesberufungsgericht für den vierten Bezirk zukommen ließ?«, fragte Paige.

»Einspruch!«, sagte Kyle Gates. »Strittig.«

Solberg ließ diesen Einspruch gelten, obwohl Paige den Eindruck hatte, dass er sie amüsierte.

»Euer Ehren, dies wäre eine gute Gelegenheit zu einer Mittagspause«, schlug Paige vor.

Die Richterin sah dies auch so und zum ersten Mal an diesem Vormittag entspannte Paige sich und holte tief Luft. In den letzten Stunden hatte sie das Fundament gelegt, indem sie Marcano darauf festnagelte, was er der Präsidentin gesagt hatte. Am Nachmittag würde sie die Bombe zünden.

Als sie und Wellington einige Dokumente an sich nahmen, die sie während des Mittagessens noch einmal durchgehen wollten, ging Marcano auf dem Weg nach draußen direkt an ihrem Tisch vorbei. Er murmelte irgendetwas.

Wellington schaute dem CIA-Direktor und seinem Anwalt hinterher, als sie den Saal verließen. »Ich glaub, bei dem haben Sie einen Nerv getroffen«, flüsterte er.

Kapitel 53

John Marcano hatte eine entnervende Art, Leute anzustarren, und nutzte diese Fähigkeit den ganzen Nachmittag aus. Wiederholt zögerte er, nur um seine Augen einen kurzen Augenblick auf Paige zu heften, bevor er mit seiner Antwort begann. Richterin Solberg, die fleißig mitschrieb, schien dies nicht zu bemerken.

Marcanos Augen wurden schmaler, als Paige ihn fragte, ob ein Freund von ihm aus dem brennenden World Trade Center in den Tod gesprungen war. »Was hat das mit diesem Prozess zu tun?«, schnappte er.

Kyle Gates erhob sich, um zu protestieren. Besser spät als nie.

»Es betrifft die Motivation von Direktor Marcano«, erklärte Paige. »Es zeigt, dass er sich in einem persönlichen Kreuzzug gegen Terroristen befindet.«

»Das ist ein bisschen weit hergeholt«, sagte Richterin Solberg. »Fahren Sie fort mit der nächsten Frage.«

Wellington händigte den Anwesenden mehrere Exemplare eines voluminösen Schriftstücks aus, das Paige als den 528 Seiten starken Abschlussbericht des Geheimdienstausschusses des Senats über das Inhaftierungs- und Verhörprogramm der CIA unter Präsident Bush vorstellte. Zu dieser waren Marcano die CIA-Aktivitäten im Libanon unterstellt gewesen. Paige ließ Marcano eine Seite aufschlagen, an der die Namen von CIA-Agenten, die bei dem Programm mitgearbeitet hatten, unkenntlich gemacht worden waren. Aufgrund der Dokumente, die der *Patriot* ihr hatte zukommen lassen, wusste sie, dass in dieser Liste auch Marcano stand.

»Haben Sie, als Sie im Libanon waren, an diesem optimierten Verhörprogramm teilgenommen?«

»Das sind Geheiminformationen. Deswegen sind die Namen ja geändert.«

Paige fuhr fort: »Haben Sie die Dinge gemacht, die in diesem Bericht stehen? Gefangene nackt ausgezogen, mit den Händen an die Wand gekettet, sie tagelang nicht schlafen lassen und rektal Essen in sie hineingestopft?«

Gates sprang wieder auf, aber Solberg wartete seinen Einspruch nicht ab.

»Sie müssen diese Frage nicht beantworten«, sagte sie Marcano. Dann drehte sie sich zu Paige hin. »Es geht in diesem Prozess nicht um Verhörtechniken. Machen Sie weiter.«

»Ich verstehe, Euer Ehren«, sagte Paige, obwohl sie Solberg nicht verstand. Marcanos Rolle in dem Folterprogramm enthüllte eine Menge über seinen Charakter. Aber gut, daraus würden sie und Wyatt mehr machen können, wenn - ja, wenn - es zu einem Geschworenenprozess kam.

Sie schaute auf ihr Konzept, blätterte ein paar Seiten um und begann die nächste Fragenserie. »Was ist das Datum des Abschlussberichts, den Sie gerade in den Händen halten, Sir?«

Marcano schaute auf das Publikationsdatum. »3. Dezember 2012.«

»Während der Regierung Obama?«

»So sieht's aus.«

»Und der Bericht kam sechs Jahre nach den in ihm beschriebenen Ereignissen heraus?«

»Das ist nichts Ungewöhnliches. Manchmal dauert es noch länger.«

»Das heißt doch - egal, ob Sie in dem Bericht namentlich erwähnt werden oder nicht -, dass die CIA das Gefühl hatte, dass die Obama-Regierung sie im Regen stehen ließ? So in dem Stil, dass Sie das gemacht hatten, was Präsident Bush autorisiert hatte, aber dann in Gefahr standen, unter Obama als Kriegsverbrecher vor Gericht zu kommen?«

Marcano legte den Bericht auf das breite Geländer vor dem Zeugenstand und schob ihn etwas zur Seite, wie um ein Stück Abstand von ihm zu gewinnen. »Diese Techniken waren autorisiert vom Justizministerium, vom Verteidigungsministerium und vom Weißen Haus. Und jawohl, viele CIA-Agenten fühlten sich im Regen stehen gelassen, als die nächste Regierung ebendiese Techniken als kriminell darzustellen versuchte.«

»Das klingt mir jetzt politisch«, sagte Paige.

»Alles ist politisch«, erwiderte Marcano.

Paige merkte, wie sie vorankam. Sie und Wyatt waren davon überzeugt, dass der eigentliche Grund für Marcanos Parkbankgespräch mit Philip Kilpatrick der war, ein Video von dem Gespräch zu erstellen, damit das Weiße Haus nicht später so tun konnte, als habe es von nichts gewusst.

»Haben Sie, als Sie der Direktor der CIA wurden, keine Schritte unternommen, um die Genehmigung kontroverser CIA-Programme durch das Weiße Haus dauerhaft zu dokumentieren?«

»Diese Frage verstehe ich nicht.«

»Stimmt es, dass Sie sich an dem Donnerstag direkt vor der *Operation Exodus* auf einer Parkbank in Washington, D. C. mit Philip Kilpatrick getroffen haben?«

»Ja.«

»War dieser Ort sicher?«

»Es war ein öffentlicher Ort, aber niemand hat unser Gespräch mitgehört. Wir waren sehr vorsichtig.«

»Haben Sie dieses Gespräch heimlich durch CIA-Agenten auf Video aufnehmen lassen?«

Einen Augenblick starrte Marcano Paige an. Dann sah er zu Kyle Gates hin, der prompt aufstand.

»Falls die CIA dieses oder andere Gespräche aufgenommen hat, enthalten diese Aufnahmen Staatsgeheimnisse«, sagte Gates.

»Ich will die Aufnahmen im Augenblick gar nicht haben«, antwortete Paige. »Ich will nur wissen, ob es sie gibt.«

Solberg nahm ihre Brille ab und schaute einen Augenblick ins Leere, dann sagte sie. »Der Zeuge wird diese Frage beantworten.«

»Es würde mich nicht überraschen«, sagte Marcano, »wenn es Videos von einigen meiner Gespräche gäbe. Das müsste ich prüfen.«

»Es gibt in der Tat ein Video von Ihrem Gespräch mit Kilpatrick kurz vor der *Operation Exodus*«, sagte Paige. »Richtig?«

Marcano zögerte. Er konnte die Existenz eines Videos, das schon an die Medien gegangen war, schlecht ableugnen. »Irgendjemand hat da ein Video freigegeben, aber das war nicht ich.«

»Und gibt es auch eine Audioaufnahme von diesem Gespräch?«

»Das müsste ich ebenfalls prüfen.«

»Dieses Gespräch steht mit im Zentrum dieses ganzen Prozesses und Sie wissen nicht, ob es eine Audioaufnahme gibt?«

»Wie gesagt: Das müsste ich prüfen.«

»Dann werde ich jetzt das Zweitbeste machen«, sagte Paige. »Ich werde das Video dieses Gespräches abspielen und Sie wegen einiger der Aussagen in ihm befragen.«

Die nächste Runde Einsprüche von Gates. Man diskutierte hin und her. Schließlich entschied Richterin Solberg, dass die *Staatsgeheimnis*-Doktrin nicht wirksam war, da das Gespräch am hellichten Tag und an einem nicht gesicherten Ort stattgefunden hatte.

Wellington spielte das Video von seinem Computer aus ab.

»Sind das Sie und Mr Kilpatrick?« Paige zeigte auf den Bildschirm am Zeugenstand. Das Video erschien gleichzeitig auf zwei Bildschirmen – einmal auf einem auf der Richterbank und zum anderen auf diesem hier für die Anwälte der Verteidigung.

Marcano bejahte Paiges Frage.

Die nächsten Minuten ließ Paige das Video weiterlaufen und löcherte Marcano mit Fragen. Wann genau hatte das Gespräch stattgefunden? Warum hielt er dauernd seine Hand vor den Mund? Warum hatten sie sich mitten in der Öffentlichkeit getroffen?

Ihre Experten im Lippenlesen hatten bestätigt, was der *Patriot* ihr schon verraten hatte: Kilpatrick hatte gefragt, ob die Informationsquelle nicht mehr sicher war. Sie spielte den Abschnitt, in welchem diese Frage kam, ab und schaute kurz zu Philip Kilpatrick hin, der am Tisch der Anwälte saß. »Hat er das gesagt?«, fragte sie. »Wollte er wissen, ob Ihre Quelle nicht mehr sicher war?«

Marcano schüttelte den Kopf. »Ich kann mich nicht mehr genau erinnern, was er sagte.«

Paige spielte einen anderen Teil des Videos ab. »Und hat er Sie hier gefragt, für wie vertrauenswürdig Sie Ihre Quelle noch hielten?«

»Kann sein. Es wäre eine nur logische Frage einen Tag vor einer wichtigen Mission.«

»Und was haben Sie ihm geantwortet?«

»Einspruch!«, sagte Kyle Gates. »Staatsgeheimnisse.«

»Wie ich schon klargestellt habe: Er kann aussagen, an was in diesem Gespräch er sich erinnert, aber sollte keine Namen von CIA-Kontakten vor Ort preisgeben«, sagte Solberg.

»Ich kann mich nicht mehr genau erinnern, was ich ihm gesagt habe«, sagte Marcano trotzig.

»Nicht genau. Aber erinnern Sie sich vielleicht allgemein?«

»Ich bin sicher, dass ich ihm eine ehrliche Antwort gegeben habe. Doch, ich habe ihm sicher gesagt, dass wir unseren Quellen nach wie vor vertrauen.«

»Warum brauchten Sie ein Gespräch unter vier Augen, um ihm das zu sagen? Warum haben Sie es ihm nicht einfach im Situation Room gesagt, wo die anderen aus dem Sicherheitsrat dabei waren?«

»Einspruch!«, rief Gates. »Das lädt zu Spekulationen ein.«

Solberg gab dem Einspruch statt, aber Paige wusste, dass jeder ihr Argument verstanden hatte.

Sie spulte zu einer anderen Szene in dem Video weiter. »Hat er Sie an dieser Stelle gefragt, ob Sie Belege hätten für das, was Sie ihm sagten?«

»An diese Frage kann ich mich nicht erinnern.«

Und so ging es weiter. Paige stellte Marcano eine Frage nach der anderen über das Gespräch und Marcano tat so, als ob er sich an nichts erinnern könnte. Seine Dementis klangen hohl. Paige merkte, dass auch Solberg sie ihm nicht abnahm.

»Dies ist ein geheimes Treffen mit dem Stabschef der Präsidentin, nur einen Tag bevor die USA eines der gewagtesten Unternehmen in der Geschichte der SEALs begannen – ein Unternehmen, das total von den Erkenntnissen der CIA abhing –, und Sie behaupten, dass Sie sich an nichts mehr aus diesem Treffen erinnern können?«

Marcano starrte Paige erneut an, dann sagt er: »Ich bin ein vielbeschäftigter Mann.«

Paige konnte sich ein Grinsen nicht ganz verkneifen. Sie bat Wellington, das Video auszuschalten. Dann wandte sie sich wieder ihren Notizen zu, um den letzten Angriff zu starten.

»Was bedeutet der Ausdruck *Augensand* bei der CIA?«

Marcanos Blick ging zu seinem Anwalt, aber Gates erhob keinen Einspruch, was Marcano ihm wahrscheinlich noch unter die Nase reiben würde.

»Diesen Ausdruck benutze ich nicht.«

»Das habe ich auch nicht behauptet. Aber wissen Sie, was er bedeutet?«

»Ja, natürlich.«

»Dann sagen Sie es bitte diesem Gericht.«

Marcano nahm seufzend einen Schluck Wasser. »Das Wort wird in erster Linie von Journalisten benutzt, die finden, dass die CIA ihren eigenen Agenten nicht die Wahrheit sagt.«

»Ist es richtig, dass sowohl der Geheimdienstausschuss des Senats als auch der Generalinspekteur der CIA zu dem Ergebnis kamen, dass man aus der CIA-Zentrale routinemäßig solche Falschmeldungen per Telegramm an Agenten in Ländern wie Pakistan geschickt hatte?«

»Ein Telegramm, das an ein Büro irgendwo weit draußen geht, wird von jedem Agenten dort gelesen. Manchmal muss die CIA sogar vor einigen der Agenten vor Ort gewisse Informationen verbergen. Um dies zu tun, verschickt sie eine allgemeine Mitteilung, die nicht wahr ist, und findet Mittel und Wege, den Agenten, die es betrifft, die Wahrheit zukommen zu lassen.«

»Und ist der Geheimdienstausschuss des Senats nicht zu dem Ergebnis gekommen, dass die CIA das Weiße Haus und das Außenministerium belogen hatte – also ihnen Sand in die Augen gestreut hatte?«

»Dieser Bericht stimmt nicht«, sagte Marcano.

»Ist es die allgemeine Position der CIA, dass sie ihre eigenen Agenten sowie das Außenministerium und das Weiße Haus belügen kann – und all das im Namen der nationalen Sicherheit?«

»Einspruch!«, tönte Kyle Gates.

»Abgelehnt! Ich möchte gerne die Antwort auf diese Frage hören«, sagte Richterin Solberg.

Marcano rutschte auf seinem Stuhl hin und her. »Die Sicherheit dieses Landes hängt von der Qualität unserer geheimdienstlichen Information ab«, sagte er, jedes Wort betonend. »Es sollte Sie nicht überraschen, dass das Erhalten zuverlässiger Informationen manchmal ein Stück Irreführung erfordert. Wir sind dem Präsidenten der Vereinigten Staaten und letztlich dem amerikanischen Volk Rechenschaft schuldig. Diese Leute sind intelligent genug, um zu wissen, dass das Beschaffen geheimdienstlicher Informationen kein Job für Pfadfinder und Chorknaben ist. Jawohl, wir benutzen Irreführung und falsche Darstellungen, manchmal auch Lügen, um in dem Krieg gegen den Terror unsere Agenten zu schützen. Das ist unser Job, Ms Chambers, ganz gleich, wie schlimm Sie das finden, und ich werde mich nicht dafür entschuldigen.«

»Tun Sie das auch hier und heute? Uns allen Sand in die Augen streuen?«, fragte Paige.

»Einspruch!«, rief Gates.

Marcano wartete nicht auf die Entscheidung der Richterin. »Ich habe wahrheitsgemäß unter Eid ausgesagt! Ich kann Ihnen nicht helfen, wenn die Antworten nicht die waren, die Sie hören wollten.«

★ ★ ★

Nach der Vernehmung fuhren Philip Kilpatrick und John Marcano gemeinsam in einer schwarzen Limousine zurück nach Washington, D. C. Kilpatrick verbrachte den Großteil der Fahrt an seinem Handy und mit dem Beantworten von E-Mails. Ein übel gelaunter Marcano tat so, als lese er wichtige CIA-Berichte. Obwohl die Trennscheibe zwischen ihnen und dem Fahrer schalldicht war, verloren sie kaum ein Wort über die Gerichtsverhandlung.

Marcano stieg als Erster aus, vor seinem Haus am Rande von Arlington. Es war ein großes Ziegelhaus mit einer runden Auffahrt. Nachts wurde es durch dezente Lampen an der Wand, in der Auffahrt und an den Wegen beleuchtet.

»Sie haben sich heute gut geschlagen«, sagte Kilpatrick.

Marcano drehte sich kurz zu ihm um, bevor er ausstieg. »Ich werde nicht den Kopf für Sie hinhalten«, sagte er. »Auch nicht für die Präsidentin. Sagen Sie ihr das!«

»Keine Angst, es werden keine Köpfe rollen«, sagte Kilpatrick.

Ohne ein weiteres Wort nahm Marcano seine Aktentasche und verließ das Auto. Noch bevor der Wagen die Auffahrt wieder verlassen hatte, wählte Kilpatrick die Nummer der Präsidentin.

»Wie ist es gelaufen?«, fragte diese.

»Katastrophal.«

Kapitel 54

Washington, D. C.

Es war eines, zu wissen, dass die Parteien der meisten amerikanischen Präsidenten bei den Zwischenwahlen empfindliche Niederlagen einstecken mussten; es war etwas ganz anderes, selbst in solch einer Situation zu stecken. Das war genau das, was die Demokraten jetzt erlebten. Während der Kongress in der Sommerpause war und der Wahlkampf voll im Gange, hatten sie einige Verluste zu beklagen.

Die Herrschaft der Republikaner im Repräsentantenhaus hatte das innenpolitische Programm der Präsidentin so gut wie gestoppt. Reglementierung des Waffenbesitzes, Einkommensausgleich, Bankenregulierung, Beihilfen zu Studiengebühren - lauter progressive Gesetzesvorhaben, die allesamt Totgeburten waren. Blieben halbherzige Reformen der Einwanderungsgesetze und Sozialhilfeprogramme sowie Versuche, das Strafjustizsystem so zu reformieren, dass nicht ganze Bevölkerungsminderheiten für kleinere Drogendelikte hinter Gitter wanderten. Es war ein juristisches Kompromissprogramm, das Liberale wie Konservative zur Weißglut brachte. Keine zwei Jahre nach ihrer Wahl bezeichneten die rechts angesiedelten Talkshow-Moderatoren Amanda Hamilton als »die große Klappe«, was so viel heißen sollte wie: Kann blendende Reden halten, bringt aber nichts zuwege.

Und Philip Kilpatrick, der mit allen politischen Wassern gewaschen war, stand machtlos davor und konnte nichts ändern. Das Einzige, was die erste Hälfte ihrer ersten Amtsperiode gerettet hatte, war Amandas überraschend geschickte Hand in der Außenpolitik. Sie hatte den USA im Nahen Osten ihre Rolle als starker Verbündeter Israels und Pfahl im Fleisch des iranischen Präsidenten zurückgegeben. Sie hatte den IS zurückgedrängt und den Russen die Stirn geboten. Und sie war mit großem Eifer dabei, für Amerika unvorteilhafte Handelsabkommen neu auszuhandeln.

Alles in allem war die Lage gemischt. Nach dem kurzen Ausreißer nach oben nach dem gescheiterten Attentat war das Beliebtheits-Rating der Präsidentin rasch wieder auf unter 50 Prozent gesunken und machte keine Anstalten, zu steigen.

Das war die Lage und Philip Kilpatrick bekam wegen dem Fall *Anderson* so langsam Magenschmerzen. Er spielte diverse Szenarien durch und zerbrach sich den Kopf über die potenziell tödlichen Risiken. Vor dem Vorfall am *Memorial Day* hatte Kilpatrick der Präsidentin gerne gesagt: »Es ist die Kugel, die man nicht sieht, die einen umbringt.« Er hatte das natürlich rein bildlich gemeint und war intelligent genug, diesen Satz jetzt nicht mehr zu zitieren. Aber das machte ihn nicht weniger wahr. Alle Präsidenten hatten Leichen im Keller gehabt: Richard Nixon und die Tonbänder, Bill Clinton und das blaue Kleid. Es war Kilpatricks Job, dafür zu sorgen, dass Amandas Leichen da blieben, wo sie waren. Und da gab es kein größeres Risiko als den Fall *Anderson*.

Bei einer Rede vor einer Grundschulklasse auf einer Wahlkampftour hatte der Prozess sein hässliches Gesicht gezeigt. Eine niedliche Erstklässlerin mit blondem Lockenschopf und großen Augen hatte die Präsidentin ganz lieb gefragt: »Warum hast du die Soldaten sterben lassen?«

Die Präsidentin war auf ein Knie gegangen und hatte mit ihrer sanftesten Stimme geantwortet: »Schätzchen, ich habe die Soldaten nicht sterben lassen. Unsere Soldaten sind tapfere Männer und Frauen, die dieses Land lieben. Ich würde alles tun, damit sie nicht sterben müssen.«

Es war eine schöne, rührende Antwort gewesen, aber das hatte etliche Republikaner nicht daran gehindert, die Frage des Mädchens zu dem heißesten Werbe-Spot des Wahlkampfes zu machen. Im Juli, Monate vor dem Wahltag, sah man die Anzeigen überall. »Warum hast du die Soldaten sterben lassen?« wurde ein Schlachtruf für die Konservativen. Man spekulierte, dass bei der Wahl im November die Demokraten weitere Sitze im Repräsentantenhaus verlieren und vielleicht nicht mehr die stärkste Fraktion im Senat stellen würden. Das würde das Leben für die

Präsidentin noch schwerer machen, zum einen ganz allgemein, zum anderen in Bezug auf die Ernennung neuer Richter.

Und so war Philip nicht überrascht, als am frühen Nachmittag des Montags, 16. Juli, der Anruf kam. Er war gerade zusammen mit der Präsidentin und mehreren Mitarbeitern im Oval Office, als jemand hereinkam und ihm diskret ein Blatt Papier reichte. Auf dem Blatt stand, dass die Oberste Richterin Patricia Ross-Braxton am Telefon war. Kilpatrick bat alle außer ihm und der Präsidentin, das Oval Office zu verlassen, dann rief er die Telefonzentrale des Weißen Hauses an und bat, den Anruf durchzustellen.

Das Gespräch war kurz und angenehm. Amanda dankte der Richterin für ihre über zwanzig Jahre des Dienstes für Amerika. Das Timing war genau richtig. Das Gericht war in der Sommerpause, die demokratische Mehrheit im Senat würde den Nachfolger durchboxen. In der letzten Zeit hatte man sich über Ross-Braxtons abnehmende Kräfte unterhalten sowie über einige ungewohnte Äußerungen, die sie bei nicht dienstlichen Anlässen von sich gegeben hatte. Nichts von alledem kam natürlich während des Telefonats zur Sprache; die Präsidentin war nur voll des ehrlichen Lobes und Dankes.

Als sie aufgelegt hatte, sah sie Philip Kilpatrick an. Sie lächelten beide.

»Das war auch Zeit«, sagte Kilpatrick.

★ ★ ★

Später an diesem Tag nahmen die Präsidentin und Kilpatrick sich eine halbe Stunde, um die kurze Kandidatenliste für den neu zu besetzenden Platz am Obersten Gerichtshof durchzugehen. Die Liste lag seit zwanzig Monaten bereit. Als Juristin war es der Präsidentin ein großes Anliegen, dem Obersten Gerichtshof ihren Stempel aufzudrücken. »Es wird möglicherweise das einzig Bleibende sein, das ich hinterlasse«, hatte sie einmal zu Kilpatrick gesagt, nachdem der Kongress eine weitere ihrer Gesetzesinitiativen gestoppt hatte.

Sie saßen an einem Konferenztisch, vor sich die Lebensläufe der fünf Top-Kandidaten. Sie unterhielten sich über Leistungen und potenzielle Stolpersteine im Leben der Kandidaten. Sie sprachen über Fälle, die gerade vor den Obersten Gerichtshof gekommen waren. Es überraschte

Kilpatrick nicht, dass die Präsidentin immer wieder zu derselben Person zurückkam: Justizminister Seth Wachsmann. »Wir haben ihn bereits genauestens geprüft, er hat nichts zu verbergen«, sagte Hamilton. »Der Mann ist nicht korrumpierbar, er ist unglaublich intelligent und er ist ein Liberaler, der an Recht und Ordnung glaubt.«

»Ich fände es nicht gut, wenn er nicht mehr im Kabinett wäre«, sagte Kilpatrick.

»Auf Dauer ist die Position als Oberster Richter wesentlich wichtiger.« Die Präsidentin blätterte stirnrunzelnd die anderen Lebensläufe durch. »Der Mann hat Herz – und wir brauchen Richter, die ihre Fälle nicht nur mit dem Kopf, sondern auch mit dem Herz angehen.«

Kilpatrick schätzte die Loyalität der Präsidentin. Auch sie betrachtete die Dinge mit dem Herzen. Aber Kilpatrick versuchte immer, Gefühle zu vermeiden. Er war wie ein Schachspieler, der seine Züge kühl durchrechnete und alle Optionen durchging. Und die Sache mit Wachsmann gefiel ihm nicht. »Es gibt ein Risiko«, sagte er.

Die Präsidentin hob die Augenbrauen, eine stumme Aufforderung, fortzufahren.

»Als ehemaliger Justizminister befände er sich in einem Interessenskonflikt, falls der Oberste Gerichtshof den Fall *Anderson* verhandeln sollte.«

Die Präsidentin zuckte die Achseln. »Das wird nicht passieren.«

»Das sieht Dylan Pierce anders«, sagte Kilpatrick. »Er glaubt, dass der Gerichtshof vor meiner Vernehmung einem Dringlichkeitsantrag auf Aussetzung stattgeben wird. Tut er das nicht und das Bezirksgericht kann mit den Vernehmungen weitermachen, wird das einen noch nie dagewesenen Eingriff in unsere Entscheidungspraxis bedeuten. Es ist immer das Privileg der Exekutive gewesen, Operationen zum Schutz der nationalen Sicherheit durchzuführen, ohne sich um die Gerichte kümmern zu müssen. Manche Juristen sprechen hier vom größten juristischen Machtpoker seit dem Fall *Marbury vs. Madison**. Wenn also der Oberste Ge-

---

* Rechtsfall aus 1803. Nach einem Machtwechsel hatte die neue Regierung einem bereits ernannten Richter seine Ernennungsurkunde nicht zugestellt. Die Klage wies der Oberste Gerichtshof zwar ab, konstatierte aber sein Recht, Bundesgesetze auf Verfassungsmäßigkeit hin zu überprüfen und für nichtig zu erklären.

richtshof nicht die Aussetzung gewährt und die Klage abweist, wird sie uns mindestens die ganze Wahlkampagne lang auf der Leber liegen.«

Er merkte, dass er die Aufmerksamkeit der Präsidentin hatte. Dass diese Klage noch ein ganzes Jahr die Gerichte beschäftigen könnte, raubte etlichen Leuten den Schlaf.

Kilpatrick fuhr fort: »Es ist schwer, vorherzusagen, wie die Obersten Richter in so einem Fall entscheiden würden. Normalerweise kann man davon ausgehen, dass die Konservativen eher für den Schutz von Staatsgeheimnissen sind, aber wir müssen auch an die politischen Implikationen denken. Würden die republikanischen Kandidaten wirklich einen Prozess abwürgen wollen, den sie womöglich als Ihre Achillesferse sehen?«

»Und für wen sind Sie?«, fragte die Präsidentin.

Kilpatrick zog einen Lebenslauf aus dem Stapel der Kandidaten heraus, die es bei der Präsidentin nicht auf die ersten fünf Plätze geschafft hatten, und schob ihn zu ihr hin. »Taj Deegan ist seit vier Jahren Richterin am Obersten Gerichtshof von Virginia. Afroamerikanerin, alleinerziehende Mutter mehrerer Teenager, ehemalige Staatsanwältin. Die Hochschulreife hat sie auf dem zweiten Bildungsweg erworben. Sie verdiente sich selbst das Geld für ihr Studium, während ihre Mutter die Kinder betreute. Abends studierte sie Jura, tagsüber arbeitete sie für eine private Security-Firma.«

Der Blick der Präsidentin wurde interessiert. Sie fing an, das Profil zu überfliegen, das ihre Mitarbeiter über Deegan zusammengestellt hatten.

»Sie überlebte eine Schießerei im Gerichtssaal, während sie einem Muslim den Prozess machte, der wegen Ehrenmorden angeklagt war«, fuhr Kilpatrick fort. Er hatte seine Hausaufgaben gemacht. »Sie bekam eine Kugel ab, aber sie trug eine schusssichere Weste. Coole Story, wie im Wilden Westen.«

»Hat sie genügend Erfahrung?«

»Sie ist jung. Wie Sie halt.«

Die Präsidentin musste lächeln.

»Wenn Sie etwas Bleibendes bewirken wollen«, sagte Kilpatrick, »müssen Sie es mit jemand Jungem versuchen. Und denken Sie an die politische Seite.«

»Natürlich, die Politik. Bei Ihnen ist alles Politik.«

Kilpatrick ignorierte den Stachel. Sie hatte ja recht; für ihn war alles politisch. »Deegan steht für Recht und Ordnung. Sie wäre die erste afroamerikanische Frau am Obersten Gerichtshof. Und ich glaube, mit ihr hätten wir einen echten Verbündeten im Kampf gegen den Terror. Können Sie sich vorstellen, dass die Republikaner sich im Senat gegen ihre Berufung aussprechen würden?«

Kilpatrick spürte, wie die Präsidentin sich für seinen Vorschlag zu erwärmen begann. Aber noch war sie nicht überzeugt.

Kilpatrick fuhr fort: »Sie hätte keine Probleme bei der *Staatsgeheimnis*-Thematik. Und als ehemalige Staatsanwältin von der hartgesottenen Sorte ...« Er hielt eine Hand hoch. »Nicht, dass ich es mit hartgesottenen Staatsanwälten habe, aber ich glaube, wir könnten darauf zählen, dass sie die *Staatsgeheimnis*-Doktrin verteidigt.«

Die Präsidentin nahm sich einige Minuten, um den Lebenslauf von Deegan durchzugehen. Fast konnte Kilpatrick sehen, wie sich die Räder in ihrem Gehirn drehten. Mehr konnte er im Augenblick nicht tun.

»Also gut«, sagte die Präsidentin. »Wir erweitern die ersten fünf zu den ersten sechs und nehmen sie mit rein. Ich würde mir gerne einige ihrer besten Stellungnahmen ansehen, um zu sehen, wie sie so schreibt.«

»Okay«, sagte Kilpatrick. Er dachte schon an die zusätzlichen afroamerikanischen Stimmen, die Deegan ihnen bei der Wahl im November bringen konnte.

»Aber dass Sie's wissen«, sagte die Präsidentin. »Im Augenblick gefällt mir Seth Wachsmann immer noch am besten.«

Kapitel 55

Drei Tage später stand Präsidentin Hamilton neben Taj Deegan und schrieb Geschichte, indem sie die erste afroamerikanische Frau als Kandidatin für ein Richteramt am höchsten Gericht der Nation nominierte. Sie waren ein bemerkenswertes Paar, die beiden groß gewachsenen Frauen, die so viel Hürden bezwungen hatten. Die Präsidentin konnte es sich nicht verkneifen, einige der Höhepunkte von Deegans ungewöhnlicher Lebensgeschichte zum Besten zu geben. Deegans Kinder standen etwas seitlich von ihnen, in ihren besten Sonntagskleidern, und selbst den Republikanern musste klar sein, dass es nicht möglich wäre, Deegan das Richteramt zu verwehren.

Die Präsidentin forderte den von den Demokraten kontrollierten Senat auf, die Ernennung noch im Juli zu bestätigen, vor der Sommerpause im August. Denn im Herbst würde der Oberste Gerichtshof wieder die ersten Fälle verhandeln und Deegan brauchte Zeit, sich in ihren neuen Job einzuarbeiten.

* * *

Oberster Bundesrichter Leonard, der auf die achtzig zuging, war in der ersten Amtsperiode von Bill Clinton in sein Amt berufen worden und in allen wichtigen Themen zu Clintons Doppelgänger geworden. Er war für Abtreibung, für gezielte Fördermaßnahmen von Minderheiten, hatte nichts gegen das große Geld in der Politik und war wischiwaschi in Fragen, die Lesben, Schwule, Bisexuelle und Transsexuelle betrafen. Soweit

Paige wusste, hatte er keine erkennbare juristische Philosophie außer seiner tiefen Liebe zu der Institution des Obersten Gerichtshofes.

Leonard war ein Gentleman aus den Südstaaten, der am *Palmetto State College* in South Carolina studiert hatte und jedes Jahr vom *Memorial Day* bis zum *Labor Day* helle Leinenanzüge und weiße Schuhe trug. Er war zu jedermann höflich und immer für einen Witz gut. Er war der Einzige am Obersten Gerichtshof, der mit allen auskam. Er sah wie der perfekte Oberste Bundesrichter aus – sauber gekämmtes graues Haar, schmales, runzliges Gesicht und eine dicke Brille, die ihm eine Aura der Intelligenz verschaffte, trotz eines angeblichen IQs, der für niemanden der anderen Richter eine Bedrohung darstellte.

Seine Urteilsbegründungen waren keine sprachlichen Meisterstücke wie die seiner Kollegin Augusta Augustini. Aber Augustini war eine ehemalige Harvard-Professorin und bewunderte Romanautorin, deren Stellungnahmen sich manchmal eher wie ein Roman von Steinbeck lasen als wie eine richterliche Begründung. Man fand bei Leonard auch nicht die bissigen Seitenhiebe von David Sikes, dem ehemaligen Präsidentenanwalt von George W. Bush, der gerne auf die Liberalen wie Augustini schoss. Leonards Begründungen waren fachlich solide und kamen in höflichen Glacéhandschuhen daher. Er war der Leim, der den Obersten Gerichtshof zusammenhielt, und man war allgemein der Meinung, dass es ihm zu verdanken war, dass Augustini und Sikes sich bisher immer nur mit Worten, aber nicht mit den Fäusten geprügelt hatten.

Leonard griff am Nachmittag vor der geplanten Vernehmung von Philip Kilpatrick in das Verfahren *Anderson* ein. Paige las die Verfügung mit einer Mischung aus Erleichterung und Enttäuschung. Sie wusste, dass Kilpatricks Vernehmung keinen Deut leichter gewesen wäre als die Marcanos, aber sie war bestens vorbereitet, ja, sie hatte sich sogar auf den Termin gefreut. Jetzt würden ihre Fragen womöglich nie gestellt werden.

Leonards Verfügung war knappe drei Absätze lang. Sie anerkannte die Wichtigkeit des Falles und die Notwendigkeit einer raschen Klärung. Leonard schrieb:

> Dieser Fall wirft Verfassungsfragen von größter Wichtigkeit auf, darunter die Frage nach der Rolle, die Gerichten bei der Beurteilung von außenpolitischen Entscheidungen durch die Exekutive zukommt. Die

engsten Berater der Präsidentin argumentieren, dass selbst die vom Prozessgericht autorisierte begrenzte Offenlegung eine unangemessene Härte und eine verfassungswidrige Verletzung von Staatsgeheimnissen und der Autorität der Exekutive darstellt.

Und so setzte Leonard die eidliche Vernehmung von Philip Kilpatrick und etwaigen anderen Zeugen aus der Regierung sowie die Bearbeitung von Ersuchen um Dokumente, die Staatsgeheimnisse enthalten könnten, aus - und zwar so lange, wie der Oberste Gerichtshof eine beschleunigte Überprüfung des Falles vornahm. Andere Ermittlungen konnten fortgesetzt werden, solange keine Staatsgeheimnisse berührt waren.

Leonard legte einen beschleunigten Terminplan zur Darstellung des Sachverhalts fest sowie eine Gerichtsverhandlung, die am ersten Montag im Oktober stattfinden sollte. Es wurde, auch wenn die Verfügung dies nicht erwähnte, klar, dass der Oberste Gerichtshof die Fragen noch zeitig vor den Wahlen im November klären wollte.

Es dauerte einige Minuten, bis Paige dämmerte, was dies bedeutete. Bis jetzt war sie noch nicht einmal als Anwalt vor dem Obersten Gerichtshof zugelassen - und Wellington sicher auch nicht. Aber binnen 45 Tagen würde ihr Team dem Gericht eine Darstellung des Sachverhalts vorlegen. Eventuell würde Wyatt nur einen Monat später vor dem höchsten Gericht im Land ein Plädoyer halten.

Sie machte sich rasch über die Zulassungsanforderungen kundig. Aha, sie war bereits lange genug Anwältin, um einen Antrag auf Zulassung vor dem Obersten Gerichtshof stellen zu können. Und falls Wyatt nicht sowieso schon vor dem Obersten Gerichtshof plädieren durfte, konnte auch er einen Antrag stellen, sofern es keine aktuellen Disziplinarverfahren gegen ihn gab.

Bei diesem Gedanke wurde ihr leicht übel. Wenn Wyatt tatsächlich anstehende Disziplinarverfahren hatte, die ihn als Anwalt vor dem Obersten Gerichtshof ausschlossen, würden sie einen erfahrenen Rechtsexperten brauchen, um den Fall zu vertreten. Paige war nicht bereit, in einer so komplizierten Sache den juristischen Leithammel zu geben.

Sie rief Wellington an. Sie unterhielten sich über die Verfügung und was in den kommenden zweieinhalb Monaten zu tun war. Die Begeisterung in Wellingtons Stimme war unüberhörbar. Vor dem Obersten Gerichtshof zu erscheinen, war der Traum jedes Anwalts – und jetzt würden sie beide zusammen mit Wyatt dort am Anwaltstisch sitzen, in einem der spannendsten Fälle der Sitzungsperiode.

Doch es dauerte nicht lang und die Euphorie wich Besorgnis. Es war kein gutes Zeichen, dass der Oberste Gerichtshof die Aussetzung des Verfahrens gewährt und beschlossen hatte, den Fall selbst zu prüfen. Nur ein verschwindend kleiner Teil der Anträge auf Überprüfung wurde positiv beschieden. Noch seltener war es, dass das Oberste Gericht eine Überprüfung derart beschleunigte und einen Antrag auf Aussetzung eines Verfahrens in so kurzer Zeit einer Entscheidung zuführte. Was sagte ihnen das über ihre Erfolgschancen?

Wellington war eher der Pessimist; Paige versuchte, das Positive zu sehen. Vielleicht war der Oberste Gerichtshof bereit, seine Entscheidung in dem Fall *United States vs. Reynolds,* die jetzt über sechzig Jahre zurücklag, neu zu überdenken. Und früher oder später wäre der Fall *Anderson* ja sowieso beim Obersten Gerichtshof gelandet; was schadete es da, wenn man jetzt schon herausfand, wie die Richter tickten?

Ein paar Stunden später unterhielt Paige sich mit Wyatt, dem der Fall überhaupt keine Bauchschmerzen zu machen schien. »Das wird eine Gaudi«, konstatierte er.

Kapitel 56

Die Aussetzung der eidlichen Vernehmungen von Philip Kilpatrick und Daniel Reese gab dem Anwaltsteam der Klägerin die nötige Zeit, Gazala Holloman einen Besuch abzustatten. Um 6:10 Uhr am Montagmorgen verließ der *Amtrak*-Zug nach Washington den Bahnhof von Norfolk. Paige und Wellington waren schon eine halbe Stunde eher da, Wyatt kam natürlich erst in der letzten Minute. Die ersten beiden Stunden der Reise schlief er, die letzten beiden verbrachte er mit Telefonieren. Seine Sachen hatte er auf dem Sitz neben sich ausgebreitet, damit sich niemand neben ihn setzen konnte. Kaum hatten sie die *Union Station* in Washington verlassen, zündete Wyatt sich eine Zigarre an, die er auf dem ganzen Fußweg zu dem mediterranen Restaurant ein paar Straßen entfernt paffte.

Paige wusste selbst nicht recht, was sie sich unter Gazala Holloman vorgestellt hatte, aber jedenfalls war es nicht die Frau, die zehn Minuten später an den Tisch des Anwalts-Teams trat. Sie wusste, dass Gazala eine Muslima war, und hatte erwartet, dass sie die traditionelle knöchellange *Abaya** tragen würde. Stattdessen stand eine Frau vor ihr, die Jeans, Sandalen und eine enge Bluse trug, dazu jede Menge Make-up, das ihre libanesische Schönheit hervorhob.

Auch ihre Persönlichkeit war eine Überraschung. Paige hatte sich Gazala still und nachgiebig vorgestellt, aber sie war gewinnend, offen

* Von Frauen getragenes traditionelles islamisches Kleidungsstück. Es handelt sich dabei um eine Art bodenlanges Überkleid, das bei Verlassen des Hauses über der normalen Kleidung getragen wird.

und eher laut. Sie schlug Wyatt glatt vor, sich etwas »weniger Langweiliges« zu bestellen als das Steak mit Pitabrot, das er im Auge hatte. Keine fünf Minuten und sie frotzelte fleißig mit dem alten Anwalt. Sie war ebenso sarkastisch wie er. Wie ihr Ehemann war auch Gazala Journalistin. Sie schrieb für islamische Zeitschriften und Online-Publikationen. Sie war eine Kämpferin für die Frauenrechte, vor allem in Saudi-Arabien, wo Frauen immer noch nicht ohne männliche Begleitung nach draußen gehen und nicht Auto fahren durften.

»Ist auch besser, wenn sie nicht Auto fahren«, warf Wyatt ein.

Gazala sah Paige an. »Wie halten Sie das aus?«

»In kleinen Dosen geht's«, antwortete Paige. Als Einzige am Tisch meinte sie dies nicht als Scherz.

Das Essen kam – und Gazala wurde ernst. Sie sprach über die US-Nahostpolitik und wie sie und Cameron versucht hatten, den Schattenkrieg, der so viele Muslime vor den Kopf stieß, an die Öffentlichkeit zu bringen. »Der Jemen ist das perfekte Beispiel«, sagte sie. »Die Saudis haben dort Tausende Zivilisten getötet. Die amerikanischen Drohnen haben ganze Hochzeitsgesellschaften ausgelöscht. Der durchschnittliche amerikanische Bürger hat keine Ahnung, was da abgeht. Wir sollten die Huthis unterstützen und nicht einen diskreditierten Diktator.«

Doch die Mitglieder von SEAL-Team 9 verschmähten den Köder, was für Wyatt nicht leicht war. Sie waren nicht hierhergekommen, um die amerikanische Nahostpolitik zu verteidigen, sondern um Gazala als Zeugin ins Boot zu holen. Paige hätte nie gedacht, dass Gazala so für die Huthis war, die doch ihren Mann hingerichtet und seine Leiche den Geiern vorgeworfen hatten.

Wyatt räusperte sich. »Die Huthis haben behauptet, Ihr Mann hätte für die CIA gearbeitet.«

»Vergessen Sie's«, erwiderte Gazala. »Cam hat die CIA gehasst. Er hat sie mit Hitlers SS verglichen – die Privatarmee des Präsidenten, die nach Belieben töten kann, ohne den Kongress zu fragen. Sein großer Traum war es, die CIA zu entlarven. Glauben Sie mir, er hat nicht für die gearbeitet.«

Sie klang überzeugend, aber ihre Beteuerungen vermochten Paiges Zweifel nicht ganz zu zerstreuen. Der CIA wählte seine Agenten sorgfältig aus. Ein Journalist wie Cameron Holloman, der jedem, der es hören wollte, sagte, dass er den CIA hasste – eine bessere Tarnung gab es nicht.

Wyatt befragte Gazala eingehend über ihre Kontakte zu ihrem Mann in dessen letzten Wochen im Nahen Osten. Gazala erzählte, dass sie mit diesen Fragen gerechnet und Kopien von Camerons E-Mails und Facebook Messages gemacht hatte, die sie Wyatt demnächst schicken würde. »Aber erst wollte ich sicher sein, dass ich Ihnen vertrauen kann«, fügte sie hinzu.

Sie berichtete, dass Cam sie ein paar Mal angerufen hatte, aber es waren im Wesentlichen verschlüsselte Nachrichten gewesen, da er heimlich die Grenze in den Jemen passiert hatte. Er war zu Gast bei einem Imam gewesen, der Gespräche mit den Huthi-Führern vermittelte.

»Kennen Sie den Namen dieses Imams?«, fragte Wyatt.

Wellington machte sich Notizen. Sein Essen hatte er kaum angerührt.

»Saleet Zafar«, sagte Gazala. »Ein paar Jahre vor Cams Reise habe ich ihn auf einer Konferenz kennengelernt. Er und Cam fingen damals an, E-Mails auszutauschen. Sie konnten beide Saudi-Arabien und die CIA nicht ausstehen.«

»Wissen Sie, wie wir ihn kontaktieren könnten?«, fragte Wyatt.

»Fragen Sie die CIA«, sagte Gazala. »Aber wenn die ihn finden, haben Sie nichts mehr von ihm.«

»Ist er untergetaucht?«

»Ja. Es geht um sein Leben.«

»Und *Sie* wissen also nicht, wie man ihn kontaktieren könnte?«

Gazala dachte einen Augenblick nach und nahm einen Bissen von ihrem Essen. »Vielleicht schon. Aber ich glaube, Sie verstehen mich nicht ganz. So einen Mann können Sie nicht einfach anrufen oder ihm eben eine E-Mail schicken. Der steht auf der Abschussliste des CIA.«

Paige spürte, wie es ihr kalt den Rücken hinablief. Wenn Gazala recht hatte, steckte sie bis über beide Ohren in einem Fall, in dem ein wichtiger Zeuge auf der Schwarzen Liste des CIA stand. Mit solchen Dingen hatten sie sich im Studium nicht beschäftigt.

»Ich würde mich sehr gerne mit ihm unterhalten«, sagte Wyatt. »Ich bin bereit, überallhin zu fliegen und jeden Treffpunkt zu akzeptieren. Der Mann ist ein Zeuge erster Güte.«

Gazala musterte die drei ausführlich, dann sagte sie: »Der Ehemann Ihrer Klientin gehörte zum Militärapparat. Deshalb hatte ich zuerst keine Lust, Ihnen zu helfen.« Ihre Stimme klang blasser, ihre Augen wurden traurig. »Deswegen habe ich Ihre Anrufe und E-Mails nicht beantwortet. Aber als dann der Großvater von Patrick Quillen vorbeikam, um mir sein Beileid auszusprechen, habe ich gemerkt, dass die Familien der SEALs ja genauso leiden wie ich. Die Männer haben nur ihren Job gemacht; sie haben versucht, Cam lebendig nach Hause zu holen.«

Dann drehte sie sich zu Wyatt und Paige staunte, wie sich ein Band zwischen diesen so unterschiedlichen Menschen gebildet zu haben schien. »Ich habe von Anfang an gedacht, dass dieser ganze Prozess nur ein Kampf gegen Windmühlen ist. Aber ehrlich gesagt, Wyatt – doch lassen Sie sich das bloß nicht zu Kopf steigen –, Sie haben einigen Staub aufgewirbelt. Ich glaube nicht, dass Sie gewinnen werden, aber Sie bringen Themen ans Licht, die Cam wichtig waren. Durch Sie redet jetzt das halbe Land darüber.«

»Wir können das Ding gewinnen«, sagte Wyatt, »aber nur mit Ihrer Hilfe.«

»Seien Sie vorsichtig«, warnte Gazala. »Ich habe den Eindruck, Sie wissen nicht, was Sie da vorhaben.« Ihre Stimme war leise geworden, der Schalk war weg. »Es geht um Menschenleben. Wir dürfen nicht leichtsinnig sein.«

Wyatt zog es vor, nicht zu antworten. Natürlich war er leichtsinnig – was sonst?

»Wir sind schon vorsichtig«, warf Paige ein. »Und wir wissen sehr wohl um die Risiken.«

Es herrschte Schweigen, während Gazala nachdachte. Dann sagte sie: »Gut, ich werde sehen, was sich machen lässt, um Sie mit einigen der Menschen in Kontakt zu bringen, bei denen Cam in seine letzten Lebenswochen verbrachte. Und ich schicke Ihnen Kopien seiner E-Mails und Facebook Messages.«

★ ★ ★

Auf der Rückreise nach Norfolk unterhielten sich die drei Anwälte über das Ergebnis des Treffens mit Gazala Holloman. Falls Cameron tatsächlich mit der CIA zusammengearbeitet hatte, hatte seine Frau das mit Sicherheit nicht gewusst. Wellington fand, dass die CIA möglicherweise die E-Mail- und SMS-Kommunikation zwischen Cameron und seiner Frau überwacht und auf diese Weise von seinen Treffen mit den Huthi-Führern erfahren hatte.

Wyatt sah, wie nicht anders zu erwarten, die Sache pessimistischer. »Die wussten, dass er vorhatte, den heimlichen Krieg der CIA im Jemen ans Licht zu bringen. Wahrscheinlich sind sie ihm gefolgt und haben die Huthi-Führer, mit denen er sich getroffen hatte, mit Bomben erledigt. Dann haben sie den Huthis Informationen zugehen lassen, die es so aussehen ließen, als ob er für die CIA arbeitete. Als er dann im Gefängnis war, haben sie ihnen Informationen über den bevorstehenden SEAL-Einsatz zugespielt, damit sie ihn rechtzeitig verlegen konnten. So konnten die Huthis Holloman töten, sodass er nicht reden konnte. Und unsere Regierung konnte gleichzeitig so tun, als habe sie ihn retten wollen.«

Es gab etliche Schwachstellen in Wyatts Theorie, aber Paige versuchte gar nicht erst, sie ihm aufzuzeigen. Wenn es um Verschwörungstheorien ging, konnte Wyatt mit jedem mithalten. Er hatte nicht umsonst so viel Erfahrung als Strafverteidiger: Polizisten, die Beweise manipulierten; Staatsanwälte, die den Fall schnell vom Tisch haben wollten; Angeklagte, die den bestmöglichen Deal haben wollten. Es mochte noch mehr Verteidiger geben, die die Verschwörungstheorien-Uni besucht hatten, aber Wyatt Jackson war eindeutig der King unter ihnen.

Kapitel 57

Washington, D. C.

Das parlamentarische Bestätigungsverfahren für Taj Deegan als neue Richterin am Obersten Gerichtshof hatte einen holprigen Start. Die Republikaner monierten, dass die Demokraten den Justizausschuss ganze vier Tage vor Beginn der August-Sommerpause einberiefen. Dies sei kein Notfall, erklärten sie. Sie bräuchten Zeit, um die Kandidatin zu prüfen. Warum ließ man sich bei Taj Deegan nicht genauso viel Zeit wie bei jedem anderen Kandidaten?

Ja, mehr noch: Sie warfen der Präsidentin vor, das Verfahren künstlich zu beschleunigen, um bei dem Fall *Anderson* bessere Karten zu haben. Sie hatten nicht genügend Stimmen, um das Verfahren zu stoppen, aber boykottieren konnten sie es. So kam es, dass Taj Reegan, als sie sich den Fragen der Senatoren stellte, hinter den Namensschildern der Republikaner lauter leere Sessel sah.

Der Vorsitzende des Ausschusses hielt unverdrossen eine kleine Rede. Die Republikaner, so interpretierte er die Lage, wussten alle um die exzellenten Qualifikationen von Taj Deegan, sodass sie nach Hause gegangen waren, anstatt Fragen zu stellen. Er rügte es, dass sie aus so einer ernsten Sache ein Politikum machten. Dann fragte er Taj Deegan, ob sie zu Beginn etwas sagen wolle.

Sie wollte und, als sie fertig war, gab es kein trockenes Auge mehr im Saal. Sie sprach über ihre Kämpfe als alleinerziehende Mutter. Sie versicherte den Senatoren, dass sie für Recht und Ordnung stand. Sie könne immer noch nicht glauben, dass eine Afroamerikanerin wie sie, die in

Armut aufgewachsen war, eines Tages den Talar eines Richters am Obersten Gerichtshof der USA trüge. Sie erzählte von dem Ehrenmordfall, den sie verhandelt hatte, und davon, wie ein Terrorist mitten im Gerichtssaal das Feuer eröffnet habe. Sie sei getroffen worden, aber »Gott und seiner Gnade sei Dank« habe sie eine kugelsichere Weste getragen. Und sie habe ihre Pistole in ihrer Aktentasche dabeigehabt. Bei der Obduktion des Terroristen hatte man in seiner Brust eine ihrer Kugeln gefunden.

»Schade, dass Ihre republikanischen Kollegen jetzt nicht da sind. Das wäre doch etwas für sie gewesen«, witzelte sie. Man lachte schallend.

Die Begegnung mit dem Tod verändere einen Menschen, sagte Taj. Ihr sei ihre Familie noch wichtiger geworden und sie sei Gott seitdem dankbarer für das Geschenk eines jeden neuen Tages. Die Menschen, die mit ihren Fällen zu ihr kamen, seien ihr wichtig; sie wolle auf jeden Fall ihr Allerbestes geben, um dem hohen Gericht gemäß seinem Motto Ehre zu machen: »Gleiche Gerechtigkeit nach dem Gesetz.«

Als Taj fertig war, lehnte der Vorsitzende sich zufrieden zurück. Richterin Deegans Worte würden in den Nachrichtensendungen am Abend die Runde machen. Da war er sich sicher. Und um ganz sicherzugehen, dass es keine Zweifel an der Kandidatin gab, nahm er das Privileg des Vorsitzenden, selbst die ersten Fragen zu stellen, in Anspruch.

Richterin Deegans Antworten waren klar und überzeugend. Nein, die Präsidentin habe sie nie in irgendwelchen Dingen befragt. Sie sei vor ihrer Nominierung zu diesem Amt noch nie mit der Präsidentin zusammen gewesen. Und nein, sie habe bislang noch keine Meinung zu dem Fall *Anderson* und zu dem *Staatsgeheimnis*-Privileg.

Eigentlich hätte die Befragung schon am Mittag beendet sein können, doch die Demokraten zogen sie in die Länge, damit ihnen niemand mangelnde Sorgfalt vorwerfen konnte. Etwas vor 17 Uhr schlug der Justizausschuss des Senats Taj Deegan einstimmig für den frei gewordenen Richtersitz am Obersten Gerichtshof der USA vor. Vier Tage danach, am letzten Sitzungstag im Juli, stimmte der vollzählige Senat über die Nominierung ab, wobei drei abtrünnige Republikaner sich den Stimmen der Demokraten anschlossen.

Für Paige war es eine schlechte Nachricht für den Fall *Anderson.* »Deswegen hat die Präsidentin die doch nominiert«, sagte sie Wellington.

»Ach, Sie sehen Gespenster«, erwiderte Wellington.

* * *

Das Programm war eines von John Marcanos Lieblingsprojekten. Die CIA hatte eine Reihe jemenitischer Ärzte angeheuert, die durch das Land reisen und Schul- und Vorschulkinder impfen sollten. Es gab keinen Mangel an Krankheiten, gegen die Impfungen sinnvoll waren, und in jedem Dorf brachten die Eltern ihre Kinder treu zu den Ärzten. Was sie nicht wussten, war, dass die Ärzte ein großzügiges Gehalt von einer Hilfsorganisation erhielten, die ihrerseits von der CIA finanziert wurde. Und dass im Rahmen dieses Impfprogramms die Ärzte DNA-Proben von mehreren Millionen jemenitischer Kinder nahmen.

Diese Proben gingen in eine riesige CIA-Datenbank in Langley (Virginia), wo sie mit der DNA bekannter vom CIA gejagter Personen abgeglichen wurden. Das Programm mit dem Codenamen *Operation Harvest* hatte in den letzten zwei Jahren sein Quantum an Drohnenzielen geliefert. In derselben Woche, in der Taj Deegan vor dem Justizausschuss des Senats versprach, als Oberste Richterin Zurückhaltung und gleiche Gerechtigkeit für alle walten zu lassen, landete *Operation Harvest* den nächsten Treffer. Diesmal war es ein Volltreffer.

In einem der entlegenen Dörfer im Nordosten des Jemen hatten Ärzte zwei Jungen geimpft, deren DNA sie als Söhne von Saleet Zafar auswies. Ein aufgeregter Marcano beorderte sofort so viele Agenten wie möglich in die Region, um ein Netz von Satelliten- und Drohnenbildern zu schaffen. Es ging darum, unter Einsatz der neuesten Gesichtserkennungs-Technologie den Imam ausfindig zu machen, wenn er seine Söhne besuchte.

Bisher war er ihnen immer durch die Lappen gegangen. Diesmal würden sie ihn kriegen.

Kapitel 58

Virginia Beach, Virginia

Für Paige gab es nichts Schöneres, als früh am Morgen den *Cape Henry Trail* durch den *First Landing State Park* entlangzulaufen. Eines der Privilegien der Selbstständigkeit war, dass sie anschließend total verschwitzt zurück in ihre Wohnung fahren und dort in aller Ruhe in die Gänge kommen konnte.

Ihr Morgenjogging war in vieler Hinsicht der wichtigste Teil ihres Arbeitstages. Dort im Wald, wo die Endorphine in ihr Gehirn schossen, konnte sie sich auf eine Art konzentrieren und kreativ denken, wie es an ihrem Schreibtisch unmöglich war.

Sie rannte vor sich hin, in Gedanken und die Musik aus ihren Ohrstöpseln versunken, als sie am Rande ihres Gesichtsfeldes einen Mann bemerkte. Nanu, was wollte der? Anstatt an ihr vorbeizulaufen, begann er, neben ihr herzulaufen.

»Guten Morgen«, sagte er.

Paige ließ ihre Ohrstöpsel drinnen und nickte. Sie hatte seit mehreren Minuten keinen anderen Jogger gesehen; sie war alleine mitten in einem Sumpfgelände, neben ihr ein fremder Mann, den sie offensichtlich nicht abhängen konnte. Ihr Herz und ihr Schritt wurden schneller.

»Darf ich ein Stückchen mit Ihnen laufen?«

Sie schaute kurz zu dem Mann hinüber und erkannte ihn sofort. Attraktives Gesicht, kurzes dunkles Haar, markantes Kinn, dunkelbraune Augen. Er trug ein T-Shirt, das an den Armen etwas zu eng war und kräftige Oberarmmuskeln und durch den V-förmigen Schnitt einen Teil seines Oberkörpers freigab.

Daniel Reese.

»Sie sind verdammt schnell«, sagte er. »An die 12 Stundenkilometer, stimmt's?«

Paige nahm ihre Kopfhörer aus den Ohren. Was wollte der hier?

»Könnte stimmen«, keuchte sie. »Was wollen Sie von mir?«

»Ich dachte, hier könnten wir uns gut unterhalten. Hier sieht uns keiner.«

»Wäre das nicht auch mit 'nem Anruf gegangen?« Ihr Atem kam in kurzen, keuchenden Stößen.

»Könnten wir ein paar Minuten einfach nur gehen?«, fragte Reese. »Wenn Sie mich fertig angehört haben, werden Sie wissen, warum ich diesen Weg gewählt habe.«

Paige schüttelte ihren Kopf und schaute auf ihre Uhr, als zielte sie darauf ab, einen persönlichen Rekord zu erreichen. Diese Leute vom Militär mochten es gerne geheimnisvoll, aber sie wusste noch nicht, was sie von der Sache hier halten sollte. Je schneller sie am Ende des Pfades wären, desto wohler wäre ihr. »Wenn Sie nichts dagegen haben, Mr Reese, reden Sie einfach, während wir weiterlaufen.«

»Okay«, sagte Reese. »Aber nennen Sie mich doch bitte Daniel.«

Paige beschloss, das Tempo noch etwas anzuziehen, damit Daniel auch etwas zu keuchen hatte. Wenn er mit ihr reden wollte, musste er halt gleichzeitig seine 12 Stundenkilometer laufen.

In den folgenden Minuten entdeckte sie, dass er damit definitiv nicht überfordert war. Die ganze nächste Meile hielt er mit ihr Schritt, während er ihr von seinem großen Lebenstraum, ein SEAL der US-Marine zu werden, erzählte und von seinen vier Einsätzen im Irak. Danach hatte er Admiral Towers kennengelernt. Er hatte neue Aufgaben in der Verwaltung bekommen und war schließlich dessen Stabschef geworden. Er sagte, er vermisse die Kampfeinsätze, habe aber den Eindruck, dass er seinem Land am richtigen Ort diene. Er äußerte Hochachtung für Patrick Quillen und den anderen Männern von SEAL-Team 6, einem Elite-Team, für das er selbst nie gut genug gewesen war.

»Jeder mochte und respektierte Q«, erzählte er. »Er war aus einem ganz besonderen Holz geschnitzt.«

Als sie sich dem großen Pavillon am Ende des Pfades näherten, hatte Paige sich halb an ihren Mitläufer gewöhnt. Trotzdem – als sie wendete, um die nächsten fünf Kilometer zu laufen, zurück zu ihrem Auto, zog sie das Tempo noch mehr an.

Reese hielt gut mit und redete weiter. Er erzählte Paige, dass ihr Prozess ihn zunächst verärgert hätte. Er hielt ihn für bloße Effekthascherei und Geldmacherei durch Wyatt Jackson. Aber je länger er Paige und Wyatt beobachtet hatte, umso mehr sei ihm aufgegangen, dass sie vielleicht tatsächlich eine Chance hätten. Auf jeden Fall kämpften sie wacker und er – ja, er wollte ihnen seine Hilfe anbieten.

Paige musste sofort an den *Patrioten* denken. Lief er womöglich gerade neben ihr den Pfad entlang? Er hatte sich ganz ähnlich geäußert. Aber Reese hatte doch diese eidesstattliche Erklärung abgegeben. »Sie haben eine komische Art, zu helfen«, sagte sie.

»Ich weiß. Aber alles, was ich in dieser Erklärung gesagt habe, entspricht der Wahrheit – und die hätten das auch auf tausend andere Arten beweisen können. Ich musste mir ihr Vertrauen verdienen.«

Paige wusste selbst nicht, ob sie ihm glaubte. Hatte der CIA ihn auf sie angesetzt, um Informationen über den Prozess zu bekommen? Aktuell schien es ihr, als gäbe es überall Mauschelei und Doppelspiel. Sie beschloss, ihm besser nichts zu verraten; genug Luft, um auch noch zu reden, hatte sie gerade sowieso nicht.

»Ich werde Ihnen jetzt ein paar Dinge sagen, die mir echt Ärger einbringen können«, fuhr Reese fort. »Ich tue das für Q und sein Team. Aber dass wir uns recht verstehen: Dieses Gespräch hier hat es nie gegeben. Außer Sie schaffen es wirklich bis vor Gericht. Dann werde ich kommen und alles aussagen, was ich Ihnen jetzt sagen werde, obwohl es meine Karriere gefährdet.«

Er hielt einen Augenblick inne, um die Worte wirken zu lassen und Luft zu holen. »Ich werde Ihnen keine Geheiminformationen verraten, aber ich kann Ihnen helfen, in der richtigen Richtung zu suchen.«

Paige nahm ihre Sonnenbrille ab, wischte sich mit ihrem Sportshirt den Schweiß aus den Augen und rannte weiter. Sie setzte die Brille wieder auf. »Ich kann gut Geheimnisse für mich behalten. Und ich kann echt Hilfe gebrauchen.«

Reese begann. Er bestätigte, was die Nachrichten über *Operation*

Exodus gebracht hatten. Er war in einer Video-Konferenz mit dem Situation Room gewesen. Zwischen Towers und der Präsidentin war es immer etwas schwierig gewesen, aber in jener Nacht kam es zur Explosion.

»Ich sage Ihnen nichts, was nicht schon längst in den Nachrichten war«, betonte Reese. »Towers wollte die QRF, unsere Reserve für den Notfall, einsetzen, um die Leichen der SEALs rauszuholen, nachdem die Mission gescheitert war, aber die Präsidentin ließ ihn nicht. Es kam zu einer Konfrontation. Am nächsten Tag hat sie ihn von seinem Posten entbunden. Seitdem zählt er im Pentagon Bleistifte.«

Paige hörte die Frustration in Reeses Stimme. Jeder SEAL und ehemalige SEAL kannte das Mantra: *Wir lassen niemand im Stich.*

»Admiral Towers ist ein guter Mann«, sagte Reese, »einer der ehrenhaftesten Männer, die mir je begegnet sind. Er hat Besseres verdient.«

Sie begegneten einem Jogger, der in der umgekehrten Richtung lief. Mehrere Minuten rannten sie schweigend weiter, die einzigen Geräusche das Stampfen ihrer Schuhe auf dem harten Lehm und ihr keuchender Atem. Eine zufriedene Paige merkte, dass Reese allmählich die Luft zum Sprechen ausging.

»Wie wäre es, wenn wir auf einen gemütlichen Sprint runtergehen?«, schlug er vor.

Paige unterdrückte ein Grinsen und wurde eine kleine Spur langsamer. »Ich dachte, Sie waren ein SEAL.«

»Ein SEAL, kein Olympialäufer.«

Sie unterhielten sich fast eine ganze Stunde lang – dreißig Minuten, während sie liefen, fünf, während sie anschließend keuchten und schnauften, und die letzten fünfundzwanzig während eines langen Spaziergangs. Reese hatte eine entwaffnende Art, die Paige ruhiger werden ließ – und weniger vorsichtig.

»Sie haben Glück gehabt, dass ich mein Pfefferspray nicht dabeihatte«, sagte sie, nachdem er sich erneut für seinen Überfall auf sie entschuldigt hatte.

»Sie sehen aber nicht wie eine Pfefferspray-Dame aus«, sagte er.

Er erklärte Paige die Beziehung zwischen dem Militär und der CIA und erzählte, wie Missionen wie *Operation Exodus* normalerweise abliefen. Er bekräftigte, dass er bereit sei, vor Gericht auszusagen, »solange es nach Recht und Gesetz geht«. Vor allen Dingen hatte er sich aber mit

Paige treffen wollen, um herauszufinden, ob er ihr privat helfen könne. Hatte sie irgendwelche Fragen, die er ihr vielleicht beantworten konnte?

Paige stellte etliche Fragen, aber bei der wichtigsten - ob die Präsidentin und Direktor Marcano gewusst hatten, dass die Operation gefährdet war - konnte er ihr nicht helfen. Aber sie fing an, diesem Mann zu vertrauen. Er gab ihr zu viele Informationen, als dass es eine Falle sein konnte.

Kurz bevor sie sich trennten, sagte sie: »Ich hab übrigens mehrere Anrufe von einem Drohnenpiloten erhalten. Er behauptet, die CIA habe ihn angewiesen, bei der Angabe, wie lange sie ein bestimmtes Ziel überwacht hatten, bevor sie zuschlugen, zu lügen.«

Reese war ganz Ohr. »Und wen sollte er belügen?«

»Jeden, der danach fragte, halt.« Paige erläuterte ihm die Anrufe genauer. »Könnten Sie herausfinden, wer das ist, wenn ich Ihnen die Tonaufzeichnungen gebe?«

Reese versprach, es zu versuchen, und sie vereinbarten, wie Paige ihm im Laufe des Vormittags den USB-Stick zukommen lassen würde. Sie dankte ihm und sie schüttelten sich die Hand.

Und dann stellte sie die eine Frage, die am meisten unter den Nägeln brannte, während sie seine Miene genau beobachtete. »Haben Sie schon einmal von jemand gehört, der den Spitznamen *der Patriot* hat?«

Reese verzog keine Miene, zögerte aber eine halbe Sekunde, bevor er antwortete: »Nein. Wer soll das sein?«

»Gute Frage«, sagte Paige. Sie drehte sich um und ging zu ihrem Auto. »Bis bald dann.«

★ ★ ★

Am Vormittag übergab Paige Reese den USB-Stick. Erst danach rief sie Wellington an, um ihn zu informieren, was sie gerade gemacht hatte. Sie wusste, dass Wellington sofort Wyatt anrufen würde, und hatte nicht gewollt, dass die beiden versuchten, ihr die Sache auszureden.

Zwei Tage später wurde Paiges Mut belohnt, als sie abends um 21 Uhr einen Anruf erhielt. Eine Männerstimme sagte: »Mein Name ist Brandon Lawrence. Ich bin Drohnenpilot in der U.S. Air Force.« Er zögerte und holte tief Luft. »Ich bin der, der Sie schon öfter angerufen hat.«

Kapitel 59

Washington, D. C.

Das Glück ist dem Tapferen hold, dachte Philip Kilpatrick. Und manchmal dem Gerissenen. Und oft denen, die ein Leben lang ihre Beziehungen gepflegt haben, weil man nie weiß, wann man jemanden braucht, der einem aus der Bredouille hilft.

Genau in dieser Lage war Kilpatrick jetzt. Fast einen Monat lang hatte er die Sache durchgeplant, wie ein Schachgroßmeister, der Züge und Gegenzüge und endlose Varianten durchrechnet. Wyatt Jackson und Paige Chambers waren kein großes Problem; sie waren Schachamateure, die gegen Bobby Fischer antraten. Aber John Marcano war eine andere Sache. Der Mann war unberechenbar und verschlagen, ein Meister der Täuschung und einer der mächtigsten Männer in Washington, D. C.

Aber auf das würde er nicht vorbereitet sein. Wie auch? Kilpatrick hatte das Szenario immer wieder durchgespielt, jede Reaktion bedacht, und er war immer wieder zu demselben Ergebnis gekommen. Schach und matt. Wenn er es so machte, hätte er die Vernehmung vor Gericht vom Hals und könnte den Fall *Anderson* zu den Akten legen und sich wieder auf seinen Job konzentrieren, der lautete, Unheil von Amerika abzuwenden.

Vier Tage vor dem *Labor-Day*-Wochenende rief Kilpatrick Harry Coburn an – einen Reporter der *New York Tribune,* dem er mehr vertraute als allen anderen Journalisten. Er wusste selbst nicht mehr, wie viele streng vertrauliche Tipps er dem Mann in den letzten Jahren zugespielt hatte. Jeder Tipp war ein neues Steinchen im Brett gewesen. Jetzt war es Zeit, dieses Kapital zu nutzen.

Er rief Coburn also an und nannte ihm seine Wünsche. »Du musst bereit sein, lieber in den Knast zu gehen, als deine Quelle preiszugeben. Falls nötig, kannst du so tun, als ob die Information von den Anwälten der Klägerin kam. Du musst die Story exakt nach meinem Zeitplan unter die Leute bringen.«

Coburn versprach ihm alles. Er war wie ein kleiner Junge, der versprach, sein Zimmer aufzuräumen, wenn er nur mit nach Disneyland durfte. Fast konnte Kilpatrick ihn im Telefon hören – Coburns Traum, für diese Sensationsrecherche den Pulitzer-Preis zu gewinnen, den Oscar der Journalisten.

Kilpatrick sagte ihm, dass er das Dokument nicht elektronisch schicken würde. Er wollte keine Spuren im Internet hinterlassen, die zu seiner Adresse führen konnten. Nein, wenn Coburn die Story wollte, musste er persönlich kommen und sich sein Exemplar holen.

Coburn sagte, dass er noch am gleichen Tag per *Amtrak* vorbeikommen würde. »Wie lang ist der Text?«, fragte er.

Kilpatrick hatte ein Exemplar vor sich auf dem Schreibtisch liegen. Er blätterte kurz die letzte Seite auf. »482 Seiten.«

»Wow! Und du bist ganz sicher, dass da sonst keiner rankommt?«

Kilpatrick war sicher. Das Gericht hatte sehr präzise Auflagen erteilt, die Empfänger des Textes waren alle geheim und die Personen, die Zugang zu dem Text hatten, ließen sich an zehn Fingern abzählen. »Die nächste Wochenendausgabe wäre nicht schlecht«, sagte er.

Er legte lächelnd auf. Dann schob er den gebundenen Ausdruck in seine Aktentasche und ging nach draußen, zu einem Kopierladen in der Nähe. Er würde das Kopieren höchstpersönlich übernehmen und dabei Handschuhe tragen, damit auf dem Text, den er Coburn aushändigte, keine Fingerabdrücke waren.

Das Protokoll der Vernehmung von John Marcano, das durch höchstrichterliche Anordnung vor unbefugter Weitergabe geschützt war – dem Zuwiderhandelnden drohten hohe Geldstrafen, ja sogar Gefängnis – war auf dem Weg in die Presse.

Kapitel 60

Virginia Beach, Virginia

Der August näherte sich seinem Ende und Paige und Wellington verbrachten jede freie Minute mit ihrer Darstellung des Falls für den Obersten Gerichtshof. Und damit, sich die Richter einschließlich ihrer bisherigen Entscheidungen und ihrem Werdegang anzuschauen, um eine Vorstellung davon zu bekommen, wie sie es mit der *Staatsgeheimnis*-Doktrin hielten.

Ein paar waren einfache Fälle. Die drei Richter, die den konservativen Block bildeten, waren noch nie einem Angeklagten begegnet, der nicht hinter Gitter gehörte. Beim Abwägen zwischen Sicherheit und Freiheit hielten sie es knallhart mit Recht und Ordnung. In dem anstehenden Fall würden sie stark zögern, den Vorhang vor der CIA zu lüften, selbst wenn sie mit diesem Lüften einem Demokraten im Weißen Haus eins auswischen konnten.

Richter David Sikes, einer der Jüngeren am Obersten Gerichtshof und ehemaliger Präsidentenanwalt von George W. Bush, hatte unter Bush das Verhörprogramm der CIA verteidigt und würde es bestimmt auch jetzt mit der CIA halten. Barton Cooper, ein 72-jähriger Konservativer, den Bush senior ernannt hatte, war früher Richter in Texas gewesen, wo er Dutzende Todesstrafen bestätigt hatte. Als einziger Richter, der Bartträger war, war er von den am Obersten Gerichtshof praktizierenden Anwälten *der Bart* getauft worden. Auch *der Bart* würde es nicht mit Paige und Wellington halten. Ebenso nicht die Richterin, die direkt links von ihm saß, am nächsten zum Obersten Richter, wegen ihres Dienstalters. Die ergraute, nachdenkliche und stille Richterin Kathryn Byrd stimmte wie ein Uhrwerk jedes Mal mit dem konservativen Block.

Es gab vier Liberale, die wahrscheinlich Paige und Wellington helfen würden, auch wenn ein Sieg von SEAL-Team 9 für die Demokraten in der Regierung eine Niederlage bedeutete. Richterin Augusta Augustini, eine brillante Juristin, die Professorin in Harvard gewesen war und nebenher pro Jahr einen neuen Roman geschrieben hatte, wäre eine unverblümte Verbündete. Dito die beiden afroamerikanischen Veteranen - Reginald Murphy, früher Anwalt für das Innocence Project, eine Organisation, die sich um die Aufklärung von Justizirrtümern bemühte, und William Martin Jacobs III., der an die 300 Pfund auf die Waage brachte und sich als Bürgerrechtsanwalt einen Namen gemacht hatte. Jacobs war von Präsident Clinton ernannt worden. Man raunte sich zu, dass er kein einziges Wort seiner Entscheidungen selbst schrieb, sondern sich mit Elite-Uni-Absolventen umgab, die seine Ideologie und sein Sendungsbewusstsein teilten und ihm die ganze Arbeit abnahmen.

Der vierte Liberale war ein unsichererer Kandidat. Richterin Evangelina Torres war die einzige Hispanoamerikanerin am Obersten Gerichtshof. Als ehemalige Senatorin für Kalifornien war sie von Präsident Obama in dessen letztem Amtsjahr nominiert und nach Hamiltons Wahl von dem von den Demokraten beherrschten Kongress bestätigt worden. Von ihrem Denken her musste sie es eigentlich mit Paige und Wellington halten, aber als Senatorin war sie im Foreign Relations Committee gewesen, dem amerikanischen Ausschuss für auswärtige Angelegenheiten. Es konnte sein, dass das Aufdecken geheimer CIA-Informationen ihr möglicherweise Bauchschmerzen bereitete.

Blieben noch zwei potenzielle Wechselwähler - Oberster Richter Cyrus Leonard und die 45 Jahre alte Taj Deegan. Wellington war sich zu 90 Prozent sicher, dass der Oberste Richter, der eine Vorliebe für Präzedenzfälle hatte, nicht bereit wäre, die Entscheidung in dem Fall *Reynolds* von 1953 aufzuheben. Und wenn Wellington recht hatte, konnten sie nur gewinnen, wenn sie sämtliche liberalen Richter einschließlich der früheren Senatorin Evangelina Torres auf ihre Seite bekämen - plus Taj Deegan.

Es war ein hoher Berg, der da vor ihnen lag, und es machte die Sache nicht besser, dass Wyatt in den Vorbereitungssitzungen einen desinteressierten und unvorbereiteten Eindruck machte. Er schien die Feinheiten einschlägiger früherer Fälle nicht zu begreifen und machte immer wieder Aussagen, die mehr wie ein Plädoyer vor einer Jury klangen als wie juristische Argumente, die einen erfahrenen Richter überzeugen könnten.

Die Atmosphäre in den Besprechungen war angespannt und es half nicht gerade, dass Paige Wyatt Fragen stellte, von denen sie wusste, dass er sie nicht beantworten konnte. Nach einer besonders misslungenen Besprechung in seinem Wohnmobil zündete Wyatt sich eine Zigarre an, erklärte, er sei besprechungsmüde, und schlug vor, einige Wochen zu pausieren, bis ihm neue Ideen gekommen seien.

»Meiner Ansicht nach brauchen wir jeden Tag für die Vorbereitung«, insistierte Paige. »Es gibt noch viel Arbeit und eine zweite Chance werden wir nicht kriegen.«

»Ach was, ich arbeite besser unter Druck«, sagte Wyatt. »Was ich vor einem Monat gelesen habe, ist unwiderruflich weg. Und ich hab ja auch noch einige andere Fälle.«

Seine Einstellung ging Paige schon lange auf die Nerven. Sie und Wellington arbeiteten rund um die Uhr - und den Mann, der das Plädoyer halten würde, schien das alles nicht zu jucken.

Sie zeigte auf die schwarzen Notizhefte, die mit Präzedenzfällen gefüllt waren. Sie fuchtelte den Rauch von Wyatts Zigarre demonstrativ zur Seite und schaute vorwurfsvoll zu Wellington hin. *Wie war das noch – drinnen raucht er nie?*

»Unser ganzer Fall steht und fällt mit Ihrem Plädoyer - und Sie haben noch nicht mal diese Sachen hier gelesen.«

Wyatt zuckte die Achseln und nahm den nächsten Zug. »Sie verstehen das immer noch nicht«, sagte er. »Denken Sie im Ernst, wir können dieses Ding gewinnen?«

Wellington meldete sich. »Jawohl, das können wir - wenn es uns gelingt, Torres und Deegan auf unsere Seite zu kriegen. Wie wäre es, wenn Paige und ich einfach unsere Darstellung des Falls fertig machen und dann fangen Sie an, es zu lesen?«

»Sie blicken's auch nicht«, sagte Wyatt. »Ich sage das nur ungern, aber wir haben null Chancen, diesen Prozess zu gewinnen.« Er sah, wie weiter Paige den Rauch zur Seite wedelte, runzelte die Stirn und drückte die Zigarre in einem Aschenbecher aus. »Wir gehen vor den Obersten Gerichtshof und hoffen, dass wir fünf der Richter dazu kriegen, uns zu erlauben, einige Zeugen unter Eid zu vernehmen. Sehr wahrscheinlich schaffen wir das nicht, aber selbst wenn wir gewinnen sollten - wie wird's weitergehen? Kilpatrick wird alles leugnen, dummes Zeug reden und sich hinter Staatsgeheimnissen verbarrikadieren, genauso wie Marcano das gemacht hat. Wir sind jetzt seit Monaten an dieser Sache und wissen immer noch nicht, ob die CIA der Präsidentin gesagt hat, dass die Mission gefährdet war.«

»Wir haben das Gespräch auf der Parkbank«, konterte Paige. »Und einen Drohnenpiloten, der angewiesen wurde, zu lügen.«

»Ist der Drohnenpilot überhaupt relevant? Oder die Parkbank? Wir wissen doch gar nicht, was Marcano gesagt hat. Wir wissen lediglich, was Kilpatrick ihn fragte. Die werden beide kommen und aussagen, dass Marcano bestätigte, dass die Quellen solide waren. Marcano wird sagen, dass sie dieses Treffen deswegen vor der Sitzung des Nationalen Sicherheitsrats hatten, damit er dem Stabschef der Präsidentin gewisse Details sagen konnte, die er ungern dem ganzen Team sagen wollte. Schön - und dann? Wir fragen ›Welche Details?‹ und die beiden zitieren die *Staatsgeheimnis*-Doktrin.«

Wyatts brutale Analyse hing in der Luft wie der Rauch seiner Zigarre. Alles hatte Paige erwartet, aber nicht das! Dies war der Mann, der sonst immer dachte, dass er jederzeit ein Kaninchen aus dem Hut ziehen oder das Rote Meer teilen konnte. Wenn nicht einmal er glaubte, dass sie gewinnen konnten, was für Chancen hatten sie dann?

Wyatt fuhr fort: »Es ist überhaupt nie darum gegangen, diese Sache zu gewinnen. Dieser Fall ist unser Alamo. Bei dem historischen Alamo hat ein kleiner Trupp amerikanischer Soldaten einer riesigen mexikanischen Übermacht getrotzt. Sie sind schließlich alle gefallen. Sie wussten, dass sie verlieren würden, aber sie versuchten, die Menschen für etwas Großes, das sie überdauern würde, zu begeistern.«

Auf dem Tisch vor ihm stand eine Flasche Bier - auch etwas, was Paige an diesen Sitzungen missfiel -, und er nahm einen Schluck. Sein Blick wanderte von Wellington zu Paige.

»Machen wir uns nichts vor: Wir werden untergehen! Und darum interessieren mich keine juristischen Finessen, die möglicherweise einen der Richter dahingehend überzeugen, dass man uns noch eine weitere Vernehmung erlaubt, bevor der Prozess eingestellt wird. Ich möchte vielmehr das Plädoyer vor dem Obersten Gerichtshof als Plattform nutzen, um dieses Land aufzurütteln, damit der Kongress endlich die Gesetze ändert. Seht ihr nicht, was hier im Gang ist? Jeder Diktator der Geschichte hat seine eigene Privatarmee gehabt. Die römischen Kaiser hatten ihre Prätorianer, Napoleon die Kaiserliche Garde, Hitler seine SS – und unsere Präsidenten haben die CIA. Diese Typen sind niemandem Rechenschaft schuldig: Jedes Mal, wenn wir versuchen, sie zur Rechenschaft zu ziehen, verbarrikadieren sie sich hinter Staatsgeheimnissen und der Sicherheit der Nation. Sie können jeden umbringen, überall auf der Welt, ohne dass ein Gericht ihnen das vorher erlaubt oder nachträglich für legitim erklärt. Sie müssen nicht mal den Kongress bitten, einem Land den Krieg zu erklären.«

Seine Stimme war immer lauter und emotionaler geworden. Als er verstummte, sagten weder Paige noch Wellington ein Wort. Die CIA mit der SS zu vergleichen, ging nun wirklich zu weit, aber darum ging es ja gar nicht und Paige wusste das. Sie hatte vor lauter Bäumen den Wald nicht gesehen. Wyatt ging es um viel Größeres als einen Streitfall, der vor dem Obersten Gerichtshof verhandelt wurde.

Er fuhr fort, jetzt leiser: »Ihr habt ja recht; ich habe diese Präzedenzfälle nicht studiert. Ich werde sie mir vor meinem Plädoyer zu Gemüte führen, aber das wird an dem, was ich sagen werde, nichts ändern. Meine Adressaten sind nicht diese neun Leute in den schwarzen Roben; mein Adressat ist das amerikanische Volk. Weil es nicht weiß, was hinter seinem Rücken abgeht. Weil es höchste Zeit wird, dass es aufwacht. Ich habe mein Leben damit verbracht, die Regierung zu bekämpfen. Ich habe es erlebt, wie das System Unschuldige kaputt gemacht hat und den Ruf anständiger Männer und Frauen ruiniert hat, obwohl sie freigesprochen wurden. Wir haben wahnsinnige Angst, weil es da draußen ein paar wirklich böse Typen gibt, also geben wir freiwillig eine Freiheit nach der anderen ab.«

Paige wurde noch nachdenklicher. Dem Mann waren die Menschen nicht egal und das dämpfte ihren Frust. »Warum machen wir nicht einfach beides?«, fragte sie. »Warum können wir nicht durch den Obersten Gerichtshof zu den Menschen reden? Wie wollen wir die Gesetze ändern, wenn wir die beste Gelegenheit, die wir je hatten, nicht nutzen?«

»Ich habe nicht gesagt, dass ich's nicht versuchen werde«, sagte Wyatt. Er nahm den nächsten Schluck von seinem Bier und kehrte zurück zu dem Thema Alamo. »Oberst James Bowie lag krank zu Bett, als sie Alamo stürmten. Man erzählt sich, dass er in seinem Bett starb, während er die ins Zimmer stürzenden Mexikaner mit Pistolenschüssen empfing. Als er keine Munition mehr hatte, zog er sein Messer. Wisst ihr, was seine Mutter sagte, als man ihr den Tod ihres Sohnes mitteilte?«

Paige schüttelte den Kopf. Natürlich wusste sie es nicht.

Wyatt beantwortete seine Frage selbst, die Augen voll Bewunderung. »Sie sagte: ›Bestimmt habt ihr keine Wunden in seinem Rücken gefunden.‹«

Wyatt hob sein Bier zu einem Toast. »Für die, die kämpfend untergehen.«

Kapitel 61

Der Leitartikel in der *New York Tribune* erschien am Samstag des *Labor-Day*-Wochenendes. Paige erfuhr über eine SMS von ihm und schaute sofort in der Online-Ausgabe nach. Dort prangte der Artikel mit mehreren Fotos direkt auf der Startseite, unter anderem waren auch sie und Wellington beim Betreten des Gerichtsgebäudes zu sehen. Es gab bereits über 200 Kommentare zu dem Artikel. Und als Anhang zu der Story konnte alle Welt die komplette eidliche Vernehmung von John Marcano als PDF-Datei lesen.

Der von Harry Coburn verfasste Artikel beschrieb den Inhalt der Vernehmung, wie Coburn ihn angeblich aus vertraulicher Quelle mit Insider-Informationen bekommen hatte. Ein paar Absätze später zitierte er Paige, die gegenüber einigen Lokalreportern nichtssagende Bemerkungen über die anstehende Verhandlung vor dem Obersten Gerichtshof gemacht hatte. Coburn erweckte den Eindruck, als habe er ein Exklusivinterview mit Paige gemacht.

Der Artikel beschrieb, wie doppelzüngig Marcano geklungen habe, als er sich auf das Staatsgeheimnis-Privileg für diese Mission berief, wo doch über ähnliche Einsätze ganze Bücher geschrieben und Filme gedreht worden seien. Er ging auch ausführlich auf die Praxis der CIA ein, ihre eigenen Agenten, ja sogar Mitglieder der Regierung gezielt zu desinformieren, um vertrauliche Informationen zu schützen. Coburn zeigte auf, wie mächtig die CIA geworden war und dass es so gut wie keine parlamentarische Kontrolle ihrer militärischen Aktivitäten gab. Er beendete den Artikel mit einem fast zweitausend Jahre alten Zitat des römischen Satirendichters Juvenal: »Wer bewacht die Wächter?«

Paige war sofort klar, dass der Artikel und der Text der Vernehmung ihr und ihren Mitstreitern die Gunst des Publikums eintragen würde. Aber so wie der Artikel verfasst war, erweckte es den Anschein, als ob Paige selbst die vertrauliche Quelle war. Wie würde Richterin Solberg darauf reagieren? Es war besser nicht darüber nachzudenken ...

Der Artikel ging Paige den ganzen Morgen durch den Kopf, aber gleichzeitig hatte sie keine Gelegenheit, in Ruhe darüber nachzudenken. Heute war sie mit Kristen und den beiden Jungen am Strand verabredet. Seit zwei Wochen hatten sie diesen Ausflug geplant, Paige konnte ihn jetzt unmöglich spontan absagen. Außerdem gab es keine bessere Methode, juristische Probleme zu vergessen, als Kinder, die fröhlich im Meer planschten.

★ ★ ★

Der große weiße Strand von Virginia Beach war voll von Menschen. Für Anfang September war es extrem heiß. Kristen und Paige stellten zwei Liegestühle auf dem nassen Sand auf, nah am Wasser, und unterhielten sich, während Justin und Caleb spielten.

Aber das konnten sie nicht lange. Die Jungen wollten unbedingt mit ihnen schwimmen. Bald waren Paige und Kristen am Bodysurfen, während die Jungen auf ihren Boogiebrettern umherflitzten. Dann wollten die Jungen eine Sandburg bauen. Danach brauchten sie die nächste Portion Sonnencreme. Paige cremte sich vorsichtshalber gleich selbst mit ein. Sie hatte nur eine leichte Joggingbräune und da, wo ihre Haut beim Laufen bedeckt war, war sie noch ebenso weiß wie im März. Es war einer dieser Sommer gewesen, den sie mehr im Büro als draußen verbracht hatte.

Doch kaum waren die Jungen frisch eingecremt, wollten sie wieder surfen, wobei man sie natürlich nicht alleine lassen konnte.

Alles in allem war es ein anstrengender Tag und Paige wie Kristen vermissten einmal mehr ihre verstorbenen Männer. Es war fast vier Uhr nachmittags und die Jungen suchten in dem flachen Wasser nach Krebsen, als Paige und Kristen endlich Zeit für ein längeres Gespräch fanden.

Es war kein leichter Sommer für Paige gewesen. Ihre Kanzlei brachte nicht das Geld ein, das sie erhofft hatte, und Kristens Prozess brachte jeden Tag neue Probleme. Außerdem hatte Paige den Eindruck, dass sie Patricks Tod nicht so verarbeitet hatte, wie sie sollte. Immer noch gab es Tage, an denen die Trauer sie schier überwältigte, erzählte sie Kristen. Tage wie heute, an denen es sich anfühlte, als ob ihr erneut das Herz aus der Brust herausgerissen wurde.

Kristen seufzte auf. »Ich weiß, was du meinst.«

Paige hatte den Eindruck, dass Kristens Augen sich unter der Sonnenbrille mit Tränen füllten.

»Jedes Mal, wenn ich die Jungen anschau, bricht mir das Herz, weil sie keinen Vater mehr haben. Und dann werd ich wütend auf mich selbst, weil ich so leicht die Geduld verliere, und halte mich für eine Rabenmutter.«

»Du bist die beste Mutter, die ich kenne«, widersprach Paige.

»Du solltest öfter unter Leute gehen«, riet Kristen.

Sie unterhielten sich darüber, dass die Sommer nie mehr so sein würden wie früher. Noch bevor die Jungen geboren wurden, waren Kristen und Troy gerne an den Strand gegangen. »Er liebte das Wasser«, sagte Kristen. »Wir sind stundenlang am Strand entlangspaziert. Da kamen wir zur Ruhe.«

Solche Erinnerungen hatte Paige nicht. Sie fühlte sich eher wie jemand, der eine große Gelegenheit verpasst hatte. Sie hatte davon geträumt, mit Patrick eine Familie zu gründen und auch hier mit den Kindern am Wasser zu sein. Aber, aus der Traum!

Zum ersten Mal erzählte sie Kristen von Patricks Heiratsantrag an dem Abend, bevor er in seinen Einsatz flog, und wie bitter sie es bereute, dass sie ihm gesagt hatte, dass sie noch mehr Zeit brauche.

»Er wusste, dass du ihn liebst«, tröstete Kristen sie. »Er wusste, dass du früher oder später Ja sagen würdest.«

Gegen fünf Uhr merkte Paige, dass sie - Creme hin, Creme her - auf dem besten Weg war, einen kräftigen Sonnenbrand zu entwickeln. Sie verließen den Strand: müde, von der Sonne verbrannt, aber doch überraschend erfrischt. Das Gespräch mit Kristen hatte Paige daran erinnert, warum sie ihren alten Job an den Nagel gehängt und dafür diesen Fall übernommen hatte. Kristen war eine gute Frau, die etwas verloren hatte, für das es keinen Ersatz gab.

Als sie sich trennten, umarmte Paige die beiden sandverkrusteten

Jungen. Sie hatte ihnen eigentlich noch ein Eis spendieren wollen, aber Kristen hatte gemeint, dass das so kurz vor dem Abendessen keine gute Idee sei. Sie beließ es also dabei, sie fest zu drücken, dann sah sie ihnen hinterher, wie sie hinter ihrer Mutter zum Parkhaus gingen.

Sie musste daran denken, was Wyatt Jackson gesagt hatte – dass sie diesen Prozess niemals gewinnen könnten. Sie sah das nicht so. Es mochte wahr sein, dass sie ein Wunder brauchten, aber anders als Wyatt glaubte sie an Wunder. Sie bog nach links ab und ging zu ihrem Auto, das zwei Straßen entfernt auf einem offenen Parkplatz stand. Im Gehen betete sie – für Kristen und die Jungen und um Kraft für sich selbst. Sicher würde Gott so eine bescheidene Bitte erhören?

★ ★ ★

Am Tag nach dem *Labor Day* war in der Post ein Scheck von Kristen über 10 000 Dollar. Ein Zettel war beigelegt, auf dem stand:

> Du hast mir immer noch keine Rechnung geschickt und – so wie ich Dich kenne – wirst Du wohl nie eine schicken. Aber ich habe nie erwartet, dass Du das kostenlos machst. Wyatt und Wellington machen es mit Sicherheit nicht kostenlos.
> Anbei findest Du einen Vorschuss über 10 000 Dollar. Bitte gib Bescheid, wenn Du mehr brauchst.
> Ohne Dich könnte ich das niemals tun, Paige. Danke, dass Du so eine tolle Anwältin bist und eine noch tollere Freundin.

Paige löste den Scheck ungern ein, aber von irgendetwas musste sie ja leben. Dieses Geld würde ihre Firma die nächsten Wochen über Wasser halten – und danach hätte sie vielleicht ein paar mehr Kunden.

Noch am gleichen Tag erhielt sie von dem Bundesgericht per E-Mail eine Vorladung von Thea Solberg. Die Richterin hatte den Artikel in der *New York Tribune* offenbar gelesen und war definitiv nicht erfreut. Sie beorderte alle Parteien und alle Anwälte, die mit dem Fall befasst waren, auf 9 Uhr am Freitagmorgen in ihren Gerichtssaal, um dem Gericht Rechenschaft über ihr Verhalten abzulegen. Der Zweck der Vorladung – so Richterin Solberg – war, herauszufinden, wer das Protokoll der Vernehmung von John Marcano der Presse zugänglich gemacht und so die gerichtliche Schutzverfügung verletzt hatte.

Paige wusste, dass wahrscheinlich alle - einschließlich Richterin Solberg - sie oder Wyatt Jackson für den Übeltäter hielten. Aber sie hatte die Schutzverfügung peinlich genau befolgt; noch nicht einmal Wyatt hatte sie ein Exemplar des Vernehmungsprotokolls gegeben. Nun gut, sie würde sich zu verteidigen wissen, obwohl die Richterin wohl skeptisch bleiben würde. Es war das Letzte, was sie brauchte in einem Prozess, der mit jedem Tag schwieriger zu gewinnen war.

Kapitel 62

Der Freitag kam und Paige begab sich ins Gericht. Sie war zuversichtlich, dass es ihr gelingen würde, ihre Unschuld zu beweisen. Sie hatte sich berufsethisch nie so weit hinausgewagt wie Wyatt, deshalb stresste sie dieser Termin viel mehr als ihn. Wyatt hatte die Woche genossen. Es gefiel ihm, wie die Medien sich plötzlich für Direktor Marcano interessierten und zunehmend Druck auf die Regierung ausübten. Sie forderten, dass die Regierung den Bürgern endlich erklärte, was genau in der Nacht der gescheiterten Befreiungsaktion passiert war. Angeblich hatten sogar diverse Kongressabgeordnete angedeutet, dass sie vorhätten, nach der Sommerpause einen Untersuchungsausschuss zu beantragen.

Die Medien waren natürlich auch zur Stelle, als die Vernehmung am Freitagmorgen begann. Der Fall hatte die volle Aufmerksamkeit der amerikanischen Öffentlichkeit und die Politiker nutzten ihn als Munition für ihren Wahlkampf. Aber da war auch die spannende Frage, wie es möglich gewesen war, dass Marcanos Vernehmungsprotokoll der Presse zugespielt worden war. Die Schuldzuweisungen gingen in alle Richtungen.

Paige stand vor einem Rätsel. Wyatt schwor Stein und Bein, dass er das Vernehmungsprotokoll nie in den Händen gehabt hatte. Paige ließ Wellington ihren Computer auf Herz und Nieren prüfen, um sicherzugehen, dass er nicht gehackt worden war. Harry Coburn, der *Tribune*-Reporter, der die Story geschrieben hatte, verlor kein Wort über seine Quellen. Es war theoretisch möglich, dass Richterin Solberg ihn vorlud und ihm Sanktionen wegen Missachtung des Gerichtes androhte, falls er seine Quelle nicht offenlegte, aber die meisten juristischen Experten glaubten, dass sie dieses Szenario vermeiden würde. Sie war eine große Freundin der Pressefreiheit und wollte nicht als die Richterin bekannt werden, die einen preisgekrönten Reporter hinter Gitter gebracht hatte, weil er vertrauliche Quellen geschützt hatte.

Die Verhandlung begann mit den üblichen Präliminarien, als Richterin Solberg ihren Platz einnahm. Diesmal hatte sie keinen Kaffee mitgebracht und Paige sah den Zorn in ihren Augen, als sie diese über die Versammelten schweifen ließ.

Die einleitenden Bemerkungen las Solberg von ihren Unterlagen ab: »Wir sind heute hier zusammen aufgrund der Aufforderung dieses Gerichtes an die Anwesenden, Rechenschaft über ihr Verhalten abzulegen, nachdem es zu einer Verletzung der Schutzverfügung betreffs der am 13. Juli vorgenommene Vernehmung von Direktor John Marcano gekommen ist. Bei dieser Vernehmung waren außer mir nur der Gerichtsstenograf, die Anwälte der Parteien, Mr Kilpatrick und Mr Marcano anwesend. Die Schutzverfügung dieses Gerichtes untersagte die Verbreitung des Vernehmungsprotokolls oder seines Inhaltes außerhalb der in der Schutzverfügung namentlich erwähnten Gruppe von Personen. In Verletzung dieser Verfügung wurde das Vernehmungsprotokoll einem Reporter der *New York Tribune* zugespielt, der in der vergangenen Woche den gesamten Text veröffentlichte. Das Gericht hat daraufhin seine Verfügung zur Rechenschaftsablegung erlassen, um den oder die Verantwortlichen für die Weitergabe des Vernehmungsprotokolls zu ermitteln.«

Schaute Solberg kurz in Paiges Richtung, als sie fertig war, oder bildete sich Paige das nur ein? Ihr war klar, dass die meisten Augenpaare im Saal auf die Anwälte der Klägerin gerichtet waren, denn was konnte es den Anwälten von Marcano oder Kilpatrick bringen, das Vernehmungsprotokoll irgendwem zuzuspielen?

Aber Richterin Solberg begann damit, dass sie die Anwälte der Verteidigung befragte. Sie vernahm alle sieben Anwälte aus der Kanzlei von Dylan Pierce, die mit dem Fall befasst waren und Zugang zum Vernehmungsprotokoll hatten. Das Gleiche tat sie mit den vier Anwälten aus Kyle Gates' Kanzlei. Danach beorderte sie Wyatt in den Zeugenstand.

»Mr Jackson, Sie haben keine Sicherheitsfreigabe. Korrekt?«

»Das ist korrekt, Euer Ehren.«

»Haben Sie den Text der Vernehmung von Direktor Marcano gesehen oder überprüft?«

»Nein, das habe ich nicht.«

»Haben Sie durch Ihre Kollegen oder aus anderen Quellen den Inhalt dieser Vernehmung erfahren?«

»Nein, das habe ich nicht.«

»Haben Sie ein Exemplar dieser Vernehmung auf Ihrem Computer, Ihrem iPad, Ihrem Smartphone oder irgendeinem anderen Gerät – oder besitzen Sie einen Ausdruck?«

»Dies ist alles nicht der Fall.«

»Haben Sie eine Vorstellung, wie und von wem der Text der *New York Tribune* zugespielt wurde?«

»Nein, Euer Ehren.«

Die Richterin fixierte Wyatt einen Augenblick lang. Paige hatte den Eindruck, dass sie ihm nicht glaubte. Viele gingen davon aus, dass hinter dieser Sache Wyatt steckte. Und warum sollte das nicht stimmen? Für diesen Mann war Publicity eine der Taktiken, die er als Anwalt benutzte. Selbst Paige glaubte, dass Wyatt irgendwie an das Protokoll gekommen war und es der Presse zugespielt hatte.

Sie wurde als Nächste in den Zeugenstand gerufen. Auch von ihr wollte Richterin Solberg wissen, ob sie das Protokoll von Marcanos Vernehmung an irgendjemanden weitergeleitet oder es elektronisch an einem Ort gespeichert hatte, an dem es für andere zugänglich war. Paige beantwortete alle Fragen der Richterin direkt und eindeutig; nein, sie hatte mit dieser Indiskretion definitiv nichts zu tun.

Als Nächster kam Wellington an die Reihe. Aber anstatt die Fragen der Richterin kurz und bündig mit Nein zu beantworten, begann er, umständlich das Verschlüsselungssystem zu erklären, das er auf seinem Computer eingerichtet hatte. Und dass er – mit Wyatts Genehmigung natürlich – Wyatts Computer durchsucht und dort keine Spur des Textes gefunden hatte. Er war nervös und verhaspelte sich mehrfach, sodass man den Eindruck bekam, dass er mehr protestierte als nötig und versuchte, Wyatt zu decken.

Als Richterin Solberg mit den Befragungen fertig war, erklärte sie dem Saal, dass sie bereits jeden ihrer Gerichtsdiener sowie den Gerichtsstenografen überprüft hatte und sicher sei, dass keiner von ihnen der Schuldige war.

»Tja, was nun?«, fragte sie. »Dieses Gericht ist mit einem Fall befasst, der – zumindest am Rande – die sensibelsten Geheiminformationen berührt, die man sich nur denken kann. Und dieses Gericht hat frühzeitig beschlossen, dass der Fall trotzdem verhandelt wird, da wir durch vertrauliche Vernehmungen die besagten Staatsgeheimnisse schützen und so trotzdem die Möglichkeit bieten wollten, die Behauptungen der Klägerin auf ihren Wahrheitsgehalt hin zu überprüfen. Doch jetzt, wo das Protokoll der Vernehmung von Direktor Marcano der Öffentlichkeit zugänglich gemacht wurde, stelle ich dieses ganze Vorgehen infrage.«

Nein, diesmal gab es keinen Zweifel: Richterin Solberg sah zu Paige, Wyatt und Wellington hin, bevor sie sich wieder ihren Aufzeichnungen zuwandte.

»Nach jetzigem Stand der Dinge kann das Gericht nicht feststellen, wer die Vertraulichkeitsverfügung missachtet hat, obwohl« – sie machte eine vielsagende Pause – »es logisch erscheint, dass die Klägerin den größten Nutzen aus der Veröffentlichung der Vernehmung zieht. Ich habe meine Mitarbeiter eingehend untersuchen lassen, inwiefern das Gericht die Möglichkeit hat, die Nennung der vertraulichen Quelle durch den Reporter anordnen zu lassen. Nach Prüfung der Ergebnisse dieser Untersuchung ist das Gericht zu der Auffassung gelangt, dass es Mr Coburn nicht zwangsvorladen sollte, um ihn so zur Nennung des Namens seiner Quelle zu zwingen. Er kann sich auf das Recht auf Meinungsäußerungsfreiheit nach dem ersten Zusatzartikel zur Verfassung der USA berufen, das unter diesen Umständen die Anonymität der Quelle schützt. Doch dieses Gericht möchte es nicht dabei belassen, die beteiligten Parteien zu belehren, oder das Verfahren weiterführen, ohne dieser eklatanten Missachtung seiner Verfügung auf den Grund zu gehen. Ich ersuche daher das Büro des U.S. Attorney*, eine Untersuchung einzuleiten und die Ergebnisse dem Gericht mitzuteilen.«

Richterin Solberg blätterte eine Seite weiter und machte eine bedeutsame Pause. Paige spürte, wie es ihr kalt den Rücken hinunterlief und eine unsichtbare Hand nach ihrem Herzen griff. Sie wusste: Die Bundesstaatsanwaltschaft würde das FBI einschalten. Sie würde den Beamten natürlich die Wahrheit sagen, aber wie oft hatte sie es schon erlebt, dass

---

* Ein Bundesstaatsanwalt, der die USA vor amerikanischen Bundesbezirks- und Bundesappellationsgerichten vertritt.

übereifrige Ermittler eine Anklage zusammenbastelten, wo es nichts anzuklagen gab? Wyatt war ihr Kollege und die FBI-Agenten wären entzückt, wenn er seine Anwaltszulassung verlor.

Solberg fuhr fort: »In seinem Ergebnisbericht wird der U.S. Attorney mitteilen, ob er Klage erheben wird. Dieses Gericht wird dann darüber entscheiden, welche Sanktionen für die Verletzung seiner Vertraulichkeitsverfügung angemessen sind. Ich habe damit gerechnet, dass die Anwälte heute jegliche Kenntnis über den Vertraulichkeitsbruch verneinen würden, und die Bundesstaatsanwaltschaft daher bereits gebeten, umgehend mit ihrer Untersuchung zu beginnen. Die Anwälte können damit rechnen, schon bald vom U.S. Attorney beziehungsweise seinen Ermittlern zu hören.«

Kapitel 63

Paige war keine fünf Minuten zu Hause, als ihr Handy vibrierte. Wyatt Jackson.

»Sind Sie allein?«, fragte er.

»Ja.«

»Ich hab einen Anruf vom *Patrioten* gekriegt. Er glaubt, das FBI will mehr wissen als nur, wer Marcanos Aussage weitergegeben hat.« Wyatt machte eine vielsagende Pause. »Er sagt, wir sollen alle Geheiminformationen, die wir haben, vernichten. Ich glaube, er hat recht.«

»Und was versteht er unter Geheiminformationen?«, fragte Paige, der unbehaglich zumute wurde.

»Zum Beispiel die Aufzeichnungen seiner Anrufe; Notizen, in denen er erwähnt wird; jegliche geheimhaltungsbedürftigen Informationen, die er uns gegeben hat. Schauen Sie im Bundesrecht nach, Titel 18, Paragraf 798. Die Weitergabe und Benutzung geheimhaltungsbedürftiger Informationen sind schwere Straftaten.«

Paige ging im Kopf die Informationen durch, die der *Patriot* ihr zugespielt hatte: Der Tipp, dass die Präsidentin die QRF zurückgepfiffen hatte. Die internen Besprechungen im Situation Room. Der USB-Stick mit dem Video von dem Treffen zwischen Kilpatrick und Marcano. Das Bild von Admiral Towers beim Opfern eines Lamm. Die Info, dass dieser Imam im Jemen durch amerikanische Soldaten getötet worden war. Die Insider-Tipps zur *Staatsgeheimnis*-Doktrin. Das unzensierte Exemplar des Berichtes des Geheimdienstausschusses des Senats über die CIA. Es war eine lange Liste und bestimmt unterlag eine Menge davon der Geheimhaltung.

Wyatt fuhr fort: »Im Augenblick gibt es noch keinen Hausdurchsuchungsbefehl oder die Aufforderung, unsere Computer oder was auch immer herauszurücken. Und kein vernünftiger Mensch wird glauben, dass sie schon angefangen haben, unsere vertraulichen Informationsquellen zu recherchieren. Noch haben wir Zeit, uns vorzubereiten. Ich habe Wellington angewiesen, drei neue Computer und Handys zu besorgen, je eines für jeden von uns. Wir werden die alten Festplatten löschen und zerstören. Das Gleiche gilt für unsere SIM-Karten und Telefone. Die FBI-Leute sind nicht berechtigt, zu erfahren, wie wir an unsere Informationen kommen. Wenn sie Sie fragen, antworten Sie einfach, dass Sie das mit Ihrem Anwalt besprechen müssen. Wir ziehen erst einmal den Kopf ein. Dann sehen wir weiter.«

In Paiges Kopf klingelten die Alarmglocken. Das hier gefiel ihr überhaupt nicht. »Gut, ich werde keine Fragen über unsere Quellen beantworten. Aber um meinen Computer und das Telefon kümmer ich mich selbst. Ich finde es keine gute Idee, die Festplatten und Telefone zu zerstören.«

»Erinnern Sie sich noch an Clintons E-Mail-Skandal?«, fragte Wyatt.

»Ja, natürlich.«

»Weder Clinton noch ihre Anwälte bekamen Probleme, weil sie E-Mails vernichtet hatten. Ihr Problem war die Art, wie sie mit Geheiminformationen umgegangen war.«

Paige schwieg und Wyatt legte nach: »Paige, ich habe so etwas schon mal erlebt. Wir müssen handeln, und zwar schnell. Wir haben ein kleines Zeitfenster, in dem es noch nicht illegal ist, Informationen zu löschen. Wenn sie uns Behinderung der Justiz anhängen wollen, müssen sie beweisen, dass wir wussten, dass es ein laufendes Ermittlungsverfahren bezüglich Geheiminformationen gab. Bis jetzt wissen wir nur von möglichen Ermittlungen wegen Missachtung des Gerichtes, wegen der Weitergabe von Marcanos Vernehmung. Aber wenn wir jetzt nicht handeln, werden wir es später bereuen, das kann ich Ihnen garantieren. Und dann müssen *Sie* Kristen Anderson erklären, warum ihre Klage abgewiesen wurde.«

Als Wyatt auflegte, hatte sich Paiges Angst von einer kleinen Flamme zu einem Waldbrand entwickelt. Sie wollte ganz sicher nicht die Arbeit der Justiz behindern. Aber nach dem entsprechenden Paragrafen durfte man alles vernichten, was man wollte, solange man nicht davon ausgehen konnte, dass Ermittlungen dazu bereits begonnen hatten. Wahrscheinlich würde sie darauf plädieren können, dass sie nicht wissen konnte, dass die bundesgerichtliche Ermittlung noch andere Dinge betraf als die Frage, wer den Text der Vernehmung von Marcano der Zeitung zugespielt hatte. Aber solche Winkelzüge waren ganz und gar nicht ihr Stil. Sie hatte moralische Standards, die weit über den Buchstaben des Gesetzes hinausgingen. So würde sie etwa niemals unter Eid lügen können.

Doch was wäre, wenn das FBI von ihren Gesprächen mit dem *Patrioten* erfuhr? Er hatte Staatsgeheimnisse preisgegeben, da gab es nichts zu deuteln. Und von dem her, was sie bei ihrer Sicherheitsüberprüfung über Geheimdokumente gelernt hatte, wusste sie, dass es ebenfalls ein strafwürdiges Vergehen war, solche Geheimnisse entgegenzunehmen, vor allem in einem Fall wie diesem, wo sie sie für einen Prozess vor Gericht benutzt hatte.

Und da gab es ja noch Dinge, von denen der *Patriot* gar nichts wusste. Sie und Wellington hatten Audioaufnahmen von ihm auf ihrem Computer gespeichert, darunter den Anruf, in dem er Paige gesagt hatte, dass die Anwälte der Verteidigung die *Staatsgeheimnis*-Doktrin nutzen würden. Es wäre megapeinlich, wenn das bekannt würde. Sie hatte quasi illegale Informationen von einer Quelle innerhalb des Teams der Verteidigung erhalten.

Das durfte nicht bekannt werden! Im Rückblick wäre es sicher besser gewesen, sie hätte die Richterin zeitig und vertraulich über die Hinweise des *Patrioten* informiert. Aber jetzt war es zu spät!

Und da war noch ein Problem: Wenn Wyatt und Wellington ihre Computer zerstörten und sie nicht, würde das FBI bei ihr die Informationen über den *Patrioten* finden und daraufhin Wyatt und Wellington der Behinderung der Arbeit der Justiz beschuldigen. Dann müsste sie sich entscheiden, ob sie gegen die beiden aussagte und damit auch die Inhalte des Gespräches von gerade eben offenlegte oder sich auf ihre Rechte unter dem Fünften Zusatzartikel der Verfassung der USA berief. Egal was sie tat, es würde das Team zerreißen. Und was war mit Bill Harris und Kristen, die ja auch Geheiminformationen vom *Patrioten* erhalten hatten?

Ihr wurde ganz schlecht bei diesem Gedanken. Sie grübelte und grübelte. Die Minuten tickten dahin. Wann würden die FBI-Agenten kommen? Was sollte sie ihnen sagen? Sie rief Wellington an, aber der war noch besorgter als sie.

Noch nie hatte Paige sich bei einer Ermittlung in dieser Rolle befunden – der Rolle der Gejagten, der Angeklagten. Sie dachte an ihre Jahre in der Staatsanwaltschaft zurück. Es war immer alles so einfach gewesen. Jetzt war alles verschwommen und unklar. Wem galt nun ihre Loyalität? Kristen und ihrem Prozess? Hatte Wyatt recht? Konnte sie die betreffenden Paragrafen einfach austricksen, indem sie jetzt alles vernichtete?

Es war irgendwie nicht richtig. Und sie wollte doch das Richtige tun, nicht nur das Legale. Aber zögern und nichts tun, wäre noch schlimmer. Sie konnte ihr Team nicht verraten.

Kapitel 64

Der Freitagnachmittag ging vorüber und das FBI kam nicht. Paige begann sich zu fragen, ob sie nicht zu schwarz sah. Wyatts Ängste hatten sie aufgewühlt, aber in ihren ruhigeren Augenblicken erinnerte sie sich daran, dass es Solberg ja eigentlich nur darum ging, wer den Text von Marcanos Vernehmung weitergegeben hatte. Die ganzen anderen Sachen auf ihrem Computer hatten nichts damit zu tun.

Trotzdem konnte sie in der Nacht nicht schlafen. Stattdessen entwarf sie einen Plan, der ihr verschiedene Optionen offenließe, obwohl er sie etwas zu sehr an Wyatts Fantasie erinnerte. Sie brachte es nicht über sich, die Videos, die Festplatte oder irgendwelche Dokumente, die für den Prozess oder vielleicht auch spätere FBI-Ermittlungen wichtig werden könnten, einfach zu vernichten. Andererseits wusste sie, dass das FBI einen Durchsuchungsbefehl für ihre Wohnung, ihr Auto, Wyatts Wohnmobil oder andere mögliche Verstecke für ihren Computer oder ihr Handy erwirken konnte. Und wenn sie den Computer in irgendeinem Versteck in ihrem Haus fanden, würde es noch verdächtiger aussehen.

Nein, sie musste die Sachen an einem Ort verstecken, auf den das FBI nicht kam. Sie würde die FBI-Agenten nicht belügen, wenn sie gefragt wurde, wo ihr Computer sich befand, aber sie konnte die Antwort verweigern. Auf diese Art hätte sie das ganze Beweismaterial noch für den Fall, dass sie es später im Prozess bräuchten.

Und so zog sie am Samstag um 5 Uhr morgens ihre Joggingkleidung an, packte ihren Rucksack und fuhr zum *First Landing State Park*. Es war noch dunkel, als sie den *Cape Henry Trail* entlangging, den sie schon Hunderte Male gelaufen war. An einer Stelle, an der rechts eine stattliche Zypresse stand, hielt sie an. Nach ihrer GPS-Ortung war sie jetzt gute 2,2 Kilometer vom Beginn des Pfades entfernt. Mithilfe der eingebauten Taschenlampe in ihrem Handy schlug sie sich an der Zypresse vorbei in die Büsche, vorbei an Dornenranken und herabgefallenen Ästen. Sie versuchte, gleichmäßig zu gehen, und zählte hundert Schritte. Jetzt war sie ein ganzes Stück von dem Weg entfernt, aber sie würde die Stelle wiederfinden, zur Not mithilfe eines Metalldetektors. Sie schob ihr Telefon in den Müllsack, in dem bereits ihr Computer und die Dokumente waren. Sie hatte sie mit drei Lagen Plastik umwickelt, die sie oben fest verknotet hatte. Mit der kleinen Schaufel, die sie mitgebracht hatte, begann sie, den Boden aufzugraben. Sie grub tief. Sie brauchte fast dreißig Minuten, um alles zu vergraben, das Loch wieder zu füllen und das Laub und die Nadeln wieder so zusammenzuschieben, dass niemand sah, dass jemand hier gewesen war. Im Dunkeln stolperte sie zurück zu dem Joggingpfad.

Zurück bei ihrem Auto angekommen, blieb sie dort, bis die Sonne über den östlichen Horizont lugte. Heute brauchte sie eine besonders lange Runde, um ihr Gehirn und ihr Gewissen durchzupusten. Gut, dass sie jederzeit zurückkommen und die Sachen holen konnte, falls sie sie brauchte.

Nach ihrer Laufrunde warf sie die Schaufel in einen großen Müllbehälter. Sie kannte sich genügend mit Kriminaltechnik aus, um zu wissen, dass die Polizei anhand der Erdspuren die Grabungsstelle eingrenzen konnte. Ihre Turnschule machten ihr weniger Sorgen; was sonst sollte an ihren Sohlen kleben als die feuchte Erde des *Cape Henry Trail*? Schließlich ging sie hier täglich joggen. Im Laufe des Tages würde sie ein neues Handy und einen neuen Computer kaufen. Sie hatte fast alle Dateien, die sie noch brauchte, auf einen einzigen USB-Stick kopiert. Alles, außer den Dateien, die sie mit dem *Patrioten* in Verbindung bringen konnten. Sie hoffte und betete, dass ihre Entscheidung richtig gewesen war.

★ ★ ★

Als Paige zu ihrer Wohnung zurückkam, warteten sie bereits auf sie. Ihre Joggingkleider waren noch schweißnass und sie war noch lange nicht fertig mit ihren Überlegungen, wie sie die Fragen der Beamten beantworten sollte. Jetzt war es zu spät.

Unglücklicherweise sah sie sie erst, als sie ihr Auto schon geparkt hatte. Ein Mann und eine Frau saßen in einer schwarzen Limousine ein paar Reihen weiter. Sie tranken Kaffee, während sie zu ihr hinsahen.

Paige versuchte, sich so normal zu verhalten wie möglich, als sie zu dem Aufzug ging. Sie wusste, dass die beiden Agenten ihren Rücken anstarrten. Sie drückte den Knopf. In diesem Moment rief der Mann ihren Namen.

»Ms Paige Chambers?«

Sie drehte sich um. Die beiden Beamten kamen auf sie zu und zogen ihre Dienstausweise.

»Ja?

»Vaughn und Diaz vom FBI. Dürften wir Ihnen einige Fragen zu der eidlichen Vernehmung von John Marcano stellen?«

Sie taten so, als sei es das Normalste der Welt, an einem Samstagmorgen um acht einen Rechtsanwalt in seiner Wohnung zu besuchen. Agent Vaughn sah aus, als sei er schon ein paar Jahre in Rente. Er war hager, das Gesicht runzlig und alt. Er hinkte, sein linkes Bein war halb steif. Diaz war jung, zierlich und hübsch. Ihr Haar endete in einem Pferdeschwanz und sie strahlte Kraft und Selbstbewusstsein aus. Paige schüttelte den beiden die Hand. Agent Vaughn roch nach Zigarettenrauch.

»Kein Problem«, sagte sie. Hoffentlich merkten die beiden nicht, wie kalt ihre Hände waren.

Sie fuhren im Aufzug nach oben, hielten Small Talk, fragten sie, wie ihr Jogging gewesen war.

»Wo laufen Sie?«, fragte Diaz.

»Am Meer.«

»Auf der Holzuferpromenade?«

»Manchmal, manchmal auch einfach die *Atlantic Avenue* entlang.«

»Und heute?«, fragte Vaughn.

»Vor allem die Promenade.« Paige trat aus dem Lift hinaus. Es war ihre erste Lüge, aber eine offizielle Befragung war das ja wohl noch nicht. Sie fragte sich, ob die beiden ihre Schuhe musterten.

Die Beamten folgten ihr in die Wohnung. Sie hatte ihnen den Zutritt genehmigt, was bedeutete, dass sie ab jetzt alles, was sie bei ihr sahen, gegen sie verwenden konnten. Jetzt war sie in der Rolle eines Menschen, der verhört wurde, und sie mochte es überhaupt nicht.

»Ist es okay, wenn ich mich eben umziehe?«, fragte Paige.

»Natürlich«, sagte Agentin Diaz rasch.

Sie ist wohl der gute Cop, dachte Paige. Laut sagte sie: »Fühlen Sie sich wie zu Hause.«

Sie schlüpfte in ihr Schlafzimmer. Sie stellte sich vor, wie die beiden in der Zwischenzeit ihre Wohnung inspizierten. Arbeitszimmer, Wohnzimmer, Küche. Sie zog rasch andere Shorts und ein T-Shirt an. Sie wollte so leger aussehen wie möglich.

Die beiden Agenten erklärten ihr den Grund für ihren Besuch. Sie waren von der Bundesstaatsanwaltschaft damit beauftragt, zu ermitteln, wer für die Weitergabe des Vernehmungsprotokolls von Direktor Marcano verantwortlich war, und als eine der wenigen Personen, die bei der Vernehmung anwesend gewesen waren, war Paige für die Ermittler natürlich von Interesse. Aber sie brauche sich keine Sorgen zu machen. Sie kannten ihren Werdegang und glaubten nicht, dass sie etwas mit der Sache zu tun hatte. Trotzdem mussten sie ihr gewisse Fragen stellen – natürlich nur eine reine Formalität.

»Rein technisch ist dies eine polizeiliche Ermittlung«, sagte Agent Vaughn, »sodass ich Sie zuerst über Ihre Rechte informieren muss.«

»Danke, das ist nicht nötig«, sagte Paige. Sie fand es merkwürdig, dass sie von einer polizeilichen Ermittlung sprachen. Aber gut, Paige erklärte, dass sie bereit sei, auch ohne die Gegenwart eines Rechtsanwalts mit den Agenten zu reden.

Diaz zog ein Formular aus einem dünnen braunen Umschlag. »Wir bräuchten das schriftlich.« Sie warf Paige ein bedauerndes Lächeln zu. »Der übliche Papierkram.«

Paige zog ein Buch aus einem Regal, um eine Unterlage zu haben, während sie die Erklärung, dass sie auf einen Anwalt verzichtete, unterschrieb. Sie presste den Handrücken auf das Buch, damit die Agenten nicht sahen, dass ihre Hand zitterte. Sie reichte Diaz das Formular zurück.

»Sie haben doch nichts dagegen, wenn wir eine Tonaufnahme machen?«, fragte Vaughn. Er stellte einen Digitalrekorder auf den Couchtisch neben Paige und schaltete ihn ein.

»Kein Problem«, sagte Paige.

Vaughn machte die üblichen einleitenden Bemerkungen: Datum, Uhrzeit, Anwesende, Zweck des Gespräches. Dann stellten er und Diaz Paige abwechselnd ihre Fragen.

Die ersten zehn Minuten waren harmonisch. Die beiden Agenten fragten, was Paige mit Marcanos Manuskript gemacht hatte. Wem hatte sie es gezeigt, wie hatte sie es auf ihrem Computer gespeichert? Besonders zu interessieren schien sie, ob sie es Wyatt Jackson zugänglich gemacht hatte.

»Welcher Host verwaltet Ihre E-Mails?«, fragte Diaz.

Paige nannte den Namen der Firma, die ihre E-Mails in einer Cloud speicherte.

»Wie sichern die Ihre Daten?«, fragte Diaz.

»Das weiß ich nicht genau. Das müsste ich prüfen.«

»Haben Sie irgendjemandem per E-Mail eine Kopie des Protokolls geschickt?«

»Ich glaube, nein. Wenn, dann höchstens an Wellington Farnsworth.«

Diaz hatte ein kleines schwarzes Buch dabei, in dem sie sich Notizen machte. »Was für Sicherheitsmaßnahmen haben Sie, um Hacker daran zu hindern, in Ihren Computer einzudringen?«

Paige zuckte die Achseln. Sie hatte keinen Schimmer. »Mein Passwort?«

Diaz runzelte die Stirn. »Nein. Ich meine ... Sie haben doch mit Verschlusssachen zu tun, nicht wahr?«

»Nicht wirklich. Ich habe die Vernehmung nicht als geheim betrachtet. Sie unterlag natürlich der Vertraulichkeitsverfügung, aber ...«

»Sie haben keine Informationen, die geheimhaltungsbedürftig sind?«, unterbrach Diaz sie.

Jetzt war es an Paige, die Stirn zu runzeln. War *Diaz wirklich der gute Cop*? »Ich habe nicht mit Geheiminformationen zu tun«, antwortete sie.

»Das ist dann auch besser so, denn offenbar haben Sie keine Sicherheitsmaßnahmen gegen potenzielle Hacker installiert«, sagte Diaz.

Der sarkastische Ton gefiel Paige nicht, aber Sarkasmus war nicht ihre Stärke. Also unterließ sie es, im gleichen Ton zurückzuschießen. »Ich meine, ich habe die übliche Antiviren-Software und den Spam-Schutz.« Sie wusste, dass das lahm klang, aber was sollten diese Fragen überhaupt? Sie war sicher, dass ihr Computer nicht gehackt worden war. »Mein Computer-Guru ist Wellington und er meint, wir sind gut abgesichert.«

»Ja, den wollen wir heute auch noch besuchen«, sagte Vaughn.

»Aber ein Exemplar der Vernehmung ist auf Ihrem Computer?«, fragte Diaz.

»Ja. Der Gerichtsstenograf hat es mir per E-Mail geschickt.«

»Ach, dann ist das in Ihrem eigenen E-Mail-System. Und die Sicherheitsvorkehrungen für diesen Server kennen Sie nicht?«

»Wie gesagt, da werde ich mich drum kümmern.«

Die letzten Fragen hatten die Atmosphäre merklich abgekühlt. Die hochfahrende Art der Agenten ging Paige allmählich auf die Nerven. Sie straffte ihren Rücken und sah Diaz aus zusammengekniffenen Augen an, aber die war zu beschäftigt damit, sich Notizen zu machen, um es zu bemerken.

Als sie mit Schreiben fertig war, fragte Diaz: »Dürften wir eben in Ihren Computer schauen, um zu sehen, wie er abgesichert ist?«

Jetzt nur keinen Fehler machen. »Ich habe Ihnen doch gesagt, dass ich mich darum kümmern werde.«

»Heißt das Nein?«

»Ja. Das heißt Nein.«

Diaz und Vaughn sahen sich an.

»Und Ihr Handy?«, fragte Vaughn. »Haben Sie was dagegen, wenn wir da reinschauen?«

»Ja, das habe ich.«

»Haben Sie es gerade bei sich?«

»Nein.«

»Oder in Ihrem Auto?«

»Nein.«

»Gehen Sie morgens immer ohne Ihr Handy laufen?«

»Nicht immer.«

Vaughn schüttelte missbilligend den Kopf.

»Könnten Sie mir Ihr Administrator-Passwort nennen, sodass ich die Sicherheit Ihres Wi-Fi-Heimnetzwerks prüfen kann?«, fragte Diaz.

»Da werde ich Ihnen ebenfalls Bescheid geben«, sagte Paige.

»Ist das Ihr nächstes Nein?«, fragte Vaughn.

»Ja.«

Agent Vaughn rutschte auf seinem Sessel hin und her. »Sie wissen sicher, dass wir nicht mit der CIA zusammenarbeiten oder mit sonst jemandem, der in diesem Prozess auf der Gegnerseite ist. Alles, was Sie uns sagen oder zeigen, wird an niemanden weitergegeben, der nicht an diesen Ermittlungen beteiligt ist.«

»Ja, das weiß ich.«

»Warum möchten Sie uns dann nicht Ihr Telefon und Ihren Computer zeigen?«

Paige hatte versucht, nicht mit ihren Rechten nach dem Fünften Zusatzartikel der Verfassung zu kommen, aber jetzt fühlte sie sich in die Enge getrieben. »Ich will es halt nicht.«

»Berufen Sie sich auf Ihre Rechte nach dem Fünften Zusatzartikel?«, fragte Diaz.

»Wenn Sie so wollen, ja.«

Vaughn rutschte auf seinem Sessel nach vorne. »Der Bundesstaatsanwaltschaft geht es auch um den Zugang Ihres Teams zu geheimhaltungsbedürftigen Informationen«, sagte er in einem Ton, der dem Wort *Bundesstaatsanwaltschaft* den Klang einer Beschwörung böser Mächte verlieh. »Ich muss Ihnen daher auch zu diesem Thema einige Fragen stellen.«

»Was hat das mit Marcanos Vernehmung zu tun?«

»Die Richterin hat uns gebeten, Ermittlungen zu Marcanos Vernehmung vorzunehmen. Aber die Bundesstaatsanwaltschaft möchte noch ein paar andere Dinge geklärt haben – und wir auch. Also: Hat irgendjemand aus der Regierung Ihnen Informationen gegeben, die der Geheimhaltung unterliegen?«

Paige wusste nicht, ob der *Patriot* ein Angestellter der Regierung war oder nicht. Aber sie wusste, dass Wortklaubereien ihr bei diesen beiden Agenten nichts bringen würden. »Das überschreitet den von Richterin Solberg gesetzten Rahmen der Ermittlungen. Ich werde Fragen zu diesem Thema nicht beantworten.«

»Berufen Sie sich wieder auf den Fünften Zusatzartikel?«, fragte Vaughn.

»Ja.«

»Soll das heißen, dass Sie sich mit der Beantwortung der Frage, ob jemand Ihnen geheimhaltungsbedürftige Informationen gegeben hat, belasten könnten?«, bohrte Vaughn.

Nein, der Mann tat definitiv nicht mehr so, als sei dies eine nette Unterhaltung.

Paige beschloss, es kurz zu machen: »Ich berufe mich auf meine Rechte nach dem Fünften Zusatzartikel.«

»Aber hatten Sie nicht gerade gesagt, dass sich auf Ihrem Computer nichts Geheimhaltungsbedürftiges befindet?«, hakte Diaz nach.

Paige merkte, wie sie rot wurde. Das war der Grund, warum Rechtsanwälte ihren Klienten immer rieten, sich grundsätzlich nicht auf Gespräche mit Ermittlern einzulassen. »Ich habe gesagt, dass ich Fragen zu diesem Thema nicht beantworten werde.«

Diaz blätterte ein paar Seiten ihres Notizbuches zurück. »Hier steht es. Hören Sie: Ich habe Sie gefragt, ob Sie auf Ihrem Computer geheimhaltungsbedürftige Informationen haben, und Sie haben mit Nein geantwortet.« Sie schaute auf ihren Digitalrekorder. »Möchten Sie, dass ich Ihnen das noch mal vorspiele?«

Paige erhob sich. »Dieses Gespräch ist beendet. Ich habe Ihre Fragen über die Vernehmung von Marcano beantwortet, zu anderen Themen äußere ich mich nicht.«

Vaughn seufzte tief auf. »Ms Chambers, bitte ... setzen Sie sich wieder. Wir sind nicht hier, um Ihnen auf die Nerven zu gehen. Es gibt nichts in Ihrem bisherigen Leben, was darauf schließen ließe, dass sie je mit Absicht Gesetze verletzen würden. Aber Sie arbeiten gerade mit Personen zusammen, deren Vergangenheit – wie soll ich sagen? – etwas bunter ist. Wyatt Jackson wird Sie nicht heraushauen, wenn es eng wird.«

Paige starrte ihn einen Augenblick stumm an. Alles in ihr – alles, was sie in der Strafverfolgung erlebt hatte – schrie ihr geradezu zu: *Kooperiere mit dem FBI!*

»Arbeiten Sie mit uns zusammen, Paige«, fuhr Vaughn fort. »Sie haben sich in etwas reingeritten, aber wir können Ihnen helfen. Wir reden hier von ernsten Straftaten, mindestens aber von einer Verletzung der Schutzverfügung von Richterin Solberg.«

Paige holte tief Luft und befahl ihren Instinkten, zu schweigen. »Ich *habe* mit Ihnen zusammengearbeitet«, sagte sie, ihre Stimme resignierter, obwohl sie weiter stehen blieb. »Ich habe jede Ihrer Fragen über die

Vernehmung von Marcano so vollständig und ehrlich beantwortet, wie es mir möglich ist. Die anderen Fragen verletzen das Anwaltsgeheimnis und das *Arbeitsprodukt*-Privileg. Daher werde ich sie nicht beantworten.«

»Wenn Sie von Dritten geheimhaltungsbedürftige Informationen erhalten haben, fällt das nicht unter das Anwaltsgeheimnis oder das *Arbeitsprodukt*-Privileg«, sagte Diaz.

»Ich werde keine Fragen mehr beantworten.«

Vaughn zog sich an den Armen seines Sessels hoch und humpelte zu dem Rekorder. Er diktierte die Zeit der Beendigung des Gesprächs und dass die Zeugin sich auf ihre Rechte nach dem Fünften Zusatzartikel berufen habe. Dann schaltete er das Gerät aus und schob es in seine Jackentasche.

Diaz holte aus dem Umschlag ein anderes Formular hervor und reichte es Paige. »Dies ist ein Durchsuchungsbefehl für Ihre Wohnung und Ihr Auto«, sagte sie. »Sie können selbst nachlesen, was wir suchen.«

Paige tat so, als lese sie das Formular durch, aber sie konnte sich nicht auf die Worte konzentrieren. Sie hatte Lust, Wyatt oder irgendeinen anderen Verteidiger anzurufen, aber sie wusste, dass auch sie die Durchsuchung nicht verhindern konnten. Also sagte sie nur: »Dann legen Sie mal los.«

Kapitel 65

Nachdem sie Paiges Wohnung und Auto auf den Kopf gestellt hatten, gingen die Agenten endlich wieder. Paige saß auf ihrem Sofa und dachte nach. Sie hatte das FBI angelogen. Unter dem Druck des Augenblicks und der Umstände waren ihre Selbsterhaltungsinstinkte übermächtig geworden. Ihr ganzes bisheriges Berufsleben hatte sie damit verbracht, Menschen zu belangen, die Straftaten begangen und anschließend gelogen hatten, um diese zu vertuschen. Jetzt war sie selbst so ein Mensch.

Aber was nützte es, zu lamentieren? Sie schickte ein Gebet um Vergebung zu Gott hoch – ein inbrünstiges Gebet des schlechten Gewissens und der Verzweiflung –, dann stieg sie in ihr Auto und fuhr zu Wellingtons Wohnung. Niemand öffnete. Sie ging zurück zu ihrem Auto und fuhr zu dem Campingplatz. Dort parkte sie an einer Stelle, wo niemand sie sehen konnte, denn zwischen Wellingtons Fiat und Wyatts Wohnmobil stand bereits die schwarze Limousine der beiden FBI-Agenten.

Eine ewig lange Dreiviertelstunde beobachtete sie das Wohnmobil und wartete darauf, dass Vaughn und Diaz wieder gingen. Endlich kamen sie heraus und trugen einen Computer und einen Karton zu ihrem Auto. Paige schaute zu, wie sie wegfuhren, wartete noch einmal fünf Minuten und ging dann in das Wohnmobil.

Clients begrüßte sie. Er wedelte begeistert mit dem Schwanz und sprang an ihr hoch. Nachdem Wyatt den Hund zur Ordnung gerufen hatte, begannen die drei Juristen ihren Kriegsrat. Wellington hatte den Agenten gesagt, dass er nur im Beisein seines Anwalts, Wyatt Jackson, mit ihnen reden würde. Worauf die Agenten gemäß ihrem Durchsuchungsbefehl sein Telefon und Computer konfisziert hatten und ihm zu Wyatts Wohnmobil gefolgt waren. Dort hatten sie die beiden Rechtsanwälte befragt, doch Wyatt hatte alle Fragen, die sich nicht auf Marcanos Vernehmung bezogen, abgewimmelt.

»Haben Sie ihnen gesagt, warum Sie diese Fragen nicht beantworten?«, fragte Paige.

Wyatt grinste selbstgefällig. »Ich hab ihnen gesagt, dass sie das nichts angeht. Bei allem, was nichts mit Marcanos Protokoll zu tun hat, haben wir auf den Fünften Zusatzartikel plädiert.«

»Und was haben sie gesagt?«

»Sie haben die Stirn gerunzelt und dumm geguckt. Das ging so weit, dass sie eine Frage stellten und ich sagte nur: ›Fünf‹. Dann gingen sie gleich zur nächsten Frage über. Sie sind nicht die Hellsten, aber nach einer Weile haben sie's kapiert.«

Am liebsten hätte Paige ihm geantwortet: »Und Sie sahen dadurch hundert Prozent schuldig aus.« Aber was hätte es gebracht? Sie saßen im selben Boot und die Lage war ernst.

»Ich hab gesehen, wie sie mit einem Computer und einem vollen Karton hier raus sind«, sagte Paige. »Ich dachte, ihr wolltet eure Computer zerstören.«

»Meinen haben sie nicht gekriegt«, antwortete Wyatt. »Hab ihn gestern mit 'nem großen Stein zertrümmert und anschließend angezündet.«

»Und haben Sie denen das gesagt?«

»Natürlich nicht. Gar nichts hab ich denen gesagt.«

Paige sah Wellington an. »Dann war das Ihr Computer?«

»Ja, schon, aber ich hatte alles, was mit dem *Patrioten* zu tun hatte, komplett gelöscht. Den gibt's auf meiner Festplatte nicht mehr.«

Gab es ihn wirklich nicht mehr? Wellington kannte sich aus mit Computern, aber dies war das FBI und es verfügte über schier unbegrenzte Ressourcen. Paiges sowieso schon unruhiger Magen wurde nicht ruhiger durch dieses Gespräch.

»Sie haben auch unser Handy mitgenommen«, sagte Wyatt. »Aber da ist nichts vom *Patrioten* drauf.«

»Glauben Sie nicht, dass die die Nummer, von der aus er angerufen hat, ermitteln können?«

»Also, *ich* hab's nicht gekonnt«, sagte Wellington.

»Und selbst wenn, werden sie nur den Namen des Mannes haben, der uns die Insiderinformationen gegeben hat«, sagte Wyatt. »Was er gesagt hat, kriegen sie so nicht raus.«

Sie spekulierten zum hundertsten Mal darüber, wer der *Patriot* wohl war. Wyatt tippte auf jemanden aus den oberen Etagen des Militärs, zum Beispiel Verteidigungsminister Simpson, der die wachsende Macht der CIA, Kriege zu führen, mit Argwohn betrachtete. Wellington hielt jemanden aus dem juristischen Bereich oder der Generalstaatsanwaltschaft für wahrscheinlicher. Und Paige wusste nicht, was sie denken sollte; sie hielt ein Dutzend verschiedener Möglichkeiten für plausibel.

Die drei tauschten sich ausgiebig über die Lage aus, in der sie sich befanden. Eins war klar: Dass Paige und Wyatt ihre Computer nicht herausgerückt hatten, wirkte verdächtig und das FBI käme wahrscheinlich zu dem Schluss, dass sie es gewesen waren, die das Marcano-Protokoll weitergeleitet hatten. Der U.S. Attorney würde entsprechend an Richterin Solberg berichten, die sie darauf wahrscheinlich der Missachtung des Gerichtes bezichtigen würde. Doch Wyatt war fest davon überzeugt, dass ein solches Ergebnis besser wäre als die Anklage wegen einer Straftat, wenn das FBI die Sache mit dem *Patrioten* herausfand.

Paige wusste, dass er damit recht hatte. Kurz bevor sie ihren Computer vergraben hatte, hatte sie sich unter anderem den Abschnitt im US-Strafgesetzbuch angeschaut, in dem es um die Weitergabe geheimhaltungsbedürftiger Informationen ging. Der Spielraum war denkbar klein:

> Wer absichtlich und vorsätzlich ... geheimhaltungsbedürftige Informationen, die die ... geheimdienstlichen Aktivitäten der Vereinigten Staaten betreffen, an nicht befugte Personen weiterleitet oder veröffentlicht oder benutzt ... ist zu einer Geldstrafe von ... oder zu einer Freiheitsstrafe von nicht mehr als zehn Jahren oder beidem zu verurteilen.*

---

* Frei übersetztes Zitat aus Titel 18, Paragraf 798 des United States Code, im Original: »Who knowingly and willfully ... makes available« to an unauthorised person, or publishes, or uses ... any classified information ... concerning the communication intelligence activities of the United States ... shall be fined ... or imprisioned not more than ten years, or both.«

Sie hatte Geheiminformationen erhalten, da gab es nichts zu deuteln. Und sie alle drei hatten diese Informationen im Zuge des von ihnen geführten Prozesses benutzt und veröffentlicht. Aber am meisten gefährdet war der *Patriot,* denn er war es ja, der ihnen diese Informationen gegeben hatte.

Doch dies war nicht der einzige Gesetzesparagraf, der in Paiges Kopf finstere Gerichts- und Gefängnisszenen heraufbeschwor. Da war auch der Paragraf 1519 in Titel 18 des US-Strafgesetzbuches, der es untersagte, absichtlich und vorsätzlich Unterlagen, Dokumente oder Gegenstände zu vernichten, zu verstecken, zu vertuschen oder zu fälschen, um dadurch Strafermittlungen zu behindern oder zu beeinflussen. Hier betrug die Höchststrafe zwanzig Jahre.

Als Paige zurück nach Hause fuhr, kreisten ihre Gedanken nicht um Kristens Prozess, sondern um sie selbst - um ihre Freiheit und ihren guten Ruf. Ihr Gehirn ging das Szenario einer Verhaftung durch, der Schlagzeilen, die unweigerlich folgen würden, und schließlich des Elends eines demütigenden öffentlichen Prozesses. Sie sah sich auf der Zeugenbank sitzen, während die Staatsanwaltschaft sie mit Fragen bombardierte, auf die sie keine zufriedenstellenden Antworten hatte: Warum haben Sie das FBI angelogen? Warum haben Sie Ihren Computer vergraben? Ist Ihnen bei den Vorbereitungen zu Ihrer Sicherheitsüberprüfung nicht klar geworden, dass Sie keine geheimhaltungsbedürftigen Informationen einsetzen durften, um in einem Prozess einen Vorteil zu erlangen?

Paige sehnte sich zurück in die Zeit, wo sie selbst für die Staatsanwaltschaft gearbeitet hatte. Da hatte sie zu den Guten gehört. Und jetzt? Jetzt war sie mit Wyatt Jackson verbandelt, einem schwarzen Schaf der Anwaltsszene, der gerne so nahe an der Sonne flog, dass es ihn früher oder später verbrennen musste. Nur dass er nicht der Einzige wäre, der die Flammen spüren würde. Paige und Wellington würden mit ihm verbrennen.

★ ★ ★

Fünf Tage später standen Vaughn und Diaz wieder auf der Matte - diesmal, um eine Zwangsvorladung abzuliefern, in der Paige aufgefordert wurde, binnen einer Woche ihr altes Handy und ihren Computer abzuliefern oder nachzuweisen, warum ihr dies nicht möglich sei.

Sie nahm die Vorladung mit einem höflichen Dankeschön entgegen und behielt mehr oder weniger ihre Fassung, bis die Agenten wieder gegangen waren. Dann las sie mit zitternder Hand das Dokument durch, dessen juristische Tragweite enorm war. Richterin Solbergs Verfügung war jetzt harmloser Schnee von gestern. Man hatte eine Grand Jury*; dies war der Beginn eines ausgewachsenen Strafprozesses. Nach den Fragen der Agenten und dieser Zwangsvorladung zu urteilen, würde dieses Geschworenengericht sowohl den Vorwurf der unbefugten Nutzung geheimhaltungsbedürftiger Informationen untersuchen als auch den Vorwurf der Behinderung der Justiz.

Sie rief Wyatt an, der die gleiche Vorladung erhalten hatte. Er hatte den FBI-Agenten gesagt, dass er seinen Computer zerstört hatte, weil er vertrauliche Informationen aus dem Anwaltsgeheimnis-Bereich enthielt, die er ihnen nicht zur Verfügung stellen wollte. »Ich kann nichts aushändigen, was ich gar nicht habe«, sagte er.

Als sie aufgelegt hatten, war Paige klar, in was sie sich da reingeritten hatte. Sie brauchte einen Anwalt, der sich im Strafrecht auskannte und ihr einen objektiven Rat geben konnte. Bis jetzt hatte sie sich keinen Anwalt genommen, weil sie kein Geld dafür hatte und ihr die Umstände zu peinlich waren, um jemanden um einen Gefallen zu bitten.

Aber all das zählte jetzt nicht mehr. Sie würde dem Anwalt halt versprechen, ihn auszubezahlen, sobald sie konnte. Sie konnte das nicht mehr alleine schaffen. Sie und Wellington konnten sich kaum auf ihre Darstellung des Sachverhalts für den Obersten Gerichtshof konzentrieren, solange sie dauernd in Angst lebten, was das FBI als Nächstes tun würde.

Während ihrer Tätigkeit in der Staatsanwaltschaft hatte Paige etliche ortsansässige Verteidiger in Aktion erlebt. Sie musste daher nicht lange überlegen, wen sie engagieren würde. Noch am selben Nachmittag rief sie Landon Reed an. Als Student war Landon in einen Wettbetrug-Skan-

---

* Die Grand Jury besteht im Gegensatz zu einer normalen Jury aus mehr als 12 Mitgliedern und entscheidet in nicht öffentlichen Verfahren, ob die von der Staatsanwaltschaft vorgebrachten Tatsachen eine Anklage rechtfertigen.

dal im Football verwickelt gewesen, der ihm zwei Jahre Gefängnis eingebracht hatte. Nach seiner Entlassung hatte er Jura studiert und nach langwieriger Überprüfung seiner Vorgeschichte seine Anwaltslizenz bekommen. Paige hatte ihn bereits im Gericht erlebt und wusste, dass er immer vorbereitet war. Und was für sie fast noch wichtiger war: Landon schienen seine Klienten echt wichtig zu sein. Mochten andere Anwälte ihre Klienten mit Herablassung betrachten, Landon vergaß nicht, dass er einmal an ihrer Stelle gewesen war.

Landon war gerade im Gericht, aber sein Assistent gab Paige einen Termin, gleich den ersten am Montagmorgen. Als sie auflegte, hatte sie den Eindruck, dass sie zum ersten Mal seit dem Besuch der FBI-Agenten vor gut einer Woche wieder durchatmen konnte.

Kapitel 66

Am Montagmorgen wurde Paige früh wach, nachdem sie unruhig geschlafen hatte. Sie zog das schwarze Kleid mit roter Bordüre an, das sie normalerweise für das Gericht reservierte, und fuhr einige Minuten vor dem Termin bei der Kanzlei von Landon Reed und Kompagnons vor. Sie lag gut zwei Kilometer vom Meer entfernt. Es war ein geschmackvolles dreistöckiges Bürogebäude, dessen Eingangstür von zwei massiven Säulen flankiert war. Während sie auf den Parkplatz fuhr, schossen ihr zum x-ten Mal die Probleme des Falles *Anderson* durch den Kopf. Was als Kreuzzug begonnen hatte, fühlte sich jetzt wie eine Krebserkrankung an.

Der Termin fand im großen Besprechungszimmer statt. Ein riesiger Marmortisch thronte in der Mitte. An den Wänden waren Gemälde mit Strandszenen und von Hand gefertigte Bücherregale, in denen alte Folianten vor sich hin verstaubten. Landon sah so aus, wie man sich einen ehemaligen Footballspieler vorstellte - groß und stattlich, das Hemd weiß und perfekt gebügelt, um den Hals eine rote Krawatte. Seit seiner aktiven Zeit als Footballer hatte er wahrscheinlich einige Pfund zugelegt, aber seine Bewegungen hatten immer noch eine gewisse athletische Eleganz und Festigkeit.

Er bot Paige etwas zu trinken an, dann setzten sie sich an das eine Ende des Konferenztisches, jeder mit einer kleinen Flasche Wasser. Zuerst war Paige nervös, ja verlegen, aber Landon hatte eine ruhige Art, die sie bald gelassener werden ließ. Sie berichtete ihm alles. Als sie fertig war, spürte sie eine Welle der Erleichterung, einfach weil sie ihre Geschichte jemandem wie Landon erzählt hatte - jemandem, der von der einfühlsamen Sorte war. Es gab keine einfachen Lösungen, aber die bloße Tatsache, dass sie diese Dinge laut ausgesprochen hatte, war wohltuend.

»Tja, Undank ist der Welten Lohn.« Landon schüttelte den Kopf. »Mir ist klar, dass Sie wahrscheinlich schlaflose Nächte haben, aber Sie sollen von vornherein eines wissen: Menschen wie ich halten Sie nicht für eine Kriminelle, sondern für eine Heldin.«

Paige war klar, dass Landon sie vor allem beruhigen wollte, aber seine Worte waren doch Balsam für ihre Seele. Er hatte selbst vor den Augen der Öffentlichkeit vor Gericht gestanden und hatte sich mit seinen jungen Jahren bereits einen Ruf als Anwalt in der Stadt erworben. Das Gefühl, jemanden wie ihn an ihrer Seite zu haben, machte Paiges Rücken ein Stückchen gerader. Denn sie wusste, er tat es nicht nur, weil er dafür bezahlt wurde, sondern weil er an sie glaubte,.

Landon fuhr fort: »Leider sind diese Paragrafen über geheimhaltungsbedürftige Informationen nicht sehr gnädig. Hinterher ist man natürlich immer klüger. Ich bin sicher: Wenn Sie es noch mal machen könnten, hätten Sie die Richterin frühzeitig über Ihre vertrauliche Quelle informiert.«

Da war Paige sich nicht so sicher, aber sie wollte sich nicht sofort mit ihrem brandneuen Anwalt streiten. »Wahrscheinlich schon«, sagte sie. »Aber diese Person, sie schien eine gute Insider-Quelle zu sein. Ich hab da echt kein Problem mit Geheimhaltung und so gesehen.«

»Das war das meiste wahrscheinlich auch nicht«, sagte Landon. Er zog ein dickes Dokument aus einer Aktenmappe. »Nach Ihrem Anruf habe ich Marcanos Vernehmungsprotokoll durchgelesen. 90 Prozent von dem, was Ihr Informant Ihnen gesagt hatte, befand auch Richterin Solberg als ›keine Staatsgeheimnis enthaltend'. Es gibt einige Ausnahmen – wie der unredigierte CIA-Report oder dass der Imam durch eine Drohne getötet wurde. Aber um ehrlich zu sein: Was mir hier Bauchschmerzen bereitet, ist weniger der Umgang mit geheimhaltungsbedürftigen Informationen als der mögliche Vorwurf der Behinderung der Justiz.«

Sie wandten sich diesem Thema zu. Landon studierte die Vorladung an Paige, ihren Computer herauszugeben. Paige wusste, dass es eine ethische Grauzone gab, wenn es darum ging, dass Anwälte ihren Klienten beim Verstecken von Beweisstücken halfen. Also sagte sie Landon lediglich, dass sie den Computer jederzeit holen könne, wenn dies nötig sei. Sie sagte ihm allerdings nicht, wo er war.

»Ist Ihre Anwaltspraxis ein professionelles Unternehmen?«, fragte Landon.

»Ja. Ich habe es erst vor wenigen Monaten eintragen lassen.«

Landon verzog das Gesicht. »Ich wollte, die hätten die Zwangsvorladung an Sie als Privatperson adressiert. Privatpersonen haben nach dem Fünften Zusatzartikel das Recht, Dokumente oder elektronische Geräte, die sie belasten könnten, nicht herauszugeben. Unternehmen haben ein solches Recht nicht. Das weiß das FBI. Darum haben die diese Zwangsvorladung an Sie als Direktorin der *Chambers Law Firm* geschickt, was bedeutet, dass Sie, wenn Sie den Computer beibringen könnten und dies nicht tun, wegen Missachtung des Gerichtes belangt werden können.«

Paige merkte, wie ihr der Mut wieder sank. Sie konnte ihren Computer schlicht nicht herausgeben!

Landon stand auf und ging zu einem der Fenster. Die Hände in den Taschen, schaute er zu den Bäumen hinter dem Gebäude.

»Sie machen mich ganz nervös«, sagte Paige.

»Das tut mir leid. Aber ich muss ein bisschen überlegen, denn es könnte sein, dass Sie das, was ich Ihnen gleich sage, nicht mögen werden.«

Er setzte sich wieder, sah Paige fest an und eröffnete ihr, dass sie reinen Tisch gegenüber der Bundesstaatsanwaltschaft machen mussten. Mitchell Taylor, der U.S. Attorney für den *Eastern District of Virginia*, war ein guter Anwalt und zielsicherer Fragesteller.

»Lassen Sie mich mit ihm reden!«, bot Landon an. »Und sorgen Sie dafür, dass Sie Ihren Computer parat haben.«

Er schien zu sehen, wie Paige zusammenzuckte, denn er hob seine Hand. »Ich weiß, dass Sie Ihre Quelle nicht preisgeben wollen, aber mein Job ist es, Sie zu schützen. Sie sind nicht zu dieser Person gegangen und haben sie um diese Informationen angebettelt, sondern Ihre Quelle ist zu *Ihnen* gekommen. Sie sollten sich nicht verpflichtet fühlen, notfalls ins Gefängnis zu gehen, um sie zu schützen.«

»Es ist ja nicht nur der *Patriot*«, sagte Paige. »Wenn wir zum U.S. Attorney gehen und kooperieren, werden die mich auch wegen Wyatt und Wellington befragen, nicht wahr? Dann muss ich denen sagen, dass

Wyatt seinen Computer zerstört und mir geraten hat, meinen ebenfalls zu zerstören, weil das FBI herausfinden wollte, ob wir geheimhaltungsbedürftige Informationen bekommen haben.«

»Nicht unbedingt«, sagte Landon. »Wenn wir denen Ihren Computer aushändigen, kann ich Mitchell vielleicht davon überzeugen, dass Ihre Gespräche mit Ihren Kollegen unter das Anwalt-*Arbeitsprodukt*-Privileg fallen. Es ist auf jeden Fall einen Versuch wert.«

Paige bat um ein paar Tage Bedenkzeit. Sie konnte sich auf kein Szenario einlassen, das Wyatt und Wellington belasten konnte.

»Okay«, sagte Landon. »Aber der Meldetermin für die Vorladung ist Freitag.«

Als Paige die Kanzlei wieder verließ, fühlte sie sich immer noch, als würde eine innere Schraube sie zerquetschen. Landon war genau der richtige Anwalt für sie, da hatte sie keinen Zweifel. Aber selbst er konnte diese Zwangsvorladung nicht wegzaubern. Der einzige Weg verlief geradeaus nach vorne und er war voller Tretminen.

Kapitel 67

Am Dienstagmorgen stand Paige um 6 Uhr auf, nachdem sie fast eine Stunde hellwach die Zimmerdecke angestarrt hatte. Sie band ihr Haar zu einem Pferdeschwanz, putzte sich die Zähne und zog ihre Joggingkleidung an - schwarze Shorts, Unterhemd und ein altes schwarzes Sweatshirt mit Kapuze. Der frische Septemberwind würde die Temperatur bis Sonnenaufgang niedrig halten.

Sie machte sich einen Kaffee und fuhr in bester Privatdetektivmanier eine halbe Stunde kreuz und quer durch die Nebenstraßen von Virginia Beach, immer wieder in den Rückspiegel linsend, ob ihr auch bestimmt niemand folgte.

Sie fuhr schließlich zum *First Landing State Park*, nahm ihren Rucksack und eine neue kleine Schaufel, die sie im Kofferraum versteckt hatte, und begann, den *Cape Henry Trail* entlangzulaufen, ein halbes Auge auf ihre GPS-Ortung gerichtet. Da war sie, die mächtige Zypresse, in deren Nähe sie ihren Computer und das Handy vergraben hatte. Sie ging zwanzig Schritte in den Wald hinein, blieb stehen und lauschte. Dann die nächsten zwanzig Schritte, dann blieb sie wieder stehen und hielt die Ohren gespitzt. Die Sonne begann gerade über den östlichen Horizont hervorzulugen, die ersten Strahlen kamen durch das bemooste Geäst der Zypressen. Wieder zwanzig Schritte, wieder stehen bleiben und horchen. Nichts als das Schnarren der Grillen und das Wispern des Windes in den Bäumen. Weitergehen, diesmal vierzig Schritte, wieder anhalten und lauschen. Nein, es war niemand in der Nähe. Sie war hundert Schritte in den Wald gegangen. Sie begann zu graben.

Die Stelle sah genauso aus wie vor neun Tagen, aber Paige hatte damals so perfekt gearbeitet, dass sie unmöglich sagen konnte, an welcher Stelle genau sie die Sachen vergraben hatte. Sie grub aufs Geratewohl ein Loch, das 1,2 Meter im Quadrat maß. Nichts, nur Baumwurzeln. Sie ging einige Schritte nach rechts und grub wieder. Nichts. Vielleicht besser mehr links graben? Das nächste leere Loch. Sie grub systematisch ein ganzes Raster von Löchern, einige Schritte vor, ein paar zurück, etwas nach rechts, etwas nach links. Die Sonne wurde wärmer. Paige zog das Sweatshirt aus und grub weiter. Mit jeder Schaufel Erde, die sie zutage förderte, wuchs ihre Unruhe und wurde schließlich zur Panik. Dann und wann hörte sie einen Läufer auf dem Pfad. Obwohl sie außer Sichtweite war, hielt sie jedes Mal kurz inne, bis die Schritte verklungen waren.

Das ging eine Stunde so, dann ließ Paige Schaufel und Sweatshirt liegen und ging zurück zu dem Pfad und der Zypresse. Dann ging sie noch einmal die hundert Schritte, um ganz sicherzugehen, dass sie an der richtigen Stelle grub. Sie kam zu exakt der gleichen Stelle wie beim ersten Mal. Was bisher nur eine vage Angst gewesen war, begann Realität zu werden: Jemand hatte ihren Computer und ihr Handy ausgegraben!

Sie grub noch eine ganze Stunde weiter, bis sie ganz sicher war, keine Stelle ausgelassen zu haben. Nein, wenn der Computer noch hier gewesen wäre, hätte sie ihn finden müssen.

Ihr erster Gedanke war, dass es Daniel Reese gewesen war. Er wusste, dass dies ihre Joggingstrecke war. Vielleicht war er ihr an dem Samstagmorgen heimlich gefolgt. Aber es gab noch eine andere Möglichkeit. Just an dem Morgen, an dem Paige die Sachen vergraben hatte, hatte das FBI auf ihrer Matte gestanden. Was, wenn die Agenten ihr vorher zu ihrem Joggingpfad gefolgt und dann schnell zu ihrer Wohnung gefahren waren, um dort auf sie zu warten? Was, wenn Diaz und Vaughn die ganze Zeit gewusst hatten, dass sie ihren Computer vergraben hatte? Dann war sie ihnen an jenem Morgen voll ins Messer gelaufen.

Vielleicht hörten sie ihr Telefon ab. Vielleicht hatten sie mitgehört, wie Wyatt sie anwies, ihren Computer zu zerstören und ihr Handy wegzuwerfen. Danach waren sie ihr einfach an dem Samstagmorgen gefolgt. Vielleicht war ihr Computer längst im FBI-Büro.

Hatte sie zu viele Krimis gesehen? Egal, sie kam sich vor wie in einem Haus voller Spiegel, Falltüren und optischer Illusionen. Wie hatten Wyatt Jackson und sie sich einbilden können, dass sie eine Klage gegen die CIA gewinnen und mehrere der weltweit mächtigsten Menschen stürzen könnten? Jetzt wurden sie bestraft ...

Irgendwann am Vormittag fuhr sie zu Landons Kanzlei und berichtete ihm, dass der Computer verschwunden war. Er wiederholte seinen Rat: Er würde den U.S. Attorney anrufen und die Sache erklären. Auch er fand es durchaus möglich, dass das FBI den Computer schon längst hatte. Die Sache war um einiges schwieriger geworden, aber es war immer noch möglich, sich auf einen Deal zu einigen. Es war das erste Mal, dass Landon das Wort Deal benutzte und es machte Paige Angst.

»Was für einen Deal meinen Sie?«

»Nichts, was mit einem Schuldeingeständnis zu tun hätte. Nur eine Vereinbarung, voll zu kooperieren, und die Staatsanwaltschaft berücksichtigt das bei der Frage, ob sie ein Verfahren gegen Sie eröffnet oder nicht.«

»Heißt das, dass ich gegen Wyatt und Wellington aussagen müsste?«

»Sie müssten halt in allem die Wahrheit sagen. Ohne den Computer ist das unser einziger Trumpf.«

Paige brauchte gar nicht erst groß nachzudenken. Landon hatte es nicht wortwörtlich gesagt, aber sein Vorschlag lief darauf hinaus, dass sie sich ihre Freiheit mit der ihrer Kollegen erkaufte.

Sie schüttelte entschlossen den Kopf. »Ich weigere mich, meinen Kollegen in den Rücken zu fallen. Da muss es eine andere Lösung geben.«

★ ★ ★

Regierungsbezirk Al Mahrah, Jemen

Das kleine Ziegelhaus in den Bergen im Ostjemen hatte keine Klimaanlage und die Luft im Inneren war zum Schneiden dick. Saleet Zafar befand sich im Gespräch mit mehreren Stammesführern, denen er seine Ratschläge gab. Es war spätabends. Plötzlich hörte er das vertraute ferne Brummen, das einem das Blut gefrieren ließ. Die anderen hörten es auch. Sie verstummten abrupt und rannten hinaus zu ihren Wagen.

Wenn die Stammesführer in den Drohnenkriegen im Jemen eines gelernt hatten, dann, dass Drohnen schlecht im Treffen sich bewegender Ziele waren. Die Reaktion der Piloten auf die ständig neuen Positionsbilder, die die Satelliten ihnen lieferten, dauerte zu lange, um exakte Treffer zu ermöglichen. Aber die Männer durften keine Zeit zu verlieren.

Trotz des Chaos sorgte Saleet dafür, dass seine beiden Söhne nicht in dasselbe Auto stiegen wie er, sondern in eines, das in die entgegengesetzte Richtung fuhr. Eine Minute später beugte er sich aus dem Fenster und schaute zu, wie die Drohne über ihnen kreiste und feuerte; in der nächsten Sekunde klaffte keine hundert Meter vor ihnen ein Krater in der Straße. Saleet spürte die Hitze der Explosion in seinem Gesicht.

Die Rakete hatte die Straße zerstört. Der Fahrer trat das Bremspedal durch und begann ein Wendemanöver. Saleet öffnete seine Tür, ließ sich auf den harten Boden fallen, sprang hoch und lief von der Straße weg. Als er kurz über seine Schulter schaute, sah er, wie der Wagen, in dem er gesessen hatte, lichterloh in Flammen stand. Eine andere Rakete zerstörte das Haus. Saleet hatte genug gesehen. Er wandte sich ab und rannte weiter.

Ein paar Sekunden, dann drehte die Drohne ab in Richtung eines anderen Fahrzeugs.

Später in der Nacht kam Saleet zurück und stellte fest, dass seine beiden Söhne noch lebten. Mit Tränen der Dankbarkeit küsste er sie auf die Stirn und sagte ihnen, wie stolz er auf sie war und was für feine junge Männer sie geworden waren. Die drei verbrachten den Rest der Nacht im Haus eines anderen Stammesführers. Saleet und die anderen Männer blieben die ganze Nacht auf. Sie berieten sich, horchten nach draußen, planten Vergeltung. Nach dem Frühstück, als draußen der nächste Wagen wartete, bat Saleet darum, noch einen Moment mit seinen Söhnen allein zu sein. Er wies sie an, sich um ihre Mutter zu kümmern. Er selbst habe zu tun und könne eine Zeit lang – vielleicht lange – nicht bei ihnen sein. Er versprach, zu Allah zu beten, dass er sie beschützte und ihnen Kraft und Mut gäbe.

»Ihr dürft keine Angst haben«, sagte er. Ihre Lippen zitterten, aber beide Jungen hielten die Köpfe hoch erhoben, damit ihr Vater stolz auf sie sein konnte. »Allah wird euch Kraft geben.«

Dann stieg Saleet in das Auto und sah nicht mehr zurück. Er musste einige Tränen zurückblinzeln. Ihm war, als ob ihm jemand das Herz aus dem Leib gerissen hätte. Er betete, dass er seiner Aufgabe gewachsen wäre.

Kapitel 68

Virginia Beach, Virginia

Die Stellungnahme von *U.S. Attorney* Mitchell Taylor kam ohne Umschweife zur Sache. Aufgrund der FBI-Interviews kam er zu dem Schluss, dass die eidesstattliche Aussage von Marcano höchstwahrscheinlich von einem der Anwälte der Klägerin der Zeitung zugespielt worden war. Ein entsprechendes Motiv hatten die Anwälte auf jeden Fall. Weiter hatten zwar alle drei Anwälte jegliche Kontakte zu Harry Coburn verneint, aber Wyatt Jackson hatte seinen Computer zerstört, Wellington Farnsworth hatte gewisse Dateien gelöscht und Paige Chambers hatte sich trotz gerichtlicher Anordnung geweigert, ihren Computer auszuhändigen. Dagegen hatten alle anderen vom FBI befragten Personen den Agenten bereitwillig Zugang zu ihren Computern und sonstigen Geräten gewährt.

Richterin Solberg würde sich in einer einige Tage später terminierten Verhandlung zu Taylors Bericht sowie etwaigen Sanktionen äußern. Zu alledem kam jetzt noch die *Grand Jury* hinzu, die anderen Vorwürfen gegen Paige und ihren Kollegen nachging.

Paige hatte sich innerlich für Taylors Bericht gewappnet. Seine Schlussfolgerungen überraschten sie nicht. Sie war eher erleichtert, dass er sich nicht näher über die Behauptung der Behinderung der Justiz, die er gerade untersuchte, ausließ oder über die *Grand Jury,* die er einberufen hatte. Alles, was Richterin Solberg angefordert hatte, war eine Stellungnahme bezüglich der Weitergabe des Vernehmungsprotokolls von John Marcano gewesen. Die hatte Taylor geliefert.

Aber es dauerte nicht lange und die Presse griff die Story begierig auf.

Sie begann, auf Paige und ihre Kollegen zu schießen. Dieselben Reporter, die nach dem Erscheinen des Vernehmungsprotokolls die Messer gegen John Marcano gewetzt hatten, fielen jetzt über Wyatt, Paige und Wellington her. Wie nicht anders zu erwarten gewesen war, schossen sie sich vor allem auf Wyatt ein, der das Anwaltsteam anführte und für seine nicht immer koscheren Taktiken bekannt war. Fast jeder Artikel erwähnte seine vergangenen Missetaten, damit die Leser diese neuen Leckerbissen auch richtig goutieren konnten. Die Storys der Klienten, die sich von Wyatt nicht angemessen vertreten gefühlt hatten, wurden wieder aufgewärmt, einschließlich Wyatts Einnicken mitten in einer Gerichtsverhandlung. Man zitierte sogar einen alten Staatsanwalt, der argwöhnte, dass Wyatt bereits in einem früheren Fall der Presse Informationen zugespielt hatte.

Paige brachte es nicht fertig, die Zeitungen beiseitezulegen und den Fernseher ausgeschaltet zu lassen. Sie las jeden Artikel und sah sich die Sendungen an. Es war ein grausames Trommelfeuer und es grauste ihr vor dem Termin mit Richterin Solberg. Aber sie wusste: Ihr Team würde das überstehen. Sie fragte sich, wie die alte Paige noch vor wenigen Monaten reagiert hätte. Wahrscheinlich wäre sie im Bett liegen geblieben. Aber die Zusammenarbeit mit Wyatt und die Schlachten, die sie schon gemeinsam geschlagen hatten, hatten ihr Fell bereits dicker gemacht. Sicher, jeder neue Artikel, der sie angriff, ging ihr an die Nieren. Sie hasste es, so angegangen zu werden. Aber in ihren besseren Augenblicken wusste sie, dass dieser Angriff vorübergehen würde, ja, dass es ihrem Team gelingen würde, zum Gegenangriff überzugehen.

Bei einem hatte Wyatt zweifellos recht: Die Fort-Alamo-Mentalität hatte etwas Nobles. Wenn man schon verlieren musste, dann besser mit fliegenden Fahnen. Es war genau das, was Patrick und Troy und ihre Kameraden getan hatten. Und das war auch Paige ihnen schuldig, in dem wichtigsten Fall, mit dem sie je befasst gewesen war.

★ ★ ★

Chick's Oyster Bar war eine der beliebtesten Kneipen auf der Seite von Virginia Beach, die zur *Chesapeake*-Bucht hin lag. Sie lag an der Mündung des *Lynnhaven River* in die Bucht, direkt am Wasser, sodass man im Boot an dem Restaurant anlegen und sich von den Kellnern bedienen lassen konnte, ohne an Land zu gehen. Das Restaurant bot ein dörfliches Ambiente, mit Picknicktischen auf der hinteren Terrasse, einer alten Bar mit heimischen Bieren und einem kleinen T-Shirt-Shop für Touristen, die glaubten, die urigste Kneipe Amerikas entdeckt zu haben. Es war das Lokal, in das die Navy-SEALs gingen, um sich mit den Mädchen vor Ort zu treffen, sodass man dort einige gut aussehende Frauen traf.

»Ich weiß gar nicht mehr, wie oft Troy und ich hier gegessen haben«, sagte Kristen, als sie und Paige sich an einem der Picknicktische auf der mit Sichtschutzwänden versehenen hinteren Terrasse niedergelassen hatten. Paige hatte sie angerufen, nachdem sie Taylors Bericht erhalten hatte. Spontan hatten sie beschlossen, sich zum Dinner zu treffen. Kristen hatte einen Babysitter engagiert und sie hatten beide die Anrufe diverser Reporter ignoriert.

Der Herbstabend war kühl, deshalb trug Paige ein wärmendes Sweatshirt, obwohl die Frauen an der Bar immer noch Spaghettiträger und Miniröcke anhatten. Am anderen Ufer des Flusses lag hell erleuchtet die Villa des berühmten Hip-Hop-Künstlers Pharrell Williams. Die in jeder Ecke der Bar und des Restaurants hängenden Fernseher ignorierte Paige geflissentlich. Wie sooft, wenn sie zusammen waren, spürte sie den Auftrieb, den Kristens halb sarkastische, halb optimistische Sicht der Dinge ihr gab. Aktuell war Kristen zu dem Schluss gekommen, dass dann, wenn sie und ihre Rechtsanwälte das SEAL-Team 9 waren und die Gegenseite die Huthis, die Medien ja nur der IS sein konnten.

Die beiden unterhielten sich über Gott und die Welt. Den Jungen ging es allmählich besser. Die anderen SEAL-Familien standen Kristen weiter mit Rat und Tat zur Seite. Und der Prozess war immer noch nicht gestorben, was ein halbes Wunder war.

Kristen fragte, wie weit sie mit den Vorbereitungen des Plädoyers vor dem Obersten Gerichtshof waren. Paige spürte, dass sie ehrlich mit ihrer Freundin sein musste. So sagte sie ihr, dass Wyatt nicht der Konzentrierteste war und die FBI-Ermittlungen die Sache nicht einfacher machten. Aber sie versicherte Kristen auch, dass, wenn es so weit war mit dem Termin vor dem Obersten Gerichtshof, auch Wyatt bereit wäre. So arbeitete er. Immer wartete er mit seinen Vorbereitungen bis zur letzten Minute.

Erst eine halbe Stunde später, als Kristen einige Gläser getrunken und die Kellnerin die Rechnung gebracht hatte, kam Kristen wieder auf das Thema zu sprechen.

»Paige, ich habe viel über dieses Plädoyer vor dem Obersten Gerichtshof nachgedacht. Was du da vorhin gesagt hast, hat mir ein paar Sachen bestätigt.«

»Was hab ich gesagt?«

»Na, dass Wyatt nicht der Konzentrierteste ist.«

»Ich habe doch gesagt, dass er das schon schafft.«

»Lass mich ausreden«, sagte Kristen. »Diese ganzen Artikel in der Zeitung und was da über Wyatt behauptet wird ...« Sie unterbrach sich, holte ihre Serviette aus ihrem Schoß und legte sie auf den Tisch. Sie schob ihren Teller beiseite. »Ich ... eigentlich möchte ich nicht, dass er vor dem Obersten Gerichtshof das Plädoyer hält. Er würde ja nicht nur unsere Familie vertreten, sondern gewissermaßen alle SEALs. Ich weiß, dass er sein Handwerk versteht und dass er ein Kämpfer ist, was Troy damals sehr geschätzt hat.«

Paige ahnte, was Kristen andeuten wollte, und es gefiel ihr überhaupt nicht. Schwächen hin, Schrullen her, sie hatte angefangen, Wyatt zu bewundern. Bei ihm brauchte man keine Angst zu haben, dass er unter Druck nachgeben oder die Kraft verlieren würde. Keiner konnte mit den Richtern vom Obersten Gerichtshof so umgehen wie er.

Kristen fuhr fort: »Aber ich hab einfach den Eindruck, dass du die juristischen Aspekte dieses Falles besser vortragen könntest. Vor allem nach dem, wie es heute aussieht. Meinst du, das ist möglich?«

Paige verschluckte sich fast an ihrem Wasser. Sie hatte geahnt, dass Kristen Wyatt durch jemand anderen ersetzen wollte – aber doch wohl durch jemanden, der ein Spezialist in Plädoyers vor dem Obersten Gerichtshof war?!

»*Ich* soll das machen?«, fragte sie entsetzt. »Wyatt hat viel mehr Erfahrung als ich, auf ihn werden die Richter viel eher hören. Ich meine, ich darf doch erst seit ein paar Wochen Plädoyers dort halten. Ich war buchstäblich noch nie dort!«

»Ich habe dich vor Gericht erlebt«, erwiderte Kristen. »Und ich habe gelesen, wie du Marcano vernommen hast. Und nach dem, was du mir gesagt hast, sind die mündlichen Plädoyers vor dem Obersten Gerichtshof gar nicht so wichtig. Was wirklich zählt, sind die schriftlichen Stellungnahmen – und darin sind Wellington und du echt gut. Ich fände es einfach besser, wenn du dort im Rampenlicht stehst und nicht er.«

Sie diskutierten zehn Minuten weiter über das Thema und Paige tat ihr Bestes, Kristen ihre Idee auszureden. Es war nicht nur so, dass Paige Angst davor hatte, so kurzfristig ihr erstes Plädoyer vor so einem hohen Gericht zu halten, oder dass sie Wyatt nicht enttäuschen wollte; sie fand schlicht, dass Wyatt besser geeignet war als sie. Gut, er nahm es definitiv zu leicht mit der Vorbereitung, aber das würden sie und Wellington schon auf die Reihe kriegen.

Doch die Klientin sah das anders und sie war hartnäckig. An diesem Abend im Restaurant kamen sie zu keinem Ergebnis, aber kurz bevor sie aufstanden, um zu gehen, stellte Kristen Paige eine wichtige Frage: »Bei wem liegt diese Entscheidung? Kann ich als Klientin das machen oder machen das die Anwälte unter sich aus?«

»Das entscheidest du, Kristen. Aber ich glaube nach wie vor, dass Wyatt der Richtige ist.«

Kristen versprach, darüber nachzudenken, und Paige glaubte, etwas Zeit gewonnen zu haben. Aber als sie Kristen heimgefahren hatte und sie in der Einfahrt vor dem Haus standen, kam Kristen wieder auf das Thema zu sprechen. »Paige«, sagte sie abrupt, »ich weiß, dass du das anders siehst, aber ich bin überzeugt, dass es das Richtige ist, wenn du das machst. Ich will, dass du dieses Plädoyer hältst. Wir haben nicht mehr viel Zeit. Meine Entscheidung steht fest.«

Paige schaute stirnrunzelnd durch die Windschutzscheibe. Das hier war das Letzte, was sie noch zusätzlich zu ihrem Stress gebrauchen konnte.

Kristen beugte sich zu ihr und berührte kurz ihre Schulter. »Du bist das Beste, was wir haben. Bitte mach das – für mich und die Kinder – und für Troy und Patrick.«

»Ich werde mit Wyatt darüber reden«, sagte Paige nur.

Die beiden umarmten sich, Kristen dankte ihr und Paige blieb in der Einfahrt, bis Kristen ins Haus gegangen war. Auf der Rückfahrt dachte sie über das Gespräch nach, das sie mit Wyatt würde führen müssen. Sie kam sich vor wie eine Verräterin. Vielleicht war sie zu kritisch gewesen, als Kristen mit dem Thema angefangen hatte. Paige hatte schon manches

Mal davon geträumt, vor dem Obersten Gerichtshof der USA reden zu dürfen, aber nicht so. Dieser ganze Fall, er war vermintes Gelände. Sie biss sich auf die Unterlippe. Nur nicht heulen.

Es war fast 10 Uhr abends und sie wusste, sie würde nicht einschlafen können, wenn sie jetzt direkt nach Hause fuhr. Also fuhr sie nicht zu ihrer Wohnung in der Laskin Road, sondern weiter zum Strand. Es gab mehrere Dinge, die sie auf die Reihe kriegen musste, und sie konnte nicht mehr warten.

Kapitel 69

Paige parkte ein paar Häuserblocks vom Strand entfernt, überquerte die Strandpromenade und zog ihre Sandalen aus, um den kühlen Sand unter ihren Füßen zu spüren. Eine steife Brise blies landeinwärts und ließ kleine Schaumkronen auf den Wellen tanzen. Paige schob ihr Haar aus dem Gesicht und füllte ihre Lunge mit dem Geruch und Geschmack der salzigen Strandluft, die ihren Kopf irgendwie klarer machte und den Druck, der von allen Seiten auf sie eindrang, weniger werden ließ.

Sie krempelte die Jeans hoch und ging, die Sandalen in der Hand, bis an den Rand des Wassers. Sie spazierte den Strand entlang und ließ ihren Gedanken freien Lauf. Das Spiegellicht des fast vollen Mondes tanzte auf den Wellen und beleuchtete mit den fernen Lichtern der großen Hotels an der Promenade ihren Weg. Man sah ein paar unentwegte Touristen, Kinder mit fluoreszierenden Armbändern und Lichtschwertern, ein Händchen haltendes Paar und sogar den einen oder anderen Teenager, der zu dieser Stunde noch schwamm. Paige glaubte zu merken, welche der Leute Einheimische waren – zum Beispiel der Mann mit dem Hund, der durch die Wellen hindurch einem Tennisball hinterherjagte. Aber alles in allem lag der Strand verlassen da; er war Paiges private Ozeankapelle. Und so ging sie weiter, dachte über die Herausforderungen nach, die vor ihr lagen, und spürte das Loch, das Patrick in ihrer Seele hinterlassen hatte. Es fühlte sich so tief an wie schon lange nicht mehr.

Irgendjemand hatte ihr gesagt, dass die Trauer der Begleiter auf einer Reise war und nicht bloß ein Augenblicksgast. Heute war sie ein schwerer Schatten, der neben ihr ging und sie an all das erinnerte, was sie verloren hatte. Wie sie sich wünschte, dass jetzt Patrick bei ihr wäre, seinen Arm um ihre Schulter legte, sie an sich zog und ihr sagte, dass alles gut werden würde. Seine Zuversicht gäbe ihr Kraft, seine Liebe Geborgenheit. In seiner Nähe würde sie wissen: Was auch immer passierte, was die Menschen auch immer über sie sagten oder glaubten, er würde die Wahrheit wissen, er würde sie so lieben, wie sie wirklich war. Er würde sie daran erinnern und nichts und niemand würde sie trennen können.

Aber heute Abend war stattdessen die Trauer wieder da, die wie ein Raubtier zurückgekommen war, das allen Stress und die Gefahren in ihrem Leben über den Haufen rannte und sie daran erinnerte, dass, egal was passierte, es nicht noch schlimmer werden konnte als das, was sie schon durchgemacht hatte: Die erstickende Einsamkeit, die zerbrochenen Träume. Und in diesem Augenblick, als sie so nah an dem Wasser entlangging, dass dann und wann eine Welle über ihre Füße schwappte, musste sie plötzlich an Patricks Glauben denken. Er war stärker gewesen als ihr eigener und sie wusste, dass sie seine Schülerin geworden wäre. Dieser Gott, der Paige fern geworden war, er hatte fast jede Faser von Patricks Leben durchdrungen, jeden Gedanken in seinem Kopf. Er hatte ihr erzählt, wie er im Einsatz betete und wie Gott ihn in seiner Ausbildung, als er am liebsten alles geschmissen hätte, durchgetragen hatte. Patricks Kraft war aus dem Gebet, der Bibel und einer gesunden Dosis des Geistes Gottes gekommen.

Paige hielt an und drehte sich zur Seite, um auf das unendliche Meer hinauszuschauen. Das rhythmische Rollen der Wellen erinnerte sie an die reinigende Kraft Gottes. Patrick hatte ihr erzählt, dass er selbst oft hierherkam – vielleicht nicht exakt an diese Stelle, aber an diesen Strand. Und er hatte ihr erzählt, dass er sein ganz persönliches Gebetsritual entwickelt hatte, um sich daran zu erinnern, dass Gottes Macht größer war als alles, was ihm begegnen konnte. Paige wusste plötzlich: Es war Zeit, dass sie es ihm nachtat.

Sie drehte sich um, ging einige Schritte vom Wasser zurück und kniete sich in den nassen Sand. Sie schaute vorsichtig in die Runde. Sah sie auch keiner? Ach was, eigentlich war das doch egal. Dann schrieb sie mit ihrem Finger die Worte in den Sand, mit großen Buchstaben. Sie begann mit den Dingen, die sie an diesem Abend hierhergetrieben hatten: *Wyatt.*

Solberg. Behinderung. Plädoyer. Die Worte lagen außer Reichweite der Wellen, so wie Patrick es auch immer gemacht hatte. Sie ging ein, zwei Schritte weiter und schrieb erneut, jetzt etwas weiter von den Wellen: *Angst. Ruf.* Die Dinge, die an ihrer Seele nagten. Sie wollte doch, dass die Menschen Gutes über sie redeten. Sie wollte etwas leisten, ihren Wert beweisen.

Das letzte Wort, das sie schrieb, am weitesten vom Wasser entfernt, war Patricks Name. Sie bohrte ihn in Großbuchstaben tief in den Sand, weil die Narben von seinem Tod so tief waren. Und weil sie tief drinnen wusste, dass sie Gott die Schuld an diesem Tod gab.

Als sie fertig war, setzte sie sich in den Sand, wo er trocken war, schlang die Arme um ihre Knie und schaute zu, wie die Flut die Wellen näher trieb. So hatte Patrick es auch gemacht. Die Wellen hatten ihn daran erinnert, wie Gottes Kraft und Allmacht alles überspülte, was ihm begegnete. Er hatte die Dinge, die ihm Angst machten oder die für die dunklen Winkel seiner Seele standen, in den Sand geschrieben und dann still dagesessen und betend zugeschaut, wie die Wellen ihren Dienst verrichteten, die Buchstaben wieder auslöschten und die Probleme und den Schmerz durch zehntausend neue Sandkörner ersetzten.

Jetzt erlebte sie es selbst. Während sie betete, wurden die Worte undeutlich, verschwammen, verschwanden. Die Flut rollte heran. Sie sah, wie die Wellen anwuchsen, brachen und in kleineren Wellen heranrollten. Sie umspülten, überlagerten und verschluckten all das, wovor Paige Angst hatte. Es dauerte nicht lange und die ersten vier Worte waren ausgelöscht und das, wofür sie standen, war auf einmal nicht mehr so schrecklich. Die Angst davor, Wyatt zu sagen, dass Kristen lieber von ihr vertreten werden wollte, die anstehende Verhandlung vor Richterin Solberg, die Angst vor einer Anklage wegen Behinderung der Justiz, der Riesenberg des Plädoyers vor dem Obersten Gerichtshof. Auf einmal war es alles irgendwie kleiner.

Sie betete weiter – es war eher ein Beichten als ein Beten. Nach ein paar Minuten begannen auch die Worte *Angst* und *Ruf* zu verschwinden. Es dauerte etwas, bis die erste Welle kam, die so hoch hinaufreichte, aber Paige war geduldig. Sie merkte, dass das Beten ihr eine erstaunliche innere Ruhe und Kraft gab. Derselbe Geist, von dem Patrick in Bezug auf sein Leben gesprochen hatte, kam jetzt auch in ihr Leben hinein. Sie wusste: Es war der Geist Christi, der Geist, der auch Patrick getragen hatte vor seiner schweren Stunde. Sie hatte schon in jüngeren Jahren zu Jesus Christus gebetet, aber so noch nie. Das hier – es war etwas Neues, etwas anderes, Persönlicheres, eine Frucht der inneren Nähe und Ehrfurcht, die sie in den wenigen und kurzen Monaten mit dem Mann gelernt hatte, dessen Name immer noch einige Meter von ihr in den Sand geschrieben war.

Jetzt waren alle Worte bis auf *Patrick* verschwunden. Sie hatte das Wort ganz am Rand des nassen Sandes geschrieben und selbst die größten Wellen konnten es nicht erreichen. Sie hatte das extra so gemacht, weil sie wusste, dass dies die tiefste Wunde von allen war. Selbst wenn alles andere weggespült werden konnte, dieses klaffende Loch in ihrer Seele würde bleiben.

Sie verlor das Gefühl für die Zeit an diesem Abend, als sie betete und trauerte und gleichzeitig neue Kraft bekam. Nach vielleicht zwei Stunden stand sie endlich auf, ging die paar Schritte zu Patricks Namen, kniete sich hin, küsste ihre Finger und berührte den Sand. Dann schaute sie ein letztes Mal lange aufs Meer hinaus, bevor sie sich umdrehte und zurück zu ihrem Auto ging. Sie wusste: Rein äußerlich hatte sich an diesem Abend nichts geändert, aber ihre Schritte fühlten sich leichter und zuversichtlicher an als vorher. Der Schmerz schnitt weiter in ihr Herz, aber die Angst, die ihr die Brust zusammendrückte und das Denken nehmen wollte, sie war weg. Die Tage, die vor ihr lagen, würden nicht leicht werden; die Berge, die sie besteigen musste, waren immer noch da, aber als sie zurück durch den trockenen Sand trottete, an ihren Zehen die kühlen Körner und in ihrem Gesicht der Wind, der ihr Haar zerzauste, wusste sie: Irgendwie werde ich das schaffen ...

Zwei Stunden nachdem Paige gegangen war, in der stillen Nachtluft des längst verlassen daliegenden Strandes, krachte auf dem Höhepunkt der Flut eine Welle an das Ufer und schoss weiter hinauf als alle anderen Wellen vor ihr. Erst weit oberhalb der Stelle, wo Paige Patricks Namen geschrieben hatte, blieb sie stehen, nicht weit vor dem Abdruck ihrer Füße, wo sie im trockenen Sand gestanden hatte. Dann rollte sie zurück und der Sand, in dem Patricks Name gestanden hatte, war mit einem Mal wieder ebenso glatt wie der übrige Strand.

Kapitel 70

Früh am nächsten Morgen fuhr Paige zu dem Campingplatz am General Booth Boulevard. Ihr graute vor dem Gespräch mit Wyatt, aber es brachte nichts, es aufzuschieben. Sie wusste immer noch nicht, wie sie das, was sie sagen musste, so sagen konnte, dass es diplomatisch klang. Die Klientin wollte, dass Paige und nicht Wyatt das Plädoyer vor dem Obersten Gerichtshof hielt. Die Klientin war Königin, ihr Wunsch war Befehl. So einfach war das.

Der Regen trommelte auf die Windschutzscheibe, die Scheibenwischer arbeiteten auf der höchsten Stufe. Der Campingplatz war matschig. Sie parkte so nah wie möglich an Wyatts Wohnmobil, zog ihre Kapuze über und trabte zur Tür. Wyatt ließ sie ein und Clients kam erwartungsvoll herbeigesprungen. Sie streichelte ihn und zog ihre Schuhe aus. Es roch nach Zigarrenrauch und nassen Hundehaaren.

»Kaffee?«, fragte Wyatt.

»Nein, danke.«

»Schön, dass Sie vorbeikommen«, sagte Wyatt. Er trug Jeans und ein langärmeliges Oberhemd, das er über der Hose trug. Die Ärmel hatte er hochgekrempelt. Er schien sich nicht gekämmt zu haben.

Paige zog ihren Regenmantel aus und hing ihn über einen Stuhl. Sie hatte Wyatt schätzen gelernt, aber Small Talk mit ihm war immer noch eine Herausforderung. Also, besser gleich zur Sache kommen. Sie holte tief Luft. »Ich müsste mal mit Ihnen reden, wegen dieses Plädoyers vor dem Obersten Gerichtshof.«

Wyatt lehnte sich auf seinem Stuhl zurück und legte die Arme übereinander. »Schießen Sie los!«

Paige erklärte es ihm, so gut sie konnte. Kristen wollte, dass sie das Plädoyer übernahm. Sie, Paige, hatte versucht, ihr die Idee auszureden, aber ohne Erfolg. Kristen hatte Angst, dass Wyatts Glaubwürdigkeit durch die kürzliche Publicity beschädigt worden war. Paige hatte mit keiner Silbe darum gebeten, der führende Anwalt zu werden, aber Kristen war eisern. Ehrlich gesagt, Paige hatte eine Heidenangst deswegen.

Sie wusste, dass Wyatt ihre Nervosität in ihrer Stimme hören konnte. Er sah sie mit unbewegter Miene an. Es war unmöglich, seine Gedanken zu lesen. Als sie fertig war, zuckte er die Achseln, stand auf und trat zu einem Karton mit lauter Kladden, der neben dem kleinen Tisch auf dem Boden stand. Er zog die Kladden eine nach der anderen heraus und legte sie auf den Tisch.

»Das sind die Fälle, die Sie sich anschauen müssen«, sagte er, mit dem Rücken zu ihr. »In dem ersten Heft geht es um Staatsgeheimnisse, im zweiten um die *Feres*-Doktrin, die wahrscheinlich nicht zur Sprache kommen wird, aber man weiß nie. In dem Heft hier sind eine Kopie des Protokolls unserer Verhandlung vor Richterin Solberg, die Stellungnahme des vierten Bezirks und Kopien unserer schriftlichen Berichte.«

Paige stand auf und sah sich die Hefte an. Wyatt hatte sie offenbar gelesen und wichtige Passagen angestrichen. An den Rändern hatte er Anmerkungen notiert. Der Mann hatte deutlich mehr gearbeitet, als sie gedacht hatte.

»Können Sie damit leben?«, fragte sie.

»Sie meinen, dass die Klientin mich gefeuert hat?«

»Sie hat niemanden gefeuert, Wyatt. Sie will nur, dass jemand anderes das Plädoyer hält.«

»Das ist ihr Bier«, sagte Wyatt. »Und es wird mein Leben um einiges einfacher machen.«

Paige wusste nicht, was für eine Reaktion sie erwartet hatte, jedenfalls nicht diese. Ihre Zusammenarbeit mit Wyatt Jackson hatte holprig begonnen, aber sie hatte eine Art widerwilligen Respekt vor dem Mann bekommen. Jetzt dachte er wahrscheinlich, dass sie ihm die Klientin abgejagt hatte. »Da haben Sie ja schon einiges gemacht«, sagte sie.

Wyatt schob die Kladden zurück in den Karton und legte den Deckel darauf. »Gazala Holloman hat angerufen«, sagte er, das Thema wechselnd. »Sie ist über einen Mittelsmann mit Saleet Zafar in Kontakt gekommen.

Zafar hat sich zu einem Treffen mit mir bereit erklärt, wenn ich nach Dubai fliege und seine Instruktionen befolge.«

Paige staunte. »Dubai?«

»Das ist in den Vereinigten Arabischen Emiraten. Um da hinzufliegen, brauch ich nur meinen Pass. Anschließend wird mich jemand über die Grenze schmuggeln. Zafar will mich mit dem Besitzer des Hauses, in dem Admiral Towers dieses Lamm geopfert hat, bekannt machen. War schon am überlegen, wie ich gleichzeitig diese Reise machen und das Plädoyer vor dem Obersten Gerichtshof halten kann. Da hat mir Kristen gerade einiges abgenommen.«

Paige glaubte, einen leisen Groll aus seiner Stimme herauszuhören, aber was erwartete sie? »Gehen Sie da alleine hin?«

»Das ist eine der Bedingungen«, sagte Wyatt.

Dann wechselte er das Thema wieder. Er hatte eine Vorladung vor die Grand Jury erhalten, für den 25. September, nicht einmal eine Woche vor dem Termin vor dem Obersten Gerichtshof. Paige hatte noch keine Vorladung erhalten, aber Wyatt versicherte ihr, dass auch sie an die Reihe kommen würde. Das FBI dachte bei allen Anwälten der Klägerin über ein Verfahren wegen Behinderung der Justiz nach. Wyatt sah das natürlich als eine große Verschwörung. Man würde sie alle anklagen, denn dann wäre es aus mit der Verhandlung vor dem Obersten Gerichtshof.

Das mit der Grand Jury überraschte Paige nicht, aber dass sie damit rechnen mussten, angeklagt zu werden, verursachte ihr einen Kloß im Hals. »Ich habe einen Anwalt«, sagte sie. »Landon Reed.«

»Ich weiß. Der ist gut.«

»Wie haben Sie das erfahren?«

»Das kann ich nicht sagen«, erwiderte Wyatt. »Das ganze Thema *Grand Jury* lassen wir besser. Was wir hier miteinander besprechen, ist nicht geschützt, und ich will nicht, dass jemand behaupten kann, dass ich hier Zeugen präpariere.«

Paige setzte sich wieder. Clients trottete herbei und legte eine Pfote auf ihr Bein. Sie verstand die stumme Bitte und strich ihm über den Kopf und den Rücken.

»Glauben Sie echt, dass man uns anklagen wird?«, fragte sie Wyatt.

»Schwer zu sagen«, sagte er wie beiläufig, als ob sie sich über das Wetter unterhielten. »Aber ausschließen kann man's nicht.«

Dann erklärte er Paige, dass sie seiner Meinung nach einen Plan B für den Termin vor dem Obersten Gerichtshof brauchten, für alle Fälle – und er hatte sogar einen zu bieten. Übermorgen, am Samstag, sollte Paige anfangen, ihr Plädoyer jeden Morgen einzuüben, vor den kritischen Ohren von Wyatt, Wellington und Landon Reed. »Ich werde Landon als Berater für den Fall engagieren. Wenn sie tatsächlich Klage gegen uns erheben, kann er das Plädoyer vor dem Obersten Gerichtshof spontan übernehmen.«

Paige antwortete nicht. Eine Anklage durch das FBI – der Gedanke verursachte ihr Übelkeit.

»Am Nachmittag werde ich dann die Aufzeichnung Ihrer Übungsstunden durchgehen«, fuhr Wyatt fort, als sei so eine Anklage kein Damoklesschwert, sondern nur eine lästige Fliege. »Wir gehen die Fragen durch und analysieren Ihre Antworten. Am Abend können Sie sich dann weiter in die Materie vertiefen und auf den nächsten Tag vorbereiten.«

Paige hatte ihre eigene Vorbereitungsmethode für Plädoyers und sie war nicht identisch mit dem, was Wyatt ihr vorschlug. Aber nachdem sie gerade ihrem Kollegen eine schlechte Nachricht überbracht hatte, wollte sie nicht von vornherein Nein sagen. Daher versprach sie, es zu versuchen, zumindest einige Tage lang. Sie war dankbar, dass Wyatt den Fall nicht komplett hinschmiss, und sie konnte noch eine Menge von dem Mann lernen.

Bevor sie ging, hatte er eine letzte Frage für sie parat. »Sie werden denen sicher nicht wie verlangt Ihren Computer aushändigen?«

»Ich dachte, darüber dürfen wir nicht reden.«

»Es gibt ein paar Ausnahmen. Ich muss wissen, dass Sie Ihren Computer nicht aushändigen werden. Und dass definitiv nicht Sie das Vernehmungsprotokoll von Marcano rausgerückt haben.«

Was für eine Frage! »Natürlich hab ich das nicht rausgerückt!«

»Und Ihr Computer?«

Sie wusste nicht, wie viel sie ihm sagen konnte, ohne vorher Landon um Rat gefragt zu haben. »Den kriegen die nicht.«

Er schaute sie aus misstrauisch zusammengekniffenen Augen an. »Was immer Sie machen, rücken Sie ihn nicht heraus vor diesem Termin mit Richterin Solberg morgen früh«, sagte er. »Und lassen Sie sich auf keine Deals ein. Ich glaube, ich hab ein paar Pfeile im Köcher.«

Na, prima, auch das noch, dachte Paige, Wyatts große Vormittags-Show. Aber andererseits, was sollte es? Sie konnte ihren Computer gar nicht herausrücken, selbst wenn sie das gewollt hätte.

»Machen Sie sich keine Sorgen«, sagte sie. »Die kriegen meinen Computer nicht.«

»Gut.«

Dieses komische Funkeln in Wyatts Augen. Morgen würde ein langer Tag werden.

Kapitel 71

Am liebsten wäre Paige den ganzen Tag im Bett geblieben. Dreimal drückte sie die Schlummertaste an ihrem Wecker. Sie befand sich in dem halb bewussten Zustand zwischen Schlafen und Wachen, ihre Gedanken ein Wirrwarr aus Trotz, Resignation und nackter Angst. Bilder zuckten durch ihr müdes Gehirn: Reporter, die sie mit Fragen bedrängten; eine zornige Richterin Solberg; Gerichtsdiener, die sie abführten, weg ins Gefängnis. Sie betete und versuchte, ihre Kräfte für den Tag zu sammeln.

Als sie sich endlich fertig gemacht hatte, war es so spät, dass sie das Frühstück ausfallen lassen musste. Auf der Autobahn fuhr sie wie eine Wilde, als ob sie die langsameren Autofahrer vor sich zur Seite schieben wollte. Um 8:45 Uhr erreichte sie endlich den Parkplatz beim Gericht, die Verhandlung war auf 9:00 Uhr angesetzt. Sie wusste, dass die Schlange vor den Sicherheits-Metalldetektoren furchtbar lang wäre. Sie würde sich den Weg nach vorne freikämpfen müssen. »Entschuldigung, ich gehöre zu den *Anderson*-Anwälten ...« Die bösen Blicke der Leute, die sie überholte, würde sie abschütteln.

Mit raschen Schritten bog sie um die Ecke der *Granby Street*. Das Chaos vor dem Gerichtsgebäude war noch schlimmer, als sie gedacht hatte. Die Medien waren reichlich vertreten und gleich würden sie sich auf sie stürzen, eine Horde aus Kameras, Mikrofonen und Fragen schreienden Reportern. Sie wusste seit zwei Wochen, dass dieser Tag kommen würde, und war immer noch nicht seelisch auf ihn vorbereitet. Heute Morgen hatte sie ihr Haar zu einem unordentlichen Knoten gebändigt und ihr Make-up auf etwas Grundierung und Lidschatten beschränkt. Sie trug ein altes schwarzes Nadelstreifenkostüm. Heute war sie Paige, die einfache, hart arbeitende Anwältin, die ein bisschen Mitgefühl vom Gericht verdient hatte.

Sie hielt den Blick stur auf das Pflaster des Gehwegs gerichtet, als sie sich durch die Medienhorden kämpfte. Wie ein abgebrühter Profi hatte sie die Lippen zusammengepresst und reagierte auf keinerlei Zurufe, doch bitte ein Statement abzugeben. Unter fleißigem Einsatz ihrer Ellbogen gelangte sie ans vordere Ende der Schlange vor den Metalldetektoren, das »Unverschämt!« und »Was bildet die sich ein?« der anderen überhörend. Als sie durch war, hastete sie die Treppe hoch. Es war kurz vor neun, als sie ihren Platz an dem Anwaltstisch einnahm. Selbst Wyatt Jackson war vor ihr angekommen.

In der ersten Reihe saß Landon Reed. Sie konnte noch kurz mit ihm sprechen, bevor die Verhandlung begann. Er hatte Paige angewiesen, bei der Befragung durch Richterin Solberg respektvoll, aber fest zu sein. Nein, sie hatte das Vernehmungsprotokoll von Direktor Marcano nicht weitergeleitet. Aber bei allem Respekt, ihren Computer würde sie nicht herausrücken, denn er enthielte vertrauliche Informationen aus dem *Anwalt-Klienten*-Bereich. Die erste Pflicht eines Anwalts sei es, seine Klienten gut zu vertreten. Deshalb sei es ihr auch nicht möglich, ihren Computer auszuhändigen, obwohl sie nur zu gerne ihre Unschuld bewiesen hätte. Landon und sie hatten sich darauf geeinigt, dass Landon notfalls das Wort ergreifen und anstelle von Paige vortragen würde. Je weniger Paige sagte, umso besser.

Paige wusste, dass es nicht ausgeschlossen war, dass man sie direkt nach der Verhandlung ins Gefängnis verfrachtete. In diesem Fall würde Landon einen entsprechenden Eilantrag stellen. Doch das Wahrscheinlichere war, dass sie und der Rest des Anwaltsteams gerügt und zu einem Bußgeld verurteilt würden. Sie würde das tapfer über sich ergehen lassen und einfach hoffen, dass die Medien in einigen Tagen ein neues Opfer gefunden hätten.

Auf Paiges Rat war Kristen nicht gekommen. Man sah überhaupt keine SEALs oder ihre Verwandten in den ersten Reihen. Dies würde kein guter Tag für die Klageseite werden. Je weniger Menschen von Richterin Solberg den Kopf gewaschen bekamen, desto besser.

Das Team der Verteidigung dagegen war vollständig erschienen, wohl vor allem aus Schadenfreude. Sämtliche Anwälte waren da, darunter allein, wie es aussah, fünfzehn Anwälte aus Dylan Pierces Kanzlei. Selbst Philip Kilpatrick und John Marcano hatten sich Zeit freigeschaufelt, um der Standpauke beizuwohnen. Sie konnten ihre Häme kaum verbergen.

Kurz bevor Richterin Solberg hereinkam, schob Wyatt Paige ein Blatt Papier zu. »Bitte unterschreiben«, wies er sie an.

»Was ist das?«, fragte Paige.

»Lesen Sie's. Aber unterschreiben Sie es unbedingt, bevor ich mich zu Wort melde.«

Paige hatte das Dokument erst zur Hälfte gelesen, als Richterin Solberg in den Gerichtssaal rauschte. Sie war wütend und versuchte gar nicht erst, das zu verbergen. Ihr Gesicht war zusammengekniffen, die Augen schossen durch den Raum. Der Gerichtsdiener erklärte die Sitzung für eröffnet. Richterin Solberg sagte zur Begrüßung ein knappes »Setzen Sie sich.« Eine Begrüßung der Anwälte unterließ sie. Auf ihren Ellbogen nach vorne gebeugt, erklärte die Richterin schlicht den Anlass für diese Sitzung. Ihre Schutzverfügung war missachtet worden. Sie hatte einen sehr gründlichen Bericht von U.S. Attorney Mitchell Taylor erhalten. Sie dankte ihm für seine Arbeit und ebenso den anwesenden FBI-Agenten.

Die nächsten Minuten diktierte sie Teile der Stellungnahme von Taylor in ein Diktiergerät, während Paige mit düsterer Miene dasaß, die Augen auf die Mitte des Saales gerichtet. Plötzlich hörte sie hinten im Raum ein Flüstern. Die Richterin schien es auch gehört zu haben, denn ihr Kopf schnellte nach oben und ihre Augen bohrten sich in zwei Zuschauer, die sich leise unterhielten. Der Rest des Saales schaute ebenfalls in die Richtung, auch Paige. Eine Sekunde zu spät merkten die beiden Störer, dass es totenstill im Saal geworden war. Sie verstummten abrupt und Richterin Solberg explodierte: »Ruhe! Wenn Sie etwas zu besprechen haben, empfehle ich den Flur draußen.«

Sie funkelte die beiden Männer an, die heftig erröteten. »Haben Sie das verstanden oder muss ich die Ordner bitten, Sie hinauszubegleiten?«

Die beiden Männer entschuldigten sich hastig.

»Also, gut.« Richterin Solberg fuhr fort, aus dem Bericht vorzulesen. Man hätte eine Stecknadel in dem Saal fallen hören können.

Wyatt beugte sich zu Paige, um ihr etwas ins Ohr zu flüstern. Sie hätte ihn am liebsten in den Magen geboxt. »Ihre Ehren scheinen heute etwas gereizt zu sein.«

Paige nickte ihm fast unmerklich zu. Sie würde jetzt kein Wort sagen; sie hatte schon genug Probleme. Sie las das Dokument, das Wyatt ihr gegeben hatte, fertig, unterschrieb und reichte es ihm diskret zurück.

Kapitel 72

Als Richterin Solberg die Anschuldigungen gegen das Anwaltsteam der Klägerin, wie sie in Mitchell Taylors Bericht enthalten waren, fertig dargestellt hatte, hörte sie auf zu lesen und richtete ihren Blick auf Wyatt, Paige und Wellington.

»Das Gericht ist sehr enttäuscht über das Verhalten der Anwälte der Klageseite«, sagte sie. »Dieses Gericht ist dem Anliegen der Anwälte, eidliche Vernehmungen der Beklagten durchzuführen, auch wenn diese Vernehmungen möglicherweise Staatsgeheimnisse enthüllen könnten, außerordentlich entgegengekommen. Auf die Redlichkeit der Anwälte vertrauend, hat dieses Gericht den Anwälten der Klageseite, die die Sicherheitsfreigabe bekommen hatten, erlaubt, diese Vernehmungen unter dem Siegel der Vertraulichkeit durchzuführen. Das Gericht ging davon aus, dass die Anwälte diese Vertraulichkeit wahren würden.«

Paige spürte nun förmlich den Zorn in Richterin Solbergs Stimme. Sie gab sich alle Mühe, nicht zu laut zu werden, aber ihre Worte waren abgehackt, ihr Gesicht verspannt. Paige merkte, wie sie bewusst den Blick der Richterin erwiderte. Sie mochte es nicht, wie eine Schülerin abgekanzelt zu werden, und dann auch noch für etwas, das sie gar nicht getan hatte. Sie wusste, die Strategie lautete: Gib dich reumütig und halte den Mund. Aber sie merkte, wie sie wütend wurde. Sie würde an sich halten müssen, um nicht zu kämpfen.

»Angesichts dieses Berichts und der mangelhaften Kooperationsbereitschaft der Anwälte der Klageseite während der Ermittlungen bin ich geneigt, Sie alle drei wegen Missachtung des Gerichtes zu belangen. Bevor ich das tue, möchte ich Ihnen jedoch Gelegenheit geben, sich zu erklären und dem Gericht etwaige Fakten zu nennen, die ich berücksichtigen sollte und die in eine andere Richtung weisen.«

Kaum waren die Worte aus Solbergs Mund, stand Wyatt Jackson auf. »Danke, Euer Ehren«, begann er. Er schien die Zuversicht und Gelassenheit selbst, geradeso, als habe es gerade keine Standpauke von der Richterin gegeben. »Ich möchte FBI-Agent Bryant Vaughn in den Zeugenstand rufen.«

Überraschung machte sich auf dem Gesicht der Richterin breit. Paige schaute in Vaughns Richtung, dessen Augenbrauen sich verunsichert zusammenzogen.

»Wer hat hier etwas von Zeugen gesagt?«, fragte Richterin Solberg. »Warum wollen Sie jemand in den Zeugenstand rufen?«

»Um mich zu verteidigen«, sagte Wyatt mit der nüchternsten Miene der Welt.

Solberg runzelte skeptisch die Stirn. »Agent Vaughn, bitte treten Sie in den Zeugenstand«, sagte sie.

Vaughn erhob sich, knöpfte sein Jackett zu und humpelte nach vorne. Sein Blick war argwöhnisch und einen kurzen Augenblick schaute er zu Wyatt hin, wie um ihm zu signalisieren, dass ihm dies noch leidtun würde. Wyatt, der in seinen Papieren suchte, ignorierte den Blick.

Vaughn wurde vereidigt und setzte sich in dem Zeugenstand hin – ein verschlagener Veteran, der gerne zu einem Katz-und-Maus-Spiel bereit war.

»Guten Morgen, Agent Vaughn«, begrüßte ihn Wyatt.

»Guten Morgen.«

»Dieser Artikel in der *New York Tribune* wurde von einem Mann namens Harry Coburn verfasst. Ist das richtig?«

»Ja.«

»Und Mr Coburn weiß sicher, wer ihm die Information zugespielt hat, oder?«

Vaughn rutschte auf seinem Stuhl. »Natürlich. Aber wie Richterin Solberg bereits bemerkt hat, ...« – er drehte sich etwas in Richtung der Richterin – »... stößt der Versuch, einen Reporter zur Offenlegung seiner vertraulichen Quellen zu bewegen, auf ernste mit dem Ersten Zusatzartikel verbundene Probleme. Unsere Aufgabe war es, herauszufinden, wer das Vernehmungsprotokoll weitergeleitet hatte, ohne diese Probleme zu berühren. Wir haben Mr Coburn also nicht befragt, falls Sie das wissen wollen.«

Wyatt lächelte. Er hatte schon öfter mit Zeugen von der cleveren Sorte zu tun gehabt, die Reden hielten, anstatt die Fragen zu beantworten. Er trat einen Schritt näher zu der Zeugenbank. »Wie wäre es, wenn ich Ihnen einfach jeweils sage, worauf ich mit meinen Fragen hinaus will? Dann können Sie sie beantworten und sich die Reden für später aufsparen.«

»Einwand!«, tönte Dylan Pierce.

»Stattgegeben«, sagte Solberg. Aber Wyatt hatte sein Argument an den Mann gebracht.

Er fuhr fort: »Anstatt also Mr Coburn zu vernehmen und ihm die Wahl zu geben zwischen dem Schutz seiner vertraulichen Quelle und einer möglichen Gefängnisstrafe, haben Sie beschlossen, stattdessen mich und meine Kollegen ...« – er machte eine ausholende Geste zu Paige und Wellington hin – »... zu vernehmen und *uns* die Wahl zu geben zwischen dem Schutz der vertraulichen Informationen unserer Klienten und einer möglichen Gefängnisstrafe. Richtig?«

Vaughn runzelte herablassend die Stirn, wie jemand, der einem vierjährigen Kind etwas ganz Leichtes zu erklären versucht. »Das stimmt doch überhaupt nicht! Wir hätten jegliche vertraulichen Informationen auf Ihren Computern geschützt, wenn Sie diese nicht zerstört, sondern uns ausgehändigt hätten.«

»Und was haben wir als Garantie dafür, dass das stimmt? Ihr Wort?«

»Mein Wort und das des U.S. Attorneys.«

»Exakt. Das Wort der *Regierung*.« Wyatt spuckte das Wort fast aus, als ob jeder wisse, dass der Regierung nicht zu trauen war. Paige wurde immer nervöser. Der Mann würde noch alles ruinieren!

»Die beiden Männer dort – Direktor Marcano und Mr Kilpatrick – arbeiten für dieselbe Regierung. Richtig?«

»Es ist nichts Unübliches, dass das FBI eine Firewall schafft, um Informationen vor dem Zugriff anderer Zweige der Regierung zu schützen.«

»Und was für Garantien haben wir, dass es zu dieser Firewall kommt – wieder Ihr Wort?«

»Glauben Sie mir, so funktioniert das.«

»Das ist genau mein Problem. Ich glaube Ihnen nicht.«

Vaughns Gesicht wurde rot und Solberg konnte sich nicht länger beherrschen. »Beschränken Sie sich auf Ihre Fragen, Mr Jackson, oder ich werde diese Befragung sofort beenden.«

»Danke, Euer Ehren«, bemerkte Wyatt sarkastisch.

Er ging schweigend ein paar Schritte hin und her, ließ die Spannung sich steigern. Er ist immer für eine Show gut, dachte Paige.

»Würden Sie mir zustimmen, dass dann, wenn Mr Coburn die Erlaubnis seiner vertraulichen Quelle hätte, deren Namen offenzulegen, er nicht länger in diesem journalistischen Dilemma wäre?«

»Ich verstehe nicht, was Sie meinen.«

»Nun, die Quelle ist ja nur deswegen vertraulich, weil die Person, die Mr Coburn die Informationen gab, ihm das Versprechen abnahm, ihren Namen nicht preiszugeben. Ist das nicht so?«

»Doch, schon.«

»Schön. Wenn nun also dieselbe Quelle jetzt sagen würde, dass es okay ist, wenn er ihren Namen nennt ...« – Wyatt warf theatralisch die Arme hoch, als habe er gerade eine unglaubliche Entdeckung gemacht – »... wäre das Problem doch gelöst!«

»Schön, von mir aus. Aber das wird diese Quelle niemals tun. Deswegen hat sie ja von vornherein darum gebeten, die Sache vertraulich zu behandeln.«

»Aha«, sagte Wyatt. »Exakt! Aber jemand, der nicht die Quelle ist, hätte also keine Probleme damit, eine Erklärung zu unterschreiben, dass er auf jegliche Vertraulichkeitsansprüche verzichtet, und würde diese Erklärung Mr Coburn bereitwillig aushändigen. Korrekt?«

Jetzt musste Vaughn einen Moment nachdenken. Es sah aus, als ob er von innen an seiner Wange kaute. »Ich bin nicht sicher, dass solch eine Erklärung vollstreckbar wäre.«

»Weil Sie kein Anwalt sind, stimmt's?«

»Ich bin kein Anwalt, das ist korrekt.«

»Aber Ihre Kollegin ist Anwältin, oder?«

»Agentin Diaz, die bei diesen Ermittlungen mit mir zusammengearbeitet hat, ist Rechtsanwältin, korrekt.«

»Sind Sie oder Agentin Diaz also nie auf die Idee gekommen, alle Personen, über die Sie ermitteln, einfach eine Erklärung unterschreiben zu lassen, dass sie auf ihr Recht auf Vertraulichkeit verzichten? Warten

Sie eben.« Wyatt ging zurück zu seinem Anwaltstisch und nahm ein paar Blätter in die Hand. »Eine Erklärung wie diese hier, die Mr Coburn ermächtigt, den Namen seiner Quelle offenzulegen? Haben Sie nie an so etwas gedacht?«

»Nein, das haben wir nicht.«

»Genau!« Wyatts Stimme wurde aufgeregt. »Und deswegen habe ich für Sie daran gedacht, ja besser noch, ich habe freiwillig selbst so eine Erklärung unterzeichnet. Und nicht nur ich, sondern jedes Mitglied unseres Anwaltsteams.«

Wyatt drehte sich auf dem Absatz um und schaute zu dem Gericht hin. »Und dem Gericht sichere ich zu, dass wir noch heute diese Erklärungen per Post Mr Coburn zukommen lassen, mit der Bitte um Empfangsbestätigung. Wir werden ihm sagen, dass er unsere Namen oder den Namen unserer Klientin offenlegen darf, falls jemand von uns für diese Indiskretion verantwortlich war.«

Richterin Solberg musterte Wyatt, als sei er ein exotisches Insekt. Dann fragte sie: »Könnte ich das bitte einmal sehen?«

Wyatt ging zur Richterbank und reichte ihr das Dokument. »Könnten wir das hier Beweisstück 1 nennen? Ein unterschriebenes Exemplar meiner Erklärung, auf jegliche Vertraulichkeitszusagen, die Mr Coburn mir gegenüber gemacht hat, zu verzichten. Und dazu werde ich ebenfalls unterschriebene entsprechende Erklärungen meiner beiden Kollegen sowie meiner Klientin einreichen, die wir Beweisstück 2 bis 4 nennen können.«

»Schön, ich werde sie als Beweisstücke kennzeichnen«, sagte Richterin Solberg. Paige hatte den Eindruck, dass ihr Ton etwas weicher geworden war.

»Ich bin dann mit diesem Zeugen fertig, Euer Ehren«, sagte Wyatt. »Und jetzt möchte ich gerne die Beklagten sowie ihre Verteidiger nacheinander in den Zeugenstand rufen und ihnen ebenfalls ein Exemplar dieser Erklärung zur Unterschrift vorlegen.«

Dies ließ Dylan Pierce und Kyle Gates beide aufspringen, aber ihre Reaktionen waren bemerkenswert unterschiedlich.

Gates war der Schnellere. »Wir haben kein Problem damit, diese Erklärungen zu unterzeichnen. Aber wir glauben, dass das alles nur Show ist, denn Harry Coburn wird seine Quelle nie preisgeben – mit oder ohne

Erklärung. Aber wir haben dieses Protokoll nicht der Presse zugespielt und haben daher keine Probleme mit unserer Unterschrift.«

»Mr Pierce?«, fragte Richterin Solberg.

Pierce zögerte – nur einen kurzen Augenblick, aber er reichte aus. Paige war mit einem Mal klar, dass Pierce oder sein Klient das Vernehmungsprotokoll weitergegeben hatten. Aber er wollte natürlich nicht der Einzige im Gerichtssaal sein, der gegen das Unterschreiben der Erklärung war.

»Das ist nur wieder so ein Ablenkungsmanöver«, beschwerte er sich. »Die Anwälte der Klageseite sind doch diejenigen, die sich weigern, ihre Computer und Handys auszuhändigen. *Wir* haben jeden unserer Computer herausgerückt und dem FBI jede E-Mail gezeigt, die wir nach der Vernehmung von Direktor Marcano verschickt haben. Wir sind gerne bereit, jedes Dokument zu unterschreiben, das das Gericht uns vorlegt, aber ich stimme mit Mr Gates überein: Es wird nichts an der Sache ändern. Mr Coburn wird unter keinen Umständen seine Quelle nennen.«

»Darf ich antworten?«, fragte Wyatt.

»Ja, sicher.«

»Ich möchte das Gericht um die Erlaubnis ersuchen, die eidliche Vernehmung von Mr Coburn vorzunehmen«, sagte Wyatt. »und zwar gezielt zu diesem Punkt. Anstatt davon auszugehen, dass Mr Coburn nicht das tun wird, was recht und billig ist, lassen Sie mich ihn vernehmen. Wenn er sich nach wie vor weigert, seine Quelle zu nennen, können Euer Ehren ihn wegen Missachtung des Gerichtes belangen, ohne dass es Probleme mit dem Ersten Verfassungszusatz gibt, weil seine Quelle ja eine Vertraulichkeitsverzichtserklärung unterschrieben hat.«

Paige lehnte sich auf ihrem Stuhl zurück. Auf einmal machte ihr die Szene richtig Spaß. Irgendwie war es Wyatt gelungen, die Gegenseite in die Defensive zu drängen.

Wyatt fuhr fort: »Und ferner möchte ich jeden der Anwälte der Verteidigung sowie die beiden Beklagten in den Zeugenstand rufen lassen, damit ich sie unter Eid fragen kann, ob sie dieses Protokoll weitergegeben haben. Mein Team und ich sind bereit, unter Eid auszusagen. Falls jemand lügt, sollte er, sobald seine Lügen aufgeflogen sind, nicht nur wegen Missachtung des Gerichtes, sondern auch wegen Meineid belangt werden.«

Paige musterte die Gesichter am Tisch der Verteidigung. Es war eine geniale Falle, die Wyatt da aufgestellt hatte. Keiner der Verteidiger wusste, ob Coburn seine Quelle verraten würde, wenn er die Vertraulichkeitsverzichtserklärungen in der Tasche hatte. Wyatt hatte den Einsatz deutlich erhöht; auf Meineid stand bis zu ein Jahr Gefängnis.

»Das ist das nächste Showspektakel«, monierte Pierce. »Euer Ehren können die Person auch so wegen Missachtung des Gerichtes belangen. Eine Aussage unter Eid braucht es nicht.«

Doch Richterin Solberg schien Wyatts Idee zu gefallen. Nach mehreren Minuten juristischem Hin und Her forderte sie jeden der Anwälte und beide Seiten in dem Verfahren auf, in den Zeugenstand zu treten, sich als Zeugen vereidigen zu lassen und zwei Fragen zu beantworten: »Haben Sie das Vernehmungsprotokoll von Direktor Marcano weitergegeben?« Und: »Falls Sie es nicht selbst waren, wissen Sie, wer es war?«

Jeder der Anwälte sowie die beiden Beklagten antworteten, ohne mit der Wimper zu zucken. Als Wyatt an die Reihe kam, konnte er es sich nicht verkneifen, die zweite Frage eine Spur ausführlicher zu beantworten: »Nein, aber ich hoffe, dass Sie den Übeltäter finden.«

Die Verhandlung ging zu Ende. Richterin Solberg ordnete eine Frist von weiteren dreißig Tagen zur weiteren Beratung des Falles an. Sie bat Wyatt, eine eidesstattliche Erklärung von Kristen Anderson beizubringen, dass sie das Protokoll nicht der Zeitung zugespielt hatte, und gab ihm die Erlaubnis, Harry Coburn unter Eid zu vernehmen, nachdem alle Beteiligten eine Erklärung unterschrieben hätten, die ihn zur Nennung seiner Quelle ermächtigte. Sobald diese Vernehmung abgeschlossen war, würde sie eine erneute Verhandlung einberufen.

Wyatt, Paige und Wellington verließen den Gerichtssaal hoch erhobenen Hauptes.

Entgegen seiner Gepflogenheiten verzichtete Wyatt auf eine improvisierte Pressekonferenz auf der Freitreppe vor dem Gerichtsgebäude. Aber ein paar Bonbons warf er den wartenden Reportern doch zu. »Wir warten jetzt auf die Verhandlung vor dem Obersten Gerichtshof in zwei Wochen. Der, der dieses Vernehmungsprotokoll weitergegeben hat, gehört für ein Jahr hinter Gitter.«

Und dann Paiges Lieblingszitat. Ein Reporter fragte, ob sie glaubten, dass sie gewinnen würden. Wagte Mr Jackson eine Prognose?

»Denken Sie an die *Redskins* und die drei Punkte. In den letzten Sekunden entschieden sie das Spiel für sich – und das allein wegen eines missglückten *Field Goals** der gegnerischen Mannschaft, das ihnen die Möglichkeit eines Gegenangriffs in letzter Sekunde bot«, erwiderte Wyatt.

Bei diesen Worten musste selbst Paige grinsen.

---

* Ein Field Goal bringt im American Football der angreifenden Mannschaft einen Gewinn von drei Punkten ein. Dabei muss der auf dem Boden stehende Football mit dem Fuß über die Torlatte durch die Torstangen gekickt werden.

Kapitel 73

Die nächsten sieben Tage waren für Paige ein schlafloser Nebel der Vorbereitung auf das Plädoyer vor dem Obersten Gerichtshof und auf ihre Aussage vor der Grand Jury. Sie las Fallbeispiele, bis ihr der Text vor den Augen verschwamm, und wurde von einem *Gericht*, das aus Wyatt, Wellington und Landon bestand, durch die Mühle gedreht. Sie absolvierten Vier-Stunden-Sitzungen in Landons Besprechungsraum. Die drei Anwälte saßen auf der einen Seite des großen Marmortisches, während Paige auf der anderen Seite hinter einem Rednerpult stand und ihre Fragen beantwortete. Wyatt hatte darauf bestanden, dass sie jeden der Richter mit seinem Namen ansprach und nicht wie ein Grünschnabel alles und jeden »Euer Ehren« nannte.

»Aber ich bin doch ein Grünschnabel«, hatte Paige protestiert.

»Dann sollten Sie wenigstens nicht wie einer klingen«, konterte Wyatt.

Um ihr zu helfen, sich die Namen der Richter einzuprägen, erfand Wellington ein System. Sie stellten einen Computerbildschirm in die Mitte des Tisches, so, dass Paige ihn vor Augen hatte. Jedes Mal, wenn einer der drei eine Frage stellte, klickte er zuerst auf seinem eigenen Computer einen Namen an, worauf auf dem Bildschirm, den Paige vor sich hatte, das Foto des Richters erschien, der angeblich die Frage stellte. Dann benutzte Paige in ihrer Antwort seinen Namen.

Sie merkte bald, dass die schwierigsten Fragen von Richter David Sikes kamen. Er war ein junger, knallharter Typ, dem Recht und Ordnung sehr wichtig waren. Jedes Mal, wenn Wyatt eine besonders gemeine Frage hatte, klickte er Sikes' Konterfei an. Der zweite Richter, den Paige bald nicht mehr ausstehen konnte und nur zu gut wiedererkannte, war *der Bart,* der 72-jährige Barton Cooper, der aus Texas kam. Auch er würde mit Sicherheit gegen Paige stimmen und versuchen, ihr ein Bein zu stellen.

Die beiden Richter, die Paige ständig verwechselte, waren Evangelina Torres, die ehemalige Senatorin aus Kalifornien, und Augusta Augustini, die Harvard-Professorin, die Romane schrieb. Sie waren beide in ihren Fünfzigern und Paige konnte sie nicht auseinanderhalten.

»Augustini ist die mit den Locken und diesem Leberfleck«, sagte Wellington, als ob damit alles klar sei. Doch der Gedanke, dass sie so nahe vor den Richtern stehen würde, dass sie einen Leberfleck sehen konnte, steigerte Paiges Angst nur noch.

»Jawohl«, sagte Wyatt. »Augustini ist Italienerin, die Italiener mögen Spaghetti – das sind die Locken, klar?« Typisch Wyatt Jackson, eine ganze Nation in ein Klischee zu pressen. Aber irgendwie half es.

Auf jede der Vier-Stunden-Sitzungen folgte eine zehnminütige Pause und danach eine Stunde Tipps von Paiges drei Folterknechten. Es gab keine Tabus: »Den Rücken gerader halten.« – »Mehr Augenkontakt.« – »Nicht so leise.« – »Blättern Sie nicht in Ihren Unterlagen.«

Darauf folgte natürlich die inhaltliche Kommentierung von Paiges Antworten. Auch mit denen schienen die anderen nie zufrieden zu sein. Paige notierte sich alles und beschloss anschließend, das meiste zu ignorieren, denn der beste Redner war ja wohl der, der er selbst war.

Nach den Sitzungen verbrachte sie die nächsten Stunden alleine mit Wellington. Sie hörten sich die Audio-Aufzeichnung an und diskutierten bei jeder Antwort, wie sie sie besser hätte formulieren können. Es war Schwerstarbeit, aber immer noch nicht so schlimm wie die Stunden, die sie mit Landon Reed verbrachte, um ihre Aussage vor der Grand Jury vorzubereiten.

Landon wollte, dass Paige sich bei fast jeder Frage auf ihre Rechte nach dem Fünften Zusatzartikel zur US-Verfassung berief. Paige sah das anders: Wenn sie die Fragen ausführlich und ehrlich beantwortete, könnte sie vielleicht das Wunder bewirken und die Jury von ihrer Unschuld überzeugen. Sie diskutierten hin und her. Dann schlug Landon vor, zu prüfen, wie gut sie sich in einem Kreuzverhör schlug. Zwei geschlagene Stunden verhörte er sie, warum sie ihren Computer nicht herausgerückt hatte und was für Informationen der *Patriot* ihr gegeben hatte. Er hob gekonnt die Augenbrauen, wenn er eine Antwort unglaubwürdig fand, ganz gleich, ob sie wahr war. Und er spielte die Sarkasmus-Karte. Er stellte jede Menge von Fragen des Typs »Wann haben Sie aufgehört, Ihre Frau zu schlagen?«, für die es keine gescheiten Antworten gab.

Als sie fertig waren, eröffnete Landon Paige, wie viel Jahre Gefängnis mehr sie bekommen könne, wenn der U.S. Attorney zu der Überzeugung kam, dass sie die Grand Jury belogen hatte. Paige war fix und fertig. Vielleicht war der Fünfte Zusatzartikel doch der bessere Weg.

Allein dieses Gespräch kam Paige unwirklich vor. Denn das Gesetz vor der Grand Jury erlaubte keine Pauschalberufung auf den Fünften Zusatzartikel. Also gingen Paige und Landon in ihrer nächsten Besprechung die verschiedenen Fragen durch, die sie zu erwarten hatte: Welche konnte sie beantworten, bei welchen sollte sie sich auf den Zusatzartikel berufen? Auch waren in dem Gerichtsaal keine Verteidiger erlaubt. Doch Landon würde draußen im Flur warten. Wenn Paige sich bei irgendeiner Sache unsicher war, konnte sie eine Sitzungsunterbrechung beantragen, um sich mit ihm zu besprechen.

»Sieht das nicht verdächtig aus?«, fragte Paige.

»Paige, Sie werden bei fast jeder Frage mit dem Fünften kommen. Das ist verdächtig genug.«

Ihre Aussage war auf Dienstag angesetzt. Was, wenn man dort Klage gegen sie erhob, nur wenige Tage vor ihrem Plädoyer vor dem Obersten Gerichtshof am ersten Montag im Oktober? Wie konnte sie als Angeklagte vor die Obersten Richter treten?

Wyatt schien das alles nicht zu jucken, aber gut, er wäre an diesem Tag entweder im Ausland oder im Gefängnis.

»Sie sind bis zum Beweis des Gegenteils unschuldig«, erinnerte er Paige. »Wenn es zur Sprache kommt, reagieren Sie entrüstet. Wenn ich in so einer Lage wäre, würde ich das von mir aus vor dem Gericht erwähnen, um zu zeigen, dass der Regierung jedes Mittel recht ist, um die Wahrheit zu unterdrücken. Verstecken Sie die Sache nicht! Seien Sie stolz darauf!«

Nur Wyatt kann auf die Idee kommen, eine anhängige Anklage wegen Behinderung der Justiz als Ehre zu betrachten, dachte Paige resigniert. Die Richter würden das mit Sicherheit anders sehen.

★ ★ ★

Washington, D. C.

Philip Kilpatrick hatte ein Monster geschaffen. Er hatte Angst davor gehabt, dass es so kommen könnte. Als der Anruf von Harry Coburn kam, wusste er: Es war so weit.

»Heute habe ich deine Vertraulichkeitsverzichtserklärung erhalten«, sagte Harry. »Sehr nett von dir.«

»Gut, dass du anrufst«, sagte Kilpatrick, »denn die möchte ich gleich widerrufen.«

Coburn lachte sarkastisch. »Du scheinst den Text nicht gelesen zu haben. Wyatt Jackson ist ein Cleverer. Da steht, dass das Ding nur schriftlich widerrufen werden kann.«

»Wir wissen beide, dass du nach wie vor verpflichtet bist, deine Quellen zu schützen.«

Schweigen. Kilpatrick mochte dieses Schweigen überhaupt nicht.

Dann sagte Coburn: »Ich werde dich weiter schützen, aber nicht, weil ich dazu verpflichtet bin. Ich schütze meine Quellen immer, wenn ich auch künftig Storys von ihnen erwarten kann.«

»Ich habe dir immer meine besten Knüller geschickt, Harry«, sagte Kilpatrick ruhig. Doch noch während er es sagte, ging ihm auf, dass die Lage sich verändert hatte. Bisher hatte er Coburn Storys geschickt und der war dankbar, ja fast kriecherisch gewesen. Jetzt saß Coburn am längeren Hebel.

»Ich hab's läuten gehört, dass eine Grand Jury den Anwälten der Klägerin auf den Zahn fühlen soll, wegen Behinderung der Justiz. Weißt du was darüber?«, fragte Coburn.

Kilpatrick wusste jede Menge. Aber diese Dinge wollte er nicht an Coburn weitergeben. Mit der Vertraulichkeitsverzichtserklärung hatte der Mann schon mehr als genug Munition in der Hand.

»Ich kümmer mich drum«, sagte Kilpatrick.

»Wenn die Story stimmt, möchte ich sie gerne vor dieser Sache am Obersten Gerichtshof unter die Leute bringen.«

»Noch mal: Ich kümmer mich drum.«

»Danke bestens für deine Hilfe. Und ich glaube, es gibt ein schönes Sprichwort für die neue Beziehung, die wir seit Kurzem haben«, sagte Coburn.

»Und wie lautet das?«, fragte Kilpatrick leicht bissig.

»Mitgegangen, mitgefangen, Philip. Wünsch dir einen schönen Tag.«

Kapitel 74

Norfolk, Virginia

Der Dienstag war einer der längsten Tage in Paiges Leben. Sie saß auf einer harten Bank im Marmorflur des Bundesgerichtsgebäudes, gleich neben der Tür zum Saal 1, in ihrer Hand die Vorladung vor die Grand Jury. Bei ihr waren Landon, Wyatt und Wellington. Wyatt lief wie der berühmte Tiger im Käfig hin und her. Jedes Mal, wenn Mitchell Taylor aus der Tür herauskam, fragte er ihn, wie lange es noch dauern würde.

»Die lassen uns extra so lange warten«, erklärte er den anderen. Warum konnte Mitchell seine Termine nicht besser planen? Wann würde er sie endlich aufrufen? Sie hatten schließlich noch andere Termine, nicht zuletzt den am Obersten Gerichtshof.

Mitchell war wortkarg. Paige schaute zu, wie andere Zeugen kamen und gingen, darunter Wildfremde. Landon trat jedes Mal auf sie zu, wenn sie wieder herauskamen, in der Hoffnung, dass sie ihm mitteilen würden, was sie ausgesagt hatten. Doch dazu schien niemand bereit zu sein.

Paige war die erste aus dem Anwaltsteam der Klägerin, die in den Saal gerufen wurde. Es war schon fast Mittag, als der Gerichtsdiener herauskam und ihren Namen aufrief. Sie wischte ihre schweißnassen Hände an ihrem Kostüm ab, nickte Wyatt und Landon kurz zu und ging zu der Tür des Gerichtssaals. Den Kopf hoch erhoben, ging sie den Mittelgang entlang, den Blick gerade nach vorne gerichtet. Der Gerichtsdiener vereidigte sie und Paige gelobte, die Wahrheit zu sagen.

24 Geschworene starrten sie an und taxierten jede ihrer Bewegungen. Zwölf von ihnen saßen auf der Geschworenenbank, die zwölf anderen in

den ersten Reihen. Es war kein Richter anwesend und der Verteidigertisch war leer. Der ganze Gerichtssaal war leer, bis auf die Geschworenen, die Gerichtsdiener, den Gerichtsstenografen, Mitchell Taylor und die FBI-Agenten Vaughn und Diaz.

Paige setzte sich auf den Zeugenstuhl.

»Guten Morgen, Ms Chambers«, sagte Mitchell Taylor. Er sah aus wie ein Marinesoldat - kerzengerade, das Haar militärisch kurz, der Anzug eng anliegend, die Bügelfalten präzise.

»Guten Morgen.« Paiges Stimme war hoch und nervös.

»Bitte nennen Sie für das Protokoll Ihren Namen und buchstabieren Sie Ihren Nachnamen.«

»Paige Chambers. C-H-A-M-B-E-R-S.«

Viele der Geschworenen machten sich Notizen. Ihre Körpersprache verhieß nichts Gutes. Mehrere hatten die Arme verschränkt, andere sahen finster drein.

»Ich möchte Ihnen gerne einige Fragen darüber stellen, ob Sie geheimhaltungsbedürftige Informationen erhalten und benutzt haben oder nicht.«

»Okay.«

Mitchell begann mit einigen allgemeinen Fragen. Er fragte Paige, ob sie mit dem Verbot der Annahme und Verbreitung geheimhaltungsbedürftiger Informationen vertraut war. Paige und Landon hatten mit dieser Art Fragen gerechnet. Sie beantwortete jede von ihnen konzentriert und sorgfältig und erst, nachdem sie noch einmal kurz nachgedacht hatte. Sie wusste, dass das Nachdenken nicht gut aussah für die Geschworenen, aber Landon hatte ihr klargemacht, dass sie die Jury so oder so nicht würde überzeugen können und dass das wirklich Wichtige das Protokoll ihrer Aussage wäre. Da konnte sie sich keine Fehler leisten.

Als Nächstes stellte Mitchell mehrere Fragen, deren Beantwortung den Geschworenen helfen sollte, Paiges Rolle in dem Fall *Anderson* und bei der angeblichen Weitergabe von Marcanos Vernehmungsprotokoll besser zu verstehen. Auch diese Fragen beantwortete Paige alle - langsam und sorgfältig, ganz wie jemand, der etwas verbergen wollte.

Dann ging Mitchell zu Paiges Befragung durch das FBI über. Er reichte ihr ein Exemplar der Niederschrift dieses Gesprächs.

»Ms Chambers, die Geschworenen haben die Audio-Aufzeichnung des Gespräches zwischen Ihnen und den FBI-Agenten Vaughn und Diaz bereits angehört. Dies hier ist eine schriftliche Aufzeichnung, falls Sie Ihrem Gedächtnis auf die Sprünge helfen müssen.«

»Danke.«

»Als die Agenten Vaughn und Diaz Sie am Samstag, dem 8. September, befragten, war Ihnen bekannt, dass diese Behörde dabei war, eine Verletzung von Richterin Solbergs Vertraulichkeitsverfügung zu untersuchen. Ist das richtig?«

Paige hatte Lust, die Frage zu beantworten – zu erklären, dass sie von den Ermittlungen zur Weitergabe des Vernehmungsprotokolls gewusst hatte, nicht aber davon, dass man sie über geheimhaltungsbedürftige Informationen befragen würde. Doch Landon hatte sie strikt angewiesen, Fragen dieser Art nicht zu beantworten. »Spielen Sie nicht die Heldin«, hatte er gesagt, »sonst kriegen Sie nur noch mehr Ärger.«

Also machte Paige eine Pause, schluckte heftig und sagte dann den Satz, den Landon sie hatte auswendig lernen lassen: »Ich berufe mich nach dem Fünften Zusatzartikel der Verfassung der Vereinigten Staaten auf mein Recht, diese Frage nicht zu beantworten.«

Landon hatte sie angewiesen, kurz und knackig und selbstbewusst zu sein bei ihrer Berufung auf den »Fünften«, aber sie kam sich trotzdem schäbig vor.

Mitchell Taylor tat so, als sei er erstaunt. »Sie verweigern die Antwort?«

»Ich berufe mich auf meine Rechte nach dem Fünften Zusatzartikel zur Verfassung.«

»Heißt das, dass Sie behaupten, dass die Beantwortung der Frage Sie belasten könnte?«

»Ich berufe mich auf meine Rechte nach dem Fünften Zusatzartikel zur Verfassung«, wiederholte Paige, diesmal in selbstbewussterem Ton. Aber kaum waren die Worte aus ihrem Mund, merkte sie, dass dieser Ton ein Fehler gewesen war.

Mitchell Taylor runzelte stellvertretend für sein kleines Geschworenenpublikum die Stirn. »Gut, dann frage ich so: Haben Sie gegenüber Agent Vaughn und Diaz verneint, dass Sie von irgendeiner Quelle geheimhaltungsbedürftige Informationen entgegengenommen hatten?«

»Ich beantworte diese Frage nicht, auf der Grundlage meiner Rechte unter dem Fünften Zusatzartikel zur Verfassung.«

»Aber die Jury hat doch Ihre Antwort bereits in der Aufnahme des Gespräches gehört«, sagte Mitchell. »Sie haben es schwarz auf weiß vor sich. Wollen Sie leugnen, das gesagt zu haben?«

Alle im Saal schienen sie stirnrunzelnd anzustarren: Mitchell Taylor, die FBI-Agenten, die Geschworenen. »Ich berufe mich nach dem Fünften Zusatzartikel der Verfassung der Vereinigten Staaten auf mein Recht, diese Frage nicht zu beantworten.«

Mitchell war bisher hin und her durch den Gerichtssaal gegangen, in den Händen einen vollgeschriebenen Notizblock. Jetzt trat er zu seinem Tisch und legte den Notizblock dort ab. Dann trat er zurück in die Mitte des Saales und kreuzte die Arme; sein Blick wurde herablassend.

»Ist es nicht so, dass Sie, als Sie mit dem FBI redeten, wussten, dass offizielle Ermittlungen auf Bundesebene anliefen – und auch, dass diese Ermittlungen über die Frage, wer das Vernehmungsprotokoll von Direktor Marcano weitergegeben hatte, hinausgingen?«

»Ich berufe mich nach dem Fünften Zusatzartikel der Verfassung auf mein Recht, diese Frage nicht zu beantworten.«

»Und stimmt es nicht auch, dass Sie vor diesem Gespräch geheimhaltungsbedürftige Informationen erhielten und die Justiz behinderten, indem Sie das FBI bezüglich dieser Informationen belogen?«

»Ich verweigere die Antwort auf diese Frage.«

»Sie haben doch Geheiminformationen benutzt, um Ihren Prozess voranzutreiben, oder etwa nicht?«

»Ich berufe mich auf meine Rechte nach dem Fünften Zusatzartikel der Verfassung der Vereinigten Staaten.«

»Und Sie arbeiten für ein Erfolgshonorar, das heißt: Wenn Ihre Klientin einen Haufen Geld erstreitet, bekommen Sie ein Drittel davon?«

»Was soll das mit der Sache zu tun haben?«

»Ah – diese Frage können Sie also beantworten?«

Paige schüttelte den Kopf, wütend auf sich selbst, dass Sie auf den Trick hereingefallen war. »Ich berufe mich auf den Fünften Zusatzartikel.«

Mitchell grinste süffisant. »Was das damit zu tun hat, ist Folgendes«, sagte er. »Sie benutzen illegal Geheiminformationen, um einen Prozess voranzutreiben, von dem Sie persönlich profitieren werden. Richtig?«

»Ich berufe mich auf meine Rechte nach dem Fünften Zusatzartikel der Verfassung der Vereinigten Staaten.«

Und so ging es weiter, eine gefühlte Ewigkeit lang. Mitchell Taylor brachte seine Anschuldigungen vor, Paige verweigerte die Antwort und die Gesichter und die Körpersprache der Geschworenen sprachen Bände. Noch bevor Mitchell fertig war, war Paige klar, dass man sie wegen Behinderung der Justiz und unbefugter Weitergabe von geheimhaltungsbedürftigen Informationen unter Anklage stellen würde.

»Noch eine letzte Fragerunde«, sagte Mitchell Taylor. »Von wem haben Sie die Geheiminformationen erhalten?«

»Ich verweigere die Antwort und berufe mich auf meine Rechte nach dem Fünften Zusatzartikel der Verfassung der Vereinigten Staaten.«

»War diese Person Daniel Reese?«

Paige war, als ob eine Kanonenkugel ihren Magen traf. Ihr Unterkiefer klappte eine Spur nach unten bei Reeses Namen. Sie merkte, wie sie rot wurde. Jetzt nur nicht die Beherrschung verlieren.

»Ich verweigere die Antwort und berufe mich auf meine Rechte nach dem Fünften Zusatzartikel der Verfassung der Vereinigten Staaten.«

Wussten die von ihrem Gespräch mit Reese auf dem *Cape Henry Trail*? Dass er ihr Hintergrundinfos gegeben hatte? Und wenn sie das wussten, was wussten sie noch alles?

»Sind Sie ganz sicher, dass Sie diese Frage nicht beantworten wollen?«, fragte Mitchell.

»Ja.«

Mitchell ging wie ein geübter Schauspieler zurück zu seinem Anwaltstisch, blätterte in seinen Aufzeichnungen und schüttelte den Kopf. »Angesichts der Berufung der Zeugin auf den Fünften Zusatzartikel sind das alle Fragen, die ich im Augenblick habe.«

Paige stand auf, doch Mitchell hielt seine Hand hoch. »Warten Sie! Eine Sache noch: Haben Sie den Computer und das Mobiltelefon, die wir angefordert haben, dabei?«

Paige starrte ihn an. Der wusste doch, dass sie sie nicht dabeihatte. »Nein, das habe ich nicht.«

»Warum nicht?«

»Ich berufe mich auch hier auf den Fünften Zusatzartikel, Mr Taylor.«

»Das hätte ich mir fast denken können.«

★ ★ ★

Paige hatte den Eindruck, dass Wyatt und Wellington nicht so lange vor dem Geschworenengericht waren wie sie. Als alles vorbei war, setzten sie sich am Ende des Flurs zu einer improvisierten Nachbesprechung zusammen. Landon versuchte, Paige Mut zu machen, doch seine Worte klangen hohl. Sie bereitete sich innerlich auf eine Anklage noch an diesem Tag, auf jeden Fall aber noch vor ihrem Plädoyer vor dem Obersten Gerichtshof vor.

»Landon, bereiten Sie sich schon mal darauf vor, da am Montag hinzugehen«, sagte sie.

Plötzlich hörte Paige Schritte, die um die Ecke kamen. Sie schaute an Landons Schulter vorbei in die Richtung und sah ihn – in Paradeuniform, die Schuhe blank gewienert, Mütze unter dem Arm. Daniel Reese war von einer kleinen Armee von Militäranwälten umgeben, jeder mit seiner Aktentasche. Sie bildeten ihren eigenen Kriegsrat und Reese vermied es, in Paiges Richtung zu schauen.

Landon drehte sich in die Richtung, betrachtete die Szene und fragte Paige, ob das Daniel Reese sei. Als sie nickte, trat er zu den Männern und begann, leise mit ihnen zu reden; Paige konnte kein Wort ausmachen. Als er zurückkam, sagte er Paige, dass sie nicht bereit seien, ihm zu verraten, warum Reese vorgeladen war oder was er sagen würde.

Nach einigen Minuten kam ein Gerichtsdiener in den Flur und rief Daniel Reese auf. Er ging allein in den Geschworenensaal.

Als er nach fast anderthalb Stunden wieder herauskam, trat Landon erneut zu seinem Team. Diesmal hatte Reese eine Nachricht für Paige.

»Sagen Sie ihr, dass ich der Vorladung der Regierung zu einer Zeugenaussage gefolgt bin«, hatte er Landon gesagt. »Ich habe meine Pflicht als Patriot getan.«

Kapitel 75

Virginia Beach, Virginia

Daniel Reese war der *Patriot*. Was sonst konnte er mit seinen Worten gemeint haben?

Als sie wieder in Landons Besprechungsraum waren, kreiste das Gespräch fast zwei Stunden lang um diese Frage. Es gab immer noch etliche Dinge, die sich nicht zusammenreimen wollten. Warum hatte Reese auf dem *Cape Henry Trail* Paige gegenüber verneint, dass er der *Patriot* sei? Warum hatte er seinen Posten riskiert, um ihnen Geheiminformationen zukommen zu lassen? Und was hatte er eben vor der Grand Jury ausgesagt?

Waren Mitchell Taylor und das FBI ihm auf die Schliche gekommen? Würden sie zusätzlich zu Paige, Wyatt und Wellington jetzt auch Daniel Reese unter Anklage stellen? Reese war lange in dem Gerichtssaal gewesen. Hatte er womöglich einen Deal ausgehandelt und würde jetzt gegen die anderen aussagen? War das seine »Pflicht als Patriot«?

Als Wyatt und Wellington gegangen waren, teilte Landon Paige mit, was er vermutete. »Die Regierung hat Ihren Computer«, sagte er. »Wahrscheinlich haben die irgendeine hochmoderne Stimmerkennungssoftware benutzt, um herauszufinden, dass Daniel Reese der *Patriot* war. Und wenn die Ihren Computer haben, wissen sie auch, was er Ihnen gesagt hat.«

Am folgenden Tag rief Landon die Nummer von Mitchell Taylor an, aber der rief nicht zurück. Auch Daniel Reeses Anwälte gaben ihm nur ausweichende Antworten. Paige erklärte er, dass er keinen Schimmer hatte, ob das Geschworenengericht Anklage erhoben hatte oder sie in der nächsten Woche noch einmal zusammenkommen würden.

★ ★ ★

Nach einer unruhigen Nacht stand Paige früh am Freitagmorgen auf, zog ihre Joggingkleidung an und fuhr zum *First Landing State Park*. Als sie wieder zurückkam, fuhr sie zweimal an dem Parkplatz ihrer Wohnanlage vorbei, um sicherzugehen, dass keine verdächtigen Limousinen davorstanden, in denen FBI-Agenten nur darauf warteten, sie zu verhaften. Sie parkte schließlich, ging in ihre Wohnung, duschte, zog sich um und fuhr in Landon Reeds Kanzlei zur nächsten Vorbereitungsrunde für ihren Auftritt vor dem Obersten Gerichtshof. Sie hatte keine Lust, den ganzen Tag in der Wohnung zu bleiben, um vom FBI verhaftet und am helllichten Tag abgeführt zu werden.

Erst als es dunkel geworden war, fuhr sie zu ihrer Wohnung zurück. Wieder vergewisserte sie sich, dass keine verdächtigen Fahrzeuge auf dem Parkplatz standen, bevor sie ins Haus ging. Am Donnerstagnachmittag hatte Landon endlich Mitchell Taylor erreicht, doch der hatte ihm nichts verraten.

Am Freitagabend lag Paige wach auf ihrem Bett, ihr Kopf ein Karussell von FBI und Oberstem Gerichtshof. Gegen zwei Uhr morgens schlief sie endlich ein, kaum drei Stunden später ließ der Wecker ihres Handys sie hochschrecken.

Im Schutz der Dunkelheit verließ SEAL-Team 9 am frühen Samstagmorgen die Stadt, um nach Washington, D. C. zu fahren. Sie saßen alle in Paiges kleinem Honda. Wyatt musste zum *Dulles International Airport,* um seinen Flug zu erreichen, und der Rest des Teams hatte beschlossen, sich vor dem Termin vor dem Obersten Gerichtshof einen Extra-Tag in Washington zu gönnen. Paige wollte einen Tag lang das FBI von den Fersen schütteln und Kristen freute sich auf einen freien Tag ohne die Jungen.

Das Team war still, als sie von Hampton Roads wegfuhren. Paige, die am Steuer saß, war tief in Gedanken versunken. Neben ihr, auf dem Beifahrersitz, schnarchte Wyatt lang ausgestreckt vor sich hin. Auf der Rücksitzbank saßen Kristen und Wellington, der – kaum, dass die Sonne aufgegangen war – anfing, noch einmal Präzedenzfälle durchzugehen. Paige hatte ihr Handy an die Stereoanlage des Autos angeschlossen und spielte ihre Lieblingslieder ab, um sich innerlich auf ihren großen Tag vor Gericht vorzubereiten.

Etwas nördlich von Richmond steuerte Paige ein Pancake-Restaurant an der Interstate 95 an. Als sie an ihrem Tisch saßen, fing Wyatt eine seiner Geschichten an, zum großen Vergnügen von Kristen, die eine dankbare Zuhörerin war. Selbst Paige taute etwas auf, obwohl ihr jedes Mal, wenn ihre Gedanken zu der Möglichkeit zurückschweiften, bald selbst als Angeklagte vor Gericht zu stehen, wieder schwer ums Herz wurde. Wenn die Regierung es maximal publikumswirksam machen wollte, würde sie das gesamte Team heute, morgen oder am Montag in Washington auf offener Straße verhaften lassen. Dann müsste Landon alleine das Plädoyer halten, während Paige und die anderen auf die Anklageerhebung warteten.

»Wenn die Regierung Anklagen gegen uns vorbereitet hat«, sagte Wyatt, während er seinen Pfannkuchen aß, »kann ich auch gleich in Dubai bleiben. Soll ganz nett sein da.«

»Aber schauen Sie hin und wieder zum Himmel hoch«, sagte Paige. »Heute, wo sie diese Drohnen haben, müssen sie keine Auslieferung mehr beantragen.«

Wyatt lachte. »Wir werden Sie doch noch zu einer guten Verteidigerin machen.«

Am Flughafen trafen sie sich mit Gazala Holloman, die Wyatt einen handgeschriebenen Brief an Saleet Zafar überreichte. »Sorgen Sie dafür, dass er das hier liest, sobald Sie sich treffen«, sagte sie. »Dann werden Sie einen Stein im Brett bei ihm haben.«

Wyatt dankte ihr und versprach ihr und den anderen, dass er von sich hören ließ. Er hatte alles, was er für seinen Trip brauchte, in seinem Rucksack verstaut – einen Computer, etwas Kleidung zum Wechseln, Toilettensachen, mehrere Notizblöcke, eine Baseballmütze und eine Schachtel *Phillies*-Zigarren. Er gab Paige noch ein paar letzte Tipps für ihr Plädoyer vor dem Obersten Gerichtshof, bevor er zu der Sicherheitskontrolle ging.

»Sie sind eine der cleversten Anwälte, die ich kenne«, sagte er, beide Arme auf ihren Schultern. »Und wir sind auf der Siegerseite. Lassen Sie sich von niemand einschüchtern. Zeigen Sie den alten Knackern, dass Sie sich kein X für ein U vormachen lassen. Und was Sie auch tun, geben Sie nicht klein bei!«

»Das werde ich nicht tun«, versprach Paige.

»Hab ich Ihnen schon mal die Geschichte von James Bowie und Fort Alamo erzählt?«, fragte Wyatt.

»Bestimmt schon hundert Mal.«

»Lang lebe das Alamo«, sagte Wyatt.

Paige blinzelte ein paar Tränen zurück. Das hier klang zu sehr wie ein Abschied auf immer. »Passen Sie gut auf sich auf!«

»Keine Bange, die Huthis sind nichts gegen die Schlangengrube, in die Sie gehen.«

»Danke. Ich fühle mich jetzt viel besser.«

Wyatt umarmte Paige kurz und hüllte sie in den Geruch billiger Zigarren ein. Der Mann war noch nicht gegangen und sie vermisste ihn schon. Er hatte einen ansteckenden Mut, seine bloße Gegenwart gab ihr Auftrieb.

Er holte einen Brief aus seinem Rucksack und reichte ihn ihr. Auf dem Umschlag stand nur ein Name. »Wenn mir etwas passiert, könnten Sie das bitte meinem Sohn geben?«, fragte Wyatt.

»Natürlich«, sagte Paige.

»Danke.«

Er drehte sich um und marschierte, ohne noch einmal zurückzublicken, zu der Sicherheitskontrolle. Paige schickte ein stilles Gebet zum Himmel, dass sie ihn wiedersehen würde.

Kapitel 76

Wyatt hatte sich extra einen Nonstop-Flug mit *Emirate Airlines* gegönnt, aber er war immer noch stramme dreizehn Stunden in der Luft. Um 10:55 Uhr am Samstagmorgen flog er vom *Dulles International Airport* los, am Sonntagmorgen, einige Minuten nach acht, erreichte er Dubai. Er fühlte sich wie gerädert und fragte sich zum x-ten Male, was er sich dabei gedacht hatte, als er sich auf diesen Trip einließ. Es hatte keinen Alkohol gegeben in der Maschine und er war zwischen dem Fenster und einem Mann eingeklemmt gewesen, den man eigentlich hätte zwingen sollen, zwei Plätze zu buchen. Wyatts Nacken war steif und er fühlte sich groggy, als er das Flugzeug verließ und den *Dubai International Terminal* betrat.

Der Terminal war definitiv nicht das, was er erwartet hatte. Alles glänzte vor Sauberkeit und es wimmelte von Menschen aus allen Ecken der Erde. Die Schilder waren alle zweisprachig - Arabisch und Englisch. Viele der Reisenden sprachen Wyatts Muttersprache. Hinter halbhohen Glasgeländern sah man üppige grüne Inseln mit echten Palmen und Ziersträuchern. Es war ein eklatanter Gegensatz zu der braunen Wüsten- und Steppenlandschaft, die Wyatt beim Landeanflug gesehen hatte.

Wyatt trug eine Jeans, Halbschuhe und ein altes graues T-Shirt, aber er fühlte sich nicht fehl am Platz. Auf dem Weg zum Zoll sah er nur einige wenige voll verschleierte Frauen. Er kam an einem Starbucks vorbei und genehmigte sich im saubersten Burger King, den er je gesehen hatte, ein Frühstück und machte sich kurz auf der Toilette frisch. Wer wusste, wann er das nächste Mal einen solchen Luxus genießen würde?

Er wechselte seine Dollars in die Landeswährung und kam ohne Probleme durch den Zoll. Während des Fluges hatte er sich seelisch auf lebensgefährliche Situationen nach der Landung vorbereitet, aber allmählich fand er, dass alles halb so schlimm war.

Hinter dem Zoll stand eine ganze Mauer von Menschen, die auf irgendjemanden warteten. Sie hielten Schilder in diversen Sprachen hoch. Wyatt blieb stehen und sah sich um. Gazala Holloman hatte gesagt, dass hier jemand auf ihn warten würde und ein Schild mit seinem Namen dabeihätte. Diese Person plus ein paar andere würden Wyatt über die Grenze lotsen und ihn in den Jemen bringen, wo er sich mit Saleet Zafar treffen würde sowie mit Zeugen des Drohnenangriffs auf das Haus, in dem das Schaf geopfert worden war.

Aber Wyatt sah kein Schild mit seinem Namen. Nach einigen Minuten fruchtlosem Suchen sah er, wie ein kleiner Mann mit schwarzem Vollbart und leuchtend braunen Augen auf ihn zukam.

»Mr Jackson?« Der Mann hatte einen starken arabischen Akzent.

»Ja«, sagte Wyatt und streckte seine Hand aus.

Der Fremde schüttelte sie. »Kommen Sie mit«, sagte er, während er zu der Ausgangstür hin nickte. »Darf ich nehmen?« Er langte nach Wyatts Rucksack, doch der hielt diesen fest.

»Nein, danke, den behalte ich.«

Wyatt folgte dem Mann, der sich andauernd umdrehte und Wyatt mit Fragen löcherte. »Flug war gut? Sie geschlafen? Wie geht es Ihre Familie? Sie Hunger haben?«

Bald wusste Wyatt, dass sein temperamentvoller Gastgeber Mahmoud hieß. Und laut Mahmoud hatte Wyatt eine fast dreißigstündige Autofahrt entlang der Nordküste der Vereinigten Arabischen Emirate, durch Saudi-Arabien und dann in den Jemen vor sich. Es war nicht die kürzeste Strecke, aber offensichtlich die schnellste.

»Fahren Sie mit mir?«, fragte Wyatt.

Mahmoud lächelte und schüttelte kurz, aber energisch den Kopf. »Oh, nein. Ich bleibe hier in Dubai.«

»Gibt es auf der Reise jemand, der Englisch spricht?«

»Oh, ja. Saleet Zafar sprechen Englisch.«

»Nein, ich meine, wird es in den dreißig Stunden in dem Auto jemand geben, der Englisch spricht?«

Mahmoud lächelte und schüttelte erneut den Kopf. »Ist okay«, sagte er. »Sie Ihnen zeigen, was Sie machen.«

Wyatt wusste selbst nicht, warum, aber er vertraute Mahmoud instinktiv. Der Mann war freundlich und sichtlich bemüht, ihm eine Hilfe zu sein. Es war fast so, als ob Wyatt eine berühmte Persönlichkeit war, die Mahmoud bei Laune zu halten hatte. Dass Mahmoud nicht mit ihm in den Jemen fahren würde, gefiel ihm nicht.

»Wie sind die Straßen?«, fragte Wyatt.

»Okay. Ganz gut.«

»Sind sie holprig?«

Mahmoud wirkte verwirrt.

»Ich meine, wird es viele Steine geben?« Wyatt versuchte, mit seinen Händen einen Stein darzustellen.

Mahmoud nickte. »Ja. Ja. Sehr viele Steine.«

Wyatt fragte nicht weiter. Am besten ließ er sich wohl überraschen.

★ ★ ★

Die erste unangenehme Überraschung kam in einem kleinen Haus am Rande von Dubai, in dem er sich mit den drei Männern traf, die ihn in den Jemen bringen sollten. Als Mahmoud sie vorstellte, war er der Einzige, der nickte und lächelte. Die anderen sahen hart und abweisend aus; sie starrten Wyatt an, als würden sie ihn lieber zusammenschlagen als ihn irgendwohin mitzunehmen.

Mahmoud war bei der Vorstellung so schnell gewesen, dass die Namen der drei an Wyatts Ohren vorbeirauschten. Dafür merkte er sofort, dass keiner von ihnen Englisch sprach. Sie trugen jeder ein langes weißes Gewand und ein rotweißes Kopftuch, das von einem schwarzen Band zusammengehalten wurde. Sie waren alle breitschultrig, zwei waren fast genauso groß wie Wyatt. In ihren Gürteln steckten lange Messer und auf einem Tisch lagen etliche Kalaschnikows nebst Magazinen.

Einer der drei sagte etwas zu Mahmoud, der es für Wyatt übersetzte. »Sie wollen Ihren Rucksack.« Noch während er redete, langte einer der Männer nach Wyatts Rucksack, doch Wyatt machte rasch einen Schritt zurück und funkelte den Mann an.

»Nein«, sagte Wyatt zu Mahmoud. »Den darf keiner berühren.«

Die Männer runzelten prompt die Stirn und begannen, auf Arabisch mit Mahmoud zu diskutieren.

Mahmoud drehte sich zu Wyatt hin. »Sie sagen, sie brauchen ihn.«

»Sagen Sie ihnen, sie können das vergessen«, erwiderte Wyatt.

Mahmoud neigte den Kopf zur Seite, seine Stirne runzelte sich.

»Ich gebe ihn nicht heraus«, wiederholte Wyatt.

Mahmoud übersetzte, worauf die nächste hitzige Diskussion zwischen Mahmoud und den dreien folgte. Schließlich sah er wieder Wyatt an. »Sie sagen, wenn Sie nicht Rucksack geben, sie Sie nicht nach Jemen bringen. Ist nicht zum Verhandeln.«

Wyatt musterte die Gesichter. Er war ein Meister im Verhandeln, aber dies hier war eine Kultur, die er nicht verstand. »Sie können gerne reinschauen, mehr nicht.«

Mahmoud seufzte und übersetzte wieder. Nach einer weiteren Diskussion mit den dreien – diesmal noch hitziger – drehte er sich wieder zu Wyatt zurück. Seinen Handgesten nach zu urteilen, war er am Ende mit seinem Latein. »Sie sagen, Rucksack muss hierbleiben. Sie können Amerikaner nicht trauen.«

Da, jetzt hatte er es gesagt. Die drei Männer trauten Wyatt nicht über den Weg – und Wyatt traute ihnen nicht. Dreizehn Stunden hatte er im Flugzeug verbracht, um hierherzukommen. Denn Saleets Aussage hatte das Zeug, den *Anderson*-Prozess mit links zu gewinnen und Direktor Marcano zu entlarven. Aber um welchen Preis?

Wyatt beschloss, das zu tun, was er immer tat: noch einmal zu bluffen. Er schüttelte den Kopf und sagte: »Fahren Sie mich zurück zum Flughafen!«

Diesmal verzichtete Mahmoud auf die Übersetzung. Er sah die drei Männer an und zuckte resigniert die Achseln. Ihre Körpersprache sprach Bände. Sie würden keinen Millimeter nachgeben.

»Wie Sie wollen«, sagte Mahmoud, seine Stimme auf einmal flach und resigniert. »Gehen wir.«

Wyatt ging zusammen mit Mahmoud durch die Tür nach draußen, aber als sie beim Auto ankamen, blieb er stehen. »Ich habe keine Waffen. Ich verstehe nicht, warum ich alles hierlassen soll.«

Mahmoud sah ihn an. Dieses Mal kniff er die Augenbrauen zusammen. »Drohnen fallen vom Himmel«, sagte er. »Diese Männer haben gesehen, wie Freunde ...« Er schlug die Hände wie zu einer Explosion zusammen und imitierte das Geräusch einer *Hellfire*-Rakete. »Sie haben guten Grund, Amerikanern nicht trauen.«

Wyatt überlegte. Selbst wenn der Oberste Gerichtshof gegen ihn und sein Team entschied – über diese Zeugen im Jemen könnten sie beweisen, dass sie recht hatten. Er hatte diese lange Reise nach Dubai gemacht. Sein ganzes Leben hatte er auf einen Fall wie diesen gewartet, in dem er die ganze Korruptheit der Regierung aufdecken konnte – derselben Regierung, die gegenüber seinen Klienten immer hart gewesen war. Er wurde allmählich alt. Würde er noch einmal eine solche Chance bekommen?

»Okay, ihr habt gewonnen.« Er öffnete seinen Rucksack und schob einige Zigarren in seine Hosentasche, dann reichte er den Rucksack Mahmoud. »Geh'n wir wieder rein und fahren wir los.«

Kapitel 77

Die unangenehmen Überraschungen gingen weiter. Bevor sie losfuhren, musste Wyatt Mahmoud in ein kleines, schmuddeliges Badezimmer folgen, wo Mahmoud ihm ein Rasiermesser und Seife reichte.

»Tut mir leid, aber Sie müssen Augenbrauen rasieren«, sagte er. Er schüttelte den Kopf, als wolle er sich entschuldigen für diese Zumutung. »Sie werden Grenze zu Jemen als muslimische Frau überqueren. Wir haben Pass für Sie. Sie werden *Nikab** und *Abaya* tragen.« Mahmoud zuckte die Achseln, als sei es das Normalste der Welt, dass ein Mann sich die Brauen rasierte.

»Soll das ein Witz sein?«, fragte Wyatt. »Das mach ich nicht.« Seine einzige Trumpfkarte im Jemen war, dass er wie ein harter amerikanischer Bursche aussah. Mit rasierten Augenbrauen würde er wie ein Clown wirken.

»Sie müssen. Diese Männer haben hart gearbeitet, um diesen Trip planen.«

Wyatt schaute in den Spiegel, dann sah er seinen Gastgeber an. Er nahm den Rasierer Mahmoud aus der Hand, machte seine Brauen nass und seifte sie ein. Wenige Minuten später waren seine buschigen grauen Brauen, die ebenso zu Wyatt gehörten wie seine Bissigkeit, im Waschbecken verschwunden.

Mahmoud kicherte. »Sie sehen sehr schön aus.«

»Sparen Sie sich's.«

---

* Ein traditioneller islamischer Schleier, der das ganze Gesicht, nicht aber die Augen bedeckt.

Mahmoud kicherte noch etwas weiter, dann zog er einen schwarzen Augenbrauenstift hervor und reichte ihn Wyatt. »Sie brauchen das vielleicht später.«

Als Wyatt in das große Zimmer zurücktrat, begann der eine der drei Männer breit zu grinsen. Er sagte etwas auf Arabisch zu den anderen beiden und sie lachten schallend. Wyatt zog seine Sonnenbrille aus dem Rucksack und setzte sie sich auf, dazu seine Baseballmütze.

»Können wir jetzt fahren?«, fragte er Mahmoud.

»Natürlich«, erwiderte dieser, als hätten sie alle nur auf diese Frage gewartet.

Wyatt schaute zu, wie die Männer die Kalaschnikows und die Munition nebst einigen Sporttaschen in dem großen Kofferraum eines schwarzen Pkws verstauten. Er setzte sich auf die Beifahrerseite der Rücksitzbank; neben ihm nahm der jüngste der drei Araber Platz. Sie fuhren los. Hin und wieder unterhielten sich die drei; Wyatt verstand kein Wort. Er schlug die Zeit damit tot, dass er durch das Fenster schaute, die Landschaft auf sich wirken ließ und über die nächsten Tage seines Lebens nachdachte. Die Straßen waren asphaltiert und eben. Wyatt hatte den Eindruck, dass der Wagen, in dem er saß, sehr schnell fuhr. Die Szenerie war wüstenartig, aber atemberaubend, mit roten Felsformationen, die Wyatt an die Wüste in Arizona erinnerten. Sie passierten frei laufende Kamele; einmal überquerte kurz vor ihnen eines die Straße. Der Fahrer bremste, machte einen Schlenker und fuhr weiter, als sei nichts gewesen.

Um sich abzulenken, verpasste Wyatt den drei Arabern Spitznamen. Den Fahrer nannte er Moe, weil er der Chef zu sein schien und älter als die beiden anderen war. Sein Beifahrer war Larry - ein drahtiger Mann, größer als Moe und ein nüchterner Typ. Curly, der Mann hinten, schien noch keine dreißig und sozusagen der Lehrling zu sein. Er lachte laut, wenn Moe einen Witz machte, als wolle er Eindruck schinden. Er rutschte ruhelos auf seinem Sitz hin und her, um die bequemste Position zu finden. Sein Bart war zottelig und etwas schütter, die Haut pockennarbig. Seine Augen waren argwöhnisch, aber nicht so hart wie der anderen beiden, sondern offener und menschlicher. Wenn es ein schwaches Glied in dieser Dreierkette gab, war es sicher Curly.

Nach etwa einer Stunde zog Wyatt eine Zigarre aus seiner Hosentasche und hielt sie hoch, um zu erfragen, ob es okay sei, wenn er rauchte.

Curly sagte etwas zu Moe, welcher offenbar Ja sagte, denn Curly nickte. Mit einigen Handgesten erklärte Wyatt, dass er einen Anzünder brauche, worauf er einen vom Beifahrer gereicht bekam. Wyatt zündete die Zigarre an und fühlte sich gleich entspannter. Er bot Curly auch eine an, der kurz an ihr roch, dann nickte und sie sich anzündete. Bald rauchten alle vier seine amerikanische *Philly*. Allmählich fühlte Wyatt sich fast wie zu Hause.

Das Wetter war heißtrocken und der Wagen schien keine Klimaanlage zu haben, denn man fuhr mit geöffneten Fenstern. Wyatt rauchte seine Zigarre fertig und lehnte sich auf seinem Platz zurück. Er war hungrig und müde von der langen Flugreise und dem Adrenalin, das durch seinen Körper geschossen war. Er ließ sich den warmen, trockenen Wüstenwind um die Ohren sausen. Bald war er eingeschlafen.

* * *

Er wachte auf, als der Wagen abrupt anhielt. Er schaute sich um. Wo waren sie? Aha, sie standen am Rand irgendeiner menschenleeren Straße. Wyatt hätte nur zu gerne ein paar Fragen gestellt, aber was nützte das? Jetzt stieg Curly aus und holte eine der Taschen aus dem Kofferraum. Er warf Wyatt ein unförmiges schwarzes Gewand und ein ebenfalls schwarzes Kopftuch zu und bedeutete ihm, beides anzulegen.

Wyatt trat nach draußen und zog sich das schwarze Frauengewand über den Kopf. Dann legte er den Gesichtsschleier um. Jetzt waren nur noch seine Augen zu sehen. Die Sonnenbrille und die Mütze warf er auf die Rücksitzbank. Curly nahm den Augenbrauenstift zur Hand, und Wyatt musste sich zu ihm beugen, um neue Augenbrauen verpasst zu bekommen. Larry inspizierte das fertige Werk und nickte. Dann stiegen alle wieder in den Wagen und man fuhr zurück zur Hauptstraße.

Etwa eine Viertelstunde später erreichten sie etwas, das wie ein Grenzübergang aussah. Offenbar fuhren sie jetzt nach Saudi-Arabien hinein. Während sie in einer langen Autoschlange warteten, reichten die Männer Wyatt einen Pass. Als sie endlich zu dem Zollhäuschen kamen, traten zwei uniformierte Zollbeamte zu dem Wagen, auf jeder Seite einer. Die Männer redeten schnell und schroff durcheinander; für Wyatt redeten sie alle gleichzeitig. Seine Augen schossen hin und her zwischen den Beamten und seinen Begleitern. Jetzt reichte der Fahrer dem einen der Beamten einige Papiere, die dieser überflog. Sein Kollege trat zu der hinteren Tür und sah Wyatt kurz an. Dann sagte er etwas auf Arabisch und streckte seine Hand aus. Wyatt reichte ihm den gefälschten Pass, der Zollbeamte studierte ihn, während seine Augen Wyatts Gesicht mit dem Passfoto abglichen. Er stempelte den Pass, knurrte irgendetwas und warf ihn zurück in das Auto.

Wyatt atmete erleichtert aus. Wenige Minuten später waren sie wieder unterwegs, jetzt in Saudi-Arabien. Wyatt griff an seinen Schleier und machte Anstalten, ihn abzunehmen. Schon war Curlys Hand da und zog ihn wieder zurecht.

»Was machen Sie da?«, fragte Wyatt.

Curly knurrte irgendetwas.

Wyatt fand, dass es Zeit war, den jungen Mann zu testen. Er begann ein zweites Mal, sich den Schleier abzunehmen. Diesmal war es Larry, der reagierte. Er drehte sich um und zielte mit einer Pistole auf Wyatts Kopf. Er bellte einen Befehl, für den Wyatt keine Übersetzung brauchte: »Lass das Ding an, solange wir in Saudi-Arabien sind.«

Larry drehte sich wieder zurück und Wyatt sah kurz zu Curly hin. Dessen Blick sagte so viel wie: Na, glauben Sie's jetzt? Dies würde eine lange Fahrt werden.

Um 12 Uhr hielten die Männer am Straßenrand an, holten ihre Gebetsteppiche aus dem Kofferraum und hielten ihre Mittagsandacht, während Wyatt vom Wageninneren aus zuschaute. Eine Stunde später hielten sie vor einer Art Restaurant, aber Wyatt musste im Auto bleiben. Diesmal blieb Curly neben ihm sitzen, für alle Fälle eine Pistole im Schoß.

Je länger er wartete, desto mehr Bedenken kamen Wyatt. Er war allein in einem fremden Land und niemand in Amerika wusste, wo er sich gerade befand. Diese drei Männer sollten eigentlich seine Verbündeten sein, die ihn zu Saleet Zafar brachten, aber sie behandelten ihn eher wie einen Gefangenen. Irgendwo in der Nähe der Grenze zu Saudi-Arabien war die Beziehungstemperatur von herzlich auf frostig gesunken.

Wyatt musste an den Flughafen und Mahmoud zurückdenken. Warum hatte es nicht wie vereinbart ein Schild gegeben? Hatte womöglich eine andere Gruppe von Wyatts Ankunft erfahren und ihn gekidnappt? Fuhren sie ihn jetzt zu einem al-Qaida- oder IS-Boss? Warum hatten Sie Mahmoud – den Einzigen, der Englisch sprach – nicht mitfahren lassen?

Als Moe und Larry mit zwei voll beladenen Tellern zurück zum Auto kamen, hielt Wyatt die Zeit zum Handeln gekommen. Jetzt oder nie. Er stieg aus dem Auto aus und begann, auf sie einzureden. Englische und arabische Wörter flogen wie Steine hin und her. Dann riss Wyatt sich seinen Schleier ab, worauf die Gruppe im Nu von Schaulustigen umringt war, die den großen Amerikaner mit weißem Haar und schwarzer *Abaya* bestaunten. Es wurden immer mehr. Moe und Larry ließen ihre Teller fallen und schoben Wyatt ohne Umstände zurück in den Wagen. In dem Chaos schlug Larry Wyatt gegen den Kopf, dann setzte er sich neben ihn und hielt die Pistole an seine Schläfe.

Die beiden anderen sprangen ebenfalls in den Wagen, man raste davon, weg von den sprachlosen Gaffern. Larry und Moe schrien auf Wyatt ein, der halb benommen die Wunde an seiner Stirn betastete, aus der Blut tropfte. Curly, der jetzt vorne saß, reichte Wyatt einen Lappen, den dieser auf die Wunde presste, ein Auge argwöhnisch auf Larry gerichtet. Das Blut kam zum Stillstand.

Nach einer Weile hielten sie wieder am Straßenrand an. Sie zwangen Wyatt, auszusteigen, dann banden sie seine von Blut befleckten Hände mit Plastikschnüren zusammen, die sie just für so einen Fall mitgenommen zu haben schienen. Sie legten ihm den Schleier wieder um, aber diesmal verkehrt herum, sodass der Sehschlitz hinten war, und banden das untere Ende um seinen Hals. Dann schoben sie ihn zurück auf die Rücksitzbank und fuhren schweigend weiter.

Es war erstickend heiß, dunkel und total unbequem unter dieser Kleidung. Stundenlang musste Wyatt so dasitzen, während sie durch die kahle Landschaft von Saudi-Arabien fuhren, in Richtung jemenitische Grenze.

Kapitel 78

Washington, D. C.

Paige erwachte früh an dem größten Tag ihres Berufslebens. In der Nacht hatte sie vielleicht zwei Stunden geschlafen. Sie hatte sich unruhig hin und her gewälzt und zur Zimmerdecke hochgestarrt, während ihre Gedanken Karussell fuhren. Als sie endlich einnickte, träumte sie davon, wie sie im Gericht die Fragen der Richter beantwortete und deren Namen sämtlich durcheinanderbrachte; zu spät erschienen war sie auch.

Sie machte sich auf ihrem Hotelzimmer einen Kaffee. Wyatt hatte ihnen vor seinem Abflug seine Firmenkreditkarte gegeben, damit sie sich drei Einzelzimmer leisten konnten. Hätte sie selbst alles bezahlen müssen, hätte Paige sich ein Zimmer mit Kristen geteilt. Sie schaute sich noch einmal einige Präzedenzfälle an. Ihr Smartphone ließ sie links liegen; die Schlagzeilen des Morgens zu sehen, würde sie nur noch nervöser machen.

Sie machte sich rasch fertig. Sie hielt ihr Make-up dezent, band ihr Haar zu einem Pferdeschwanz und zog ein graues Kostüm und niedrige Halbschuhe an. Nach einem prüfenden Blick in den Spiegel befand sie das Ergebnis für gut, wenn man einmal von den rot umrandeten Augen absah. Sie hatte keinen Appetit, aber hatte Kristen und Wellington versprochen, mit ihnen zu frühstücken. Vielleicht würde es sie etwas ablenken.

Bevor sie aus dem Zimmer ging, langte sie in das Reißverschlussfach ihres Koffers und zog eine kleine Schachtel heraus. Sie nahm den Diamantring, der in ihr lag, und hing ihn vorsichtig an die kleine Goldhalskette, die sie trug. Er hing direkt unter ihrem Schlüsselbein und sie steckte ihn in ihre Bluse. Heute fühlte sie sich würdig genug, den Ring zu tragen. Und wie Patrick betete sie um Kraft und Mut.

Als sie ins Erdgeschoss kam, waren Wellington und Kristen schon dort. Wellingtons Gesicht war blasser als sonst, als hätten auch ihn die ganze Nacht die Geister der Justiz geplagt.

»Haben Sie das schon gesehen?« Er reichte Paige sein Telefon. Die Schlagzeile der *New York Tribune* war wie ein Schlag in den Magen: »*Anderson*-Anwälte vor Grand Jury«.

Der Autor der Story war – wer hätte es gedacht? – Harry Coburn. Er führte aus, wie Kristens Rechtsanwälte ihre Computer zerstört oder gelöscht hatten, während das FBI ermittelte, ob sie illegal an geheimhaltungsbedürftige Informationen gekommen waren. Vertraulichen Quellen zufolge hatten die Anwälte sich Zugang zu Informationen verschafft, die topsecret waren, um sie im *Anderson*-Prozess einzusetzen, in dem ihnen ein Drittel Erfolgsbeteiligung winkte. Die Person, die ihnen die Informationen zugespielt hatte, war unbekannt, aber am Dienstag hätten Wyatt, Paige und Wellington vor einer Grand Jury in Norfolk erscheinen müssen. Man ging davon aus, dass bald Anklage gegen sie erhoben würde. U.S. Attorney Mitchell Taylor hatte sich geweigert, sich zu äußern. Am Schluss des Artikels hieß es, dass auf die missbräuchliche Verwendung geheimhaltungsbedürftiger Informationen fünf bis sechs Jahre Gefängnis standen, mit möglicherweise einem zusätzlichen Jahr für jeden Anklagepunkt bezüglich der Behinderung der Justiz.

Paige verging prompt das bisschen Appetit, das sie gehabt hatte. »Na, toll«, war alles, was sie hervorbrachte, als sie Wellington das Telefon zurückreichte.

Eine kesse Kellnerin kam und fragte Paige, ob sie Kaffee wollte. Sie hatte eigentlich nicht vorgehabt, noch eine Tasse zu trinken, um nicht zu nervös zu werden, aber jetzt sagte sie: »Ja, bitte.«

Sie unterhielten sich über diesen neuen Tiefschlag. Es war Kristen, die sie stellte, die Frage: »Was würde Wyatt machen, wenn er jetzt hier wäre?« Sie alle fanden, dass er so bombastisch wie immer ins Gericht marschieren würde. Die Regierung zog alle Register, um ihr illegales Verhalten zu vertuschen. Jetzt versuchte sie es eben mit einer Grand Jury. Doch mehr noch: Der Artikel zeigte, dass es nicht die *Anderson*-Anwälte gewesen waren, die das Marcano-Vernehmungsprotokoll Harry Coburn zugespielt hatten, denn Coburn war eindeutig ihr Gegner, nicht ihr Freund. Die Annahme lag mehr als nahe, dass es dieselbe Person gewesen war, die Coburg Marcanos Vernehmung gegeben und ihn über die Grand Jury informiert hatte.

So weit, so gut, aber grau war alle Theorie. Paige wusste, dass die Reporter die Story in jede gewünschte Richtung biegen konnten. Und die nackte Tatsache war, dass Wyatt nicht da war; *sie* wäre die Person, auf die die Reporter sich gleich vor dem Gerichtsgebäude stürzen würden. *Sie* würde gleich vor den Richtern des Obersten Gerichtshofes stehen, während die Behauptungen in diesem Artikel wie ein giftiger Nebel hinter jeder der Fragen waberten. Paige wusste: Noch bevor das »Mit Verlaub des Gerichts« über ihre Lippen gekommen wäre, würde jede Person im Gerichtssaal - einschließlich sämtlicher Richter - wissen, dass gegen die Anwältin, die gleich ihr Plädoyer für Kristen Anderson halten würde, Ermittlungen wegen Behinderung der Justiz liefen.

Aber was konnte sie machen? Es war zu spät, um es mit einem anderen Anwalt zu versuchen, und Kristen hatte auch gar keine Lust dazu.

»Das ist ja der Grund, warum ich wollte, dass du das heute machst«, sagte sie zu Paige. »Ich meine es nicht böse, Wellington, aber diese Richter hätten vielleicht geglaubt, dass Wyatt Spielchen spielte und die Justiz bewusst behinderte. Von Paige werden sie das nie denken.«

Die Worte gingen Paige runter wie Öl. Aber stimmten sie auch?

Das Hotel lag nur wenige Straßen vom Obersten Gerichtshof entfernt, sodass die drei beschlossen, zu Fuß zu gehen. Paige und Wellington trugen jeder eine mit schwarzen Kladden gefüllte Aktentasche, und Paige hatte auch den braunen Briefumschlag mit der Gliederung ihres Plädoyers und mehreren Seiten Anmerkungen und Quellen dabei. Sie wusste, dass sie keine Chance bekommen würde, ein schriftliches Plädoyer vorzulesen; man würde sie zu heftig und zu schnell mit Fragen bombardieren. Aber als alte Perfektionistin hatte sie beschlossen, ihr Plädoyer schriftlich festzuhalten.

Ihr Fall würde als Erster vom Gericht behandelt werden; danach kämen ein kartellrechtlicher Fall und zwei Strafverfahren. Unterwegs spekulierten sie darüber, wie lange die Warteschlangen vor dem Gerichtsgebäude wohl wären. »Es geht ja nicht gerade um das Thema

Abtreibung«, sagte Paige. »Ich glaube, so einen Zuschauerzirkus kriegen wir nicht.«

»Es war aber die große Story in jeder Zeitung in der Lobby«, sagte Wellington, als ob der Stress nicht schon groß genug war. »Außer in der *New York Tribune* natürlich.«

Er fuhr fort: »Dieser Prozess wird entscheidend sein für das außenpolitische Kräftegleichgewicht zwischen den Gerichten und dem Präsidenten. Wer kontrolliert die Machtausübung des Präsidenten? Ich meine, wenn wir diesen Prozess gewinnen, könnte Hamilton ein Amtsenthebungsverfahren drohen.«

»Könnten wir bitte das Thema wechseln?«, bat Paige.

Wenige Minuten später bogen sie um die Ecke und überquerten die Straße an der Ampel. Wellington hatte recht gehabt. Es ging vielleicht nicht um Abtreibung, aber die Menschenmenge war deswegen nicht kleiner. Jetzt stand Paige klar vor Augen, auf wie viel Interesse der Fall *Anderson* stieß. Auf dem Areal vor Obersten Gerichtshof mit seiner grandiosen Eingangstreppe, der großen Piazza und den riesigen, die Würde des Gesetzes darstellenden Marmorsäulen erstreckten sich zwei Menschenschlangen. Die linke Schlange war die der Anwälte, die die Zulassung vor dem Obersten Gerichtshof hatten; sie war über hundert Meter lang. Aber sie war rein gar nichts gegen die Schlange rechts, in der die paar Hundert Normalbürger warteten, die das Glück hätten, für die ganze Sitzung einen Platz zu ergattern, plus noch einmal mehrere Hundert, die sich mit Drei-Minuten-Schichten würden begnügen müssen. Diese Warteschlange ging um den ganzen Block herum und Paige hatte den Eindruck, dass die Menschen ganz vorne in der Schlange die ganze Nacht vor dem Gerichtsgebäude kampiert haben mussten, um am Morgen die Ersten zu sein.

Hinzu kamen Fernsehkameras und Übertragungswagen, Demonstranten mit Schildern und ganze Horden von Reportern. Paige merkte, wie ihr Mund noch trockener wurde und ihr Herz noch schneller schlug. Sie und Wellington hatten am Tag zuvor das Gelände ausgekundschaftet. Sie wussten daher, dass die Tür, durch die sie hineinmussten, am Ende der Piazza an der rechten Seite des Gebäudes lag. Keine Chance, dorthin zu kommen, ohne sich einen Weg durch die Menschenmenge zu bahnen.

Sie blieben auf der anderen Straßenseite, bis sie die Höhe des Eingangs erreicht hatten, und warteten, bis es eine Lücke im Verkehr gab.

Da war die Lücke. Hinein ins Vergnügen. »Los!«, sagte Paige.

»Auf sie!«, kommentierte Kristen.

Den Kopf hoch erhoben, rannte Paige über die Straße. Die Reporter reagierten sofort. Kameras liefen, Fragen flogen, die meisten über das Geschworenengericht. Hinter den Reportern waren einzelne Demonstranten mit Schildern zu sehen, auf denen stand: »Warum hast du die Soldaten sterben lassen?«

Paige, Wellington und Kristen arbeiteten sich die Stufen hoch, die Reporter ignorierend. Den Blick nach vorne gerichtet, die Zähne zusammengebissen, ging Paige schräg über die Piazza nach rechts. Wellington ging einen halben Schritt hinter ihr, Kristen war an ihrer Seite. Als die Reporter zu zudringlich wurden, schrie Kristen sie an, Platz zu machen. Es war ein dramatischer Augenblick, von dem die meisten Rechtsanwälte nur träumen konnten, aber Paige wäre lieber auf einer einsamen Insel gewesen. Sie kämpfte sich zum Ende des zweiten Treppenabsatzes durch und blieb stehen. Wo war die Tür noch mal, durch die sie mussten? Gestern hatte alles anders ausgesehen.

Kristen packte ihren Ellbogen. »Da drüben!«

Paige musste grinsen. Sie gingen weiter, die Reporter machten widerwillig Platz.

»Findest du, dass ich wie ein Grünschnabel aussehe?«, raunte sie Kristen zu.

»Vielleicht ein bisschen«, sagte Kristen. »Aber ein hübscher Grünschnabel.«

Kapitel 79

Saudi-Arabien

Wyatt kam es so vor, als habe er eine Ewigkeit auf dem Rücksitz verbracht, die Hände gefesselt, den Schleier so über den Augen, dass er nichts sehen konnte. Draußen schien es seit einigen Stunden dunkel zu sein. Die drei Araber schwiegen. Die Straße war holprig geworden, der Wagen fuhr deutlich langsamer.

Sie hatten nur zum Beten angehalten sowie zweimal zu einem Toilettenstopp am Rande der Straße in der Mitte von Nirgendwo.

Die Nacht kroch dahin. Mal schlief Wyatt, mal wachte er. Nur hin und wieder hörte er das Geräusch eines anderen Autos. Die Wüstenluft wurde kalt und Wyatts Wächter schlossen die Fenster. Der Wagen roch nach Schweiß.

Wyatt war im Halbschlaf, als das Auto langsamer wurde, die Straße verließ und anhielt. Larry band die *Nikab* los und riss sie von Wyatts Kopf. Curly verließ den Beifahrersitz und öffnete die hintere Tür. Larry bedeutete Wyatt mit dem Lauf seiner Waffe, auszusteigen. Wyatt tat es, langsam und bedächtig.

Auf so eine Pause hatte der alte Anwalt gewartet. Die letzten Stunden hatte er viel nachdenken können und war zu gewissen Ergebnissen gekommen. Wenn diese Männer von al-Qaida oder dem IS waren, hatten sie sehr wahrscheinlich vor, ihn zu köpfen und die Szene als Video ins Internet zu stellen. Dann war es allemal besser, wenn er bei einem Fluchtversuch starb. Wenn sie aber unter Saleet Zafars Befehl standen und den

Auftrag hatten, Wyatt sicher abzuliefern, würden sie ihm nicht allzu viel tun, selbst wenn er einen Fluchtversuch unternahm. Was auch immer der Fall war, er hatte nicht viel zu verlieren, aber alles zu gewinnen. Wenigstens wüsste er anschließend, ob sie ihm wirklich ans Leben wollten.

Er linste über seine Schulter, als Larry die andere Tür öffnete und anfing, auszusteigen. Er schien der Einzige zu sein, der eine Pistole dabeihatte. Wyatts einzige Chance wäre, ihn auszuschalten und die Waffe an sich zu reißen, aber wie sollte er das machen mit gefesselten Händen?

Sie schoben Wyatt in Richtung Kofferraum und öffneten diesen. Larry schob ein paar der Kalaschnikows zur Seite, holte die Munition und mehrere der Taschen heraus und bedeutete Wyatt, in den Kofferraum zu steigen.

Wyatt funkelte ihn an. »Du kannst mich mal ...«

Curly hatte Wyatts Pass hervorgeholt und zeigte mit ihm die Straße entlang nach vorne. Offenbar kam gleich der nächste Grenzübergang. Egal, Wyatt war entschlossen, nicht freiwillig in den Kofferraum zu steigen. Er runzelte die Stirn, als ob er nicht recht verstand, was Curly sagte. Dieser fing an, seine Erklärung zu wiederholen. Wyatt trat zu ihm und musterte im schwachen Licht, das aus dem Kofferraum kam, den Pass. Dann wirbelte er ohne Vorwarnung herum und rammte seinen Kopf gegen Larrys Kopf, direkt über dem Auge. Er drehte sich wieder um, um Curly mit einem Karatetritt zu fällen, genau wie in den Filmen, doch Curly packte seinen Fuß und stieß ihn um, sodass er halb in den Kofferraum fiel.

Wyatt sah aus dem Augenwinkel, wie Larry, dem das Blut das Gesicht hinunterlief, sich auf ihn stürzte. Der verletzte Araber packte die Vorderseite von Wyatts Gewand und riss ihn hoch. Mit seinen gefesselten Händen war Wyatt hilflos. Larry fluchte ausgiebig, dann boxte er Wyatt in die Brust, sodass er keine Luft mehr bekam. Er fühlte sich, als hätte er sich seine sämtlichen Rippen gebrochen. Mit vereinten Kräften stießen die beiden Männer ihren nach Luft ringenden Passagier, dem jeder Atemzug in die Seiten riss, in den Kofferraum.

Larry griff in einen der Rucksäcke, die er auf den Boden gestellt hatte, und holte eine Spritze heraus. Wyatt, der die Spritze sah, begann, um sich zu treten, die Augen weit vor Angst. Jetzt mischte sich auch Moe ein.

Mehrere Arme und Ellbogen drückten Wyatt nach unten, während einer der Männer das Gewand hochschob und die Nadel in Wyatts Bein rammte.

Sie knallten den Kofferraumdeckel zu, während Wyatt vor Schmerzen stöhnte. Es war stockdunkel im Kofferraum. Es gelang Wyatt, die Kalaschnikows zur Seite zu schieben, sodass er mehr Platz hatte. Jetzt fuhr der Wagen los, jedes Schlagloch war ein reißender Blitz in Wyatts Seite. Der Kofferraum schien immer kleiner zu werden. Einige Minuten lang hatte er Angst, vor Schmerzen ohnmächtig zu werden, doch bald begann das Betäubungsmittel zu wirken und er sank in einen tiefen, schweren Schlaf.

★ ★ ★

Washington, D. C.

Als sie endlich im Gerichtsgebäude waren, gingen Paige, Wellington und Kristen die Flure entlang und betrachteten Marmorstatuen, lasen Schilder, die die Geschichte des Gerichtshofs erklärten, und schlugen allgemein die Zeit tot, bis sie sich in der Anwalts-Lounge melden mussten. Hätte es Paige Angst machen sollen, dass sie durch dieselben heiligen Hallen ging, durch die Thurgood Marshall, der erste afroamerikanische Oberste Richter, gegangen war vor seinem Plädoyer in dem Fall *Brown vs. Board of Education** oder Leon Jaworski, als er versuchte, Richard Nixons Tonbänder zu beschlagnahmen? Dies war die Bühne, auf der Geschichte geschrieben wurde, und in wenigen Minuten säße Paige neun Richtern gegenüber, die einen Fall entscheiden würden, der wahrscheinlich eine ganze Generation lang in jedem Lehrbuch über Verfassungsrecht breitgetreten werden würde.

Aber aus irgendeinem Grund fühlte sie sich der Aufgabe gewachsen. Doch sie hatte Angst davor, was die Richter sagen oder denken würden über die Grand Jury, aber sie war von der Qualität ihres Plädoyers über-

* Sammelbezeichnung für fünf Gerichtsfälle, die in puncto der Rassentrennung an öffentlichen Schulen vor den Obersten Gerichtshof kamen. Der Oberste Gerichtshof entschied zugunsten der Kläger und beendete die Rassentrennung an Schulen.

zeugt. Sie hatte die Vorbereitungszeit gut genutzt und sie glaubte, dass sie recht hatte. Als sie all die Bilder musterte und die Schilder las, die an die großen Entscheidungen erinnerten, die in diesem Haus gefallen waren, geschah es mehrere Male, dass sie die Augen schloss und die Wellen vor sich sah, die den Strand hochspülten und die Worte, die sie in den Sand geschrieben hatte, auslöschten. Hier waren höhere Kräfte am Werk; ihr Job war es lediglich, ihren Part zu erledigen und ihn gut zu erledigen.

Um halb zehn trat ihr kleines Dreierteam in den Warteraum für Anwälte, in dem schon die anderen Anwälte saßen, deren Fälle heute verhandelt wurden. SEAL-Team 9 sah sich mindestens ein Dutzend Anwälten für die Verteidigung gegenüber, darunter Dylan Pierce und Kyle Gates. Philip Kilpatrick und John Marcano waren auch da. Sie unterhielten sich leise mit ihren Anwälten, hin und wieder lächelten sie oder schauten kurz zu Paige, Kristen und Wellington.

Paige suchte sich einen Platz auf einem der edlen Sessel und holte die Aktenmappe hervor, die sie in knapp einer Stunde zum Rednerpult mitnehmen würde. Sie überflog ihr Plädoyer, die Zitate aus früheren Fällen und die Auszüge aus den Protokollen. Aus dem Augenwinkel heraus registrierte sie, wie ein entspannter Dylan Pierce mit seinem Team plauderte. Alles an ihm signalisierte, dass dies nicht sein erster Waffengang war.

Nach zehn quälenden Minuten kam der Gerichtsdiener herein, um den versammelten Rechtsanwälten die letzten Anweisungen zu geben.

»Das Gericht erlaubt keine Computer, Mobiltelefone, Kameras oder andere elektronischen Geräte im Gerichtssaal. Sie können diese Geräte hierlassen. Der Vorsitzende Richter hat es gerne, wenn alles zügig geht. Gehen Sie unaufgefordert an das Rednerpult! Wenn Ihr Fall fertig ist, räumen Sie bitte zügig Ihren Tisch, damit die nächsten Anwälte anfangen können. Der Vorsitzende Richter wird Sie namentlich begrüßen; bitte antworten Sie darauf: ›Herr Vorsitzender Richter, und mit Verlaub des Gerichtes.‹ Stellen Sie sich und Ihre Kollegen nicht vor. Reden Sie die Richter mit ›Richter Sikes‹ oder ›Richterin Augustini‹ oder einfach mit ›Euer Ehren‹ an. Nennen Sie sie nicht ›Herr Richter‹ oder ›Frau Richterin‹. Wenn Sie den Namen eines der Richter nicht genau kennen, ist es besser, ›Euer Ehren‹ zu sagen als den falschen Namen zu nennen. Wenn

Sie nur noch fünf Minuten Redezeit haben, wird ein weißes Licht am Pult aufleuchten. Fünf Minuten später, wenn das rote Licht kommt, ist Ihre Redezeit zu Ende. Wenn Sie sich in der Mitte eines Satzes befinden, bitten Sie den Vorsitzenden Richter um die Erlaubnis, Ihre Antwort zu beenden, dann setzen Sie sich. An jedem Anwaltstisch liegen Gänsekiele aus. Sie sind Geschenke für die plädierenden Anwälte, sozusagen Souvenirs des Obersten Gerichtshofes. Nehmen Sie sie gerne mit! Sie sind handgefertigt und zum Schreiben geeignet.«

Der Mann sprach wie ein Fremdenführer, der etwas durchhechelte, was er schon Hunderte Male von sich gegeben hatte. Als er fertig war, fragte er, ob es noch Fragen gäbe. Paige hatte den Eindruck, dass alle Augen im Raum auf sie gerichtet waren.

»Dann werde ich Sie in fünf Minuten in den Gerichtssaal führen. Bitte nehmen Sie direkt hinter dem Anwaltstisch Platz. Sobald Ihr Fall aufgerufen wird, treten Sie zum Anwaltstisch und halten Sie sich für Ihr Plädoyer bereit.«

Die Schmetterlinge in Paiges Bauch flatterten in alle Richtungen. Sie wusste: Wenn sie ihr Plädoyer erst einmal begonnen hatte, würden sie sich beruhigen. Sobald sie da vorne stünde, wäre sie voll auf ihren Fall konzentriert. Aber das half ihr im Augenblick nicht.

Sie stellten sich in einer Reihe auf, um in den Gerichtsaal zu gehen. Die Gegenstände, die sie nicht mitnehmen würden, legten sie auf die Beistelltische, die über den Raum verstreut standen. Dylan Pierce legte einen großen Stapel Papiere demonstrativ auf einen Tisch, an dem Paige vorbei musste. Zuoberst prangte ein Exemplar der *New York Tribune* mit der Titelstory über die Grand Jury. Kristen, die neben Paige stand, sah es ebenfalls.

»Du schaffst das«, flüsterte sie Paige zu.

Paiges Hand griff nach dem Ring an ihrer Halskette. »Ich weiß.«

Kapitel 80

Jemen

Wyatt blinzelte. Der Nebel um ihn löste sich auf und nahm ganz langsam Stück für Stück Konturen an. Er lag auf einer Art niedrigem Sofa mit Streifenmuster. Der Raum war rechteckig und länglich, in der Mitte des Fußbodens lag ein Perserteppich. An den anderen Wänden standen ähnliche Sofas mit dem gleichen Streifenmuster. Drei große Buntglasfenster ließen das Tageslicht herein, dazu kam das künstliche Licht eines Kronleuchters, so hell, dass Wyatt unwillkürlich die Augen zusammenkniff. Sein Kopf pochte, seine Hand ging an die Stelle an der Stirn, wo der Pistolenkolben ihn getroffen hatte. Sie hatten die Wunde bandagiert und ein Leinentuch um seinen Kopf gewickelt.

Jetzt merkte er, dass seine Hände nicht mehr gefesselt waren. Langsam, ganz langsam setzte er sich auf und richtete seinen Blick auf den anderen Mann im Raum, der keine fünf Meter entfernt auf dem gegenüberliegenden Sofa saß, an seiner Seite ein Stapel Bücher. Er trug ein weißes Gewand und eine ebenfalls weiße Kopfbedeckung. Er hatte eine breite Stirn, einen schmalen, struppigen Bart, ernste Augen und eine Brille mit kleinen ovalen Gläsern. Er lächelte; zwischen seinen Schneidezähnen war eine kleine Lücke. Wyatt erkannte ihn sofort.

»Willkommen im Jemen«, begrüßte ihn Saleet Zafar.

Wyatt schaute um sich. Die drei Araber aus dem Auto waren nirgends zu sehen. Er rieb sich die Augen. War alles nur ein Albtraum gewesen? Aber nein, seine Augenbrauen waren immer noch weg. Sah man noch die aufgemalten Frauenbrauen?

Zafar lächelte wieder. »Ich hoffe, Sie haben gut geschlafen.«

Wyatts Rippen schmerzten immer noch, aber das Atmen ging jetzt schon wieder leichter. »Wie ein Stein.«

Draußen war es hell. Hinter den Fenstern lag eine ganze Stadt aus Lehmhäusern, die an einem Berghang klebten. Er versuchte, sich das Bild einzuprägen, jedes Detail. Wohin hatten die ihn gebracht? Er rieb sich wieder die Augen. »Ihre Männer waren ein bisschen heftig.«

»Es sind nicht meine Männer. Aber ich wusste, dass sie Sie hierherbringen würden.«

Zafars Englisch war gut und hatte den übertrieben exakten Akzent eines Mannes, der Englisch als Fremdsprache in der Schule gelernt hatte und nicht im Land selbst.

»Ich weiß, dass Sie ein Freund von Cameron Holloman waren«, sagte Wyatt. »Ich bin ein Freund von seiner Frau und bin hier, um zu sehen, ob Sie uns in unserem Prozess gegen den Direktor der CIA helfen können.«

»Darüber werden wir noch reden«, sagte Zafar. »Aber jetzt sind Sie bestimmt erst einmal hungrig.«

Wyatt war nicht so weit gereist, um einen Höflichkeitsbesuch zu machen, und er hatte eigentlich keine Lust, diesen radikalen Imam, der ihm da gegenübersaß, kennenzulernen. Aber er wusste auch, dass der Fall *Anderson* von zwei Dingen abhing: Was am Obersten Gerichtshof geschah und was in den nächsten paar Stunden geschehen würde, die er hier mit Saleet Zafar zusammen war. Er hatte zu viel riskiert und durchgemacht, um seine Gelegenheit zu verspielen, weil er es zu eilig hatte.

Zafar rief etwas auf Arabisch. Kurz darauf brachten zwei Frauen, die bis auf ihre Augen und Hände verhüllt waren, das Mittagessen herein. Erst legten sie in der Mitte des Raumes eine Matte auf den Boden, dann trugen sie die verschiedenen Gerichte herein, während Zafar und Wyatt sich unterhielten. Der erste Gang waren ungesäuerte Brotfladen in einer schwarzen eisernen Pfanne, deren Duft Wyatt daran erinnerte, wie hungrig er war. Dann kam ein Glas mit etwas, das wie der dünnste Kaffee aussah, den Wyatt je gesehen hatte.

»Das ist *Shahi haleeb*«, erklärte Zafar. Wyatt sah ihn fragend an, und der Imam fuhr fort: »Milchtee.«

Wyatt nahm einen kleinen Schluck – er schmeckte nach Minze – und stellte überrascht fest, dass er das Getränk mochte. Als Nächstes brachten die Frauen Kartoffeln, Eier und Linsen. Das Hauptgericht nannte Zafar *Mandi* – Lammfleisch auf einem Teller Reis. Das Ganze sah aus wie ein Festmahl für einen persischen König.

Zafar und Wyatt setzten sich auf den Fußboden und speisten gemütlich, während Wyatt seinen Gastgeber über die jemenitische Kultur und den Bürgerkrieg befragte. Tief Luft holen tat ihm immer noch weh und der dumpfe Kopfschmerz wollte nicht weggehen, aber er zwang sich, sich auf das Gespräch zu konzentrieren.

Als die Männer fertig gegessen hatten, räumten die Frauen das Essen ab und brachten eine kleine Schüssel voller Blätter. Wyatt hatte sich vor seiner Reise darüber kundig gemacht. Es handelte sich um die Blätter des *Qat*-Strauches. Alle Männer im Jemen fingen nach dem Mittagessen an, *Qat* zu kauen, von ungefähr zwei bis sechs Uhr. Die Blätter bewirkten eine milde Euphorie. Es war, wie Wyatt fand, ein höchst ungewöhnliches Phänomen: Das ganze Land war den halben Arbeitstag lang ein kleines bisschen high. Im Augenblick kam ihm das Zeug gerade recht. Er nahm einige Blätter und Stängel, schob sie sich in den Mund und begann, sie langsam zu kauen und den Saft herauszuziehen. Er achtete darauf, nicht zu viel zu nehmen, denn in den nächsten Stunden musste er voll präsent sein. Nach etwa zehn Minuten Kauen und Reden spuckte er das *Qat* zurück auf einen Teller. Zafar sah es und schob sich leise kichernd die nächsten Blätter in den Mund.

»Die Amerikaner haben keine Ahnung von den schönen Dingen im Leben«, sagte er.

»Sagen Sie Ihren Leuten, sie sollen meine Zigarren aus dem Auto holen. Dann können wir uns eines der schöneren Dinge gönnen«, sagte Wyatt.

»Phillies-Zigarren?« Saleets Stimme war skeptisch. »Nicht das Beste, was Kuba zu bieten hat.«

Woher kannte Saleet sich mit amerikanischen Zigarrenmarken aus?

»Haben Sie schon mal eine probiert?«

»Ich rauche nicht.«

Wyatt hatte Lust, zu antworten: »Aber Sie kauen den ganzen Tag ein Amphetamin«. Stattdessen sagte er: »Ich hatte einen Brief von Gazala Holloman dabei, aber Ihre Männer haben mir nicht erlaubt, ihn mitzubringen.«

Saleet langte zu seinem Bücherstapel hin und zog vor Wyatts staunenden Augen den Brief hervor. »Ich habe ihn schon gelesen. Sie haben ihn mitgebracht. Und noch einmal: Es sind nicht meine Männer.«

»Ich brauche Ihre Hilfe«, sagte Wyatt. »Und Gazala auch. Gemeinsam könnten wir der Menschheit zeigen, was der wahre Grund für den Tod von Cameron Holloman und den amerikanischen Soldaten war.«

»Vielleicht brauche ich auch *Ihre* Hilfe«, erwiderte Saleet.

Was sagte der da? Wyatt ließ sich seine Überraschung nicht anmerken. Aber war es wirklich so überraschend? Jeder Mensch kochte doch sein eigenes Süppchen. »Inwiefern?«, fragte er.

»Sie wissen vielleicht, dass Ihre Regierung mich umbringen will. Es scheint, dass ein Imam, der die ganze Wahrheit des Korans predigt, heutzutage auf schwarzen Listen landet und ohne Gerichtsverfahren getötet werden kann, wenn Ihr Präsident dies wünscht. Ich möchte Sie als meinen Anwalt engagieren, Mr Jackson. Ich werde Ihnen alles geben, was Sie brauchen, um Ihren Prozess gegen Direktor Marcano und Mr Kilpatrick zu führen, aber im Gegenzug möchte ich, dass Sie in den amerikanischen Medien *mein* Anliegen propagieren. Ich brauche Ihre Hilfe, damit Ihr Land erkennt, was da läuft.«

Zafar langte wieder zu dem Bücherstapel und zog zwei Fotos heraus, die zwei Jungen zeigten. Er legte sie vor Wyatt auf den Fußboden.

»Dies sind meine beiden Söhne. Auch sie stehen im Fadenkreuz amerikanischer Drohnen. Ich habe mir Ihren Werdegang als Rechtsanwalt angesehen, Mr Jackson. Ich weiß, dass Ihre Klienten sich voll auf Sie verlassen können.« Saleet hielt inne, suchte nach den richtigen Worten. »Ich bin kein Soldat, der gegen Ihr Land kämpft. Ich befehlige keine Truppen, ich ersinne keine Strategien, ich lege keine Bomben. Ich predige, dass es keinen Gott gibt außer Allah und dass Mohammed sein Prophet ist. Ich predige über die Herrlichkeit der Märtyrer. Ich predige, dass wir uns in einem geistlichen Krieg befinden. Lauter Dinge, die nicht so verschieden sind von dem, was Ihre amerikanischen Pastoren predigen. Wann hat Ihr Land angefangen, religiöse Führer hinzurichten, weil sie nach ihrem Gewissen predigen?«

Wyatt fielen tausend Erwiderungen ein. Die amerikanischen Pastoren riefen nicht zu Selbstmordattentaten und Terroranschlägen auf. Vielleicht sprachen sie von einem geistlichen Krieg, aber sie forderten nicht die gewaltsame Unterjochung aller Muslime. Doch jetzt war nicht die Zeit für Diskussionen. Wyatt war Rechtsanwalt. Was er brauchte, war ein vernünftiger Deal.

»Sagen Sie mir, was Sie über den Tod von Cameron Holloman wissen«, sagte er. »In unserem Justizsystem nennen wir so etwas ein Angebot. Sie müssten bereit sein, von einem nicht benannten Ort aus auf Video darüber auszusagen. Wenn Sie mir gleich in wenigen Worten den Inhalt Ihrer Aussage skizzieren könnten, kann ich Ihnen anschließend sagen, ob ich Ihren Fall übernehmen kann. Und glauben Sie mir, Mr Zafar: Wenn ich ihn übernehme, werde ich mein Allerbestes für Sie tun.«

»Sie sagen, ich muss Ihnen das zuerst sagen. Aber danach hätten Sie die Information ja schon«, entgegnete Saleet. Er musterte Wyatt einen Augenblick, während er weiter sein *Qat* kaute, dann bogen seine Lippen sich zu einem dünnen, verschlagenen Lächeln. »Vertrauen ist eine schwierige Sache, nicht wahr?«

»Das ist richtig«, sagte Wyatt. »Aber in meinem Land gibt es eine Redensart: Der Feind meines Feindes ist mein Freund. Wir beide wollen offenlegen, was zu dem Tod von Cameron Holloman führte. Unsere gemeinsamen Feinde sind der Direktor der CIA und die Präsidentin der Vereinigten Staaten. Sind wir damit nicht Freunde?«

Saleets Lächeln wurde breit, sodass man das *Qat* in seinem Mund sah. »Hier im Nahen Osten, Mr Jackson, stellen wir uns diese Frage seit Tausenden von Jahren.«

Kapitel 81

Washington, D. C.

Paige betrat den voll besetzten Gerichtssaal um 9:45 Uhr, hinter dem Gerichtsdiener und dem Team von Dylan Pierce. In der Mitte des Saales saßen hinter den Anwaltstischen auf Klappstühlen dicht an dicht Rechtsanwälte, die die Zulassung zum Obersten Gerichtshof hatten. Es waren die, die stundenlang auf der Straße angestanden waren und die Blicke aller schienen sich auf Paige zu richten.

Direkt hinter ihnen, auf harten Holzbänken, saßen jene Zuschauer, die das Glück gehabt hatten, einen Sitzplatz zu ergattern. Die in der ersten Reihe mussten die sein, die die ganze Nacht draußen kampiert hatten.

Aber was war das? Als Paige hereinkam, erhoben sich die beiden ersten Zuschauerreihen wie ein Mann und nahmen eine militärische Habachtstellung ein. Sie erkannte etliche der Gesichter. Es waren lauter SEALs aus den in Virginia Beach stationierten Teams. Ohne Zweifel waren sie da, um zu bekunden, dass sie hinter Paige standen. Wieder die SEAL-Familie ...

Bevor sie sich setzte, schaute Paige kurz über ihre Schulter zu ihnen hin und nickte ihnen zu, worauf sie sich wie ein Mann wieder setzten, als habe sie gerade salutiert. Ihr Herz wurde warm vor Stolz.

»Echt cool«, flüsterte Wellington.

Wenige Minuten noch, dann eröffnete der Gerichtsdiener die Sitzung und hinter einem riesigen dunkelroten Vorhang kamen die Richter hervor und nahmen ihre Plätze auf der Richterbank ein. Paige fiel auf, wie intim die Atmosphäre war. In den meisten Berufungsgerichten war das Rednerpodest ein gutes Stück von der Richterbank entfernt, was dieser eine gewisse Aura der Unnahbarkeit verlieh. Hier, im höchsten Gericht der Nation, saßen Anwälte und Richter nur einige Meter voneinander entfernt. Andere Anwälte hatten Paige gesagt, dass sie den pfeifenden Atem des ältesten Mitglieds des Gerichtes, Richterin Kathryn Byrd, hatten hören können. Man musste nicht laut sprechen, um gut gehört zu werden; dieses Plädoyer wäre keine Rede, sondern vielmehr ein Tischgespräch.

Paige musterte die Mienen der Richter, aber sie verrieten ihr nichts. Bevor sie es sich versah, war Pierce an das Rednerpult getreten und die Fragen hatten begonnen. Pierce beantwortete sie souverän, mit exakt der richtigen Mischung aus Respekt und Selbstsicherheit. Er betonte die Gewaltentrennung in der amerikanischen Verfassung und wie das Hohe Gericht stets die Rolle der Exekutive in außenpolitischen Angelegenheiten als hohes Gut betrachtet hatte. Das Land befände sich im Krieg und es ginge nicht an, die Leben derer, die ihm im Ausland dienten, aufs Spiel zu setzen, indem man jedes Mal, wenn ein Kläger in einem Prozess Geld erstreiten wollte, Staatsgeheimnisse preisgab. Aus diesem Grund hatte dieses Gericht seit dem Fall *Totten** im Jahre 1875 solche Klagen abgewiesen und die Exekutive nicht gezwungen, ihre Staatsgeheimnisse öffentlich zu machen.

Wie erwartet, kam Pierces Argumentation bei den eher liberalen Mitgliedern des Gerichtes nicht gut an. Es war Richterin Augustini, die noch nicht lange am Obersten Gerichtshof war und daher auf dem vorletzten Platz rechts saß, die zum Angriff blies. Als Romanschriftstellerin hatte sie ein Talent dafür, sich Szenarien vorzustellen, die die Gefahren in Pierces Logik aufzeigten. Am anderen Ende der Richterbank saß David Sikes. Jedes Mal, wenn Augustini ein Argument vortrug, hatte er eine Frage parat, die in die entgegengesetzte Richtung ging.

---

* Anwalt Enoch Totten versuchte 1875 für einen bereits verstorbenen Spion rückwirkend ein mündlich vereinbartes Gehalt zu erstreiten. Aufgrund der Geheimhaltungspflicht der Dokumente, die dies eventuell hätten belegen können, lehnte der Oberste Gerichtshof die Klage ab. Der Fall gilt als Wegbereiter für das Staatsgeheimnis-Privileg.

Richter William Martin Jacobs III., ein massiger Mann, der gleich neben dem Vorsitzenden Richter saß, quittierte eine von Pierces Antworten sogar mit offenem Spott: »Wenn man Sie so hört, müssen die Gerichte den Politikern aufs Wort glauben und dürfen noch nicht einmal prüfen, ob es tatsächlich um Staatsgeheimnisse geht«, bemerkte er, über den Rand seiner Lesebrille linsend. »Wie in der guten alten Zeit im Süden, als die Politiker dort behaupteten, dass Rassentrennung an Schulen keine rassistischen Ursachen hätte, sodass wir uns gefälligst aus der Frage, ob man die Rassenmischung an den Schulen nicht gezielt fördern solle, heraushalten sollten. Wir sollten ihnen halt glauben.«

»Das ist nicht das, was ich sage«, erwiderte Pierce, die Ruhe selbst. »Dieses Gericht ist durch die Verfassung dazu verpflichtet, dafür zu sorgen, dass die Bürger unseres Landes gleichbehandelt werden. Diese Gleichheit herrschte bei der Rassentrennung nicht. Aber es muss auch sicherstellen, dass die Exekutive die nötigen Spielräume hat, um die Bürger vor Terroristen zu beschützen, ohne Belästigung durch Gerichtsprozesse und Anwälte.«

Es war offensichtlich, dass die drei konservativen Richter – Sikes, Barton Cooper und Kathryn Byrd – ganz auf der Seite von Kilpatrick und Marcano waren. Der Vorsitzende Richter, Cyrus Leonard, war schwer einzuordnen, aber es schien ihm Bauchschmerzen zu machen, dass das Vorgehen von Richterin Solberg womöglich zur ungewollten Offenlegung von Staatsgeheimnissen führen könne. »Wenn dieser Geist erst einmal aus der Flasche raus ist, kriegt man ihn nicht wieder rein«, sagte er. Auf Leonard konnte Paige wahrscheinlich nicht zählen.

Blieben als Bundesgenossen die vier liberalen Richter – Murphy, Torres, Augustini und Jacobs. Aber sie müsste auch die Stimme der neuesten Richterin Taj Deegan bekommen, die ganz rechts saß und bisher noch keine Frage gestellt hatte. Paige fragte sich, wie Deegan tickte.

Sie bekam einen ersten Hinweis, kurz bevor bei Pierce das weiße Licht aufleuchtete. »Ist Ihre Forderung nicht etwas voreilig?«, fragte Deegan. »Richterin Solberg hat lediglich versucht, herauszufinden, ob es Staatsgeheimnisse gab, die eine Abweisung der Klage erfordert hätten. Sie hatte noch nicht abschließend beschlossen, dass der Prozess durchgeführt werden kann. Ist es nicht etwas extrem, zu behaupten, dass ein

Richter noch nicht einmal nicht öffentliche Vernehmungen durchführen kann, um Staatsgeheimnisbehauptungen der Regierung zu prüfen?«

Pierce antwortete wie aus der Pistole geschossen, als habe er nur auf diese Frage gewartet: »Was wir in diesem Fall erlebt haben, ist eine Illustration der ganzen Problematik eines solchen Vorgehens. Eine Vernehmung, die unter Ausschluss der Öffentlichkeit stattfinden sollte, ist der Presse zugespielt worden. Die Staatsgeheimnisse, über die sich Direktor Marcano unter der Zusage der Vertraulichkeit ausgelassen hat, waren auf der Titelseite der *New York Tribune* zu lesen. Wir dürfen die Sicherheit dieses Landes nicht so aufs Spiel setzen, wie Richterin Solberg es getan hat.«

Das weiße Licht leuchtete auf und Pierce fuhr fort: »Ich möchte meine restliche Redezeit für die Widerlegung nutzen.« Der Vorsitzende Richter nickte, der Anwalt setzte sich wieder.

Paige stand sofort auf, nahm ihre Mappe und trat nach vorne. Eine Sekunde lang stand sie schweigend da und ließ die Szene auf sich wirken. Paige Chambers, die Vertreterin der Soldaten von SEAL-Team 6, vor dem Obersten Gerichtshof der USA.

»Guten Morgen, Ms Chambers«, sagte Oberster Richter Leonard.

»Herr Vorsitzender Richter, und mit Verlaub des Gerichts ...«

Kapitel 82

Jemen

Als Saleet Zafar in Fahrt kam, merkte Wyatt bald, warum er solch ein einflussreicher Imam war. Der Mann konnte erzählen. Seine Worte, seine Stimme, seine Mimik und Gestik fesselten einen. Er lächelte, um im nächsten Augenblick die Stirn zu runzeln, und beugte sich nach vorne, um sicherzugehen, dass Wyatt ihm auch folgte. Wyatt dachte unwillkürlich, dass er einen guten Rechtsanwalt abgegeben hätte.

Saleet war ein Mann mit Köpfchen; seine Worte und Beschreibungen verrieten einen hohen Intelligenzgrad. Cameron Holloman, so berichtete er, hatte ihn neugierig gemacht. Cameron war kein Muslim, aber ein Sympathisant der guten Sache und schockiert angesichts des brutalen Vorgehens der Saudis und Amerikaner gegen die Zivilisten im Jemen. Saleet sprach von »wahllosen Luftangriffen«. Er hatte angefangen, mit Cameron zu korrespondieren, und sogar über Skype mit ihm gesprochen.

»Mein Ziel war, ihn zum Islam zu bekehren«, sagte Saleet. »Gazala hatte dasselbe Ziel.«

Persönlich getroffen habe er Cameron, als der Reporter den Jemen besucht hatte. Cameron wollte sich gerne mit führenden Huthis treffen, um ihre Sicht der Dinge besser zu verstehen.

»Ich habe also ein Treffen arrangiert«, fuhr Saleet fort. »Cameron hat stundenlang Fragen gestellt und sich Notizen gemacht. Ich schätze, er hat diese Informationen in die Cloud hochgeladen, in der er seine Recherchen speicherte. Möglicherweise hat er auch SMS und E-Mails verschickt.

Heute glaube ich, dass alles, was er weitergab, von Ihrer Regierung abgehört wurde. Acht Tage nachdem wir das Haus verlassen hatten, in dem er sich mit den Huthis traf, tötete eine Drohne alle drei, dazu zwei Frauen und ein sechs Jahre altes Kind.« Er schwieg einen Moment, seine Worte abwägend. »Nach diesem Drohnenangriff haben die Huthis Cameron verhaftet, als mutmaßlichen CIA-Spion. Einige Wochen später wurde ich von einem Mittelsmann kontaktiert, der für die Vereinigten Staaten arbeitete und wissen wollte, ob ich Camerons Freilassung erwirken könne.«

Das hatte Wyatt noch nicht gewusst, obwohl ihn allmählich nichts mehr überraschte. »Wer hat Sie da kontaktiert?«, fragte er.

»Ein anderer Imam, der Beziehungen zum US-Botschafter in Saudi-Arabien hatte«, erwiderte Saleet, der weiter sein *Qat* kaute. »Kennen Sie die Geschichte von Raymond Davis?«

Wyatt dachte angestrengt nach. »Nie davon gehört.«

Saleet schüttelte den Kopf. »Ich dachte: Wenn ein Amerikaner diese Geschichte kennt, dann Sie.«

Und er begann, die nächste fesselnde Geschichte zu erzählen. Raymond Davis war unter der Obama-Regierung CIA-Agent in Lahore in Pakistan gewesen. Eines Tages, als er gerade an einem Bankautomaten Geld abgehoben hatte, hielt an einer roten Ampel neben ihm ein Motorrad. Einer der Männer auf dem Motorrad richtete eine Pistole auf Davis. Die beiden waren einfache Straßenräuber, die sich das falsche Opfer ausgesucht hatten. Davis zog seine Glock und erschoss sie beide.

»Die pakistanische Polizei verhaftete Davis und behauptete, er sei ein CIA-Agent. Mr Obama wollte davon nichts wissen und gab an, dass Davis für das amerikanische Außenministerium arbeitete. Man kam schließlich zu einer Lösung. Davis wurde aus seiner Gefängniszelle zu einem Sharia-Gericht weit draußen auf dem Land gebracht, wo er den Familien der Getöteten gegenübertreten musste. Nach der Sharia-Regelung des *diyat** oder *Blutgeldes* vergaben die Familien Davis, nachdem die CIA 200 Millionen Rupien gezahlt hatte, umgerechnet etwa 2,3 Millionen Dollar. Bei diesem geheimen Gerichtstermin traten die Familienmitglieder vor Davis,

* Statt einer Bestrafung kann laut Sharia bei Mord, schwerer Körperverletzung oder Sachbeschädigung auch eine finanzielle Entschädigung der Opfer oder der Angehörigen stattfinden. Dies gilt nur, wenn das Opfer diesem Kompromiss zustimmt.

einige unter Tränen, und erklärten, dass sie ihm vergaben. Davis wurde freigelassen und zurück in die Vereinigten Staaten gebracht.«

Saleet fuhr fort: »Ich habe versucht, eine ähnliche Lösung für Cameron Holloman auszuhandeln. Ich war autorisiert, ein *diyat* von bis zu 10 Millionen Dollar anzubieten. Aber die Verwandten der Opfer waren nicht bereit, gegen Geld zu vergeben. Also schickte Ihr Land eine Spezialeinheit, um meinen Freund rauszuholen. Noch nach dem Tod der amerikanischen Soldaten habe ich die Huthi-Führer gebeten, Cameron freizulassen. Sie hörten nicht auf mich, ja bedrohten mich sogar. Ich habe Cameron nie mehr lebendig gesehen.«

Wyatt merkte: Es war dieses Letzte, was Saleet am meisten bedrückte. Es war nicht nur Camerons Tod an sich, sondern die Tatsache, dass er als Ungläubiger gestorben war und somit nach muslimischer Überzeugung die Ewigkeit in der Hölle verbringen würde. Seinem Gesichtsausdruck nach zu urteilen, gab Saleet sich selbst mit die Schuld daran, dass es so gekommen war.

»Woher wussten die Huthis, dass die amerikanische Spezialeinheit unterwegs war?«, fragte Wyatt. »Wissen Sie das?«

Saleet lächelte traurig. »Wenn diese Frage heißen soll, ob ich den Huthi-Führern verraten habe, dass die Amerikaner kommen würden, ist die Antwort Nein. Ich wusste selbst gar nichts darüber. Wenn einer wollte, dass Cameron freikam, dann ich.«

»Wie haben sie es dann rausgefunden?«

Saleet ließ die Frage einen Augenblick in der Luft hängen. Er war ohne Zweifel intelligent genug, um zu wissen, dass dies der Knackpunkt war. Wyatt hätte keine Chance, den Prozess zu gewinnen, wenn er nicht nachweisen konnte, dass die Regierung *gewusst* hatte, dass die Operation von Anfang an zum Scheitern verurteilt war. Er musterte das Gesicht des Imams. Er spürte: Er stand kurz davor, die Wahrheit zu erfahren. Sein Herz schlug schneller, doch er befahl sich, ruhig zu bleiben. Dieser Mann wusste Bescheid! Wyatt konnte hier vor Ort seine Beweisführung machen, mit Zeugen aus dem Jemen, Staatsgeheimnisse hin, Staatsgeheimnisse her.

»Sie wissen es doch, oder?«, hakte er nach.

»Ja, ich weiß es. Und ich werde Sie zu der Person bringen, die Ihnen die Beweise liefern kann, die Sie brauchen.«

Saleet kaute weiter an seinem *Qat*, bevor er fortfuhr: »Sie haben in Ihrem Brief darum gebeten, mit den Verwandten der Opfer sprechen zu können, die bei dem Drohnenangriff ums Leben kamen, der zu dem Lammopfer durch Admiral Towers führte. Erinnern Sie sich noch?«

»Natürlich.«

»Ich werde Ihren Wunsch erfüllen. Aber zuerst gibt es eine Bedingung.«

Es gab immer Bedingungen, doch jetzt, so verlockend nahe vor dem Ziel, war Wyatt bereit, so ziemlich jede anzunehmen. »Und die wäre?«

»Ich habe Ihnen gerade eine Vorschau meiner Geschichte geliefert. Ich habe Ihnen - wie nennen Sie das noch mal?«

»Ein Angebot gemacht.«

»So ist es. Ich habe Ihnen so viel gesagt, dass Sie sich entscheiden können. Ich muss die Zusage haben, dass Sie als Gegenleistung dafür, dass ich Sie zu dem Mann bringe, der Ihnen Ihre Beweisführung ermöglicht, anschließend mein Rechtsanwalt werden. Ich muss wissen, dass Sie alles in Ihrer Macht Stehende tun werden, damit mein Name von der Abschussliste der Präsidentin gestrichen wird.«

Wyatt sah Saleet fest an, streckte seine Hand aus und schüttelte die des Imams.

»Was ist Ihr Honorarvorschuss?«, fragte Saleet.

»Wie wäre es mit anderen Leibwächtern für meinen Weg zurück zum Flughafen Dubai, wenn wir fertig sind?«

»Ich werde die Männer anweisen, sanfter mit Ihnen umzugehen«, versprach Saleet. »Dass sie das überhaupt machen, liegt nur daran, dass ich ihnen gesagt habe, dass wir es gemeinsam schaffen können, Präsidentin Hamilton zu vernichten. Ehrlich gesagt, Mr Jackson, sie haben nicht viel übrig für Amerikaner.«

»Das habe ich gemerkt«, sagte Wyatt.

Kapitel 83

Washington, D. C.

»Dieser Fall konfrontiert uns mit einer einfachen Frage: Kann die Präsidentin aus politischen Motiven zusammen mit ihrem Stabschef und dem Direktor der CIA beschließen, unsere Soldaten in einen Rettungseinsatz zu schicken, obwohl sie weiß, dass sie ihn nicht überleben werden?«

Paige stellte die Frage in eindringlichem Ton und machte eine kurze Pause, um Luft zu holen. Man hatte sie vorgewarnt, dass dies eine aktive Richterbank war und dass sie versuchen müsse, ihre Argumentation schon in den ersten ein bis zwei Minuten auf den Punkt zu bringen, bevor die Fragen anfingen. Sie bekam diese zwei Minuten nicht.

»Wenn das das Thema ist, wie können Sie dann jemals einen Beweis führen, ohne zu wissen, was die Präsidentin wusste?« Die Frage kam von Richter Sikes, der sich nach vorne beugte und eine gleichzeitige Frage seines älteren Kollegen Cooper aus Texas übertönte. »Und damit wären doch alle möglichen Staatsgeheimnisse berührt, oder?«

»Nein, Richter Sikes, das wären sie nicht. Staatsgeheimnisse sind militärische oder geheimdienstliche Geheimnisse, deren Enthüllung die Sicherheit unseres Landes gefährden würde. Die Mission, um die es geht, ist bereits Geschichte. Die Enthüllung dessen, was die Präsidentin wusste, als sie die Mission befahl, würde, solange die Namen von CIA-Agenten sowie konkrete Gefechtstrategien geheim blieben, weder unser Land gefährden noch unseren Feinden helfen.«

Die Worte waren kaum aus ihrem Mund, als *der Bart,* Richter Cooper, seine Frage wiederholte; diesmal ließ er sich von niemand übertönen. »Es ist naiv, anzunehmen, dass Sie nicht in die Details gehen müssten, um Ihre Argumentation zu belegen, Frau Anwältin. Sie werden Zeugen beiziehen, die sagen, dass die Präsidentin wusste, dass der Plan zum Scheitern verurteilt war. Die Beklagten werden das verneinen, und die einzige Möglichkeit, wie die Jury herausfinden kann, wer Recht hat, besteht darin, dass sie sich über die genauen geheimdienstlichen Informationen kundig macht, die die Präsidentin hatte, und darüber, von wem sie sie hatte, damit sie die Glaubwürdigkeit der Quellen beurteilen kann. Alle diese Informationen erfüllen die Kriterien für Staatsgeheimnisse.«

In Paiges Ohren klang das eher wie ein Plädoyer als wie eine Frage. Aber sie blieb gelassen und antwortete, als seien sie und *der Bart* Freunde.

»Das mag sein, Richter Cooper, oder auch nicht. Der springende Punkt ist, dass wir das nie wissen werden, wenn dieser Prozess nicht weitergehen darf. Richterin Solberg hat uns sehr weise erlaubt, Vernehmungen durchzuführen unter der Bedingung, dass dabei keine Staatsgeheimnisse oder geheimhaltungsbedürftige Informationen preisgegeben werden. Sobald diese Vernehmungen abgeschlossen sind, kann es sein, dass wir zu dem Ergebnis kommen, dass das, was die Präsidentin wusste, nicht strittig ist und wir die Quellen nicht zu prüfen brauchen. Vielleicht werden wir die Beweisführung auch ohne Zeugen aus der Regierung zu Ende bringen können, womit das *Staatsgeheimnis*-Privileg hinfällig wäre. Das Mindeste ist doch, dass wir ausreichend recherchieren können, um herauszufinden, wie es sich verhält.«

»Und sobald diese Vernehmungen erfolgt sind, werden sie der Presse zugeschanzt«, warf Richter Sikes ein.

»Aber nicht von uns!«, schoss Paige zurück. Was Sikes da sagte, war eine billige Nummer. Paige mochte den Mann immer weniger.

»Das wird sich zeigen«, sagte Sikes, der unbedingt das letzte Wort haben wollte.

Jetzt meldeten sich zwei Richter gleichzeitig. Richterin Deegan ließ als die Juniorin am Gerichtshof Richterin Torres den Vortritt. Die ehemalige kalifornische Senatorin, die im Ausschuss für auswärtige Beziehungen des Senats gewesen war, war eine wichtige Stimme, wenn Paige eine Chance haben wollte, zu gewinnen. »Wäre das Ergebnis, das Sie wünschen, nicht direkt konträr zu unserer Entscheidung im Fall *Reynolds*?«, fragte sie.

Im Fall *Reynolds* hatten im Jahr 1953 die Witwen von Zivilisten, die bei dem Absturz einer Militärmaschine ums Leben gekommen waren, darauf bestanden, die Absturzursache zu erfahren. Die U.S. Air Force hatte sich auf militärische Geheimnisse berufen, der Prozess war gestoppt worden.

»Wir glauben, dass das Vorgehen von Richterin Solberg *Reynolds* nicht widerspricht«, erklärte Paige. Sie und Wellington hatten diese Antwort sorgfältig formuliert. Sie wussten, dass der Oberste Gerichtshof ungern seine früheren Entscheidungen aufhob, vor allem die, die über fünfzig Jahre alt waren. »Im Fall *Reynolds* erklärte dieses Gericht, dass es Staatsgeheimnisse genauso zu behandeln habe wie die Berufung eines Beklagten auf den Fünften Zusatzartikel in einem Zivilverfahren. Man muss diese Berufung nicht unbesehen glauben, sondern kann die genauen Umstände untersuchen und dann entscheiden, ob die Beantwortung der Frage die betreffende Person belasten könnte. Genau das hat Richterin Solberg in unserem Fall getan; sie hat die Umstände untersucht.«

»Aber im Fall *Reynolds* hat das Prozessgericht keine Vernehmungen erlaubt, wie Richterin Solberg dies getan hat«, erwiderte Torres.

Bevor Paige antworten konnte, schaltete der Vorsitzende Richter Leonard sich ein. Die Fragen schienen aus allen Richtungen gleichzeitig zu kommen. »Im Fall *Reynolds* ging das Gericht aufgrund der Umstände davon aus, dass es ein hinreichendes Risiko gab, dass die Beweiserhebung Militärangelegenheiten, die die nationale Sicherheit betrafen, offenlegen könnte. Können wir hier nicht das Gleiche voraussetzen?«, fragte er.

»Ich glaube nicht«, sagte Paige rasch, bevor die nächste Frage kommen konnte »da wir ja schon die Vernehmung von Direktor Marcano haben. Richterin Solberg hat die Vernehmung sehr geschickt so geleitet, dass wir die benötigten Informationen bekamen, ohne Staatsgeheimnisse zu berühren. Ich halte es für offensichtlich, dass sie das Gleiche bei anderen Vernehmungen machen kann, denn die von Direktor Marcano war bereits die kitzligste.«

»Wenn ich den Berichten in der *New York Tribune* Glauben schenken kann«, sagte Richter Sikes so bissig, dass Paige sich rasch nach links in seine Richtung drehte, »haben Sie doch bereits geheimhaltungsbedürftige Informationen erhalten, die Sie in diesem Prozess benutzt haben. Es soll sogar eine Grand Jury geben, die derzeit die Sache untersucht. Sind diese Berichte zutreffend?«

Die Frage wollte Paige die Luft abschneiden. Sie hatte gewusst, dass das Gespenst des Geschworenengerichts hinter ihrem Plädoyer stehen würde, aber mit einer direkten Frage dazu hatte sie nicht gerechnet. Vor den Geschworenen hatte sie sich auf den Fünften Zusatzartikel berufen; das ging hier ganz gewiss nicht.

»Es wäre nicht angemessen, wenn ich diesen Zeitungsartikel kommentieren würde«, sagte sie, »der übrigens von demselben Reporter verfasst worden ist, der das Marcano-Vernehmungsprotokoll an die Öffentlichkeit gebracht hat.« Sie spürte, wie sie rot wurde. »Aber ich kann Ihnen versichern, dass wir zu keinem Zeitpunkt unrecht gehandelt haben.«

»Sind Verfahren vor einer Grand Jury nicht auch geheimhaltungsbedürftig?«, fragte Richterin Deegan vom rechten Ende der Richterbank. Sie schien die Frage an Sikes zu richten. »Als ehemalige Staatsanwältin und Richterin kann ich nur bestätigen, dass es nicht angemessen wäre, wenn die Anwältin sich zu einem Geschworenenverfahren äußern würde, ganz gleich, wie gerne Sie das tun möchten, Herr Kollege.« Deegan schaute kurz in die Richtung von Sikes; der erwiderte den Blick mit gerunzelter Stirn.

Paige merkte, wie sie Hoffnung schöpfte, nicht nur, weil sie plötzlich eine Verbündete auf der Richterbank hatte, sondern auch, weil Deegan wahrscheinlich die entscheidende Stimme beim Votum des Gerichtes wäre.

»Genau«, sagte Paige. »Das Timing des Artikels in der *Tribune* scheint mir so gewählt zu sein, dass dadurch mein heutiges Plädoyer in ein schlechtes Licht gestellt werden soll. Wenn dieser Artikel etwas klarmacht, Richter Sikes, dann doch wohl dies, dass die Quelle des Reporters, der die Vernehmung von Marcano öffentlich gemacht hat, nicht jemand aus dem Anwaltsteam der Klägerin gewesen ist.«

Es war ein Höhepunkt in ihrer Argumentation, auf den sie später noch lange stolz sein sollte. Es war selbst für erfahrene alte Hasen vor dem Obersten Gerichtshof selten, dass man den redseligen Sikes in seine

Schranken weisen konnte. Erst recht war es ungewöhnlich für jemanden, der so unerfahren war wie Paige.

Ihr Tiefpunkt kam etwa fünf Minuten später, als Richterin Augustini eine Frage stellte und Paige sie aus Versehen mit »Richterin Torres« ansprach. Peinliches Lächeln der Richter und eine prompte Entschuldigung von Paige, aber Augustini machte sich nichts daraus: »Man hat mich schon schlimmer tituliert.« Ihr Kommentar löste die Spannung im Saal und ließ die Zuschauer in Gelächter ausbrechen, das in keinem Verhältnis zum Humor des Satzes stand.

Paiges Redezeit flog davon, ihre gute Vorbereitung zahlte sich schließlich doch noch aus. Zwar hatte sie wahrscheinlich niemanden dazu bringen können, seine Meinung zu ändern, aber sie hatte tapfer ihre Frau gestanden. Die SEALs in den ersten beiden Zuschauerreihen würden stolz auf sie sein. Als das weiße Licht aufleuchtete, beantwortete Paige noch zwei Fragen und kam dann zum Schluss: »Richterin Torres hat vorhin den Fall *Reynolds* erwähnt. Aber als über diesen Fall entschieden wurde, hatte die CIA noch keine Drohnen und keine Spezialeinheiten, die Tausende feindliche Kämpfer töteten. Unser Militär ist nicht nur dem Präsidenten, sondern auch dem Kongress rechenschaftspflichtig, der allein die Befugnis hat, Kriege zu erklären. Doch die CIA einschließlich ihrer Feuerkraft untersteht der direkten Kontrolle durch den Präsidenten und niemandem sonst.«

Sie unterbrachen sie nicht mehr und Paige nutzte dies weidlich aus. »Das Amt des Präsidenten hat heute mehr Macht als je zuvor in der Geschichte unserer Republik. Doch eines hat sich nicht verändert seit *Reynolds*, ja, seit der Gründung unserer Nation. In unserer Verfassung herrscht das System der Gewaltenteilung und der gegenseitigen Kontrolle. Dieses Gericht hat dafür zu sorgen, dass jeder in unserem Land sich an Recht und Gesetz hält – vom Präsidenten bis zum ärmsten Bettler auf den Straßen der Hauptstadt. Gleiches Recht unter dem Gesetz – steht dieser Satz nicht an diesem Gebäude hier?«

Paige hielt inne und holte Luft. Sie wusste, dass das rote Licht sie bald mitten im Satz stoppen würde, und sie wollte ihre Rede zu einem starken Ende bringen. Sie und Wellington hatten Stunden damit verbracht, ihrem Schlussappell den letzten Schliff zu geben. Zu ihrer Überraschung schienen die Richter keine weiteren Fragen mehr zu haben und ließen sie gewähren. Die konservativen Richter saßen zurückgelehnt da, ihre Gesichter skeptisch, die anderen hingen an ihren Lippen.

»Wie Abraham Lincoln einmal bemerkte, kann diese Nation niemals von außen zerstört werden. Er sagte: ›Alle Armeen Europas, Asiens und Afrikas zusammen vermögen es nicht durch Gewalt, auch nur einen Schluck Wasser aus dem *Ohio River* zu trinken oder eine Spur in den *Blue Ridge Mountains* zu hinterlassen.‹ Aber Lincoln warnte auch: ›Wenn je Gefahren uns erreichen, müssen sie aus unserer Mitte kommen. Wenn Zerstörung unser Los sein sollte, müssen wir selbst ihr Urheber und Vollender sein. Als Nation freier Männer müssen wir für immer leben oder durch den Selbstmord sterben.‹*«

Paige ließ ihren Blick ein letztes Mal über die Richterbank schweifen, von links nach rechts. Da war das rote Licht. Sie achtete nicht darauf. »Die Präsidentin und ihr Kabinett über das Gesetz zu setzen ist selbstmörderisch. Wir bitten das Gericht, diesen Weg zu verwerfen und Richterin Solberg zu bestätigen.«

---

* Freie Übersetzung einer Rede Abrahm Lincolns von 1838, im Original: »All the armies of Europe, Asia, and Africa combined could not by force take a drink from the Ohio or make a track on the Blue Ridge. If danger ever reach us, it must spring up amongst us. If destruction be our lot, we must ourselves be its author and finisher. As a nation of freemen, we must live through all time or die by suicide.«

Kapitel 84

Jemen

Wyatt saß mit verbundenen Augen in der Mitte der Rücksitzbank zwischen den beiden Arabern, die er Larry und Curly getauft hatte. Moe fuhr und Saleet Zafar machte den Beifahrer. Sie hatten die Wagen getauscht und so saßen sie jetzt in einem wesentlich geräumigeren alten Land Rover. Wyatts Hände waren nicht gefesselt und – soweit er wusste – hielt niemand eine Waffe auf ihn gerichtet. Sie waren am Spätnachmittag losgefahren; Saleet hatte gesagt, dass sie gegen Abend am Ziel wären. Es war eine holprige Fahrt und die Rücksitzbank war nicht bequem. Federung und Stoßdämpfer des betagten SUV hatten bessere Tage gesehen. Jedes Schlagloch erinnerte Wyatt daran, dass seine Rippen noch empfindlich waren.

Aber er klagte nicht. Er hatte diese Fahrt gewollt; er wollte zu dem Haus, wo die Drohne unschuldige Zivilisten getötet hatte, die nichts mit den Huthi-Rebellen zu tun hatten. Er wollte sehen, wo das Foto von Admiral Towers beim Opfern eines Lammes gemacht worden war. Während sie fuhren, unterhielten Saleet und Wyatt sich auf Englisch; sie mussten laut reden, um den durch die Fenster blasenden Wind zu übertönen.

»In unserer Kultur bedeutet das Opfern eines Lammes, dass man um Vergebung bittet«, erklärte Saleet. Er fuhr fort, dass die Eltern der jungen Männer und Frauen, die bei dem Drohnenangriff umgekommen waren, sich mit Admiral Towers getroffen hatten. Der Admiral hatte erklärt, dass der Angriff ein furchtbarer Fehler gewesen war und dass er zutiefst mit ihnen mitfühlte. Er bot den Familien ein Schmerzensgeld an, auch wenn ihm schmerzlich bewusst war, dass selbst noch so viel Geld ihnen ihre getöteten Lieben nicht zurückbringen konnte. Darauf erklärten die Väter der Opfer, dass sie in ihren Herzen den amerikanischen Soldaten nichts nachtrugen, auch wenn sie sie seit dem Drohnenangriff gehasst hatten. Einer der Väter eröffnete Admiral Towers, dass er bis zu dem Opfer vorgehabt hatte, ein Selbstmordattentäter zu werden.

»Was Admiral Towers nicht wusste, war, dass es noch einen Vater gab, der an diesem Tag nicht zugegen war. Seine einzige Tochter war durch die Drohne getötet worden. Sie war gerade einmal 22 Jahre alt gewesen und zudem schwanger. Ihr Vater schwor Amerika blutige Rache. Sie werden ihn in wenigen Stunden kennenlernen.«

Das war heftig, selbst für Wyatt. »Wird das nicht gefährlich sein?«

»Gefahr ist etwas Relatives, mein Freund«, erwiderte Saleet. »Allahs Wille muss geschehen. Aber dieser Mann hat genauso ein Interesse daran, dass Sie am Leben bleiben, wie wir anderen. Sie sind derjenige, der der Welt unsere Geschichte erzählen wird. Sie werden die amerikanische Präsidentin und ihre Berater, die solches Leid über andere gebracht haben, bloßstellen. Wenn wir Ihnen etwas antäten, würden wir jede Chance, die Schuldigen zu bestrafen, zunichtemachen.«

Wyatt war dies bereits instinktiv klar gewesen, aber es so unverblümt zu hören, beunruhigte ihn doch etwas. »Hat dieser Mann sich den Huthi-Rebellen angeschlossen?«, fragte er.

»Das soll er Ihnen selbst sagen«, sagte Saleet.

Ein besonders tiefes Schlagloch ließ Wyatt laut fluchen.

Die drei Männer fingen eine heftige Diskussion auf Arabisch an. Einen Augenblick lang beteiligte Saleet sich an ihr, dann schaltete er für Wyatt auf Englisch um. »Unsere drei Leibwächter gehören zur *al-Islah*-Partei, die im Wesentlichen aus der jemenitischen Muslimbruderschaft besteht«, erklärte er. »Sie sind Todfeinde der Huthis und arbeiten auf der Arabischen Halbinsel manchmal mit al-Qaida zusammen. Sie machen das hier nur als Gefälligkeit für mich, weil sie wissen, dass Sie die einzige Hoffnung sind, dass ich am Leben bleibe.«

»Arbeiten Sie auch für al-Qaida?«, fragte Wyatt. Die Stammeslandschaft im Jemen war verwirrend, aber mit al-Qaida konnte Wyatt etwas anfangen.

»Ich arbeite für niemanden, Mr Jackson. Ich predige, was Allah mir aufträgt. Al-Qaida sähe es gerne, wenn ich weiter predigen würde. In diesem – aber nur diesem – Punkt haben wir gemeinsame Interessen. Aber ich habe nie Kämpfer für al-Qaida angeworben oder versucht, ihre Terrorakte und Selbstmordattentate zu rechtfertigen.«

Im Laufe der Jahre hatte Wyatt gelernt, sich kein Urteil über seine Kunden zu erlauben. Wenn sie zahlten, war er ihr Mann. Aber das hier war etwas anderes. Selbst Wyatt begriff, dass jeder, der mit al-Qaida zu tun hatte, ein Feind der USA war. Er hatte auf einmal das Bedürfnis, zu rauchen. »Könnten Sie die Leute hier fragen, was sie mit meinen Zigarren gemacht haben?«, sagte er.

Saleet sagte etwas auf Arabisch zu den Männern. Sie antworteten und er übersetzte: »Sie sagen, sie haben sie als Bezahlung behalten. Aber sie geben Ihnen gerne etwas von ihrem *Qat* ab.«

»Danke, das muss nicht sein«, sagte Wyatt.

Sie fuhren ein paar Minuten schweigend weiter, bevor Saleet da weitermachte, wo sie aufgehört hatten. »Der Mann, den Sie in ein paar Stunden kennenlernen werden, schwor Amerika blutige Rache. Es gelang ihm, sich als CIA-Informant anheuern zu lassen, und er begann, wertvolle Informationen zu liefern. Er spielte diese Rolle fast achtzehn Monate lang, während er auf die richtige Gelegenheit wartete und dafür betete. Als Cameron Holloman und Prinz Abdulaziz gefangen genommen wurden, verriet er den Amerikanern, dass sie im Zentralgefängnis von Sana'a waren, er besorgte ihnen sogar einen Plan des Gefängnisses. Aber gleichzeitig informierte er die Huthis, dass die Amerikaner eine Befreiungsoperation planten.«

Es dauerte eine Sekunde, bis Wyatt den letzten Satz verdaut hatte. Wenn Saleet die Wahrheit sagte, würde Wyatt heute den Doppelagenten treffen, der die CIA verraten hatte und für den Tod der amerikanischen SEALs verantwortlich war.

»Wie heißt er?«, fragte Wyatt.

»Mokhtar al-Bakri. Die Amerikaner nannten ihn *Pinocchio*.«

»Warum haben die Amerikaner ihn nicht getötet?«

Saleet lachte. »Aus dem gleichen Grund, warum sie mich nicht getötet haben. Sie haben ihn noch nicht gekriegt.«

»Und warum ist er bereit, sich mit mir zu treffen?«

»Er will, dass die Welt erfährt, dass er Rache für den Tod seiner Tochter genommen hat.«

Wyatt überlegte. »Und er weiß, dass ich im Rahmen meines Prozesses dem Rest der Welt davon berichten werde.«

»Ganz genau.«

Allmählich blickte Wyatt durch. Vielleicht hatten die Leute von der CIA Hollomans Telefon angezapft oder illegal seinen E-Mail-Verkehr überwacht. Ganz gleich, wie es gewesen war, sie hatten herausbekommen, dass Holloman sich mit führenden Huthi-Rebellen getroffen hatte. Als sie sie einige Tage später töteten, glaubten die anderen Huthis, dass Holloman für die CIA gearbeitet hatte. Deshalb verhafteten sie ihn und verurteilten ihn zum Tod. Darauf hatte dieser andere Mann mit dem Codenamen *Pinocchio*, der das Vertrauen der Amerikaner erworben hatte, der CIA verraten, wo Holloman festgehalten wurde, und danach den Huthis erzählt, dass Spezialeinheiten unterwegs waren.

Blieb eine große Frage. »Wussten der CIA oder Direktor Marcano, dass *Pinocchio* die Mission verraten würde? Wenn sie es nämlich nicht wussten, fällt unser ganzer Prozess in sich zusammen.«

»Das ist mir bewusst, Mr Jackson«, sagte Saleet. »Und ich möchte gerne, dass Sie das aus dem Mund von al-Bakri hören. Ich werde ihn übersetzen und - wenn er keine Einwände hat - seine Aussage mit meinem Smartphone auf Video aufnehmen.«

Wyatt hatte ausnahmsweise keine Fragen mehr. Er lehnte sich zurück und versuchte, sich zu entspannen zwischen seinen beiden Bewachern, mit denen er bei jedem Schlagloch zusammenstieß. Wenn al-Bakri die Aussagen lieferte, an die Saleet dachte, musste Wyatt eine Möglichkeit finden, sie zu dokumentieren und Richterin Solberg zugänglich zu machen.

Doch obwohl er persönlich die Klage eingereicht hatte und um die halbe Welt gereist war, um mit Zeugen zu reden, konnte Wyatt die ganze Sache immer noch kaum zu glauben. Hatten Marcano und die Präsidentin wirklich gewusst, dass al-Bakri die amerikanische Befreiungsmission verraten würde? Waren sie wirklich so abgebrüht gewesen, dass sie die SEALs trotzdem in den Einsatz schickten, im sicheren Wissen, dass das ihr Tod wäre?

In wenigen Stunden würde er seine Antwort haben.

* * *

Washington, D. C.

Nach der Verhandlung verließ Paige den Obersten Gerichtshof und hielt auf der Piazza vor dem Eingang eine improvisierte Pressekonferenz ab. Wellington und Kristen an ihrer Seite, gab sie sich zuversichtlich, dass das Gericht die Weiterführung des Prozesses erlauben würde. Die Familien der Männer, die für ihr Land gestorben waren, hatten das verdient.

Dann kamen die Fragen der Reporter. Die erste betraf die Grand Jury. »Wie Richterin Deegan ganz richtig bemerkte, wäre es nicht angemessen, wenn ich das kommentierte«, sagte Paige. Sie wimmelte noch weitere Fragen ab, dann trat Kristen vor die Masse an Mikrofonen und sagte jedem, der es hören wollte, was für einen tollen Job ihre Anwältin gemacht hatte. Auch sie rechne mit einem guten Ergebnis und sagte, dass Troy jetzt stolz wäre. Man stellte auch ihr ein paar Fragen, die meisten höfliche Fragen an die Witwe eines im Einsatz gefallenen Soldaten. Dann marschierten die drei Mitglieder von SEAL-Team 9 durch die Reporterhorden hindurch die Treppe hinab, über die Straße und zurück zu ihrem Hotel.

Sie beschlossen, sich etwas Legereres anzuziehen und essen zu gehen. Paige hatte plötzlich einen Bärenhunger, nachdem sie in den letzten paar Tagen fast nichts gegessen hatte. Als sie wieder in ihrem Hotelzimmer war, ließ sie sich auf das Bett fallen, schloss die Augen und sprach ein kurzes Dankgebet. Zum ersten Mal seit Wochen spürte sie, wie die Anspannung von ihrem Körper abfiel. Gut, da war immer noch die Grand Jury und das Gespenst einer möglichen Anklage, aber sie hatte sich gut geschlagen vor dem Obersten Gerichtshof und alles getan, was ihr möglich war, um den Prozess zu retten. Was mochte Wyatt gerade machen im Jemen? Sie konnte es kaum erwarten, ihm einen vollen Bericht über ihr Plädoyer zu geben. Nun ja, sie würde ihre Antworten hier und da ein bisschen nachpolieren, so wie Wyatt es an ihrer Stelle auch gemacht hätte.

Sie wusste immer noch nicht, was am Karfreitag genau passiert war und warum der Einsatz so gründlich fehlgeschlagen war. Aber jetzt, in diesem Augenblick der Euphorie nach geschlagener Schlacht, hatte sie den Eindruck, dass sie eine Chance hatten, zu gewinnen. Richterin Torres hatte ein paar knifflige Fragen gestellt, aber wenn sie ihren Freunden auf dem liberalen Flügel des Gerichts treu blieb und wenn Taj Deegan sich ihnen anschloss, dann – ja, dann würde Paige bei ihrem ersten Einsatz vor dem Obersten Gerichtshof einen historischen 5:4-Sieg einfahren. Und wenn Wyatt Zeugenaussagen von Saleet Zafar beibringen konnte, hätten sie eine Ladung Dynamit in der Hand.

Es fühlte sich gut an, zu träumen, selbst wenn es nur für einen Augenblick war. Sie erlaubte sich kurz, sich in Tagträumen auszumalen, wie es wäre, den Prozess zu gewinnen. Doch genug! Sie zwang sich, wieder aufzustehen. Sie nahm den Diamantring von ihrer Halskette und legte ihn behutsam zurück in sein Kästchen. Sie zog sich eine Jeans und ein Sweatshirt an und verließ das Zimmer, um zu den anderen zu gehen und Mittag zu essen.

Kapitel 85

Aden, Jemen

Die Straßen wurden besser und bald hörte Wyatt die Geräusche einer größeren Stadt. Vorbeifahrende Autos, heftiges Hupen, Straßenverkäufer, die ihre Waren lautstark feilboten. Der Land Rover hielt an, fuhr weiter, schlängelte sich durch den Verkehr. Dann blieb der Wagen endgültig stehen und einer der Männer hinten nahm Wyatt die Augenbinde ab. Er brauchte einen Augenblick, um sich wieder an das Tageslicht zu gewöhnen. Sie standen vor einem länglichen Gebäude aus hellbraunen Ziegeln und mit vergitterten Fenstern. Auf dem Dach thronte ein Schild, das wie eine Taube aussah. An der Wand prangte auf Arabisch und Englisch die Aufschrift *National Bank of Yemen.*

»In was für einer Stadt sind wir?«, fragte Wyatt.

»Aden«, sagte Saleet. »Ich bin gleich wieder da.«

Er stieg aus und lief raschen Schrittes in die Bank; Wyatt ließ er mit seinen drei Bewachern im Auto. Wyatt wusste, dass Aden eine Hafenstadt war, die den östlichen Zugang zum Roten Meer bewachte. Sie lag vor hohen Bergen auf einem erloschenen Vulkan, auf einer Halbinsel, die wie eine Miniaturausgabe des italienischen Stiefels aussah. Wyatt wusste auch, dass Präsident Hadi vor den Huthi-Rebellen nach Aden geflohen war. Die Stadt trug die Spuren des Bürgerkrieges und war teilweise zerstört. Die Saudis hatten mit amerikanischen Dollars und amerikanischer Militärtechnologie im Rücken zahlreiche Luftangriffe auf die Huthi-Kämpfer in der Stadt geflogen.

Doch das Stadtzentrum war quicklebendig. Es wimmelte von kleinen europäischen Autos, Fahrrädern und fliegenden Händlern mit ihren improvisierten Verkaufsständen. Architektonisch war die Stadt - soweit Wyatt das ausmachen konnte - eine Mischung aus arabischen Palästen an den Hängen über der Stadt, ein paar mächtigen Moscheen und Tausenden Betonplattenbauten, die die Viertel um die Bank herum dominierten. Der Jemen war das ärmste Land im Nahen Osten. Das konnte man in Aden gut sehen.

Nach etwa zehn Minuten kam Saleet zurück, in der Hand einen Laptop. Er setzte sich wieder auf den Beifahrersitz und holte aus dem Handschuhfach einen Akku. Er setzte den Akku in den Computer ein und reichte Wyatt diesen sowie einen USB-Stick.

»Dies ist der Computer von Cameron Holloman«, erklärte Saleet. »Ich hatte ihn hier in ein Schließfach getan. Gehen Sie nicht ins Internet und aktivieren Sie keine Drahtlos-Verbindungen, sondern laden Sie einfach alles, was auf dem Computer ist, auf den USB-Stick. Machen Sie das jetzt gleich!«

Wyatt schaltete den Computer ein und schob den USB-Stick hinein.

»Wie lautet das Passwort?«

»Mohammed«, sagte Saleet.

Wyatt sah ihn überrascht an. »Das war Hollomans Passwort?«

»Ich habe es geändert. *Mohammed* kann man sich leichter merken.«

»Und wie sind Sie an den Computer gekommen?«

»Er hat mir gesagt, wo er ist. Nach seiner Verhaftung, während der Verhandlungen konnte ich ihn einmal besuchen.«

Wyatt lud alles, was er finden konnte, auf den Stick - Textdokumente, E-Mails, Fotos, Videos, Ergebnisse von Internetrecherchen. Saleet bat ihn, schnell zu machen. Sie mussten vor Sonnenuntergang an dem Haus sein, wo der Drohnenangriff geschehen war, oder das Abendgebet käme dazwischen.

Als Wyatt fertig war, reichte er Saleet den Computer zurück.

»Geben Sie mir noch einmal zehn Minuten«, sagte dieser.

* * *

Washington, D. C.

Direktor John Marcano war mitten in einer 10:30-Uhr-Besprechung, als sein Stabschef hereinkam. »Entschuldigen Sie, Sir.«

Marcano sah überrascht zu dem jungen Mann hoch. »Kann das nicht warten?«

»Ich glaube nicht, Sir.«

Der Mann war nicht von der panischen Sorte. Also, gut. Marcano entschuldigte sich und trat mit dem Stabschef in den Flur.

»Es geht um einen sicheren Anruf vom Leiter des Büros in Saudi-Arabien, Sir.«

Einige Minuten später war Marcano in seinem Büro und sprach mit einem seiner Top-Männer auf der Arabischen Halbinsel. Der Computer, der Cameron Holloman gehört hatte, war aus dem Tresorraum der *National Bank of Yemen* geholt worden.

Marcano wusste, dass ein CIA-Agent einen GPS-Chip an Hollomans Laptop angebracht hatte, als Holloman durch die Zollabfertigung gegangen war. Sie waren ihm mittels des Chips bis in den Jemen gefolgt und hatten so das Haus der Huthi-Rebellen ermitteln können. Sie wussten auch, dass nach Hollomans Verhaftung irgendjemand den Computer in die *National Bank of Yemen* gebracht hatte. Dort war er geblieben – bis jetzt.

»Wissen wir, wer den Computer geholt hat?«, fragte Marcano.

»Das untersuchen wir noch. Wir gehen Satellitenbilder durch, die Drohnen sind auch unterwegs.«

»Und wo ist der Computer zurzeit?«

»Wieder im Tresorraum. Er war nur gute zehn Minuten draußen. Das Ortungssignal blieb direkt neben der Bank. Möglicherweise hat jemand die Festplatte kopiert.«

»Wir müssen diese Leute finden«, sagte Marcano. »Auf dem Computer sind Geheiminformationen, die wir sperren müssen.«

»Wir sind am Ball.«

Marcano arbeitete seit Langem mit diesem Mitarbeiter zusammen. Der Mann wusste, was *Sperren* bedeutete – alle Personen, die Hollomans Computer in Händen gehabt hatten, ausfindig machen und liquidieren.

Eine Viertelstunde später erhielt Marcano die beste Nachricht seit Langem. Ein Analyst kam in sein Büro und legte ihm mehrere grobkörnige Satellitenfotos auf den Tisch.

»Wir haben diese Bilder mit unserem Gesichtserkennungsprogramm analysiert«, sagte er. Er zeigte auf eine bärtige Gestalt, die gerade die Bank verließ. »Das ist Saleet Zafar.«

Marcano verzog keine Miene. Selbst bei einer Nachricht wie dieser ließ er sich nie etwas anmerken. »Und? Haben wir ihm folgen können?«

»Nein. Aber wir wissen, dass er in dieses Auto gestiegen ist. Das suchen wir jetzt über Satellit. Wir haben Drohnen angefordert, die uns zusätzliche Bilder liefern werden.«

»Danke, Sie können wieder gehen«, sagte Marcano. Als der Analyst gegangen war, rief Marcano seinen Mann in Saudi-Arabien an. Er berichtete ihm die Sache mit Saleet Zafar und erinnerte ihn an die Anweisung, den Imam unschädlich zu machen.

»Wir werden binnen einer Stunde Drohnen vor Ort haben«, sagte der Mann in Saudi-Arabien. »Diesmal entwischt er uns nicht.«

Kapitel 86

Aden, Jemen

In einem ausgebombten Lagerhallenkomplex am Hang über dem Hafen ließ Saleet den Fahrer anhalten. Sie parkten hinter mehreren leer stehenden Gebäuden, wo sie niemand sehen konnte, und alle stiegen aus.

Moe öffnete den Kofferraum und zog einen kleinen Raketenwerfer hervor, der zum Tragen über der Schulter gedacht war. Larry nahm sich eine Kalaschnikow.

»Meinen Sie, wir brauchen das?« Wyatt starrte das unförmige Raketenabschussgerät an.

Saleet zuckte die Achseln. »Ich hoffe nicht. Aber es ist schwer zu sagen.«

Als Nächstes holte Saleet ein langes, rechteckiges rot-weiß kariertes Tuch hervor. »Den Kopf bedecken ist ein Zeichen von Respekt«, sagte er zu Wyatt. Er faltete das Tuch diagonal. »Wir müssen Mokhtar al-Bakri respektvoll begegnen.«

»In meinem Rucksack war ein Hut«, sagte Wyatt.

»Sie sind hier nicht in Amerika, mein Freund.«

Wyatt bückte sich, sodass Saleet das Tuch um seinen Kopf wickeln konnte; ein Teil hing lose in Wyatts Nacken. Saleet band das Tuch mit einem schwarzen Band zusammen und trat zurück, um sein Werk zu begutachten.

»Es verdeckt auch Ihre Wunde und diese scheußlichen Augenbrauen.« Saleet zog sein Palästinensertuch zurecht. »Perfekt.«

Als Nächstes reichte er Wyatt eine lange braune Leinenjacke. Sie sah ähnlich aus wie die, die die anderen Männer über ihren Gewändern trugen. Die Ärmel waren etwas kurz, ansonsten saß die Jacke gut.

»Ihre Jeans und T-Shirt sind immer noch amerikanisch«, sagte Saleet, »aber jetzt fallen Sie nicht ganz so auf.«

Der Imam wechselte einige Sätze mit Moe und Larry, die sich darauf zu Fuß entfernten. »Das Haus liegt da unten«, sagte er zu Wyatt. Er zeigte den Berg hinunter, wo dicht an dicht große Häuser in den Hang gebaut waren. Die Wände waren aus Lehmziegeln oder Beton und man sah weiße Ziersäulen und Bogenfenster, viele mit Buntglas. Um die meisten Grundstücke liefen gut zweieinhalb Meter hohe Lehmziegelmauern, an denen verschlungene Verzierungen in tiefen Rottönen prangten.

»Wir lassen ihnen ein bisschen Vorsprung, dann fahren wir drei zu dem Haus«, erklärte Saleet. »Es soll nicht so aussehen, als hätten wir eine ganze Armee dabei.«

Nach wenigen Minuten stieg Saleet wieder in den Land Rover, Curly setzte sich ans Steuer. Dieses Mal hatte Wyatt die ganze Rücksitzbank für sich.

Den Anweisungen von Saleet folgend, fuhr Curly zu einem Haus, das von *Hellfire*-Raketen zerstört und nicht wiederaufgebaut worden war. Überall lagen Trümmer und Schutt. Es sah so aus, als habe jemand mit einem Riesenbeil das Haus entzweigeschlagen. Schön verzierte Türbögen und bunt geflieste Wände waren den Elementen ausgeliefert, ein Teil der Fliesen war schon heruntergefallen. In dem runden Schlafzimmer im Oberstock ragten nackte Stahlträger aus den Wänden, ebenso in mehreren Räumen im Erdgeschoss.

Die drei stiegen aus dem Auto und gingen zu der Ruine. Vor ihr stand ein Mann, der wohl al-Bakri sein musste. Sein Gesichtsausdruck war argwöhnisch-mürrisch. Hinter ihm standen mehrere bärtige Männer in der Ruine, Kalaschnikows an ihren Seiten. Sie beäugten Saleet und Wyatt kritisch. Im Schatten der Erdgeschossräume sah Wyatt drei oder vier weitere Männer mit Munitionsgürteln um die Brust, die Gewehre lässig in der Hand. Im Obergeschoss waren noch einmal zwei. Einen Schritt hinter Saleet und Wyatt kam Curly mit seiner eigenen Kalaschnikow, ein Einzelkämpfer gegen al-Bakris kleine Miliz.

»Mal ehrlich: Vertrauen Sie diesem Mann?«, flüsterte Wyatt Saleet zu, während sie auf al-Bakri zugingen.

»Definitiv nicht«, erwiderte Saleet umgehend. »Aber Allah hat alles in der Hand.«

Der Gedanke tröstete Wyatt nicht sonderlich. Er wusste, dass Larry und Moe irgendwo in der Nähe in Stellung gegangen waren, aber falls sie diesen Raketenwerfer benutzen mussten, rechnete Wyatt sich keine großen Chancen aus, lebendig hier herauszukommen.

Al-Bakri mochte zwischen 45 und 50 Jahre alt sein. Seine Nase war dünn, der sauber geschnittene Bart halb ergraut. Seine tief liegenden Augen betrachteten Wyatt mit einer Mischung aus Verachtung und Argwohn. Er trug ein Jackett über einem langen weißen Gewand, vorne in seinem Gürtel steckte ein kurzer Dolch. Einige Meter vor ihm hielten Saleet und Wyatt an. Saleet und al-Bakri begrüßten sich und schüttelten sich die Hand. Dann streckte al-Bakri Wyatt seine Hand hin. Wyatt sah ihm in die Augen und schüttelte seine Hand. Er staunte, wie kräftig al-Bakris Griff war.

»Sprechen Sie Englisch?«, fragte Wyatt.

Al-Bakri wartete eine Sekunde, bevor er antwortete. »Ein bisschen. Besser übersetzen.« Er sah zu Saleet hin.

Saleet wechselte einige Worte auf Arabisch mit ihm und al-Bakri nickte. Die beiden setzten sich, Wyatt tat es ihnen gleich. Curly trat ein paar Schritte zurück und blieb stehen. Wyatt sah, dass die Männer in der ausgebombten Villa jetzt an die Wände gelehnt dastanden. Trotzdem entging ihren Augen nichts.

»Bitte danken Sie ihm, dass er gekommen ist«, sagte Wyatt. »Und sagen Sie ihm, dass mir der Tod seiner Tochter leidtut.«

Saleet sagte ein paar Sätze zu al-Bakri, der seinen Blick auf Wyatt geheftet hielt. Al-Bakri erwiderte einige Worte, sein Gesicht ausdruckslos.

»Er dankt Ihnen für Ihr Beileid«, erklärte Saleet. »Er würde gerne mehr über Ihren Kampf gegen die US-Präsidentin hören. Darf ich ihm das erklären?«

»Bitte sehr.«

Saleet fing an zu reden, erst langsam, dann schneller, und schließlich sah al-Bakri ihn an und nicht mehr Wyatt. Es war ein lebhaftes Gespräch, mehrere Male fielen die beiden Männer einander ins Wort. Ein paar Mal schüttelte al-Bakri den Kopf. Es machte Wyatt schier verrückt, dass er kein Wort verstand. Nach einigen Minuten legte er seine Hand auf Saleets Arm. »Warum regt er sich so auf?«

Saleet sah ihn an, leise lächelnd. »Er regt sich nicht auf. Ich versuche ihm klarzumachen, dass er Ihnen vertrauen kann.«

Sie tauschten wieder ein paar Sätze aus. Saleet übersetzte für Wyatt. »Er möchte wissen, was geschehen wird, wenn Sie Ihren Prozess gegen die Präsidentin gewinnen. Was wird ihre Strafe sein?«

Wyatt überlegte. Von Prozess konnte noch nicht die Rede sein, aber das war sicher nicht die Antwort, die al-Bakri hören wollte. »Sagen Sie ihm, dass der Mann, der an diesem Blutvergießen schuld ist – der Leiter der CIA –, seinen Job verlieren wird. Wenn ich Erfolg habe, werden wir ihm jeden Dollar, den er besitzt, abknöpfen. Kann gut sein, dass auch die Präsidentin ihren Posten verliert.« Wyatt wusste, dass dies kein großer Trost sein konnte für jemanden, der seine einzige Tochter verloren hatte.

Saleet begann zu übersetzen. Hinter ihm sank die Sonne immer tiefer. Wyatt fragte sich, wie lange sie noch hatten, bis die Muezzins zum Abendgebet riefen. Und was würde dann geschehen? Würde die Welt stillstehen, während die Männer sich Richtung Mekka verneigten und ihre Abendgebete rezitierten?

»Okay«, sagte Saleet, nachdem er die nächsten Sätze mit al-Bakri ausgetauscht hatte. »Er sagt, er ist bereit für Ihre Fragen.«

»Können wir das jetzt aufnehmen?«, fragte Wyatt. Saleet nickte und zog sein Smartphone hervor. Dann fragte er al-Bakri etwas auf Arabisch.

Al-Bakri öffnete den Mund, um zu antworten, dann ruckte sein Kopf zum Himmel hoch. Er schien es als Erster gehört zu haben, vor den anderen, und Wyatt brauchte eine Sekunde, um zu begreifen, was das leise Brummen am Himmel bedeutete. Er sah zum Himmel hoch, während al-Bakri sich abrupt erhob und seinen Dolch aus dem Gürtel zog.

Eine Drohne, die kaum hörbar weit oben über ihnen flog. Al-Bakri stürzte sich auf Wyatt, der gerade noch rechtzeitig auf seine Füße sprang und dem Dolchstoß knapp ausweichen konnte. Dann Schüsse von hinten. Wyatt sah, wie al-Bakri zurückkippte und Blut aus seiner Brust und dem Hals spritzte.

Im nächsten Augenblick hatten Wyatt und Saleet sich umgedreht und sprinteten zu dem Land Rover, während al-Bakris Männer das Feuer erwiderten. Rund um Wyatt schlugen die Kugeln ein.

»Kopf runter!«, schrie Saleet.

Curly erwiderte das Feuer, doch sein Widerstand dauerte nicht lange. Eine halbe Sekunde, dann ging er zu Boden, die Kalaschnikow flog in hohem Bogen aus seinen Händen. Fast gleichzeitig eine gewaltige Explosion aus dem Haus. Wyatt drehte sich kurz um und sah die Rauchwolke; Moes Raketenwerfer hatte sein Ziel gefunden.

In dem Chaos hob Wyatt Curlys Kalaschnikow vom Boden auf und rannte mit Saleet zum Auto. Er sprang auf den Beifahrersitz und duckte sich. Er hörte, wie die Windschutzscheibe zerbarst und die Kugeln auf die Karosserie trommelten. Dann trat Saleet das Gaspedal durch und wendete den Wagen, sodass Erde in alle Richtungen stob. Wyatt hob seinen Kopf wieder und schoss mit der Kalaschnikow in die allgemeine Richtung des Hauses, wo al-Bakris Männer waren. Er kam sich vor wie in einem Film, aber er war sich ziemlich sicher, dass seine Kugeln ihr Ziel weit verfehlten.

Während sie davonrasten und Wyatt weiter auf die Ruine schoss, kam eine zweite Explosion, sehr viel stärker als die erste. Eine Drohnenrakete pulverisierte das Haus, in dem al-Bakris Männer waren. Wo eben noch eine Ruine gestanden hatte, war nur noch ein Haufen Schutt, Asche und heißer Rauch.

»Festhalten!«, schrie Saleet.

Sie rasten die Straße hinunter, mit kreischenden Reifen durch enge Kurven. Weg, nur weg von der Drohne, die gerade al-Bakris Männer ausgelöscht hatte. Aber als Wyatt das, was von dem Glas des Beifahrerfensters noch übrig war, mit dem Kolben der Kalaschnikow wegschlug und sich dabei am Arm verletzte, sah er die Drohne, die jetzt hinter ihnen herflog, immer näher, wie ein Habicht, der sich auf seine Beute stürzt.

»Ich dachte, vor den Dingern kann man weglaufen!«, schrie Wyatt.

Im gleichen Augenblick schätzte Saleet die nächste Kurve falsch ein, die beiden rechten Räder tauchten in den Graben. Der Wagen ruckte nach rechts, holperte und hüpfte in einer Wolke aus Dreck und Staub, bis es Saleet gelang, ihn zurück auf die Straße zu lenken.

Sein Gesicht war aschfahl, die Augen weit. »Möchten Sie fahren?«, rief er.

»Die Frage kommt ein bisschen spät!«, rief Wyatt zurück.

Saleet fuhr auf die linke Spur und überholte ein langsameres Auto.

Seine Hände umklammerten das Lenkrad. Die Straße zurück in die Stadtmitte war steil, die Kurven eng und die Drohne kam immer näher.

Die erste Rakete hatte al-Bakri und seine Leute getötet. Wahrscheinlich hätte sie auch Saleet und Wyatt erwischt, wenn sie nicht so schnell zum Auto gerannt wären. Aber eine zweite *Hellfire*-Rakete im Stadtzentrum von Aden? Das würden sie nicht wagen. Und Wyatt war doch amerikanischer Staatsbürger!

Auf der rechten Fahrspur tauchten drei oder vier Fahrzeuge auf. Saleet wurde langsamer.

»Überholen!«, rief Wyatt.

Saleet schüttelte den Kopf, brummte etwas auf Arabisch, zog den Wagen nach links und drückte auf die Hupe. Ein entgegenkommender Wagen krachte fast frontal in sie hinein, aber schwenkte im letzten Moment zur Seite und fuhr in den Graben.

Dann hörten sie von hinten eine laute Explosion. Wyatt spürte die Hitze in seinem Nacken. Die Drohne hatte ihr Ziel erfasst. Der seelenlose Stahlhabicht kam immer näher. Sie waren jetzt fast am Fuß des Berghangs, aber in der Innenstadt wäre der Verkehr dichter und würde sie ausbremsen. Bald wäre die Jagd vorbei.

»Das können die doch nicht machen!«, schrie Wyatt. »Ich bin doch Amerikaner!«

Kapitel 87

Washington, D. C.

John Marcano schaute unbewegt auf den Computermonitor in dem dunkel getäfelten Besprechungszimmer im CIA-Zentrum in Langley, Virginia. Bei ihm waren zwei seiner Direktionsassistenten. Sie hatten die Anweisung bekommen, den Kreis der informierten Personen so klein wie möglich zu halten. Es ging um Entscheidungen, die in Bruchteilen von Sekunden getroffen wurden und später erklärt werden müssten. Deshalb wollte Marcano, dass nur die, denen er persönlich vertraute, eingeweiht waren.

Er hatte sich die Satellitenbilder und Drohnenvideos des Treffens zwischen Saleet Zafar und einem Mann, den die Gesichtserkennungssoftware als Mokhtar al-Bakri identifiziert hatte, angeschaut. Es hatte kurze Augenblicke der Hektik gegeben, als sein Team den Mann zu identifizieren versuchte, der neben Zafar saß – ein Mann mit der traditionellen muslimischen Kopfbedeckung, der groß und hager war und einen Schnurrbart zu haben schien. Es war nicht möglich, sein Gesicht zu erkennen.

Marcanos Kollegen waren intelligent genug gewesen, nicht laut zu sagen, was alle dachten. Sie wussten, dass Wyatt Jackson nach Dubai geflogen war. Irgendwo in den Vereinigten Arabischen Emiraten hatten sie seine Spur verloren, aber er hätte durchaus genug Zeit gehabt, um sich in den Jemen durchzuschlagen, und Saleet Zafar war ein Freund Cameron Hollomans gewesen. Marcano war sich nicht sicher: Der Unbekannte auf den Bildern konnte Jackson sein, aber Jacksons Gesicht war nicht in der Datenbank der CIA und die Drohnen-Videos waren zu verschwommen für eine eindeutige Identifizierung. Der Mann konnte einer von tausend möglichen Kumpanen von Zafar sein.

Aber wenn es tatsächlich Jackson war, hatte dieser einen fatalen Fehler gemacht. Er war illegal in den Jemen gereist. Er machte mit einem Todfeind seines Landes – einem radikalen Imam, der den Dschihad predigte – gemeinsame Sache und er traf sich mit einem Verräter, der zwanzig Männer das Leben gekostet hatte.

Wäre Marcano religiös gewesen, er hätte das hier vielleicht ein Wunder genannt. Drei der größten Feinde seines Landes alle an einem Ort, alle im Todesradius einer einzigen *Hellfire*-Rakete. Er hatte sofort den Drohneneinsatz gegen al-Bakri autorisiert. Aber dann hatte es einen Schusswechsel gegeben und al-Bakri war schon tot gewesen, ehe die Rakete abgefeuert werden konnte. Marcano hatte trotzdem den Feuerbefehl gegeben. Die Drohne hatte al-Bakris Männer eliminiert. Daraufhin hatte Marcano am Bildschirm mitverfolgt, wie die Drohne die Verfolgung des Wagens aufnahm, der von Saleet Zafar gesteuert wurde. Er hatte einen zweiten Angriff autorisiert; der Beifahrer von Zafar wäre halt ein Kollateralschaden.

Marcano glaubte nicht an einen Gott, der in die Geschichte eingriff, aber er glaubte an das Schicksal. Wyatt Jackson hatte in Dingen herumgeschnüffelt, die ihn nichts angingen, und dabei den guten Ruf des CIA-Direktors beschädigt. Dafür würde er jetzt, wenn Marcanos Vermutung stimmte, mit seinem Leben bezahlen.

Der Direktor schickte eine weitere Drohne los, die bald am Ort des Geschehens eintreffen und die Jagd aufnehmen würde. Diese Drohne, ein neuer Prototyp, benutzte eine neue Technologie, die die GPS- und Satellitennavigation der *Hellfire*-Raketen mit lasergestützter Präzision verband. Wenn die Drohne einmal ihren Laser auf eine identifizierbare Person am Boden eingestellt hatte, ließ der Laser das Ziel nicht mehr los und die Rakete korrigierte noch mitten im Flug ihren Kurs, egal wie schnell oder in welcher Richtung das Ziel sich bewegte. Das Problem, das die CIA fast zehn Jahre lang geplagt hatte – dass die menschlichen Zielscheiben den Drohnen schlicht davonliefen –, wäre ab jetzt ein Ding der Vergangenheit. Mit der *Hellfire* 3 konnte man laufen, wohin man wollte, sie kriegte einen immer.

* * *

Aden, Jemen

Ich werde nicht durch die Drohne sterben, dachte Wyatt. Vorher hat Saleet mich totgefahren. Der Imam hatte das Ende des Hangs erreicht und bog auf eine der vierspurigen Hauptstraßen der Stadt. Er fuhr wie ein Wilder, pausenlos hupend, über grüne und rote Ampeln und – wo nötig – sogar auf der Gegenfahrbahn oder dem Bürgersteig. Er schaute hektisch in den Rückspiegel und betete auf Arabisch; Wyatt nahm jedenfalls an, dass es Gebete waren. Fußgänger sprangen aus dem Weg, Bremsen quietschten. Auf einer Kreuzung geriet ein Auto, das ihnen mit knapper Not auswich, ins Schleudern und stieß mit einem anderen Wagen zusammen.

Wyatt ging davon aus, dass die Drohne sie weiter verfolgte, aber aus irgendeinem Grund feuerte ihr Pilot, der an seinem Computerbildschirm saß, noch nicht, vielleicht, weil er nicht zu viele Unbeteiligte treffen wollte.

»Wo fahren wir hin?«, schrie Wyatt.

»Zur Moschee«, keuchte Saleet.

»Zu einer *Moschee*?«

Saleet riss den Wagen nach links, sodass Wyatts Schulter gegen die Beifahrertür flog. Er versuchte, zum Himmel hoch zu schauen, konnte die Drohne aber nicht sehen.

»Auf eine Moschee schießen die nicht«, sagte Saleet.

»Sind Sie da ganz sicher?«

»Ja! Allah wird es nicht erlauben.«

Wenige Sekunden später bog Saleet scharf nach rechts ab, sodass Wyatt zum Himmel hinter ihnen hochsehen konnte. Die Drohne war nicht mehr zu sehen. Dafür kam aus hundert Lautsprechern in der Stadt der Gebetsruf – monoton-klagend, akustisch verzerrt, eindringlich. Die Autos begannen, an den Straßenrand zu fahren und anzuhalten.

»Da!« Saleet zeigte auf den Himmel vor ihnen.

Wyatt sah sie auch – eine zweite Drohne. Oder war es dieselbe, die jetzt aus einer anderen Richtung kam? Dann sah er aus dem Augenwinkel, wie ein roter Punkt durch die Windschutzscheibe kam und auf Saleets Brust tanzte.

Ein Laser! Sie markierten ihn mit einem Laserstrahl!

Der Gebetsruf wurde lauter. Immer mehr Autos hielten an. Wyatt fühlte sich in der Falle. Links und rechts hohe Gebäude, vorne und hinten Autos. Vorne links war ein ausgebombter Wohnblock - wahrscheinlich das Werk der Saudis, rechts Baustellen mit halb fertigen Gebäuden und menschenleeren Gehwegen.

»Wir stecken fest!«, schrie Saleet.

Die Drohne kam auf sie zu. Würde sie gleich feuern, hier mitten in der Stadt?

»Festhalten!«, rief Saleet. Noch bevor Wyatt reagieren konnte, fuhr er abrupt auf den Bürgersteig und holperte vielleicht dreißig Meter weiter, bevor er nach rechts in ein kleines Parkhaus einbog. Er durchbrach die Einfahrtschranke und schoss nach rechts, die dicht an dicht geparkten Fahrzeuge knapp verfehlend.

Hier waren sie für den Augenblick sicher, zwischen ihnen und der Drohne die Betondecke des Parkhauses. Aber Wyatt wusste: Eine Rakete konnte wahrscheinlich das ganze Gebäude einstürzen lassen.

Saleet zeigte auf das andere Ende des Parkdecks. »Die denken, ich fahr da hinten wieder raus. Aber wir werden sie überraschen.«

Er begann ein laienhaftes Wendemanöver, bei dem er mindestens zwei andere Autos beschädigte, und fuhr zu der Einfahrt, durch die sie hereingekommen waren, zurück.

»Sie haben zu viele Filme gesehen!«, schrie Wyatt.

»*Allahu Akbar*«, erwiderte Saleet, mit einer plötzlichen Ruhe in der Stimme, die Wyatt Angst machte. Der Klangteppich der Gebetsrufe schien dem Imam neue Kraft zu geben. Er schaute geradeaus nach vorne wie in einer Trance.

»Ich bin bereit, für Allah zu sterben«, sagte er.

* * *

Washington, D. C.

John Marcano schob sich ein Pfefferminzbonbon in den Mund. Vor ihm auf dem Bildschirm lief die Videoaufzeichnung der Drohnenkamera, die gerade über dem Parkhaus schwebte und darauf wartete, dass der Land Rover wieder herauskam. Früher oder später würde er kommen. Dann würde die Drohne wieder den Imam mit dem Laser erfassen. Der Pilot hatte die Anweisung, diesmal zu feuern. Ja, es würde Kollateralschäden geben, aber die gab es immer.

Da kam der Land Rover schon. Aus derselben Einfahrt, durch die er in das Parkhaus gefahren war, was niemanden überraschte. Er schoss über den Bürgersteig und streifte die Stoßstange eines entgegenkommenden Autos, bevor er auf die Gegenfahrbahn einbog. Dann füllte ein weißer Blitz den Bildschirm - eine stumme, unwirklich wirkende Explosion. Wo der Land Rover gewesen war, gähnte ein rauchender Krater in der Straße. Die Wucht der Detonation hatte noch einige andere Fahrzeuge zerstört und die Fronten mehrerer Häuser beschädigt. Eine Rauchsäule begann nach oben zu steigen, Menschen sprangen aus ihren Autos und rannten schreiend in alle Richtungen.

Jetzt die Stimme des Piloten: »Mission ausgeführt, Ziel zerstört.« Die Kollateralschäden waren minimal: Mit Sicherheit der Beifahrer im Land Rover plus vielleicht zwei oder drei weitere Autofahrer. Alles in allem eine saubere Aktion.

Marcano wusste, dass er einiges zu erklären hätte, aber das war die Sache wert gewesen. Er müsste die Saudis dazu bringen, die Verantwortung für den Angriff zu übernehmen. Die Jemeniten würden sicherlich behaupten, dass die Rakete Dutzende Frauen und Kinder getötet habe. Sie würden die internationale Mitleidstrommel rühren. Doch es würde ihnen nichts nützen. Im Jemen tobte ein Bürgerkrieg, der halt seine Opfer forderte. So war das nun mal.

Das eigentliche Erklären würde ein paar Meilen entfernt stattfinden. Marcano dankte den an der Operation Beteiligten und machte sich einige Notizen für seinen Bericht. Dann wählte er eine sichere Verbindung ins Weiße Haus und bat um einen Termin mit der Präsidentin.

»Es ist dringend«, sagte er. »Sie wird sich gerne stören lassen.«

Kapitel 88

Der Geist von Wyatt Jackson verfolgte Marcano, als er auf der Rücksitzbank der Limousine saß, die ihn zum Weißen Haus brachte. Wie üblich müsste er der Präsidentin die neuesten Entwicklungen mit der nötigen Dosis Diplomatie präsentieren. Er müsste ihr sagen, dass es nicht auszuschließen war, dass Jackson bei einem Drohnenangriff ums Leben gekommen war. Das würde ihr zeigen, wie wichtig es war, die Saudis dazu zu bringen, die Verantwortung für den Angriff auf den Land Rover zu übernehmen. Aber er musste vorsichtig vorgehen. Er würde ein Szenario malen, in dem die CIA keinen Grund gehabt hatte, anzunehmen, dass Jackson während des Angriffs im Auto gesessen hatte. Erst im Nachhinein und nach der Analyse zusätzlicher Satelliten- und Drohnenbilder habe man diesen Verdacht geschöpft. Es wäre ein argumentativer Seiltanz, aber das Entscheidende war: Niemand würde je den Tod von Jackson beweisen können. Aus der Asche würde man jedenfalls keine DNA herausfiltern können.

Nach den üblichen Sicherheitskontrollen trat Marcano in den Situation Room, wo schon die anderen Berater der Präsidentin versammelt waren, die Mienen ernst. Auch Philip Kilpatrick war da. Er sah aus, als ob er in der letzten Woche um fünfzehn Jahre gealtert sei. Sein grauer Bart sah noch schütterer aus als sonst, seine Augen schienen aus der schwarzen Brille hervortreten zu wollen. Er hatte die Hemdsärmel hochgekrempelt und die Krawatte gelockert, als sei er ein Handwerker, den man in einen Anzug gezwängt hatte.

Oder hatte nicht er sich verändert, sondern nur die Atmosphäre um ihn? Ganz gleich, er strahlte nicht mehr Zuversicht aus, sondern argwöhnische Unsicherheit. Der Mann, der sonst immer zwei Schritte voraus gewesen war, schien plötzlich Schwierigkeiten zu haben, mit den anderen mitzuhalten.

Marcanos Nemesis, der junge, selbstbewusste US-Vizepräsident, war ebenfalls im Raum; er war wie zum Kirchgang gekleidet. Marcano wusste, dass Leroy Frazier jede Gelegenheit ergreifen würde, die CIA schlechtzumachen und seinen moralistischen Quatsch über ein Amerika, das den Kampf um Gerechtigkeit in der Welt anführen müsse, von sich zu geben. Der Kerl war zu jung und zu idealistisch, um zu begreifen, was man als Global Player alles beachten musste. Er hatte keinen Blick für die Grautöne der internationalen Spionageszene.

Verteidigungsminister Simpson war ebenfalls da. Aber der Mann, dessen Anwesenheit Marcano am meisten Bauchschmerzen bereitete, war Justizminister Wachsmann. Wachsmann war kein Dummkopf. Er roch bestimmt, dass es in diesem so hastig einberufenen Treffen um irgendwelche neuen Streiche der CIA ging, die er im Nachhinein absegnen sollte. Er war dagegen gewesen, Saleet Zafar auf die Abschussliste zu setzen, und nun würde Marcano die Runde über den Tod des Imams informieren.

Jetzt kam die Präsidentin herein. Die nächste Runde Händeschütteln. Sie nahm ihren Platz am Kopf des Tisches ein und kam ohne Umschweife zur Sache. »John, Sie haben um dieses Treffen gebeten. Fangen wir an!«

Marcano teilte die Mappen mit den Materialien aus, auf denen »Streng geheim« stand. Er wusste: Sobald alle die Memos und Satellitenfotos hatten, würden sie ihm nur noch halb zuhören. Aber es störte ihn nicht. Denn der ganze Sinn der Übung war ja, den Leuten etwas zum Lesen zu geben.

Er fing an. Am Morgen sei in Aden im Jemen Mokhtar al-Bakri, alias *Pinocchio*, gesichtet worden, zusammen mit – man höre und staune – Saleet Zafar und mehreren anderen Männern. Marcano hatte darauf die Observierung durch Drohnen autorisiert. »Das erste Foto in Ihren Unterlagen ist ein Satellitenfoto. Es ist schwer, zu erkennen, wer die Personen darauf sind. Das zweite Foto stammt von unserer Drohne. Es ist aus dem Rücken Saleets und seiner Männer aufgenommen, aber man erkennt al-Bakri, der ihnen gegenübersteht. Das dritte Foto ist eine Nahaufnahme von al-Bakris Gesicht.«

Die anderen im Raum gingen die Fotos durch. Man erkannte mit etwas gutem Willen die vagen Umrisse von al-Bakris Gesicht und den Rücken von Saleet Zafar. Hinter Zafar stand ein Mann mit einer Waffe und neben ihm stand ein Mann, der die traditionelle arabische Kopfbedeckung für Männer trug sowie eine lange braune Jacke.

Nicht in den Mappen waren die Bilder, die Zafar von vorne zeigten und auf denen man den grauen Schnurrbart seines unbekannten Nebenmanns erkennen konnte. Diese hatte Marcano bewusst weggelassen.

Er fuhr fort: »Während dieses Treffens kam es zu einem Schusswechsel, bei dem al-Bakri getötet wurde. Das nächste Foto wurde einige Sekunden später gemacht. Die Männer liefen in alle Richtungen auseinander und ich autorisierte einen Drohnenangriff auf Zafar, der ja, wie Sie alle wissen, auf unserer Abschussliste stand.«

Marcano wartete eine Minute, während die anderen die nächsten Fotos durchgingen, die die Zerstörungen zeigten, die die Rakete angerichtet hatte.

»Saleet Zafar gelang es, in die Stadt zu entkommen, aber wir schickten eine unserer Drohnen hinterher. Wir verfehlten ihn einmal, als wir auf sein Fahrzeug schossen und gerade keine anderen Fahrzeuge in der Nähe zu sein schienen. Es war eine der Gebetszeiten. Daher hatten wir Angst, dass er zu einer Moschee fahren und dort in der Menge untertauchen würde. Sie erinnern sich, dass er uns schon einmal durch die Lappen gegangen ist.«

Inzwischen hatte fast jeder am Tisch sich auch durch die übrigen Fotos geblättert und wusste bereits, was Marcano gleich offiziell berichten würde. Sie hatten die Verwüstungen auf der Straße im Zentrum von Aden in Augenschein genommen und konnten sich ausrechnen, dass Saleet Zafar nicht überlebt hatte.

Marcano fuhr trotzdem fort, Foto für Foto. Er erklärte, dass die *Hellfire-3*-Rakete mit großer Präzision getroffen hatte, mit einem entsprechenden Minimum weiterer Opfer. Er räumte ein, dass das Ergebnis nicht ideal sei, aber die einzige Alternative gewesen wäre, Saleet wieder einmal entkommen zu lassen.

»Die Saudis haben schon öfter zugegeben, Raketen auf Moscheen und Geschäftsviertel abgeschossen zu haben. Wenn sie das hier auf ihre Kappe nehmen, wird das ein Beispiel mehr dafür sein, wie egal ihnen Kollateralschäden sind. Die Tötung eines muslimischen Geistlichen wird international verurteilt werden, aber das wird sich bald wieder gelegt haben. Zumindest solange die Welt die Saudis für diesen Angriff verantwortlich macht und nicht die USA.«

Nach einer halbherzigen Diskussion nahm die Runde Marcanos Vorschlag an. Die Präsidentin würde das Außenministerium anweisen, einen Deal mit den Saudis auszuhandeln: Die USA würden die saudi-arabischen Bombardements im Jemen weiter unterstützen, dafür würden die Saudis offiziell zugeben, dass sie die beiden Raketenangriffe in Aden durchgeführt hatten. Sie mussten dies schnell tun, denn die Bilder, die die Zerstörungen durch die Drohnen zeigten, waren bereits im Umlauf.

Seth Wachsmann meldete sich. »Wer waren die Männer, die zu Zafar gehörten?«

»Der Mann hinter ihm gehörte wahrscheinlich zu al-Qaida. Was den Mann neben ihm betrifft, lieferte das Gesichtserkennungsprogramm leider keine Ergebnisse.«

Wachsmann nahm seine Brille ab und beugte sich tiefer über das Foto. Dann schaute er zu Marcano hoch, die Augen zusammengekniffen. »Gehörte dieser Mann zu dem Kollateralschaden?«

»Ja. Er floh zusammen mit Zafar und war in dem Fluchtfahrzeug, als dieses getroffen wurde.«

Wachsmann schaute zu der Präsidentin hin, doch die erwiderte seinen Blick nicht. Das Gespräch wandte sich einem möglichen Plan B zu: Was, wenn die Saudis nicht bereit waren, die Sache auf ihre Kappe zu nehmen? Zum ersten Mal seit Beginn dieses Treffens konnte der sonst stets gelassene John Marcano tief und erleichtert aufatmen.

* * *

Nach dem Treffen zog Marcano die Präsidentin beiseite und bat um ein Gespräch unter vier Augen im Westflügel. »Ich müsste Sie noch über ein mögliches Worst-Case-Szenario informieren«, sagte er.

Sie standen beide; Marcano hatte der Präsidentin gesagt, dass das Gespräch nur eine Minute dauern würde.

»Letzte Woche ist Wyatt Jackson nach Dubai geflogen. Wir haben keine Erkenntnisse, dass er von dort aus in den Jemen weitergereist ist, aber es ist nicht auszuschließen.« Marcano sah, wie das Gesicht der Präsidentin sich verspannte und ihre Augen argwöhnisch wurden. Sie schien zu ahnen, was jetzt kommen würde.

»Falls er in den Jemen gereist ist, wissen wir nicht, warum er das getan hat. Aber möglicherweise wollte er sich mit Saleet Zafar treffen. Wir wissen, dass Zafar ein Freund von Cameron Holloman war.«

»Was wollen Sie mir sagen? Kommen Sie zur Sache!«

»Dass der Mann neben Zafar möglicherweise Wyatt Jackson war.«

»Wussten Sie das schon, als Sie diesen Angriff autorisierten?« Die Stimme der Präsidentin wurde hart.

Marcano ließ sich nicht erschüttern. In ruhigem Ton fuhr er fort: »Natürlich nicht. Es gibt keinerlei Belege dafür, dass Jackson Richtung Aden oder in die Umgebung geflogen ist. Wir waren zudem ganz auf Zafar konzentriert; auf die Männer, die bei ihm waren, sind wir erst später gekommen. Im Nachhinein und wenn man sich die Fotos genauer ansieht, besteht eine entfernte Möglichkeit, dass es Jackson war.«

Die Präsidentin seufzte auf. Sie öffnete den Mund, um etwas zu erwidern, schloss ihn dann aber wieder. Etwas später, als sie endlich antwortete, war ihre Stimme leise, aber ominös: »John, ich hoffe doch sehr, dass Wyatt Jackson lebendig wieder in die Vereinigten Staaten zurückkommt. Es gibt nichts, was rechtfertigen würde, ihn auszuschalten, auch dann nicht, wenn wir vermuteten, dass er der Mann neben Zafar war.«

»Ich kann Ihnen versichern, Frau Präsidentin, dass wir ihn nicht ausgeschaltet haben. Aber mit allem Respekt: Wenn es tatsächlich Wyatt Jackson war, hielt er sich illegal im Jemen auf und machte gemeinsame Sache mit unseren Feinden, mit Terroristen. Dann wären wir berechtigt gewesen, ihn auszuschalten.«

»Er ist immer noch ein amerikanischer Bürger, John. Er hat ein Recht auf ein ordentliches Gerichtsverfahren.«

»Dies ist ein Krieg, Frau Präsidentin. Wenn er wirklich mit unseren Feinden gemeinsame Sache gemacht hat, hatte er dieses Recht nicht.«

Kapitel 89

Virginia Beach, Virginia

Als Paige am Mittwochmorgen von ihrem Jogging zurück nach Hause kam, wartete eine SMS von Wellington auf sie: »Saleet Zafar im Jemen getötet!« Wellington hatte einen Link angefügt, auf den Paige sofort klickte. Der Link führte zu einer arabischen Nachrichtenquelle, die einen rauchenden Krater in einer Straße in der Stadtmitte von Aden zeigte. Die Saudis hatten sich zu dem Angriff bekannt, aber die Einheimischen gaben an, eine amerikanische Drohne gesehen zu haben.

Paige setzte sich - verschwitzt wie sie war - an ihren Computer und suchte nach allen Medienberichten, die sie finden konnte. Wyatt hatte sich mit Zafar treffen wollen. Aber er hatte auch heute von Dubai aus zum *Dulles International Airport* zurückkehren wollen.

Die Artikel im Internet waren verwirrend und zum Teil widersprüchlich. Nach einigen hatten amerikanische Drohnen während des Abendgebets mitten in Aden ein Auto bombardiert und dabei viele unschuldige Zivilisten - darunter kleine Kinder - mit in den Tod gerissen. Die saudiarabische Nachrichtenagentur dagegen berichtete, dass saudische Kampfflugzeuge die Raketen abgeschossen und mit großer Präzision Saleet Zafar und einen seiner Vertrauten getroffen hatten. Die beiden hatten angeblich einen Terrorangriff in der Hafenstadt Aden geplant.

Paige ging die Fotos durch, die sie nicht wirklich weiterbrachten. Wer immer die Rakete abgefeuert hatte, hatte einen gähnenden Krater hinterlassen. Aber wie viele Menschen dabei gestorben waren, war nicht zu erkennen. Von einem Amerikaner, der zu den Opfern gehörte, war nicht die Rede. Sie rief Gazala Holloman an, doch die hatte ebenfalls nichts von Wyatt gehört. Die Nachricht von Zafars Tod war ein Schock für sie. »Er war ein guter Freund von Cameron«, sagte sie. Paige hörte die Trauer in ihrer Stimme. »Und ein treuer Diener Allahs.«

Den ganzen Mittwoch verbrachten Paige, Wellington und Kristen mit Telefonaten und SMS-Nachrichten und versuchten, die Puzzlestücke zusammenzufügen. Was war da passiert? Am frühen Mittwochabend wurde die Unruhe zur Panik, als sie erfuhren, dass Wyatt seinen gebuchten Flug nicht angetreten hatte. Sie überlegten, ob sie das Außenministerium benachrichtigen sollten, aber es war wohl besser, nichts zu überstürzen. Wenn sie das Ministerium anriefen, müssten sie die Katze aus dem Sack lassen, dass Wyatt sich im Jemen mit Saleet Zafar hatte treffen wollen. Was, wenn Wyatt nur aufgehalten worden war? Sie schickten ihm eine SMS und E-Mail nach der anderen, wider alle Hoffnung hoffend, dass er früher oder später antworten würde.

Nach einer schlaflosen Nacht kamen sie überein, dass Paige am besten den Kongressabgeordneten Mason anrief. Er hatte ihnen schon einmal geholfen. Vielleicht könnte er auch jetzt seine Beziehungen spielen lassen. Erst am Donnerstagnachmittag rief er Paige zurück. Sie erklärte ihm, dass Wyatt nach Dubai geflogen war und vorhatte, sich im Jemen mit Saleet Zafar zu treffen. Sie berichtete ihm das wenige, was sie über Zafars Tod wusste, und dass Wyatt nicht wie geplant am Mittwochabend aus Dubai zurückgekommen war. Mason versprach, sich sofort um die Sache zu kümmern und Paige Bescheid zu geben.

Paige und Wellington schauten sich derweil jeden Flug von Dubai nach Washington oder anderen Städten an der Ostküste an. Sie riefen die Fluggesellschaften an und erklärten ihnen, dass sie Wyatt am Flughafen abholen mussten. Aber niemand wusste etwas von ihm.

Mason hatte Paige seine Mobilnummer gegeben. Am Donnerstagabend rief sie ihn an. Er hatte den Eindruck, dass das Außenministerium mauerte. Man wusste, dass Wyatt auf seinem Hinflug durch den Zoll in Dubai gegangen war, aber das war auch alles. Mason versprach Paige, sich zu melden, sobald er etwas hörte. Ebenfalls am Donnerstagabend rief Wellington Wyatts Sohn an, aber der wusste noch nicht einmal, dass sein Vater in den Nahen Osten geflogen war. Er bat Wellington, ihm Bescheid zu geben, sobald er Neuigkeiten hatte.

Am späten Abend des Donnerstags wurde Paige von düsteren Vorahnungen beschlichen. Sie holte wieder die Bilder von dem Drohnenangriff hervor – hatte sie auch nichts übersehen? Zwar sähe es Wyatt ähnlich, mit zwei Tagen Verspätung zurück ins Land zu kommen und sich zu wundern, warum sich alle Sorgen gemacht hatten. Doch diese schwache Hoffnung löste sich auf, als Paige die Umstände analysierte – so objektiv, wie es ihr möglich war. Das Bombardement von Aden trug eindeutig die Handschrift eines amerikanischen Drohnenangriffes. Es war ein Präzisionsangriff auf einen muslimischen Geistlichen, etwas, das ihr Land schon öfter getan hatte. Und falls die CIA gewusst hatte, dass Wyatt mit in Saleet Zafars Auto saß, hatte sie mit einer einzigen Rakete sämtliche Beweise gegen sie vernichtet.

Rechtsanwälte lernen früh in ihrer Berufslaufbahn, dass der Zufall der Bruder der Vertuschung ist. Einem Zufall sollte man nie trauen. Denn bei genauerem Hinsehen finden sich fast immer die Fingerabdrücke der Manipulation und der Täuschung. Es war *zu zufällig*, dass der Drohnenangriff gegen Zafar zeitlich so nah an seinem Treffen mit Wyatt lag und dass man seither nichts mehr von Wyatt gehört hatte. Eine plausiblere Erklärung war wohl, dass CIA-Agenten Wyatt heimlich gefolgt waren und Zafar in ihre Falle gelaufen war. Die einzige Frage, die sich für Paige noch stellte, war, ob Wyatt zusammen mit ihm gestorben war.

★ ★ ★

Als Paige am Freitagmorgen aufwachte, war sie innerlich zu fertig, um ihr Jogging zu machen. Bis tief in die Nacht hatte sie vor ihrem Computer gesessen, auf der Suche nach weiteren Informationen über den Drohnenangriff in Aden. Sie hatte nur wenige Stunden geschlafen, wenn man die Albträume denn Schlafen nennen konnte. Noch bevor die Sonne aufging, trank sie ihren Kaffee und zog sich an. Sie trat nach draußen und musterte den Parkplatz. Nein, keine potenziellen FBI-Limousinen. Seit dem Termin vor der Grand Jury hatte Paige jeden Tag in ständiger Alarmbereitschaft gelebt, der heutige Tag war keine Ausnahme.

Sie ging zurück in ihre Wohnung und versuchte, eine Portion Müsli hinunterzubringen. Sie hatte wenig gegessen in den letzten beiden Tagen aufgrund ihrer ständigen Sorgen wegen Wyatt, dem FBI und der anstehenden Entscheidung des Obersten Gerichtshofes. Die Gurus orakelten, dass das Gericht sich bald äußern würde, schon in wenigen Tagen. Das Land befand sich im Wahlkampf und der Vorsitzende Oberste Richter würde in den letzten Wochen vor dem Urnengang diese Entscheidung nicht in der Schwebe lassen. Außerdem handelte es sich um einen Eilantrag und die einzige Frage, um die es ging, war, ob Richterin Solberg richtig entschieden hatte oder ob sie die Klage aufgrund der *Staatsgeheimnis*-Doktrin hätte abweisen müssen. Die meisten Experten gingen davon aus, dass die Entscheidung des Gerichtes rasch kommen und kurz und bündig ausfallen würde. Selbst die Experten, die mit längeren schriftlichen Stellungnahmen rechneten, spekulierten, dass zwei Voten bereits im Entwurf vorlagen: eines für Solberg, das andere gegen sie. Die große Frage war, welcher Partei die Richterinnen Torres und Deegan sich anschließen würden. Welche Position würde die Mehrheit bekommen und welche würde das Minderheitsvotum?

Paige ging auf die Internetseite des Obersten Gerichtshofes, wie schon an den vorangegangenen Tagen dieser Woche, aber es gab keine Ankündigung einer Entscheidung für diesen Tag. Um 8 Uhr stieg sie in ihr Auto und fuhr zu der Hundepension Pungo, wo Wyatt Clients für die Woche, die er unterwegs gewesen war, untergebracht hatte. Paige erklärte der Dame am Empfangstisch, dass Wyatt aufgehalten worden sei und sie daher gekommen war, um Clients abzuholen. Sie musste mehrere Formulare unterschreiben, dann verschwand die Dame, um wenige Minuten später mit Wyatts großem Golden Retriever wieder zu erscheinen. Clients zog kräftig an der Leine, sprang dann an Paige hoch und begann, sie abzulecken, als sei sie seine beste Freundin.

»Clients ist der liebste Hund, den es gibt«, bemerkte die Dame begeistert. »Er mag alle.«

Paige dankte ihr und ging, Clients an der Leine. Sie schob ihn auf die Rücksitzbank, aber noch bevor sie sich selbst setzen konnte, war Clients nach vorne gesprungen und hatte auf dem Beifahrersitz Platz genommen. Sein Kopf ging hin und her vor Begeisterung, nicht mehr in der Hundepension zu sein.

»Wenn du ein paar Tage bei mir wohnen willst, müssen wir uns auf einige Regeln einigen«, sagte Paige. »Kein Lecken, kein Haaren und der Beifahrersitz ist tabu.«

Clients neigte seinen Kopf, als ob er jedes Wort verstehe. Dann legte er seine eine Vorderpfote auf Paiges Arm und wollte anfangen, sie zu lecken.

»Nein! Was hab ich gerade gesagt?«

Clients legte den Kopf zur Seite, als ob er Verständnisschwierigkeiten hatte. Seinem treuherzigen Blick konnte Paige nicht widerstehen.

»Okay«, sagte sie. »Dann bleib von mir aus hier vorne. Aber Schluss mit Lecken!«

Clients wedelte mit dem Schwanz und setzte sich auf; seine Zunge hing nach draußen. Irgendwie fühlte Paige sich ein kleines bisschen wohler mit Wyatts Hund an ihrer Seite.

»Wir machen an der Zoohandlung Station und kaufen dir was zu essen«, sagte sie, als sie den Wagen zurücksetzte. »Und wenn du brav bist, kaufen wir vielleicht auch einen Knochen und was zum Spielen.«

Sie schaute kurz zu dem glücklichen Hund hin, während sie losfuhr. Sie war keine Hundenärrin, aber sie konnte Clients ja nicht ewig in der Hundepension lassen.

»Wyatt Jackson, du stehst in meiner Schuld«, murmelte sie.

Eine Viertelstunde später, während Clients sie in der Zoohandlung von dem einen Gang in den nächsten zog, erhielt Paige eine SMS von Wellington: »Laut Internet wird das eine Votum heute bekannt gegeben.«

Sie blieb stehen und schickte sofort eine Antwort ab: »Wann?«

»10:00 Uhr.«

Paige schaute auf ihre Armbanduhr. Weitere Eilanträge gab es beim Obersten Gerichtshof zurzeit nicht. In weniger als neunzig Minuten wüsste sie, ob ihr Prozess gegen Philip Kilpatrick und John Marcano weitergehen würde oder ob das höchste Gericht der Nation ihn abgewürgt hatte.

Kapitel 90

Clients richtete sich häuslich in Paiges kleiner Wohnung ein. Er verbrachte eine Stunde damit, zu fressen, draußen sein Geschäft zu erledigen und überall herumzuschnüffeln. Er zog ein paar schmutzige Kleider aus dem Wandschrank und präsentierte sie Paige in ihrem Arbeitszimmer.

»Nein!«, schimpfte sie. »Pfui!«

Er wedelte zur Antwort mit dem Schwanz.

Um 9:45 Uhr loggte Paige sich auf der Internetseite des Obersten Gerichtshofes ein. Ihre Hände waren klamm, der Mund trocken und ihr Herz schlug so schnell wie an dem Tag ihres Plädoyers.

Noch vor einigen Jahren hatten die Anwälte der großen Washingtoner Kanzleien, die wissen wollten, wie der Oberste Gerichtshof entschieden hatte, irgendeinen jüngeren Kollegen ins Gerichtsgebäude geschickt. Der Gerichtsschreiber kam mit dem Ergebnis aus den heiligen Hallen und die wartenden Anwälte riefen auf der Stelle ihre Kanzleien an, um zu berichten. Reporter schnappten sich Exemplare der Entscheidungen und überflogen sie, um sich ein Bild des Inhalts zu machen, damit sie die Nachricht möglichst als Erster bringen konnten.

Das war einmal. Jetzt saß jeder vor seinem Computer und starrte auf den Blog des Obersten Gerichtshofes, der den Titel *#waitingforlester* trug. Lester war der amtierende Gerichtsschreiber, die Blogger saßen im Pressezimmer des Gerichtes und warteten stets darauf, dass er mit der jeweils letzten Entscheidung zu ihnen kam. Heute konnte es sich nur um eine Entscheidung handeln.

In den Kommentarspalten des Blogs spekulierten alle darüber, ob so eine rasche Entscheidung eine gute Nachricht für die Klägerin oder für die Beklagten war. Die meisten glaubten an einen Sieg für die Familie Anderson. Nichts wäre leichter für das Gericht, als in einem kurzen Votum zu sagen, dass Richterin Solberg das riskante Thema der Staatsgeheimnisse korrekt angegangen war und dass das Gericht eine ausführlichere Stellungnahme nachschieben würde, sobald der Fall abgeschlossen sei und ein zweites Mal vor das Gericht käme. Andere fanden, dass die schnelle Reaktion nur bedeuten konnte, dass das Gericht die ganze Klage zurückwies. Sie schrieben, dass es offensichtlich war, dass Staatsgeheimnisse eine Rolle spielten; und dann könnte das Gericht einfach auf den Präzedenzfall *Reynolds* verweisen und so das heiße Eisen kurz und schmerzlos zu den Akten legen.

Paige überlegte, ob sie sich unter einem anderen Namen einloggen und mit den Kommentierern diskutieren sollte, aber was würde das bringen? Und so schickte sie stattdessen eine SMS an Wellington: »Nervös?«

Die Antwort kam prompt: »Fürchterliche Angst!«

Wellington war super gewesen, aber an Tagen wie diesen war er kein besonders guter Mutmacher. Exakt um 10 Uhr – wie auf Bestellung – begann Clients an der Wohnungstür zu kratzen.

»Jetzt? Soll das ein Witz sein?«, fragte Paige.

Clients sah sehnsüchtig zu ihr hin. Er trottete zurück zu ihr, dann wieder zu der Tür.

Paige schaute auf den Bildschirm. »Du musst ein bisschen warten.« Der Hund jaulte leise, als wolle er ihr sagen: »Kann nicht warten ...«

»Also, gut«, schnappte Paige. Ob sie vor dem Computer saß oder nicht, änderte ja wohl nichts an dem Ergebnis. Sie leinte Clients an und führte ihn nach draußen, wo er durch das Gras und die Sträucher neben dem Parkplatz stromerte, als wolle er die perfekte Stelle finden.

»Meine Güte, mach einfach!«

Endlich hielt er an und hob sein linkes Bein. Aber nein, die Stelle gefiel ihm doch nicht, erneutes Suchen. Es schien eine halbe Ewigkeit zu dauern, bis er sich endlich entschieden hatte und vielleicht zwei Sekunden lang pinkelte.

Dummer Hund, dachte Paige. »Bete drum, dass Wyatt wieder nach Hause kommt«, sagte sie laut zu ihm. Sie ging rasch zurück in die Wohnung und setzte sich wieder vor ihren Computer. Was gab es an neuen

Kommentaren? Erleichtert stellte sie fest, dass die Entscheidung des Obersten Gerichtshofs noch nicht bekannt gegeben worden war. Offenbar wurden gerade mehrere Anwälte vereidigt, die frisch ihre Zulassung vor dem Obersten Gerichtshof bekommen hatten. Clients saß gehorsam zu Paiges Füßen und schaute zu ihr hoch. Dann hob er eine Pfote und legte sie auf ihr Bein. Ach ja - Wyatt hatte dem Hund ja immer eine kleine Belohnung gegeben, wenn er mit ihm draußen gewesen war.

»Ich habe nichts für dich«, sagte Paige. Clients' Blick wurde traurig und sie bekam prompt ein schlechtes Gewissen. Keine zwei Stunden war er hier und schon dabei, ihr ans Herz zu wachsen.

Zurück zum Bildschirm:

Lester mit der heutigen Entscheidung in Sachen *Familie von Troy Anderson vs. Kilpatrick u. a.*

Paige holte tief Luft. Sie las weiter:

Bundesberufungsgericht 4. Bezirk: Entscheidung aufgehoben.
5 zu 4 Stimmen.
Richterin Augustini und drei andere: Minderheitsvotum. Deegan schreibt separat.

Paige hörte auf zu lesen. Ihr war, als habe ihr jemand einen Schlag in den Nacken versetzt. Der Bildschirm wollte vor ihren Augen verschwimmen, sie blinzelte die Tränen weg. Fünf Monate Schwerstarbeit mit vollem Risiko - und sie hatten verloren! Der Fall würde abgewiesen werden. Die Welt um sie herum schien einstürzen zu wollen. Was der Oberste Gerichtshof sagte, hatte eine Endgültigkeit, die einen nur fertigmachen konnte. Es war endgültig aus und vorbei!

Schon kamen die ersten Kommentare. Paige ignorierte sie und klickte auf den Link zu dem Votum des Gerichts. Richter Sikes schrieb im Namen der Mehrheit. Paige wurde schwummrig, als sie an Kristen dachte. Sie begann, die Entscheidung zu lesen, dann hörte sie wieder auf. Was änderte es, ob die Argumentation schlüssig war oder nicht? Bei wem sollte sie sich beschweren? Was sollte es noch bringen?

Welche Richter hatten sich der Mehrheitsmeinung angeschlossen?

Vorsitzender Richter Leonard und *der Bart* waren keine Überraschung. Paige hatte nie erwartet, dass sie für sie stimmen würden. Richterin Kathryn Byrd, die stille 81-jährige Konservative, hatte sich wie üblich den übrigen Konservativen angeschlossen. Es war Evangelina Torres, die ehemalige demokratische Senatorin für Kalifornien, die das Votum entschieden hatte. Von Präsident Obama eingesetzt, hatte sie das Drohnenprogramm und die geheimen Kriege der CIA, auf die er sich in seinen beiden Amtsperioden so stark gestützt hatte, gerechtfertigt.

Paige scrollte weiter nach unten, bis sie zu dem abweichenden Votum von Augustini kam. Die ehemalige Harvard-Professorin schrieb mit einer spürbaren Frustration, die die Gefühle widerspiegelte, die Paige gerade verspürte. An einer Stelle nannte sie die Mehrheitsmeinung glatt »feige«, weil sie es nicht gewagt hatte, der Exekutive auch nur ein paar Fragen über ihre Exekutivprivilegien zu stellen. Für Augustini war das ganze Drohnenprogramm der CIA zutiefst irritierend und eine Umgehung der verfassungsmäßigen Anweisung, dass nur der Kongress Kriege erklären dürfe. Es war ein rutschiger und steiler Abstieg von einer konstitutionellen Republik hin zu einer Diktatur – und das Land war schon halb unten, wenn die Exekutive ihre eigene Armee befehligen konnte, fernab der Kontrolle durch den Kongress oder die Gerichte. In Zeiten wie diesen, schrieb die Romanschriftstellerin, fühle sie sich wie ein Bürger aus *Farm der Tiere*, dem berühmten Roman, in dem George Orwell 1945 den Weg von der Russischen Revolution zum Stalinismus nachgestellt hatte.

Paige fühlte sich durch die Argumentation von Richterin Augustini bestätigt, aber das änderte natürlich nichts an der Entscheidung des Gerichts. Ihr Telefon vermeldete neue Anrufe von Reportern sowie von Kristen und Wellington. Sie ignorierte sie alle und fing an, das kurze Minderheitsvotum von Taj Deegan zu lesen. Deegan war neu am Obersten Gerichtshof und Paige war klar, dass es einigen Mut gebraucht hatte, dass sie ihr eigenes Minderheitsvotum schrieb. Deegan bedauerte zutiefst, was dieser Fall über das Prinzip der Rechtsstaatlichkeit aussagte. Sie schrieb mit beredten Worten über das Motto des Obersten Gerichtshofes »Gleiche Gerechtigkeit unter dem Gesetz« und wie viel dies für das amerikanische Justizsystem bedeutete.

Das einfachste Kind aus dem ärmsten Viertel sollte in diesem Gebäude genauso behandelt werden wie der Präsident der Vereinigten Staaten. So war es bis heute. Die heutige Entscheidung verpflichtet die Präsidentin und ihre Berater nur dann darauf, die Gesetze einzuhalten, wenn sie im Inland tätig sind. Auf der internationalen Bühne dagegen haben sie einen »Freifahrtschein«, der ihnen erlaubt, ohne jede Kontrolle durch ein Gericht zu tun, was sie wollen.

Das *Staatsgeheimnis*-Privileg ist nie so umfassend gedacht gewesen, dass es den Gerichten nicht einmal ermöglicht, die Berechtigung einer Klage zu prüfen. Die von Richterin Solberg angeordneten Sicherheitsmaßnahmen stellten nicht nur sicher, dass keine Staatsgeheimnisse ans Licht kommen konnten, sondern auch, dass hochrangige Amtsinhaber genauso Rede und Antwort stehen mussten wie normale Bürger.

Wenn ein Kläger vor dieses Gericht tritt und behauptet, dass die höchste Exekutivperson dieses Landes unter Mithilfe ihrer höchsten Berater wissentlich das Leben amerikanischer Soldaten geopfert hat, um ihre politische Agenda voranzubringen, kann und darf dieses Gericht sich nicht unter dem Vorwand des *Staatsgeheimnis*-Privilegs weigern, sich dieser Sache anzunehmen. In Kriegszeiten lebt die Exekutive von der Angst der Bürger, die willig ihre verfassungsmäßigen Rechte opfern, in der Hoffnung, so mehr Sicherheit zu bekommen. Es ist die eidliche Pflicht dieses Gerichtes, es der Exekutive zu verwehren, diese Rechte, für deren Schutz so viele Männer und Frauen ihr Leben gegeben haben, auszuhöhlen. Ich schäme mich, mitansehen zu müssen, wie unser einst so starkes Oberstes Gericht sich hinter dem *Staatsgeheimnis*-Privileg versteckt und wie einst Pontius Pilatus glaubt, dass die Geschichte uns schon nicht zu streng beurteilen wird.

Mag sein, dass ich, was die heutige Entscheidung betrifft, auf der falschen Seite stehe, aber mir ist es wichtiger, wie die Geschichte mich einmal beurteilen wird. Wenn die heutige Entscheidung, wie es unweigerlich geschehen wird, ihren Platz unter den Fällen vom Typ *Dred Scott vs. Sandford* und *Plessy vs. Ferguson** in der Geschichte unse-

* Rechtsfälle aus dem 19. Jahrhundert, die die Rassentrennung förderten. Der Fall Dred Scott vs. Sandford (1856/57) stärkte die Rechte der Sklavenhalter und gilt als

rer Gerichte gefunden haben wird, werde ich mit Stolz sagen können, dass ich, als es zur Abstimmung kam, dem Vorsitzenden Richter Leonard erklärte, dass ich mit allem Respekt anderer Meinung war.

Paige versuchte, ihre Gedanken zu sammeln. Sie konnte sich an wenige Fälle erinnern, in denen die Richter mehr Emotionen gezeigt hatten. Sie musste schlucken, als sie an Wyatt Jackson und sein Beispiel mit Fort Alamo dachte. Nein, sie hatten diesen Prozess nicht begonnen, um zu gewinnen. Die Debatte, die jetzt begonnen hatte, sie war genau das, was Wyatt beabsichtigt hatte.

Sie wünschte sich, dass er das lesen könnte, was sie gerade gelesen hatte. Und mitverfolgen könnte, was gerade im Internet passierte. Wäre er jetzt hier, er würde wahrscheinlich auf der Treppe vor dem Obersten Gerichtshof stehen und eine flammende Rede halten, in der er mit den fünf Mehrheitsrichtern ins Gericht ging und die Amerikaner aufrief, aufzuwachen. Er würde schwören, den Schattenkrieg der CIA, ihre geheime Abschussliste und die ebenso geheimen Machenschaften der Hamilton-Regierung ans Licht zu bringen.

Aber er war nicht hier! Zum ersten Mal gestand Paige sich ein, was sie in ihrem Herzen schon länger ahnte. Wyatt Jackson würde nicht zurückkommen. Er war der Flamme zu nahe gekommen, die CIA hatte ihn erledigt. Sie fühlte sich gleichzeitig wütend, frustriert und traurig ob dieser Tatsache. Wyatt war buchstäblich im Kampf für seinen Klienten gestorben – und jetzt war auch sein Prozess gestorben.

Sie beugte sich zu dem Hund hinunter, strich ihm über den Rücken und kraulte ihn hinter den Ohren. Clients wedelte dankbar mit dem Schwanz, als kenne er keine Sorgen in der großen weiten Welt.

»Dein Herr war ein sehr tapferer Mann«, sagte Paige und ihre Augen wurden nass. »Ich bin sicher, dass er keine Wunden im Rücken hatte.«

---

ein Mit-Auslöser für den Amerikanischen Bürgerkrieg. Im Fall Plessy vs. Ferguson befand der Oberste Gerichtshof 1896 die Rassentrennung an Schulen für legitim.

Kapitel 91

Als Paige am Samstagmorgen aufwachte, war es noch dunkel. Sie brauchte einige Sekunden, um sich zu orientieren. Sie langte nach ihrem Handy und schaute auf die Uhr. Noch nicht ganz sechs. Neben ihr belegte Clients drei Viertel des Betts. Am Abend hatte er sich vor die Wohnungstür gelegt, Kopf auf den Pfoten, und auf seinen Herrn gewartet. Paige war es schließlich gelungen, ihn ins Schlafzimmer zu lotsen, worauf sie ihn zweimal aus dem Bett werfen musste. Aber irgendwann im Laufe der Nacht, nachdem sie eingeschlafen war, war er wieder auf das Bett gekrochen.

»Clients, runter!« Paige versuchte, den Hund wegzuschieben.

Er ignorierte sie und schlief weiter. Sie schüttelte ihn schließlich wach und er sah sie an, als wolle er dagegen protestieren, dass sie den Nerv gehabt hatte, ihn zu wecken. Sie schnippste auf seiner Bettseite mit den Fingern und gab dem großen Kerl einen Schubs. »Runter mit dir!«

Clients bequemte sich schließlich, das Bett zu verlassen, worauf er sofort anfing, um sein Frühstück zu betteln. Paige fütterte ihn, machte sich einen Kaffee und schaute auf ihrem Laptop nach, was es Neues gab. Die Entscheidung des Obersten Gerichtshofs hatte bei liberalen wie konservativen Journalisten einen Nerv getroffen. Viele waren der Meinung, dass die Machtfülle der Exekutive zu groß geworden war. Ins gleiche Horn stießen republikanische Politiker, die sich äußerst empört darüber zeigten, dass die Präsidentin sich jetzt nie zu dem Tod der SEALs würde äußern müssen. Mehrere Artikel erwähnten Paige. Sie hatte am Vortag eine kurze schriftliche Stellungnahme verfasst, in der sie mitteilte, dass sie die Entscheidung des Gerichtes respektiere, aber enttäuscht darüber sei, dass sie jetzt nie die Wahrheit würde aufdecken können. Kristen war weniger zurückhaltend gewesen. Als die Reporter zu ihr gekommen waren, war sie vor die Kamera getreten und hatte klargemacht, dass sie die Entscheidung des Gerichts empörend fand. Vor allem an Richter Sikes hatte sie kein gutes Haar gelassen.

Paige schaltete den Computer aus und begann, über ihre Zukunft nachzudenken. Da war immer noch die Vorladung von Richterin Solberg wegen Missachtung des Gerichtes. Außerdem hoffte und betete Paige, dass die Grand Jury ihr keine Anklage wegen Behinderung der Justiz anhängen würde. Aber selbst wenn diese Dinge sich in Wohlgefallen auflösten; aus der Kanzlei, die sie gegründet hatte, würde nie etwas werden. Nur würde ihr alter Chef in der Staatsanwaltschaft sie zurückhaben wollen nach all den Beschuldigungen und Gerüchten, die sich inzwischen um ihre Person rankten?

Sie zog ihre Joggingkleidung an – schwarze Strumpfhosen, langärmeliges T-Shirt und Baumwollpulli, denn es war kühl geworden in der Nacht. Sie legte noch ein Stirnband um den Kopf und leinte Clients an. »Komm! Wir gehen laufen.«

Sie parkte in einer Garage in der Nähe der 31. Straße und machte unter der *König-Neptun-Statue* an der Strandpromenade ihre Lockerungsübungen. Sie begann mit einem gemütlichen Tempo. Clients schlug sich wacker. Bis er anhalten wollte, um ausgiebig zu schnüffeln. Die nächsten Minuten war er der chaotischste Laufpartner, den Paige je gehabt hatte. Er wurde langsamer, um an den Sträuchern neben der Promenade zu riechen und – wenn Paige ihn dann zurückriss, sprang er sie an, um zu zeigen, wie er sich freute. Paige machte die Leine schließlich kürzer, sodass er dicht neben ihr laufen musste. Nach einer Weile hatte sie den Willenskampf gewonnen, der Hund lief in mehr oder weniger gleichmäßigem Tempo neben ihr her, dann und wann nach oben schauend, um von ihr gelobt zu werden.

»Braver Hund«, sagte Paige dann und strich ihm über den Kopf.

Sie steigerte das Tempo etwas und Clients machte mit, versuchte aber immer noch, die Passanten zu beschnüffeln.

Sie liefen einige Meilen, während die Sonne über den Horizont stieg, und Paige merkte, wie der innere Druck nachließ. Sie war erschöpft von den Strapazen der letzten Wochen und Clients sorgte dafür, dass sie nicht allzu schnell lief. Trotzdem tat es gut, hier zu sein und in vollen Zügen die salzige Meeresluft einzuatmen. Es lag etwas Beruhigendes im Anblick der Wellen, die kaum hundert Meter entfernt über den weiten, weißen Sand heranrollten. Paige war nicht allein; alle möglichen anderen Leute waren draußen und genossen schlendernd oder laufend den Morgen. Einmal mehr erinnerte Paige sich daran, warum sie Virginia Beach liebte.

Weil dies der erste Ausgang mit Clients war, hatte Paige ihre Kopfhörer zu Hause gelassen und hörte keine Musik. Aber sie war dennoch so in Gedanken versunken, dass sie den Mann erst hörte, als er neben ihr lief, auf der anderen Seite von Clients, fast im Gleichschritt.

»Wie heißt er?«, fragte er.

Paige drehte sich in die Richtung.

Daniel Reese? Einen Augenblick war sie sprachlos, lief aber weiter. »Was machen Sie denn hier?«, fragte sie.

»Die Marine möchte, dass wir uns fit halten.«

Hundert Gedanken schossen Paige durch den Kopf. Sie dachte an das drohende Verfahren wegen Behinderung der Justiz und der unerlaubten Verwendung von Staatsgeheimnissen. »Ich glaube, wir sollten besser nicht miteinander reden«, sagte sie.

»Wenn ich Sie wäre, würde ich auch so denken«, antwortete Reese, doch er wurde nicht langsamer und entfernte sich auch nicht.

»Daniel, ich kann nicht mit Ihnen reden. Gegen uns beide wird ermittelt.«

Paige hielt abrupt an, machte kehrt und begann mit Clients in die entgegengesetzte Richtung zu gehen.

Reese drehte ebenfalls um.

»Das ist mir ernst«, sagte sie. »Lassen Sie mich in Ruhe!«

Heimlich hoffte sie, dass Clients ihre Frustration riechen und Reese anknurren würde, doch stattdessen zog er an der Leine, um näher zu Reese zu kommen, und fing an, seinen neuen Freund abzulecken.

Reese fiel wieder in Gleichschritt mit Paige. »Mein Anwalt hat einen Deal mit der Klageseite gemacht.« Er schaute geradeaus, die Augen hinter der Sonnenbrille versteckt. »Ich habe zugesagt, vor dem Geschworenengericht reinen Tisch zu machen und mich der unautorisierten Weitergabe geheimhaltungsbedürftiger Informationen schuldig zu bekennen. Ich werde das gleiche Urteil bekommen wie General Petraeus – 100 000 Dollar Geldstrafe und zwei Jahre Bewährung. Kann sein, dass ich unehrenhaft entlassen werde.«

Sie gingen ein paar Schritte weiter und er warf Paige einen Blick zu. »Im Gegenzug hat die Staatsanwaltschaft zugesagt, auf die Erhebung einer Anklage gegen Sie, Wyatt oder Wellington zu verzichten.«

Paige blieb wie angewurzelt stehen und drehte sich zu Reese hin. »WAS haben die gemacht?«

»Mitchell Taylor war zu einem Deal bereit, nachdem ich ihm berichtet hatte, wie das gelaufen war – wie ich Sie aus heiterem Himmel unter dem Namen *der Patriot* angerufen hatte und all das. Er hatte nie ernsthaft vor, Sie vor Gericht zu ziehen. Ich glaube, er hielt es nicht für möglich, dass man Sie verurteilen würde.«

Paige wusste allmählich nicht mehr, was sie denken sollte. Es schien zu schön, um wahr zu sein. War es möglich? War das Damoklesschwert eines Verfahrens gegen sie tatsächlich weg?

»Könnten wir uns mal setzen?«, fragte sie. Sie nickte zu einer leeren Bank hin.

»Klar.«

»Warum haben Sie das gemacht?«, erkundigte sie sich.

»Weil ich nicht wollte, dass Sie und Wyatt die Leidtragenden sind. Ihr Team hat schon mehr als genug Opfer gebracht, um das Weiße Haus und die CIA bloßzustellen.« Er hielt inne und schaute auf das Meer hinaus. »Und auch, weil es einfach das Richtige war: Ein SEAL lässt keinen Kameraden im Stich.«

Sie setzten sich. Paige versuchte einen Augenblick, das Gehörte zu verdauen. Sollte sie Daniel das mit Wyatt sagen? Nein, wohl besser nicht.

»Warum haben Sie mir das nicht früher gesagt?«, fragte sie schließlich.

»Bevor der Deal perfekt war, bekam ich einen nächtlichen Besuch von jemandem, der die Sache noch komplizierter machte. Aus Gründen, die Sie gleich sehen werden, habe ich bis heute nichts sagen können.«

Paiges runzelte die Stirn. »Haben Sie meinen Computer?«

»Jawohl.«

Er musste ihr also an dem Morgen, an dem sie den Laptop vergrub, gefolgt sein. »Warum haben Sie ihn an sich genommen?«

Reese begann, Clients' Kopf zu kraulen, und der Hund wedelte wie ein Weltmeister mit dem Schwanz. »Zu Ihrem eigenen Schutz«, erwiderte er, während er sich auf der Bank zurücklehnte. »Wenn Sie ihn herausgegeben hätten, hätte die Gegenseite die nötigen Informationen gehabt, um Anklage gegen Sie zu erheben. Es war nötig, dass ich derjenige war, der die Informationen in seinem Besitz hatte, sodass die Gegenseite sich mit mir auseinandersetzen musste, falls sie eine Anklage irgendeiner Art erheben wollte.«

»Und hat das Gericht ihn jetzt?«

»Nein. Wenn alles vorbei ist, werde ich ihn Ihnen zurückgeben.«

Reese stand wieder auf und Clients begann, aufgeregt um ihn herumzutänzeln. »Ist dies Wyatts Hund?«, fragte Reese.

»Ja.«

»Ein guter Läufer?«

»Ein schrecklicher.«

Reese langte nach der Leine. »Können Sie ihn mir für eine Minute ausleihen?«

»Von mir aus können Sie ihn für immer haben«, entgegnete Paige, obwohl sie wusste, dass sie das nicht ernst meinte.

Reese nahm die Leine und baute sich vor Clients auf. »Sitz«, befahl er, während er seine ausgebreitete Hand hob. Der Hund gehorchte, als habe er die letzten drei Jahre in der Hundeschule verbracht.

Reese schob seine Sonnenbrille in die Stirn und beugte sich so nach vorne, dass er dem Hund in die Augen sehen konnte. »Wir laufen jetzt zurück, denselben Weg, den du gekommen bist, und diesmal gibt's keine Mätzchen, sondern du bleibst schön an meiner Seite. Miss Paige braucht einen Joggingpartner, auf den sie sich verlassen kann.«

Reese richtete sich wieder auf und zwinkerte Paige zu. »Fuß!«, befahl er, während er Clients auf seine rechte Seite zog. »Sitz.« Clients gehorchte einwandfrei.

Paige erhob sich ebenfalls. Heimlich hoffte sie, dass Clients es Daniel Reese ebenso schwer machen würde wie ihr.

»Möchten Sie noch etwas laufen?«, fragte Reese Paige.

»Warum nicht?«

Reese sah den Hund an. »Los geht's!« Er trabte los, wobei er kurz an der Leine zog. Zu Paiges Verdruss machte Clients sofort mit. Paige lief ebenfalls los und Reese wurde schneller, Clients neben sich, als habe dieser sein ganzes Hundeleben nichts anderes gemacht.

»Wo haben Sie gelernt, Hunde zu dressieren?«, fragte Paige.

»Nirgends«, sagte Reese. »Aber bei den SEALs habe ich gelernt, wie man liebevolle Strenge zeigt.«

Auf dem Weg zurück zur 31. Straße fragte Reese, wie es Kristen ginge. Er sagte Paige auch, dass er das mit Wyatt bereits wisse und dass der Fall die volle Aufmerksamkeit des Außenministeriums, ja sogar der Präsidentin selbst habe. Seiner Ansicht nach hatte Paige einen hervorragenden Job gemacht vor dem Obersten Gerichtshof. Er hatte sich die Audio-Aufnahme der Verhandlung im Internet angehört und war sicher gewesen, dass sie gewönne.

Sie hielten an, als sie zu dem kleinen Park bei der *Neptun-Statue* kamen, dort, wo am *Memorial Day* Admiral Towers seine Rede gehalten hatte. Neben dem Park stand ein Hilton-Hotel mit Gartenlokal.

Paige beugte sich nach vorn, Hände auf den Knien, um zu verschnaufen, während Reese Clients tätschelte und ihn dafür lobte, wie brav er gewesen sei. Er sah Paige an. »Ich wusste nicht, dass Sie einen Hund dabeihätten.« Er reichte ihr die Leine. »Könnten Sie bitte eine Sekunde hier warten? Ich bin gleich wieder zurück.«

»Von mir aus.«

Er verschwand durch die Seitentür in das Hotel. Paige schaute sich um, um zu prüfen, ob ihnen jemand gefolgt sei. Die ganze Sache war irgendwie bizarr. Alles an Daniel Reese war vom ersten Tag an merkwürdig gewesen. Sie war sich immer noch nicht hundert Prozent sicher, dass sie ihm vertrauen konnte. Waren ihre juristischen Sorgen wirklich vorbei?

Nach einigen Minuten kam ein fremder Mann durch dieselbe Tür aus dem Hotel heraus und trat zu Paige. Er mochte in den Dreißigern sein und hatte militärisch kurzes Haar. Er trug ein eng anliegendes Hemd und hatte die Muskeln eines SEALs. Er sprach mit der Stimme eines Mannes, bei dem man keine andere Wahl hatte, als zu gehorchen. »Commander Reese hat mir gesagt, ich solle mich um Ihren Hund kümmern«, sagte er. »Er bittet Sie zu einem Treffen im ersten Stock, Konferenzraum D.«

Paige reichte dem Mann die Leine. Dann zog sie aus der Hosentasche eine kleine Plastiktüte und reichte sie ihm ebenfalls. »Vielleicht brauchen Sie das.«

Sie fand den Konferenzraum auf Anhieb. Die beiden Männer, die vor der Tür Wache hielten, nickten ihr zu. Als sie hineinging, saß Reese in seinen Joggingshorts und seinem langärmeligen T-Shirt am Konferenztisch. Er schwitzte und hatte ein Handtuch um seine Schultern gelegt. Vor ihm auf dem Tisch stand ein Laptop.

»Setzen Sie sich doch.« Er wies auf einen Stuhl an der gegenüberliegenden Seite des Tisches. »Entschuldigen Sie die Geheimnistuerei, aber wir haben in diesem Raum eine sichere Verbindung eingerichtet. Denn es gibt etwas, das ich Ihnen zeigen muss.«

Paige legte skeptisch den Kopf zur Seite, setzte sich aber trotzdem hin, Reese gegenüber. Sie wischte sich mit dem Ärmel über die verschwitzte Stirn und zog ihr Stirnband zurecht.

Er schob ihr den Laptop zu. »Hier ist ein Dokument, das Sie bitte lesen sollten.«

»Und was ist das?« Sie hatte plötzlich ein ungutes Gefühl. Reese hatte sich in große Vorbereitungen gestürzt, um ihr irgendetwas zu eröffnen – und es konnte wohl nichts Gutes sein. War Wyatt also wirklich tot? War es das, was er ihr auf diese umständliche Weise beibringen wollte?

Reese räusperte sich. »Es geht um eine Klage, die Gazala Holloman demnächst einreichen wird«, begann er. »Die ganze Sache kann bewiesen werden, ohne dass man irgendwelche Staatsgeheimnisse kennen muss.«

Paige öffnete immer noch skeptisch den Computer. »Was ist das Passwort?«

»*DerPatriot.* In einem Wort.«

»Natürlich.«

Paige tippte das Passwort ein und öffnete das Dokument. Die Überschrift lautete: *Gazala Holloman, als Testamentsvollstreckerin und nächste Verwandte von Cameron Holloman (verstorben) vs. Philip Kilpatrick, Stabschef der Präsidentin der Vereinigten Staaten, und John Marcano, Direktor der CIA.*

»Ist das hier echt?«, fragte Paige.

»Lesen Sie's.«

Unter Reeses wachsamem Auge überflog Paige die erste Seite, dann die zweite und die dritte. Die Klageschrift beschrieb im Detail nicht nur das, was mit Cameron Holloman geschehen war, sondern auch mit Patrick und den anderen SEALs. Ihre Präzision und die Anschuldigungen gegen die Beklagten waren ebenso bestürzend wie sensationell. Das musste Paige genauer lesen! Während sie las, merkte sie: Das war genau das, was sie und Wyatt und Wellington zu beweisen versucht hatten! Irgendwie war es Gazala Holloman und ihrem Anwalt gelungen, die Puzzleteile zusammenzufügen.

In den Text eingebaut waren Links, die zu Beweisstücken führten. Sie klickte jeweils darauf, schaute sich die Dokumente an und kehrte zum Haupttext zurück. Als sie auf den Link zu Beweisstück D klickte, brauchte der Computer besonders lange, um es aufzurufen. Und als es endlich auf dem Bildschirm auftauchte, ruckte sie auf ihrem Stuhl unwillkürlich zurück. Ihre Hand ging an ihren Mund, ihre Augen blinzelten, plötzlicher Schwindel ergriff sie. Es war einer Mischung aus Schock und ...

Kapitel 92

Fünf Tage davor – Aden, Jemen

Saleet durchbrach die Schranke des Parkhauses und schoss nach rechts, die dicht an dicht geparkten Fahrzeuge knapp verfehlend. Dann blieb er stehen. Der Gebetsruf hallte so laut auf dem Parkdeck wider, dass Wyatt halb benebelt davon war. Aber er wusste, dass sie nicht hierbleiben konnten. Eine Rakete konnte das gesamte dreistöckige Gebäude zum Einsturz bringen, die Trümmer würden sie unweigerlich begraben.

Saleet zeigte auf das andere Ende des Parkdecks. »Die denken, ich fahr da hinten wieder raus. Aber wir werden sie überraschen.«

Er wendete den Wagen, wobei er prompt zwei andere Fahrzeuge streifte.

»Sie haben zu viele Filme gesehen!«, schrie Wyatt.

Saleet schaute nach vorne, sein Gesicht plötzlich ganz ruhig, als ob der Gebetsruf ihn in eine Trance versetze. »*Allahu Akbar*! Ich bin bereit, für Allah zu sterben.«

»Da hab ich wohl auch noch ein Wörtchen mitzureden«, sagte Wyatt. »Wie weit ist es bis zu der Moschee?«

Saleet antwortete nicht. Seine Hände waren um das Lenkrad erstarrt, die Arme stocksteif, als sammle er alle Kräfte, um aus dem Parkhaus hinauszufahren.

»Lassen Sie mich fahren«, schlug Wyatt vor. »Sie sagen mir halt, wo ich hin muss.«

Der Imam reagierte nicht.

»Saleet, hier bringen die uns um!« Wyatt packte die Schulter des Imams.

Der löste sich aus seiner Erstarrung und drehte sich zu Wyatt. »Gut, fahren Sie!«

Wyatt stieg hastig aus, um die Plätze mit Saleet zu tauschen. Doch kaum war er draußen, ruckte der rechte Arm des Imams zur Beifahrertür und riss sie zu. Zu spät begriff Wyatt, was er vorhatte.

»Auf Sie wird die Welt hören«, rief Saleet durch das zerschossene Beifahrerfenster. Und bevor Wyatt reagieren konnte, fuhr er los.

»Halt!«, schrie Wyatt. Doch der Imam trat das Gaspedal durch. Der Land Rover schoss durch die Einfahrt zurück nach draußen. Dann wurden die Bilder langsamer, wie bei einem Film, der in Zeitlupe abgespielt wird. Während oben die letzten Worte des Abendgebetsrufs erschollen, holperte Saleet zurück über den Bürgersteig und bog, einem anderen Auto die Vorfahrt nehmend, nach links auf die Straße ein.

*»Hayya alal Falah ... Hayya alal Falah ...«**

Ein greller Blitz, die Luft wurde heiß und der Boden unter Wyatts Füßen bebte. Er ging in Deckung, die Hand über die Augen gelegt. Er saß plötzlich in einer Wolke aus Rauch und Asche.

»Allahu Akbar ... Allahu Akbar ...«

Wyatt begann zu husten. Wo Saleets Wagen gewesen war, gähnte nun ein qualmender Krater. Schreie, Chaos, Menschen, die in alle Richtungen rannten. Die Wucht der Explosion hatte einen Teil der Fassade des Parkhauses einstürzen lassen.

»La ilaha illallah.«

Der Gebetsruf endete. Stattdessen hörte man jetzt nur noch ein Tohuwabohu aus Hupen und Schreien. Wyatts Kopf dröhnte, aber er zwang sich, am anderen Ende des Parkhauses hinauszugehen, den Kopf gesenkt, jeden Augenkontakt vermeidend. Er wusste nicht, wohin er sich wenden sollte, aber er wusste, dass die Einheimischen Fotos von den Verwüstungen machen würden. Und nicht nur die Einheimischen, die

---

* Teil des islamischen Gebetsrufes, der wiederholt wird. Bedeutung: »Kommt zur Erlösung.« Der Abschluss des islamischen Gebetsrufes ist dann: »La ilaha illallah«, was bedeutet: »Es gibt keinen Gott außer Allah.«

amerikanischen Drohnen würden hochauflösende Bilder liefern. Je weiter er sich von der Explosionsstelle entfernte, desto sicherer wäre er.

Die nächsten beiden Tage verbrachte er in den Schatten von Aden – hungrig und müde, aber vor allem dankbar, dass er noch lebte. Er war zutiefst erschöpft und sein Magen knurrte, doch tief drinnen begann er, sich unbesiegbar zu fühlen. Aus irgendeinem Grunde war sein Leben verschont geblieben. Er zweifelte keine Minute daran, dass es ihm gelingen würde, den Jemen lebendig wieder zu verlassen.

48 Stunden nach dem Drohnenangriff nahm Wyatt die Dinge in die eigene Hand. Er ging zurück zu dem Villenviertel an den Hängen über der Stadt. Dort machte er sich so unsichtbar wie möglich und studierte einen ganzen Tag lang den Lebensrhythmus der Menschen. Als der Abendgebetsruf kam, brach er in zwei Häuser ein, deren Bewohner zur Moschee gegangen waren. Er nahm etwas Essen mit und so viel Geld, wie er finden konnte. Er kannte sich nicht mit der Landeswährung aus, aber hatte den Eindruck, dass es reichen würde. Bevor er das zweite Haus verließ, ging er ins Schlafzimmer, wo er sich ein langes weißes Gewand, einen Gürtel und Sandalen anzog, dazu ein frisches rotweißes Kopftuch als Ersatz für das von der Explosion verdreckte und verrußte alte Tuch.

Noch am gleichen Abend riskierte er den nächsten Schritt und kaufte sich ein Handy. Erst im vierten Laden sprach der Eigentümer Englisch. Wyatt bat um ein Handy, mit dem man Ferngespräche ins Ausland führen konnte, zog mehrere der gestohlenen Geldscheine aus seiner Hosentasche und legte sie auf die Theke. Der Verkäufer musterte ihn, dann nahm er die Summe, die das Telefon kostete. Um nicht irgendetwas unterschreiben zu müssen, sagte Wyatt ihm kurzerhand, dass er den Rest behalten könne.

Da er davon ausging, dass Paiges und Wellingtons Telefone abgehört wurden, rief er stattdessen Gazala Holloman an, verpflichtete sie zu strikter Verschwiegenheit und teilte ihr mit, was passiert war. Seinen Anweisungen folgend, fuhr sie zum Haus von Daniel Reese und informierte diesen. Nach ein, zwei Stunden rief Reese Wyatt an und sagte ihm, dass er zu Admiral Towers gehen würde, der alles Nötige in die Wege leiten würde. Reese war so gut wie sicher, dass binnen 24 Stunden ein Rettungsteam der Spezialeinheiten in Aden wäre.

Am Abend des nächsten Tages landeten die SEALs an der Küste außerhalb der Stadt und begaben sich zu dem mit Wyatt vereinbarten Treffpunkt. Sechs Stunden später war er in einer US-Militärbasis in Stuttgart. Er wurde vom Geheimdienst der Marine und einem Sonderermittler des amerikanischen Justizministeriums befragt, nicht aber von der CIA.

Als er von der Entscheidung des Obersten Gerichtshofes erfuhr, hatte er eine Idee. Er wusste, dass entweder Cameron Hollomans Laptop von der CIA heimlich mit einem GPS-Sender versehen worden war oder dass die CIA Hollomans E-Mails und Anrufe überwacht hatte. Beides war natürlich illegal. Aber andererseits hatte Wyatt ja den Inhalt des Computers auf einen USB-Stick kopiert und wusste außerdem, wo der Computer selbst sich befand – und dass er von Gesetzes wegen jetzt Gazalas Computer und ihr somit auszuhändigen war. Wenn er ihn erst einmal in Händen hatte, würden die Kriminaltechniker ihm sagen können, ob er gehackt oder mit einer elektronischen Markierung versehen worden war. Den *Anderson*-Prozess hatte er verloren, diesen würde er gewinnen.

Er stellte rasch einen Entwurf einer Anklage in Sachen widerrechtliche Tötung von Cameron Holloman zusammen und überredete Daniel Reese, ihn als kleines dramatisches Extra in sein geplantes Skype-Wiedersehen mit Paige einzubauen. Und so war das Beweisstück D geboren, das Paige geradewegs zu einem Skype-Anruf weiterleitete. Der Anrufer? Wyatt.

★ ★ ★

Schock, dann pure, ungeheure Freude. Die Hand vor ihrem Mund, starrte Paige auf den Bildschirm, sprachlos.

»Ich hab gehört, ihr habt verloren, während ich nicht da war?«, sagte Wyatt.

»Oh. Mein Gott, sind das wirklich Sie?«

»Es ist wirklich allerhand. Kaum geht einer für eine Woche auf Reisen, geht alles den Bach runter. Sein Prozess geht futsch und sein Starzeuge muss sich der Weitergabe geheimhaltungsbedürftiger Informationen schuldig bekennen. Geht's noch?«

Paige schaute zu Daniel Reese hoch, der bis über die Ohren grinste.

Paige ließ ihre Hand sinken. »Wyatt Jackson, Sie haben mir schlaflose Nächte bereitet.«

Er sah nicht gut aus. Er hatte dunkle Ringe um die Augen und sein Gesicht sah hagerer aus als je zuvor. Seine Stirn war bandagiert - und noch etwas stimmte nicht.

»Was ist mit Ihren Augenbrauen passiert?«, fragte Paige.

»Das ist eine lange Geschichte«, grinste Wyatt. »Und anders als viele andere meiner Geschichten ist sie im Wesentlichen wahr.«

Kapitel 93

Washington, D. C.

Das Letzte, was Amanda Hamilton tat, bevor sie an ihrem Schreibtisch im Oval Office Platz nahm, war, dass sie ihrem Mann Jason, der seit zwanzig Jahren an ihrer Seite war, einen Kuss gab. Am vergangenen Abend hatte er bei einem Glas Wein ihre Nerven etwas beruhigt. Die Amerikaner vergeben leicht, hatte er gesagt. Wenn sie ihr Herz sahen, würden sie es genauso lieben, wie er es immer geliebt hatte. Ihr Pressesprecher hatte ihr vorgeschlagen, langsam die mit roten Teppichen ausgelegte *Cross Hall*, einen der breiten Flure im Weißen Haus, entlangzuschreiten, vor einem Podium in dem prächtigen Eingang zum Ostzimmer haltzumachen und von dort aus ihre Ansprache zu halten, wie sie das bei anderen wichtigen Anlässen getan hatte. Sie wäre genau die Richtige für solche Szenen, es würde Eindruck machen. Die Präsidentin hatte widersprochen. Sie wollte eben gerade *nicht* Eindruck auf die Bevölkerung machen, sie wollte der Nation still und authentisch gegenübertreten.

Also nahm Präsidentin Amanda Hamilton in einem blauen Kostüm an ihrem Schreibtisch Platz. Hinter ihr standen auf einer Art Anrichte Familienfotos, zu ihren Seiten waren die amerikanische Flagge und die Präsidentenflagge zu sehen. Sie blickte direkt in die Kameras. Der Kameramann begann den Countdown, sie faltete ihre Hände auf dem Schreibtisch. Die Worte ihres Ehemanns vom letzten Abend gingen ihr durch den Kopf: »Sage die Wahrheit und vertraue den Menschen.« Sie schluckte heftig und schaute geradeaus nach vorne.

Dann kam das rote Licht – und sie sah im Geiste Jason, ihre Kinder und ihre vielen Freunde vor sich, die Ohren gespitzt, die Augen ermutigend. Dies war keine Regierungserklärung, sondern gleich würde sie ihr Herz vor dem amerikanischen Volk ausschütten. Die gesamte Rede war auf ihrem Teleprompter, aber es würde nicht reichen, die Worte abzulesen; heute musste sie die Menschen *erreichen*.

Sie begann: »Guten Abend, meine lieben Mitamerikaner! Ich bin heute Abend hier, um zu Ihnen über einige aktuelle Ereignisse im Nahen Osten zu sprechen, insbesondere auch über meine Rolle bei diesen Ereignissen. Ich tue dies, weil ich an Offenheit und Transparenz glaube und auf Ihre Urteilskraft vertraue. Ich bin hier, weil ich glaube, dass unsere amerikanischen Ideale nicht nur bei uns zu Hause gelten sollten, sondern auch bei unserem Handeln in fernen Ländern.«

Sie unterbrach sich kurz, um ihre Nerven in den Griff zu bekommen. Amanda Hamilton war eine begabte Rednerin, aber das hier war anders. Sie fühlte sich ungeschützt und verwundbar. Ihr Herz hämmerte, auch wenn sie sich ihre Nervosität und Angst nicht anmerken ließ.

Sie fuhr fort: »Vor fünf Tagen, am Montag, dem 1. Oktober, erfuhr ich, dass ein radikaler muslimischer Imam namens Saleet Zafar durch eine amerikanische Drohne getötet wurde. Seine Predigten und antiamerikanischen Parolen hatten viele zu Gewalt und Terrorismus angestachelt, darunter einen Mann, der versuchte, mich umzubringen. Dazu hat Zafar nachweislich Beziehungen zu al-Qaida unterhalten. Seine Aufnahme in die Liste der Feinde Amerikas war also absolut gerechtfertigt. Ich wurde jedoch auch informiert, dass Rechtsanwalt Wyatt Jackson während des Drohnenangriffs möglicherweise an Zafars Seite gewesen sei und somit unbeabsichtigt ebenfalls den Tod fand. Glücklicherweise erfuhr ich später, dass Mr Jackson den Angriff überlebt hat. Ich hatte inzwischen bereits Justizminister Seth Wachsmann angewiesen, unverzüglich eine umfassende Untersuchung der Umstände, die zu dem Drohnenangriff führten, einzuleiten. Ich habe inzwischen Gelegenheit gehabt, seine Ergebnisse zu studieren; dazu kommen Aufzeichnungen eines Gespräches mit Wyatt Jackson. Darüber hinaus habe ich persönliche Kenntnisse über Ereignisse aus dem Umfeld der gescheiterten Rettungsaktion, die als *Operation Exodus* bekannt geworden ist. Ich möchte Ihnen heute

Abend die Ergebnisse der Untersuchung von Minister Wachsmann mitteilen sowie die Konsequenzen, die ich daraus gezogen habe.«

Amanda wusste, dass Wachsmann einer der angesehensten Politiker im Lande war. Als sie keine Stunde, nachdem sie von dem möglichen Tod von Wyatt Jackson erfahren hatte, ihn mit einer umfassenden Untersuchung beauftragte, hatte sie gewusst, dass es dann kein Zurück mehr gäbe. Sie wusste, dass die Untersuchung zu einem Augenblick wie diesem hier führen würde – einer Stunde, in der sie den Amerikanern ihr Herz offenlegte.

»Um verstehen zu können, warum *Operation Exodus* und der kürzliche Tod von Saleet Zafar miteinander zusammenhängen, müssen Sie zunächst wissen, wie es überhaupt zu *Operation Exodus* kam. Vor mehreren Monaten reiste der amerikanische Journalist Cameron Holloman in den Jemen, um sich über das Leiden des jemenitischen Volkes infolge des Bürgerkrieges zu erkundigen. Da ihn Reisebeschränkungen an einer legalen Einreise in den Jemen hinderten, überquerte er heimlich die Grenze dieses Landes mit Saudi-Arabien und arrangierte Treffen mit verschiedenen Personen, darunter mit mehreren Führern der Huthi-Rebellen. Ohne mein Wissen, jedoch mit der vollen Autorisierung durch den Direktor der CIA wurde Hollomans Computer mit einem GPS-Sender sowie mit einer Abhörwanze versehen. Dies geschah ohne Wissen, Billigung oder Anordnung eines Gerichts. Mithilfe dieser Geräte konnte die CIA den Aufenthaltsort mehrerer hochrangiger Huthi-Rebellen ermitteln. Acht Tage nach Mr Hollomans Treffen mit ihnen autorisierte der CIA-Direktor einen Drohnenangriff, bei dem diese Huthis und mehrere ihrer Verwandten getötet wurden. In der Folge nahmen die Huthi-Rebellen an, dass Mr Holloman für die CIA arbeitete. Sie nahmen ihn gefangen und planten seine Hinrichtung, die zusammen mit der Hinrichtung eines Gliedes der saudischen Königsfamilie stattfinden sollte. Erst zu diesem Zeitpunkt wurde ich von meinem Stabschef nachträglich über die illegale Überwachung von Mr Hollomans Computer unterrichtet.«

Amanda hielt kurz inne. Jetzt kam das Schwerste – die Offenlegung ihrer eigenen Rolle in der Vertuschungsoperation. Sie hatte große Fehler gemacht, aber heute Abend würde sie sie offen benennen und die Amerikaner selbst entscheiden lassen, wie die Konsequenzen aussehen sollten.

»Als Oberbefehlshaberin hätte ich Direktor Marcano unverzüglich auffordern sollen, seinen Rücktritt einzureichen. Dass ich das nicht tat, war ein schwerer Fehler und eine grobe Fehleinschätzung, die ich heute zutiefst bedaure. Damals war ich ganz auf die Befreiung von Mr Holloman konzentriert. Denn ich glaubte, dass, selbst wenn die Wahrheit herauskam, die Männer, die ihn gefangen hielten, dies als Verschleierungsversuch deuten würden, der ihren Verdacht, dass Mr Holloman für die CIA gearbeitet hatte, nur bestätigte. Also versuchten wir stattdessen über einen muslimischen Imam, der als Vermittler fungierte, die Befreiung von Mr Holloman zu erwirken. Dieser Imam war Saleet Zafar. Die Verhandlungen über Saleet Zafar waren erfolglos. In der Folge schickten wir - wie Sie wissen - schließlich ein Team der Spezialeinheiten in den Jemen, um Mr Holloman zu befreien. In den letzten Monaten ist es im Zusammenhang mit diesen Ereignissen zu einer Reihe von Anschuldigungen gekommen. Ich darf Ihnen Folgendes versichern: Ich wusste nicht, dass *Operation Exodus* zum Scheitern verurteilt war. Ich hätte nie diese tapferen Männer in den Einsatz geschickt, wenn ich gewusst hätte, dass unsere geheimdienstlichen Quellen nicht sicher waren.«

Amanda machte wieder eine bedeutsame Pause. Sie spürte, wie eine Last von ihren Schultern fiel. Das Gewicht all des Geheimen und Ungesagten und die drückende Last der Sorgen, was passieren würde, wenn es ans Licht käme, war nun weg. Sie wusste, dass es für die Amerikaner nicht leicht wäre, ihr Glauben zu schenken angesichts all der Fehler, die sie mit dieser Rede zugab. Aber sie sagte die Wahrheit und hoffte, dass die Welt das erkennen würde.

»Inzwischen habe ich erfahren, dass der Direktor der CIA vor Beginn von *Operation Exodus* wusste, dass der Informant, dem wir vertrauten, zwei Jahre zuvor einen Verwandten bei einem Drohnenangriff verloren hatte. Dies stellte die Zuverlässigkeit der Quelle infrage, da die Möglichkeit bestand, dass sie versuchen würde, ein Doppelspiel mit uns zu treiben. Direktor Marcano hat meinen Stabschef Philip Kilpatrick darüber informiert. Ich wurde allerdings nicht informiert. Hätte ich damals diese Information gehabt, ich hätte die Befreiungsmission, die unsere Männer in eine solche Gefahr brachte, niemals genehmigt.«

Amanda merkte, wie selbst die Kameramänner plötzlich an ihren Lippen hingen. Diese Rede würde die nächsten Monate immer wieder analysiert und debattiert werden; sie würde zum großen Symbol ihrer Präsidentschaft werden. Sie durfte jetzt nichts falsch machen! Es ging nicht nur um sie, es ging um Amerika und seinen guten Ruf in der Welt.

»Ich habe heute Mr Kilpatrick und Direktor Marcano aufgefordert, ihre Ämter niederzulegen, da sie mir und dem Nationalen Sicherheitsrat Informationen vorenthalten und damit möglicherweise den Tod unserer Soldaten verschuldet haben. Durch dieses Vorgehen haben sie gezeigt, dass sie zur Bekleidung der Ämter, die sie innehatten, nicht geeignet sind. Es wurde viel geredet über meine Vorbereitung einer Rede, die ich vor Ihnen, dem amerikanischen Volk, an dem Abend hielt, als unsere Soldaten fielen. Es stimmt: Ich habe mir für die Vorbereitung der Rede, die für den Fall gedacht war, dass der Einsatz scheiterte, mehr Zeit genommen als für die Version, die für den Fall eines Erfolges gedacht war. Aber nicht, weil ich – wie die Verschwörungstheoretiker meinen – schon gewusst hätte, dass die Mission fehlschlagen würde. Vielmehr ist es so: Es ist relativ einfach, einen Erfolg bekannt zu geben, aber sehr schwierig, die richtigen Worte zu finden, um den Schmerz zu beschreiben, der auf das Scheitern folgt. Mein zweiter Fehler war folgender: Als ehemalige Justizministerin habe ich schweigend zugeschaut, wie mein eigener Stabschef und der Direktor der CIA sich gegenüber der Klage der Familie von Troy Anderson hinter dem *Staatsgeheimnis*-Privileg verschanzten. Diese Verteidigungsstrategie ermöglichte es ihnen, die Tatsache, dass Hollomans Computer illegal überwacht worden war, zu verheimlichen. Auch dies bedaure ich zutiefst, es ist der Grund dafür, dass ich jetzt diese Rede halte, zu dem erstmöglichen Zeitpunkt, nachdem ich den Bericht von Justizminister Wachsmann erhalten habe. Die Kläger haben zurzeit noch die Möglichkeit, die Wiederverhandlung des Falles beim Obersten Gerichtshof zu beantragen. Ich wollte nicht, dass sich dieses Zeitfenster schließt, bevor ich mit dieser Information an die Öffentlichkeit gehe.«

Das war der schwierige Teil der Rede gewesen. Als Nächstes musste Amanda ihren Maßnahmenkatalog vorstellen. Sie richtete sich etwas mehr in ihrem Stuhl auf und versuchte, so offiziell auszusehen wie möglich.

»Angesichts dessen, was hier geschehen ist, werde ich die folgende Maßnahmen ergreifen. Erstens: Ich werde das Gremium umbauen, das darüber entscheidet, welche Ziele der Abschussliste für feindliche Kämpfer hinzuzufügen sind. Ich glaube, dass es richtig war, Saleet Zafar in diese Liste aufzunehmen. Aber nach jetzigem Stand der Dinge bin ich es, die die endgültige Entscheidung über die Aufnahme in die Liste trifft. Aber Amerika hat von seinen Anfängen an darum gewusst, dass das Wesen des Menschen eine Machtbalance erfordert. Es sollte niemals ein und dieselbe Person als Richter, Jury und Scharfrichter fungieren. Ich werde daher das genannte Gremium neu gestalten und den Obersten Gerichtshof bitten, einen seiner Richter zum Mitglied des Gremiums zu bestellen. Das Gleiche soll vonseiten des Repräsentantenhauses und des Senats geschehen. In Zukunft soll nur noch dann jemand auf die Abschussliste gesetzt werden, wenn zwischen allen drei Regierungsgewalten Einmütigkeit herrscht.

Zweitens: Ich werde mit einem neuen CIA-Direktor dafür sorgen, dass unsere Spezialeinheiten und Drohnen in erster Linie unter dem Kommando des Militärs eingesetzt werden und nicht dem der CIA. Es war nicht der Wille unserer Gründungsväter, dass der Präsident ohne Kriegserklärung Schattenkriege führen kann. Wir werden auch weiterhin Terroristen ohne Wenn und Aber entschlossen bekämpfen. Aber ich bitte den Kongress darum, dass wir das in Ländern wie Pakistan und dem Jemen in Zukunft über die militärische Befehlskette tun und uns nicht länger einreden, dass wir keinen Krieg führen, weil die CIA die Operationen befehligt.

Drittens: Ich werde den Kongress bitten, über die Autorisierung eines Sondergerichts zur strikt vertraulichen Behandlung von Fällen, die Staatsgeheimnisse berühren könnten, nachzudenken. Die Richter dieses Gerichtes werden befugt sein, Informationen auf der höchsten Geheimhaltungsebene einzusehen. Es wird keine Jurys und keine öffentlichen Verhandlungen geben. Diese Regelung wird sicherstellen, dass hochrangige Amtsinhaber unserer Regierung nicht über dem Recht stehen, nur weil möglicherweise Staatsgeheimnisse ans Licht kommen könnten.«

Sie war fast fertig. Sie hatte die Fakten aufgelistet, sie hatte die Wahrheit gesagt. Jetzt war es an der Zeit, den Menschen ihr Vertrauen zu schenken.

»Wie gesagt: Ich habe zu diesem Kapitel der amerikanischen Geschichte meinen Anteil an Fehlern beigetragen. Ich habe bereits Gazala Holloman angerufen und ihr mein aufrichtiges Bedauern über das, was ihrem

Mann geschehen ist, zum Ausdruck gebracht. Wenn ich diese Rede beendet habe, werde ich jede Familie unserer gefallenen Soldaten anrufen und ihnen ebenfalls mein tiefstes Bedauern aussprechen. Ich glaube und hoffe, dass ich aufgrund dessen, was ich in der letzten Zeit gelernt habe, eine bessere Präsidentin sein werde, aber darüber müssen Sie entscheiden. Dies ist eine Wegscheide für unser Land. Jetzt ist nicht die Zeit für langwierige Schuldzuweisungen. Ich bitte daher das Repräsentantenhaus wie auch den Senat darum, binnen zehn Tagen darüber abzustimmen, ob sie mir zutrauen, weiterhin dieses Land zu führen. Sollte das Ergebnis ein Misstrauensvotum sein, werde ich ohne Wenn und Aber meinen Rücktritt erklären. Vizepräsident Frazier ist in der Lage, in dieser Situation das Ruder zu übernehmen. Sollten dagegen Repräsentantenhaus und Senat mir trotz meiner Fehler ihr Vertrauen aussprechen, verspreche ich hiermit, dass ich alles in meiner Macht Stehende tun werde, um unsere amerikanischen Ideale hochzuhalten – hier in Amerika und in der Welt. Dies ist das größte Land auf diesem Planeten und ich würde es als großes Vorrecht empfinden, weiter seine Präsidentin zu sein.«

Sie machte eine Pause und schluckte. Es dämmerte ihr, dass dies womöglich ihre letzte Rede als Präsidentin der USA gewesen war. »Gott segne Sie, und Gott segne die Vereinigten Staaten von Amerika.«

Kapitel 94

Virginia Beach, Virginia

Paige verbrachte den Abend in Kristens Haus. Sie schaute zu, wie die Jungen eine Ringkampf-Show machten. Justin stellte die Teilnehmer genauso vor, wie sein Vater es gemacht hatte. Diesmal trug Justin die abgeschnittenen Jogginghosen des unglaublichen Hulk und stellte sich als »Beef Anderson« vor. Caleb trat in einem zu großen Captain Amerika-Outfit auf und Justin stellte seinen Bruder als »Milchviehfarmer aus New York« vor, »rund und knuddelig, auch bekannt als Onkel Q!«. Caleb hüpfte martialisch knurrend herum, als sei dies die größte Einführung, die man haben könne.

Der Kampf dauerte nicht lange; er wurde verkürzt durch einen Sturz Calebs, der darauf weinend zu seiner Mama rannte. Sie schimpfte mit dem großen Bruder und wies die beiden an, etwas anderes zu spielen.

Die Jungen lagen schon im Bett, als die Ansprache der Präsidentin begann. Als sie fertig war, waren Paige und Kristen in Tränen aufgelöst. Sie blieben noch eine Weile sitzen und starrten auf den Fernseher, wo jetzt die Reporter ihre Kommentare zu der Rede von sich gaben. Sie selbst schwiegen lange.

Dann sagte Kristen: »Ich schätze, gleich ruft sie uns an.«

»Das ist alles so unwirklich.« Paiges Kopf schwirrte noch von dem Gespräch mit Wyatt. Und jetzt hatte sie es gerade erlebt, wie die Präsidentin sich im Fernsehen vor der ganzen Nation entschuldigte.

»Glaubst du ihr?«, fragte Kristen.

Paige versuchte, ihr Anwalts-Gehirn einzuschalten, aber ihre Gedanken verhedderten sich. »Sie hat gesagt, dass sie eine umfassende Untersuchung angeordnet hat, sobald sie von dem Drohnenangriff hörte, dem Wyatt womöglich zum Opfer gefallen war. Das heißt doch, dass sie das machte, bevor man wusste, dass Wyatt noch lebt. Ich schätze mal, dass Justizminister Wachsmann das bestätigen kann. Und wenn sie da die Wahrheit sagt, dann hatte sie fest vor, die Fakten auf den Tisch zu legen, obwohl sie auch hätte sagen können: »Was geht's mich an? Schwamm drüber!«

Kristen überlegte einen Augenblick. »Das Analysieren überlass ich dir, Paige, aber ich habe mich immer geweigert, zu glauben, dass sie Patrick und Troy in diesen Einsatz schickte – wissend, dass sie ihn nicht überleben würden.«

Das nächste Gesprächsthema war, wie es jetzt weiterginge. Paige erklärte, dass sie und ihre Kollegen beim Obersten Gerichtshof einen Antrag auf Neuverhandlung ihres Falles stellen würden. Wahrscheinlich würde das Gericht dem Antrag stattgeben. Kilpatrick und Marcano steckten so tief in der Bredouille, dass sie ihr Heil in einem Vergleich suchen würden.

»Die werden ihr Geld jetzt erst mal für die Rechnungen ihrer Verteidiger brauchen«, sagte Paige. »Für dich und Gazala Holloman wird wahrscheinlich nicht viel übrig bleiben.«

Kristen zuckte die Achseln. »Es ging mir nie um das Geld, Paige, das weißt du doch.«

Obwohl die Rede der Präsidentin ihnen praktisch den Sieg vor Gericht oder zumindest einen günstigen Vergleich garantierte, war Paige aus irgendeinem Grund nicht nach Feiern zumute. Und sie hörte auch die Traurigkeit aus Kristens Stimme heraus. Vielleicht fühlte sie sich deswegen so, weil der Prozess die Verbindung zu Patrick ein Stück weit aufrechterhalten hatte. Oder weil sie alle ihre Kräfte in diesen Prozess gesteckt hatte. Jetzt wäre das bald vorbei und sie könnte, ja, sie müsste mit der eigentlichen Trauerarbeit beginnen.

Einige Minuten später dankte sie Kristen für ihre Freundschaft und sagte, dass sie jetzt etwas Zeit für sich brauche. Es war heute viel geschehen und sie fühlte sich innerlich komplett leer. Tatsache war auch, dass sie nicht dabei sein wollte, wenn die Präsidentin anrief. Dafür war alles noch zu frisch.

Die beiden Frauen umarmten sich und Kristen suchte nach den richtigen Worten, um Paige zu sagen, wie viel ihre Hilfe ihr bedeutete.

»Ich weiß nicht, was ich ohne dich gemacht hätte«, sagte sie, frische Tränen in den Augen.

»Ich schlage vor, wir treffen uns morgen wieder«, sagte Paige. »Dann ist uns vielleicht mehr nach Feiern zumute.«

Es war halb elf, als sie Kristens Haus verließ. Draußen war es kalt und windig, aber der Himmel war klar und die Sterne hell. Über dem östlichen Horizont hing die Sichel des Mondes und Paige wusste instinktiv, wohin sie jetzt gehen musste.

★ ★ ★

Sie zog ihre Sandalen aus und krempelte ihre Jeans hoch für den Gang von der Uferpromenade zum Wasser. Der Sand schmiegte sich kühl und feucht zwischen ihre Zehen. Sie erreichte den Rand des Wassers und schaute zu den Schaumkronen der Wellen hin. Aus der Ferne grüßten kleine Lichtpunkte – große Frachter, die die Küste entlangfuhren.

Die Sterne glänzten hell und das Licht des Mondes wurde von den Wellen zurückgeworfen. Der stetige Rhythmus der auf dem Tidensog tanzenden Wellen dämpfte die Stimmen der Menschen auf der Promenade. Paige dachte unwillkürlich, dass das ihr Ozean war, fast schon so etwas wie ein Heiligtum. Sie setzte sich an einer trockenen Stelle in den Sand und ließ die Szene auf sich wirken.

Sie schmiegte sich in ihre Windjacke. Die Brise war hier – am Rand des unendlichen offenen Meeres – stärker. Paige blieb eine Weile sitzen, dankbar für die Ereignisse des Tages. Sie dankte Gott und versuchte, ihre Gedanken zu ordnen. Der stetige Takt der Wellen beruhigte ihre Seele. Lange sah sie auf die nasse Sandfläche vor ihr hinaus, die von den Wellen glatt gestrichen wurde. Genau da, wo einst Fußabdrücke und Sandburgen gewesen waren. Und Worte, die jemand in die Brandung geschrieben hatte.

Epilog

Sieben Monate später – Arlington, Virginia

Am *Memorial Day* trug Paige ein blauweiß geblümtes Sommerkleid; ihr dunkles Haar hatte sie mit Klammern nach hinten gebunden. Sie saß neben Bill Harris im *Arlington Memorial Amphitheater* und lauschte der Rede der Präsidentin. Sie musste daran denken, was sich alles verändert hatte seit dem letzten Jahr.

Die Präsidentin hatte vom Kongress das Vertrauen ausgesprochen bekommen, aber es war den Republikanern gelungen, die Abstimmung bis nach der Wahl, die kaum einen Monat nach der Rede der Präsidentin stattfand, aufzuschieben. Die Kontroverse hatte den Republikanern eine größere Mehrheit im Repräsentantenhaus und die Kontrolle des Senats gebracht.

Wie von der Präsidentin angeregt, gab es ein neues Gremium mit Mitgliedern unter anderem aus dem Oberstem Gerichtshof, dem Repräsentantenhaus und dem Senat, das nun darüber bestimmte, wer auf die Liste von Feinden der USA zu setzen war. Und die Flügel der CIA waren um einiges gestutzt worden. Aber das von der Präsidentin vorgeschlagene Sondergericht hatte der Kongress mehrheitlich abgelehnt.

Kilpatrick und Marcano ging es an den Kragen. Sie wurden ihrer Ämter enthoben und zogen sich den Zorn der Rechten wie der Linken zu. US Attorney Mitchell Taylor reichte eine Anklage wegen Meineids gegen Marcano ein, weil dieser bei seiner Vernehmung gelogen hatte. Und nachdem Harry Coburn von der *New York Tribune* Kilpatrick angeschwärzt hatte, wurde der ehemalige Stabschef wegen der unautorisierten Weitergabe geheimhaltungsbedürftiger Informationen verurteilt. Wyatt Jackson ließ sich natürlich die Gelegenheit nicht entgehen, diesen Schuldspruch einen ganzen Tag lang im Kabelfernsehen breitzutreten.

Marcano und Kilpatrick verbrachten jeder sechzig Tage hinter Gittern und bekamen je zwei Jahre Gefängnis auf Bewährung. Sie einigten sich mit der Familie Anderson und Gazala Holloman auf einen Vergleich, aber fuhren fort, jegliche Schuld von sich zu weisen. Es war nicht leicht, diese Leugnungen ernst zu nehmen, nachdem jeder von ihnen über 500 000 Dollar Entschädigung hatte zahlen müssen.

Richterin Deegan wurde rasch ein bekannter Name am Obersten Gerichtshof. Und Kristens Jungen, die in dem *Memorial-Day*-Gottesdienst nur einige Reihen von Paige entfernt saßen, waren kleine Stars in ihren Fußballmannschaften geworden.

Das Wetter war schwülheiß, die dünnen Federwolken boten kaum Schutz gegen die Hitze. Bill Harris hielt dies nicht davon ab, einen Anzug mit Krawatte zu tragen; der Schweiß tropfte ihm von den Augenbrauen. Während des Gebets am Ende der Feier legte er seine Hand auf Paiges Unterarm. Sie hatte den Mann über Weihnachten für einige Tage besucht und lieb gewonnen.

Paige weinte nur zweimal an diesem Tag. Das erste Mal war am Ende der Zeremonie im Amphitheater. Die Reden waren gehalten, die Gebete gesprochen und jetzt gab es eine Luftparade in der *Missing-Man*-Formation, bei der ein Platz in der Formation frei blieb, um die Toten, die geehrt werden sollten, zu symbolisieren. Es folgte eine Ehrengarde, die drei Salven in die Luft schoss, und der Zapfenstreich, gespielt von einem Solo-Hornisten. Mitten im Zapfenstreich, als die Familien in ehrfürchtiger Stille dasaßen, sprang der fünfjährige Justin Anderson plötzlich auf und salutierte. Paige schaute in seine Richtung. Sie sah, wie der tapfere junge Mann in Habachtstellung dastand, und die Tränen kamen.

Als die Zeremonie zu Ende war und die Menschen das Amphitheater verließen, nahmen Bill und Paige Kurs auf Patricks Grab. Dieses Jahr war nur etwa die Hälfte der SEAL-Familien zu der Feier gekommen. Für einige wären die Gefühle zu stark gewesen; andere hatten beschlossen, ihrer gefallenen Lieben zu Hause an ihrem Wohnort zu gedenken. Bill und Paige hatten sich fest vorgenommen, zu jedem *Memorial Day* gemeinsam die Reise nach Arlington zu machen. Sie fanden, dass es das Mindeste war, was sie tun konnten.

Paige musste an die prächtige Trauerprozession während der Gedenkfeierlichkeiten für die SEALs vor einem Jahr denken – an die zwanzig mit Flaggen drapierten und von Schimmeln gezogenen Wagen mit den in der Sonne glänzenden Särgen. Sie sah sie wieder vor sich, die Tausenden von Menschen am Rand der Straßen zum Friedhof, die Soldatinnen und Soldaten in ihren Uniformen. Und die Kinder auf den Schultern ihrer Väter – und die Männer, die ihre Hüte an ihre Brust drückten.

Heute war das alles Vergangenheit. Paige und Bill gingen still die Straßen von Arlington entlang, vorbei an den tausend weißen Grabsteinen, die exakt im gleichen Abstand standen, vorbei an Familien, die sich an den Gräbern ihrer Lieben bückten. Paige roch das frisch gemähte Gras, es erinnerte sie an das vergangene Jahr und daran, wie die Trauer ihr damals das Herz hatte zerreißen wollen. Jetzt kam rechts ein Grab in Sicht, vor dem eine junge Frau einen Regenschirm geöffnet und auf die Seite gestellt hatte, als Schattenspender für den Grabstein und das Gras vor ihm. Sie hatte eine Decke ausgebreitet und lag auf die Seite gedreht auf ihr im Schatten, in der einen Hand einen Blumenstrauß, während ihr die Tränen über die Wangen strömten.

Da war Patricks Stein. Sein Großvater kniete sich hin, Paige tat es ihm gleich. Bill sprach ein kurzes Gebet, in dem er Gott dafür dankte, dass er ihm einen so mutigen und ehrenhaften Enkel geschenkt hatte; einen Mann, der bereit war, sein Leben für die Freiheit anderer Menschen zu opfern. Er dankte Gott für die Gewissheit, dass er Patrick bald wiedersehen würde, und beendete sein Gebet im Namen des Vaters, des Sohnes und des Heiligen Geistes.

Er und Paige hatten sich an diesem Tag wie die besten Freunde unterhalten, aber jetzt fehlten ihnen die Worte. Sie blieben lange auf ihren Knien liegen, jeder allein mit seinen Gedanken, bis Patricks Großvater die Hand auf den Grabstein legte, um besser aufstehen zu können.

»Tja, jetzt geht's wieder nach Hause«, sagte er. »Du kannst mich gern jederzeit wieder besuchen.«

Paige versicherte ihm, dass sie das tun würde, und umarmte ihn lange. Das Herz tat ihr weh, als sie dem alten Mann hinterhersah, wie er langsam fortging, die Schultern gebeugt von dem Kummer, den das Leben ihm bereitet hatte. Sie sah ihm lange hinterher und war kein bisschen überrascht, als er an dem Grab, wo die junge Frau auf ihrer Decke lag, stehen blieb. Er sagte ein paar Worte zu ihr und setzte sich, um weiter mit ihr zu reden.

Paige, die nun alleine an Patricks Grab war, spürte, dass es Zeit war für ihr eigenes kleines Gespräch. Sie setzte sich vor den Stein, ließ ihre Finger über die Inschrift gleiten und dachte wieder darüber nach, wie schlimm es war, dass ein so guter Mann wie Patrick so früh hatte sterben müssen. Es gab so viele Dinge, die er nie würde tun können, aber sie verbot ihren Gedanken, weiter in diese Richtung zu schweifen. Es gab auch Männer, die neunzig wurden und nicht halb so viel in ihrem Leben geleistet hatten.

Wahrscheinlich gab sie eine jämmerliche Figur ab, wie sie dort saß, aber das war ihr egal. »Ich weiß, dass du nicht hier bist«, begann sie. »Aber ich weiß auch, dass du mich hören kannst; warum soll ich da nicht hier ein paar Dinge loswerden? Erstens: Gut, an dem Abend, bevor du gegangen bist, habe ich nicht Ja gesagt, aber du wusstest, dass das früher oder später kommen würde. Ich habe dich mehr geliebt als irgendeinen anderen Mann in meinem Leben und kann mir nicht vorstellen, noch einmal so zu lieben.«

Sie hatte die Arme um ihre Knie gelegt, die Sonnenbrille behielt sie auf. Sie spürte die Wärme der Sonne auf ihren Schultern. Sie schaute nach vorne in das Meer der Grabsteine und der Friedhofsbesucher. Zum zweiten Mal an diesem Tag schluckte sie ihre Tränen hinunter, dann fuhr sie fort: »Danke, dass du mir geholfen hast, den Mut zu finden, der Mensch zu sein, der ich bin. Und wieder zu meinem Glauben zurückzukehren. Mein Herz brauchte jemanden wie dich, um wieder zu lernen, zu vertrauen. Du hast vielleicht schon gehört, dass unser Prozess gut gelaufen ist. Und jetzt habe ich eine Neuigkeit für dich, die dich vielleicht überraschen wird. Nach all dem, was ich in dem letzten Jahr erlebt habe, ist das mit der eigenen Kanzlei nichts mehr, was mich vom Hocker reißt. Deshalb habe ich beschlossen, in die Marine zu gehen, in das JAG Corps.«

Das JAG Corps, das Judge Advocate General's Corps, war die oberste Justizinstanz beim amerikanischen Militär. Paige hatte lange über diesen Schritt nachgedacht. Die Loyalität der Familien der SEALs und deren

Bewusstsein, für eine höhere Sache zu kämpfen, hatten sie tief beeindruckt. Es lag etwas zutiefst Ehrenhaftes darin, Opfer zu bringen; das hatte Patrick ihr gezeigt. Sie würde nie ein SEAL sein, aber sie hatte andere Fähigkeiten. Sie war eine geborene Staatsanwältin und sie wollte diese Fertigkeiten in den Dienst des JAG Corps stellen. Sie würde Prozesse führen und so für die Integrität der Marine und deren Engagement für Ehre und Disziplin eintreten.

»Ja, so ist das. Ich habe schon unterschrieben. Du bist nicht der Einzige, der in einer Uniform gut aussieht.«

Sie stand auf, küsste ihre Finger und legte sie auf die Inschrift mit Patricks Namen.

»Wir wären ein gutes Team gewesen, Patrick«, sagte sie zum Abschied. »Wir wären ein gutes Team gewesen.«

Danksagung

Romane schreiben ist leicht. Jetzt kommt das Schwere - die richtigen Worte finden, um den Menschen zu danken, die mir dieses Schreiben möglich machen. Aber ich will es versuchen.

Inspiration: Ich werde immer wieder gefragt, wo ich die Ideen für meine Bücher hernehme. Nun, die besten Vorlagen für Romane findet man im wirklichen Leben, dieses Buch ist keine Ausnahme. Ich lebe und beobachte das Leben. In den letzten Jahren hatte ich als Anwalt das Vorrecht, Familien in Prozessen gegen staatliche Förderer des Terrorismus (wie etwa den Iran oder Syrien) zu vertreten. Viele dieser Familien haben Verwandte verloren, die unserem Land mit ganzem Einsatz gedient haben. Sie haben mir gezeigt, wie Gott aus Trümmern von Katastrophen Gutes hervorbringen kann. Vieles in diesem Roman ist ihre Geschichte.

Als Bürger von Virginia Beach habe ich auch das Vorrecht, Pastor in einer Kirchengemeinde zu sein, zu der zahlreiche Menschen aus dem Militär gehören, darunter auch Soldaten der Special Forces. Das mag jetzt klischeehaft klingen, aber diese Menschen verkörpern für mich Pflichtgefühl und Mut. Sie zögern nicht, ihr Leben einzusetzen, um unsere Freiheit zu verteidigen. Sie wissen, was es heißt, Opfer zu bringen. Das Mindeste, was ich tun kann, ist, darüber zu schreiben.

Dankbarkeit: Es braucht mehr als Inspiration, um einen Roman zu schreiben. In meinem Fall braucht es ein ganzes Team von Menschen, damit ich ans Ziel komme. Insbesondere bin ich dankbar dafür, zum Team des *Tyndale*-Verlags zu gehören und Lektoren wie Karen Watson und Jeremy Taylor an meiner Seite zu haben. Ihr Können wird nur noch übertroffen durch ihre unendliche Geduld, die ich arg auf die Probe gestellt habe. Sie verbessern nicht nur meine Worte, sie fangen meine Vision ein und helfen mir, sie zur Realität zu machen. Ohne Karens beharrlichen Einsatz für diesen Roman wäre nie etwas aus ihm geworden.

Dankbar bin ich auch den Helfern, die mir bereits in den embryonalen Stadien dieses Buches beigestanden haben. Mary Hartman, Denise Wood und Andrew Cleveland haben mir wertvolles Feedback gegeben, noch bevor ich das Manuskript an die Wortzauberer von *Tyndale* schickte. Aber auch meine Freunde in einem Bibelkreis können für sich beanspruchen, an diesem Buch - wie auch an meinen Predigten - mitgewirkt zu haben, und bevor sie das tun, bin ich schneller als sie und sage: »Danke, meine Herren.«

Wohlwollen: Meine Gemeinde, meine Kanzlei und meine Familie müssen Überstunden machen, wenn ich meinen nächsten Ausflug in die Welt der Romane beginne. Jede Stunde, die ich in der fiktionalen Welt verbringe, bedeutet eine Stunde weniger in der realen Welt - und irgendjemand muss meinen Job dann ja machen. Danke, *Trinity Church,* dass ihr erkannt habt, dass auch das Romanschreiben ein christlicher Dienst ist und dass ihr mich dabei unterstützt. Danke, liebe Kollegen und Mitarbeiter in der Kanzlei *Singer Davis,* dass ihr die wirklichen Fälle weiterführt, während ich meine Kräfte in erfundene stecke.

Aber vor allem: Danke euch: Rhonda, Rosalyn, Joshua, Alisa und Andrew, dass ihr so viel Geduld habt mit den Marotten eines Romanautors in der Familie. Das Schreiben macht mir Spaß, aber am meisten freue ich mich darüber, dass die Menschen, die mich am besten kennen, mich trotzdem am meisten lieben. Das erfordert keine kleine Portion Wohlwollen.

Über den Autor

Randy Singer ist ein preisgekrönter Schriftsteller und altgedienter Prozessanwalt. Er hat über zehn Justizthriller geschrieben und war zusammen mit John Grisham und Michael Connelly in der Endausscheidung für den *Harper Lee Prize for Legal Fiction* der *University of Alabama School of Law* und des *ABA Journal.* Singer hat seine eigene Anwaltskanzlei und ist in die Auswahlliste herausragender Prozessanwälte des *Virginia Business*-Magazins aufgenommen worden. Neben seiner Tätigkeit als Anwalt und Romanschriftsteller ist er auch Pastor an der *Trinity Church* in Virginia Beach und Dozent für Advokatur und Zivilprozessrecht an der *Regent Law School.* Zusammen mit seiner Ehefrau Rhonda lebt er in Virginia Beach. Das Paar hat zwei erwachsene Kinder.

Randy Singers englische Webseite: www.randysinger.net

Randy Singer

Der Doktor

Thriller

Als der kleine Joshua stirbt, verklagt die Staatsanwältin seine Eltern wegen fahrlässiger Tötung. Doch Rechtsanwalt Charles Arnold glaubt an deren Unschuld. Gemeinsam mit Nikki Moreno deckt er eine Intrige auf, die kaltblütig mit dem Leben von Menschen spielt.

Paperback, 14 x 21,5 cm, 448 Seiten
Nr. 395.612, ISBN 978-3-7751-5612-7
Auch als E-Book e

SCM
Hänssler

Randy Singer

Der Klon

Thriller

Nur durch eine Leihmutter kann Cameron Brown sich ihren sehnlichen Kinderwunsch erfüllen. Als beim Baby Down-Syndrom diagnostiziert wird, will Cameron es abtreiben lassen. Der Anwalt Mitchell Taylor kämpft mit Leihmutter Maryna gegen die Abtreibung.

Paperback, 13,5 x 20,5 cm, 432 Seiten
Nr. 395.540, ISBN 978-3-7751-5540-3
Auch als E-Book e

SCM
Hänssler